W0215173

Oktober

Søren Sveistrup

Oktober

AWB
Angèle

Oorspronkelijke titel
Kastanjemanden

Vertaling
Corry van Bree
Omslagbeeld

Omslagontwerp
Buro Blikgoed

ISBN voor Nederland 978 94 005 1034 0
ISBN voor België 978 90 223 3568 0
NUR 305

Tweede druk, oktober 2018

Voor mijn geliefde zoons, Silas en Sylvester

Dinsdag 31 oktober 1989

1

Gele en rode bladeren dwarrelen in het zonlicht naar het natte asfalt, dat als een donkere, spiegelgladde rivier door het bos snijdt. Als de witte dienstauto langsrijdt, wervelen ze heel even door de lucht, waarna ze weer op de plakkerige laag naast de weg terechtkomen.

Marius Larsen laat het gaspedaal los en mindert vaart voor de bocht, terwijl hij bedenkt dat hij de afdeling Wegenonderhoud van de gemeente op de hoogte moet stellen zodat ze met een veegmachine hiernaartoe komen. Als de bladeren te lang blijven liggen, veroorzaken ze een slechte grip op de weg en dat kan levens kosten. Marius heeft dat inmiddels heel vaak gemeld. Hij is al eenenveertig jaar politieagent, waarvan de laatste zeventien jaar als hoofd van het politiebureau, en elk najaar is het nodig om de gemeente hieraan te herinneren. Vandaag lukt dat echter niet, omdat hij zich op het gesprek moet concentreren.

Marius Larsen draait geïrriteerd aan de zenderknop van de autoradio, maar kan niet vinden wat hij zoekt, alleen nieuws over Gorbatsjov en Reagan en speculaties over de val van de Muur in Berlijn. Dat gebeurt binnenkort, zeggen ze. Een heel nieuw tijdperk begint.

Hij weet al een hele tijd dat hij het gesprek moet voeren, en toch heeft hij zich er niet toe kunnen zetten. Zijn vrouw denkt dat hij over een week met pensioen gaat, dus wordt het tijd om haar de waarheid te vertellen. Dat hij zijn werk niet kan missen. Dat hij de beslissing heeft genomen om het uit te stellen. Dat hij er niet klaar voor is om thuis op de hoekbank te zitten en naar *Rad van Fortuin* te kijken, bladeren bij elkaar te harken in de tuin of te zwartepieten met de kleinkinderen.

Het lijkt gemakkelijk als hij het gesprek in zijn hoofd doorneemt, maar Marius weet dat het haar verdriet zal doen. Ze zal zich in de steek gelaten voelen, van de tafel opstaan, naar de keuken lopen om het fornuis schoon te maken en met haar rug naar hem toe zeggen dat ze hem begrijpt. Dat is echter niet zo. Toen hij de melding tien minuten geleden over de politieradio hoorde, had hij meteen aan het bureau doorgegeven dat hij ernaartoe zou gaan, om het gesprek nog even uit te stellen. Normaal gesproken zou het hem ergeren dat hij de lange rit langs de akkers en door het bos naar de boerderij van Ørum moet maken om tegen hem te zeggen dat hij zijn dieren beter in de gaten moet houden. Het was al meerdere keren gebeurd dat zijn varkens of koeien losgebroken waren en over de akkers van de buren zwierven tot Marius of een van zijn mannen Ørum daarover had ingelicht. Vandaag ergerde het hem niet. Hij had het bureau natuurlijk eerst gevraagd om te bellen, zowel naar Ørums boerderij als naar Ørums werk bij de veersteiger, waar hij een parttimebaan had, maar nadat er op beide plekken niet was opgenomen, had hij besloten om er zelf naartoe te rijden.

Marius vindt een zender met oude Deense muziek. 'De vuurrode rubberboot' vult de cabine van de oude Ford Escort en Marius zet het volume harder. Hij geniet van het najaar, de weg door het bos, de gele, rode en bruine bladeren tussen het wintergroen en de voorpret van het jachtseizoen dat net is begonnen. Marius draait het raam naar beneden, kijkt naar de vlekken zonlicht die tussen de boomkruinen door op de weg vallen en vergeet heel even zijn leeftijd.

Het is stil op het erf als hij bij de boerderij arriveert. Hij stapt uit, smijt het autoportier dicht en beseft dat hij hier al heel lang niet is geweest. De grote boerderij lijkt verwaarloosd. Er zijn stukken uit de stalramen gebroken, de pleisterkalk is van de muren gebladderd en het lege schommeltoestel op het grasveld met het hoge gras lijkt bijna opgeslokt te worden door de grote kastanjebomen die het perceel omringen. Overal op het erf liggen bladeren en gevallen kastanjes, die onder zijn schoenen worden geplet als hij naar de voordeur loopt en aanklopt.

Als Marius drie keer heeft geklopt en Ørums naam heeft geroepen, beseft hij dat er niet opengedaan zal worden. Hij ziet geen tekenen van leven, haalt een notitieboekje tevoorschijn, schrijft een briefje en stopt dat in de brievenbus, terwijl een paar kraaien over het erf vliegen en achter de Ferguson-tractor verdwijnen die voor de graanschuur staat. Marius is voor niets het hele eind hiernaartoe gereden en nu moet hij naar de veersteiger rijden om Ørum daar te zoeken. Dat irriteert hem niet lang. Als hij naar de auto terugloopt, krijgt hij plotseling een idee. Dat overkomt Marius nooit, dus moet het een gelukkige samenloop van omstandigheden zijn dat hij hiernaartoe is gereden in plaats van rechtstreeks naar huis te gaan voor het gesprek. Hij wil zijn vrouw bij wijze van pleister op de wond een reisje naar Berlijn aanbieden. Ze kunnen daar een week naartoe gaan, of in elk geval een weekend, zodra hij vrij kan krijgen. Zelf rijden, de vleugelslag van de geschiedenis en het nieuwe tijdperk voelen, knoedels met zuurkool eten zoals ze die keer al veel te lang geleden hebben gedaan toen ze met de kinderen in de Harz kampeerden. Pas als hij bijna bij de auto is, ziet hij waarom de kraaien achter de tractor zitten. Ze trippelen rond iets wat wit en vormeloos is, en als hij dichterbij komt, ziet hij dat het een varken is. De ogen zijn dood, maar het lichaam trilt en schokt, alsof het probeert de kraaien, die zich tegoed doen aan de grote open kogelwond achter in de kop, af te schrikken.

Marius duwt de voordeur open. De hal is donker en hij ruikt de geur van vocht en schimmel en iets waarvan hij niet goed weet wat het is. 'Ørum, politie.'

Hij krijgt geen antwoord, maar hoort ergens in de boerderij water stromen en loopt de keuken in. Een meisje, een tiener van zestien, zeventien jaar, zit op een stoel aan de eettafel. Wat er over is van haar kapotgeschoten gezicht ligt in het bord havermout dat voor haar staat. Op de linoleumvloer aan de andere kant van de eettafel ligt een levenloze gedaante. Eveneens een tiener, een beetje ouder, met een grote open schotwond in zijn borstkas. Het achterhoofd leunt ongemakkelijk tegen het fornuis. Marius Larsen verstijft. Hij heeft natuurlijk eerder dode mensen gezien, maar nog nooit op deze manier, en heel even is hij verlamd, waarna hij zijn dienstpistool uit de holster aan zijn riem haalt.

'Ørum?'

Marius loopt met zijn pistool in de aanslag verder en roept opnieuw. Nog steeds geen antwoord. Marius vindt het volgende lijk in de badkamer, en deze keer moet hij zijn hand voor zijn mond slaan om niet te braken. Het water loopt uit de kraan in het ligbad, dat tot de rand gevuld is, zodat het over de terrazzovloer stroomt en zich vermengt met het bloed. De naakte vrouw, die de moeder moet zijn, ligt in een verwrongen houding op de vloer. Een arm en een been zijn gescheiden van de romp. In het autopsieverslag zal staan dat ze meerdere keren met een bijl is geraakt. Eerst toen ze in het bad lag en daarna toen ze in een poging om te ontsnappen uit het bad was geklommen en over de vloer was gekropen. Er zal ook in staan dat ze heeft geprobeerd zich te verdedigen met haar handen en voeten, die om die reden gekloofd zijn. Haar gezicht is onherkenbaar, omdat de bijl is gebruikt om haar schedel te verpletteren.

Marius Larsen bekijkt het tafereel en ziet plotseling een zwakke beweging vanuit zijn ooghoeken. Half verscholen onder een douchegordijn dat in een hoek is gesmeten, ziet hij een gedaante. Marius trekt het gordijn voorzichtig een stukje weg. Het is een jongen van een jaar of tien, elf, met warrig haar. Hij ligt levenloos in een plas bloed, maar één punt van het gordijn bedekt zijn mond en de stof beweegt zwak en schoksgewijs. Marius buigt zich snel over de jongen heen, haalt het gordijn helemaal weg, pakt zijn levenloze arm en zoekt naar zijn hartslag. De jongen heeft snijwonden en schrammen op zijn armen en benen, en draagt een bebloed T-shirt en onderbroek. Naast zijn hoofd ligt een bijl. Marius vindt zijn hartslag en komt haastig overeind.

In de zitkamer kijkt hij koortsachtig om zich heen, op zoek naar de telefoon. Hij vindt hem naast een volle asbak, die op het vloerkleed valt, maar als hij het bureau aan de lijn krijgt, is hij helder genoeg om fatsoenlijk verslag uit te brengen. Ambulance. Manschappen. Spoed. Geen spoor van Ørum. Laat iedereen in actie komen. Nu! Als hij heeft opgehangen, wil hij zich in eerste instantie weer naar de jongen toe haasten, maar dan bedenkt hij plotseling dat er nog een kind moet zijn, want de jongen heeft een tweelingzusje.

Marius kijkt om zich heen en loopt naar de hal met de trap die naar de eerste verdieping leidt. Als hij de keuken en de open deur naar de kelder passeert, blijft hij abrupt staan en kijkt naar beneden. Hij heeft een schurend geluid gehoord. Marius haalt zijn dienstpistool opnieuw tevoorschijn, doet de deur wijd open en loopt voorzichtig via de smalle treden naar beneden tot hij op de betonnen vloer staat. Zijn ogen moeten aan de duisternis wennen, maar dan ziet hij de open kelderdeur aan het eind van de gang. Marius aarzelt. Zijn lichaam vertelt hem dat hij hier moet blijven staan en op de ambulance en de collega's moet wachten, maar hij denkt aan het meisje. Als hij de deur nadert, ziet hij dat die met geweld is opengebroken. Het slot en het ijzerbeslag liggen op de vloer, en Marius betreedt de kamer, die alleen zwak verlicht wordt door het licht dat door de vieze kelderramen naar binnen valt. Toch ziet hij de kleine gedaante die zich in een hoek onder een tafel verstopt meteen. Marius haast zich naar haar toe, laat het pistool zakken, bukt zich en kijkt onder de tafel.

'Het is in orde. Je bent veilig.'

Hij kan het gezicht van het meisje niet zien, alleen dat ze trilt en zich zonder naar hem te kijken tegen de muur drukt.

'Ik heet Marius. Ik ben politieagent en ik ben hier om je te helpen.'

Het meisje blijft angstig zitten, alsof ze hem niet hoort, en plotseling wordt Marius zich bewust van zijn omgeving. Hij kijkt om zich heen en begint langzamerhand te beseffen waar de ruimte voor wordt gebruikt. Hij gruwt ervan. Ineens ziet hij de scheve houten planken in de aangrenzende kamer. Hij vergeet het meisje en stapt over de drempel. Marius ziet niet hoeveel kastanjemannen, kastanjevrouwen en kastanjedieren er zijn, maar in elk geval meer dan hij kan tellen. Grote en kleine, kinderlijke en griezelige, veel ervan niet af en misvormd. Marius staart naar de hoeveelheid en de verschillen. De poppetjes op de planken maken hem onzeker, terwijl de jongen achter hem de kamer in komt.

In een fractie van een seconde beseft Marius dat hij de technisch rechercheurs moet laten onderzoeken of de kelderdeur van binnenuit of van buitenaf opengebroken is. In een fractie van een seconde beseft hij dat er iets vreselijks ontsnapt kan zijn en net als de dieren door de omheining kan zijn gebroken. Als hij zich naar de jongen omdraait, flitsen zijn gedachten als kleine, verwarde wolken langs de hemel. Op dat moment raakt de bijl zijn kaak en wordt alles zwart.

Maandag 5 oktober, nu

2

De stem is overal in de duisternis. Hij fluistert zachtjes en bespot haar, raapt haar op als ze valt en wervelt haar rond in de wind. Laura Kjær kan niets meer zien. Ze kan de bladeren aan de bomen niet meer horen ruisen of het koude gras onder haar voeten voelen. Het enige wat is overgebleven, is de stem die tussen de klappen van de staaf met de kogel door tegen haar fluistert. Ze denkt dat de stem misschien zwijgt als ze stopt met zich verzetten, maar dat gebeurt niet. Hij blijft doorgaan, net als de slagen, en uiteindelijk kan ze zich niet meer bewegen. Te laat voelt ze de scherpe tanden van een instrument op haar pols, en voordat ze het bewustzijn verliest, hoort ze het elektrische geluid van het zaagblad dat op gang komt en door haar botten begint te snijden.

Achteraf weet ze niet hoe lang ze bewusteloos is geweest. De duisternis is er nog steeds, en dat geldt ook voor de stem. Het is alsof hij heeft gewacht tot ze weer bijgekomen is.

'Is alles in orde, Laura?'

De toon is zacht en strelend en veel te dicht bij haar oor, maar de stem wacht het antwoord niet af. Hij heeft wat er op haar mond geplakt zit verwijderd en Laura Kjær hoort zichzelf smeken en bedelen. Ze begrijpt het niet. Ze wil alles doen. Waarom zij... Wat heeft ze gedaan?

De stem zegt dat ze dat heel goed weet. Hij buigt zich naar voren, heel dichtbij, en fluistert het in haar oor. Ze voelt dat hij zich juist op dit moment heeft verheugd. Ze moet zich concentreren om de woorden te horen. Ze begrijpt wat de stem zegt, maar kan het niet geloven. De pijn is groter dan alle martelingen bij elkaar. Dat kan het niet zijn. Dat mag het niet zijn. Ze verdringt de woorden als een deel van de waanzin die haar omringt. Ze wil opstaan en verder vechten, maar haar lichaam bezwijkt en ze begint hysterisch te huilen. Ze weet het al een tijd, maar toch ook niet, en pas op dit moment, nu de stem het tegen haar heeft gefluisterd, beseft ze dat het waar is. Ze wil zo hard als ze kan schreeuwen, maar haar ingewanden beginnen door haar keel omhoog te komen en als ze voelt dat de staaf haar wang liefkoost, zet ze zich af met alle kracht die ze in zich heeft en valt verder in de duisternis.

Dinsdag 6 oktober, nu

3

Het begint buiten licht te worden en als Naia Thulin hem bij haar naar binnen brengt, wordt hij langzaam wakker. Ze voelt hem in haar, begint heen en weer te bewegen en pakt zijn schouders vast. Hij wordt wakker en zijn handen tasten langzaam naar haar.

'Hé, wacht...'

Hij is slaapdronken, maar Naia wacht niet. Dit is waar ze zin in had toen ze haar ogen opendeed. Ze maakt de beweging dwingender en schuift krachtig heen en weer, terwijl ze met één hand tegen de muur steunt. Ze ziet dat hij er onhandig bij ligt en dat zijn hoofd tegen het hoofdeind van het bed slaat, en ze hoort dat het bed tegen de muur bonkt, maar het kan haar niet schelen. Ze gaat door en merkt dat hij zwicht, en als ze klaarkomt, duwt ze haar nagels in zijn borstkas en voelt ze zijn pijn en genot terwijl ze beiden verstijven.

Heel even ligt ze buiten adem naar de vuilniswagen op de binnenplaats te luisteren. Vervolgens rolt ze van hem af en staat op uit bed voordat zijn handen klaar zijn met het liefkozen van haar rug.

'Het is beter dat je vertrekt voordat ze wakker wordt.'

'Waarom? Ze vindt het prima als ik hier ben.'

'Vooruit. Opstaan.'

'Alleen als je met me gaat samenwonen.'

Ze gooit zijn overhemd naar zijn hoofd en verdwijnt in de badkamer, terwijl hij zich met een glimlach op het kussen laat terugvallen.

4

Het is de eerste dinsdag in oktober. De herfst is laat begonnen, maar vandaag is de hemel boven de stad een laaghangende deken van donkergrijze wolken en het stortregent als Naia Thulin bij haar auto wegloopt en tussen het verkeer door de straat oversteekt. Hoewel ze haar mobiel hoort overgaan, haalt ze hem niet uit haar jaszak. Ze heeft haar hand op de rug van haar dochter, zodat ze haar door de gaten in het ochtendverkeer kan loodsen. Het is een drukke ochtend geweest. Le heeft voornamelijk gepraat over het computerspel *League of Legends*, hoewel ze nog veel te jong is om daar iets van te weten, maar toch is dat zo en daarom is een Koreaanse tiener met de naam Park Su haar grote idool.

'Je hebt rubberlaarzen bij je voor als jullie naar het park gaan. En denk eraan dat opa je komt ophalen, maar dat je zelf de weg moet oversteken. Je kijkt naar links, je kijkt naar rechts...'

'... ik kijk weer naar links, en ik moet eraan denken om mijn jack aan te trekken zodat ze mijn reflectoren kunnen zien.'

'Sta stil, zodat ik je veters kan strikken.'

Ze staan voor de school onder het dak van de fietsenstalling en Thulin bukt zich, terwijl Le stil probeert te staan.

'Wanneer gaan we bij Sebastian wonen?'

'Ik heb helemaal niet gezegd dat we bij Sebastian gaan wonen.'

'Waarom is hij 's ochtends niet bij ons als hij er 's avonds wel is?'

''s Ochtends hebben volwassenen het druk en moet Sebastian snel naar zijn werk.'

'Ramazan heeft een broertje gekregen. Nu heeft hij vijftien foto's op zijn stamboom en ik heb er maar drie.'

Naia kijkt even naar haar dochter en vervloekt de zoetsappige posters met stambomen die met herfstbladeren zijn gedecoreerd en die de juf aan de muren van de klas heeft gehangen, zodat zowel de kinderen als de ouders ze kunnen bekijken. Aan de andere kant is ze altijd dankbaar dat Le het vanzelfsprekend vindt om haar opa mee te tellen als een lid van de familie, ook al is hij puur technisch gezien haar opa niet.

'Dat is niet waar het om gaat. En jij hebt vijf foto's op je stamboom als je de parkiet en de hamster meetelt.'

'De anderen hebben geen dieren op hun stamboom.'

'Nee, zo gelukkig zijn de andere kinderen niet.'

Le geeft geen antwoord en Thulin komt overeind.

'Misschien zijn we niet met zoveel, maar we hebben het fijn en dat is het belangrijkst, nietwaar?'

'Mag ik dan nog een parkiet?'

Thulin kijkt naar haar terwijl ze bedenkt hoe het gesprek is begonnen en of haar dochter bijdehanter is dan ze had gedacht.

'Laten we het daar een andere keer over hebben. Wacht even.'

Haar mobiel gaat weer over en ze weet dat ze deze keer moet opnemen. 'Ik ben er over een kwartier.'

'Je hoeft je niet te haasten,' zegt de stem aan de andere kant van de lijn. Het is een van de secretaresses van Nylander. 'Nylander redt het niet om op tijd te zijn voor jullie afspraak, dus wordt het in plaats daarvan volgende week dinsdag. Ik moet ook aan je doorgeven dat hij wil dat je de nieuweling vandaag meeneemt, zodat hij iets te doen heeft terwijl hij hier is.'

'Mama, ik ga met Ramazan naar de ochtendopvang!'

Thulin ziet haar dochter naar de jongen die Ramazan heet toe rennen. Ze loopt alsof het de natuurlijkste zaak is met het Syrische gezin mee: een vrouw, een man met een baby op zijn arm en twee andere kinderen. Thulin heeft het gevoel dat ze naar een voorbeeldgezin kijkt dat uit een damestijdschrift is gestapt.

‘Maar dit is de tweede keer dat Nylander de afspraak afzegt, en het duurt maar vijf minuten. Waar is hij nu?’

‘Hij is onderweg naar een begrotingsvergadering. Hij wil trouwens graag weten waarover je hem wilt spreken.’

Thulin overweegt heel even of ze zal vertellen dat haar negen maanden op de afdeling Ernstige Misdrijven tegen Personen, waar de afdeling Moordzaken onder valt, net zo spannend is geweest als een bezoek aan het Politiemuseum. Dat de werktaken waardeloos zijn, dat het technologische niveau van de afdeling net zo indrukwekkend is als een Commodore 64 en dat ze dolgraag verder wil.

‘Het zijn maar kleine dingen. Dank je wel.’

Ze verbreekt de verbinding en zwaait naar haar dochter, die de school in rent. Ze voelt de regen door haar jas sijpelen en als ze naar de straat begint te lopen, beseft ze dat ze niet tot dinsdag kan wachten met het gesprek. Ze rent door het verkeer, maar als ze bij haar auto is en het portier opent, heeft ze plotseling het gevoel dat er iemand naar haar kijkt. Aan de andere kant van de kruising ziet ze iemand staan tussen de eindeloze rij personenwagens en vrachtwagens, maar als de rij is gepasseerd, is de gedaante verdwenen. Thulin schudt het gevoel van zich af en gaat in haar auto zitten.

5

De brede gangen van het hoofdbureau van de politie weerkaatsen het geluid van de voetstappen van de twee mannen, terwijl ze een groep rechercheurs passeren die in de tegenovergestelde richting lopen. Het hoofd van de afdeling Moordzaken haat dit soort gesprekken, maar hij weet dat het waarschijnlijk de enige kans is die hij vandaag krijgt, dus slikt hij de vernedering en houdt gelijke tred met de adjunct-hoofdcommissaris, terwijl hij de ene na de andere saaie zin aanhoort.

'Nylander, we moeten de buikriem aanhalen. Dat geldt voor al onze afdelingen.'

'Er was me meer personeel in het vooruitzicht gesteld.'

'Het is een kwestie van timing. Op dit moment geeft de officier van justitie de prioriteit aan andere afdelingen dan die van jou. Ze hebben de ambitie geuit om van NC3 de beste cyberafdeling van Europa te maken en daarom krijgen andere plekken minder middelen.'

'Daar mag mijn afdeling niet onder lijden. We hebben behoefte aan de dubbele bezetting sinds de laatste...'

'Ik zeg niet dat ik het opgegeven heb, maar je hébt natuurlijk net versterking gekregen.'

'Ik heb geen versterking gekregen. Eén rechercheur die hier een paar dagen blijft omdat hij weggestuurd is bij Europol telt niet mee.'

'Misschien blijft hij iets langer, dat hangt van de situatie af. Het ministerie had ook in het personeel kunnen snijden, dus op dit moment moet je het gewoon van de positieve kant zien en roeien met de riemen die je hebt. Oké?'

De adjunct-hoofdcommissaris is blijven staan en heeft zich naar Nylander toe gedraaid om zijn woorden kracht bij te zetten, en Nylander wil eigenlijk antwoorden dat het verdomme niet oké is. Hij heeft een personeelstekort en heeft te horen gekregen dat het probleem opgelost zou worden, maar in plaats daarvan is hij gepasseerd door fucking NC3, zoals de bekakte afkorting voor het zogenoemde National Cyber Crime Center luidt. Het is bovendien een monumentale bureaucratische minachting dat hij dankbaar moet zijn voor een uitgebluste rechercheur die in Den Haag in ongenade is gevallen.

'Heb je heel even tijd voor me?' Thulin staat ineens naast hem en de adjunct-hoofdcommissaris maakt van de gelegenheid gebruik om in de vergaderzaal te verdwijnen en de deur achter zich dicht te doen. Nylander staart hem even na voordat hij terug begint te lopen.

'Nu niet, en die heb jij ook niet. Informeer bij de dienstdoende agent naar de melding in Husum, neem die kerel van Europol mee en zet hem aan het werk.'

'Maar met het oog op...'

'Ik heb nu geen tijd om daarover te praten. Ik ben niet blind voor je kwaliteiten, maar je bent de jongste die we ooit op de afdeling gehad hebben, dus je hoeft er niet op te hopen dat je groepsleider wordt, als dat is waarover je me wilt spreken.'

'Ik wil geen groepsleider worden. Ik heb een referentie voor NC3 nodig.'

Nylander blijft abrupt staan en kijkt haar aan.

'NC3. De afdeling Cybercriminaliteit...'

'Ik weet heel goed wat dat voor afdeling is. Waarom?'

'Omdat het werk bij NC3 me interessant lijkt.'

'In tegenstelling tot wat?'

'In tegenstelling tot niets. Ik wil gewoon graag...'

'Je bent net begonnen. NC3 neemt geen mensen aan die lukraak solliciteren, dus heeft het geen zin om dat te doen.'

'Ze hebben me gevraagd om te solliciteren.'

Nylander probeert zijn verrassing te verbergen, maar weet

meteen dat ze de waarheid spreekt. Hij kijkt naar de kleine vrouw die voor hem staat. Hoe oud is ze? Een jaar of negenentwintig, dertig? Een kleine vreemde vogel die niet veel lijkt voor te stellen. Hij weet nog heel goed dat hij haar zelf ook had onderschat voordat hij verstandiger was geworden. In zijn personeelsbeoordeling heeft hij de rechercheurs van de afdeling pasgeleden in een A- en een B-groep verdeeld, en Thulins naam is ondanks haar leeftijd een van de eerste die hij bij de A-groep heeft gezet, de groep die voor het consolideren van de afdeling moet zorgen, samen met doorgewinterde rechercheurs zoals Jansen en Ricks. Bovendien heeft Nylander inderdaad overwogen om haar tot groepsleider te benoemen. Hij is geen voorstander van vrouwelijke rechercheurs, en haar ontoegankelijke karakter zet iedereen op het verkeerde been, maar ze is intelligenter dan de meesten en handelt de zaken die ze onder haar hoede heeft af in een tempo waardoor het lijkt alsof de ervaren rechercheurs stilstaan. Thulin beschouwt het technologische niveau van de afdeling waarschijnlijk als afkomstig uit het stenen tijdperk, en omdat hij die mening deelt, weet hij hoe hard hij internetnerds zoals zij nodig heeft, zodat de afdeling mee kan gaan met de tijd. Daarom heeft hij hun gesprekken ook een paar keer gebruikt om haar eraan te herinneren dat ze nog niet droog achter de oren is, zodat ze het niet in haar hoofd haalt om te vertrekken.

'Wie heeft je dat gevraagd?'

'Het hoofd van de afdeling, hoe heet hij ook alweer? Isak Wenger.'

Er glijdt een schaduw over Nylanders gezicht.

'Ik heb het hier naar mijn zin gehad, maar ik wil mijn sollicitatie op zijn laatst aan het eind van de week versturen.'

'Ik zal erover nadenken.'

'Zullen we zeggen: vrijdag?'

Nylander loopt weg. Hij voelt haar blik in zijn nek en weet dat ze hem vrijdag weer zal opzoeken om de referentie te krijgen. Zover is het dus al gekomen. Zijn afdeling is veranderd in een broedkast voor de elite, voor de nieuwe lieveling van het ministerie, NC3. En als hij zo meteen aanwezig is bij de begrotingsvergadering van zijn afdeling, zal hij die prioriteit opnieuw bevestigd krijgen in de vorm van de cijfers en de beperkingen daarvan. Aanstaande Kerstmis is het drie jaar geleden dat Nylander de positie bij de afdeling Moordzaken heeft geaccepteerd, maar alles is tot stilstand gekomen en als er niet snel iets positiefs gebeurt, wordt dit niet de carrièremogelijkheid die Nylander voor ogen heeft gehad.

6

De ruitenwissers vegen de watermassa's weg. Als het verkeerslicht op groen springt, schuift de politiewagen uit de rij auto's en bussen met reclames van het particuliere ziekenhuis voor nieuwe borsten, botox en liposuctie, en zet koers naar de buitenwijken.

De radio staat aan. Het gezwam van de presentator en de laatste popsongs over seks, billen en geilheid worden afgelost door het nieuws, waarin de nieuwslezer vertelt dat het de eerste dinsdag in oktober is en dus de openingsdag van het parlement. Het belangrijkste item gaat, niet verrassend, over minister van Sociale Zaken Rosa Hartung, die terugkeert op haar post na de tragische gebeurtenis met haar dochter, die iedereen in het land bijna een jaar geleden met ingehouden adem heeft gevolgd. Voordat de nieuwslezer verder kan gaan, zet de man naast Thulin het geluid zacht.

'Heb je misschien een schaar of zo?'

'Nee, ik heb geen schaar.'

Thulin kijkt heel even naar de man die naast haar zit en koppig probeert de verpakking van een nieuwe mobiele telefoon te openen. Hij stond vlak bij de auto een sigaret te roken toen ze de parkeergarage van het hoofdbureau binnenkwam. Hij is lang en heeft een rechte houding, maar is ook een beetje sjofel om te zien. Piekerig haar dat nat van de regen is, doornatte versleten Nike-schoenen, een dunne baggy broek en een kort zwart thermojack dat eveneens nat is. De man is niet op het Deense klimaat gekleed en Thulin vermoedt dat hij in de kleren die hij nu draagt uit Den Haag is gearriveerd. De kleine, opgevouwen reistas die naast hem stond, versterkte die indruk.

Thulin weet dat hij gisteren op het hoofdbureau is verschenen, omdat ze een paar collega's over hem hoorde praten toen ze haar ochtendkoffie in de kantine haalde. Hij is een zogenoemde verbindingsofficier, die was gestationeerd in het hoofdkwartier van Europol in Den Haag, plotseling was vrijgesteld van zijn werk en de opdracht had gekregen om naar Kopenhagen te gaan om een berisping te krijgen, omdat hij op de een of andere manier een flater had geslagen. Wat reden was voor spottende opmerkingen van de collega's, omdat de relatie tussen de Deense politie en Europol was geschaad nadat de Denen een paar jaar geleden nee hadden gezegd tegen het afschaffen van een aantal gerechtelijke bepalingen.

Toen Thulin in de parkeergarage naar hem toe liep, was hij diep in gedachten geweest en toen ze zich voorstelde, had hij haar een hand gegeven en 'Hess' gezegd. Hij was niet bijzonder spraakzaam. Normaal gesproken was zij dat ook niet, maar het gesprek met Nylander was gegaan zoals ze had gewild. Ze was ervan overtuigd dat haar aanwezigheid op de afdeling binnenkort voorbij zou zijn en vond het geen probleem om vriendelijk te zijn tegen een collega die onder vuur lag. In de auto had ze alles wat ze over de zaak wist opgedreund en hij had met een minimum aan belangstelling geknikt. Ze schat dat hij tussen de zevenendertig en eenenveertig is, en met zijn sjofele straatjongenslook doet hij haar denken aan een bepaalde acteur, hoewel haar niet te binnen wil schieten wie dat is. Hij heeft een ring aan zijn vinger, misschien een trouwring, maar haar intuïtie vertelt haar dat de man gescheiden is of daar anders mee bezig is. Het gesprek met hem geeft haar het gevoel dat ze tegen een betonnen muur aan het voetballen is, maar dat is aan de andere kant niet iets wat haar humeur kan verpesten, en ze heeft belangstelling voor de transnationale politiesamenwerking waarvan de man deel uitmaakt.

'Hoe lang blijf je in Denemarken?'

'Een paar dagen. Daar zijn ze het nog niet over eens.'

'Vind je het prettig bij Europol?'

'Jazeker. Het weer is er beter.'

'Klopt het dat hun cybercrimeafdeling hackers in dienst neemt die ze zelf opgespoord hebben?'

'Geen idee, ik werk niet op die afdeling. Vind je het goed als ik ervandoor ga als we klaar zijn op de plaats delict?'

'Ervandoor?'

'Het duurt maar een uur. Ik moet de sleutels van mijn appartement ophalen.'

'Natuurlijk.'

'Dank je wel.'

'Je standplaats is dus Den Haag?'

'Ja, of andere plekken waar ze me nodig hebben.'

'Zoals waar bijvoorbeeld?'

'Dat verschilt. Marseille, Genua, Amsterdam, Lissabon...'

De man concentreert zich weer op de verpakking van zijn mobiel, die niet meewerkt, maar Thulin vermoedt dat de opsomming veel langer zou kunnen zijn. Hij heeft iets kosmopolitisch over zich. Een reiziger zonder bagage voor wie de glans van grote steden en verre hemelstreken allang verdwenen is. Als die er ooit is geweest.

'Hoe lang ben je weggeweest?'

'Bijna vijf jaar. Ik leen deze van je.' Hess pakt een balpen uit de bekerhouder tussen de stoelen om de verpakking mee te openen.

'Vijf jaar?' Thulin is verrast. De meeste verbindingsofficieren over wie ze heeft gehoord, hebben een contract van twee jaar. Sommigen verlengen dat tot een periode van in totaal vier jaar. Ze heeft nog nooit gehoord over een verbindingsofficier die vijf jaar weggeweest is.

'De tijd gaat snel.'

'Was het vanwege de politiereorganisatie?'

'Wat?'

'Dat je vertrokken bent. Ik heb gehoord dat veel werknemers de afdeling verlaten hebben omdat ze niet tevreden waren over...'

'Nee, dat was het niet.'
'Waarom dan wel?'
'Zomaar.'
Ze kijkt naar hem. Hij kijkt even terug en zijn ogen vallen haar voor de eerste keer op. Het linkeroog is groen, het rechter blauw. Hij beantwoordt haar vragen niet onvriendelijk, maar hij heeft duidelijk gemaakt dat hij er niet meer over zal zeggen. Thulin slaat af naar een wijk met vrijstaande woningen. Als hij de machoagent met het mysterieuze verleden wil spelen, vindt ze dat geen probleem. Er zijn zoveel van dat soort types op het hoofdbureau dat ze hun eigen voetbalteam kunnen beginnen.

Het goed onderhouden huis in functionalistische stijl is wit en heeft een garage. Het ligt midden in een gezinswijk in Husum, met ligusterhagen en keurige rijen brievenbussen aan de straat. Dit is de plek waar het kerngezin een realiteit is en de modale inkomens naartoe verhuizen. Veel veiligheid en hoge verkeersdrempels, zodat de snelheid lager dan 30 kilometer per uur is. Trampolines in de tuinen en resten van stoepkrijt op het natte asfalt. Een paar schoolkinderen met een helm en reflectoren fietsen langs in de regen. Thulin remt en parkeert naast surveillancewagens en voertuigen van de technische recherche. Buurtbewoners staan achter het afzetlint onder paraplu's met elkaar te praten.
'Ik beantwoord deze eerst.' Hess heeft minder dan tien minuten geleden een simkaart in de mobiel gestopt, heeft een sms gestuurd en krijgt nu al antwoord.
'Prima, neem je tijd.'
Thulin stapt uit in de regen. Hess blijft zitten en begint een gesprek in het Frans. Terwijl ze over het kleine tuinpad met de traditionele betonnen tegels loopt, beseft ze dat ze misschien nog een reden heeft gevonden om blij te zijn dat ze vertrekt.

7

De stemmen van de twee presentatoren van het ochtendprogramma galmen door de grote, mondaine villa in Ydre Østerbro. Ze zitten met een kop koffie op een comfortabele hoekbank in de studio en leiden een onderwerp in.

'Vandaag is de opening van het parlement, dat aan een nieuw jaar begint. Dat is altijd een bijzondere dag, maar deze keer is het extra bijzonder voor een van de politici, minister van Sociale Zaken Rosa Hartung, wier twaalfjarige dochter vorig jaar op 18 oktober verdwenen is. Rosa Hartung heeft buitengewoon verlof gehad sinds haar dochter is...'

Steen Hartung loopt naar de flatscreentelevisie die naast de koelkast aan de muur hangt en zet hem uit. Vervolgens pakt hij de architectentekeningen en tekenspullen op die hij in de grote op Frankrijk geïnspireerde landelijke keuken op de parketvloer heeft laten vallen.

'Ruim dat op. We vertrekken zodra mama weg is.'

Zijn zoon zit aan de grote eettafel en schrijft, omringd door de restanten van het ontbijt, in zijn wiskundeschrift. Elke dinsdag komt Gustav pas om negen uur beneden, en elke dinsdag moet Steen hem vertellen dat dit het verkeerde moment is om zijn huiswerk te maken.

'Waarom mag ik niet op de fiets?'

'Het is dinsdag, je moet na school naar tennisles, dus ik kom je halen. Heb je je tennisspullen gepakt?'

'I have it.'

De kleine Filipijnse au pair komt binnen en zet een sporttas neer. Steen kijkt dankbaar naar haar terwijl ze begint op te ruimen.

‘Dank je wel, Alice. Ga mee, Gustav.’

‘Alle andere kinderen fietsen.’

Steen kijkt uit het raam en ziet de grote zwarte auto de oprit op rijden en in de plassen voor het huis parkeren.

‘Papa, alleen vandaag?’

‘Nee, we doen wat we altijd doen. De auto is er. Waar is mama?’

8

Steen loopt de trap op naar de eerste verdieping terwijl hij haar roept. Het honderd jaar oude patriciërshuis heeft een oppervlakte van bijna 400 vierkante meter en hij kent elk hoekje ervan, omdat hij het zelf heeft gerenoveerd. Toen ze het destijds kochten was het belangrijk om veel ruimte te hebben, maar nu is het te groot. Veel te groot. Hij zoekt haar in de slaapkamer en de badkamer, voordat hij ziet dat de deur ertegenover op een kier staat. Hij aarzelt even, duwt de deur vervolgens open en kijkt in de kamer die ooit van zijn dochter is geweest.

Zijn vrouw zit met haar jas aan op het kale matras op het bed tegen de muur. Hij kijkt naar de lege muren en de verhuisdozen die in een hoek staan. Vervolgens kijkt hij weer naar haar. 'De auto is er.'

'Dank je...' Ze knikt even en blijft zitten.

Steen loopt naar binnen en voelt de kou in de kamer. Ineens ziet hij dat ze haar handen om een geel T-shirt geklemd heeft. 'Is alles goed met je?'

Het is een onnozele vraag, want ze ziet er niet uit alsof het goed met haar is.

'Ik heb het raam gisteren opengezet en daarna ben ik vergeten het weer dicht te doen, en dat merkte ik daarnet pas.'

Hij knikt begrijpend, ook al is het geen antwoord op zijn vraag. Beneden in de hal horen ze hun zoon roepen dat Vogel er is, maar geen van beiden reageert.

'Ik kan me haar geur niet meer herinneren.' Haar handen strelen de gele stof van het T-shirt en ze kijkt ernaar alsof ze naar iets zoekt wat tussen de draden van het weefsel verstopt zit. 'Ik moest het proberen, maar haar geur is er niet meer, en ook niet in haar andere kleren.'

Hij gaat naast haar zitten. 'Misschien is dat goed. Misschien is het zo beter.'

'Waarom zou het beter zijn? Het is niet beter.'

Hij geeft geen antwoord en voelt dat ze spijt van haar opmerking heeft.

'Ik weet niet of ik dit kan... Het voelt verkeerd.'

'Het is niet verkeerd. Het is het enige juiste om te doen. Dat heb je zelf tegen me gezegd.'

Hun zoon roept weer.

'Ze zou tegen je gezegd hebben dat je moet vertrekken. Ze zou tegen je gezegd hebben dat het je gaat lukken. Ze zou tegen je gezegd hebben dat je fantastisch bent.'

Rosa geeft geen antwoord. Ze blijft nog een ogenblik met het T-shirt zitten, waarna ze zijn hand pakt en die even streelt, terwijl ze probeert te glimlachen.

'Oké, fantastisch, tot straks.' Rosa Hartungs persoonlijk adviseur beëindigt zijn telefoongesprek als ze de trap naar de hal af loopt.

'Ben ik te vroeg? Zal ik het koningshuis vragen om tot morgen te wachten met de opening?'

Rosa glimlacht om Frederik Vogels energie en bedenkt dat het een prettig contrast in de woning is. Als Vogel in de buurt is, is er geen ruimte om sentimenteel te zijn.

'Nee, ik ben klaar.'

'Mooi. Laten we het programma doornemen. Er is een aantal vragen binnengekomen. Een paar zijn goed, een paar zijn voorspelbaar en roddelbladachtig...'

'Laten we dat in de auto bespreken. Gustav, denk eraan dat het dinsdag is en dat je vader je komt halen. Bel me als er iets is. Oké, liefje?'

'Ik weet het.' De jongen knikt vermoeid en Rosa heeft nog net tijd om door zijn haar te woelen voordat Vogel de deur voor haar openhoudt.

'Je moet de nieuwe chauffeur begroeten en we moeten de volgorde van de onderhandelingen bespreken...'

Steen staat achter het keukenraam en probeert bemoedigend naar zijn vrouw te glimlachen als ze de nieuwe chauffeur heeft begroet en via het achterportier instapt. Als de auto van de oprit rijdt, voelt Steen zich opgelucht.

'Zullen we gaan?' vraagt Gustav aan zijn vader, terwijl hij in de hal zijn jas en laarzen aantrekt.

'Ik kom eraan.' Steen opent de koelkast, haalt het pak met kleine flesjes drank eruit, schroeft de dop van een flesje en laat de inhoud in zijn mond lopen. Hij voelt hoe de drank door zijn slokdarm stroomt en in zijn maag terechtkomt. Hij stopt de rest van de flesjes in zijn tas, gooit de koelkastdeur dicht en herinnert zich dat de autosleutels op de keukentafel liggen.

9

Er is iets aan de woning wat Thulin niet aanstaat. Het gevoel komt al bij haar op als ze met handschoenen aan en blauwe plastic hoezen over haar schoenen door de donkere hal loopt, waar de schoenen van het gezin op een rij onder de garderobestang met jassen staan. Mooi ingelijste posters met bloemmotieven hangen aan de muren in de gang, en de slaapkamer is vrouwelijk en onschuldig, in verschillende witte nuances, afgezien van de roze geplisseerde jaloezieën die nog dicht zijn.

'Het slachtoffer is Laura Kjær, zevenendertig jaar, klinisch assistent in een tandartsenpraktijk in het centrum van Kopenhagen. Het lijkt erop dat ze naar bed is gegaan en verrast is. Haar negenjarige zoon slaapt in de kamer aan het eind van de gang, maar hij heeft blijkbaar niets gezien of gehoord.'

Thulin kijkt naar het tweepersoonsbed waarvan maar één kant is beslapen, terwijl ze door een oudere politieagent in uniform wordt gebrieft. Een bedlamp is van het nachtkastje gestoten en op het hoogpolige witte tapijt ligt bloed.

'De jongen werd wakker in een leeg huis en kon niemand vinden. Hij maakte zelf ontbijt, kleedde zich aan en wachtte op zijn moeder, maar toen ze niet verscheen is hij naar de buren gegaan. De buurvrouw is met hem meegelopen, trof de woning leeg aan en hoorde een hond op de speelplaats blaffen, waar ze vervolgens het slachtoffer vond en ons belde.'

'Is er contact met de vader opgenomen?' Thulin loopt langs de agent heen, kijkt even in de kinderkamer en loopt met de agent achter zich aan naar de gang terug.

'Volgens de buurvrouw is de vader een paar jaar geleden aan

kanker overleden. Het slachtoffer heeft een halfjaar daarna een man ontmoet met wie ze hier, in haar woning, ging samenwonen. De man is naar een beurs op Seeland. We hebben hem gebeld toen we hier arriveerden en hij is onderweg.'

Thulin kijkt via de geopende deur in de badkamer. Ze ziet drie elektrische tandenborstels die op een rij hangen, een paar pantoffels die klaarstaan op de stenen vloer en twee identieke badjassen die aan haakjes hangen. Ze loopt van de gang via de woonkeuken naar de zitkamer, waar in het wit geklede technisch rechercheurs bezig zijn met het veiligstellen van vingerafdrukken met behulp van de apparatuur in hun flightcases. Het meubilair is net zo algemeen als de wijk waarin het huis staat. Scandinavisch design, waarschijnlijk voornamelijk van IKEA en ILVA, drie lege placemats op de tafel, een klein herfstboeket met siertakken in een vaas, kussens op de bank. Op het aanrecht ziet ze een diep bord met een restant melk en cornflakes; waarschijnlijk heeft de jongen het daar neergezet. In de zitkamer staat een digitale fotolijst die in een voortdurende stroom foto's van de gezinsleden toont aan de lege leunstoel die ernaast staat. Ze glimlachen en zien er vrolijk uit. Laura Kjær is een leuke slanke vrouw met lang rood haar, maar er ligt een kwetsbare blik in de sympathieke ogen. Het is een prettig huis, en toch is er iets wat Thulin niet aanstaat.

'Zijn er tekenen van inbraak?'

'Nee, we hebben de ramen en deuren gecontroleerd. Het lijkt erop dat ze televisie heeft gekeken en thee heeft gedronken voordat ze naar bed is gegaan.'

Thulin bekijkt het prikbord in de keuken, maar ziet alleen schoolroosters, kalenders, de openingstijden van het zwembad, een aanbod om bomen te snoeien, een uitnodiging voor een halloweenfeest van de vereniging van eigenaren en een afspraak voor een onderzoek op de kinderafdeling van het Rigsziekenhuis. Normaal gesproken is Thulin hier goed in: het registreren van kleine dingen die belangrijk kunnen zijn. Omdat ze het zelf ooit gewend was om thuis te komen, de voordeur te openen en te bepalen of het een goede of een slechte dag zou worden. In dit geval is er niets op te merken. Alleen een kerngezin en de dagelijkse idylle. Het soort waartegen ze zelf nooit ja zou kunnen zeggen. Eén moment probeert ze zichzelf wijs te maken dat het dat is wat haar dwarszit aan de woning.

'Hoe zit het met de computers, tablets, mobiele telefoons?'

'Voor zover we kunnen zien is er niets gestolen, en de mensen van Genz hebben alle elektronische apparatuur al ingepakt en opgestuurd.'

Thulin knikt. De meeste geweldsmisdrijven en moordzaken worden op die manier opgelost. Meestal vinden ze sms'jes, belinfo, mails of Facebook-berichtjes die duidelijk maken waarom de situatie zo is geëindigd, en ze kijkt er al naar uit om het materiaal in handen te hebben.

'Wat stinkt hier zo? Braaksel?' Thulin is zich plotseling bewust van de onaangename stank die haar tijdens de bezichtiging van het huis is gevolgd. De oudere politieagent kijkt schuldig en Thulin ziet nu pas dat hij bleek is.

'Het spijt me. Ik kom net van buiten. Ik dacht dat ik het gewend was... Ik zal je de weg wijzen.'

'Dat is niet nodig. Geef maar een seintje als haar partner arriveert.'

Thulin opent de terrasdeur naar de achtertuin, terwijl de politieagent dankbaar knikt.

10

De trampoline heeft betere dagen gekend en dat geldt ook voor de kleine, overwoekerde kas die links van de terrasdeur staat. Aan de rechterkant groeit het hoge gras tegen de achterwand van een glimmende stalen garage, die beslist bijzonder praktisch is maar absoluut niet bij het functionalistische witte huis past. Thulin loopt naar het achterste deel van de tuin. Aan de andere kant van de heg bevinden zich schijnwerpers, geüniformeerde politieagenten en in het wit geklede technisch rechercheurs. Als ze zijwaarts tussen de bomen en struiken met gele en vuurrode bladeren door is gelopen, komt ze op een natuurspeelplaats. Ze ziet flitslicht in de buurt van een speelhuisje en in de verte ziet ze Genz, die de details van de plaats delict energiek met zijn camera vereeuwigt, terwijl hij zijn in het wit geklede mensen opdrachten geeft.

'Hoe lang zijn jullie nog bezig?'

Simon Genz kijkt op van zijn camera. Zijn blik is ernstig, maar als hij haar ziet glimlacht hij even. Genz is ongeveer midden dertig. Hij is lenig en sportief, en er wordt beweerd dat hij alleen dit jaar al vijf marathons heeft gelopen. Hij is bovendien het jongste hoofd dat het Forensisch Instituut ooit heeft gehad en is een van de weinigen naar wie Thulin luistert. Hij is scherp, nerdachtig en in het bezit van een beoordelingsvermogen waarin ze daadwerkelijk vertrouwen heeft. Toch houdt ze hem op een armlengte afstand, omdat hij haar heeft gevraagd of ze binnenkort samen een rondje gaan rennen, en dat is ze niet van plan. In de negen maanden die Thulin nu op de afdeling Ernstige Misdrijven tegen Personen werkt, is Genz de enige met wie ze min of meer een relatie heeft gekregen, maar het minst sexy wat ze zich kan voorstellen is een amoureuze verhouding met een collega.

'Hallo, Thulin. Niet zo lang meer. De regen werkt niet bepaald mee en er zijn al wat uren verstreken sinds het gebeurd is.'

'Hebben ze al iets over een tijdstip gezegd?'

'Nog niet. De forensisch arts is om de hoek bezig, maar de regen is even voor middernacht begonnen en ik gok erop dat de moord rond die tijd plaatsgevonden heeft. Als er duidelijke sporen op het terrein waren, dan zijn die inmiddels weggespoeld, maar we geven het niet op. Wil je haar zien?'

'Ja, bedankt.'

De levenloze vrouw zit met een witte deken van het Forensisch Instituut over zich heen op het gras. Ze leunt tegen een van de palen die het dak boven de veranda van het speelhuisje dragen. Het tafereel ziet er bijna vredig uit, met de rode en gele kleuren van de slingerplanten die het struikgewas op de achtergrond domineren. Ze zit in elkaar gedoken als een lappenpop en is naakt, afgezien van een broekje en een hemdje die ooit beige zijn geweest, maar nu doornat zijn van de regen en het bloed. Thulin komt dichterbij en gaat op haar hurken zitten om het beter te kunnen zien. Laura Kjær heeft zwart gaffertape rond haar hoofd. Het snijdt in de verstarde open mond en is meerdere keren rond het achterhoofd en het natte rode haar gewikkeld. Het ene oog is ingeslagen, zodat je tot ver in de oogkas kunt kijken, terwijl het andere oog blind voor zich uit staart. De naakte, blauwige huid wordt ontsierd door een groot aantal schrammen, sneden en beurse plekken, en de blote voeten zijn tot bloedens toe geschaafd. Haar handen zijn begraven in een berg bladeren voor haar schoot en haar polsen zijn strak bij elkaar gebonden met brede plastic strips. Thulin hoeft maar één blik op de gedaante te werpen om te begrijpen waarom de oudere politieagent heeft overgegeven. Normaal gesproken vindt ze het niet erg om dode mensen te zien. Het werk op de afdeling Moordzaken vereist een nuchtere benadering van de dood en als je dat niet kunt opbrengen, heb je daar niets te zoeken. Thulin heeft echter nog nooit iemand gezien die zo is mishandeld als de vrouw die tegen de paal van het speelhuisje zit.

'Je krijgt natuurlijk een verslag van het Forensisch Instituut, maar volgens mij wijzen een aantal van de verwondingen erop dat ze op een bepaald moment heeft geprobeerd om tussen de bomen door te vluchten voor de dader. Bij het huis vandaan of naar het huis toe. Maar het was aardedonker en ze was waarschijnlijk ernstig verzwakt na de amputatie, die zeer waarschijnlijk plaatsgevonden heeft voordat ze uiteindelijk bij het speelhuisje is neergezet.'

'Amputatie?'

'Hou dit eens vast.'

Genz geeft haar afwezig de grote camera met de flitser. Hij loopt naar het lijk, gaat op zijn hurken zitten en gebruikt zijn staaflantaarn bij wijze van hefboom om de vastgebonden polsen van de vrouw voorzichtig een stukje op te tillen. De rigor mortis is ingetreden en de stijve armen volgen Genz' beweging mechanisch. Thulin ziet dat Laura Kjærs rechterhand niet begraven is in de bladeren, zoals ze had gedacht. De arm stopt vlak onder de pols, en de botten en pezen steken uit de scheve, onregelmatige wond.

'We nemen voorlopig aan dat het buiten gebeurd is, omdat we geen sporen van bloed in de garage of de woning gevonden hebben. Ik heb mijn mensen natuurlijk gevraagd om de garage grondig te doorzoeken, vooral naar tape, strips, tuin- en werkgereedschap, maar tot nu toe zonder eenduidig resultaat. Bovendien verbazen we ons er natuurlijk over dat we de hand nog niet gevonden hebben, maar we zijn nog aan het zoeken.'

'Die kan meegenomen zijn door een hond,' zegt Hess, die door de tuin is gelopen en de heg is gepasseerd. Hij kijkt in de regen om zich heen en huivert. Genz kijkt verrast naar hem. Thulin is om de een of andere reden geïrriteerd over de opmerking, ook al weet ze dat hij gelijk kan hebben.

'Genz, dit is Hess. Hij loopt een paar dagen mee.'

'Goedemorgen. Welkom.' Genz maakt aanstalten om hem een hand te geven, maar Hess knikt naar de aangrenzende huizen. 'Is er iemand die iets gehoord heeft? Buren?'

Een donderend geluid nadert en plotseling dendert een S-trein over de natte rails aan de andere kant van de speelplaats langs, waardoor Genz zijn antwoord moet schreeuwen. 'Nee, voor zover ik weet heeft niemand iets gehoord! Er rijden 's nachts niet veel S-treinen, maar er passeren wel veel goederentreinen op dit traject!'

Het geluid van de trein sterft weg en Genz kijkt weer naar Thulin. 'Ik zou willen dat ik een heleboel sporen voor je had, maar op dit moment kan ik je niet meer vertellen dan dat ik nog nooit iemand gezien heb die zo ernstig mishandeld is.'

'Wat is dat?'

'Wat?'

'Daar.' Thulin zit nog steeds op haar hurken bij het lijk en wijst ergens naar. Genz moet zich omdraaien om het te zien. Achter de dode vrouw, aan de balk boven de veranda van het speelhuis, hangt iets in de wind dat in het touw verwikkeld is geraakt. Genz steekt zijn hand uit en maakt het voorwerp los zodat het vrij heen en weer zwaait. Het bestaat uit twee donkerbruine kastanjes die boven elkaar zijn geplaatst. De bovenste is het kleinst, de onderste het grootst. In de bovenste kastanje zijn in de schil twee gaten geboord die ogen moeten voorstellen. In de onderste zijn bij wijze van armen en benen lucifers gestoken. Het is een eenvoudig poppetje dat bestaat uit twee bollen en vier stokjes, maar Thulins hart slaat een slag over zonder dat ze kan verklaren waarom.

'Een kastanjemannetje. Zullen we dat verhoren?'

Hess kijkt haar onschuldig aan. De klassieke politiehumor staat blijkbaar hoog aangeschreven bij Europol. Thulin geeft geen antwoord. Genz en zij wisselen een blik voordat Genz wordt gestoord door een van zijn mensen, die een vraag heeft. Hess zoekt in zijn zak naar zijn mobiel, die weer overgaat, en op dat moment wordt er bij het huis gefloten. De agent die heeft gebraakt, geeft Thulin vanuit de tuin een teken. Ze komt overeind en kijkt nog even rond op de speelplaats, die is omringd door bomen met bronskleurige bladeren. Er is niets te zien, alleen natte schommels en klimtorens en een parcoursbaan, die saai en verlaten lijken, ondanks het grote aantal politieagenten en technisch rechercheurs die in de regen rondlopen om het terrein af te zoeken. Thulin loopt naar het huis terug. Als ze Hess passeert, praat hij weer Frans in zijn mobiel, terwijl er opnieuw een S-trein langsdendert.

11

In de ministersauto op weg naar het centrum schetst Vogel het programma van die dag. De ministers ontmoeten elkaar in Christiansborg, waarna de groep voor de traditionele kerkdienst naar de Slotskirke vertrekt, die om de hoek staat. Als dat achter de rug is, begroet Rosa haar personeel op het ministerie van Sociale Zaken, dat is gehuisvest aan Holmens Kanal tegenover de Christiansborg Slotsplads, waarna ze op tijd in Christiansborg terug moet zijn voor de officiële opening van het parlement.

De rest van de dag is eveneens zorgvuldig gepland, maar Rosa komt met een aantal correcties, die ze op de agenda in haar iPhone bijwerkt. Dat hoeft ze niet te doen, want haar secretaresse houdt alles voor haar bij, maar Rosa vindt het prettiger. Het helpt haar om de details te zien, vast te houden aan de realiteit en het gevoel te hebben dat ze alles onder controle heeft. Vooral vandaag. Als de auto de Rigsdagsgården op rijdt, luistert ze niet meer naar Vogel. De Deense vlaggen wapperen op de toren van het gebouw en overal op het plein staan mediawagens geparkeerd. Ze kijkt naar de verslaggevers die zich voorbereiden of bij het licht van de fotografen onder hun paraplu's presenteren.

'Asger, we rijden naar de achteringang,' zegt Vogel.

De nieuwe chauffeur knikt, maar Rosa is het niet eens met het voorstel. 'Nee. Zet me hier af.'

Vogel draait zich verrast naar haar om en de chauffeur kijkt via de achteruitkijkspiegel naar haar. Het valt haar nu pas op dat hij ondanks zijn jeugdige leeftijd een ernstige trek rond zijn mond heeft.

'Als ik het nu niet doe, blijft het de hele dag zo. Rij tot voor de ingang en zet me daar af.'
'Weet je dat zeker, Rosa?'
'Heel zeker.'

De auto stopt langs het trottoir, de chauffeur stapt uit en opent het achterportier voor haar. Als ze de auto verlaat en naar de grote trap voor het parlementsgebouw begint te lopen, is het alsof alles in slow motion plaatsvindt: de cameramensen die zich omdraaien, de journalisten die naar haar toe komen, de gezichten met de open monden en de verwrongen woorden.

'Rosa Hartung, één moment!'

De realiteit raakt haar. De menigte voor haar explodeert, camera's worden voor haar gezicht gehouden en ze wordt bedolven onder de vragen van de journalisten. Rosa loopt twee treden op, kijkt naar de menigte en registreert alles. De stemmen, het licht en de microfoons, een blauwe muts die over een gerimpeld voorhoofd is getrokken, een arm die zwaait, een paar donkere ogen die proberen haar vanaf de achterste rij te volgen.

'Mevrouw Hartung, hebt u iets te zeggen?'

'Hoe is het om terug te zijn?'

'Kunnen we twee minuten krijgen?'

'Rosa Hartung, kijk deze kant eens op!'

Rosa weet dat ze de afgelopen maanden en niet het minst de afgelopen dagen een agendapunt op de diverse redactievergaderingen is geweest, maar niemand heeft rekening gehouden met deze mogelijkheid, dus zijn ze onvoorbereid, en dat is de reden waarom Rosa het doet.

'Achteruit! De minister heeft iets te zeggen!' roept Vogel, die voor haar is gaan staan om ervoor te zorgen dat iedereen op afstand blijft. De meesten gehoorzamen en Rosa kijkt naar de gezichten, waarvan er veel vertrouwd zijn.

'Zoals jullie allemaal weten is het een moeilijke tijd geweest. Mijn gezin en ik zijn dankbaar voor de steun die we de afgelopen periode gekregen hebben. Nu begint een nieuw parlementsjaar en is de tijd aangebroken om vooruit te kijken. Ik bedank de premier voor zijn vertrouwen en kijk ernaar uit om me op de politieke taken die voor ons liggen te storten. Ik hoop dat jullie dat allemaal zullen respecteren. Bedankt.'

Rosa Hartung loopt de trap op, terwijl Vogel een weg voor haar baant.

'Mevrouw Hartung, bent u klaar voor uw terugkomst?'

'Hoe is het met u?'

'Hoe voelt het dat de dader niets heeft gezegd over de plekken waar uw dochter...'

Het lukt Vogel om haar tot bij de grote deur te brengen, en als haar secretaresse op de drempel klaarstaat om haar een hand te geven, voelt het alsof ze uit een kolkende zee aan land wordt getrokken.

12

'Zoals je ziet hebben we de inrichting enigszins aangepast omdat er nieuwe banken zijn gekomen, maar als je de andere liever terug wilt...'

'Nee, het is goed. Ik vind het prettig dat ze nieuw zijn.'

Rosa is net in haar kantoor op de vierde verdieping van het ministerie van Sociale Zaken gearriveerd. Ze heeft veel mensen teruggezien na haar aankomst in Christiansborg en de daaropvolgende kerkdienst, en het is een prettig gevoel om afstand van de enorme aandacht te kunnen nemen. Sommige collega's van de verdieping hebben haar omhelsd, andere hebben vriendelijk en meelevend geknikt. Ze heeft ervoor gezorgd om in beweging te blijven, afgezien van de kerkdienst, toen ze heeft geprobeerd zich op de preek van de bisschop te concentreren. Daarna moest Vogel met diverse vertegenwoordigers praten en was Rosa samen met haar secretaresse en een paar assistenten die op haar wachtten, de binnenplaats overgestoken naar het grote grijsbruine gebouw waarin het ministerie van Sociale Zaken gehuisvest is. Vogels afwezigheid komt haar prima uit, want nu kan ze zich concentreren op de begroeting van het personeel en het gesprek met haar secretaresse.

'Rosa, ik weet niet hoe ik het moet formuleren, dus vraag ik het gewoon ronduit. Hoe is het met je?'

Er is niet eerder gelegenheid geweest om erover te praten en Rosa kent haar secretaresse goed genoeg om te weten dat ze het beste met haar voorheeft. Liu is van Chinese afkomst, getrouwd met een Deen, moeder van twee kinderen en een van de goedhartigste mensen die Rosa kent, maar ze is genoodzaakt om de vrijpostige vraag op dezelfde manier te ontwijken als ze bij Christiansborg en in de kerk heeft gedaan.

'Fijn dat je het vraagt. Naar omstandigheden gaat het goed met me en ik kijk ernaar uit om aan de slag te gaan. Hoe is het met jou?'

'Goed. De jongste heeft een koliek en de oudste... Nee, alles is goed.'

'Het is daar een beetje kaal.' Rosa wijst naar de muur, terwijl ze voelt dat Liu op haar hoede is.

'Dat is de plek waar de foto's hingen, maar ik vind dat je daar zelf een beslissing over moet nemen. Er zitten foto's van jullie samen bij en ik weet niet of je die weer aan de muur wilt hebben.'

Rosa kijkt naar de doos die bij de muur staat en herkent een stukje van een foto met Kristine.

'Daar denk ik later over na. Nu wil ik weten hoeveel tijd ik nog heb voor de afspraken van vandaag.'

'Niet veel. Je moet het personeel zo meteen begroeten, daarna volgt de officiële opening met de toespraak van de premier en vervolgens...'

'Dat is prima, maar ik wil vandaag al met de gesprekken beginnen. Niet uitgebreid, maar in de pauzes en allesbehalve officieel. Ik heb onderweg geprobeerd een mail te sturen naar een paar van de personen in kwestie, maar het programma werkte niet.'

'Dat is helaas nog steeds zo.'

'Oké, stuur Engells dan maar naar binnen, zodat ik hem kan vertellen met wie ik wil praten.'

'Engells is op dit moment helaas niet aanwezig.'

'Niet?'

Rosa kijkt haar aan, en plotseling beseft ze dat er misschien nog een reden is voor de onzekerheid en nervositeit van haar secretaresse. De secretaris-generaal van het ministerie van Sociale Zaken zou normaal gesproken op een dag zoals deze staan te wachten en het feit dat hij niet aanwezig is, lijkt plotseling onheilspellend.

'Ja. Hij moest weg omdat... Maar dat kan hij je zelf vertellen als hij terug is.'

'Terug waarvan? Wat is er aan de hand?'

'Ik weet het niet precies. En het wordt allemaal geregeld, maar zoals ik al zei...'

'Liu, wat is er aan de hand?'

De secretaresse aarzelt en kijkt bijzonder ongelukkig. 'Het spijt me echt heel erg. Er zijn zoveel lieve mails binnengekomen van mensen die je steunen en je het beste wensen, en ik begrijp niet hoe iemand zoiets kan sturen.'

'Wat sturen?'

'Ik heb hem zelf niet gezien, maar ik denk dat het een dreigement is. Ik heb van Engells begrepen dat het met je dochter te maken heeft.'

13

‘Maar ik heb gisteravond nog met haar gepraat... Ik had gegeten en daarna heb ik naar huis gebeld. Het was precies zoals anders.’

Laura Kjærs drieënveertigjarige partner, Hans Henrik Hauge, zit op een stoel in de keuken, nog steeds in zijn natte jas en met zijn autosleutels in zijn hand geklemd. Zijn ogen zijn rood en behuild, en hij kijkt verward door het raam naar de in het wit geklede gedaanten in de tuin en achter de heg, waarna hij weer naar Thulin kijkt. ‘Hoe is het gebeurd?’

‘Dat weten we nog niet. Waarover praatten jullie aan de telefoon?’

Er klinkt gerammel in de keuken en Thulin kijkt met een steelse blik naar de man van Europol die rondslentert en kasten en laden opent. Ze constateert dat hij, ook als hij niets zegt, in staat is om haar te irriteren.

‘Niets bijzonders. Wat heeft Magnus gezegd? Ik wil hem graag zien.’

‘Je mag hem straks zien. Heeft ze iets gezegd waarover je verbaasd was, of was ze bezorgd, of...’

‘Nee. We hebben over Magnus gepraat en daarna zei ze dat ze naar bed ging omdat ze moe was.’

Hans Henrik Hauge staat op het punt om in huilen uit te barsten. Hij is lang, stevig gebouwd en goed gekleed, maar lijkt een zachte man. Thulin denkt dat het lastig kan zijn om hem te verhoren, tenzij ze het tempo opvoert.

‘Vertel eens hoe lang jullie elkaar al kennen.’

‘Anderhalf jaar.’

‘Waren jullie getrouwd?’ Thulin kijkt naar Hauges handen en ziet dat hij aan een ring frunnikt.

‘We waren verloofd. Ik heb haar een ring gegeven. We zouden van de winter naar Thailand gaan om te trouwen.’

‘Waarom wilden jullie in Thailand trouwen?’

‘We zijn allebei al getrouwd geweest, dus vonden we dat het anders moest.’

‘Aan welke hand droeg ze haar ring?’

‘Wat?’

‘De ring. Aan welke hand droeg ze die?’

‘Aan de rechter, denk ik. Waarom?’

‘Het is gewoon een vraag, maar het is belangrijk dat je antwoord geeft. Vertel eens waar je gisteren was.’

‘Roskilde. Ik ben IT-ontwikkelaar. Ik ben er gisterochtend naartoe gereden en zou tot vanmiddag op de beurs blijven.’

‘Ben je gisteravond in gezelschap van anderen geweest?’

‘Ja, ik was bij onze adjunct-chef. Tot ik tussen negen en tien uur naar het hotel ben gereden. Daar heb ik Laura gebeld.’

‘Waarom ben je niet gewoon naar huis gereden?’

‘Omdat het bedrijf ons gevraagd had om daar te overnachten. Er waren vroege vergaderingen ingepland.’

‘Hoe was de relatie tussen Laura en jou? Hadden jullie problemen of...’

‘Nee. Onze relatie was goed. Wat doen ze in de garage?’

Hauges behuilde blik is weer naar het raam gedwaald, deze keer naar de achterkant van de garage, waar een paar in het wit geklede technisch rechercheurs de deur net achter zich dichtdoen.

‘Ze helpen bij het veiligstellen van sporen, als die er tenminste zijn. Kun je iemand bedenken die Laura kwaad zou willen doen?’

Hauge kijkt haar aan, maar het is alsof hij helemaal niet aanwezig is.

‘Kan er iets zijn wat je niet over haar wist? Kan ze een relatie met iemand anders gehad hebben?’

‘Nee, absoluut niet. En nu wil ik Magnus zien. Hij moet zijn pil trouwens innemen.’

‘Wat mankeert hem?’

‘Dat weten we niet. Hij is onder behandeling in het Rigsziekenhuis en ze denken dat het een vorm van autisme is. Hij heeft iets gekregen om zijn angst te verminderen. Magnus is een fijne knul, maar hij is heel gesloten en hij is tenslotte nog maar negen...’

Hans Henrik Hauges stem stokt weer. Thulin wil net een nieuwe vraag stellen, maar Hess is haar voor. ‘Jullie hadden het dus goed samen, zeg je. Geen problemen?’

‘Dat heb ik inderdaad gezegd. Waar is Magnus? Ik wil hem zien.’

‘Waarom hebben jullie de sloten laten vervangen?’

De woorden komen vanuit het niets, en Thulin kijkt naar Hess. Zijn vraag is onschuldig en lijkt hem te ontvallen terwijl hij iets omhooghoudt wat hij uit een keukenlade heeft gepakt. Het is een vel papier met twee glanzende sleutels erop geplakt.

Hauge kijkt eerst niet-begrijpend naar hem en daarna naar het vel papier.

‘Dit is een factuur van een slotenmaker. Er staat op dat het slot op 5 oktober om 15.30 uur vervangen is. Gistermiddag dus. Dat wil zeggen: nadat je naar de beurs vertrokken bent.’

‘Daar weet ik niets van. Magnus is zijn sleutel een paar keer kwijtgeraakt, dus hebben we het erover gehad. Maar ik wist niet dat Laura het inderdaad geregeld had...’

Thulin staat op, pakt de factuur uit Hess’ hand en bekijkt hem. Ze zou hem ook gevonden hebben als ze de woning zo zou gaan doorzoeken, maar ze besluit om gebruik te maken van het moment, ook al is ze geïrriteerd. ‘Wist je niet dat Laura het slot had laten vervangen?’

‘Nee.’

‘Heeft Laura er niets over gezegd toen jullie door de telefoon met elkaar praatten?’

‘Nee... of... nee, dat denk ik niet.’

'Kan er een reden voor zijn dat ze er niets over gezegd heeft?'

'Ze wilde het waarschijnlijk later vertellen. Waarom is dat belangrijk?'

Thulin kijkt naar hem zonder antwoord te geven. Hans Henrik Hauge staart met grote, niet-begrijpende ogen terug. Ineens staat hij zo abrupt op dat de stoel omvalt. 'Jullie kunnen me hier niet vasthouden. Ik heb het recht om Magnus te zien. Ik wil hem nú zien!'

Thulin aarzelt even en knikt daarna naar de agent die op de achtergrond bij de deur staat te wachten. 'We nemen straks DNA en vingerafdrukken van je af. Dat is belangrijk om te kunnen bepalen welke sporen hier wel en welke hier niet thuishoren. Begrijp je dat?'

Hauge knikt afwezig en verdwijnt met de agent naar buiten. Hess heeft zijn plastic handschoenen uitgetrokken, ritst zijn jack dicht en pakt zijn reistas op, die hij op een stuk plastic in de hal heeft neergezet. 'We zien elkaar bij Forensische Geneeskunde. Het is waarschijnlijk een goed idee om het alibi van die vent te controleren.'

'Dank je, ik zal mijn best doen daaraan te denken.'

Hess knikt onverstoorbaar en loopt de keuken uit, terwijl een andere agent binnenkomt.

'Wil je nu met de jongen praten? Hij is bij de buren, je kunt hem vanuit het raam zien.'

Thulin loopt naar het raam dat uitziet op de woning van de buren en kijkt door de kale heg naar een serre met grote ramen. De jongen zit op een stoel aan een witte tafel en speelt op iets wat een spelconsole lijkt. Ze ziet alleen zijn profiel, maar dat is voldoende om vast te stellen dat zijn gezicht en bewegingen iets mechanisch en afwezigs hebben.

'Hij zegt niet veel, lijkt een beetje achtergebleven en praat bijna alleen met eenlettergrepige woorden.'

Thulin observeert de jongen terwijl ze naar de politieagent luistert, en heel even herkent ze zichzelf en de afgrond van eenzaamheid waarvan ze weet dat hij die vandaag en gedurende de vele jaren die komen zal voelen. Dan verdwijnt de jongen achter een oudere vrouw, waarschijnlijk de buurvrouw, die met Hans Henrik Hauge in haar kielzog de serre in komt. Hauge begint te huilen als hij Magnus ziet, gaat op zijn hurken zitten en slaat zijn armen om hem heen, terwijl de jongen rechtop en met zijn handen op de spelconsole blijft zitten.

'Zal ik hem ophalen?' De agent kijkt ongeduldig naar Thulin. 'Ik vroeg of...'

'Nee, gun ze wat tijd. Maar hou de partner in de gaten en laat iemand zijn alibi controleren.'

Thulin loopt bij het raam weg, terwijl ze hoopt dat de zaak net zo vanzelfsprekend is als hij lijkt. Heel even flitst het beeld van het kastanjemannetje in het speelhuisje langs. NC3 kan plotseling niet snel genoeg komen.

14

De panoramaramen van het architectenkantoor kijken uit over de stad. De werktafels staan als kleine eilanden in de grote zaal met plafondverlichting en het is alsof de ruimte elk moment kan kapseizen, omdat de meeste werknemers voor de flatscreentelevisie staan die aan een kant van de zaal aan het plafond hangt. Steen Hartung komt de trap op met zijn tekeningen, terwijl de nieuwszender aan het eind is van het fragment met de aankomst van zijn vrouw bij Christiansborg. De meeste werknemers zien dat Steen binnenkomt en doen haastig alsof ze aan het werk zijn, terwijl hij naar zijn kantoor loopt. Alleen zijn partner Bjarke kijkt naar hem en glimlacht verlegen.

'Hallo, heb je even?'

Ze lopen het kantoor in en Bjarke doet de deur dicht. 'Ik vind dat het haar goed afgaat.'

'Dank je. Heb je met de klant gepraat?'

'Ja, ze zijn tevreden.'

'Waarom hebben we de opdracht dan niet gekregen?'

'Omdat ze op zeker willen spelen. Ze willen meer tekeningen hebben, maar ik heb tegen ze gezegd dat je daar meer tijd voor nodig hebt.'

'Meer tekeningen?'

'Hoe gaat het thuis?'

'Ik kan snel leveren. Dat is geen probleem.'

Steen maakt zijn tekenbord leeg om plaats voor de tekeningen te maken, maar zijn irritatie groeit omdat zijn partner naar hem blijft kijken.

'Steen, je zet jezelf te veel onder druk. Iedereen heeft er begrip voor als je wat gas terugneemt en het de tijd geeft. Laat meer aan de anderen over. Daarom hebben we ze tenslotte aangenomen.'

'Zeg maar tegen de klant dat ik op zijn laatst over een paar dagen preciseer. We moeten die opdracht binnenhalen.'

'Dat is niet het belangrijkste. Steen, ik maak me zorgen over je. Ik ben nog steeds van mening...'

Steen Hartungs mobiel gaat over en hij neemt meteen op. 'Met Steen Hartung.' De stem aan de andere kant van de lijn stelt zich voor als de secretaresse van zijn advocaat. Steen draait zijn partner de rug toe om ervoor te zorgen dat hij uit zijn kantoor vertrekt. 'Dat kan nu inderdaad. Waar gaat het over?'

Steen ziet zijn partner in de weerspiegeling van het grote panoramaraam het kantoor uit sjokken, terwijl de stem in zijn mobiel verderpraat.

'Het is een vervolg op de informatie die jullie al gekregen hebben en jullie hoeven absoluut nog geen beslissing te nemen. Er kunnen veel goede redenen zijn om te wachten, maar nu de dag nadert waarop de gebeurtenis een jaar geleden plaatsgevonden heeft, willen we jullie eraan herinneren dat jullie het recht hebben om een verzoek tot doodverklaring in te dienen bij de rechtbank.'

Om de een of andere reden is dat niet wat Steen Hartung had verwacht. Hij voelt de misselijkheid opkomen, en heel even staart hij roerloos naar zijn gezicht, dat zich in het natte raam weerspiegelt.

'Zoals jullie weten is dat iets wat gedaan kan worden in zaken waarin de vermiste niet gevonden is en waarbij aan de andere kant geen twijfel over de afloop bestaat. Het is natuurlijk aan jullie of jullie dat punt al bereikt hebben. We willen jullie hier alleen over informeren en dan kunnen jullie zelf beslissen...'

'Dat willen we graag.'

De stem aan de andere kant van de lijn zwijgt even. 'Zoals ik al zei, hoeven jullie dit niet...'

'Als jullie de papieren naar mij toesturen, dan teken ik ze en vertel het mijn vrouw. Bedankt.'

Hij haalt de mobiel van zijn oor en verbreekt de verbinding. Twee natte duiven trippelen op het kozijn achter het grote raam om elkaar heen. Hij kijkt naar ze zonder ze te zien, en als hij in beweging komt, vliegen de duiven op en verdwijnen klapwiekend.

Steen haalt een flesje alcohol uit zijn tas en schenkt de inhoud in een koffiekopje voordat hij zijn aandacht op de tekeningen richt. Zijn handen trillen en hij moet ze allebei gebruiken om het meetinstrument tevoorschijn te halen. Hij weet dat hij de juiste beslissing heeft genomen en zou willen dat het meteen achter de rug was. Het is iets kleins, maar het is belangrijk. De doden mogen de levenden niet overschaduwen. Dat hebben de psychologen en therapeuten gezegd, en elke afzonderlijke vezel in zijn lichaam vertelt hem dat ze gelijk hebben.

15

'Hij is vanochtend binnengekomen op je officiële mailadres van het parlement. De nationale inlichtingen- en veiligheidsdienst PET probeert de afzender op te sporen, en dat gaat ze waarschijnlijk lukken, maar het kan tijd kosten. Het spijt me echt heel erg,' zegt Engells.

Rosa was net klaar met haar ronde door het ministerie om het personeel te begroeten toen Engells bij haar kantoor op haar stond te wachten. Nu staat ze achter haar bureau bij het raam, terwijl haar secretaris-generaal met een medelijdende blik die ze niet kan verdragen naar haar kijkt.

'Ik heb eerder haatmails gekregen. Die zijn over het algemeen van stakkers die er niets aan kunnen doen.'

'Deze is anders. Kwaadaardiger. Er is beeldmateriaal gebruikt van de Facebook-pagina van jullie dochter, die gesloten is toen ze... toen ze verdween. Dat betekent dat hij afkomstig is van iemand die al langere tijd belangstelling voor je heeft.'

De informatie schokt Rosa, maar ze is vastbesloten om er geen aandacht aan te besteden. 'Ik wil de mail zien.'

'Hij is doorgestuurd naar de PET en de mensen van de beveiliging en ze zitten met...'

'Engells, jij doet niets zonder er zeven kopieën van te maken. Ik wil hem zien.'

Engells kijkt even aarzelend naar haar, maar opent daarna zijn map en haalt een vel papier tevoorschijn, dat hij op de tafel legt. Rosa pakt het op. In eerste instantie kan ze zich niet concentreren op de kleine gekleurde fragmenten op de pagina, maar ineens beseft ze wat het zijn. Ze herkent Kristines mooie selfies: lachend en bezweet in handbalkleding op de vloer van de sporthal; op haar nieuwe mountainbike onderweg naar het strand; tijdens een sneeuwbalgevecht met Gustav in de tuin; zich verkledend voor de spiegel in de badkamer. Ze lacht en is vrolijk op de foto's, en Rosa voelt het gemis en het verdriet in zich opkomen, tot ze de woorden leest die voor haar zijn bedoeld. WELKOM TERUG. JE GAAT ERAAN, HOER.

De woorden staan met rode letters in een boog boven de foto's en de boodschap lijkt vooral kwaadaardig omdat die in een onzeker kinderhandschrift is geschreven. Als Rosa weer begint te praten, moet ze haar best doen om normaal te klinken. 'Er zijn eerder gekken geweest. Meestal heeft dat niets te betekenen.'

'Nee, maar dit...'

'Ik laat me niet bang maken. Ik doe mijn werk en de PET moet zijn werk doen.'

'We zijn allemaal van mening dat je lijfwachten moet hebben die je kunnen beschermen als...'

'Nee, ik wil geen bewakers.'

'Waarom niet?'

'Omdat ik niet geloof dat het nodig is. De mail is het doel op zich. Hij is geschreven door de een of andere stakker die zich achter een scherm verstopt, en bovendien kan ik dat op dit moment thuis niet gebruiken.'

Engells kijkt een beetje verrast naar haar, zoals hij altijd doet als ze er een enkele keer voor kiest om haar privéleven in hun gesprekken te betrekken.

'Ons leven moet weer normaal worden zodat we verder kunnen...'

De secretaris-generaal wil iets zeggen, en Rosa ziet dat hij het niet met haar eens is.

'Engells, ik waardeer je bezorgdheid, maar als er verder niets is, wil ik nu graag naar de openingstoespraak van de premier.'

'Goed. Ik zal je beslissing doorgeven.'

Rosa loopt naar de deur, waar Liu al staat te wachten. Engells kijkt haar na, en Rosa heeft het gevoel dat hij dat nadat ze is vertrokken nog een hele tijd zal blijven doen.

16

Het langwerpige gebouw met bijbehorende kapel staat op een drukke verbindingsweg tussen Nørrebro en Østerbro. Niet ver van de ingang is het altijd levendig, met auto's en gehaaste voorbijgangers, en op maar een steenworp afstand klinken vrolijke stemmen op de speelplaatsen en skatebanen van het Fælledpark. In het gebouw met de vier steriele autopsiezalen en koelruimten in de kelder is het echter onmogelijk om niet aan de dood en de vergankelijkheid van alles te worden herinnerd. Thulin is meerdere keren bij Forensische Geneeskunde geweest, maar ze kijkt er altijd weer naar uit om aan het eind van de veel te lange gang waar ze op dit moment doorheen loopt via de draaideur naar buiten te gaan. Ze is net klaar met de lijkschouwing van Laura Kjær en probeert Genz te pakken te krijgen. De voicemail van de technisch rechercheur begint zijn automatische uitnodiging om een boodschap in te spreken en Thulin verbreekt de verbinding en belt ongeduldig opnieuw. Normaal gesproken is hij een man van de klok en Thulin heeft nog niet eerder meegemaakt dat hij niet op tijd levert. Ze heeft ook nog nooit meegemaakt dat hij zijn telefoon niet opneemt als ze hem wil spreken. Genz heeft haar de voorlopige prints van Laura Kjærs mailcorrespondentie en de sms- en telefooninfo vóór drie uur beloofd, maar inmiddels is het al halfvier, en ze heeft nog steeds niets van hem gehoord.

De lijkschouwing heeft geen belangrijke nieuwe feiten opgeleverd. De gast van Europol, of waar hij ook thuishoort, was natuurlijk niet verschenen zoals ze hadden afgesproken. Thulin had geen seconde gewacht, maar had de forensisch arts gevraagd om te beginnen. De stoffelijke resten van Laura Kjær lagen op de autopsietafel, terwijl de forensisch arts naar de aantekeningen op een scherm keek en erover kletste dat ze het vandaag ongewoon druk hadden vanwege diverse verkeersongevallen die vermoedelijk waren veroorzaakt door de zware regenval. Als hij ergens moest beginnen, dan wees de maaginhoud op een avondmaaltijd die had bestaan uit pompoensoep en broccolisalade met kip, die misschien was begeleid door een kop thee, hoewel ze die ook later gedronken kon hebben. Thulin had hem ongeduldig gevraagd om verder te gaan naar het deel dat ze kon gebruiken. De forensisch arts reageerde altijd korzelig op zo'n opmerking, maar ze had aangedrongen. Ze had vandaag nog geen antwoorden gekregen waarop ze had gehoopt, en terwijl de forensisch arts hardop voorlas van zijn aantekeningen, had het geluid van de regen op het dak haar het gevoel gegeven dat ze in een kist lag.

'Het lichaam bevat een enorme hoeveelheid wonden en sneden, en ze is zo'n vijftig tot zestig keer geslagen met een slagwapen van staal of aluminium. Ik kan niet zeggen wat voor slagwapen het is, maar afgaand op de verwondingen is het voorzien van een kogel met het formaat van een vuist, en de kogel is voorzien van kleine, dicht bij elkaar staande stekels van 2 tot 3 millimeter.'

'Als een morgenster?'

'In principe wel, maar het ís geen morgenster. Ik heb me afgevraagd of het een stuk gereedschap kan zijn dat in de tuin gebruikt wordt, maar daar ben ik nog niet verder mee gekomen. De plastic strips rond de polsen hebben er overigens voor gezorgd dat ze geen kans had om zich te verdedigen. Ze is bovendien meerdere keren gevallen en heeft om die reden ook een aantal verwondingen opgelopen.'

Thulin wist het meeste al van het gesprek dat ze 's ochtends met Genz had gevoerd en ze had daarom meer belangstelling voor iets wat naar Laura's partner Hans Henrik Hauge wees.

'Ja en nee,' had het geïrriteerde antwoord geluid. 'Het voorlopige onderzoek wijst uit dat er haar en DNA van hem op haar onderbroekje, hemd en lichaam zaten, maar niet meer dan verwacht kan worden als het klopt dat ze in hun gezamenlijke tweepersoonsbed lag te slapen.'

'Is ze verkracht?'

De forensisch arts had die mogelijkheid en daarmee een seksueel motief van de hand gewezen. 'Tenzij je de mening toegedaan bent dat een sadistische afstraffing het gevolg is van een seksueel verlangen.'

Thulin had hem gevraagd om die opmerking uit te leggen en de forensisch arts had erop gewezen dat Laura Kjær gemarteld was.

'Het kan de dader niet zijn ontgaan hoeveel pijn ze had terwijl hij die verwondingen veroorzaakte. Als de dader haar alleen had willen vermoorden, had hij dat heel snel kunnen doen. Ze is waarschijnlijk meerdere keren bewusteloos geraakt, en ik gok erop dat ze ongeveer twintig minuten gemarteld is voordat ze de klap tegen haar oog kreeg die ertoe geleid heeft dat de dood intrad.'

De wond van de ontbrekende rechterhand, die nog steeds niet was gevonden, had ook geen nieuwe sporen opgeleverd. De forensisch arts vertelde dat amputaties vooral voorkwamen bij afrekeningen in kringen van motorbendes, waarbij het in de regel ging om afzonderlijke vingers bij wijze van afbetaling van een schuld, en dat die meestal werden uitgevoerd met een vleesschaar of samoeraizwaard of iets dergelijks. Dat was hier echter niet gebeurd.

'Een snoeischaar, een heggenschaar?' had Thulin met het oog op het gereedschap in de garage in Husum gevraagd.

'Nee, het was met zekerheid een zaag, misschien een duikzaag of een cirkelzaag. Waarschijnlijk een oplaadbare, als je bedenkt dat de dader zich op een speelplaats bevond en uit de vrije hand zaagde. Ik gok erop dat het een diamantzaag of iets dergelijks geweest is.'

'Een diamantzaag?'

'Er bestaan verschillende zaagbladen die je voor diverse doeleinden gebruikt. Diamantzagen zijn het hardst. Ze worden over het algemeen gebruikt om door tegels, beton of bakstenen te zagen en zijn in de meeste bouwmarkten te koop. Deze snee is snel toegebracht. Aan de andere kant had het zaagblad grove tanden, en daarom is de wond grover en onregelmatiger dan wanneer een blad met kleine tanden was gebruikt. Hoe dan ook, de amputatie heeft haar toestand natuurlijk aanzienlijk verzwakt.'

De constatering van de forensisch arts dat Laura Kjær tijdens de amputatie had geleefd, was zo onaangenaam dat Thulin de zinnen daarna niet had gehoord en hem had moeten vragen om ze te herhalen. Te oordelen naar de overige verwondingen had Laura Kjær daarna geprobeerd te vluchten, verdoofd en steeds zwakker door bloedverlies, tot ze waarschijnlijk zo zwak was geweest dat ze zonder enige moeite op de executieplek voor het speelhuisje was neergezet. Thulin had zich heel even voorgesteld hoe de vrouw met haar achtervolger op de hielen door het aardedonker rende, en ze had moeten denken aan de keer dat ze als kind op bezoek was geweest bij een vriendin op een boerderij en een kip zonder kop verwilderd rond had zien rennen nadat hij was geslacht. Thulin had de gedachte verdrongen en had in plaats daarvan gevraagd naar de nagels, de mond en eventuele schaafwonden van het slachtoffer, maar het lijk had geen sporen van direct contact met de dader bevat. De forensisch arts had erop gewezen dat de regen voor een deel schuldig kon zijn aan het ontbreken van dergelijke sporen.

Thulin is bij de klapdeur als ze voor de derde keer wordt doorgeschakeld naar Genz' voicemail. Deze keer spreekt ze een korte boodschap in die er geen twijfel over laat bestaan dat Genz haar zo snel mogelijk moet bellen. Het regent nog steeds pijpenstelen en Thulin trekt haar jas aan, terwijl ze besluit dat ze de wachttijd het best kan gebruiken door naar het hoofdbureau terug te rijden. Het is voorlopig bevestigd dat Laura Kjærs partner Hans Henrik Hauge de vorige avond rond halftien bij de IT-beurs is weggereden, nadat hij een glas witte wijn had gedronken met zijn adjunct-chef en twee collega's uit Jutland tijdens een bespreking over een nieuwe firewall. Daarna is Hauges alibi onzeker. Hij heeft weliswaar ingecheckt in het motel, maar niemand heeft kunnen getuigen of zijn zwarte Mazda 6 stationcar de hele nacht bij het motel heeft gestaan. Hauge had, in elk geval in theorie, naar de woning in Husum en weer terug kunnen rijden. De verdenking is echter nog niet groot genoeg om hem en zijn auto aan een grondig onderzoek te kunnen onderwerpen, en daarom heeft Thulin Genz en de resultaten van zijn technische onderzoek zo snel mogelijk nodig.

'Sorry. Het kostte meer tijd dan ik had gedacht.' Hess is via de draaideur het gebouw binnengekomen. Zijn voetstappen laten plasjes water achter en hij huivert in zijn drijfnatte jack. 'Ik kon mijn woningbeheerder niet te pakken krijgen. Is alles in orde?'

'Ja, alles is prima.'

Thulin loopt door de draaideur zonder om te kijken. Als ze in de regen komt, loopt ze op een holletje naar haar auto om niet natter te worden dan hoogstnoodzakelijk is, waarna ze de stem van Hess achter zich hoort. 'Ik weet niet hoever je bent, maar ik kan de getuigenverklaringen van de werkplek van het slachtoffer verzamelen, of...'

'Dat is al gedaan.'

Thulin gebruikt de afstandsbediening om haar auto te openen en gaat erin zitten, maar voordat ze het portier kan dichtsmijten, is Hess bij haar en gaat in de weg staan. Hij huivert en kijkt haar aan. 'Ik geloof niet dat je gehoord hebt wat ik zei. Het spijt me dat ik laat ben, maar...'

'Ik heb het wel degelijk gehoord. Je hebt geblunderd in Den Haag. Iemand heeft je verteld dat je op het hoofdbureau moet verschijnen en daar zo weinig mogelijk moet doen tot je het groene licht krijgt om terug te gaan.'

Hess verroert zich niet en kijkt naar haar met die ogen waaraan ze nog steeds niet gewend is. 'Dat was niet bepaald de moeilijkste opgave die je vandaag gehad hebt.'

'Ik zal het je gemakkelijk maken. Concentreer je op Den Haag en je appartement, dan zeg ik niets tegen Nylander, oké?'

'Thulin!'

Thulin kijkt naar de ingang, waar de forensisch arts onder een paraplu staat.

'Genz zegt dat hij je vandaag niet kan bellen, maar je moet meteen naar het Forensisch Instituut rijden.'

'Waarom? Hij hoeft me alleen maar te bellen!'

'Hij wil je iets laten zien. Hij zegt dat je het zelf moet zien, omdat je anders zult denken dat hij liegt.'

17

Het nieuwe, kubusvormige hoofdkwartier waarin het Forensisch Instituut is gevestigd, staat in het noordwestelijke deel van de stad. Het begint donker te worden op het parkeerterrein, dat is omringd door berkenbomen, maar in de laboratoria, die op de verdieping boven de grote parkeergarage liggen, wordt nog steeds onder hoge druk gewerkt.

'Hebben jullie de sms'jes, mails en telefoontjes al gecontroleerd?'

'De IT-mensen hebben nog niets van waarde gevonden, maar dat is ook niet zo belangrijk als datgene wat ik je wil laten zien.'

Genz heeft Thulin en Hess opgehaald bij de receptie en goedgekeurd als zijn gasten. Hess stond erop om mee te gaan, maar dat was waarschijnlijk alleen zodat niemand kon beweren dat hij het onderzoek verwaarloosde. In de auto had hij het autopsieverslag van de forensisch arts zonder bijzonder veel belangstelling vluchtig doorgekeken en Thulin had het niet nodig gevonden om de zaak met hem te bespreken. Maar de autorit heeft haar ongeduldig gemaakt en dat geldt ook voor Genz' cryptische antwoord, maar er is niets wat erop wijst dat ze meer te weten zal komen voordat ze in zijn laboratorium zijn.

Overal waar ze langs komen zien ze grote raampartijen. Technici zwermen als in het wit geklede bijen rond de werktafels en een grote hoeveelheid airco's en thermostaten aan de muren zorgt ervoor dat de temperatuur en luchtvochtigheid op het juiste niveau worden gehouden voor de onderzoeken die in de respectievelijke glazen kooien plaatsvinden. Het Forensisch Instituut is de plek waar het verzamelde materiaal van alle plaatsen delict wordt onderzocht en beoordeeld, zodat de rechercheurs de desbetreffende gegevens in ogenschouw kunnen nemen. Vaak wordt de richting van een zaak bepaald door de technische sporen, en Thulin is er gedurende haar korte tijd op de afdeling Moordzaken vertrouwd mee geraakt dat het Forensisch Instituut allerlei zaken zoals kledingstukken, beddengoed, vloerkleden, behang, etenswaren, voertuigen, vegetatie en grond minutieus onderzoekt. De lijst is in principe oneindig. Het is de taak van de forensisch artsen om het lijk te onderzoeken en daarover verantwoording af te leggen, en het is de taak van de technisch rechercheurs om onderzoek te doen naar de sporen op de plaats delict en eventuele verdachten. Forensische Geneeskunde en Criminele Technologie zijn de twee wetenschappelijke poten waarop een onderzoek rust, en samen zorgen ze voor het bewijsmateriaal dat het Openbaar Ministerie later gebruikt om een dader veroordeeld te krijgen.

Sinds 1990 heeft het Forensisch Instituut ook de verantwoordelijkheid voor de zogenoemde IT-sporen: een onderafdeling onderzoekt de technologische apparatuur van slachtoffers en verdachten. Met de groeiende aandacht voor mondiale cybercrime, de intocht van hackers en het internationale terrorisme valt de onderafdeling sinds 2014 onder NC3, waarvoor Thulin wil gaan werken, maar de afdeling verricht de kleinere, plaatselijke taken, zoals bijvoorbeeld het onderzoek naar de computers en mobieltjes uit de woning van Laura Kjær, om praktische redenen nog steeds zelf.

'Wat is het andere spoor? De slaapkamer, de garage?'

'Nee. Maar voordat ik meer zeg, moet ik weten of we hem kunnen vertrouwen.' Genz heeft de deur gesloten en knikt naar Hess. Hoewel Thulin het grappig vindt dat Genz plotseling zo voorzichtig is, overvalt het haar ook.

'Wat bedoel je daarmee?'

'Ik ga je iets sensationeels vertellen en wil niet het risico lopen dat de informatie ongecontroleerd naar buiten komt. Het is niet persoonlijk bedoeld. Ik hoop dat je dat begrijpt.'

Het laatste deel van de opmerking is tegen Hess gericht, die geen spier vertrekt.

'Nylander heeft hem aangenomen als rechercheur, en nu hij inderdaad aanwezig is, gok ik erop dat we hem kunnen vertrouwen.'

'Thulin, ik meen het.'

'Ik neem de verantwoordelijkheid op me. En vertel nu wat je hebt.'

Genz aarzelt heel even voordat hij zich naar zijn toetsenbord draait. Hij typt haastig een wachtwoord in, terwijl hij met zijn andere hand zijn leesbril van de tafel pakt. Thulin heeft Genz nog nooit zo meegemaakt. Hij is tegelijkertijd ernstig en opgewonden, en ze had een sensationelere reden voor zijn bijzondere humeur verwacht dan de vingerafdruk die boven de indrukwekkende werktafel op het hd-scherm aan de muur verschijnt.

'Het was toeval dat ik hem vond. We hadden besloten om het speelhuisje op vingerafdrukken te onderzoeken, op de plek waar het lijk was neergezet, voor het geval de dader steun had gezocht bij een van de palen en zich aan een spijker of iets dergelijks had opengehaald. Dat was natuurlijk een onmogelijke opgave. Het wemelde van de vingerafdrukken, waarschijnlijk van alle kinderen die in het speelhuisje komen. Om dezelfde reden onderzochten we ook routinematig het kastanjemannetje, omdat het zo dicht bij het lijk hing.'

'Genz, wat is er zo belangrijk?'

'De vingerafdruk zat op de onderste kastanje, op het deel dat de romp moet voorstellen. Het was de enige afdruk. Ik weet niet of jullie daarvan op de hoogte zijn, maar als het gaat om de precisering van vingerafdrukken zoeken we normaal gesproken naar tien punten in de vingerafdruk die we voor de identificatie gebruiken. Bij deze afdruk was het helaas alleen mogelijk om vijf punten vast te stellen, omdat de afdruk vlekkerig is. Maar vijf punten moet in principe ook voldoende zijn.

Er zijn verscheidene rechtszaken geweest waarin men...'
'Voldoende voor wat, Genz?'
Genz wijst met behulp van zijn elektronische pen naar de vijf punten op de afdruk, legt de pen vervolgens weg en kijkt naar Thulin.
'Sorry. Voldoende om vast te stellen dat de afdruk op het kastanjemannetje – voor wat betreft de vijf punten – identiek is aan de vingerafdruk van Kristine Hartung.'
De informatie overvalt Thulin, die heel even vergeet om adem te halen. Ze weet niet wat ze had verwacht, maar dit in elk geval niet.
'De match is afkomstig van de computer, die de vijf punten heeft geïdentificeerd. Dat gebeurt volledig automatisch, omdat het materiaal verbonden is met de databases van duizenden vingerafdrukken van eerdere zaken. Normaal gesproken wil je natuurlijk meer punten hebben. Tien punten is ideaal, maar zoals ik al zei, is vijf punten voldoende om...'
'Kristine Hartung is dood.' Thulin klinkt geïrriteerd als ze verdergaat. 'Het onderzoek concludeerde dat ze bijna een jaar geleden vermoord is. De zaak is opgehelderd en de dader is veroordeeld.'
'Dat weet ik.'
Genz zet zijn leesbril af en kijkt haar aan. 'Ik zeg alleen dat de afdruk...'
'Het moet een vergissing zijn.'
'Het is géén vergissing. Ik heb het de afgelopen drie uur telkens weer gecontroleerd omdat ik niets wilde zeggen voordat ik er zeker van was, maar dat ben ik nu wel. Voor wat betreft de vijf punten is er een match.'
'Met welk programma werk je?' Hess is opgestaan van zijn zitplek op de achtergrond en Thulin ziet dat hij een alerte uitdrukking op zijn gezicht heeft gekregen. Ze hoort Genz uitleggen welk dactyloscopisch systeem hij gebruikt, en Hess constateert dat Europol met hetzelfde systeem werkt om vingerafdrukken te identificeren.

Genz is verrast en blij omdat de gast het systeem kent, maar Hess beantwoordt zijn enthousiasme niet.

'Wie ís Kristine Hartung?' vraagt hij in plaats daarvan.

Thulin kijkt eerst naar de vingerafdruk op het scherm en daarna in het blauwe en het groene oog.

18

Het is gestopt met regenen en de voetbalvelden rond de sporthal liggen er verlaten bij. Hij ziet haar tussen de bomen en over de velden naderen, terwijl het natte kunstgras in het licht van de schijnwerpers glinstert. Pas als ze het laatste doel is gepasseerd en de betonnen omheining van het lege parkeerterrein nadert, begint hij te beseffen dat ze het echt is. Ze draagt dezelfde kleding als op de dag dat ze verdween en loopt op de manier die hij zo goed kent en die ervoor zorgt dat hij haar feilloos tussen duizenden andere kinderen zou herkennen. Als ze de auto in het oog krijgt begint ze te rennen, en hij ziet haar glimlach als de capuchon naar beneden valt en het licht haar gezicht omlijst. Ze heeft rode wangen van de kou, en hij kan haar nu al ruiken en weet precies hoe ze in zijn armen zal voelen als hij haar tegen zich aan trekt. Ze lacht en roept naar hem, zoals ze zo vaak heeft gedaan, en zijn lichaam explodeert bijna als hij het portier openrukt en haar tegen zich aan drukt en haar in het rond begint te zwaaien.

'Wat doe je? Rijden!'

Het portier slaat hard dicht. Steen Hartung wordt verward wakker. Hij zit achter het stuur en heeft met zijn hoofd tegen het raam geslapen. Zijn zoon zit in zijn sportkleren met zijn tas en racket op de achterbank en buiten fietsen de andere kinderen weg, terwijl ze naar Steen kijken en naar elkaar lachen.

'Ben je klaar met...'

'Rij gewoon!'

'Ik moet de sleutel zoeken.'

Steen opent het portier zodat het licht aangaat en vindt de

sleutel, die op de mat onder het stuur ligt. Zijn zoon duikt zo ver mogelijk weg op de achterbank terwijl het laatste kind langsfietst.

'Mooi... daar is hij.' Steen slaat het portier dicht. 'Is het goed gegaan met...'

'Ik wil niet meer opgehaald worden.'

'Wat bedoel je?'

'De auto stinkt.'

'Gustav, ik weet niet...'

'Ik mis haar ook, maar ik drink niet!'

Steen verstart. Hij kijkt naar de bomen en voelt het gewicht van de duizenden dode, natte bladeren die hem begraven. In de achteruitkijkspiegel ziet hij zijn zoon, die met een harde blik uit het raam staart. Hij is nog maar elf en de zin zou grappig moeten zijn, maar dat is hij niet. Steen wil graag iets zeggen. Dat het niet gepast is, dat de jongen het mis heeft, hard en hartelijk lachen en iets grappigs antwoorden waardoor de jongen glimlacht, want het is al zo lang geleden dat hij dat heeft gedaan.

'Het spijt me... Je hebt gelijk.'

Gustav blijft naar het lege parkeerterrein staren.

'Het was een vergissing.'

Nog steeds geen antwoord.

'Ik begrijp dat je me niet gelooft, maar ik meen het. Het zal niet meer gebeuren. Het laatste wat ik wil, is jou verdrietig maken. Oké?'

'Mag ik voor het eten met Kalle spelen?'

Kalle is Gustavs beste vriend en woont in hun straat. Steen kijkt een laatste keer in de achteruitkijkspiegel, draait de sleutel om en start de auto.

'Natuurlijk mag dat.'

19

'En wat gebeurde er daarna?'

'Daarna begonnen de oppositieleden. Ze werden woedend. Kun je je die vrouw herinneren van de Eenheidslijst, met die bril met dat hoornen montuur?'

Steen staat bij het grote gasfornuis om het gerecht op smaak te brengen, terwijl hij met een glimlach knikt. De radio speelt op de achtergrond. Rosa schenkt een glas rode wijn in en wil er voor hem ook een inschenken, maar hij maakt een afwerend gebaar.

'Bedoel je de vrouw die tijdens een kerstborrel te veel had gedronken en weggestuurd werd?'

'Ja, die bedoel ik. Ze stond plotseling op en begon de premier in diskrediet te brengen, terwijl de voorzitter van het parlement vergeefs probeerde haar weer te laten zitten. Vervolgens begon ze de voorzitter in diskrediet te brengen. En daarvoor had ze geweigerd om op te staan toen de koningin binnenkwam, dus de helft van de aanwezigen begon haar uit te jouwen, en uiteindelijk werd ze zo chagrijnig dat ze haar papieren wegsmeet, zodat ze alle kanten op vlogen, samen met haar balpen en brilетui.'

Rosa glimlacht en Steen doet mee. Hij kan zich niet herinneren wanneer ze voor het laatst op deze manier in de keuken hebben gestaan en met elkaar hebben gepraat, maar het voelt als veel te lang geleden. Hij verdringt de rest. Datgene waaraan hij niet wil denken, datgene wat haar verdrietig zal maken. Hun ogen ontmoeten elkaar en heel even zeggen ze allebei niets.

'Ik ben blij dat je een fijne dag gehad hebt.'

Ze knikt en neemt een slok wijn, een beetje te snel, vindt hij, maar ze glimlacht nog steeds.

'En dan heb ik je nog niet eens verteld over de nieuwe woordvoerder van de Volkspartij.' Haar mobiel gaat over. 'Maar dat vertel ik later. Ik loop even naar mijn kamer terwijl ik Liu bijpraat over een nota voor morgen.'

Ze neemt haar mobiel mee en hij hoort haar praten terwijl ze de trap naar de eerste verdieping op loopt. Steen doet de rijst in het kokende water en als de bel in de hal klinkt is hij niet verrast, omdat hij weet dat het Gustav is die terug is van Kalle en geen zin heeft om zijn sleutel te pakken.

20

Als de voordeur van de grote villa opengaat en Thulin in Steen Hartungs gezicht kijkt, heeft ze er meteen spijt van dat ze hier zijn. Hij heeft een schort om en een maatbeker met wat rijst in zijn hand en zijn blik vertelt haar dat hij iemand anders verwachtte toen hij de deur opendeed.

'Steen Hartung?'

'Ja.'

'Het spijt me dat we storen. Politie.'

De gelaatsuitdrukking van de man verandert. Het is alsof er binnen in hem iets stukgaat, alsof hij terugkeert naar een werkelijkheid die hij heel even was vergeten.

'Mogen we binnenkomen?'

'Waar gaat het over?'

'Het duurt niet lang, maar het is beter als we binnen praten.'

Thulin en Hess staan in de zitkamer en kijken zonder een woord met elkaar te wisselen verlegen om zich heen terwijl ze wachten. Achter de grote terrasdeuren is de tuin donker. De eettafel onder de grote Arne Jacobsen-lamp is gedekt voor drie personen en de geur van de kruiden van een eenpansgerecht hangt in de keuken. Thulin heeft plotseling zin om de deur uit te lopen voordat Steen Hartung terug is. Ze kijkt naar Hess, die met zijn rug naar haar toe staat en om zich heen kijkt. Ze weet dat ze niet op hulp van zijn kant hoeft te rekenen.

Na het gesprek met Genz bij het Forensisch Instituut heeft ze Nylander gebeld, die geïrriteerd leek omdat ze hem stoorde tijdens een vergadering. Het was er niet beter op geworden toen ze hem vertelde waarom ze belde. Nylander was eerst wantrouwig geweest en had volgehouden dat het een vergissing moest zijn, maar toen hij besefte dat Genz het al honderdzeventien keer had gecontroleerd, was hij stil geworden. Ondanks haar algemene negatieve indruk van de afdeling wist Thulin heel goed dat Nylander niet dom was en dat hij de informatie serieus nam. Hij had gezegd dat er een logische verklaring voor moest zijn, een natuurlijk verband waarover ze niets wisten, en had hen daarom naar het gezin Hartung gestuurd.

Hess had niet veel gezegd. In de auto op weg hiernaartoe had ze hem in grote lijnen over Kristine Hartung verteld. Dat onderzoek had plaatsgevonden voordat ze zelf op de afdeling was geplaatst, maar het was uiteraard lang daarna nog een gespreksonderwerp op het hoofdbureau en in de media geweest. Dat was het trouwens nog steeds. Kristine Hartung was de dochter van Rosa Hartung, de politica en minister van Sociale Zaken die vandaag haar comeback in de politiek had gemaakt. Het twaalfjarige meisje was bijna een jaar geleden verdwenen toen ze na het sporten naar huis ging. Haar tas en fiets waren in een bos gevonden en een paar weken later was een jonge IT-nerd, Linus Bekker, aangehouden. Hij was meerdere keren veroordeeld voor seksuele misdrijven en de hoeveelheid aanwijzingen en bewijzen was overweldigend geweest. Tijdens een verhoor op het hoofdbureau van de politie had de dader bekend dat hij Kristine Hartung seksueel had misbruikt en vervolgens had gewurgd, waarna hij haar dezelfde nacht in stukken had gesneden met de machete die met Kristine Hartungs bloed erop in zijn garage was gevonden. Linus Bekker, die als een paranoïde schizofreen was gediagnosticeerd, had de lichaamsdelen naar eigen zeggen op verschillende plekken in bosgebieden in Noord-Seeland begraven, maar was niet in staat geweest om de politie de exacte plekken aan te wijzen, en toen na twee maanden de vorst inviel, waardoor het werken onmogelijk werd gemaakt, was de zoekactie gestaakt. Linus Bekker was in het voorjaar onder enorme media-aandacht veroordeeld tot de strengst mogelijke straf, namelijk tbs voor onbepaalde tijd, wat betekende dat de man vermoedelijk vijftien tot twintig jaar of langer opgesloten zou blijven.

Thulin hoort dat de radio uit wordt gezet, waarna Steen Hartung uit de keuken terugkomt.

'Mijn vrouw is boven. Als het is omdat jullie...' Steen Hartung zoekt naar woorden. 'Als jullie iets gevonden hebben... dan wil ik dat graag als eerste horen, voordat mijn vrouw het te weten komt.'

'Dat hebben we niet. Daar heeft het niets mee te maken.'

De man kijkt haar aan. Enerzijds lijkt hij opgelucht, anderzijds is hij nog steeds alert en verbaasd.

'In verband met het onderzoek van een plaats delict zijn we vandaag gestuit op een voorwerp waarop waarschijnlijk een vingerafdruk van uw dochter aangetroffen is. De afdruk zit op een zogenoemd kastanjemannetje. Ik heb een foto bij me die ik u graag wil laten zien.'

Thulin houdt Steen Hartung een foto voor. Hij kijkt er verbaasd naar en richt zijn blik daarna op Thulin.

'Het is niet voor honderd procent zeker dat het haar vingerafdruk is, maar het is waarschijnlijk genoeg om er een verklaring voor te zoeken.'

Steen Hartung pakt de foto die Thulin op de eettafel heeft gelegd. 'Ik begrijp het niet. Een vingerafdruk...?'

'Ja. Het voorwerp is gevonden op een speelplaats in Husum. Het exacte adres is Cedervænget 7. Is dat een adres of een speelplaats die u iets zegt?'

'Nee.'

'Kent u een vrouw die Laura Kjær heet? Haar zoon Magnus of een man met de naam Hans Henrik Hauge?'

'Nee.'

'Is het mogelijk dat uw dochter dat gezin kende? Of anderen in de omgeving? Misschien had ze daar speelafspraken of kwam ze er op bezoek of...'

‘Nee. We wonen tenslotte hier. Ik begrijp niet wat dit te betekenen heeft.’

Thulin weet even niet wat ze moet antwoorden. ‘Er is waarschijnlijk een logische verklaring voor. Als uw vrouw thuis is, kunnen we haar ook vragen of...’

‘Nee. Jullie vragen het niet aan mijn vrouw.’ Steen Hartung kijkt met een vijandige blik naar hen.

‘Het spijt me bijzonder, maar we moeten dit uitzoeken.’

‘Het kan me geen donder schelen. Jullie praten niet met mijn vrouw. Mijn antwoord is hetzelfde als dat van haar. We hebben geen idee hoe die vingerafdruk daar komt en we kennen de plek waarover u het hebt niet, en ik begrijp niet waarom dat verdomme belangrijk is!’

Steen Hartung wordt zich er plotseling van bewust dat Thulin en Hess naar iets achter hem kijken. Zijn vrouw is de trap af gekomen en staat in de hal naar hen te kijken.

Heel even zegt niemand iets. Rosa Hartung loopt de zitkamer in en pakt de foto die Steen Hartung woedend van zich af heeft gesmeten. Thulin wil opnieuw de deur uit lopen en ze ergert zich steeds meer aan Hess, omdat hij nog steeds zonder een woord te zeggen op de achtergrond staat.

‘Het spijt me dat we storen. We...’

‘Ik heb het gehoord.’

Rosa Hartung kijkt naar de foto van het kastanjemannetje en het is alsof ze hoopt iets te vinden. Haar man maakt aanstalten om hen naar de deur te begeleiden.

‘Ze gaan nu. Ik heb tegen ze gezegd dat we niets weten.’

‘Ze verkocht ze bij de hoofdweg...’

Steen Hartung blijft op de drempel staan en kijkt naar zijn vrouw.

‘Elke herfst. Samen met Mathilde uit haar klas. Ze zaten hier en maakten een heleboel...’

Rosa Hartung kijkt van de foto naar haar man, en Thulin ziet aan zijn gezicht dat hij het zich plotseling herinnert.

‘Hoezo “verkocht”?’ vraagt Hess, die dichterbij is gekomen.

'Ze verkochten ze aan passanten en soms aan automobilisten als die stopten. Ze bakten ook cakes en maakten limonade. Die kon je samen met een van de poppetjes kopen...'

'Heeft ze dat vorig jaar ook gedaan?'

'Ja... Ze zaten aan deze tafel. Ze hadden kastanjes in de tuin verzameld en hadden het gezellig. 's Zomers organiseerde ze een vlooienmarkt, maar... dit vond ze het leukst, als we in het najaar tijd hadden om ze samen te maken. Ik weet het nog omdat het in het weekend was voordat...' Rosa Hartung zwijgt even. 'Waarom is dat belangrijk?' vraagt ze vervolgens.

'We doen hier onderzoek naar in verband met een andere zaak.'

Rosa Hartung zegt niets. Haar man staat een stukje verderop en het is alsof ze zich beiden in een vrije val bevinden. Hess kijkt naar hen en Thulin pakt de foto vast alsof het een reddingsboei is.

'Hartelijk bedankt. We hebben gehoord wat we moesten horen. Sorry dat we jullie gestoord hebben.'

21

Thulin kijkt in de achteruitkijkspiegel naar Hess voordat ze gas geeft en wegrijdt. Toen ze het portier op de oprit had geopend, had hij naar het huis gekeken en gezegd dat hij wilde lopen, waar ze absoluut geen bezwaar tegen had.

Ze neemt de eerste zijstraat de wijk uit en belt terwijl ze naar de stad terugrijdt. Het eerste telefoontje is naar Nylander. Hij neemt meteen op en heeft er blijkbaar op gewacht. Ze hoort zijn vrouw en kinderen op de achtergrond en als ze hem het resultaat van het bezoek aan de ouders van Kristine Hartung vertelt, lijkt hij tevreden met de verklaring. Voordat hij de verbinding verbreekt, drukt hij haar op het hart om de informatie nog steeds vertrouwelijk te behandelen, zodat de media iets onbelangrijks niet opblazen waardoor het een last voor de ouders wordt, maar Thulin luistert alleen oppervlakkig, omdat ze dat zelf allang heeft bedacht.

Daarna belt ze naar de derde foto op de stamboom, de man die haar dochter opa noemt: de altijd loyale en robuuste Aksel, aan wie Thulin alles te danken heeft. Het maakt haar blij om zijn stem te horen. Hij vertelt dat ze een heel ingewikkeld Zuid-Koreaans computerspel spelen waarvan hij helemaal niets begrijpt. Le vraagt op de achtergrond of ze bij opa mag blijven slapen en Thulin geeft toe, hoewel ze geen zin heeft om vanavond alleen te zijn. Aksel hoort dat aan haar stem, dus zegt ze haastig dat het goed is en verbreekt de verbinding. Ze ziet gezinnen die met boodschappentassen naar huis lopen en voelt een onrust die ze probeert te verdringen. Een meisje verkoopt een kastanjemannetje in een kraampje op straat en dat kastanjemannetje belandt in een speelhuisje ergens in Husum. Punt, uit. Ze neemt een beslissing en slaat af naar de Store Kongensgade.

Een oudere man in een bontjas komt met een hondje in zijn armen de portiekdeur uit en kijkt wantrouwend naar haar als ze zonder aan te bellen bij het gebouw met de grote appartementen naar binnen gaat. Ze loopt de brede trap op en als ze op de tweede verdieping is, hoort ze muziek uit het appartement komen. Ze klopt één keer, maar opent de deur zonder te wachten en loopt de grote hal in. Sebastian staat met zijn mobiel in zijn hand. Hij is net klaar met bellen en glimlacht verrast, nog steeds in kostuum, dat blijkbaar het enige geaccepteerde uniform in zijn branche is.

'Hallo.'

Thulin smijt haar jas op de grond. 'Trek je kleren uit, ik heb een halfuur.'

Ze trekt zijn rits naar beneden en begint zijn riem los te maken, maar ineens hoort ze voetstappen.

'Waar kan ik een kurkentrekker vinden, jongen?'

Een oudere man met scherpe gelaatstrekken verschijnt in de deuropening met een fles wijn, en in een pauze in de muziek hoort Thulin een kakofonie van stemmen in de zitkamer.

'Dit is mijn vader. Pa, dit is Naia.' Sebastian stelt hen glimlachend aan elkaar voor. Een paar kinderen spelen tikkertje en rennen achter elkaar aan door de hal en de keuken in.

'Wat leuk om je te ontmoeten, liefje. Ga mee.'

Voordat Thulin het beseft wordt ze omringd door Sebastians moeder en andere familieleden. Als ze drie keer heeft geprobeerd te weigeren, beseft ze dat ze mee moet eten.

22

Het motregent en de tl-buizen van de fietsenhokken verlichten het basketbalveld aan één kant. Natte kinderen met Midden-Oosterse gelaatstrekken blijven staan en kijken de man na voordat ze verder spelen. Er komen niet veel blanke mensen in Odinparken in Ydre Nørrebro, dus als er een blanke Deen verschijnt valt dat op. Vaak zijn het politieagenten, in uniform of in burger, maar die arriveren over het algemeen met zijn tweeën en nooit alleen, zoals deze man, die met een afhaalmaaltijdzak in zijn hand naar een flatgebouw aan de rand van de wijk slentert.

Hess gaat via de buitentrap naar de derde verdieping en loopt over de galerij naar de laatste deur. Bij de andere deuren staan vuilniszakken, fietsen en rommel. Uit een raam dat op een kier staat, komen Arabische stemmen en de geur van exotische kruiden, waardoor Hess aan de Tunesische wijk in Parijs moet denken. Bij de laatste deur, 37C, staan een oude verweerde tuintafel en een gammele witte plastic stoel. Hess blijft staan en haalt zijn sleutel tevoorschijn.

De flat is donker en hij doet het licht aan. Er zijn twee kamers en zijn bescheiden reistas staat bij de muur waar hij hem heeft neergezet nadat hij eerder vandaag de sleutel van de beheerder heeft gekregen. De flat is het laatst onderverhuurd geweest aan een Boliviaanse student, maar die is in april naar huis gegaan. Volgens de beheerder was het niet gelukt om Hess' flat sindsdien opnieuw te verhuren, wat misschien niet zo vreemd is. In de kamer staan een tafel en twee stoelen, er is een keukenhoek met een kookplaat met twee pitten, de vloer is ongelijk en de kale muren zitten vol vlekken. Er staan geen persoonlijke spullen, alleen een oude televisie in de hoek, die ondanks zijn analoge uiterlijk nog steeds werkt omdat hij is aangesloten op het kabelpakket van de bewonersvereniging. Er is nooit een reden geweest om de flat in te richten, omdat Hess nooit aanwezig is, maar de hypotheekaflossingen zijn gedurende de jaren door de huurders betaald en daarom heeft hij de flat gehouden. Hess legt zijn pistoolholster en sigaretten op de tafel, trekt zijn jack uit en hangt het over een rugleuning om te drogen. Voor de derde keer binnen een halfuur belt hij François op het nummer dat ze afgesproken hebben, maar er wordt nog steeds niet opgenomen en Hess laat geen bericht achter.

Als hij bij de tafel zit en het kartonnen doosje met de Vietnamese maaltijd heeft geopend, zet hij de televisie aan. Hij eet kip met noedels zonder trek en zapt rusteloos langs de enorme hoeveelheid zenders tot hij bij een nieuwsuitzending komt waarop beelden van Rose Hartungs eerste dag in Christiansborg worden getoond, terwijl een stem vertelt over haar verdwenen dochter die het slachtoffer van Linus Bekker is geworden. Hess zapt verder en eindigt bij een natuurprogramma over de Zuid-Afrikaanse giftige spin, die zich onderscheidt doordat hij zijn moeder opeet zodra hij uitgebroed is. Het programma zegt hem niets, maar het stoort hem ook niet, terwijl hij bedenkt hoe hij zo snel mogelijk naar Den Haag kan terugkeren.

Het zijn een paar dramatische dagen voor Hess geweest. In het weekend heeft zijn Duitse chef Freimann van Europol hem met onmiddellijke ingang op non-actief gesteld. Dat was misschien niet helemaal onverwacht geweest, maar toch een overdreven reactie. In elk geval in Hess' ogen. De beslissing werd vervolgens in het systeem gezet, de geruchten bereikten Kopenhagen al snel, en op zondagavond kreeg hij de opdracht om terug te komen teneinde verantwoording af te leggen. Hij was maandagochtend op het hoofdbureau van de politie verwacht voor een gesprek met zijn Deense superieuren, die geen vertrouwen in zijn uitleg van de situatie hadden gehad, waarna hij was herinnerd aan het feit dat de situatie bijzonder ongelukkig was omdat de Deense politie na het beruchte nee van het referendum toch al op gespannen voet stond met Europol. Hess droeg met andere woorden niet bij aan het verbeteren van de samenwerking, die op de genade van Europol balanceerde. Een van de afdelingshoofden had zelfs benadrukt dat de situatie pijnlijk was, en Hess had geprobeerd om er schuldbewust uit te zien. Daarna hadden ze al zijn zonden opgenoemd: disciplinaire problemen in de vorm van discussies met superieuren, absentie, algemene slordigheid, beweringen over drank en kroegentochten in Europese hoofdsteden, alsmede de overkoepelende paraplutheorie van een burn-out. Hij had verteld dat het een storm in een glas water was en dat hij ervan overtuigd was dat de evaluatie uiteindelijk in zijn voordeel zou uitvallen. In gedachten zat hij al aan boord van het vliegtuig naar Nederland dat om vijf voor vier zou opstijgen en waarin hij al een stoel had gereserveerd. Als het vliegtuig geen vertraging had, zou hij thuis, op de tweede verdieping in de Zeekantstraat, op tijd op de bank kunnen vallen om de risicovolle Champions League-wedstrijd tussen Ajax en Dortmund te zien. Op dat moment was de bom echter gebarsten. Tot alles was uitgezocht werd Hess verplicht om als rechercheur op zijn vroegere afdeling te werken: Moordzaken.

Hess had vrijwel niets meegenomen naar Kopenhagen. Hij had alleen het hoogstnoodzakelijke in een reistas gegooid en na de mislukte bespreking was hij teruggegaan naar het Missionshotel bij het Centraal Station, waar hij net had uitgecheckt, om op verhaal te komen. Hij had als eerste zijn vriend François gebeld om te informeren hoe de situatie in Den Haag was. François was een kale Fransman van eenenveertig jaar die afkomstig was uit Marseille en tot de derde generatie politieagenten in zijn familie behoorde. Hij was hard, maar een gouden vent en de enige van zijn collega's die Hess mocht en vertrouwde. François had verteld dat de evaluatie was begonnen, dat hij Hess zo goed mogelijk op de hoogte zou houden en dat ze hun informatie op elkaar moesten afstemmen zodat uit hun respectievelijke rapporten niet zou blijken dat ze met elkaar onder één hoedje speelden. Als het zich ontwikkelde tot een overheidszaak konden hun telefoongesprekken afgeluisterd worden, dus had het een goed idee geleken om nieuwe mobieltjes aan te schaffen. Na dat telefoongesprek had Hess een blikje bier uit de minibar gedronken en geprobeerd contact op te nemen met de beheerder die de sleutel van zijn flat in bezit had, omdat er geen reden was om langer voor het hotel te betalen dan strikt noodzakelijk was. Hess had hem niet kunnen bereiken en was met zijn kleren aan op het hotelbed in slaap gevallen, terwijl de Duitsers Ajax met 3-0 inmaakten.

De giftige spinnen zijn klaar met het verteren van hun moeder als zijn nieuwe mobiel overgaat. Het Engels van François is niet geweldig, dus praat Hess altijd Frans met hem, ook al is zijn Frans gebroken en heeft hij het zichzelf geleerd.

'Hoe is je eerste werkdag gegaan?' is het eerste wat François wil weten.

'Fantastisch.'

Ze overleggen even, zodat François op de hoogte is van wat Hess in zijn rapport wil schrijven, en François vertelt hem het laatste nieuws over de ontwikkeling van de zaak. Als hij klaar is, voelt Hess dat de Fransman iets dwarszit.

'Wat is er?'

'Dat wil je niet horen.'

'Voor de draad ermee.'

'Ik denk gewoon hardop: waarom blijf je niet een tijdje in Kopenhagen om uit te rusten? Je komt waarschijnlijk terug, maar misschien is het goed voor je om even weg te zijn van alles en je batterijen op te laden. Versier een paar mooie Deense vrouwen en...'

'Je hebt gelijk. Ik wil het niet horen. Zorg ervoor dat je je rapport zo snel mogelijk bij Freimann inlevert.'

Hess verbreekt de verbinding. Het vooruitzicht om in Kopenhagen te moeten blijven, is in de loop van de dag nog ondraaglijker geworden. De bijna vijf jaar bij Europol zijn geen pretje geweest, maar alles is beter dan hier. Als verbindingsofficier die was uitgezonden door de Deense politie kon je er in principe mee volstaan om in het hoofdkwartier in een kantoor achter een computerscherm te zitten, maar Hess was al heel snel na zijn aankomst gevraagd als rechercheur voor een transnationale vliegende brigade. Gemiddeld reisde hij zo'n honderdvijftig dagen per jaar. De ene zaak had de andere zaak afgelost. Berlijn werd Lissabon, Lissabon werd Calabrië, Calabrië werd Marseille, en zo was het doorgegaan. De reizen werden onderbroken door korte verblijven in Den Haag, waar hem een woning ter beschikking was gesteld. Het contact met het Deense systeem werd onderhouden door middel van zijn incidentele verslagen over de lijnen van de georganiseerde misdaad naar Noord-Europa en in het bijzonder Scandinavië en Denemarken. Over het algemeen gebeurde dat via e-mail en een enkele keer via Skype, en dat marginale contact was Hess uitstekend bevallen. Datzelfde gold voor zijn gevoel dat hij nergens thuishoorde. Langzamerhand had hij zich erbij neergelegd dat het Europese politieapparaat een kolos op lemen voeten was, met een heleboel juridische en politieke hindernissen die telkens als je daarop stuitte onoverkomelijker leken te worden. Had hij een burn-out? Misschien wel. Als rechercheur zag hij voortdurend nieuwe voorbeelden van georganiseerde onrechtvaardigheid, kwaadwilligheid en dood. Hij volgde sporen, verzamelde bewijzen en verhoorde een eindeloze hoeveelheid mensen in verschillende talen, maar vaak werden de aanklachten tegengehouden door politici die het buiten de landsgrenzen niet eens konden worden. Aan de andere kant hoefde Hess zich meestal alleen druk te maken over zichzelf. Het systeem was zo groot en labyrintachtig dat hij niet opviel. In elk geval tot voor kort, voordat er een nieuwe chef op zijn afdeling was gekomen. Freimann was een jonge bureaucraat uit het voormalige Oost-Duitsland die positief stond tegenover de Europese politiesamenwerking en was begonnen met hervormen en orde op zaken stellen. Na zijn eerste werkdag in Kopenhagen had Hess echter het gevoel gekregen dat hij liever een weekend samen met Freimann op een onbewoond eiland doorbracht.

De dag was redelijk begonnen. Hij was het weerzien met eventuele oude bekenden op het hoofdbureau uit de weg gegaan en was 's ochtends meteen op pad gestuurd. De vrouwelijke rechercheur aan wie hij was gekoppeld, was intelligenter dan de meeste anderen en duidelijk niet geïnteresseerd in zijn aanwezigheid, wat alleen een voordeel was. Een eenvoudige moord in een ligusterhaagwijk was plotseling echter ingewikkeld geworden vanwege een vingerafdruk en voordat hij het besefte, had hij in een woning gestaan waar het verdriet als dikke teer aan de muren kleefde, waardoor hij de behoefte had gevoeld om schreeuwend weg te rennen.

Na het bezoek aan de familie Hartung had hij frisse lucht nodig gehad. Er was iets wat hem dwarszat, en dat was niet alleen het verdriet. Het was een detail. Iets wat nog geen gedachte was geworden, of misschien was het dat inmiddels wel met de daarbij behorende stortvloed aan vragen – en had zijn ontkiemende bewustzijn hem verdrongen zodat hij geen actie hoefde te ondernemen.

Hess was door de natte straten gelopen en had een omweg gemaakt naar het centrum, dat hij niet meer herkende. Overal zag hij glas en staalconstructies, wegwerkzaamheden die getuigden van een veranderende stad, in principe een Europese hoofdstad zoals alle andere, maar veel kleiner en veiliger dan de meeste hoofdsteden die zuidelijker lagen. Vrolijke gezinnen met kinderen hadden de herfst en de regen getrotseerd en de beschutting van de attracties in Tivoli gezocht, maar door de bergen gevallen bladeren onder de kastanjebomen bij de Søerne moest hij aan Laura Kjær denken. De ansichtkaartafbeelding van het veilige wonderland begon barstjes te vertonen en bij de Dronning Louises-brug waren zijn herinneringen veranderd in kleine, lastige spoken, die pas verdwenen toen hij Ydre Nørrebro had bereikt.

Hess weet dat hij zich er niets van aan hoeft te trekken. Het is zijn verantwoordelijkheid niet. Overal zijn gekken en ouders raken elke dag kinderen kwijt, net zoals kinderen hun ouders kwijtraken. Hij heeft het al zo vaak gezien, in zoveel verschillende steden en landen, in zoveel verschillende gezichten, dat hij geen moeite doet om het zich te herinneren. Over een paar dagen komt het verzoenende telefoontje uit Den Haag waarschijnlijk en dan doet het er niet toe wat hij vandaag heeft meegemaakt. Hij zal met een nieuwe opdracht in een vliegtuig, een trein of een auto zitten, en tot dat moment moet hij de tijd gewoon laten verstrijken.

Hess beseft dat hij apathisch naar een van de gevlekte muren kijkt. Voordat de onrust opnieuw bezit van hem kan nemen, gooit hij het kartonnen doosje met de rest van de noedels in de vuilnisbak en loopt naar de deur.

23

Het geluid van Bob de Bouwers stem vult de kamer bij Nehru Amdi, en vooral de jongste van de kinderen zuigt alle goede raad van het scherm in zich op. Nehru Amdi maakt lam in currysaus met spinazie voor zijn vrouw en vier kinderen als er wordt aangebeld. Zijn vrouw roept dat ze haar nicht aan de telefoon heeft en dat Nehru moet opendoen. Hij loopt geïrriteerd met zijn schort voor naar de deur, doet open en ziet de blanke man van nummer 37C staan van wie Nehru eerder vandaag al een glimp heeft opgevangen.

'Ja?'

'Sorry dat ik stoor, maar ik wil mijn flat graag schilderen. Nummer 37C.'

'De flat schilderen? Nu?'

'Inderdaad. De beheerder heeft verteld dat jij de huismeester bent en weet waar de verf en de schilderspullen staan.'

Nehru ziet dat de man een groen en een blauw oog heeft. 'Je kunt niet zomaar beginnen met schilderen. Dat mag niet zonder toestemming van de eigenaar, en die is niet aanwezig.'

'Ik bén de eigenaar.'

'Ben jíj de eigenaar?'

'Je kunt me gewoon de sleutel geven. Staan de spullen in de kelder?'

'Jazeker, maar het is avond. Je kunt nu niet schilderen, tenzij je lampen hebt. Heb je lampen?'

'Nee, maar ik heb nu tijd,' antwoordt de man ongeduldig. 'Ik ben een paar dagen in Kopenhagen en wil de flat opknappen zodat ik hem te koop kan zetten. Dus als het niet te veel moeite is, wil ik de sleutel graag hebben.'

'Ik mag de keldersleutel niet afgeven. Wacht beneden in de gang. Ik kom er zo aan.'

De man knikt en loopt weg. Nehru's vrouw heeft de mobiel van haar oor gehaald en kijkt Nehru langdurig aan terwijl hij de sleutel zoekt. Er is geen normale blanke man die vrijwillig iets in Odinparken bezit, laat staan dat hij daar woont, dus heeft hij reden om op zijn hoede te zijn.

De verfroller glijdt haastig over de muur en er spatten grote klodders op het papier dat hij op de vloer heeft uitgespreid. Als Nehru binnenkomt met nog een verfemmer, doopt de man de roller net in de bak met verf, waarna hij verdergaat met zijn werk, terwijl het zweet over zijn gezicht loopt.

'Er was nog een emmer verf, maar ik heb geen tijd, dus je moet zelf controleren of het dezelfde kleurcode is.'

'Dat is onbelangrijk, als het maar wit is.'

'Dat is wel belangrijk. Het moet dezelfde kleurcode zijn.'

Nehru haalt het jack van de man van de tafel om plaats te maken voor de emmer zodat hij de code kan controleren. Hij ziet een pistoolholster liggen en verstijft.

'Het is in orde. Ik ben politieagent.'

'Ja, natuurlijk,' zegt Nehru, en hij doet een achterwaartse pas naar de deur, terwijl hij aan de blik van zijn vrouw denkt.

De man pakt zijn politielegitimatie met de toppen van zijn vingers, die onder de witte verf zitten.

'Kijk maar. Dit ben ik.'

Nehru voelt zich maar een beetje kalmer als hij naar de legitimatie kijkt, terwijl de lange man de verfroller weer op en neer begint te rollen.

'Een agent in burger? Gebruiken jullie de flat voor bewaking?'

Odinparken wordt er vaak van beschuldigd dat het een broedplaats voor zowel criminele benden als islamitische terroristen is, dus stelt Nehru de vraag niet zonder reden.

'Nee, het is gewoon mijn flat en niet bedoeld voor bewaking. Maar ik werk in het buitenland, dus nu wil ik hem verkopen. Laat de deur openstaan als je weggaat, zodat er frisse lucht naar binnen komt.'

Het antwoord ontwapent Nehru. Hij is nog steeds verbaasd dat de man ooit op het idee is gekomen om een flat in Odinparken te kopen, maar het is een kalmerend gevoel dat hij wil dat Nehru vertrekt. Heel Deens en normaal. Nehru kijkt nog even naar de man en kan het niet laten. De lange man schildert zoals een paard schopt. En alsof zijn leven ervan afhangt.

'Je doet het veel te hard. Mag ik de roller even?'

'Nee, het gaat goed.'

'Je kunt niets zien zonder werklamp.'

'Het gaat goed.'

'Stop, zeg ik. Als ik je niet help, ben je straks ongelukkig over het resultaat.'

'Ik ben straks niet ongelukkig, dat beloof ik.'

Nehru heeft de steel van de roller vastgepakt, terwijl de man hem ook nog steeds vasthoudt.

'Ik denk het wel. Je moet afwisselen. Ik wissel altijd een beetje af.'

'Nee, het is mooi zo.'

'Het is niet mooi. Ik ben meester-schilder en talent verplicht.'

'Luister, ik wil gewoon graag schilderen...'

'Talent verplicht. Als je iets kunt, moet je het ook doen. Het spijt me, maar ik kan daar niets aan doen.'

De man laat de verfroller eindelijk los. Hij staart heel even verloren voor zich uit, alsof Nehru de zin van zijn leven heeft weggenomen, en Nehru verdwijnt met de roller voordat de man van gedachten verandert.

Nehru zoekt een paar werklampen in zijn eigen flat en vindt een nieuwe verfroller in een poetsemmer achter in de kast in de gang. Zijn vrouw zit met de kinderen aan tafel en begrijpt hem niet. Nummer 37C moet maar voor zichzelf zorgen tot ze hebben gegeten, vindt ze.

'Die man vertelt misschien allemaal leugens en kan een arme dwaas zijn die de gemeente in dit gebouw heeft geplaatst.'

Nehru geeft het op om haar uit te leggen dat als je schildert, je dat fatsoenlijk moet doen. Met de spullen onder zijn arm doet hij de voordeur achter zich dicht en pakt de verfrolhouder van de krant op de deurmat, waar hij hem heeft neergelegd. Ineens ziet hij de man van 37C langs het basketbalveld lopen, en even later is hij verdwenen.

Nehru snapt er niets van, maar dan bedenkt hij dat de mensen tegenwoordig geen respect meer voor elkaar hebben en dat zijn vrouw misschien toch gelijk heeft over de gek en de gemeente. Het is helemaal geen verkeerd idee dat de man de flat wil verkopen.

24

Thulin begint tot haar eigen verrassing langzamerhand te lachen tijdens het etentje in het appartement in de Store Kongensgade. Sebastians familie is een erkende welgestelde advocatenfamilie en zijn vader is de alles overschaduwende patriarch. Bijna tien jaar geleden is hij benoemd tot rechter bij de Hoge Raad, dus nu leiden Sebastian en zijn oudere broer de advocatenfirma, maar dat betekent absoluut niet dat de broers het over alles eens zijn. Dat blijkt duidelijk tijdens het eten. De stugge neoliberale opmerkingen van de oudere broer over de staat en de maatschappij vliegen over de tafel, gevolgd door Sebastians snelle antwoorden en de sarcastische opmerkingen van zijn schoonzus over het gevoelsleven van de oudere broer, dat volgens haar is gestorven toen hij als advocaat werd beëdigd. Zijn vader heeft Thulin uitgehoord over haar werk op de afdeling Moordzaken en heeft haar geprezen omdat ze wil solliciteren bij NC3, dat beslist de toekomst heeft boven de stoffige afdeling Ernstige Misdrijven tegen Personen. De oudere broer is daarentegen van mening dat beide afdelingen over twintig jaar niet meer bestaan, omdat het volledige politieapparaat dan geprivatiseerd is. Tijdens het hoofdgerecht begint hij erover dat Sebastian blijkbaar niet aantrekkelijk genoeg is, omdat Thulin niet met hem wil samenwonen.

'Is hij misschien niet mans genoeg om je te geven wat je nodig hebt?'

'Dat is hij absoluut wel. Ik wil hem alleen liever seksueel uitbuiten in plaats van daar een eind aan te maken door samen te gaan wonen.'

De vrouw van de broer lacht zo hard om dat antwoord dat er rode wijn op het witte Boss-overhemd van haar echtgenoot spat, waar hij meteen energiek met een stoffen servet over begint te wrijven.

'Proost,' zegt ze, en ze drinkt haar glas leeg voordat de anderen haar voorbeeld kunnen volgen.

Sebastian glimlacht naar Thulin en ze krijgt een kneepje in haar hand van zijn moeder. 'We vinden het in elk geval fijn om je te ontmoeten, en ik weet dat Sebastian ook blij is.'

'Ma, stop daarmee.'

'Maar ik zeg toch niets?'

Ze heeft Sebastians ogen. Dezelfde warme, donkere gloed die Thulin op zich voelde rusten toen ze iets meer dan vier maanden geleden in de rechtbank was in verband met een zaak waarnaar ze onderzoek had gedaan. Sebastian Valeur in de rechtbank had hetzelfde effect als een gloednieuwe Tesla in een museum voor antieke auto's, maar haar vooroordeel over zijn arrogantie was ongegrond gebleken. Als benoemde advocaat voor een beschuldigde Somaliër had hij zijn cliënt verdedigd zonder eigendunk, maar wel met zoveel gevoel voor realiteit dat hij de man had overgehaald om toe te geven dat hij zijn vrouw had mishandeld. Daarna had Sebastian haar voor het gebouw opgewacht, en hoewel ze had geweigerd toen hij haar mee uit vroeg, had ze zich tot hem aangetrokken gevoeld. Begin juni was ze aan het eind van de middag onaangekondigd in zijn advocatenfirma in de Amaliegade verschenen en had ze zijn broek naar beneden getrokken toen ze alleen in zijn kantoor waren achtergebleven. Ze had niet gedacht dat het tot meer zou leiden, maar de seks was verrassend goed geweest en Sebastian had beseft dat ze niet op zoek was naar een relatie. Nu ze echter met zijn enigszins excentrieke familieleden aan tafel zit, lijkt dat ineens niet meer zo beangstigend.

De gesprekken aan tafel verstommen door een harde ringtone. Thulin haalt haar mobiel uit haar zak en neemt op. 'Ja, hallo?'

'Met Hess. Waar is de jongen nu?'
Thulin staat op en loopt naar de hal om alleen te zijn.
'De jongen?'
'De jongen uit Husum. Er is iets wat ik hem moet vragen, en dat moet ik meteen doen.'
'Je kunt nu niet met hem praten. Hij wordt behandeld door een arts die van mening is dat hij een shock heeft, dus is hij op een psychiatrische kinderafdeling opgenomen.'
'In welk ziekenhuis?'
'Waarom?'
'Laat maar. Ik kom er wel achter.'
'Waarom wil je...'
De verbinding wordt verbroken. Thulin blijft heel even met haar mobiel in haar hand staan. Het geluid van de stemmen aan de tafel gaat door, maar ze hoort niet langer wat er wordt gezegd. Als Sebastian de hal in komt en vraagt of er iets aan de hand is, heeft ze haar jas al aan en is ze op weg naar de deur.

25

De gangen zijn verlaten en zwak verlicht als Thulin de psychiatrische kinderafdeling van het Glostrup-ziekenhuis binnenloopt. Ze loopt naar de balie toe en ziet dat Hess in het achterliggende kantoor in een verhitte discussie verwikkeld is met een oudere verpleegkundige. Hun stemmen dringen onder de deur door van de glazen kubus waarin ze staan, en een paar tieners op sloffen zijn blijven staan om te zien wat er aan de hand is. Thulin wringt zich langs hen heen, klopt op de deur en opent hem.

'Ga alsjeblieft mee.'

Hess kijkt naar haar en sjokt met tegenzin achter haar aan, terwijl de verpleegkundige hem chagrijnig nakijkt.

'Ik moet met de jongen praten, maar de een of andere idioot heeft beloofd dat hij vandaag niet meer gestoord mag worden.'

'Dat heb ík beloofd. Waarover wil je met hem praten?' Ze kijkt naar Hess, die witte verfspatten op zijn gezicht en handen heeft. 'De jongen is vandaag al een keer verhoord, en als je me niet kunt vertellen waarover het gaat, kan het niet belangrijk zijn.'

'Het zijn maar een paar vragen. Als jij de verpleegkundige kunt overhalen, beloof ik dat ik morgen naar de afdeling bel om me ziek te melden.'

'Vertel me eerst wat je hem vragen wilt.'

26

De psychiatrische kinderafdeling is identiek aan de afdeling voor volwassenen, met hier en daar eilandjes met stoelen en tafels op kinderformaat waar speelgoed en boeken liggen. Dat maakt niet veel verschil, want het interieur is nog steeds kaal en saai, maar Thulin weet uit ervaring dat er plekken voor kinderen bestaan die veel erger zijn.

De verpleegkundige komt eindelijk uit de kamer van de jongen en negeert Hess door rechtstreeks naar Thulin te kijken. 'Ik heb tegen hem gezegd dat jullie maar vijf minuten blijven. Hij zegt niet veel en heeft dat ook niet gedaan sinds hij hier gekomen is, en dat mag hij ook. Zijn we het daarover eens?'

'Jazeker.'

'Ik hou de tijd in de gaten.' De verpleegkundige wijst op haar horloge en kijkt geïrriteerd naar Hess, die de deurkruk al vastheeft.

Magnus Kjær kijkt niet op als ze de eenpersoonskamer binnenkomen. Het hoofdeind van het bed waarop hij zit staat omhoog en hij heeft een dekbed over zich heen. De laptop op zijn schoot, met een groot ziekenhuislogo op de achterkant, verlicht zijn gezicht. De gordijnen zijn dicht en op het nachtkastje brandt een lamp.

'Hallo, Magnus. Sorry dat we je storen. Ik ben Mark en dit is...' Hess kijkt naar Thulin, die probeert te wennen aan het idee dat Hess ook een voornaam heeft.

'Naia.'

De jongen geeft geen antwoord en Hess loopt naar het bed. 'Wat doe je? Mag ik hier zitten?'

Hess gaat op de stoel naast het bed zitten, terwijl Thulin op de achtergrond blijft staan. Er is iets waardoor ze de behoefte heeft om afstand tussen hen te houden. Iets wat ze niet onder woorden kan brengen, maar waarvan ze voelt dat het de juiste beslissing is.

'Magnus, ik wil je graag iets vragen, als je dat goedvindt. Vind je dat goed, Magnus?'

Hess kijkt naar Magnus, die niet reageert, en Thulin bedenkt dat het tijdverspilling is. De jongen is volledig geconcentreerd op het scherm en het toetsenbord waarop zijn vingers ijverig typen. Het is alsof hij zich in een luchtbel bevindt en Hess tot morgenochtend vragen kan stellen zonder één antwoord te krijgen.

'Wat speel je? Lukt het een beetje?'

De jongen geeft nog steeds geen antwoord, maar Thulin ziet dat het *League of Legends* is, het spel dat haar dochter ook speelt. 'Het is een computerspel. Het gaat erom dat...'

Hess heft zijn hand om aan te geven dat Thulin haar mond moet houden, terwijl hij onophoudelijk naar het scherm van de jongen blijft kijken.

'Je speelt op Summoner's Rift. Die kaart doe ik zelf ook het liefst. Is Lucian the Purifier je champion?'

De jongen geeft geen antwoord en Hess wijst naar een van de symbolen onder aan het scherm. 'Als je Lucian bent, dan heb je bijna genoeg voor een upgrade.'

'Dat heb ik al. Ik wacht op het volgende level.'

De stem van de jongen is mechanisch en monotoon, en Hess wijst onverstoorbaar naar het scherm. 'Pas op, daar komen minions. Je Nexus wordt vernietigd als je niets doet. Klik op *magic*, zodat je niet *failt*.'

'Ik *fail* niet. Ik héb op *magic* geklikt.'

Thulin verbergt haar verrassing. De collega's die ze in het hoofdbureau spreekt, weten net zoveel over computerspellen als over Kantonees, maar dat geldt duidelijk niet voor Hess. Ze kijkt naar Magnus en voelt intuïtief dat dit het beste gesprek is dat hij vandaag heeft gehad. Ineens beseft ze dat dat misschien ook geldt voor de man die op de stoel naast hem zit en oprecht geboeid is.

'Je speelt goed. Als je een break hebt, wil ik je graag een andere missie geven. Die is een beetje anders dan in *LoL*. Je mag al je skills gebruiken.'

Magnus doet de laptop meteen dicht en wacht op Hess zonder hem in de ogen te kijken. Hess haalt drie foto's uit zijn binnenzak en legt die met de voorkant naar beneden voor de jongen neer op het dekbed.

Thulin kijkt verrast naar hem en loopt naar hem toe. 'Dat is de afspraak niet. Je hebt niets over foto's gezegd.'

Hess negeert haar en kijkt naar de jongen. 'Magnus, zo meteen draai ik de foto's een voor een om. Je krijgt tien seconden om naar elke foto te kijken en me te vertellen of er iets op staat wat er niet op thuishoort. Iets vreemds, een beetje als een Trojaans paard dat in je compound binnengedrongen is. Oké?'

De negenjarige jongen knikt, terwijl hij strak naar de achterkant van de foto's kijkt die op het dekbed liggen. Hess draait de eerste foto om. Het is een deel van de keuken in de Cedervænget, om precies te zijn een paar keukenplanken met kruiden en de kalmerende pillen van de jongen. Waarschijnlijk is hij door Genz of zijn mensen van het Forensisch Instituut gemaakt. Thulin beseft plotseling dat Hess langs het hoofdbureau is gegaan om de foto's op te halen voordat hij naar het ziekenhuis is gekomen, en dat maakt haar nog alerter.

Magnus' blik springt van detail naar detail en analyseert de beelden mechanisch, waarna hij zijn hoofd schudt. Hess glimlacht bevestigend naar hem en draait een nieuwe foto om. Deze keer is het een foto van een hoek van de kamer met een paar damestijdschriften en een opgevouwen kleed op de bank. De achtergrond wordt gevormd door de vensterbank met de digitale fotolijst, die is bevroren op een foto van de jongen. De jongen herhaalt het proces en schudt zijn hoofd mechanisch. Hess draait de laatste foto om. Dit is een fragment van het speelhuisje op de natuurspeelplaats. Thulin schrikt en controleert haastig of er geen spoor van Laura Kjær op te zien is. De foto is genomen vanuit een hoek waardoor de schommels en de bronskleurige bomen op de achtergrond zichtbaar zijn. Er verstrijkt een seconde, waarna de vinger van de jongen naar het kastanjemannetje onder de balk aan het speelhuisje in de rechterbovenhoek van de foto wijst. Thulin kijkt naar de vinger en voelt de stilte als een knoop in haar maag voordat Hess verdergaat.

'Weet je dat zeker? Heb je die nooit eerder gezien?'

Magnus Kjær schudt zijn hoofd. 'Ik was gisteren voor het avondeten met mama op de speelplaats. Toen hing er geen kastanjemannetje.'

'Cool... Je bent goed. Weet je ook wie hem daar opgehangen heeft?'

'Nee. Is de missie afgelopen?'

Hess kijkt naar de jongen en gaat rechtop zitten. 'Ja. Dank je wel. Je hebt ons heel erg geholpen, Magnus.'

'Komt mama terug?'

Hess weet duidelijk even niet wat hij moet antwoorden. De jongen kijkt nog steeds niet naar hem en de vraag blijft veel te lang hangen. Hess pakt de hand van de jongen, die op het dekbed ligt, en kijkt hem aan. 'Nee, ze komt niet terug. Je mama is nu op een andere plek.'

'In de hemel?'

'Ja. Ze is in de hemel. Een goede plek.'

'Kom je terug om met me te spelen?'

'Natuurlijk doe ik dat. Een andere keer.'

De jongen opent de laptop en Hess laat zijn hand los.

27

Hess staat met zijn rug naar de uitgang te roken. De wind wervelt de rook tussen het gebouw en de bomen omhoog. Hij kijkt naar het grote donkere parkeerterrein met de oude zwarte bomen waarvan de wortels onder het asfalt door kronkelen en op sommige plekken door het wegdek heen dringen. Een ambulance hobbelt over het terrein en rijdt de parkeergarage in.

Als Thulin klaar is met het gesprek met de verpleegkundige omdat ze zich ervan wil verzekeren dat er op de allerbeste manier voor de jongen wordt gezorgd, loopt ze via de automatische glazen deuren naar buiten. Ze ziet Hess op het parkeerterrein staan en is blij dat hij op haar heeft gewacht.

'Wat gaat er met hem gebeuren?'

De impliciete vraag geeft haar een vreemd gevoel, omdat ze Hess nog niet eens een etmaal kent, maar ze twijfelt niet aan wat hij ermee bedoelt.

'De sociale instanties hebben het overgenomen. Hij heeft helaas geen andere familieleden, dus zoeken ze waarschijnlijk een oplossing met de stiefvader. Tenzij die schuldig is, natuurlijk.'

Hess kijkt naar Thulin. 'Denk jij dat hij de dader is?'

'Hij heeft geen alibi, en in 99 procent van de gevallen heeft de partner of de echtgenoot het gedaan. Dat van daarnet heeft niets nieuws opgeleverd.'

'Niet?' Hess kijkt haar in de ogen, terwijl hij verdergaat: 'Als de jongen de waarheid spreekt, dan is het poppetje met de vingerafdruk in de avond of de nacht waarop de moord plaatsvond bij de plaats delict opgehangen. Dat is op z'n zachtst gezegd vreemd en kan niet zomaar weggeredeneerd worden met het verhaal dat iemand het poppetje een jaar geleden toevallig bij een kraampje langs de weg gekocht heeft.'

'Het hoeft niets met elkaar te maken te hebben. De stiefvader kan de vrouw vermoord hebben en de jongen kan het mis hebben dat het poppetje er niet eerder hing. Er hoeft helemaal geen verband te zijn.'

Hess wil iets zeggen, maar slikt zijn woorden in en dooft zijn sigaret onder zijn schoen. 'Misschien niet.'

Hij knikt abrupt bij wijze van afscheid en Thulin kijkt hem na. Ze doet haar mond open om te vragen of hij een lift naar de stad wil, maar door een windstoot valt er iets op de tegels achter haar. Ze draait zich om en kijkt naar het stekelige groenbruine bolletje dat in de kuil bij de peuk rolt, waar nog meer van dat soort bolletjes liggen. Ze beseft wat het is en kijkt omhoog naar de zwaaiende takken van de kastanjeboom en alle andere stekelige groenbruine bolletjes die erop wachten om op de grond te vallen. Heel even ziet ze het beeld voor zich van Kristine Hartung, die thuis aan de tafel in de zitkamer kastanjemannetjes maakt. Of op een heel andere plek.

Maandag 12 oktober, nu

28

'Ik wil niets meer zeggen. Ik ben naar het motel gereden en ben naar bed gegaan, en nu wil ik weten wanneer ik samen met Magnus naar huis kan!'

De kleine kamer aan het eind van de lange gang op de afdeling Moordzaken is felverlicht en bedompt, en Hans Henrik Hauge huilt en wringt zijn handen. Zijn kleding is verfomfaaid en hij stinkt naar zweet en urine. Er zijn zes dagen verstreken sinds Laura Kjær is gevonden en twee dagen geleden heeft Thulin ervoor gekozen hem in voorlopige hechtenis te nemen. De rechter heeft de afdeling achtenveertig uur de tijd gegeven om een basis voor een aanklacht te vinden, maar voorlopig is dat niet gelukt. Thulin is ervan overtuigd dat Hauge meer weet dan hij vertelt, maar de man is niet dom. Hij heeft een opleiding tot informaticus aan de Syddanske universiteit gevolgd, is ouderwets en voorspelbaar in de manier waarop hij IT benadert, maar niet onbekwaam. Hij is vaak verhuisd en beweert dat dat het lot van zijn leven als freelance-IT-ontwikkelaar was tot hij Laura Kjær ontmoette en een vaste baan bij een middelgroot IT-bedrijf aan de Kalvebod Brygge accepteerde.

'Er is niemand die kan bevestigen dat je maandagavond in het motel bent gebleven en er is niemand die je auto voor zeven uur de volgende ochtend op het parkeerterrein van het motel heeft zien staan. Waar was je?'

Nadat Hauge in voorlopige hechtenis was genomen, had hij gebruikgemaakt van zijn recht op een toegevoegde advocaat, een intelligente jonge vrouw die heerlijk ruikt en kleding draagt waarvoor Thulin nooit geld zal hebben. Ze neemt het woord:

'Mijn cliënt blijft erbij dat hij de hele nacht in het motel geweest is. Hij heeft geduldig herhaald dat hij niets met het misdrijf te maken heeft, dus tenzij jullie nieuwe informatie hebben, wil ik verzoeken om hem zo snel mogelijk te laten gaan.'

Thulin kijkt naar Hauge. 'Het is een feit dat je geen alibi hebt en dat Laura Kjær op de dag dat jij naar de beurs vertrok zonder jouw instemming het slot van het huis heeft laten vervangen. Waarom?'

'Dat heb ik al gezegd. Magnus was een paar keer zijn sleutels kwijtgeraakt...'

'Was dat omdat ze een ander had?'

'Nee!'

'Maar je werd boos toen ze aan de telefoon vertelde dat ze het slot had laten vervangen...'

'Ze heeft níét gezegd dat ze het slot had laten vervangen...'

'En Magnus' ziekte kan problemen in jullie relatie veroorzaakt hebben. Ik kan het heel goed begrijpen als je boos werd, vooral als ze plotseling vertelde dat ze iemand anders had gevonden die haar troostte.'

'Ik weet niets over een ander en ik ben nog nooit boos op Magnus geweest.'

'Dus je was wél boos op Laura?'

'Nee, ik was níét boos op...'

'Maar ze had het slot laten vervangen omdat ze je niet meer wilde, en dat heeft ze je aan de telefoon verteld. Je voelde je in de steek gelaten, je had zoveel voor haar en de jongen gedaan, dus ging je naar huis terug...'

'Ik ben niet naar huis teruggegaan...'

'Je klopte op de deur of het raam en ze deed open omdat ze niet wilde dat je de jongen wakker maakte. Je probeerde met haar te praten, je herinnerde haar aan de ring om haar vinger...'

'Dat is niet waar...'

'De ring die je haar zelf had gegeven, maar ze gedroeg zich kil en onverschillig. Je nam haar mee naar de tuin, maar ze bleef zeggen dat je haar met rust moest laten. Jullie relatie was voorbij, je had nergens recht op en je mocht de jongen niet meer zien omdat je niets betekende, en uiteindelijk...'

'Dat is niet waar, zeg ik toch!'

Thulin voelt de ongeduldige blik van de advocaat terwijl ze naar Hauge kijkt, die zijn handen weer wringt en aan zijn ring frunnikt.

'Dit leidt nergens toe. Mijn cliënt is zijn verloofde kwijtgeraakt en we moeten ook rekening houden met de jongen. Het is onmenselijk om hem nog langer hier te houden. Mijn cliënt wil graag zo snel mogelijk naar huis terug zodat hij voor de jongen kan zorgen zodra hij uit...'

'We willen verdomme gewoon naar huis! Hoe lang blijven jullie nog in ons huis? Jullie zullen daar verdomme toch weleens klaar zijn!'

Er is iets aan Hauges uitbarsting wat Thulin verbaast. Het is niet de eerste keer dat de drieënveertigjarige IT-ontwikkelaar uiting geeft aan zijn ongeduld over de afzetting en het onderzoeken van het huis, en haar gevoel voor logica vertelt haar dat Hauge positief zou moeten staan tegenover het feit dat de politie de tijd neemt om de sporen die er eventueel zijn veilig te stellen. Aan de andere kant is het huis al zo vaak gecontroleerd dat ze het allang gevonden zouden hebben als Hauge iets probeert te verbergen, dus moet ze zich verzoenen met de gedachte dat hij daadwerkelijk aan het welzijn van de jongen denkt.

'Mijn cliënt heeft natuurlijk begrip voor jullie onderzoek, maar staat het hem vrij om te gaan?'

Hans Henrik Hauge kijkt gespannen naar Thulin. Ze weet dat ze hem moet laten gaan en dat ze Nylander zo meteen moet vertellen dat ze nog steeds niets hebben met betrekking tot de moord op Laura Kjær. Nylander zal ongetwijfeld chagrijnig zijn en haar vragen op te schieten om meer verspilling van tijd en manschappen te voorkomen, en daarna vragen waar Hess verdomme is. Dat laatste weet Thulin niet. Hess heeft sinds dinsdagavond, toen ze voor het Glostrup-ziekenhuis uit elkaar gingen, zo weinig mogelijk gedaan en is in grote lijnen gekomen en gegaan zoals hem dat uitkwam. In het weekend had hij gebeld vanaf een plek die op een bouwmarkt leek om naar de zaak te informeren. Op de achtergrond werd in elk geval over schilderen en kleurcodes gepraat. Na dat telefoontje had ze het gevoel gehad dat hij alleen had gebeld om de indruk te wekken dat hij erbij betrokken was. Ze was natuurlijk niet van plan om dat aan Nylander te vertellen, want de afwezigheid van de man zou hem waarschijnlijk net zo irriteren als de mislukte voorlopige hechtenis. Het zou allebei niet in Thulins voordeel zijn als ze aan het eind van het gesprek wilde proberen aan te dringen op de referentie voor NC3.

'Het staat hem vrij om te vertrekken, maar het huis is verboden gebied tot ons onderzoek klaar is, dus je cliënt moet een andere oplossing vinden.'

De advocaat sluit haar map met een tevreden gelaatsuitdrukking en staat op. Thulin ziet dat Hauge wil protesteren, maar na een blik van zijn advocaat zwijgt hij.

29

De hoge berkenbomen met de gele bladeren zwaaien dreigend in de wind heen en weer als Hess afslaat en de dienstauto net naast de hoofdingang van het Forensisch Instituut parkeert. Als hij de receptie op de eerste verdieping bereikt, is hij alle protesten voor door zijn legitimatie te tonen en uit te leggen dat hij een afspraak heeft. Als Genz even later in een witte overall opduikt, kijkt hij verrast naar Hess.

'Ik heb hulp nodig bij een experiment. Het duurt niet lang, maar ik heb een enigszins steriele kamer nodig en een technicus die weet hoe hij in een microscoop moet kijken.'

'Dat kunnen we bijna allemaal. Waar gaat het over?'

'Ik moet eerst weten of ik je kan vertrouwen. Het is hoogstwaarschijnlijk niets en de moeite niet waard om er tijd aan te besteden, maar ik wil het risico niet lopen dat de informatie naar buiten gebracht wordt.'

Genz, die tot nu toe sceptisch naar Hess heeft gekeken, glimlacht. 'Als je zinspeelt op wat ik de vorige keer tegen je gezegd heb, dan hoop ik dat je begrijpt dat ik voorzichtig moest zijn.'

'En nu ben ik degene die voorzichtig moet zijn.'

'Meen je dat?'

'Dat meen ik.'

Genz kijkt even over zijn schouder alsof hij zich de stapel werk op zijn bureau herinnert. 'Oké. Als het tenminste relevant is en binnen het kader van de wet valt.'

'Dat denk ik wel, tenzij je vegetariër bent. Waar kan ik de auto naar binnen rijden?'

De laatste elektronische poort naast het gebouw schuift open en als Hess de dienstauto achteruit naar binnen heeft gereden, drukt Genz op een knop zodat de poort dichtschuift voordat de gevallen bladeren naar binnen waaien. Het is een van de onderzoeksruimten voor voertuigen, en daar heeft Hess geen bezwaar tegen, ook al hoeft de auto niet onderzocht te worden. Aan het plafond branden sterke neonlampen en de vloer heeft een afvoervoorziening.

'Wat moet er onderzocht worden?'

'Als jij het ene eind wilt vastpakken.'

Hess opent de kofferbak en Genz stoot een verrast geluid uit als hij het dode, bleke lichaam ziet dat gewikkeld in doorzichtig plastic in de kofferbak ligt.

'Wat is dat?'

'Een varken. Ongeveer drie maanden oud en gekocht in Kødbyen, waar hij een uur geleden nog in een koelcel hing. Laten we hem op de tafel leggen.'

Hess pakt de achterpoten van het varken, terwijl Genz de voorpoten aarzelend optilt. Samen leggen ze het varken op de stalen tafel die tegen een van de muren staat. De buik is opengesneden, alle organen zijn verwijderd en de ogen staren levenloos naar de muur.

'Ik geloof niet dat ik het begrijp. Dit kan niet relevant zijn, en als het een grap is, heb ik er gewoon de tijd niet voor.'

'Het is geen grap. Kalorius weegt 45 kilo, dat wil zeggen hetzelfde als een pretiener. Hij heeft een kop en vier ledematen, en hoewel het kraakbeen, de spieren en de botten enigszins afwijken van die van een mens, is het een goede vergelijkingsbasis voor het onderzoek van het gereedschap als we klaar zijn met het in stukken snijden.'

'In stukken snijden?'

Genz kijkt wantrouwend naar Hess, die naar de auto terugloopt om een dossier en een ingepakt langwerpig voorwerp van de achterbank te pakken. Hij stopt het dossier onder zijn arm en rukt de met plastic gevoerde verpakking van het voorwerp. Het is een machete van bijna een meter lang.

'Deze moet onderzocht worden als we klaar zijn. De machete is vrijwel identiek aan die welke bij de dader van de zaak-Hartung is gevonden. Ik wil het varken zo veel mogelijk volgens de beschrijving die de dader tijdens het verhoor gegeven heeft in stukken proberen te snijden. Ik leen een schort van je.'

Hess legt het wapen en het dossier van de zaak-Kristine Hartung op de stalen tafel naast Genz, waarna hij een van de schorten van de kapstok pakt.

Genz kijkt van het rapport naar Hess. 'Maar waarom? Ik dacht dat de zaak-Hartung niet relevant was. Thulin zei tegen me dat...'

'Die is ook niet relevant. Als er iemand binnenkomt en vragen stelt, dan verdelen we gewoon een kerstvarken voor de vriezer. Wil jij beginnen of zal ik het doen?'

Als je het hem een paar dagen geleden had gevraagd, zou Hess gezworen hebben dat hij nooit een varken in stukken zou snijden, maar er was iets gebeurd waardoor hij vanuit een heel andere invalshoek naar de moord op Laura Kjær keek. Dat had niets te maken met de onrust die hij had gevoeld na het bezoek aan Magnus in het Glostrup-ziekenhuis. Als er vrijwel gelijktijdig met de moord een kastanjemannetje met Kristine Hartungs vingerafdruk op de plaats delict was opgehangen, dan was dat weliswaar een extreme samenloop van omstandigheden, en hij had onderweg naar zijn flat in de S-trein van Glostrup al geprobeerd om op een andere manier naar de zaak te kijken, maar het zette in principe geen vraagtekens bij het feit dat het meisje Hartung bijna een jaar geleden was vermoord en in stukken was gesneden, zoals Thulin hem had verteld. De Deense politie was niet de gemakkelijkste om voor te werken – dat wist hij uit ervaring – maar de grondigheid en het oplossingspercentage van de afdeling Moordzaken was zo hoog dat ze daarmee tot de Europese elite behoorden. Een mensenleven betekende nog steeds iets in dit land, vooral als het om een kind ging, en zeker een kind van een prominente politica in het parlement. Het feit dat Kristine Hartung de dochter van een minister was, had ongetwijfeld garant gestaan voor een omvangrijk onderzoek dat beslag had gelegd op inspecteurs, technisch rechercheurs, genetici, arrestatieteams en niet in het minst de PET, die beslist dag en nacht aan de zaak had gewerkt. Het misdrijf tegen het meisje was waarschijnlijk beschouwd als een mogelijke aanval op de democratie en daarom waren alle zeilen bijgezet. Hess had dus echt vertrouwen in het onderzoek en de resultaten daarvan. Achtergebleven waren daarom alleen de samenloop van omstandigheden en de onrust die hem voortdurend achtervolgde als hij niet in zijn schuilplaats in Odinparken was.

Naarmate de dagen verstreken, had de zaak steeds meer een natuurlijk verloop gekregen en was de verdenking op Laura Kjærs partner Hans Henrik Hauge gevallen. Hess had zich daarmee verzoend. Het onderzoek was in handen van Thulin, die energiek leek en er duidelijk op gericht was om naar een andere afdeling te gaan en de carrièreladder te beklimmen. Ze leek vrij ontoegankelijk, maar aan de andere kant was zijn betrokkenheid, afgezien van het spontane bezoek aan Magnus Kjær, nihil geweest. Hij had meerdere keren van de gelegenheid gebruikgemaakt om onzichtbaar te zijn. In eerste instantie had hij de tijd gebruikt om het rapport aan zijn chef bij Europol op te stellen, waarna hij het met François had besproken. Na een paar aanpassingen waren beide rapporten verstuurd, en terwijl Hess het oordeel van zijn Duitse chef afwachtte, was hij begonnen aan het opknappen van zijn flat. Nu hij het vooruitzicht had dat hij al snel weer terug zou zijn in het hamsterrad, had hij zelfs contact opgenomen met een aantal makelaars. De eerste drie makelaars die hij had gebeld, wilden de flat niet in hun bestand hebben. De vierde wilde dat wel, maar waarschuwde op voorhand dat het lang kon duren omdat de wijk niet bepaald een goede reputatie had. ‘Tenzij je een islamist bent of zelfmoordneigingen hebt.’ Dat laatste was een eigen toevoeging van de makelaar. De overijverige huismeester had zich natuurlijk met het opknapwerk bemoeid. Hess had veel kritiek van de kleine Pakistaanse man gekregen zodra hij met de schilderskwast zwaaide, maar het project was ondanks alles gevorderd.

's Avonds was er echter iets gebeurd. Eerst had hij een telefoontje uit Den Haag gekregen. Een secretaresse met een kille stem had in het Engels gezegd dat Freimann de volgende dag om drie uur een telefonische bespreking met hem wilde, en dat uitzicht op communicatie had Hess opgevrolijkt. Hij had de positieve ontwikkeling gebruikt om energie te krijgen voor het schilderen van het plafond, wat hij anders uitgesteld zou hebben. Helaas had hij geen karton meer. De huismeester had hem een stapel oude kranten uit de kelder gegeven om over de vloer uit te spreiden, en toen Hess klaar was met het plafond in de keukenhoek had hij vanaf het werktrapje naar beneden gekeken, recht in de ogen van Kristine Hartung, die hem van een van de krantenpagina's aanstaarden.

De verleiding was te groot geweest en hij had de pagina met de foto met zijn handen vol verfspatten opgepakt. WAAR IS KRISTINE? luidde de kop, en hij was al snel genoodzaakt geweest om te zoeken naar het vervolg van het artikel, dat hij tussen de kranten op de toiletvloer had gevonden. Het was een zogenoemde feature, gedateerd op 10 december vorig jaar. Het artikel vatte het misdrijf en de vruchteloze zoekactie naar Kristine Hartungs lichaam samen. Het onderzoek naar het misdrijf was gesloten, maar het artikel vond een goede reden om Kristine Hartung op sensationele wijze te mystificeren. De dader, Linus Bekker, had tijdens een verhoor een maand eerder het seksuele geweld, de moord en het in stukken snijden van het lichaam bekend, maar er waren nog steeds geen lichaamsdelen gevonden, en het artikel was geïllustreerd met sfeervolle zwart-witfoto's van agenten die de bossen doorzochten. Volgens anonieme politiebronnen was het mogelijk dat vossen, dassen of andere dieren de lichaamsdelen hadden opgegraven en hadden verslonden, wat de reden kon zijn dat er nog steeds niets was gevonden. Het hoofd van de afdeling Moordzaken Nylander had zich echter optimistisch uitgelaten, hoewel hij vermeldde dat het weer hen dwarsboomde. De journalist had Nylander gevraagd of het mogelijk was dat Linus Bekkers bekentenis vals was, omdat ze niets hadden gevonden, maar dat wees Nylander van de hand: behalve de bekentenis van Linus Bekker was er onweerlegbaar bewijs voor de moord en het in stukken snijden van het lichaam, maar Nylander wilde daar in het artikel niet dieper op ingaan.

Hess had geprobeerd verder te schilderen, maar besefte uiteindelijk dat hij naar het hoofdbureau van de politie moest. Deels om de dienstwagen op te halen die hij de volgende dag wilde gebruiken om in Silvan een schuurmachine voor de vloer op te halen, deels om rust in zijn ziel te krijgen.

De gangen waren verlaten geweest – het was zondagavond tien uur – en hij had het geluk om de laatste medewerker van de administratie te pakken te krijgen. Op een scherm in de verste hoek van de donkere afdeling kreeg hij hulp bij het inloggen in de database, met de verklaring dat hij zich moest inlezen in de zaak-Laura Kjær, maar zodra de medewerker was verdwenen, had hij in plaats daarvan naar Kristine Hartung gezocht.

De hoeveelheid materiaal was enorm. Bijna vijfhonderd mensen waren verhoord. Honderden woningen waren doorzocht en talloze voorwerpen waren opgestuurd voor technisch onderzoek. Hess had echter besloten om alleen te kijken naar de samenvatting van het bewijs tegen Linus Bekker, wat het zoeken eenvoudiger maakte. Het probleem was alleen dat het lezen hem niet de rust in zijn ziel gaf waarnaar hij op zoek was. Integendeel.

Het eerste wat hem opviel, was de constatering dat Linus Bekker na een anonieme tip in de belangstelling was gekomen. Weliswaar was de man al eerder routinematig verhoord omdat hij een veroordeelde seksuele delinquent was, maar dat had niets opgeleverd, en pas nadat de anonieme tip was binnengekomen, had er een doorbraak plaatsgevonden. Het volgende waar Hess moeite mee had, was dat Linus Bekker beweerde dat hij zich niet precies kon herinneren waar hij de lichaamsdelen had begraven, blijkbaar omdat hij dat in het donker en in een toestand van hevige verstandsverbijstering had gedaan.

Voor wat betreft de bewijzen tegen Linus Bekker was er in het verlengde van de anonieme tip een beslissende vondst gedaan: in een garage in het complex in Bispebjerg, waar hij een flat op de begane grond bewoonde, was het wapen gevonden waarmee Kristine Hartung in stukken was gesneden. Dat was blijkbaar het onweerlegbare bewijs dat Nylander niet had willen noemen in het artikel. Het wapen, een machete met een lengte van 90 centimeter, was door forensisch genetici onderzocht. Toen Linus Bekker vervolgens was geconfronteerd met het feit dat het wapen met honderd procent zekerheid sporen van Kristine Hartungs bloed bevatte, had hij de moord bekend. Hij had verklaard hoe hij het meisje in zijn auto naar het bos was gevolgd, waar hij haar had overmeesterd, verkracht en gewurgd. Vervolgens had hij het lijk verpakt in zwarte plastic zakken die hij in zijn kofferbak had liggen en was hij naar huis gereden om de machete en een schep uit de garage op te halen. Hij hield echter vol dat hij aan black-outs leed, waardoor hij zich alleen flarden kon herinneren. Hij meende zich te herinneren dat de duisternis was ingevallen terwijl hij met het lijk rondreed tot hij in een bos in Noord-Seeland belandde. Daar had hij een gat gegraven, het lijk in stukken gesneden en een deel begraven, waarschijnlijk de romp. Hij was daarna door het bos gelopen en had de resterende delen op andere plekken begraven. Met de analyse van de forensisch genetici dat de machete zonder enige twijfel was gebruikt om Kristine Hartung in stukken te snijden was de zaak opgelost.

Toch was het juist de analyse van het wapen waardoor Hess de volgende ochtend vroeg naar Kopenhagen was gereden. Op de terugweg was hij gestopt bij een jacht- en viswinkel bij Gammeltorv die hij zich herinnerde uit zijn tijd als rechercheur bij de afdeling Moordzaken. De winkel verkocht nog steeds wapens die zo exotisch waren dat Hess zich erover verbaasde dat ze legaal waren. Hier had hij de machete gevonden, die weliswaar niet identiek was aan die uit de zaak-Kristine Hartung, maar die ongeveer dezelfde lengte had, van hetzelfde materiaal was gemaakt en min of meer hetzelfde gewicht en dezelfde kromming bezat. Hij had getwijfeld tot welke technische expert hij zich zou wenden om hulp bij het experiment te vragen, maar omdat hij wist dat Genz een goede reputatie had en was erkend door de experts van Europol, was de keuze op hem gevallen. Bovendien hoefde hij dan niet met oude bekenden te praten.

Het varken is bijna in stukken verdeeld. Als Hess nog een poot, deze keer de voorpoot, met twee harde precisieklappen op het verzamelpunt van de spierbundels bij het schouderblad van het varkenslijf heeft gescheiden, veegt hij zijn voorhoofd af en loopt bij de stalen tafel vandaan.

'En wat nu? Zijn we klaar?'

Genz, die het varken voor Hess heeft vastgehouden, laat de voorpoot los en kijkt op zijn horloge terwijl Hess het lemmet tegen het licht houdt om te controleren wat de ontmoeting met de botten heeft veroorzaakt.

'Nog niet. Hij moet schoongeboend worden, en dan hoop ik dat je een heel goede microscoop hebt.'

'Waarvoor? Ik begrijp nog steeds niet wat de bedoeling is.'

Hess geeft geen antwoord. Voorzichtig laat hij de top van zijn wijsvinger langs het lemmet van de machete glijden.

30

Thulin scrolt gefrustreerd langs het materiaal op haar computerscherm en Laura Kjærs elektronische nalatenschap schiet voorbij. De IT-technici van het Forensisch Instituut hebben drie mappen met respectievelijk sms'jes, mailcorrespondentie en Facebook-updates voor haar aangemaakt. De afgelopen week heeft ze het materiaal al meerdere keren doorgenomen. Ze heeft geen idee waarnaar ze op zoek is, maar Hauge is net vrijgelaten en het onderzoek mist richting. Thulin is daarnet naar de kantoortuin gelopen om de twee mannelijke inspecteurs die ze tot haar beschikking heeft om te assisteren bij het onderzoek, naar alternatieven voor Hauge te vragen, zodat ze zo veel mogelijk informatie heeft voor de update met Nylander.

'De remedial teacher van de jongen is een mogelijkheid,' zegt een van hen. 'Hij heeft veel contact met Laura Kjær gehad, omdat de jongen wisselde tussen introvert gedrag en plotselinge agressie. Hij zegt dat hij tijdens een paar besprekingen met de moeder voorgesteld heeft om de jongen zo snel mogelijk speciaal onderwijs te laten volgen, maar hun relatie kan zich natuurlijk ontwikkeld hebben.'

'Ontwikkeld naar wat?' wil Thulin weten.

'Misschien heeft de moeder haar benen voor de leraar gespreid, is hij op een avond onaangekondigd voor een vluggertje naar haar woning gegaan en hebben ze ruzie gekregen.'

Thulin negeert zijn gedachtegang en probeert zich te concentreren op de enorme hoeveelheid letters en zinsconstructies die in hoog tempo over het scherm schieten.

De IT-technici hebben gelijk over het feit dat Laura Kjærs

netwerkverkeer in de periode voor de moord oninteressant is geweest, in die zin dat er geen rokend pistool is ontdekt. Alleen een heleboel trivialiteiten, vooral tussen haar en Hans Henrik Hauge. Thulin heeft daarom verzocht toegang te krijgen tot Laura Kjærs sms'jes, mails en Facebook-updates vanaf de dood van haar echtgenoot, twee jaar geleden. Met de code die Genz haar telefonisch heeft gegeven, heeft ze toegang tot de enorme hoeveelheid data. Genz maakte meteen van de gelegenheid gebruik om te vragen naar de stand van zaken met betrekking tot de opmerkelijke vondst van Kristine Hartungs vingerafdruk. Hoewel hij het recht heeft om dat te vragen, had het Thulin geïrriteerd, en ze had hem met weinig woorden laten weten dat er een logische verklaring voor was en dat ze daarom niet van plan was om er tijd aan te besteden. Achteraf had ze spijt gehad van haar reactie. Genz was een van de weinige technici die moeite deden om het verloop van een zaak te volgen, en ze besloot om nog eens na te denken over een rondje joggen met hem.

Thulin had uiteraard niet alle data gelezen, maar had steekproeven genomen, wat voldoende was geweest om zich een beeld van de vermoorde vrouw te vormen. Het probleem was alleen dat het nergens voor gebruikt kon worden, dus was ze al een paar dagen na de moord naar Laura Kjærs werk gegaan om iets anders te weten te komen dan wat ze al wist van Facebook en de elektronische buizenpost. In de steriele tandartsenpraktijk in een van de gepolijste voetgangerszones hadden de verdrietige en ontzette collega's bevestigd dat Laura Kjær een uitgesproken familiemens was en voornamelijk in beslag werd genomen door haar zoon. Toen ze haar man een paar jaar geleden verloor was ze verdrietig geweest, maar het had haar nog ongelukkiger gemaakt dat Magnus, een opgewekte zevenjarige jongen, na het overlijden van zijn vader zwijgzaam en introvert was geworden. Ze had niet goed alleen kunnen zijn en een jongere, vrouwelijke collega had haar verteld over datingsites waar ze een nieuwe liefde kon vinden. Ze had met meerdere mannen dates gehad, eerst via de zogenoemde snelleseksapps zoals Tinder, Happn en Candidate, wat Thulin al wist omdat dat uit het mailverkeer was gebleken. Het was Laura Kjær echter niet gelukt om een man te ontmoeten die belangstelling had voor een langdurige relatie, waarna ze zich had ingeschreven bij de datingsite My Second Love. Na nog een paar kikkers had ze Hans Henrik Hauge ontmoet. In tegenstelling tot de andere kandidaten was Hauge ruimhartig genoeg geweest om haar zoon Magnus te accepteren, en Laura was volgens zeggen heel verliefd en gelukkig met haar nieuwe gezinsleven. Naarmate Magnus contactgestoorder was geworden, had dat onderwerp de gesprekken tussen de wortelkanaal- en tandbleekbehandelingen door beheerst, en Laura Kjær werd steeds meer in beslag genomen door het vinden van specialisten die haar zoon, bij wie inmiddels een vorm van autisme was vastgesteld, konden helpen.

Het was niet mogelijk geweest om Laura Kjærs collega's iets negatiefs te laten zeggen over Hauge, die haar soms van haar werk ophaalde. Hij was blijkbaar een grote steun geweest en had zich geduldig beziggehouden met het welbevinden van de jongen, en diverse collega's waren van mening dat Laura Kjær zou zijn ingestort als hij er niet was geweest. Gedurende de laatste paar weken was ze echter minder spraakzaam over haar zoon geweest dan anders. De vrijdag voor de moord had ze vrij gevraagd om bij hem te kunnen zijn. Bovendien had ze de nascholingscursus met overnachting in Malmö, waar ze in het weekend met een paar collega's naartoe zou gaan, afgezegd.

Thulin wist dat de sms'jes van de laatste dagen op Laura Kjærs telefoon dat bevestigden. Hauge had haar een paar keer tijdens zijn werk ge-sms't om zijn bezorgdheid te uiten, omdat ze zich afzonderde om bij haar zoon te kunnen zijn, maar Laura Kjær had alleen kort of helemaal niet geantwoord. Dat was echter geen reden voor boosheid van Hauges kant. In zijn herhaalde pogingen om aandacht van haar te krijgen bleef hij haar geduldig 'de liefde van mijn leven', 'schatje', 'pluisje' en andere dingen noemen, waardoor Thulin de behoefte voelde om te braken.

Thulin had daarom verwacht, en waarschijnlijk ook gehoopt, dat Hauge zich van een andere kant zou laten zien, toen ze na zijn voorlopige hechtenis gerechtelijke toestemming kreeg om zíjn netwerkverkeer te controleren. Ook daarin werd ze echter teleurgesteld. Uit het beschikbare materiaal bleek dat de man toegewijd was aan zijn werk en werd gewaardeerd bij het IT-bedrijf aan de Kalvebod Brygge, maar dat zijn allesoverheersende belangstelling, naast Laura en Magnus, het huis en de tuin gold, met inbegrip van de garage, die hij blijkbaar zelf had gebouwd. Hauges Facebook-pagina bevatte alleen foto's waarop hij samen met Laura en Magnus in overall naast een kruiwagen in de tuin stond, en Thulin kon nergens iets verdachts vinden, niet eens de gebruikelijke drang om op internet naar porno te surfen. Thulin had Hauge uitgevraagd over zijn ontbrekende belangstelling voor de sociale media en de man had tijdens een van de eerste verhoren geantwoord dat hij op zijn werk lang genoeg achter een beeldscherm zat en zich daarom in zijn vrije tijd veel liever op andere dingen concentreerde. De vredelievende indruk was bevestigd door zijn collega's en de schaarse kennissenkring. Niemand was iets ongewoons opgevallen, niet op de IT-beurs en niet daarvoor.

Thulin had daarna op Genz en de onderzoeken van de technisch rechercheurs vertrouwd: Hauges auto, kleren en schoenen waren in beslag genomen en onderzocht op sporen van Laura Kjærs bloed of andere verdachte dingen. Die waren niet gevonden, en toen Genz vlak daarna Thulin meedeelde dat de gaffertape die rond Laura's hoofd had gezeten en de plastic strips die rond haar polsen waren gebonden, niet overeenkwamen met de soorten die Hauge in zijn garage had liggen, begon haar hoop te verdwijnen. Het slagwapen en de zaag die voor de amputatie waren gebruikt, waren ook niet gevonden, en hetzelfde gold voor de geamputeerde hand.

Thulin logt uit en neemt een beslissing. Nylander zal iets langer moeten wachten op de update die ze hem heeft beloofd. Terwijl ze opstaat en haar jack pakt, onderbreekt ze de discussie van de twee inspecteurs over de remedial teacher.

'Laat de leraar vallen en concentreer je op Hauge. Bekijk de opnamen van het verkeerstoezicht nog een keer en zoek Hauges auto op het traject van het beursgebouw naar Husum tussen tien uur 's avonds en zeven uur de volgende ochtend.'

'Hauges auto? Dat hebben we toch al gedaan?'

'Dan doen jullie het nog een keer.'

'We hebben hem net vrijgelaten.'

'Bel me als jullie iets vinden. Ik ga nog een keer met Hauges werkgever praten.'

Thulin loopt bij de protesterende inspecteurs weg, als Hess plotseling in de deuropening verschijnt. 'Heb je even tijd?'

Hij ziet er gehaast uit en werpt een blik op de agenten op de achtergrond.

Thulin loopt langs hem heen. 'Nee, eigenlijk niet.'

31

'Het spijt me dat ik er vanochtend niet was. Ik begrijp dat Hauge vrijgelaten is, maar dat is misschien niet erg. We moeten over de vingerafdruk praten.'

'De vingerafdruk is niet belangrijk.' Thulin loopt haastig door de lange gang, terwijl Hess haar volgt.

'De jongen zegt dat het kastanjemannetje er voor de moord niet hing. Je moet laten onderzoeken of er anderen zijn die dat kunnen bevestigen. Mensen die daar wonen, mensen die iets gezien kunnen hebben.'

Thulin nadert de wenteltrap die naar de centrale binnenplaats leidt. Haar mobiel gaat over, maar ze heeft geen zin om vaart te minderen en negeert het geluid terwijl ze met Hess op haar hielen de trap af loopt.

'Nee, want we hébben de verklaring gevonden. Op de afdeling zijn we trouwens van mening dat we onze tijd moeten gebruiken voor zaken die níét opgelost zijn in plaats van zaken die dat wél zijn.'

'Dat is precies waarover we moeten praten. En blijf nu verdomme staan!'

Thulin heeft de onderste trede van de trap bereikt en stapt de binnenplaats op als ze voelt dat Hess haar schouder vastpakt zodat ze wel moet stoppen. Ze trekt zich los en kijkt naar hem, terwijl hij naar een map met de samenvatting van het onderzoek wijst.

'Volgens de analyse van destijds zijn er geen sporen van botmateriaal aangetroffen op het wapen dat Linus Bekker heeft gebruikt voor het in stukken verdelen van Kristine Hartung.

Er zaten sporen van Kristines bloed op, dus werd aangenomen dat het samen met de verklaring van de dader voldoende was om het in stukken snijden aannemelijk te maken.'

'Waar heb je het verdomme over? Waar heb je dat rapport vandaan?'

'Ik kom net van het Forensisch Instituut. Genz heeft me geholpen met een experiment. Als je iemand in stukken verdeelt en de botten doorsnijdt, ongeacht welke botten dat zijn, blijft er microscopisch klein bottenstof in de kieren en inkepingen van het wapen achter. Kijk eens naar deze vergroting van de machete die we voor het experiment gebruikt hebben. Het is nagenoeg onmogelijk om de stofdeeltjes te verwijderen, hoe goed je het wapen ook schoonmaakt. Maar in de forensisch genetische analyse van destijds werden alleen bloedsporen aangetroffen. Géén bottenstof.'

Hess geeft Thulin een paar losse A4'tjes met close-ups van kleine deeltjes op een metaalachtig oppervlak, waarschijnlijk de machete, waarvan ook een close-up is. Haar blik valt echter op een van de foto's van de lijkdelen.

'Wat is dat op de achtergrond? Een varken?'

'Het was een experiment. Het is geen bewijs, maar het is belangrijk dat...'

'Als het belangrijk is, zou dat destijds gebleken zijn, denk je niet?'

'Het was toen niet belangrijk, maar dat is het misschien wel nu er een vingerafdruk opgedoken is!'

De buitendeur gaat open en de koude wind stroomt samen met twee lachende mannen naar binnen. De ene is Tim Jansen, een boomlange rechercheur die bijna altijd met de man naast hem wordt gezien, zijn partner Martin Ricks. Jansen heeft de reputatie dat hij scherp en geroutineerd is, maar Thulin vindt hem een seksistische klootzak. Ze kan zich nog heel goed herinneren hoe hij tijdens een gevechtstraining zijn kruis tegen haar aan had gewreven en pas ophield toen ze een elleboog in zijn *solar plexus* had geramd. Jansen is de rechercheur die samen met zijn partner de dader in de zaak-Kristine Hartung zover heeft gekregen dat hij bekende, en Thulin heeft het gevoel dat hun status op de afdeling onaantastbaar is.

'Hallo, Hess. Ben je met verlof?'

Jansen laat zijn begroeting vergezeld gaan van een onschuldige glimlach, maar Hess geeft geen antwoord. Hij zwijgt tot de collega's van de binnenplaats zijn verdwenen, en Thulin heeft zin om hem te vertellen dat zijn voorzichtigheid belachelijk is.

'Misschien is het niets. Haar bloed is tenslotte op het wapen aangetroffen, en persoonlijk kan het me niet schelen, maar je zult naar je chef moeten gaan om te vragen wat ermee gedaan moet worden,' zegt hij, terwijl hij haar in de ogen kijkt.

Thulin heeft geen zin het hem te vertellen, maar na hun bezoek aan Magnus in het Glostrup-ziekenhuis heeft ze ingelogd op de database om de zaak-Hartung nog eens door te nemen. Alleen om zichzelf ervan te verzekeren dat er niets is waar ze attent op moet zijn, en dat is er in haar ogen niet. Afgezien van het besef hoe pijnlijk het voor de ouders geweest moest zijn dat Hess en zij laatst bij hen langs waren geweest.

'En dat vertel je me omdat je een expert in moordzaken bent vanwege je werk in Den Haag?'

'Nee, dat vertel ik je omdat...'

'Bemoei je er dan niet mee. Je moet niet gaan wroeten in het verdriet van mensen omdat er iemand is geweest die zijn werk heeft gedaan terwijl jij dat van jou niet hebt gedaan.'

Hess kijkt haar aan met een verraste blik. Het is een verzachtende omstandigheid dat hij zo diep in gedachten was dat hij niet beseft dat hij meer kwaad dan goed doet, maar dat verandert er niets aan. Ze wil naar de deur lopen, als een stem over de binnenplaats galmt. 'Thulin, de IT-technici proberen je te pakken te krijgen!'

Thulin kijkt langs de trap omhoog naar de inspecteur die met een mobiel in zijn hand naar beneden komt. 'Zeg maar dat ik zo meteen bel.'

'Het is belangrijk. Er is net een sms op Laura Kjærs mobiel binnengekomen.'

Thulin voelt dat Hess wakker wordt en ziet dat hij zijn gezicht naar de inspecteur draait. Ze pakt de mobiel aan die de inspecteur naar haar uitsteekt. Een jonge IT-technicus, van wie ze de naam niet verstaat, begint snel te praten terwijl hij de situatie schetst. 'Het gaat om de mobiel van het slachtoffer. We melden die af bij het telecommunicatiebedrijf als we klaar zijn met het onderzoek, maar dat duurt een paar dagen, dus is hij nog actief, en daarom kunnen we nog steeds...'

'Vertel me gewoon de inhoud van de sms.'

Thulin kijk naar de rondwervelende bronskleurige bladeren en voelt Hess' blik in haar nek, terwijl de IT-technicus de sms voorleest. De koude lucht stroomt via de geopende deur naar binnen en ze hoort zichzelf vragen of ze de afzender opgespoord hebben.

32

De bespreking met Gert Bukke, de leider van de regeringspartij, is nog maar een kwartier bezig als Rosa Hartung begint te beseffen dat er iets niet klopt.

De afgelopen dagen in Christiansborg zijn hectisch geweest en vanwege de begroting zijn er voorstellen voor de verschillende posten in het budget voor het sociale beleid van volgend jaar tussen haar ministerie en Bukkes kantoor heen en weer gestuurd. Ze heeft samen met Vogel dag en nacht gewerkt om een compromis op te stellen waarmee zowel de coalitiepartij als het kabinet tevreden zal zijn, en het komt Rosa goed uit dat ze het zo druk heeft. Ze probeert al zes dagen lang de schok te boven te komen die het bezoek van de twee politieagenten heeft veroorzaakt en ze heeft al haar energie gebruikt om een overeenkomst omtrent het sociale beleid te bereiken, zoals de premier verwacht. Het is uitermate belangrijk voor haar om zijn vertrouwen niet te schaden, niet in het minst omdat ze zelf degene is geweest die hem destijds heeft verzekerd dat ze weer in staat was om haar taken als minister op te pakken. Wat misschien niet helemaal waar was, maar het was bijzonder belangrijk voor Rosa om weer aan de slag te gaan. Gelukkig waren er de afgelopen week niet meer dreigementen binnengekomen of verstoringen geweest, en ze had gedacht dat alles op zijn potjes terecht zou komen, in elk geval tot dit moment, nu ze in de vergaderzaal naast de parlementszaal tegenover Gert Bukke zit en naar hem kijkt. Bukke kijkt beleefd naar de veranderingsvoorstellen die Vogel voor hem heeft neergelegd, maar Rosa ziet dat hij in werkelijkheid meer in beslag is genomen door het tekenen van poppetjes op zijn ruitjesblocnote. Als hij het woord neemt is ze verrast.

'Ik hoor wat je zegt, maar ik moet ermee terug naar mijn partij.'

'Dat heb je al gedaan. Meerdere keren zelfs.'

'En nu doe ik het opnieuw.'

'De partij doet wat jij vindt, Bukke. Ik moet weten of er een kans op een afspraak is voordat...'

'Rosa, ik ken de procedure. Zoals ik al zei, zal ik het moeten bespreken.'

Rosa kijkt naar hem terwijl hij opstaat. Ze weet dat Bukkes mededeling vrij vertaald betekent dat hij de kwestie wil rekken, maar ze begrijpt niet waarom. Het staat er niet al te goed voor met Bukkes achterban en als hij een afspraak met haar maakt, zou hem dat weer op het goede spoor kunnen zetten.

'Bukke, we willen je graag tegemoetkomen, maar we kunnen ons niet langer onder druk laten zetten. We onderhandelen al bijna een week en hebben concessies gedaan, maar kunnen niet...'

'Zoals ik het zie, is de premier degene die óns onder druk zet, en daar trek ik me niets van aan, dus neem ik de tijd die ik nodig heb.'

'Wat voor druk?'

Gert Bukke gaat weer zitten en buigt zich naar haar toe. 'Rosa, ik mag je graag en ik voel mee met je verlies, maar als ik eerlijk ben, lijkt het alsof je bent binnengehaald om de bittere pil te verzachten, en zo werkt het niet.'

'Ik begrijp niet wat je bedoelt.'

'Tijdens het jaar dat je afwezig bent geweest, heeft de regering de ene na de andere beroerde beslissing genomen. Ze zijn enorm gedaald in de opiniepeilingen en de premier is wanhopig. Daarom probeert hij een cadeauwinkel van de begroting te maken en haalt hij bewust zijn populairste minister – jij dus – binnen om de kerstman te spelen zodat de regering de kiezers op tijd terugkrijgt om te worden herkozen.'

'Bukke, ik ben niet "binnengehaald" om de kiezers terug te krijgen. Ik heb er zelf om gevraagd.'

'Goed, dan houden we het daarop.'

'En als je van mening bent dat het voorstel een cadeauwinkel is, moeten we daarover praten. We zitten midden in een regeringsperiode en we moeten nog twee jaar samen verder. Ik wil er gewoon alles aan doen om een oplossing te vinden waarmee beide partners tevreden zijn, maar het lijkt erop dat je tijdrekt.'

'Ik ben niet aan het tijdrekken. Ik zeg alleen dat we allemaal met uitdagingen te maken hebben, zowel jij als ik, dus is het volkomen begrijpelijk dat onze taak niet gemakkelijk is.' Bukke glimlacht diplomatiek en Rosa kijkt naar hem.

Vogel heeft vergeefs geprobeerd de toon van het gesprek te verzachten en probeert dat nu weer. 'Bukke, als we nu aanbieden om iets meer te snijden in de...'

Rosa beseft echter iets en staat abrupt op. 'Nee, we stoppen met dit gesprek. Laten we Bukke de tijd geven om met zijn partij te overleggen.' Rosa knikt bij wijze van afscheid en loopt voordat Frederik Vogel nog iets kan zeggen naar de deur.

De openbare ruimte van Christiansborg is vol bezoekers en enthousiaste gidsen, die naar het plafond en de schilderijen van staatsleiders door de jaren heen wijzen. Rosa heeft de toeristenbussen en de rijen bij de veiligheidscontrole gezien toen ze vanochtend arriveerde, en hoewel ze voorstander is van een open democratie, wringt ze zich nu met een gespannen gezichtsuitdrukking door de menigte naar de uitgang om zo snel mogelijk op het ministerie terug te zijn.

Vogel haalt haar halverwege in. 'Ik wil je eraan herinneren dat we afhankelijk zijn van Bukkes steun. Zijn partij maakt deel uit van de parlementaire basis van de regering. Zo kun je niet reageren, ook niet als hij te persoonlijk wordt.'

'Daar heeft het geen donder mee te maken. We hebben onze tijd een week lang verspild. Hij is van plan om het te laten voorkomen alsof ik niet tegen mijn taak opgewassen ben, zodat de onderhandelingen op niets uitlopen en we gedwongen zijn om nieuwe verkiezingen uit te schrijven.'

Het is Rosa duidelijk dat Bukke genoeg heeft van de samenwerking met de regering. Misschien heeft de oppositie hem al een aanbieding voor een aantrekkelijkere toekomst gedaan. Als de regering aftreedt en er nieuwe verkiezingen worden uitgeschreven, zal Bukkes middenpartij de vrijheid hebben om plaats te nemen in een nieuwe coalitie, en zijn opmerking dat ze allebei hun uitdagingen hebben, duidt er vermoedelijk op dat hij Rosa verantwoordelijk wil houden voor de ontbrekende resultaten.

Vogel kijkt naar haar terwijl ze lopen. 'Denk je dat hij een aanbod van de oppositie gekregen heeft? In dat geval geef je hem een goede reden om dat in overweging te nemen als je wegloopt bij de onderhandelingen, en ik weet niet of de premier dat prettig zal vinden.'

'Ik loop nergens voor weg, maar als Bukke probeert ons onder druk te zetten, moeten wij hetzelfde doen.'

'Hoe dan?'

Rosa beseft dat ze een grote fout heeft gemaakt. Sinds ze terug is heeft ze de media ontweken. Ze heeft haar ministerie gevraagd om alle aanvragen voor interviews vriendelijk maar beslist af te wijzen. Deels omdat het haar duidelijk is waarover de interviews zullen gaan, deels omdat ze haar tijd wil gebruiken voor de onderhandelingen. Maar misschien is het voornamelijk het eerste. Vogel heeft geprobeerd haar van mening te laten veranderen, maar ze is bij haar beslissing gebleven, en nu ze van buitenaf naar de situatie kijkt, weet ze dat haar onzichtbaarheid voor zwakte kan worden aangezien als de regering inderdaad valt. 'Maak onmiddellijk afspraken voor zo veel mogelijk interviews. Ons voorstel voor het sociale beleid moet zo vaak mogelijk gehoord worden. Dat zal Bukke onder druk zetten.'

'Ik ben het met je eens, maar als je dat doet, zal het onmogelijk zijn om de interviews te beperken tot de politiek.'

Voordat Rosa antwoord kan geven, krijgt ze een harde duw tegen haar schouder van een jonge vrouw die tegen haar op botst, en ze moet steun tegen de muur zoeken om niet te vallen.

'Hé, gaat het?' Vogel pakt haar arm vast terwijl hij boos naar de vrouw kijkt, die terugkijkt zonder te blijven staan. Ze draagt een gewatteerde bodywarmer en een rode capuchontrui, waarvan ze de capuchon over haar hoofd heeft getrokken. Rosa ziet een glimp van de donkere ogen van de vrouw voordat ze verderloopt, blijkbaar om een groep bezoekers in te halen.

'Wat een idioot. Is alles in orde met je?'

Rosa knikt en loopt verder. Vogel haalt zijn mobiel tevoorschijn. 'Ik ga er meteen mee aan de slag.'

Terwijl Vogel de eerste journalist belt, lopen ze de trap af. Rosa kijkt achterom, maar ze ziet de vrouw niet tussen de groep bezoekers. Ineens beseft ze dat er iets bekends aan haar was, maar ze kan zich niet herinneren waar en wanneer ze haar heeft gezien.

'Ben je over een kwartier klaar voor het eerste interview?' Vogels stem brengt haar terug naar de werkelijkheid en Rosa vergeet waarover ze nadacht.

33

De najaarswind rukt dreigend aan de flapperende dekzeilen aan de steigers op de Jarmers Plads, die is afgesloten voor het verkeer. De witte surveillancewagen met zwaailicht op het dak rijdt roekeloos de stoep op en langs de bouwval, maar komt klem te staan achter een pick-uptruck van de gemeente vol natte bladeren.

'Ik moet een exactere plek hebben. Waar is het signaal nu?' Thulin zit achter het stuur en wacht ongeduldig op het antwoord van de technicus via de radio, terwijl ze probeert om om het voertuig van de gemeente heen te rijden.

'Het signaal van de mobiel is verplaatst van de Tagensvej naar de Søerne en beweegt zich op dit moment door dc Gothersgade, waarschijnlijk in een auto.'

'Hoe zit het met de gegevens van de afzender?'

'Die hebben we niet. De sms is gestuurd vanaf een mobiele telefoon met een niet-geregistreerde prepaidkaart, maar we hebben de sms naar jullie doorgestuurd zodat jullie hem zelf kunnen zien.'

Thulin claxonneert, vindt een opening in de rij auto's en geeft gas terwijl Hess, die naast haar zit, de sms hardop van het display op zijn mobiel voorleest.

'Kastanjeman, kom maar binnen. Kastanjeman, kom maar binnen. Neem je vandaag een kastanje voor me mee? Dan ben ik heel tevree...'

'Dat is van een kinderliedje, "Appelman, kom maar binnen". Appelman wordt vervangen door bloemenman, kastanjeman of allerlei andere dingen die de kinderen bedenken. Ga verdomme aan de kant!'

Thulin drukt weer op de claxon en haalt een bestelwagen in. Hess kijkt naar haar. 'Wie weet dat we een kastanjemannetje op de plaats delict gevonden hebben? Is dat ergens genoemd, in een rapport of een analyse of...'

'Nee. Nylander heeft ervoor gezorgd dat dat niet bekend geworden is.'

Thulin weet precies waarom Hess die vraag stelt. Als er iets naar buiten zou komen over het kastanjemannetje met Kristine Hartungs vingerafdruk erop, dan kan dat gekken ertoe brengen om allerlei soorten berichten te sturen. Maar dat lijkt in dit geval niet waarschijnlijk, vooral niet omdat de sms rechtstreeks naar Laura Kjærs mobiel is gestuurd. 'En nu? Waar moeten we naartoe?' roept ze tegen de technicus.

'Het signaal beweegt door de Christian IX's Gade en is mogelijk in een gebouw verdwenen. Het wordt zwakker.'

Het verkeerslicht staat op rood. Thulin rijdt de stoep op, geeft gas en steekt zonder opzij te kijken de kruising over.

34

Als Thulin en Hess uit de auto stappen en de oprit af lopen, passeren ze een rij auto's die voor de slagboom staan te wachten om naar binnen te mogen. De laatste melding wijst erop dat het voertuig met het mobiele signaal hier naar binnen is gegaan, maar de parkeergarage is bijna vol. Het is maandagmiddag en er zijn veel mensen in het gebouw. Gezinnen sjouwen met grote boodschappentassen en pompoenen om uit te snijden voor Halloween. De achtergrondmuziek uit de luidsprekers wordt af en toe onderbroken door een stem die enthousiast aandacht vraagt voor de prachtige herfstaanbiedingen op de parterre van het warenhuis.

Thulin loopt meteen naar het glazen hok aan het eind, waarin zich een parkeerwachter bevindt. De man staat van haar afgewend en is bezig een paar mappen op een plank te zetten.

'Politie. Ik moet weten...' Thulin ziet dat de wachter oortjes in heeft, en hij reageert pas als ze hard op het raam bonkt en haar legitimatie laat zien. 'Ik moet weten welke auto's de afgelopen vijf minuten de parkeergarage in gereden zijn.'

'Ik zou het niet weten.'

'Dat kun je op het beeldscherm zien.'

Thulin wijst naar de muur met de schermen achter de man, die langzaam begint te begrijpen dat er haast bij is.

'Spoel de film terug. Snel!'

Het signaal is niet meer opgevangen nadat het in het gebouw is verdwenen, maar als Thulin kan zien welke auto's de laatste vijf minuten zijn gearriveerd, weet ze de kentekennummers en kan ze de persoon die ze zoeken op die manier identificeren.

Voorlopig kan de parkeerwachter de afstandsbediening echter niet vinden.

'Ik kan me in elk geval een Mercedes, een koeriersdienst en een paar personenauto's herinneren...'

'Kom op, kom op, kom op!'

'Thulin, het signaal verdwijnt naar de Købermagergade!'

Thulin kijkt om naar Hess, die zijn mobiel tegen zijn oor heeft om de instructies van de opsporingseenheid te volgen en zigzaggend tussen de auto's door naar het trappenhuis rent. Vervolgens kijkt ze weer naar de parkeerwachter, die de afstandsbediening eindelijk heeft gevonden.

'Het hoeft niet meer. Laat me de camera's in het warenhuis zien. De camera op de parterre die gericht is op de uitgang naar de Købermagergade!'

De wachter wijst naar de bovenste drie schermen en Thulin staart naar de zwart-witbeelden. Een enorme hoeveelheid mensen beweegt zich in alle richtingen, alsof het een mierenhoop is. Eerst lijkt het onoverzichtelijk, maar dan ziet ze plotseling een glimp van een man die doelgerichter is dan de anderen en recht op de uitgang naar de Købermagergade afloopt. De man loopt met zijn rug naar de bewakingscamera. Het kostuum en het donkere haar verdwijnen achter een zuil, en Thulin begint te rennen.

35

Erik Sejer-Lassen loopt drie stappen achter de vrouw en kan haar parfum ruiken. Ze is begin dertig, draagt een zwarte rok en een zwarte panty, en hij vindt het geluid van de hoge hakken van haar Louboutin-schoenen bijna ondraaglijk terwijl hij haar door de passage met Victoria's Secret achtervolgt. Ze is goed verzorgd, heeft de lichamelijke kenmerken die hij op prijs stelt – grote borsten en een smalle taille – en hij gokt erop dat ze werkt op een plek met spiegels, oliën, warme stenen en andere onzin, waarmee ze haar tijd verdoet terwijl ze wacht tot ze een meubelstuk in de woning van een rijke man is geworden. Hij bedenkt wat hij met haar wil doen: haar tegen een muur aan duwen, haar broekje naar beneden trekken en zijn pik van achteren in haar steken terwijl hij haar lange geblondeerde haar zo hard naar achteren trekt dat ze schreeuwt. Hij zou waarschijnlijk toegang tot dat beloofde land krijgen door haar uit te nodigen voor een etentje in een trendy restaurant, waar ze onder de indruk zou giechelen en nat tussen haar benen zou worden zodra hij zijn platina kaart door een betaalapparaat haalt. Daar heeft hij echter geen zin in en het is niet wat ze verdient. Hij merkt dat zijn mobiel overgaat en als hij hem uit zijn schoudertas heeft gehaald en haastig op het display kijkt, is zijn fantasie verdwenen.

'Wat?'

Zijn stem heeft een koude klank en hij weet dat zijn vrouw dat kan horen, maar het is verdomme haar schuld dat hij is wie hij is. Hij is blijven staan en kijkt om zich heen naar de vrouw met de Louboutin-schoenen, maar ze is in de menigte verdwenen.

'Het spijt me als ik stoor.'

'Wat wil je? Ik kan nu niet praten. Dat heb ik al gezegd.'

'Ik wil alleen vragen of het goed is dat ik met de meisjes naar mijn moeder ga en daar vannacht blijf slapen.'

Hij wordt wantrouwend. 'Waarom zou je dat doen?'

Ze zwijgt even. 'Ik heb haar al heel lang niet gezien en jij bent toch niet thuis.'

'Wil je me niet thuis hebben, Anne?'

'Natuurlijk wel. Je zei alleen dat je vandaag tot laat moet werken, dus...'

'Dus wat, Anne?'

'Sorry... dan blijven we thuis... als jij het geen goed idee vindt...'

Er is iets aan haar wat hem irriteert. Iets aan haar stem, iets waardoor hij haar niet vertrouwt. Hij zou willen dat het niet zo was, hij zou zoveel willen, hij zou willen dat hij alles terug kan draaien en opnieuw kan beginnen. Maar dan hoort hij plotseling het geluid van hakken op de marmeren vloer, en als hij zich omdraait, ziet hij de vrouw met de Louboutin-schoenen met een luxe tasje in haar hand uit een cosmeticastand komen en naar de lift naast de uitgang naar de Købermagergade lopen.

'Het is goed. Gaan jullie maar.' Erik Sejer-Lassen verbreekt de verbinding en loopt naar de lift voordat de deuren dichtgaan. 'Mag ik mee?'

Ze staat alleen in de lift en kijkt een beetje verrast naar hem op met haar poppengezicht. Ze neemt hem haastig op. Hij voelt dat ze naar zijn gezicht en donkere haar, het dure kostuum en de schoenen kijkt, waarna er een brede glimlach op haar gezicht verschijnt.

'Natuurlijk.'

Erik Sejer-Lassen loopt de lift in. Hij beantwoordt de glimlach, drukt op de knop en draait zich naar de vrouw om. Plotseling stopt een man met een woedende gezichtsuitdrukking zijn hand tussen de deuren, duwt ze open en smijt hem tegen de spiegelwand zodat zijn neus tegen het koele glas wordt geplet. De vrouw gilt geschrokken. Hij voelt het gewicht van de man tegen zijn rug en de handen die hem fouilleren. Heel even ziet hij een glimp van de ogen van de man, en hij bedenkt dat hij krankzinnig moet zijn.

36

Het is Steen duidelijk dat de klant nauwelijks weet wat onder en boven is op de tekeningen. Dat heeft hij al heel vaak bewezen, maar in dit geval irriteert het hem mateloos, omdat de klant van zijn onwetendheid een deugd heeft gemaakt en volhoudt dat hij juist daarom 'origineel' en 'anders' is en 'buiten het kader' kan denken.

Hij zit met zijn partner Bjarke in de grote vergaderkamer te wachten tot de klant klaar is met het bestuderen van alweer een tekening en hun zal vertellen wat hij ervan vindt. Steen werpt een steelse blik op zijn horloge. De bespreking loopt uit en hij had vijf minuten geleden in zijn auto moeten zitten om naar school te rijden. Maar de klant is drieëntwintig, IT-multimiljonair, gekleed als een vijftienjarige in een capuchontrui, een broek met gaten en witte sneakers, en Steen weet intuïtief dat hij 'functionalisme' alleen kan spellen met behulp van de spellingscontrole op zijn splinternieuwe iPhone, die hij op de tafel heeft gelegd en waar hij de hele tijd aan frunnikt.

'Jongens, ik zie niet veel details op deze tekening.'

'De vorige keer zei je dat er te veel details waren.'

Steen ziet dat Bjarke huivert en haastig probeert de opmerking glad te strijken. 'We kunnen altijd een paar details terugplaatsen, dat is geen probleem.'

'Het moet in elk geval meer pít, meer léf hebben.'

Steen heeft op dat commentaar gewacht en trekt de stapel met de oude tekeningen naar zich toe. 'Dit zijn de laatste tekeningen. Die hadden pit en lef, maar je zei dat het te veel was.'

'Ja, dat is ook zo. Of misschien is het gewoon te weinig.'

Steen kijkt naar de jongen, die met een brede glimlach terugkijkt.

'Misschien is de fout dat het te veel *in between* is. Jullie komen met de ene tekening na de andere – jullie kennen jullie shit – maar het is te ongenuanceerd en het moet veel meer *no strings attached* zijn. Kunnen jullie me volgen?'

'Nee, ik kan je niet volgen. Maar we kunnen rode plastic dieren op de oprit zetten en de receptie ombouwen tot een piratenschip, als je daar de voorkeur aan geeft.'

Bjarke begint veel te hard te lachen om ontwapenend te zijn, maar de jonge zonnekoning valt hem niet bij.

'Dat is misschien een goed idee. Of ik kan naar jullie concurrenten gaan, als jullie geen betere *take* hebben voordat jullie deadline vanavond afloopt.'

Als Steen vlak daarna in zijn auto zit en naar school rijdt, belt hij het advocatenkantoor en zegt dat hij het verzoek tot doodverklaring nog niet heeft ontvangen. De secretaresse klinkt verrast en verontschuldigt zich, en Steen onderbreekt haar een beetje te snel, maar ze begrijpt de boodschap en belooft om de fout te herstellen.

Als hij voor de ingang van de school stopt, heeft hij al drie kleine flesjes alcohol leeggedronken, maar deze keer heeft hij aan kauwgom gedacht, en hij heeft een paar kilometer met open ramen gereden. Hij constateert dat Gustav niet zoals anders onder de bomen op hem wacht en belt vergeefs naar zijn mobiel. Plotseling begint hij te twijfelen of hij te vroeg of te laat is. Het schoolplein is verlaten en Steen kijkt op zijn horloge. Het gebeurt de laatste tijd maar zelden dat hij de school binnengaat, hij kan zich niet eens herinneren wanneer hij dat voor het laatst heeft gedaan. Het is alsof zowel Gustav als hij weet dat hij beter buiten kan blijven. Maar nu is Gustav er niet. Over een halfuur moet Steen terug zijn op kantoor om de tekeningen voor de zonnekoning aan te passen, dus opent hij ongeduldig het portier en stapt uit.

37

De deur van Gustavs klaslokaal staat wijd open, maar het lokaal is leeg. Steen loopt haastig verder, terwijl hij zich gelukkig prijst dat er les wordt gegeven en het geen pauze is. De gangen zijn vrij van onderzoekende blikken, en als hij de deuren van de gonzende kleuterklassen passeert, lukt het hem bijna om de werkstukjes met kale herfsttakken en kastanjedieren te negeren. Het bezoek van de politie was een nachtmerrie. De vingerafdruk. Het gevoel dat in hem was gewekt toen hij besefte wat ze hadden gezegd. De hoop die opkwam en zich vermengde met verwarring. Rosa en hij hadden al zo vaak geprobeerd om terug naar 'start' te gaan, maar deze keer was het onverwacht geweest. Ze hadden er achteraf over gepraat: dat het gewoon was zoals het was en dat ze in elk geval voor Gustav moesten proberen om sterk genoeg te zijn om de explosies en valkuilen, die de herinneringen aan hun dochter altijd zouden zijn, onder ogen te zien. Ongeacht in welke vorm ze kwamen. Ze hadden aan elkaar bevestigd dat ze ondanks alles vooruitgingen, en hoewel Steen de blikken van de kastanjedieren in zijn rug kan voelen als hij de hoek omslaat naar de grote gemeenschappelijke ruimte, is hij vastbesloten om zich er niet door te laten beïnvloeden.

Steen blijft abrupt staan. Het duurt even voordat hij beseft dat Kristines klasgenootjes in de gemeenschappelijke ruimte zitten. Het is lang geleden dat hij hen gezien heeft, maar hij herkent hun gezichten.

Ze zitten vredig in groepjes te werken aan de witte tafels die overal op het bruine tapijt staan, maar zodra de eerste leerling hem ziet, verspreidt de aandacht zich, totdat alle gezichten naar hem toe gekeerd zijn. Niemand zegt iets. Heel even weet hij niet wat hij moet doen, maar dan begint hij weg te lopen.

'Hallo.'

Steen draait zich om naar het meisje dat hem gedag zegt. Ze zit alleen aan een tafeltje en heeft een stapel schoolboeken voor zich liggen. Hij beseft dat het Mathilde is. Ze ziet er ouder en ernstiger uit, en draagt zwarte kleren.

Ze glimlacht vriendelijk naar hem. 'Zoekt u Gustav?'

'Ja.'

Hij heeft haar duizenden keren gezien, ze is zo vaak bij hem thuis geweest dat met haar praten bijna net zo normaal voor hem was als met zijn eigen dochter praten, maar dat is het niet meer en hij kan de juiste woorden niet vinden.

'Zijn klas is een tijdje geleden langsgekomen, maar ze zullen zo wel terug zijn.'

'Dank je. Weet je waar ze naartoe zijn?'

'Nee.'

Steen kijkt op zijn horloge, ook al weet hij precies hoe laat het is. 'Ik wacht in de auto op hem.'

'Hoe is het met u?'

Steen kijkt naar Mathilde en probeert te glimlachen. Het is een van de gevaarlijke vragen, maar hij heeft hem al zo vaak gehoord dat hij weet dat hij gewoon snel moet antwoorden. 'Het gaat prima. We hebben het nogal druk, maar dat is alleen maar goed. En met jou?'

Ze knikt en probeert te glimlachen, maar ziet er verdrietig uit. 'Het spijt me dat ik niet vaker langsgekomen ben.'

'Dat hoeft helemaal niet. Het gaat goed met ons.'

'Hallo, Steen. Kan ik je ergens mee helpen?'

Steen draait zich om naar klassenleraar Jonas Kragh, die naar hem toe loopt. Hij is midden veertig en draagt een spijkerbroek met een strak zwart T-shirt. Zijn blik is vriendelijk, maar ook alert en onderzoekend, en Steen weet waarom hij zo naar hem kijkt. De klas was verschrikkelijk aangeslagen door wat er was gebeurd en de school had de leerlingen geholpen met het verwerken van de gebeurtenis. De klassenleraar was een van degenen die van mening waren dat het voor de leerlingen van Kristines klas beter was als ze niet deelnamen aan de herdenkingsplechtigheid, die om logische redenen pas een paar maanden na Kristines verdwijning was gehouden. Het zou volgens de klassenleraar meer kwaad dan goed doen, omdat het een wond zou openscheuren die aan het genezen was, en dat had hij Steen verteld. De schoolleiding had echter besloten dat de leerlingen zelf moesten beslissen of ze erbij aanwezig wilden zijn of niet, en bijna al Kristines klasgenootjes waren gekomen.

'Er is niets. Ik ben op weg naar buiten.'

Als Steen weer bij de auto is, gaat de schoolbel. Hij trekt het portier dicht en probeert zich te concentreren op het vinden van Gustav tussen de kinderen die door de deuren naar buiten komen. Hij weet dat hij het juiste heeft gedaan, maar de aanblik van Mathilde heeft de gedachten aan het bezoek van de politie weer opgerakeld en hij denkt aan de woorden van de laatste therapeut: dat verdriet een liefde is die dakloos is geworden en dat je met het verdriet moet leren leven en jezelf moet dwingen om door te gaan.

Hij hoort dat Gustav op de stoel naast hem gaat zitten en hoort hem vertellen dat de leraar Deens hen heeft meegenomen naar de schoolbibliotheek om hen allemaal te dwingen een leesboek te lenen, en dat hij daarom iets later is. Steen wil graag begrijpend knikken, de auto starten en de richtingaanwijzer aanzetten, maar hij blijft zitten en voelt de noodzaak om de school weer in te gaan. De bel gaat opnieuw en hij vecht ertegen. Hij weet dat het aan de andere kant van de grens ligt die hij voor zichzelf heeft getrokken, maar als hij het nu niet doet, vraagt hij het Mathilde misschien nooit, en er is iets aan de vraag wat belangrijker is dan al het andere in de wereld.

'Is er iets aan de hand?'

Steen opent het portier. 'Ik moet iets doen. Blijf jij maar zitten.'

'Waar ga je naartoe?'

Steen gooit het portier dicht en loopt naar de ingang, terwijl de bladeren om hem heen wervelen.

38

‘Wat doen jullie, verdomme! Ik eis een verklaring!’ brult Erik Sejer-Lassen.

Thulin drukt op het sms-icoon van de Samsung Galaxy-mobiel en scrolt langs de lijst met sms’jes, terwijl Hess Erik Sejer-Lassens tas op het witte leer van de loungeachtige zithoek leegt.

Ze zijn in het kantoor van de man op de bovenste etage van het gebouw. Vergeleken met de achtergrondmuziek van het warenhuis en het gekrioel van de mensen op de lagere etages heerst er een bijna hemelse rust in de indrukwekkende kantoortuin van Sejer-Lassens investeringsmaatschappij. Het daglicht begint te verdwijnen en in de gang achter de glazen wand van het kantoor is het personeel samengedromd. Ze kijken bezorgd naar hun directeur, die daarnet uit de lift is meegenomen op een manier die niet verkeerd opgevat kan worden.

‘Jullie hebben het recht niet om dit te doen. Wat willen jullie met mijn mobiel?’

Thulin negeert hem en richt haar blik op Hess, die de inhoud van de tas bekijkt.

‘De sms staat er niet in.’

‘Hij kan hem gewist hebben. Ze zeggen dat het signaal nog steeds hiervandaan komt.’ Hess bekijkt de witte 7-Eleven-zak die ook in de tas zit, terwijl Erik Sejer-Lassen een stap in Thulins richting doet.

‘Ik heb niets gedaan. Jullie moeten onmiddellijk opdonderen of me vertellen...’

‘Wat is je relatie met Laura Kjær?’

‘Wie?’

'Laura Kjær, zevenendertig jaar, assistente in een tandartsenpraktijk, je hebt daarnet een sms naar haar telefoon gestuurd.'
'Ik heb nog nooit van haar gehoord!'
'Waar heb je je andere mobiel gelaten?'
'Ik heb er maar één!'
'Wat zit er in het pakje?'
Thulin ziet dat Hess een wit pakje van A5-formaat uit de zak haalt en dat Erik Sejer-Lassen voorhoudt.
'Ik heb geen idee, dat heb ik net opgehaald. Ik kwam terug van een vergadering en kreeg een sms van een koeriersdienst dat er in de 7-Eleven een pakje voor me lag. Hé!' Sejer-Lassen ziet dat Hess het pakje begint te openen. 'Wat doe je? Wat gebeurt hier, verdomme!'
Thulin ziet dat Hess plotseling stopt en het pakje abrupt op het witte leer laat vallen. De opening is groot genoeg om de doorzichtige plastic zak met de opgedroogde bloedvlek en de oude knipperende Nokia-mobiel te zien. De mobiel is met ducttape aan een merkwaardige grijze klomp vastgeplakt, en pas als Thulin een ring aan de vinger ziet, beseft ze dat ze naar Laura Kjærs geamputeerde hand kijken.
Erik Sejer-Lassen staart ernaar. 'Wat is dat in vredesnaam?'
Hess en Thulin wisselen een blik, en Hess loopt naar de man toe. 'Nu moet je heel goed nadenken. Laura Kjær...'
'Ik weet helemaal niets!'
'Wie heeft je het pakket gestuurd?'
'Ik heb het net aangenomen. Ik weet niet...'
'Waar was je vorige week maandagavond?'
'Maandagavond?'
De stemmen van Hess en Sejer-Lassen sterven weg, terwijl Thulin in het kantoor van de man om zich heen kijkt. Ze weet intuïtief dat het gesprek niets zal opleveren. Het is alsof de verwarring beoogd is. Alsof iemand hen uitlacht terwijl ze als insecten in een fles rondfladderen, en ze probeert zich erop te concentreren waarom ze hier zijn en waarom de plek zowel goed als verkeerd lijkt.

Iemand heeft de sms bewust gestuurd om hen hiernaartoe te lokken. Iemand wilde graag dat ze het signaal van de Nokia-mobiel zouden volgen en Laura Kjærs hand bij Erik Sejer-Lassen zouden vinden. Maar waarom? Niet om te helpen en duidelijk ook niet omdat Sejer-Lassen ergens licht op kan werpen. Waarom worden ze dan naar hem toe geleid?

Thulin kijkt naar de mooi ingelijste foto van Erik Sejer-Lassen met zijn vrouw en kinderen op de Montana-kast achter het bureau, en ineens beseft ze wat de kwaadaardigste reden zou zijn. 'Waar is je vrouw?'

Hess en Erik Sejer-Lassen onderbreken hun gesprek en kijken zwijgend naar Thulin.

'Je vrouw! Waar is ze op dit moment?'

Erik Sejer-Lassen schudt zijn hoofd, terwijl Hess eerst naar Thulin en vervolgens naar de familiefoto op de kast kijkt. Ze ziet dat hij dezelfde gedachte heeft. Erik Sejer-Lassen haalt zijn schouders op en glimlacht ongelovig. 'Dat weet ik verdomme niet. Ze is waarschijnlijk thuis. Waarom?'

39

De woning is de grootste in de wijk Klampenborg en nadat Anne Sejer-Lassen, haar man en hun twee kinderen hier een paar maanden geleden zijn komen wonen, heeft ze er een gewoonte van gemaakt om haar rondje hardlopen voor het grote elektronische metalen hek te beëindigen en het laatste stuk over het grind naar het huis te lopen terwijl ze uithijgt en haar hartslag kalmeert. Maar vandaag niet. Nadat ze voldoende moed had verzameld om Erik te bellen, heeft ze gerend om thuis te komen, en nu rent ze verder over het grind, langs de keurig gesnoeide struiken, de albasten fontein en de Land Rover. Het kan haar niet schelen dat het hek nog steeds openstaat, want ze weet dat ze er zo meteen voor de laatste keer in haar leven door naar buiten zal rijden. Daarnet heeft ze de au pair gebeld om te vertellen dat ze Lina en Sofia zelf van de kleuterschool en de crèche ophaalt, en als ze bij de stenen trap is en de hond uit de tuin komt aanlopen en speels tegen haar blaft, aait ze hem gehaast, haalt de sleutel onder de plantenpot vandaan en opent de deur.

In het huis begint het donker te worden, en ze doet het licht aan voordat ze buiten adem het alarm uitzet. Ze doet haar loopschoenen haastig uit en loopt doelbewust de trap op, met de hond op haar hielen. Ze weet precies wat ze mee zal nemen, want in gedachten heeft ze al heel vaak ingepakt. In de kinderkamer op de eerste verdieping pakt ze de twee stapels die ze helemaal achter in de kast heeft klaargelegd en in de badkamer denkt ze aan de tandenborstels en toilettassen. Als haar mobiel overgaat, ziet ze op het display dat het haar man is, maar ze neemt niet op. Als ze zich nu haast, kan ze hem later bellen en uitleggen dat ze zijn telefoontje niet kon opnemen omdat ze autoreed, en dan zal hij het verband waarschijnlijk morgen in de loop van de dag pas begrijpen, als hij ontdekt dat ze niet bij haar moeder is. Ze verhoogt haar tempo, propt de kleren van de meisjes, haar eigen kleding en de drie donkerrode paspoorten in de zwarte reistas die al in de kast in de slaapkamer klaarstaat. Ze doet de tas dicht, haast zich de trap af en is al in de zitkamer met de grote panoramaramen die uitzicht op het bos bieden, als ze bedenkt wat ze vergeten is. Ze zet de tas midden in de kamer neer, legt haar mobiel erop en rent de trap naar de eerste verdieping weer op. In de kinderkamer is het inmiddels donker. Ze zoekt koortsachtig in de bedden en onder de dekbedden, maar pas als ze op de vensterbank kijkt, vindt ze de twee onmisbare kleine pandaberen. Ze prijst zich gelukkig omdat ze de knuffels zo snel heeft gevonden en rent de trap af, terwijl ze bedenkt dat ze haar portemonnee en autosleutels niet mag vergeten. Die vindt ze in de keuken op de grote rustieke eettafel van Chinees hout, waarna ze zich naar de zitkamer omdraait en verstijft.

De plek waar ze daarnet de zwarte reistas heeft neergezet, is leeg. Geen tas, geen mobiel. Het blauwige licht van de tuinlampen, dat door de terrasdeuren op de gelakte planken schijnt, verlicht de plek waar nu een kastanjemannetje staat. Heel even begrijpt ze er niets van. Misschien is het een kastanjemannetje dat een van de meisjes samen met de au pair heeft gemaakt, en misschien heeft ze de reistas op een andere plek neergezet, maar plotseling beseft ze dat het geen toeval is.

'Hallo...? Erik, ben jij dat?'

Het huis is stil en ze krijgt geen antwoord. Als ze naar de hond kijkt, die gromt, ziet ze dat hij naar iets achter haar in de duisternis staart.

40

De klassenleraar vertelt over de geschiedenis van internet, van Tim Berners-Lee tot Bill Gates en Steve Jobs, als de deur van het lokaal opengaat. Mathilde kijkt op van haar plaats bij het raam en ziet tot haar verrassing dat Kristines vader in de deuropening staat en naar binnen kijkt. Hij verontschuldigt zich op een verwarde manier omdat hij stoort en het is alsof hij nu pas beseft dat hij vergeten is om te kloppen.

'Ik wil met Mathilde praten. Heel even maar.'

Mathilde staat op voordat de klassenleraar antwoord kan geven. Ze voelt dat hij de onderbreking niet prettig vindt en weet precies waarom dat is, maar het kan haar niet schelen.

Als ze in de gang staat en de deur achter zich dichtdoet, kan ze aan zijn gezicht zien dat er iets mis is. Ze herinnert zich de dag bijna een jaar geleden, toen hij naar haar huis was gekomen om te vragen of ze wist waar Kristine was, nog heel duidelijk. Ze had geprobeerd te helpen, maar zag dat haar antwoord hem nog ongeruster maakte, ook al zei hij dat Kristine waarschijnlijk naar het huis van een andere vriendin was gegaan.

Het was nog steeds moeilijk voor Mathilde om te accepteren dat Kristine er niet meer was. Soms had ze het gevoel dat ze het allemaal had gedroomd als ze aan haar dacht. Dat Kristine gewoon was verhuisd en nu ergens anders woonde, dat Mathilde en zij natuurlijk weer samen zouden lachen. Maar als ze Gustav op school passeerde of een zeldzame glimp van Rosa of Steen opving, wist ze dat het geen droom was. Ze had hen zo goed gekend. Ze had het heerlijk gevonden om bij hen thuis te zijn en ze vond het verschrikkelijk om te zien wat het verdriet met hen had gedaan. Ze wil alles doen om te helpen, maar nu ze alleen met Steen voor het klaslokaal staat, wordt ze toch een beetje bang, omdat ze ziet dat hij zichzelf niet is. Hij lijkt verward en opgejaagd en ruikt scherp uit zijn mond als hij zich verontschuldigt en uitlegt dat hij moet weten hoe het was gegaan toen ze vorig najaar bij hem thuis waren en kastanjemannetjes maakten.

'Kastanjemannetjes?' Mathilde weet niet wat voor vraag ze had verwacht, maar deze vraag geeft haar een nog onveiliger gevoel, en in eerste instantie heeft ze geen idee wat hij bedoelt.

'Bedoelt u hoe we ze maakten?'

'Nee. Als jullie de poppetjes maakten, wie zette ze dan in elkaar? Jij of zij?'

Heel even kan Mathilde het zich niet herinneren, en hij kijkt haar ongeduldig aan. 'Ik moet het weten.'

'Ik denk dat we dat allebei deden.'

'Denk je dat?'

'Nee, dat deden we. Waarom?'

'Dus Kristine maakte ze ook? Weet je dat zeker?'

'Ja. We maakten ze samen.'

Ze kan aan zijn gezicht zien dat hij op een ander antwoord had gehoopt en voelt zich om de een of andere reden schuldig. 'We waren altijd bij jullie thuis en maakten ze en...'

'Ja, dat weet ik. Wat deden jullie er daarna mee?'

'We gingen naar de weg en verkochten ze. Samen met cakes en...'

'Aan wie?'

'Dat weet ik niet. Aan mensen die iets wilden kopen. Waarom is...'

'Verkochten jullie ze alleen aan kennissen of ook aan anderen?'

'Dat weet ik niet...'

'Je moet toch weten of er anderen waren?'

'Maar ik kende ze toch niet...'

'Waren het vreemden, of waren het mensen die jullie kenden? Wie waren het?'

'Dat weet ik niet...'

'Mathilde, het kan belangrijk zijn!'

'Steen, wat is hier aan de hand?' De klassenleraar komt naar buiten, maar Kristines vader kijkt slechts heel even naar hem.

'Niets. Het duurt maar een...'

'Steen, kom even met me mee.' De klassenleraar is voor Mathilde gaan staan en probeert Steen mee te nemen, maar hij stribbelt tegen. 'Het zijn een paar vragen. Het duurt maar even.'

'Ik wil graag weten waarover het gaat, en anders moet ik je vragen om te vertrekken.'

Het is alsof alle energie uit Steen wegvloeit terwijl de klassenleraar vragend naar hem kijkt. Steen kijkt verward naar Mathilde en ze ziet dat hij nu pas beseft dat de andere leerlingen ook uit de klas zijn gekomen.

'Het spijt me. Het was niet mijn bedoeling om...' Steen zwijgt en draait zich om. Mathilde ziet dat hij plotseling in de gaten heeft dat Gustav vanaf de andere kant is genaderd. Gustav zegt niets terwijl hij naar zijn vader staart, zich omdraait en wegloopt. Steen begint achter hem aan te lopen en is bijna bij de hoek voordat Mathilde reageert. 'Wacht!'

Steen draait zich langzaam om en ze loopt naar hem toe. 'Het spijt me dat ik me niet alles kan herinneren.'

'Het hindert niet. Sorry.'

'Als ik erover nadenk, kan ik me herinneren dat we vorig jaar helemaal geen kastanjemannetjes gemaakt hebben.'

Hij kijkt naar de vloer en zijn lichaam is voorovergebogen alsof hij gebukt gaat onder een onzichtbaar gewicht. Als haar woorden echter tot hem zijn doorgedrongen, kijkt hij op en ontmoet haar blik.

41

Het zevende interview met de schrijvende pers is net afgelopen en Rosa haast zich samen met Engells door de gang van het ministerie als haar mobiel gaat. Ze ziet de naam van haar echtgenoot op het display terwijl ze haar jas aantrekt, maar heeft geen tijd om het gesprek aan te nemen omdat de secretaris-generaal haar zo meteen het rapport met de cijfers van het ministerie van Sociale Zaken zal overhandigen.

De interviews zijn goed gegaan. Ze heeft verteld over de noodzaak van alle initiatieven en heeft onderstreept dat ze veel vertrouwen heeft in een samenwerking met de coalitiepartij. Alles bij elkaar genomen is het iets wat Bukke op zijn plaats zal zetten. Ze heeft de opdringerige vragen geaccepteerd, ook al heeft haar dat veel energie gekost. 'Hoe is het om terug te zijn?', 'Op welke manier heeft het uw leven veranderd?', en 'Hoe kom je over iets heen wat zo verschrikkelijk is?' Het vreemde was dat de jonge journalist die Rosa de laatste vraag stelde, aannam dat Rosa over het verlies van haar dochter heen was, alleen omdat ze was teruggekeerd als minister.

'Schiet op! We moeten gaan.' Liu staat ongeduldig bij de lift en pakt het rapport met de cijfers aan van Engells, die een klap op Rosa's schouder geeft en haar veel succes wenst.

'Waar is Vogel?' vraagt Rosa.

'Hij wacht buiten op ons. Hij zei dat hij nog iets met TV2 moet regelen.'

Ze hebben ja gezegd tegen twee live-interviews in nieuwsprogramma's. De eerste in DR *Byen*, de tweede in TV2, en het tijdschema is strak. Ze stappen in de lift die naar de achteruitgang van het ministerie leidt, waar de chauffeur hen gemakkelijker kan oppikken dan bij de drukke hoofdingang.

Liu drukt op de knop voor de begane grond. 'De premier is geïnformeerd over de ontwikkeling, maar Vogel zegt dat ze eerst niet wilden dat je ruzie met Bukke maakt.'

'Ik maak geen ruzie met Bukke, maar hij is niet degene die het verloop bepaalt. Dat doen wij.'

'Ik vertel alleen wat Vogel zegt. En het is belangrijk hoe je nu overkomt. De schrijvende pers is één ding...'

'Ik weet wat me te doen staat, Liu.'

'Dat weet ik, maar het is live, en ze zullen ook andere vragen dan alleen over politiek stellen. Vogel vroeg me je eraan te herinneren dat ze willen weten of je opgewassen bent tegen je comeback. Met andere woorden, ze willen je indiscrete vragen stellen, en Vogel kon nergens garanties over krijgen.'

Rosa is uit de lift gestapt en passeert de bewakers bij de achteruitgang met Liu vlak achter zich. Ze lopen de winderige Admiralgade in, maar de ministersauto staat niet waar hij hoort te wachten. Rosa merkt dat Liu verbaasd is, maar zoals altijd probeert te doen alsof alles onder controle is.

'Wacht hier terwijl ik de auto zoek. De chauffeur parkeert wel vaker op een binnenplaats als hij pauze heeft.'

Liu haast zich over de kinderkopjes, terwijl ze om zich heen kijkt en haar mobiel uit haar tas haalt.

Rosa's mobiel gaat weer over en ze neemt hem op, terwijl ze achter haar secretaresse aan loopt. De wind is koud en als ze de Boldhusgade passeert, ziet ze Christiansborg aan de overkant van de gracht liggen. 'Hallo, liefje. Ik heb niet veel tijd. Ik ben onderweg naar DR en ik moet me in de auto voorbereiden.'

De verbinding is slecht en ze kan hem bijna niet verstaan. Zijn stem klinkt geschokt en verward, en ze hoort in eerste instantie alleen de woorden 'belangrijk' en 'Mathilde'. Ze herhaalt zijn woorden en probeert hem te vertellen dat ze hem bijna niet verstaat, maar hij blijft ijverig proberen haar iets te vertellen. Rosa ziet dat Liu in de doorgang naar de binnenplaats staat en opgewonden tegen de nieuwe chauffeur praat, die om de een of andere reden de auto niet naar de achteringang heeft gereden.

'Steen, het komt nu niet zo goed uit. Ik moet ophangen.'

'Luister naar me!'

De verbinding verbetert en ineens is Steens stem helder en duidelijk. 'Je hebt tegen de politie gezegd dat ze kastanjemannen maakten, maar kun je je vergist hebben?'

'Steen, ik kan nu niet praten.'

'Ik heb daarnet met Mathilde gepraat. Ze zegt dat ze vorig jaar géén kastanjemannetjes gemaakt hebben. Ze hebben dieren en spinnen en allerlei andere dingen gemaakt, maar geen kastanjemannetjes. Hoe kan Kristines vingerafdruk dan op zo'n ding staan? Begrijp jij wat dat betekent?'

Rosa blijft staan als Steens stem weer verdwijnt. 'Hallo, Steen?' Ze voelt een knoop in haar maag, maar de lijn is zwak en al snel klinkt het piepje dat aangeeft dat de verbinding verbroken is. Ze begint aarzelend naar Liu toe te lopen, die zwijgend naar iets op de binnenplaats staart.

Liu kijkt pas op als de chauffeur op haar arm tikt en naar Rosa knikt. 'Kom, laten we een taxi nemen.'

'Ik moet Steen bellen. Waarom kunnen we de auto niet nemen?'

'Dat vertel ik onderweg. Ga mee.'

'Nee, wat is er aan de hand?'

'Ga mee, we hebben haast!'

Het is echter te laat. Rosa ziet de auto op de binnenplaats staan. De voorruit is kapot en op de motorkap is met grote, verwrongen letters iets geschreven. Het ziet eruit alsof dat met bloed is gebeurd, en ze verstijft geschokt als ze ziet welk woord de letters vormen: MOORDENAAR.

Liu pakt haar vast en neemt haar mee. 'Ik heb gezegd dat hij de bewakers moet bellen. We moeten gaan.'

42

Het silhouet van het bos verrijst voor hen en Thulin remt pas als Hess haar attent maakt op het huisnummer. Ze rijdt de oprit van de paleisachtige woning in Klampenborg met zoveel snelheid op dat de auto op het grind slipt, waarna ze helemaal tot het hek rijdt. Voordat de auto stilstaat, heeft Hess het portier al geopend en springt hij naar buiten. Tot haar opluchting ziet ze dat de surveillancewagen van de plaatselijke politie, die ze heeft opgeroepen, al voor het huis geparkeerd staat, en als ze de stenen trap op loopt en de hal betreedt, komt een van de agenten de trap af lopen.

'We hebben het huis doorzocht. In de zitkamer is iets gebeurd.'

'Thulin!'

Thulin loopt de zitkamer in. Het eerste wat ze ziet, is de bloedvlek op de muur en de hond die met een ingeslagen schedel levenloos op de vloer ligt. Meubels zijn omgevallen, een van de grote panoramaramen is gebroken en er zit bloed op de deurposten en op de vloer, waar twee pandabeertjes liggen. Een zwarte reistas staat achter een deur, ernaast ligt een mobiele telefoon.

'Stuur versterking en honden naar het bos, nu!' roept Hess tegen de agenten, terwijl hij aan de terrasdeur rukt. Ze knikken verbouwereerd en halen hun mobieltje tevoorschijn. Een tuinstoel ligt voor de deur, maar Hess schopt hem weg en Thulin rent achter hem aan over het grasveld naar het bos.

43

Anne Sejer-Lassen rent zo hard als ze kan door de duisternis, terwijl de takken tegen haar gezicht slaan. Ze voelt dennennaalden en wortels in haar blote voeten snijden, maar rent verder, blijft zichzelf dwingen om door te gaan, terwijl haar benen verzuren en ze kramp begint te krijgen. Elk moment hoopt ze een detail te herkennen in het bos dat ze zo goed kent, maar er is niets anders dan de duisternis, het geluid van haar ademhaling en de brekende takken die verraden waar ze zich bevindt.

Ze blijft staan bij een grote boom, leunt tegen de koude en natte schors, houdt haar adem in en luistert naar het bos. Haar hart klopt wild en ze moet haar best doen om niet te huilen. Ver weg hoort ze stemmen, maar ze kan zich niet oriënteren, en als ze roept hoort haar achtervolger haar misschien. Ze weet dat ze een heel eind heeft gerend en probeert te bepalen of de achtervolger haar tempo en haar richting gevolgd kan hebben. Ze is verdwaald, maar als ze achter zich kijkt, ziet ze geen lichtschijnsel van zaklampen of bewegingen in het donker, en ze hoort geen geluiden, wat moet betekenen dat ze ontsnapt is.

Voor zich, ver weg tussen de bomen, ziet ze plotseling licht dat in een langzame boog beweegt, en even later denkt ze dat ze het geluid van een motor hoort. Ineens beseft ze waar ze is. Het licht moet afkomstig zijn van de koplampen van een auto die over de smalle weg rijdt, de weg die bij de rotonde begint en naar het water loopt. Ze spant haar spieren, verzamelt moed en begint te rennen. Ze is nog ongeveer 150 meter bij de weg vandaan, maar weet precies waar die afbuigt, dus kan ze de auto opvangen. Nog 50 meter en dan gaat ze roepen. Nu nog maar 30 meter. Hoewel de auto rijdt, zal de chauffeur haar stem horen, en dan moet haar achtervolger het opgeven.

De klap met de staaf raakt haar aan de voorkant. Iets wat prikt boort zich in haar wang. Anne beseft meteen dat hij voor haar heeft gestaan en heeft gewacht tot ze op de koplampen van de auto zou reageren. Ze voelt de bosgrond onder zich en proeft de smaak van ijzer die zich door haar mond verspreidt. Ze komt koortsachtig overeind, maar op hetzelfde moment ramt de staaf met de kogel haar gezicht weer, en ze valt op handen en knieën en begint te snikken.

'Is alles in orde, Anne?' fluistert de stem vlak bij haar oor, maar voordat ze kan antwoorden, beginnen de klappen op haar neer te regenen. In de seconden ertussen hoort ze zichzelf jammeren en vragen waarom. Waarom zij? Wat heeft ze gedaan? Als de stem het haar vertelt, verdwijnen al haar krachten. Een laars dwingt haar arm op de grond en ze voelt iets scherps tegen haar pols. Ze begint te smeken om haar leven. Niet voor zichzelf, maar voor haar kinderen. Heel even is het alsof de gedaante tot bezinning komt, en Anne voelt een liefkozend gebaar tegen haar wang.

44

Het licht van Thulins zaklamp danst over de natte bomen, boomstronken en takken terwijl ze in de duisternis naar de vrouw roept. Voor haar, ver naar links, hoort Thulin dat Hess hetzelfde doet. Ze ziet het flakkerende schijnsel van zijn zaklamp naar voren bewegen. Ze hebben ver gerend, meerdere kilometers, en Thulin wil opnieuw roepen, maar op hetzelfde moment voelt ze een stekende pijn in haar voet, die ergens achter blijft haken, waardoor ze haar evenwicht verliest en valt. Het is donker om haar heen en ze tast koortsachtig naar de zaklamp, die blijkbaar uitgegaan is. Ze gaat op haar knieën zitten, graaft met haar handen in de natte bladeren en begint te zoeken. Ineens ziet ze een gedaante en ze bevriest in haar beweging. Hij staat doodstil en kijkt naar haar vanaf de andere kant van de open plek, maar 20 meter bij haar vandaan, en is bijna één met de duisternis. 'Hess!'

Haar kreet galmt door het bos en ze rukt haar pistool uit de schouderholster, terwijl Hess met zijn zaklamp naar haar toe rent. Als hij bij haar is, heeft ze haar pistool in de aanslag, en hij richt zijn lichtbundel buiten adem op de gedaante.

Anne Sejer-Lassen hangt aan een haag. Twee takken steken onder haar armen uit en houden haar gemartelde lichaam rechtop. Haar blote voeten bungelen boven de grond en haar hoofd hangt op haar borstkas, zodat het lange, fladderende haar over haar gezicht valt. Als Thulin naar haar toe loopt, beseft ze wat er niet klopt. Anne Sejer-Lassens armen zijn te kort. Beide handen zijn weg. Ineens ziet ze het kastanjemannetje dat in de huid van Anne Sejer-Lassens linkerschouder is geprikt. Thulin heeft het gevoel dat het glimlacht.

Dinsdag 13 oktober, nu

45

Het regent pijpenstelen. Donker geklede agenten doorzoeken in lange rijen het bos, met hun zaklamp op de grond gericht, terwijl een helikopter rusteloos boven de boomtoppen hangt en de omgeving met zijn schijnwerpers verlicht. Hess en zijn collega's zijn al bijna zeven uur aan het werk en het is inmiddels na middernacht. Drie commandovoerders hebben het gebied in kaart gebracht en het bos in vijf zones verdeeld, die allemaal doorzocht worden door manschappen voorzien van Maglite-zaklampen en speurhonden.

Alle in- en uitgangen zijn zo goed mogelijk afgezet nadat het lijk van Anne Sejer-Lassen was gevonden, en op meerdere uitvalswegen zijn wegversperringen verrezen. Auto's zijn aangehouden en mensen moesten vragen beantwoorden, maar Hess is bang dat het allemaal vergeefs is. Ze zijn te laat gekomen en liggen nog steeds ver achter. Vlak na hun aankomst in het bos is het gaan regenen en de sporen die er zijn geweest – voetafdrukken, bandensporen, wat dan ook – zijn weggespoeld en hebben hen achtergelaten met het gevoel dat ze vechten tegen een fantoom dat de weergoden aan zijn kant heeft staan. Hij denkt aan Anne Sejer-Lassens lijk met het kastanjemannetje op de schouder en voelt zich als iemand die zich met tegenzin in een theater bevindt en op zoek is naar de uitgang, terwijl er op het podium een bizarre voorstelling wordt gespeeld. Zijn kleren zijn doornat en hij is op de terugweg van het noordelijke deel van het bos naar een van de hoofdpaden die de commandovoerders op de kaart hebben getekend. Een jonge agent heeft de zoekketen verlaten en plast achter een boom. Hess geeft hem een uitbrander omdat hij het gebied dat op sporen wordt onderzocht niet eerst heeft verlaten. De agent haast zich terug naar de formatie en Hess heeft spijt van zijn uitbarsting. Hij kan merken dat hij scherpte mist. Zijn lichaam is niet in vorm, verwarde gedachten schieten door zijn hoofd. Het is veel te lang geleden dat hij een soortgelijke zaak heeft gehad, of liever gezegd, die heeft hij nog nooit gehad. Op dit moment had hij naar een voetbalwedstrijd op de flatscreen in zijn kleine appartement in Den Haag moeten kijken, of had hij op weg moeten zijn naar een nieuwe onbelangrijke opdracht ergens in Europa, maar in plaats daarvan sjokt hij door een bos ten noorden van Kopenhagen waar de voortdurende regen alles op aarde verzwaart.

Hess bereikt de plaats delict. De grote schijnwerpers verlichten de haag en werpen lange schaduwen op de bosgrond, die afkomstig zijn van de in het wit geklede technisch rechercheurs die rond de bomen bewegen. Anne Sejer-Lassens lijk is een paar uur geleden opgehaald en voor onderzoek naar het Forensisch Instituut gebracht. Hij kijkt om zich heen en ziet Thulin vanaf de westelijke kant van het bos naderen. Haar haar is nat en piekerig en ze veegt een streep modder van haar gezicht, terwijl ze een telefoongesprek beëindigt. Ze ziet Hess, ontmoet zijn vragende blik en schudt haar hoofd om aan te geven dat ze in het westelijke deel van het bos niets hebben gevonden.

'Maar ik heb inmiddels met Genz gepraat.'

Toen de technisch rechercheurs na de vondst van Anne Sejer-Lassen in het bos arriveerden, had Hess Genz apart genomen en hem gevraagd om het kastanjemannetje veilig te stellen en meteen naar het laboratorium te brengen, zodat ze zo snel mogelijk antwoord hebben. Hess kijkt in de regen naar Thulin en weet het resultaat van Genz' onderzoek voordat ze iets heeft gezegd.

46

Het is midden op de ochtend. Nylander kijkt uit het raam van het actiecentrum op de tweede verdieping van het hoofdbureau van de politie. Hij kan de gieren van de vrijheid van meningsuiting, met hun mobiels, camera's en microfoons in de aanslag, nog net voor de ingang bij de zuilengang zien staan. Ondanks de talrijke vermaningen van de leiding aan alle werknemers moet hij regelmatig constateren dat het systeem zo lek als een mandje is, en vandaag is daarop geen uitzondering. Slechts twaalf uur na de vondst van het lijk in het bos begonnen de eerste speculaties over een verband met de moord op Laura Kjær in Husum in de media te verschijnen, blijkbaar omdat 'bronnen binnen de politie' anoniem uitspraken over die mogelijkheid hadden gedaan. En alsof de belegering door de pers niet voldoende is, krijgt Nylander de adjunct-hoofdcommissaris ook nog aan de telefoon. Hij kan echter voorlopig aan hem ontsnappen met de korte mededeling dat hij later terugbelt. Op dit moment is het onderzoek het belangrijkst, en hij kijkt ongeduldig naar Thulin, die bezig is met een update van de stand van zaken voor de groep rechercheurs.

De meesten zijn vannacht op de plaats delict geweest en hebben niet meer dan een paar uur geslapen, maar met het oog op de ernst van de situatie hebben ze geen moeite om wakker te blijven tijdens Thulins verhaal.

De nacht is voor Nylander eveneens lang geweest. Hij heeft het telefoontje over de vondst van Anne Sejer-Lassen gisteravond gekregen tijdens een diner met de bestuursgroep in een restaurant in de Bredgade. Er waren verscheidene bobo's aanwezig en het was een goede gelegenheid voor hem om te netwerken, maar toen het telefoontje binnenkwam, had hij het gezelschap bij de tiramisu achtergelaten. Eigenlijk hoefde hij niet naar plaatsen delict om die te inspecteren, daar had hij zijn mensen voor, maar hij had er een principe van gemaakt om aanwezig te zijn, omdat het belangrijk was om het goede voorbeeld te geven en bovendien op het juiste pad te blijven. Als hij daar nalatig in wordt, is dat vragen om een toekomstige aanval, en daar is hij te slim voor. Hij heeft al heel veel chefs en ambtenaren hun carrière zien verwaarlozen omdat ze overmoedig waren geworden door de macht die ze bezaten. Na de moord op Laura Kjær uit Husum was hij bij wijze van uitzondering niet op de plaats delict geweest vanwege de begrotingsvergaderingen, en toen hij vervolgens was gebeld door Thulin, die hem inlichtte over de vondst van Kristine Hartungs vingerafdruk, had hij het gevoel gekregen dat er wraak op hem was genomen. De vorige avond was Nylander dus meteen uit het restaurant vertrokken, zelfs zonder dat het hem irriteerde. Het dessert was toch altijd het tijdstip waarop de meeste bobo's zoveel hadden gedronken dat ze begonnen op te scheppen over hun eigen prestaties. Nylander weet dat hij hen waarschijnlijk allemaal zal inhalen, maar dat vereist dat hij alert blijft en de vinger aan de pols houdt als het rode lampje plotseling begint te knipperen, en dat heeft hij gedaan. Sinds de rit naar de plaats delict in het bos hebben er verschillende scenario's door zijn hoofd gespeeld, maar hij heeft nog geen strategie, om de eenvoudige reden dat de situatie te onvoorstelbaar is. Vanochtend was hij persoonlijk bij Genz van het Forensisch Instituut langsgegaan in de hoop dat hij zou vertellen dat de vingerafdrukken een beoordelingsfout waren, maar dat was niet gebeurd. Genz had hem uitgelegd dat er in beide gevallen voldoende overeenkomsten waren om een match met Kristine Hartung aannemelijk te maken, en het enige wat Nylander nu met zekerheid weet, is dat het belangrijk is om op de juiste manier te handelen als hij geen schade wil berokkenen.

'Beide slachtoffers waren eind dertig en beide werden in hun woning verrast. Volgens de voorlopige forensische onderzoeken zijn de vrouwen mishandeld en vermoord door een klap met een slagwapen tegen het oog, waardoor de hersenen geraakt zijn. Bij het eerste slachtoffer is bovendien de rechterhand afgezaagd, bij het tweede slachtoffer zowel de rechter- als de linkerhand, en beide vrouwen waren in leven toen de amputaties plaatsvonden.'

De rechercheurs kijken naar de foto's van de lijken, die rond de tafel worden doorgegeven, en sommige nieuwelingen fronsen hun voorhoofd en wenden hun blik af. Nylander heeft de foto's ook gezien, maar op hem hebben ze dat effect niet. Toen hij bij de politie was begonnen, verbaasde het hem dat hij geen moeite had met dat soort taferelen, zoals veel van zijn collega's, maar inmiddels beschouwt hij het als een voordeel.

'Wat hebben we over het moordwapen?' onderbreekt hij Thulin ongeduldig.

'Nog niets definitiefs. Het is een onbekend slagwapen, voorzien van een metalen kogel met kleine stekels. Geen morgenster, maar hetzelfde principe. Voor wat betreft de amputaties gaat het vermoedelijk om een oplaadbaar apparaat met een diamantzaag of iets dergelijks. De voorlopige onderzoeken wijzen erop dat hetzelfde instrument bij beide...'

'Hoe zit het met de sms die naar Laura Kjærs mobiel gestuurd is? Is er een afzender?'

'De sms is gestuurd met een oude Nokia-mobiel met een niet-geregistreerde prepaidkaart die overal gekocht kan zijn. Ook met de Nokia-mobiel die aan Laura Kjærs rechterhand was vastgeplakt, komen we niet verder, omdat er geen andere gegevens in staan dan het sms-bericht. Genz zegt bovendien dat het fabricagenummer weggebrand is met een soldeerbout.'

'Maar de koeriersdienst die het pakket heeft gebracht dat jullie via het signaal van de mobiel opgespoord hebben, moet toch informatie over de afzender hebben?'

'Dat is ook zo, maar het probleem is dat Laura Kjær als afzender wordt vermeld.'

'Wat?'

'Hun klantenservice zegt dat ze gisteren rond lunchtijd zijn gebeld. Iemand bestelde een koeriersdienst om een pakketje op te halen op de trap bij de voordeur in de Cedervænget 7 in Husum, wat het adres van Laura Kjær is. Toen de koerier net na één uur arriveerde, lag het pakketje klaar, samen met het geld voor de verzending. De koerier bracht het naar het warenhuis en leverde het af op de begane grond bij de 7-Eleven, waarmee Erik Sejer-Larssens bedrijf een afleveringsregeling heeft. Meer weet de koerier niet, en op het pakketje zijn alleen de vingerafdrukken van de koerier, van de 7-Eleven-verkoper en van Sejer-Lassen aangetroffen.'

'En degene die gebeld heeft?'

'De medewerker van de klantenservice kan zich niet eens herinneren of dat een man of een vrouw is geweest.'

'En de Cedervænget? Iemand moet toch gezien hebben wie het pakketje daar neergelegd heeft?'

Thulin schudt haar hoofd. 'In eerste instantie verdachten we Laura Kjærs partner Hans Henrik Hauge, maar Hauge heeft een alibi. Het Forensisch Instituut zegt dat de moord op Anne Sejer-Lassen rond zes uur plaatsgevonden heeft, en volgens zijn advocaat stond Hauge op dat tijdstip op het parkeerterrein voor het advocatenkantoor en was hij tegen haar aan het klagen dat we zijn woning nog steeds niet vrijgegeven hebben.'

'We hebben dus helemaal niets? Getuigen, telefoontjes, wat dan ook?'

'Nog niet. Het lijkt er ook niet op dat er een verband tussen de slachtoffers is. Ze wonen op heel andere plekken, hebben een heel andere kennissenkring en hebben ogenschijnlijk geen gemeenschappelijke noemers, behalve de twee kastanjemannetjes en de vingerafdrukken, dus gaan we aan de slag met...'

'Wat voor vingerafdrukken?'

Nylander kijkt kort naar Jansen, die de vraag heeft gesteld en zoals altijd naast zijn trouwe metgezel Martin Ricks zit. Nylander voelt dat Thulins blik op hem rust, want hij heeft haar van tevoren verteld dat hij de informatie over dat gedeelte zelf wil verstrekken. 'In beide gevallen is er een kastanjemannetje op of vlak bij het slachtoffer achtergelaten. In beide gevallen is het poppetje voorzien van een vingerafdruk, en volgens de dactyloscopische onderzoeken kunnen de vingerafdrukken identiek zijn aan die van Kristine Hartung.'

Nylanders stem is bewust droog en nuchter, en heel even zegt niemand iets. Dan beseffen Tim Jansen en een paar anderen wat ze net hebben gehoord. Hun aanvankelijke verbazing verandert in wantrouwende verwarring, en Nylander grijpt in. 'Luister, het Forensisch Instituut is bezig met aanvullende onderzoeken, dus wil ik geen overhaaste conclusies trekken voordat we meer weten. Op dit moment weten we niets. Misschien zijn de desbetreffende afdrukken helemaal niet relevant, dus als iemand buiten deze muren iets zegt over de vondst, zal ik er persoonlijk voor zorgen dat de persoon in kwestie hier nooit meer aan het werk komt. Is dat begrepen?'

Nylander heeft nagedacht over de aanpak. Het is meer dan genoeg dat ze twee onopgeloste moorden op hun dak hebben, eventueel zelfs gepleegd door dezelfde dader, hoewel Nylander moeite heeft om dat idee te accepteren. En zolang er ook maar de minste onzekerheid is over de identiteit van de vingerafdrukken mogen die de onderzoeken niet bevuilen. De zaak-Kristine Hartung is een van Nylanders mooiste prestaties. Op een bepaald moment dacht hij dat de zaak hem zijn carrière zou kosten, maar toen kwam de doorbraak met de aanhouding van Linus Bekker. Ze hebben het lijk van het meisje niet gevonden, maar dat kon om logische redenen ook niet worden verlangd. De dader was niet in staat gebleken om de plekken waar ze was begraven aan te wijzen, maar hij had bekend en er was voldoende bewijs om tot een veroordeling over te gaan.

'Jullie zullen de zaak-Hartung moeten heropenen.'

Nylander en de andere aanwezigen kijken om zich heen waar de stem vandaan komt en hun blikken landen op de man van Europol. Tot nu toe is hij zwijgzaam en onzichtbaar geweest, in beslag genomen door de foto's die zijn doorgegeven. Hij draagt nog steeds de kleren die hij in het bos aanhad en zijn haar is warrig en samengeklit. Toch is hij alert en beheerst, hoewel hij lijkt op iets wat een week lang op de bosgrond heeft gelegen.

'Eén afdruk kan toeval zijn, twee afdrukken zijn dat niet. En als het inderdaad Kristine Hartungs vingerafdruk is, kan de conclusie van het onderzoek in de zaak van haar verdwijning verkeerd zijn.'

'Waar heb je het verdomme over?' Tim Jansen heeft zich omgedraaid en kijkt naar Hess met een blik alsof hem daarnet is gevraagd om zijn maandsalaris in te leveren.

'Jansen, ik regel dit.' Nylander voelt de sfeer veranderen, en dat is precies wat hij wil voorkomen, maar Hess neemt het woord voordat Nylander verder kan praten.

'Ik weet niet meer dan jullie, maar Kristine Hartungs lijk is niet gevonden en de technische onderzoeken van destijds zijn waarschijnlijk niet voldoende om te concluderen dat ze dood is. Nu zijn er vingerafdrukken opgedoken, en ik zeg alleen dat dat bepaalde vragen opwerpt.'

'Nee, dat is niet wat je zegt, Hess. Je zegt dat we ons werk misschien niet goed gedaan hebben.'

'Het is niet persoonlijk, maar twee vrouwen zijn vermoord, en als we willen proberen te voorkomen dat er meer gebeurt, moeten we...'

'Ik neem het niet persoonlijk op. Dat doen de driehonderd andere agenten die bezig zijn geweest met het oplossen van de zaak beslist ook niet. Maar het is verdomme nogal vreemd dat we kritiek krijgen van iemand die hier net binnengekomen is omdat hij door Den Haag naar huis geschopt is.'

Een paar collega's glimlachen om Jansens antwoord, maar Nylander kijkt zonder een spier te vertrekken naar Hess. Hij heeft gehoord wat Hess zei en heeft daarna niet meer geluisterd.

'Wat bedoel je er verdomme mee dat we moeten voorkomen dat er meer gebeurt?'

47

De communicatiemedewerkster van het hoofdbureau van de politie probeert hem te vertellen hoe hij eronderuit kan komen, maar Nylander kapt haar af en vertelt haar dat hij het zelf regelt. Normaal gesproken zou hij de tijd voor haar nemen, omdat hij al zin in haar heeft sinds ze in het gebouw is komen werken en ze regelmatig zijn afdeling op komt om hem adviezen te geven. Maar op dit moment loopt hij de trap naar de binnenplaats af en wil hij de rest van de wandeling gebruiken om zijn gedachten te ordenen voor zijn ontmoeting met de media. Haar driejarige studie communicatiewetenschappen, inclusief caffe latte en vrijblijvende seks, aan de universiteit in de Njalsgade kon hem daar niet mee helpen, en al helemaal niet na de verontrustende bespreking die hij daarnet in zijn kantoor met Hess en Thulin heeft gehad.

Voordat Nylander de zuilengang betreedt, krijgt hij de mededeling dat minister Rosa Hartung een gaatje in haar agenda heeft gevonden en op weg is naar het hoofdbureau van de politie. Hij geeft strenge instructies dat zij en haar man via een achteringang naar binnen gebracht moeten worden en alleen door hem persoonlijk verhoord mogen worden.

Hess was degene die had voorgesteld dat hij, Nylander en Thulin na de briefing naar Nylanders kantoor zouden gaan, zodat ze het gesprek in afzondering konden voortzetten.

Hess had de foto's van de plaatsen delict van Laura Kjær en Anne Sejer-Lassen op Nylanders bureau gelegd. 'Het eerste slachtoffer mist een hand. Het tweede slachtoffer mist twee handen. Het is mogelijk dat de dader Anne Sejer-Lassen nog meer verminkt zou hebben als wij hem niet gestoord hadden, maar stel dat het zijn bedoeling was dat we de slachtoffers precies op die manier zouden aantreffen?'

'Ik begrijp het niet. Leg het uit, want ik heb haast,' had Nylander gezegd.

Thulin, die door Hess was uitgenodigd om ook bij de bespreking te zijn, had de twee close-upfoto's van de kastanjemannetjes die Nylander al tot vervelens toe had gezien voor hem neergelegd. 'Een kastanjemannetje bestaat uit een hoofd en een lichaam. Het hoofd is voorzien van ogen die met een priem of een ander scherp voorwerp zijn aangebracht. Het lichaam is voorzien van vier lucifers die de armen en benen van het poppetje vormen. Maar één kastanjemannetje heeft geen handen en de ander heeft ook geen voeten.'

Nylander had zwijgend naar de foto's met de kastanjemannetjes en hun afgestompte ledematen gekeken. Heel even had hij het gevoel dat hij op een kleuterschool was om voorgelezen te worden, en hij wist niet of hij moest huilen of lachen. 'Jullie zeggen niet wat ik denk dat jullie zeggen.'

Het was een krankzinnige gedachte. Je moest gestoord zijn om het te bedenken, maar Nylander besefte plotseling wat Hess bedoelde toen hij tijdens de briefing vertelde dat ze moesten proberen te voorkomen dat er meer gebeurde. Ze hadden beiden geen antwoord gegeven, maar het idee dat een dader bezig kon zijn om zijn eigen kastanjepoppen van vlees en bloed te maken was moeilijk te verdringen.

Hess had opnieuw benadrukt dat de zaak-Hartung heropend moest worden. Hij gebruikte voortdurend het woord 'jullie' met betrekking tot het onderzoek – 'Jullie moeten...' en 'Jullie moeten rekening houden met de mogelijkheid dat...' – tot Nylander hem twee dingen duidelijk had gemaakt. Ten eerste was Hess op dit moment op precies dezelfde voorwaarden als de andere rechercheurs op de afdeling, en voor zover Nylander dat wist, was er niemand bezig om hem naar Den Haag terug te halen. Integendeel. Ten tweede was het volslagen ondenkbaar om de zaak-Hartung te heropenen. De zaak-Hartung was opgelost, wat de vondst van de vingerafdrukken ook betekende. Er was een bekentenis en er had een veroordeling plaatsgevonden, en er was geen haar op zijn hoofd die eraan dacht een nieuw onderzoek te starten. Om die reden had Nylander besloten dat hij zelf met de ouders van Kristine Hartung zou praten en zich zou bezighouden met de informatie over de nieuwe vingerafdruk. De vondst mocht niet overdreven worden en bovendien had de PET hem meegedeeld dat de minister toch al voldoende te verwerken had, omdat een of meer onbekende personen haar lastigvielen, de voorruit van haar ministersauto hadden ingeslagen en dierenbloed op de motorkap hadden gesmeerd.

Nylander vond het echter niet nodig om Hess en Thulin daarbij te betrekken en had Hess vervolgens zijn kantoor uit gestuurd, zodat hij de kans had om alleen met Thulin te praten. Hij had haar rechtstreeks gevraagd of Hess scherp genoeg was om onderzoek naar de zaak te doen, en dat vroeg hij niet zonder reden. Hij had in een oud personeelsdossier gelezen wat de reden was dat Hess de afdeling destijds had verlaten, en hoewel de man enorm veel ervaring bij Europol had opgedaan, wezen zijn actuele problemen met gezag erop dat die goede tijden achter hem lagen.

Thulin had bevestigend geantwoord, hoewel het duidelijk was dat de man haar koud liet. Daarna had hij haar meegedeeld dat Hess en zij door konden gaan met het onderzoek, op voorwaarde dat hij het meteen zou horen als er gedonder met Hess was. Vervolgens had Nylander eraan toegevoegd dat ze moesten wachten met de referentie voor NC3 tot de rust was wedergekeerd.

Nylander loopt naar de gieren toe die op hem staan te wachten. Het was zijn eigen idee geweest om de persconferentie hier te houden, omdat het eenvoudiger is om de bijeenkomst af te ronden en zich terug te trekken als hij voor dit gebouw staat. Als hij de flitslampen ziet, merkt hij dat de vertrouwde uitdrukking op zijn gezicht verschijnt, en plotseling beseft hij dat hij de aandacht heeft gemist. Dit is waar hij goed in is. Het kan zijn dat zijn toekomst op het spel staat, maar het kan hem ook winst opleveren. De komende tijd zal hij degene zijn met wie iedereen wil praten, en door alle aandacht die de zaak krijgt, kan het zelfs de mogelijkheid zijn waarnaar Nylander op zoek is. En als er iets misgaat, kan het misschien zelfs goed zijn om Mark Hess achter de hand te hebben.

48

Het geluid van de twee huilende meisjes op de eerste verdieping dringt tot in alle hoeken van het grote, pas ingerichte huis door. Ook in de keuken, waar Erik Sejer-Lassen aan de indrukwekkende eettafel van Chinees hout zit, nog steeds in het kostuum dat hij droeg toen Laura Kjærs hand de vorige dag op zijn kantoor in het pakket was aangetroffen. Het is Hess, die naast hem zit, duidelijk dat Sejer-Lassen niet naar bed is geweest. Zijn ogen zijn rood en opgezet, zijn overhemd is groezelig en gekreukt, overal ligt speelgoed en op het fornuis achter hem staan vieze pannen. Hess ziet dat Thulin, die tegenover hem aan de tafel zit, vergeefs probeert om oogcontact met Sejer-Lassen te krijgen.

'Kijk nog eens naar de foto. Weet je zeker dat je echtgenote deze vrouw niet kende?'

Erik Sejer-Lassen kijkt opnieuw naar de foto van Laura Kjær van de Cedervænget 7, maar zijn blik is afwezig.

'En hoe zit het met minister van Sociale Zaken, Rosa Hartung? Is zij iemand die je echtgenote kende of over wie ze praatte, of is het iemand die jullie allebei ontmoet hebben of...'

Sejer-Lassen schudt zijn hoofd apathisch, terwijl hij de foto van Rosa Hartung bekijkt die Thulin naar hem toe heeft geschoven. Hess ziet dat ze haar irritatie probeert te verbergen, en dat snapt hij volledig. Het is de tweede keer binnen een week dat ze tegenover een weduwnaar zitten die geen antwoorden heeft op de vragen die ze stelt.

'Erik, we hebben hulp nodig. Er moet iets zijn wat je kunt bedenken. Had ze vijanden, was er iemand voor wie ze bang was of was er...'

'Maar ik weet niet meer. Ze had geen vijanden. Ze had alleen aandacht voor het huis en de kinderen...'

Thulin haalt diep adem en blijft vragen stellen, maar Hess heeft het gevoel dat Erik Sejer-Lassen de waarheid spreekt. Hij probeert zich af te sluiten voor het gehuil van de kinderen en heeft allang spijt dat hij niet gewoon tegen Nylander heeft gezegd dat het zijn probleem niet was toen hij daar eerder vandaag op het politiebureau de kans voor had. Aan de andere kant was er geen weg terug geweest toen hij vanochtend na maar drie uur slaap in Odinparken wakker was geworden met een film over kastanjemannetjes en lijkdelen op zijn netvlies. De kleine huismeester was vlak daarna opgedoken om hem een standje te geven, omdat hij de schilderspullen en vloerschuurmachine op de galerij had laten staan, maar Hess had geen tijd gehad om daar aandacht aan te besteden. Onderweg naar het politiebureau had hij naar het hoofdkwartier in Den Haag gebeld en geprobeerd zich te verontschuldigen, omdat hij niet beschikbaar was geweest voor de telefonische bespreking met Freimann die de vorige middag had moeten plaatsvinden. De kilte in de stem van de secretaresse was niet mis te verstaan geweest. Hess was gestopt met zijn pogingen om de reden van zijn verzuim uit te leggen en had zich even later door het gekrioel in het Centraal Station gehaast om hier te komen en naar de gedetailleerde foto's van Anne Sejer-Lassens lijk te kijken. Hij had van tevoren besloten dat er geen reden voor ongerustheid zou zijn als er snijwonden op andere plekken dan haar polsen zouden zitten. Als het instrument waarmee haar handen waren geamputeerd op meer plekken was gebruikt, dan was dat een reden om niets te doen met de krankzinnige gedachte waarmee hij wakker was geworden. Er waren echter geen tekenen dat de dader had geprobeerd om andere lichaamsdelen van Anne Sejer-Lassen te amputeren. Hess had zelfs naar de forensisch arts gebeld om daar zeker van te zijn. Het instrument was volgens de forensisch arts uitsluitend voor de amputatie van de handen gebruikt, zowel bij de eerste als bij de tweede moord, wat Hess' bange voorgevoelens had bevestigd. Hij kon niet weten of hij gelijk had met zijn voorspelling over meer slachtoffers, maar het gevoel was sterker geworden. Hij zou er de voorkeur aan hebben gegeven om de tijd stil te zetten en zich te verdiepen in de zaak-Kristine Hartung voordat hij een standpunt innam over de richting die het onderzoek moest nemen, maar Nylander had daar een stokje voor gestoken en in plaats daarvan waren Thulin en hij naar Sejer-Lassen gegaan, waar ze nog steeds geen vooruitgang hadden geboekt.

Ze hadden twee uur besteed aan het onderzoeken van de paleisachtige woning en het omringende perceel. Eerst hadden ze geconstateerd dat de bewakingscamera's, die op het bos aan de noordkant van het huis waren gericht, buiten werking waren. Vanaf het moment dat Anne Sejer-Lassen van haar rondje hardlopen was thuisgekomen en het alarm had afgezet, had iedereen over de omheining kunnen klimmen en zich ongezien toegang tot het huis kunnen verschaffen. De buren hadden niets gezien, wat volstrekt geloofwaardig was, omdat de paleizen in deze straat zo ver uit elkaar stonden dat de makelaar de ligging van het huis zonder de gebruikelijke overdrijving 'rustig' kon noemen.

Terwijl Genz en de technisch rechercheurs druk bezig waren geweest met het zoeken naar mogelijke sporen in de tuin en de ruimten op de begane grond, waren Thulin en Hess naar de eerste verdieping gegaan om de slaapkamers te controleren en in laden en kasten te kijken, op zoek naar details die iets over het leven van Anne Sejer-Lassen konden vertellen. De eerste verdieping bestond uit negen kamers, als je de spa en de inloopkast meetelde. Hess was geen specialist in materiële luxe, maar alleen al het Bang & Olufsen-scherm in de slaapkamer leek duur genoeg om als aanbetaling voor een paar appartementen in Odinparken te kunnen gebruiken. Er hingen geen gordijnen of jaloezieën voor de grote, indrukwekkende ramen, en Hess had het niet kunnen laten om te speculeren of de dader gebruik had gemaakt van het zicht op Anne Sejer-Lassen en haar avondroutine terwijl hij in de donkere tuin stond, waar het opnieuw pijpenstelen regende.

Ook in de andere kamers op de eerste verdieping waren het interieur en de materialen zorgvuldig samengesteld: Anne Sejer-Lassens inloopkast straalde een enorme netheid uit, met rijen schoenen met hoge hakken, jurken en broeken die aan identieke houten kleerhangers hingen, en panty's en lingerie die in net zulke nette laden waren opgeborgen. De aangrenzende badkamer leek afkomstig uit een vijfsterrenhotelsuite. Hij was voorzien van twee waskommen, een groot ingebouwd ligbad met Italiaanse tegels en een aparte spa-afdeling met sauna. In de kinderkamer waren de twee kleine bedden omringd door grote muurschilderingen van Hans Scherfigs jungledieren, en het plafond was voorzien van een sterrenhemel met planeten en verdwaalde ruimteraketten.

Maar hoe grondig ze ook zochten, er was niets wat kon verklaren waarom iemand Anne Sejer-Lassen in haar woning had verrast, haar door het bos had achtervolgd en haar handen had geamputeerd.

Vervolgens hadden ze zich geconcentreerd op het verhoren van Erik Sejer-Lassen, die vertelde hoe Anne en hij elkaar op het Ordrup Gymnasium hadden ontmoet. Zodra ze allebei klaar waren met hun opleiding aan de Copenhagen Business School hadden ze dat gevierd met een bruiloft en een wereldreis, waarna ze zich eerst in Nieuw-Zeeland en vervolgens in Singapore hadden gevestigd. Erik had geluk gehad met zijn investeringen in diverse biotechbedrijven, terwijl Annes grote wens een gezin met kinderen was geweest. Ze hadden twee meisjes gekregen, en toen de oudste de schoolleeftijd naderde, waren ze naar Denemarken teruggekeerd, in eerste instantie naar een huurappartement in een van de nieuwe complexen aan de Islands Brygge, waar ze hadden gewoond tot ze de woning in Klampenborg hadden kunnen kopen, die vlak bij de wijk lag waar Erik als kind had gewoond. Hess besefte dat de levensstandaard van het gezin in stand werd gehouden door

Erik, en hoewel Anne jaren geleden een opleiding tot interieurarchitect had gevolgd, kreeg hij de indruk dat zij er primair eer in stelde om moeder te zijn, het huis te verzorgen en bijeenkomsten te organiseren voor de vriendenkring, die voornamelijk bestond uit vrienden van Erik. Een rechercheur was naar Helsingør gestuurd, waar Anne Sejer-Lassens moeder woonde, en uit het verslag van dat gesprek had Hess begrepen dat Anne was opgegroeid in een arm gezin. Ze was haar vader al vroeg verloren en had altijd dolgraag een eigen gezin willen hebben. Annes moeder had met een verstikte stem verteld dat ze haar dochter en kleinkinderen minder vaak had gezien dan ze had gewild en dat ze vermoedde dat dat kwam doordat Erik Sejer-Lassen haar niet mocht. Niet dat Anne of Erik dat ooit had gezegd, maar ze had haar dochter en de kleinkinderen vrijwel alleen gezien als Erik aan het werk was of als haar dochter een enkele keer met de meisjes op visite was gekomen. Annes moeder had de indruk dat de machtsverhouding tussen Anne en Erik ongelijk was verdeeld, maar Anne had haar man altijd verdedigd en haar moeder had begrepen dat ze daar niet over mocht praten als ze haar wilde blijven zien. Wat na de gebeurtenissen van de vorige dag ook nooit meer zou gebeuren.

De digitale klok op een van de twee grote Smeg-ovens verspringt. Hess dwingt zichzelf om naar Thulins verhoor te luisteren en het huilen op de eerste verdieping te negeren.

'Je vrouw had een tas ingepakt. Ze stond op het punt om te vertrekken en had tegen de au pair gezegd dat ze de kinderen zelf zou halen. Waar ging ze naartoe?'

'Dat heb ik gezegd. Ze ging naar haar moeder en zou daar blijven slapen.'

'Er is niets wat daarop wijst. Ze had een tas ingepakt met kleding voor meer dan een week en had de paspoorten bij zich, dus wat ging ze doen? Waarom ging ze ervandoor?'

'Ze ging er niet vandoor.'

'Jawel, dat ging ze wel, en dat doe je niet als je daar geen reden voor hebt. Je vertelt me dus waarom ze weg wilde, of ik regel een gerechtelijk bevel om je mobiel en je netwerkverkeer te controleren, zodat we de reden daarin misschien ontdekken.'

Het is duidelijk dat Erik Sejer-Lassen zich onder druk gezet voelt. 'Mijn vrouw en ik hadden het fijn samen, maar we hadden ook wat problemen.'

'Wat voor problemen?'

'Ik heb affaires gehad. Die hadden niets te betekenen, maar... misschien is ze daarachter gekomen.'

'Affaires, zeg je. Met wie?'

'Verschillende.'

'Met wie, hoe? Vrouwen, mannen?'

'Vrouwen. Willekeurige vrouwen die ik ontmoette of met wie ik berichten op diverse portals uitwisselde. Het was niets, het betekende niets.'

'Waarom deed je het dan?'

Erik Sejer-Lassen aarzelt. 'Dat weet ik niet. Soms is het leven gewoon niet zo geworden als je had gehoopt.'

'Wat bedoel je?'

Sejer-Lassen staart met een lege blik voor zich uit. Hess kan zijn laatste zin zonder problemen bevestigen, maar kan het toch niet laten om zich af te vragen waarop een man zoals Sejer-Lassen in het leven had gehoopt als dat niet de trofeevrouw, het kerngezin of de gouden kooi ter waarde van ruim 35 miljoen kronen was.

'Wanneer en hoe kan je vrouw daarachter gekomen zijn?' gaat Thulin geïrriteerd verder.

'Dat weet ik niet, maar je vroeg...'

'Erik, we hebben de mobiel, mails en sociale media van je vrouw onderzocht. Als ze ontdekt zou hebben wat jij vertelt, dan zou het logisch zijn als ze daar met iemand over had gecommuniceerd. Met haar moeder of een vriendin, bijvoorbeeld, of misschien zelfs met jou, maar daar is helemaal niets van terug te vinden.'

'Tja...'

'Dat was dus niet de reden dat ze ervandoor wilde. Ik vraag

je opnieuw waarom je vrouw bij je weg wilde. Waarom pakte ze een tas in en...'

'Dat wéét ik niet! Je vroeg me een reden, en dat is verdomme de enige reden die ik kan bedenken!'

Hess krijgt het gevoel dat Erik Sejer-Lassens woede-uitbarsting overdreven is, maar aan de andere kant is de man misschien gewoon kapot. Het is een lange dag geweest en Hess ziet geen reden waarom ze hem nog langer zouden verhoren, dus neemt hij het woord: 'Dank je, we houden het hierbij. Als je nog iets te binnen schiet, neem je onmiddellijk contact met ons op. Oké?'

Erik Sejer-Lassen knikt dankbaar, en als Hess zich omdraait om zijn jack te pakken, voelt hij dat Thulin niet enthousiast is over de onderbreking. Een stem is haar gelukkig voor. *'Can I take the girls out to buy ice cream?'*

De au pair is naar beneden gekomen met de twee meisjes, die hun jas aanhebben. Hess en Thulin hebben haar al verhoord. Ze heeft Anne de vorige dag 's ochtends voor het laatst gezien, heeft geluncht in de Filipijnse vrije kerk en is 's middags door Anne gebeld met de mededeling dat ze de meisjes zelf wilde ophalen. Het was duidelijk dat ze veel respect voor zowel het gezin Sejer-Lassen als voor de politie heeft en Hess gokt erop dat haar verblijfspapieren niet helemaal in orde zijn. Ze draagt het jongste meisje en heeft de hand van het oudste vast. Ze hebben allebei een behuild gezicht en rode ogen, en Erik Sejer-Lassen komt overeind en loopt naar hen toe. *'Yes. Good idea, Judith. Thank you.'*

Erik Sejer-Lassen streelt het haar van zijn ene dochter en glimlacht geforceerd naar de andere, terwijl ze met zijn vieren naar de deuropening lopen.

'Ik geef het zelf aan wanneer ik klaar ben met een verhoor,' zegt Thulin, die naar Hess toe is gelopen en zo is gaan staan dat hij wel in haar bruine ogen moet kijken.

'We waren gisteren bij hem terwijl Anne Sejer-Lassen vermoord is, dus hij kan het niet gedaan hebben.'

'We zoeken naar overeenkomsten tussen de twee vermoorde vrouwen. Het ene slachtoffer heeft de sloten laten vervangen, het andere wilde er misschien vandoor gaan...'

Hess probeert naar de technisch rechercheurs te lopen, maar Thulin blokkeert zijn weg. 'Laten we dit meteen bespreken. Heb je er een probleem mee dat we samenwerken?'

'Nee, daar heb ik geen probleem mee. Maar ik denk dat we ons moeten opsplitsen, zodat we niet als twee idioten aan dezelfde kant van het touw staan te trekken.'

'Stoor ik?' De roomkleurige schuifdeur naar de hal glijdt open en Genz verschijnt in zijn witte ruimtepak met een flightcase in zijn hand. 'We gaan inpakken. Ik wil jullie niet voortijdig teleurstellen, maar het lijkt erop dat er net zo weinig sporen zijn als bij Laura Kjær. Het opzienbarendste is een spoor van bloedspetters in een paar kieren in de vloer van de hal, maar dat zijn geen nieuwe spetters en ze komen niet overeen met de bloedgroep van Anne Sejer-Lassen, dus ga ik ervan uit dat het niet relevant is.'

In het schijnsel van de uv-lampen achter Genz licht een groen luminolspoor op de vloer op. Een technisch rechercheur maakt foto's.

'Waarom zitten er sporen van bloed op de vloer van de hal?' vraagt Thulin aan Sejer-Lassen, die teruggekomen is van de deuropening en enigszins apathisch speelgoed begint op te rapen.

'Als het bij de trap naar de eerste verdieping is, kan het van Sofia zijn, onze oudste dochter. Ze is een paar maanden geleden gevallen en is in het ziekenhuis opgenomen omdat ze haar neus en sleutelbeen gebroken had.'

'Dat zou het kunnen zijn,' zegt Genz. 'Hess, ik moet trouwens de groeten doen van de feestcommissie van de afdeling en bedanken voor het varken.'

Genz verdwijnt naar de andere in het wit geklede ruimtemannen en doet de schuifdeur achter zich dicht. Ineens beseft Hess iets, en hij kijkt met hernieuwde belangstelling naar Erik Sejer-Lassen.

Thulin is hem echter voor. 'In welk ziekenhuis heeft Sofia gelegen?'

'Het Rigs-ziekenhuis. Een paar dagen maar.'

'Op welke afdeling?' vraagt Hess.

Erik Sejer-Lassen blijft met een driewieler in zijn hand staan. Het feit dat beide rechercheurs zich plotseling voor het onderwerp interesseren, verwart hem duidelijk.

'De kinderafdeling, denk ik. Maar Anne was daar verantwoordelijk voor en is bij haar in het ziekenhuis gebleven. Waarom?'

Ze geven allebei geen antwoord. Thulin loopt naar de voordeur en Hess weet dat hij deze keer ook niet achter het stuur mag zitten.

49

Iedereen die de kinderafdeling van het Rigs-ziekenhuis aan de Blegdamsvej bezoekt, blijft onwillekeurig staan om de gang met de enorme hoeveelheid kleine en grote kleurige kindertekeningen aan de muren te bekijken. Hess vormt daarop geen uitzondering. Er is zo oneindig veel levensvreugde en pijn op één plek verzameld dat Hess het niet kan laten om ernaar te staren, terwijl Thulin naar de balie loopt om te melden dat ze er zijn.

Door Erik Sejer-Lassens opmerking over de ziekenhuisopname van zijn dochter dachten ze allebei aan de afspraak die aan het prikbord in Laura Kjærs keuken hing. Op de terugweg naar de stad had Hess naar de afdeling gebeld en bevestigd gekregen dat zowel de zoon van Laura Kjær als de oudste dochter van Anne Sejer-Lasse opgenomen was geweest, maar de verpleegkundige met wie hij praatte, wist niet of de kinderen tegelijkertijd in het ziekenhuis hadden gelegen. Nu stonden ze hier, voornamelijk omdat het de enige overeenkomst was die ze hadden en omdat het Rigs-ziekenhuis toch op de route naar het hoofdbureau van de politie lag. Tot nu toe had de dag geen bruikbare resultaten opgeleverd, en de melding van Nylander die ze in hun auto ontvingen dat Rosa Hartung en haar man ook geen nieuwe informatie hadden gehad met betrekking tot Anne Sejer-Lassen, was niet goed geweest voor de sfeer.

Hess ziet dat Thulin terugkomt van de balie, maar ze ontwijkt zijn vragende blik en loopt naar de thermoskan met koffie die voor de bezoekers is neergezet. 'Ze proberen de chef de clinique te pakken te krijgen, omdat hij beide kinderen behandeld heeft.'

'Dus we gaan zo meteen met hem praten?'

'Dat weet ik niet. Als je iets anders te doen hebt, vind ik dat geen probleem.'

Hess geeft geen antwoord en kijkt ongeduldig om zich heen. Overal in de gang en in de gemeenschappelijke ruimte ziet hij kinderen met gebreken. Kinderen met schrammen in het gezicht, een arm in een mitella of een been in het gips. Kale kinderen, kinderen in een rolstoel en kinderen die rondlopen met een infuusstandaard die met hun arm verbonden is. Te midden van dat alles bevindt zich een activiteitenkamer met grote ramen en een blauwe deur, waar ballonnen en herfsttakken op geplakt zijn. Hess hoort kinderen zingen en loopt naar de deur, die op een kier staat. Aan een kant van de ruimte zitten een paar oudere kinderen te tekenen, terwijl aan de andere kant een stel jonge kinderen in een halve cirkel op kleurige plastic krukjes zit. De kinderen in de halve cirkel zingen, terwijl ze naar een pedagoge kijken die op haar knieën zit en een tekening van een rode appel omhooghoudt.

'Appelman, kom maar binnen. Appelman, kom maar binnen. Neem je vandaag een appel voor me mee? Dan ben ik heel tevree...'

De pedagoge knikt bemoedigend naar de kinderen en als ze het laatste woord van het herfstliedje lang en hard hebben aangehouden, legt ze de illustratie weg en laat een tekening van een kastanje zien.

'Opnieuw!'

'Kastanjeman, kom maar binnen. Kastanjeman, kom maar binnen. Neem je vandaag een kastanje voor me mee...'

Hess voelt een koude rilling over zijn rug gaan. Als hij wegloopt bij de deur, merkt hij dat Thulin naar hem staat te kijken.

'Zijn jullie de ouders van Oskar, die op de röntgenafdeling is?' vraagt een verpleegkundige die naar hen toe komt lopen. Thulin, die een slok koffie uit een plastic beker neemt, verslikt zich en begint te hoesten.

'Nee, dat zijn wij niet,' antwoordt Hess. 'Wij zijn van de politie. We wachten op de chef de clinique.'

'De chef de clinique is helaas nog steeds bezig met zijn zaalronde.'

De verpleegkundige is mooi. Ze heeft glinsterende donkere ogen en lang donker haar dat is samengebonden in een paardenstaart. Ze is een jaar of dertig, maar heeft een ernstige uitdrukking op haar gezicht, waardoor ze ouder lijkt.

'Dan moet de chef de clinique die maar onderbreken. Zeg tegen hem dat we haast hebben.'

50

Chef de clinique Hussein Majid vraagt hun om plaats te nemen in de personeelsruimte, tussen witte koffiebekers, vettige iPads, zoetjes, gevlekte ochtendkranten en jassen die over rugleuningen zijn gegooid. Hij is net zo lang als Hess, is begin veertig en heeft een verzorgd uiterlijk. Hij draagt een witte openhangende doktersjas, een stethoscoop en een zwarte, vierkante bril. Een gouden trouwring onthult dat hij waarschijnlijk getrouwd is, maar die indruk maakt hij niet als hij Thulin een hand geeft. De haast die de handdruk met Hess kenmerkte, verandert in een glimlach en langdurig oogcontact als Hussein Majid tegenover Thulin staat. Het overvalt Hess dat de arts haar aantrekkelijk vindt, want op die manier kijkt hij niet naar haar. Tot nu toe heeft hij haar voornamelijk irritant gevonden, maar hij moet met tegenzin toegeven dat er een goede reden is dat de blik van de arts discreet langs haar slanke taille en billen glijdt als ze zich omdraait om een stoel te zoeken waarop ze kan zitten. Hess vraagt zich heel even af of Hussein Majid ook op die manier naar Laura Kjær en Anne Sejer-Lassen heeft gekeken toen ze met hun zieke kinderen naar de afdeling kwamen.

'Ik zit helaas midden in een zaalronde, maar als we het snel kunnen afhandelen, wil ik jullie uiteraard graag helpen.'

'Dat is bijzonder vriendelijk van je. Heel hartelijk bedankt,' antwoordt Thulin.

Majid legt twee patiëntendossiers en zijn mobiel op de tafel, terwijl hij aanbiedt om koffie voor haar in te schenken, waar ze koket mee instemt. Hess heeft het gevoel dat ze helemaal is vergeten waarom ze hier zijn, maar hij onderdrukt zijn irritatie, trekt een stoel bij en gaat zitten. 'We hebben een paar vragen over Magnus Kjær en Sofia Sejer-Lassen, en we willen dat je ons precies vertelt wat je weet.'

Hussein Majid kijkt naar hem en geeft antwoord met een natuurlijke autoriteit en vriendelijkheid waarmee hij duidelijk indruk op Thulin wil maken. 'Uiteraard. Het klopt dat beide kinderen hier behandeld zijn, maar om verschillende redenen. Mag ik eerst vragen wat de reden van je vraag is?'

'Nee.'

'Aha.' De arts glimlacht met een blik van verstandhouding naar Thulin, die haar schouders ophaalt alsof ze zich verontschuldigt voor Hess, die snel verdergaat. 'Waarom waren ze in behandeling?'

Majid legt een hand op de dossiers van de kinderen zonder aanstalten te maken ze open te slaan. 'Magnus Kjær is hiernaartoe gekomen in verband met een langdurig probleem dat ongeveer een jaar geleden begonnen is. De kinderafdeling met het daaraan verbonden kinderteam fungeert als een sluis die patiënten naar de respectievelijke afdelingen doorverwijst, waarna Magnus door onze specialisten van de neurologische afdeling is geobserveerd en op autisme is onderzocht. Sofia Sejer-Lassen is een paar maanden geleden opgenomen in verband met een simpele botbreuk na een ongeluk in het ouderlijk huis. De botbreuk had een relatief ongecompliceerd verloop en ze werd al snel weer ontslagen. Aanvullend is ze op de afdeling Fysiologie gerevalideerd.'

'Beide kinderen hebben dus op de kinderafdeling gelegen,' gaat Hess verder. 'Weet je of de kinderen elkaar kenden? Of de ouders?'

'Dat weet ik uiteraard niet, maar het ligt niet voor de hand dat ze elkaar ontmoet hebben, de diagnoses van de kinderen hebben niet onmiddellijk een raakvlak.'

'Wie waren er bij de kinderen?'

'Voor zover ik me kan herinneren was dat in beide gevallen

voornamelijk de moeder, maar als je het zeker wilt weten, moet je het hun zelf vragen.'

'Ik vraag het jou nu.'

'Ja, en ik heb net antwoord gegeven.'

Majid glimlacht vriendelijk. Hess vermoedt dat de arts bovengemiddeld intelligent is en vraagt zich af of hij weet dat Hess het de moeders niet kan vragen.

'Jij bent dus degene die contact met de moeders gehad heeft toen ze hier waren?' vraagt Thulin.

Het is een onschuldige vraag en de chef de clinique lijkt blij te zijn dat hij zijn aandacht op haar kan richten. 'Ik heb contact met veel ouders, dus ook met hen, ja. Het is een belangrijk onderdeel van het werk om de moeders, of eventueel de vaders, zo goed mogelijk gerust te stellen. Als er vertrouwelijkheid en vertrouwen ontstaat, is dat goed voor het behandelingsverloop, en dat is gunstig voor iedereen, niet in het minst voor de patiënt.'

De arts glimlacht naar Thulin en knipoogt opgewekt, alsof hij haar een liefdesvakantie voor twee personen naar de Malediven wil verkopen. Thulin glimlacht terug. 'Het klopt dus als ik zeg dat je de moeders heel goed kende.'

'Heel goed?' Majid kijkt niet-begrijpend maar nog steeds glimlachend naar Thulin. De wending overvalt Hess, maar Thulin is nog maar net begonnen. 'Sprak je privé met ze af, was je verliefd op ze of ging je alleen met ze naar bed?'

Majid glimlacht nog steeds, maar aarzelt. 'Sorry, wat zei je?'

'Je hebt het goed gehoord. Geef gewoon antwoord op de vraag.'

'Waarom vraag je dat? Waar gaat dit over?'

'Op dit moment zijn het slechts vragen, maar het is belangrijk dat je ons de waarheid vertelt.'

'Dat kan ik heel snel doen. We hebben een afdeling met zo'n tien procent meer kinderen dan we aankunnen. Dat betekent onder meer dat ik tijdens de zaalronden een beperkt aantal minuten voor ieder kind ter beschikking heb. Die tijd besteed ik liever niet aan moeders, vaders of politieagenten, maar aan de kinderen.'

'Je zei daarnet dat het belangrijk is om een goede band met de moeders te hebben.'

'Nee, dat heb ik niet gezegd, en ik vind de insinuatie in je vraag niet prettig.'

'Het is geen insinuatie. Een insinuatie is dat wat jij daarnet deed, toen je naar me knipoogde en over vertrouwelijkheid praatte, maar ik vroeg je zonder iets te insinueren of je met ze naar bed ging.'

Majid glimlacht ongelovig en schudt zijn hoofd.

'Dus, vertel me wat voor indruk de moeders op je maakten.'

'Het waren moeders, ze maakten zich zorgen over hun kinderen, zoals ouders doen als ze hiernaartoe komen. Maar als dit het soort vragen is dat jullie me willen stellen, heb ik andere dingen om mijn tijd aan te besteden.'

Hussein Majid maakt aanstalten om op te staan, maar Hess, die heeft genoten van de woordenwisseling, schuift een met koffie gevlekte ochtendkrant naar de arts toe.

'Je gaat niet weg. We zijn hier om een reden die je misschien al kent. Tot nu toe ben jij de gemeenschappelijke factor in ons onderzoek.'

De arts kijkt naar de foto's van het bos en de koppen die de twee moorden aan elkaar koppelen, en lijkt even te huiveren. 'Maar ik héb niet meer te vertellen. Ik herinner me de moeder van Magnus Kjær het best omdat het ziektebeeld van de jongen een langer verloop kende. Op de neurologische afdeling hebben ze verschillende diagnoses gesteld en de moeder was bijzonder gefrustreerd omdat niets hielp, maar plotseling stopte ze met hiernaartoe komen, en meer weet ik niet.'

'Kwam ze hier niet meer naartoe omdat je haar probeerde te versieren of...'

'Ik probeerde haar niet te versieren! Ze belde en zei dat de gemeente een aangifte had binnengekregen en dat ze zich daarop wilde concentreren. Ik dacht dat ze terug zou komen, maar dat deed ze niet.'

'Maar Laura Kjær besteedde al haar tijd aan de behandeling

van haar zoon, dus moet ze een bijzonder goede reden gehad hebben om hier niet langer naartoe te komen.'

'Dat kwam niet door míj, want het had niets met míj te maken. Zoals ik al zei, had het met een aangifte te maken.'

'Wat voor aangifte?' vraagt Hess.

Op dat moment steekt de jonge verpleegkundige haar hoofd om de deur en kijkt naar de chef de clinique. 'Sorry dat ik stoor, maar ik moet antwoord over kamer 9 hebben. Het operatieteam staat op de patiënt te wachten.'

'Ik kom eraan. We zijn hier klaar.'

'Ik vroeg wat voor aangifte het was.'

Hussein Majid is opgestaan en pakt zijn spullen van de tafel. 'Ik weet niets. Ik heb het alleen van de moeder gehoord. Iemand heeft blijkbaar contact met de gemeente opgenomen en haar ervan beschuldigd dat ze niet goed voor haar zoon zorgt.'

'Wat bedoel je? Op welke manier?'

'Ik heb geen idee. Ze klonk geschokt. Later belde er iemand die de zaak in behandeling had. Hij wilde informatie over de jongen, en die hebben we gegeven. Dat wil zeggen over het verloop van de behandeling en onze pogingen om zijn probleem op te lossen. En nu moet ik gaan.'

'En je weet zeker dat je niet bij haar langsgegaan bent om haar te troosten?' probeert Thulin opnieuw, terwijl ze opstaat van haar stoel en voor hem gaat staan.

'Ja, dat weet ik zeker. Mag ik nu gaan?'

Hess staat eveneens op. 'Heeft Laura Kjær verteld wie degene is die aangifte gedaan heeft?'

'Nee. Voor zover ik het me herinner, was dat anoniem.'

Chef de clinique Hussein Majid loopt met zijn dossiers om Thulin heen. Als hij de deur opent en de kamer uit loopt, hoort Hess de kinderen weer zingen.

51

Casemanager Henning Loeb heeft laat geluncht in de bijna verlaten kantine in het souterrain van het Kopenhaagse gemeentehuis, als hij op zijn mobiel wordt gebeld. De ochtend is een beproeving geweest. Toen hij vanochtend naar zijn werk fietste, was hij overvallen door een regenbui, en nadat hij eindelijk de beschutting van de fietsenstalling aan de achterkant van het gemeentehuis had bereikt, waren zowel zijn kleren als zijn schoenen doorweekt. Toch was hij door zijn chef, het hoofd van de afdeling Kinder- en Jeugdzorg, gevraagd om aanwezig te zijn bij een spoedbespreking met een Afghaanse vader en moeder en hun advocaat, die wilden protesteren tegen de beslissing van de gemeente om een van hun kinderen uit huis te plaatsen.

Henning Loeb kent de zaak grondig en heeft de uithuisplaatsing zelf geadviseerd, waarna hij nog anderhalf uur lang heeft moeten luisteren naar het gezwets. De meeste uithuisplaatsingen door de gemeente vinden tegenwoordig plaats in immigrantengezinnen, en in dit geval was er een tolk bij de bespreking aanwezig, wat er natuurlijk voor zorgde dat het meer tijd kostte dan noodzakelijk was. In principe was de hele bespreking verspilde tijd, omdat de zaak allang was beslist. De immigrantenvader had herhaaldelijk geweld gebruikt tegen zijn dertienjarige dochter omdat ze een Deens vriendje heeft. De democratische maatschappij zorgt er echter voor dat dergelijke geweldplegers ook rechten hebben en gehoord moeten worden, en terwijl de argumenten heen en weer waren gevlogen, had Henning rillend gekeken naar het leven dat zich achter de ramen van het gemeentehuis afspeelde.

Na afloop van de bespreking is Henning nog steeds klam van de regen, en terwijl hij zich in zijn dossiers verdiept, tikt er een klok in zijn achterhoofd omdat hij achter is geraakt met zijn werkzaamheden voor vandaag. Hij is nog maar één sollicitatiegesprek verwijderd van een baan op de veel gestructureerdere afdeling Ruimtelijke Ontwikkeling en Beheer op de tweede verdieping, en dat gesprek vindt vanmiddag plaats. Als hij de achterstand kan inlopen, heeft hij tijd om zich voor te bereiden, en als het gesprek goed verloopt, kan hij het zinkende schip waarop hij zich bevindt – met alle gewelddadige, incestueuze en psychotische passagiers uit de sociale categorie vijf – verlaten voordat het ten onder gaat. Het is niet meer dan redelijk dat hij toestemming krijgt om zich bezig te houden met voorstellen ten behoeve van stadsvernieuwing en parkverfraaiing terwijl hij uitzicht heeft op de roodharige, architectuur studerende stagiaire die ongeacht het jaargetijde in ultrakorte rokjes rondloopt en altijd geil glimlacht, waardoor ze het verdient om een echte man te krijgen. Misschien zal dat Henning niet zijn, maar het uitzicht op haar en de bijbehorende fantasieën kunnen hem niet afgenomen worden.

Henning heeft een paar seconden spijt dat hij het telefoontje heeft aangenomen, want het lukt hem niet om de politieagent van zich af te schudden. Hij praat op de manier die Henning het meest haat, met autoriteit en in de gebiedende wijs, en maakt Henning meteen duidelijk dat hij de informatie onmiddellijk nodig heeft. Niet zo meteen en al helemaal niet later op de middag. Henning moet alles wat hij in zijn handen heeft laten vallen en zich naar zijn computer in het kantoor terughaasten.

'Ik moet weten wat u hebt over een jongen die Magnus Kjær heet.'

De politieman heeft het sofinummer van de jongen en Henning zoekt in zijn computer naar het dossier, terwijl hij uitlegt dat hij verantwoordelijk is voor honderden zaken, die hij uiteraard niet allemaal uit zijn hoofd kent, voor het geval de rechercheur dat mocht denken.

'Vertel me gewoon wat er staat.'

Henning bekijkt het dossier vluchtig, terwijl hij de politieagent een beetje aan het lijntje houdt. Het blijkt een van zijn eigen zaken te zijn, die gelukkig kort en gemakkelijk samengevat kan worden.

'Het klopt dat we een zaak hadden. Er is een aangifte binnengekomen, of liever gezegd een anonieme mail, over de moeder van de jongen, Laura Kjær, die volgens de melding niet geschikt was om voor haar zoon te zorgen. We hebben de zaak onderzocht, maar hebben geen bewijzen voor de bewering gevonden, dus is er niet veel meer wat ik kan...'

'Ik wil alles over de zaak horen. Nu.'

Henning onderdrukt een zucht. Dit kan een hele tijd gaan duren, dus verhoogt hij zijn tempo en geeft de politieagent de kortst mogelijke versie, terwijl hij het dossier bekijkt.

'De aangifte is ongeveer drie maanden geleden via een mail binnengekomen als gevolg van de klokkenluidersregeling die in opdracht van het ministerie van Sociale Zaken in alle gemeenten van het land is opgezet. Mensen kunnen zich hiertoe wenden met aangiften van kinderen die niet goed behandeld worden. De betreffende aangifte bevatte dan ook geen afzender. In grote lijnen ging de aangifte erover dat de jongen zo snel mogelijk uit huis geplaatst moest worden omdat de moeder – ik citeer – "een egoïstische hoer is". Einde citaat. Er staat ook in dat ze er alleen aan denkt om haar benen te spreiden en haar ogen sluit voor de problemen van de jongen, hoewel ze – ik citeer opnieuw – "beter zou moeten weten". Einde citaat. De bewijzen voor de noodzaak van uithuisplaatsing kunnen volgens de schrijver van de mail op het adres gevonden worden.'

'Wat vonden jullie op het adres?'

'We vonden niets. Precies volgens de voorschriften hebben we onderzoek gedaan naar de bewering dat de jongen niet goed behandeld werd. We hebben zowel met de introverte jongen als met de geschokte ouders gepraat, de moeder en een stiefvader, geloof ik. Er zijn echter geen opmerkelijke feiten aan het licht gekomen, en dat is helaas niet ongewoon bij dit soort pesterijen.'

'Ik wil de mail zien. Kunt u me een kopie sturen?'

Dat is de opmerking waarop Henning heeft gewacht. 'Dat kan ik doen zodra u me een gerechtelijk bevel kunt laten zien. En als dat alles is...'

'U hebt dus geen informatie over de afzender?'

'Nee. Dat is wat "anoniem" betekent. Zoals ik al zei...'

'Waarom zou het pesterij zijn?'

'Omdat we niets gevonden hebben. Mensen gebruiken de klokkenluidersregeling voornamelijk om anderen te treiteren. Vraag het maar aan Douane en Belastingen. De politici hebben er zelf toe aangezet dat de mensen aangiften doen alsof het niets is, ook als het nergens op slaat. Niemand denkt erover na dat er manuren en middelen worden gebruikt voor het onderzoeken van alle onzin die ze opschrijven en insturen. Maar zoals ik al zei, als dat alles is...'

'Dat is het. Maar nu ik u toch aan de telefoon heb, wil ik dat u voor me kijkt of u ook aangiften over twee andere kinderen binnengekregen hebt.'

De politieagent geeft de sofinummers van twee meisjes, Lina en Sofia Sejer-Lassen. Hoewel het gezin inmiddels in Klampenborg woont, weet hij dat het tot voor kort aan de Islands Brygge in de gemeente Kopenhagen woonde, en de agent vraagt naar die periode. Henning tikt geïrriteerd op de computer, terwijl hij op zijn horloge kijkt. Als hij snel is, heeft hij nog steeds voldoende tijd om zich voor te bereiden. De computer reageert eindelijk op de nummers, en Henning kijkt naar de dossierstukken, terwijl hij hoort dat de agent de nummers herhaalt. Henning wil net zeggen dat hij zich de zaak goed kan herinneren omdat die eveneens van hem was, als hij ineens iets op het scherm ontdekt wat hem niet eerder is opgevallen. Hij bladert in het dossier, gaat haastig naar de zaak-Magnus Kjær terug om zijn vermoeden te controleren en de formulering in de anonieme mail te checken. Henning Loeb beseft iets waarvan hij niet begrijpt wat het betekent, en dat maakt hem voorzichtig.

'Nee, helaas. Over hen heb ik niets. In elk geval voor zover ik kan zien.'

'Weet u dat zeker?'

'Het systeem reageert niet op de sofinummers. Is er nog iets? Ik heb het nogal druk.'

Als Henning Loeb de verbinding heeft verbroken, blijft hij met een onaangenaam gevoel achter. Voor alle zekerheid stuurt hij meteen een mail naar de IT-service dat het systeem vastliep, waardoor hij de politie niet kon bijstaan in een bepaalde kwestie. Niet dat hij denkt dat het relevant zal worden, maar je kunt nooit weten. En Henning is maar één gesprek verwijderd van zijn promotie, zodat hij hier weg kan. Ver weg. Naar de kantoren van Ruimtelijke Ontwikkeling en Beheer, op de tweede verdieping met de roodharige stagiaire.

52

In de wijk met vrijstaande woningen in Husum is het daglicht verdwenen. De straatlantaarns branden in de smalle, kindvriendelijke straten met snelheidsbeperking en hoge verkeersdrempels, en de tuinpaden worden gezellig verlicht door het schijnsel uit de drukke woonkeukens, waar wordt gekookt en over de afgelopen dag wordt gepraat. Als Thulin in de Cedervænget uit de dienstauto stapt, ruikt ze de braadlucht van gehaktballen die door de afzuiging van de buren van het gezin Kjær wordt verspreid. Alleen het witte huis in functionalistische stijl met de metalen garage en het cijfer 7 op de brievenbus is donker en ziet er triest en verlaten uit.

Thulin luistert naar de laatste chagrijnige opmerking van Nylander door de telefoon, terwijl ze achter Hess aan door de regen naar de woning loopt.

'Heb je de sleutel?' Hess steekt zijn hand uit als ze het portiek bereiken met het karakteristieke geel-zwarte afzetlint waarmee de voordeur is verzegeld.

Thulin haalt de sleutel uit haar jaszak. 'Je zegt dus dat de gemeente de anonieme aangifte tegen Laura Kjær heeft onderzocht en dat ze geen reden gevonden hebben om te denken dat er een kern van waarheid in de beschuldigingen zat?'

'Ja, dat klopt. Ga eens een stukje opzij. Je staat in het licht.'

Hess heeft de sleutel uit haar hand gepakt en probeert het slot in het spaarzame licht van een straatlantaarn te vinden.

'Wat doen we hier dan?'

'Dat heb ik verteld. Ik wil het huis zien.'

'Ik héb het huis gezien. Meerdere keren zelfs.'

Toen Thulin daarnet met Nylander belde, was hij gefrustreerd geweest over het resultaat van vandaag, of liever gezegd het gebrek daaraan, en hij had er absoluut geen begrip voor dat ze opnieuw naar de Cedervænget gingen. Dat had Thulin ook niet. Het was een streep door de rekening dat Hans Henrik Hauge volgens zijn advocaat een alibi had voor het tijdstip van de moord op Anne Sejer-Lassen, maar Thulin had dat geaccepteerd, en toch staarde ze nu opnieuw naar het donkere huis waar alles een week geleden was begonnen.

Hess had haar verteld over zijn gesprek met de casemanager van de gemeente Kopenhagen, die hij had gebeld toen ze na het verhoor van de arts naar het parkeerterrein liepen. Terwijl ze in de auto voor het Rigs-ziekenhuis zaten en de regen op de voorruit kletterde, had ze gehoord over de anonieme mail waarin Laura Kjær ervan werd beschuldigd dat ze zo'n slechte moeder was dat de jongen uit huis geplaatst moest worden. De gemeente had de zaak onderzocht, de aangifte was ongegrond gebleken en was daarom beschouwd als mogelijke pesterij, waarna Thulins belangstelling was verdwenen. Het was verrassend dat Laura Kjær blijkbaar alleen de arts in het Rigs-ziekenhuis had verteld over de aangifte, maar aan de andere kant was dat begrijpelijk: Laura Kjær had een zoon die volgens de artsen aan autisme leed en het gedrag van de jongen, zoals dat was beschreven door bijvoorbeeld de school, kon heel goed hebben geleid tot het misverstand dat Laura Kjær niet in staat was om voor hem te zorgen. Wat de reden kon zijn dat iemand naar de gemeente had geschreven. In principe kon Laura Kjær niet weten of de anonieme melder iemand uit haar kennissenkring, iemand van school of een van haar collega's was geweest, dus was het niet zo vreemd dat ze erover had gezwegen. Ze had in elk geval duidelijk alles gedaan wat ze als moeder had kunnen doen om haar zoon te helpen, en hoewel Thulin Hans Henrik Hauge wantrouwde, moest ze toegeven dat alles erop wees dat de stiefvader een steun was geweest. Dus waarvoor moesten ze de informatie over de aangifte gebruiken? De casemanager had bovendien ontkend dat er een soortgelijke melding over Anne Sejer-Lassen bestond, waardoor er géén gemeenschappelijke factor was en het spoor niet onderzocht hoefde te worden.

Toch had Hess naar Laura Kjærs woning gewild, en Thulin had er onderweg spijt van gehad dat ze hem vanochtend tijdens de bespreking met Nylander niet van de zaak had laten halen. Ze was niet blind en doof voor Hess' profetie dat de dader nog maar net was begonnen en ze had de dreiging instinctief gevoeld toen ze in het bos bij Anne Sejer-Lassens lijk hadden gestaan. Maar ze pakten het onderzoek beiden op een andere manier aan. Ze was er ook niet bepaald enthousiast over dat Nylander wilde dat ze Hess zou verklikken als hij in de zaak-Hartung begon te wroeten, en al helemaal niet als dat een van de voorwaarden was om een referentie voor NC3 te krijgen.

'We zoeken naar een dader van twee moorden en je zegt zelf dat het mogelijk is dat er meer zullen volgen, dus waarom verspillen we tijd met het bekijken van een woning die al onderzocht is?'

'Je hoeft niet mee te gaan. Het zou eigenlijk een grotere hulp zijn als je de buren zou vragen of ze op de hoogte zijn van de aangifte en weten wie die gedaan kan hebben. Dan gaat het sneller, denk je ook niet?'

'Waarom zou ik ze dat vragen?'

Het afzetlint breekt als Hess de deur opent. Hij stapt snel de hal in en doet de deur achter zich dicht, terwijl het nog harder begint te regenen. Thulin begint naar de dichtstbijzijnde woning te rennen.

53

De stilte in de woning is het eerste wat Hess registreert als hij de voordeur achter zich dichtdoet en zijn ogen langzaam aan de duisternis wennen. Als hij vergeefs drie verschillende lichtschakelaars in de hal heeft geprobeerd, beseft hij dat de elektriciteitsmaatschappij de stroom blijkbaar heeft afgesloten. De woning staat op naam van Laura Kjær, haar overlijden is geregistreerd en de juridische ontrafeling van een mensenleven is in gang gezet.

Hess haalt zijn zaklamp tevoorschijn en licht zichzelf bij, terwijl hij door de gang en de rest van het huis loopt. Het telefoongesprek met de casemanager van de gemeente zit hem nog steeds dwars. De waarheid is dat hij niet weet wat het te betekenen heeft en óf het wel iets betekent. Hij weet alleen dat hij de woning opnieuw moet zien. Het verhoor van de chef de clinique van het Rigs-ziekenhuis was goed gegaan. Hij had een tijdlang gedacht dat ze op de juiste plek tegenover de juiste persoon zaten. De twee slachtoffers waren allebei op het spreekuur van de arts geweest en Hess' gevoel dat de kinderen de gemeenschappelijke factor waren, was juist gebleken. Tot de arts over de aangifte was begonnen.

Het is natuurlijk een schot in het duister om hier te zoeken. Deels omdat het perceel al door verschillende teams van rechercheurs en technisch rechercheurs is doorzocht. Deels omdat de aangifte al drie maanden oud is, dus als er iets te vinden was geweest, was dat nu waarschijnlijk verdwenen. Maar iemand had aangifte tegen Laura Kjær gedaan, iemand had belangstelling voor haar getoond en had een verzoek om uithuisplaatsing ingediend, en Hess kan het niet laten om te hopen dat de woning hem antwoorden kan geven. Hij ziet nog steeds tekenen van het werk van de technisch rechercheurs als hij door de gang loopt. Restanten van het witte vingerafdrukpoeder zitten op klinken en deurposten, en overal ziet hij genummerde briefjes. Hess loopt van kamer naar kamer en bereikt een kleine logeerkamer die blijkbaar als kantoor is gebruikt, maar nu vreemd leeg lijkt omdat de politie de vaste computer van het bureau heeft meegenomen. Hij opent laden en kasten, leest onbelangrijke briefjes en papieren en gaat daarna verder naar de badkamer en de keuken, waar hij de procedure herhaalt. Hij kan echter niets interessants vinden. De regen trommelt op het dak, en Hess loopt door de gang terug naar de slaapkamer, waar het bed nog steeds niet is opgemaakt en de lamp op het kleed ligt. Hij bekijkt de lade met Laura Kjærs onderbroekjes, als de voordeur opengaat en Thulin verschijnt.

'Niemand van de buren weet iets over de aangifte. Ze herhalen dat zowel de moeder als de stiefvader zorgzaam en goed voor de jongen was.'

Hess opent een nieuwe lade en zoekt verder.

'Ik rij nu terug. De chef de clinique moet nagetrokken worden, en dat geldt ook voor Sejer-Lassen. Neem de sleutel mee als je klaar bent.'

'Dat doe ik, tot ziens.'

54

Thulin smijt de voordeur van Cedervænget 7 een beetje harder dicht dan nodig is, rent door de regen, springt haastig opzij voor een nauwelijks zichtbare fietser en gaat in haar auto zitten. Haar kleding is doornat nadat ze bij alle buren heeft aangebeld, maar Hess zal straks naar het station moeten lopen als hij naar de stad terug wil. De dag heeft niets opgeleverd, ze hebben nog steeds geen duidelijk spoor om te volgen en het is alsof de stromende regen alles wegspoelt, terwijl ze in kringetjes rondlopen en niets voor elkaar krijgen.

Thulin draait de contactsleutel om, schakelt en rijdt haastig weg. Ze moet naar het bureau terug om alle informatie van vandaag te verzamelen, maar het liefst wil ze haar tijd besteden aan het doorlezen van de zaakdossiers. Opnieuw beginnen, alles nogmaals doornemen en een verband vinden. Misschien contact opnemen met Hans Henrik Hauge en Erik Sejer-Lassen om hun te vragen of ze chef de clinique Hussein Majid kennen, die beide slachtoffers heeft gekend. Op het moment dat Thulin de hoofdweg op wil rijden, ziet ze iets in de achteruitkijkspiegel waardoor ze remt.

Zo'n 50 meter achter haar, onder de grote sparren bij het doodlopende eind van de straat die aan de Cedervænget grenst, staat een auto geparkeerd. Hij versmelt bijna met de bomen en de haag die de natuurspeelplaats afbakenen. Thulin rijdt achteruit tot ze naast het voertuig staat. Het is een zwarte stationcar zonder bijzondere kenmerken, ook niet in de auto. De regen valt op de motorkap en de zwakke damp die opstijgt vertelt haar dat de motor warm is en de auto pasgeleden geparkeerd is. Thulin kijkt om zich heen. Als je in een van de vrijstaande woningen moet zijn, parkeer je voor het desbetreffende huis, maar deze auto staat afgezonderd in de nis waar de doodlopende weg eindigt. Heel even overweegt ze om het kenteken te controleren, maar dan gaat haar mobiel over, en ze ziet op het display dat het Le is. Thulin beseft dat ze helemaal is vergeten om haar bij haar opa op te halen, neemt het telefoontje aan en rijdt weg.

55

Vergeleken bij de overdadige meisjeskamer in de woning van Sejer-Lassen is de kamer van Magnus Kjær eenvoudig ingericht, maar ook in het spaarzame schijnsel van de zaklamp ziet Hess dat het een gezellige ruimte is. Op de vloer ligt hoogpolig tapijt, voor de ramen hangen groene gordijnen en aan het plafond is een lamp van rijstpapier bevestigd. Kleine posters van Donald Duck en Mickey Mouse hangen aan de muren en op witte planken staan een heleboel plastic figuren uit sprookjeswerelden waarin de goeden tegen de slechten strijden. Op het bureau staat een beker met potloden en viltstiften, en uit de kleine boekenkast naast het bureau blijkt dat Magnus Kjær ook belangstelling voor schaken heeft. Hess pakt een paar boeken uit de kast en kijkt ernaar zonder te weten waarom. Het lijkt een veilige kamer, misschien de beste in het huis.

Hess kijkt naar het bed, gaat vanuit een oude gewoonte op zijn knieën zitten en schijnt eronder, ook al weet hij dat de technisch rechercheurs dat allang hebben gedaan. Tussen de poot van het bed en de muur zit een voorwerp klem, maar als hij het met enige moeite heeft gepakt, is het alleen een beduimelde handleiding voor *League of Legends*, waardoor Hess' slechte geweten opspeelt omdat hij zijn belofte niet heeft gehouden en niet meer bij de jongen in het ziekenhuis op bezoek is geweest.

Hess legt de handleiding neer en begint spijt te krijgen dat hij niet met Thulin is meegereden naar de stad. De informatie over de anonieme informant had een detail geleken dat nieuw licht op de zaak zou werpen, maar nu voelt hij zich een idioot, niet in het minst omdat hij door de regen naar het S-treinstation moet lopen of ergens een taxi moet aanhouden. De vermoeidheid overvalt hem en hij vraagt zich heel even af of hij het kan maken om in deze gezellige kamer een dutje te doen op het bed van de jongen, of dat hij rechtstreeks naar het hoofdbureau zal gaan om Nylander de leugen op de mouw te spelden dat hij vanavond nog naar Den Haag terug moet. Hij zou hem natuurlijk ook gewoon de waarheid kunnen vertellen. Dat hij niet is opgewassen tegen zijn taak. Dat de zaak niets te maken heeft met Kristine Hartung en de vingerafdrukken en alle andere rotzooi, dat hij waarschijnlijk vanwege slaapgebrek nachtmerrieachtige theorieën over lijkdelen en kastanjemannetjes heeft gelanceerd. Met een beetje geluk kan Hess de laatste vlucht van kwart voor negen halen en morgenvroeg op zijn knieën voor Freimann gaan liggen. Op dit moment lijkt die gedachte bijna aantrekkelijk.

Hess werpt een laatste blik uit het donkere raam naar de tuin en de natuurspeelplaats, waar Laura Kjær is gevonden, en op dat moment ziet hij ze. Half verscholen achter het groene gordijn naast het raam hangt een stapel kindertekeningen op vellen A4-papier die met een punaise aan de muur zijn bevestigd. De eerste is een tekening van een huis, een tekening die Magnus Kjær een paar jaar geleden gemaakt kan hebben. Hess loopt ernaartoe en verlicht hem. De tekening is primitief. Negen tot tien strepen vormen een huis met een voordeur en daarboven schijnt de zon. Vanuit een ingeving bladert Hess naar het volgende vel papier. Dat is opnieuw een tekening van een huis, deze keer wit en met meer details. Hess beseft dat de tekeningen de witte woning in de Cedervænget voorstellen, waarin hij nu staat. De derde tekening heeft hetzelfde motief: het witte huis, de zon en nu ook een garage. Dat geldt eveneens voor de vierde en de vijfde tekening. Aan de tekeningen is te zien dat Magnus ouder en beter in tekenen is geworden. Om de een of andere reden is Hess onder de indruk van de jongen, en hij glimlacht in zichzelf. Tot hij bij de laatste tekening komt. Het motief is hetzelfde: huis, zon, garage. Maar er is iets vreemds aan de garage. Die is plotseling onevenredig groot en neemt meer plaats in beslag dan het huis. Hij steekt boven het dak van het huis uit, de muren zijn dik en zwart en de symmetrie ontbreekt volledig.

56

Hess gooit de terrasdeur achter zich dicht. Het is koud en hij ziet zijn adem voor zich in de regen, terwijl hij de tuintegels aan de achterkant van het huis verlicht. Als hij om de hoek van het huis is geslagen, staat hij bij de ingang van de garage. De geur van gehaktballen hangt in de lucht en verdwijnt pas als hij de deur opent. Hij wil net de beschutting in stappen, als het hem opvalt dat de deur weliswaar verzegeld is met het afzetlint van de politie, maar dat het gebruikelijke geluid van scheurende tape uitbleef toen hij de deur opende. Hess besluit dat het niet belangrijk is en doet de garagedeur achter zich dicht.

De garage is rommelig en heeft een hoog plafond. Hij is ongeveer 6 meter lang en 4 meter breed, is gebouwd van nieuwe materialen en heeft een stalen frame en metalen wanden. Hess herinnert zich dat hij dit soort garages in verkoopfolders van bouwmarkten heeft gezien en dat hij groot genoeg is om er naast een auto spullen in op te slaan. Stapels doorzichtige plastic bakken nemen bijna alle ruimte op de betonnen vloer in beslag. Sommige bakken hebben wieltjes, andere zijn in hoge torens opgestapeld. Hij moet denken aan zijn eigen aardse bezittingen, die al vijf jaar lang zijn opgeborgen in kartonnen dozen en plastic tassen en kriskras door elkaar in een opslagruimte op Amager staan. Terwijl de regen op het dak trommelt, schuift Hess zijwaarts langs de plastic torens de garage in, maar voor zover hij in het schijnsel van de zaklamp kan zien, zit er niets ongewoons in de bakken. Alleen kleding, kleden, oud speelgoed, keukenspullen, borden en schalen, alles netjes geordend. Aan één zijmuur van de garage hangt een indrukwekkende rij tuingereedschap aan grote aluminium haken, die worden afgewisseld door een grote stalen kast met rijen verfpotten, gereedschap en plantenspullen voor de tuin. Dat is alles. Het is gewoon een garage. Magnus' tekening is opzienbarend, maar nu Hess hier staat, is het opnieuw een herinnering aan het feit dat Magnus Kjær een disfunctionele jongen is die volgens de geneeskunde meer dan voldoende heeft om mee te worstelen.

Hess draait zich geïrriteerd om en begint naar de deur terug te schuiven. Plotseling stapt hij op een bobbelige ondergrond die iets hoger dan de betonnen vloer ligt. Niet veel, misschien maar een paar millimeter. Hess schijnt naar beneden en ziet dat hij op een rechthoekige zwarte rubbermat staat die op de vloer ligt. De mat is ongeveer een halve bij een hele meter. Hij ligt midden voor de stalen kast, alsof het een behaaglijke werkonderlegger is, en valt helemaal niet op, tenzij je zoals Hess op zoek bent naar een speld in een hooiberg. Hij stapt van de mat af, krijgt een ingeving en bukt zich om hem weg te trekken. De mat ligt echter vast. Hij kan zijn vingertoppen er 2 tot 3 centimeter onder schuiven en als hij ermee langs de rand glijdt, voelt hij parallel aan de randen van de mat een dunne kier in de betonnen vloer. Hij pakt een schroevendraaier uit de stalen kast, stopt de zaklamp in zijn mond, steekt de schroevendraaier onder de rand van de mat in de kier en gebruikt hem als hefboom. De betonnen vloer met de daarop vastgeplakte mat komt een stukje omhoog, Hess duwt zijn vingers naar binnen en klapt een luik open.

Hess staart vol ongeloof naar het luik en de zwarte rechthoek in de betonnen vloer. Aan de binnenkant van het luik zit een greep zodat hij van onderaf gesloten kan worden, en Hess haalt de zaklamp uit zijn mond en schijnt in het gat. Het enige wat hij kan zien, is het eind van de ladder. Hij gaat op de betonnen vloer zitten, steekt de zaklamp weer in zijn mond, plaatst zijn voet op de bovenste sport van de ladder en begint af te dalen. Hij heeft geen idee wat hij zal aantreffen, maar het onrustige gevoel groeit bij elke sport die hij afdaalt. De lucht is plotseling speciaal, een merkwaardige combinatie van bouwmaterialen en parfum. Pas als hij vaste grond onder zijn ene voet voelt, laat hij de ladder los, stapt op de vloer en schijnt om zich heen.

De kamer is niet groot, maar groter dan Hess had verwacht – ongeveer 3 bij 4 meter – en hij kan net rechtop staan zonder dat hij zijn hoofd moet buigen. Er zitten stopcontacten op de witgepleisterde betonnen muren en op de vloer ligt laminaat in schaakbordmotief. Alles is netjes en schoon. Op het eerste gezicht is er niets angstaanjagends aan de kamer, afgezien van het allesoverschaduwende feit dat die bestaat. Iemand heeft hem opgemeten en uitgegraven, bouwmaterialen gekocht, alles gemonteerd en geïnstalleerd, en heeft het geheel voorzien van een zwaar, geluidsisolerend luik. Hoewel Hess het luik open heeft laten staan, lijken de geluiden van de regen en de werkelijkheid boven hem ver weg. Hij beseft dat hij bang was om hier beneden delen van Kristine Hartung aan te treffen, maar de kamer is tot zijn opluchting leeg. Een nette witte salontafel met een aparte driepotige lamp erop staat in het midden van de ruimte. Een hoge witte kledingkast staat tegen een muur; aan het handvat van de kastdeur hangt een handdoek. Tegen de achtermuur, boven een bed met een matras met een wit laken, hangt een rood kleed. De zaklamp begint te knipperen en Hess moet hem schudden om het licht terug te krijgen. Hij loopt naar het bed en ziet de lampen die erop gericht zijn, maar zijn aandacht wordt getrokken door de kartonnen doos die om de een of andere reden op de vloer staat. Hess knielt ernaast en schijnt erin. De spullen in de doos liggen kriskras door elkaar alsof ze er haastig in gesmeten zijn. Hij ziet vochtinbrengende crèmes en geurkaarsen, een thermoskan, een gebruikte beker en een hangslot, kabels en wifiapparatuur. Heel veel wifiapparatuur. En een MacBook Airlaptop, die nog steeds is aangesloten op een kabel die over de laminaatvloer naar de lamp op de salontafel loopt. Ineens beseft hij dat het geen lamp is, maar een camera op een driepootstatief, waarvan de lens net als de lampen op het bed is gericht.

Hess wordt misselijk en wil overeind komen. Hij wil uit dit hol weg, de regen in, maar plotseling ziet hij aan de andere kant van de salontafel een zwakke afdruk van water op de laminaatvloer. Die zou van hemzelf kunnen zijn, maar dat is niet zo. Nog voordat hij de gedachte heeft beëindigd, vliegt er iets uit de kledingkast achter hem. Hij krijgt een klap tegen zijn achterhoofd, waarna er meer klappen volgen. De zaklamp valt uit zijn hand en hij ziet licht in caleidoscoopachtige strepen over het plafond schieten terwijl het klappen op zijn hoofd regent en zijn mond zich met bloed vult.

57

Hess tuimelt naar de salontafel, terwijl het hem lukt zich half om te draaien. Hij is nog steeds groggy als hij in de duisternis naar achteren trapt en zijn overvaller raakt, waarna hij zelf op het bed valt en zijn hoofd de bedrand raakt. De pijn schiet door zijn kaak en hij draait zich om op het matras. Het geluid van iemand die in de kartonnen doos rommelt en vervolgens naar de ladder loopt, vertelt hem dat hij in actie moet komen. Hij komt overeind, maar ziet niets en wankelt gedesoriënteerd door de duisternis terwijl hij zijn handen voor zich houdt en zich probeert te herinneren waar de ladder zich bevindt. Zijn hand stoot tegen de ruwe betonnen muur, waardoor de huid van zijn knokkels wordt geschraapt, maar dan krijgt hij een sport te pakken. Zijn belager verdwijnt met haastige bewegingen en hij klimt zo snel mogelijk achter hem aan. Als hij de op een na hoogste sport heeft bereikt, steekt hij zijn hand uit en krijgt een enkel te pakken. Zijn belager valt tegen een toren met plastic bakken en begint naar hem te schoppen. Hess houdt echter vast en trekt zich verder omhoog. In de duisternis ziet hij de MacBook op de vloer liggen. Een hiel ramt hem twee keer in zijn gezicht en hij voelt het gewicht van zijn belager, die met een verrassende snelheid een knie in zijn nek zet, zodat zijn gezicht tegen de betonnen vloer wordt geperst. Hess spartelt met zijn benen, alleen zijn bovenlichaam steekt uit het gat, en hapt naar adem. Zijn voeten bungelen alsof hij aan een galg hangt en hij voelt dat zijn belager zich uitstrekt naar de schroevendraaier die Hess op de betonnen vloer heeft laten liggen. Hess staat op het punt om bewusteloos te raken. Het wordt zwart voor zijn ogen, maar ineens hoort hij de stem van Thulin. Ze roept zijn naam, misschien vanaf de weg of vanuit het huis, maar hoewel hij het probeert, is hij niet in staat om te antwoorden. Hij ligt op een koude garagevloer ergens in Husum met 100 kilo op zijn luchtpijp, en het gewicht komt niet van zijn plaats. Hij zwaait wild met zijn armen en voelt plotseling iets tegen zijn rechterhand. Het is koud en van staal. Hij krijgt het niet los om het als wapen te gebruiken, dus trekt hij er in plaats daarvan zo hard mogelijk aan. Het staal geeft mee. Er klinkt een oorverdovend kabaal als de kast met de verfpotten kantelt en omvalt.

58

Thulin staat in de deuropening naar het terras en kijkt naar de regen en de donkere, zwijgende tuin. Ze heeft Hess al meerdere keren geroepen. Eerst in het huis en vervolgens buiten. Telkens als ze geen antwoord krijgt, voelt ze zich een grotere dwaas. Het is niet belangrijk dat ze is gekeerd en is teruggereden zodra ze besefte van wie de zwarte stationcar kon zijn. Nu irriteert het haar alleen dat Hess er niet eens aan heeft gedacht om de voordeur op slot te doen toen hij vertrok.

Thulin wil net de terrasdeur dichtgooien, als ze een enorm kabaal in de garage hoort. Ze loopt naar buiten en roept nog een keer. Heel even denkt ze dat Hess door de tuin loopt, maar dan ziet ze bij de verste hoek van de garage een donkere gedaante die er door de achtertuin vandoor gaat. Als ze drie stappen de tuin in heeft gezet, heeft ze haar pistool al tevoorschijn gehaald. De gedaante stormt door het struikgewas naar de speelplaats, en hoewel ze zo hard mogelijk rent, is hij uit het zicht verdwenen als ze het speelhuisje bereikt. Ze kijkt buiten adem om zich heen, en als ze het geluid van een naderende goederentrein hoort, draait ze zich om naar de rails. De gedaante is de helling op gestormd en rent nu langs de rails, en Thulin zet de achtervolging in, terwijl de goederentrein achter haar nadert.

De trein passeert haar al toeterend in volle vaart. De gedaante voor haar kijkt haastig over zijn schouder, maakt net voordat de trein hem heeft ingehaald een draai van 90 graden naar links en steekt de rails over. Thulin draait zich om en begint in de tegenovergestelde richting naar het eind van de trein te rennen, zodat ze de rails kan oversteken en de achtervolging kan hervatten. De goederenwagons blijven echter passeren en uiteindelijk moet ze blijven staan. In de ruimte tussen twee wagons ziet ze Hans Henrik Hauges verwilderde gezicht achteromkijken, waarna hij tussen de bomen verdwijnt.

59

Politiewagens met zwaailichten op het dak hebben de straat aan beide kanten afgezet en de ijverigste misdaadverslaggevers beginnen te verschijnen. Sommigen worden vergezeld van een fotograaf en een zendauto om in de eerstvolgende nieuwsuitzending een liveverslag over de ontwikkelingen te kunnen brengen, hoewel ze geen andere informatie van de politie zullen krijgen dan datgene wat ze vanaf de afzetting kunnen zien. Bewoners zijn eveneens samengedromd en kijken voor de tweede keer binnen een week met geschokte blikken naar het functionalistische huis op nummer 7. Het is geen wijk waar normaal gesproken veel meer gebeurt dan straatfeesten en afvalsortering, en Thulin gokt erop dat het jaren zal duren voordat de gebeurtenissen van deze week zijn vergeten.

Thulin is de straat voor de woning op gelopen om Le te bellen en haar welterusten te wensen. Haar dochter heeft vrolijk geaccepteerd dat ze vannacht opnieuw bij opa blijft logeren. Thulin heeft moeite om zich op het gesprek te concentreren, en terwijl Le vertelt over een nieuwe app en een speelafspraak met Ramazan, neemt ze het verloop van de avond in gedachten door. Op weg naar Ring 2 had ze bedacht dat de zwarte stationcar de Mazda 6 van Hans Henrik Hauge zou kunnen zijn en daarom was ze gekeerd. Maar Hauge was ontsnapt en na de achtervolging had ze Hess op de betonnen vloer van de garage aangetroffen, nog steeds verdoofd en gewond, maar niet zo erg dat hij zich niet meteen had geconcentreerd op de MacBook die Hauge blijkbaar had willen meenemen. Ze had de technici erbij geroepen, had Nylander geïnformeerd en had om Henrik

Hauges opsporing verzocht, maar tot nu toe zonder resultaat.

Nu dwalen de in het wit geklede technisch rechercheurs opnieuw over het perceel, deze keer in en voor de garage. Ze hebben hun eigen stroomvoorziening bij zich en de opgestelde schijnwerpers verspreiden een scherp wit licht. Op de oprit is een witte tent verrezen en het grootste deel van de plastic bakken in de garage is naar buiten gedragen zodat ze gemakkelijker toegang tot de kamer onder de vloer hebben. Thulin rondt het gesprek met haar dochter af en loopt de garage in op het moment dat Genz met zijn camera uit het gat opduikt. Hij ziet er vermoeid uit als hij zijn gezichtsmasker heeft afgezet en verslag doet.

'De materialen die voor de kamer gebruikt zijn, wijzen erop dat die tegelijkertijd met de nieuwe garage gebouwd is. Het uitgraven was niet veel werk, omdat Hauge de bobcat gebruikt kan hebben die hij toch al nodig had om de palen te plaatsen. Het hoeft hem niet meer dan een paar dagen gekost te hebben. De kamer is uiteraard geluiddicht, als het luik dicht is tenminste, maar ik vermoed dat Hauge daar de voorkeur aan gaf.'

Thulin luistert zwijgend terwijl Genz verdergaat. Behalve speelgoed van Magnus Kjær zijn er crèmes, frisdrankflessen, geurkaarsen en dergelijke aangetroffen. De kamer is aangesloten op elektriciteit en wifi. Het voorlopige onderzoek heeft geen andere vingerafdrukken opgeleverd dan van de jongen en Hans Henrik Hauge.

Thulin vindt het volkomen onvoorstelbaar. Ze heeft tot nu toe alleen over dat soort zaken gelezen of naar de rechtszaken ervan op het nieuws gekeken – Josef Fritzl, Marc Dutroux of hoe die psychopaten ook heten – en ze beseft dat het tot nu toe heel onwerkelijk voor haar is geweest.

'Waarom is er wifi?'

'Dat weten we nog niet. Het ziet eruit alsof Hauge teruggekomen is om een aantal dingen weg te halen, maar we weten niet welke. Daarentegen hebben we een aantal codes en een notitieboekje in een kartonnen doos gevonden, en iets wat erop wijst dat hij gebruikgemaakt heeft van een anoniem peer-to-peernetwerk. Misschien voor streaming.'

'Streaming van wat?'

'Hess en de IT-technici proberen de Mac te openen die hij mee wilde nemen, maar het wachtwoord geeft problemen, daarom lijkt het erop dat we de laptop mee moeten nemen naar het Forensisch Instituut om hem te kraken.'

Thulin trekt een paar plastic wegwerphandschoenen uit Genz' handen en wil hem passeren om de kelder in te gaan, maar Genz legt een hand op haar schouder. 'Misschien moet je de IT-mensen hem gewoon mee laten nemen. Ze bellen zodra het gelukt is.'

Thulin kan in zijn donkere ogen lezen dat het goed bedoeld is. Hij wil haar ontzien, maar ze loopt verder naar het gat.

60

Thulin zet beide voeten op de laminaatvloer en laat de sport van de ladder boven zich los. Vervolgens draait ze zich naar de onderaardse ruimte, die door middel van krachtige lampen aan beide zijden wordt verlicht. Twee in het wit geklede technici zijn met Hess in een zacht gesprek verwikkeld over de MacBook die op de salontafel staat.

'Hebben jullie geprobeerd om hem in *recovery mode* op te starten?'

Hess draait zich even om. Eén oog is gezwollen, de knokkels van zijn handen zijn verbonden en hij houdt een bloederige prop keukenpapier met één hand tegen zijn achterhoofd.

'Ja, maar ze zeggen dat hij FileVault ingeschakeld heeft, zodat ze hem hier niet kunnen opstarten.'

'Ga weg. Ik doe het.'

'Ze zeggen dat het beter is als ze...'

'Als jullie een fout maken, kunnen jullie een deel van het materiaal dat in het programma zit wissen.'

Hess kijkt naar haar, schuift weg bij de MacBook en knikt naar de IT-technici dat zij hetzelfde moeten doen.

Het gaat snel. Thulin kent alle besturingssystemen en het kost haar minder dan twee minuten om Hauges toegangscode te omzeilen. De computer opent en op het scherm zien ze een grote foto van Goofy, Donald Duck en Mickey Mouse. Aan de linkerkant van het scherm staan twaalf mappen, voor elke maand één.

'Neem de laatste.'

Thulin heeft al gedubbelklikt op de laatste map, september.

Een nieuw tabblad verschijnt, en ze kan kiezen tussen vijf iconen, die allemaal een *play*-symbool bevatten. Thulin dubbelklikt op een willekeurig icoon en kijkt naar de beelden die verschijnen. Na dertig seconden overvalt de misselijkheid haar en beseft ze dat ze naar Genz had moeten luisteren.

61

Het nieuws op de autoradio biedt tot nu toe alleen speculaties en herhalingen, alsmede het opsporingsbericht voor Hans Henrik Hauge. Omdat de popsong die daarna wordt gespeeld een feestelijke hulde aan anale seks is, besluit Thulin hem uit te zetten. Ze heeft geen zin om te praten en het komt haar goed uit dat Hess in beslag is genomen door zijn mobiel.

Ze zijn van Husum naar het Glostrup-ziekenhuis gereden, waar Magnus Kjær nog steeds ligt. In de personeelskamer hebben ze een vrouwelijke arts geïnformeerd over de situatie, en het had Thulin getroost dat ze oprecht geschokt leek en heel bezorgd was over de jongen. Thulin had haar instructies gegeven dat Hans Henrik Hauge onder geen beding in de buurt van Magnus Kjær mocht komen, als hij het in zijn hoofd zou halen om op te duiken. Wat overigens hoogst onwaarschijnlijk was, omdat hij op de vlucht was en werd gezocht door de politie. De arts had gelukkig gezegd dat het naar omstandigheden goed ging met de jongen, maar Thulin en Hess waren op weg naar buiten toch langs zijn kamer gegaan. De jongen lag te slapen en ze hadden even door het vierkante raam in de deur naar binnen gekeken.

De jongen was veertien tot vijftien maanden lang stelselmatig verkracht, terwijl diverse artsen zijn contactproblemen hadden uitgelegd als een uiting van autisme. Thulin vermoedde dat hij net zo goed als zijn leeftijdsgenoten had gefunctioneerd, tot zijn vader was overleden en zijn moeder een relatie met Hauge had gekregen. Hauge had haar op de datingsite blijkbaar uitgekozen omdat ze in haar profiel had gezet dat ze een zoontje had. Datgene wat in de ogen van sommige mannen een struikelblok was, was voor Hauge de reden geweest om haar uit te kiezen. Van Hauges datinggeschiedenis wist Thulin al dat hij voornamelijk contact had gehad met alleenstaande vrouwen met kinderen, maar tot vandaag had ze daar niets achter gezocht, omdat het had geleken alsof Hauge op zoek was naar een partner van min of meer dezelfde leeftijd als hijzelf.

Uit het fragment dat Thulin op Hauges MacBook had gezien, was gebleken dat hij de jongen chanteerde om hem te laten zwijgen. Terwijl ze in de onderaardse kamer op het matras met het surrealistische rode kleed op de achtergrond zaten, had hij Magnus er met een pedagogische klank in zijn stem aan herinnerd dat hij natuurlijk wilde dat zijn moeder blij was na al het verdriet dat ze om zijn vader had gehad. Vervolgens had hij er met een vanzelfsprekende klank in zijn stem aan toegevoegd dat Magnus waarschijnlijk niet wilde dat Hauge zijn moeder pijn zou doen.

Magnus had zich niet verzet tegen de verkrachting die daarna volgde en die Thulin niet had willen zien. Maar die had plaatsgevonden, en ze wist van Hauges I2P-log dat de sessie op internet was gedeeld of gestreamd. Natuurlijk zonder het inleidende gesprek en de beelden waarop Hauges gezicht zichtbaar was. En het was niet bij die ene keer gebleven. Verre van dat.

Laura Kjær had niets geweten over de verkrachtingen, maar de anonieme aangifte waarover de gemeente haar had ingelicht, had haar blijkbaar gealarmeerd. Ze had de beschuldiging over de verwaarlozing van de hand gewezen, maar was onzeker geworden. Misschien was er een bepaald wantrouwen ontstaan, want na de melding had ze afspraken buiten de deur steeds vaker afgezegd, tenzij de jongen bij haar of op school was. Misschien was ze zelfs bang voor Hauge geweest, in elk geval had ze de sloten van de woning laten vervangen toen hij naar een beurs was. Dat was helaas vergeefs geweest. Ze was vermoord en achtergelaten met een kastanjemannetje dat haar bespotte, en Thulin beseft dat Hess en zij de afgelopen paar uur niet veel dichter bij de dader in de buurt zijn gekomen.

'Bedankt.' Hess beëindigt zijn telefoongesprek. 'Het lijkt er niet op dat we de casemanager of iemand anders in het gemeentehuis voor morgenochtend te pakken kunnen krijgen om ons meer te vertellen.'

'Denk je dat we op zoek zijn naar de anonieme tipgever?'

'Misschien wel. Het is de moeite waard om het te controleren.'

'Waarom kan Hauge de moorden niet gepleegd hebben?'

Thulin weet het antwoord zelf heel goed, maar ze kan het niet laten om de vraag te stellen, en Hess neemt de tijd voor zijn antwoord.

'Er is veel wat erop wijst dat beide moorden door dezelfde dader gepleegd zijn. Hauge kan een motief voor de moord op Laura Kjær hebben, maar niet voor de moord op Anne Sejer-Lassen. Waarvoor hij trouwens een alibi heeft. Bovendien bewijst het materiaal dat we in de kelderkamer op de computer gezien hebben dat Hauge een pedofiel is. Hij haalt zijn genot uit het seksueel misbruiken van kinderen. Niet noodzakelijkerwijs uit geweld, amputaties en het vermoorden van vrouwen.'

Thulin geeft geen antwoord. Al haar woede is tegen Hauge gericht, en op dit moment zou ze willen dat ze haar tijd kon gebruiken om hem te vinden.

'Is alles goed met je?'

Ze merkt dat Hess onderzoekend naar haar kijkt, maar heeft geen zin meer om over Hauge en de beelden op zijn MacBook te praten.

'Dat zou ik jóú moeten vragen.'

Hess kijkt enigszins verward naar haar, en terwijl Thulin haar ogen op de weg gericht houdt, wijst ze naar een streep bloed die van zijn oor naar beneden loopt. Hess veegt hem weg met de prop keukenpapier, terwijl ze afslaan naar het complex waar Thulin woont. Ineens bedenkt ze iets.

'Stel dat de tipgever het wist, en misschien zelfs wist dat de moeder niets vermoedde van wat er aan de hand was, waarom heeft hij dan de moeder vermoord in plaats van Hauge?'

'Dat weet ik ook niet. Maar als je het op die manier stelt, is het misschien omdat ze het in de ogen van de tipgever had moeten weten. Of misschien omdat ze niet op de aangifte reageerde. In elk geval niet snel genoeg.'

'Dat zijn veel "misschiens".'

'Ja, het is allemaal heel solide. En als je bedenkt dat de casemanager ontkende dat ze een soortgelijke melding over Anne Sejer-Lassen gehad hebben, is het echt een mooi geheel.'

Hess kijkt op het display als zijn mobiel weer overgaat, maar hij drukt het gesprek weg.

Thulin remt en zet de motor uit. 'Aan de andere kant stond Anne Sejer-Lassen op het punt om met een tas en de kinderen te vertrekken. En nu we weten wat er met Magnus Kjær gebeurd is, zou het een goed idee zijn om te controleren of het ongeluk dat Anne Sejer-Lassens oudste dochter heeft gehad toeval was of misschien een heel andere oorzaak had.'

Hess kijkt naar haar en ze ziet dat hij het begrijpt. Hij zwijgt even en ze voelt dat haar woorden zijn gedachten in een andere richting hebben gestuurd.

'Ik dacht dat jij van mening was dat er te veel "misschiens" zijn?'

'Misschien toch niet.'

Na de vondst in Laura Kjærs garage voelt het verkeerd om te glimlachen, maar Thulin kan het toch niet laten. De humor creëert afstand tot het onbegrijpelijke, en tegelijkertijd heeft ze plotseling het gevoel dat ze iets op het spoor zijn. Ze kijkt naar buiten als er op haar raam wordt getikt en ziet Sebastian glimlachend naast haar portier staan. Hij draagt een van zijn kostuums en een zwarte trenchcoat. In één hand heeft hij een bos bloemen verpakt in cellofaan met strikken, in de andere een fles wijn.

62

Thulin opent haar laptop op de tafel in de donkere kamer en begint het materiaal te lezen dat de overige rechercheurs van de groep gedurende de dag hebben verzameld, vooral de informatie over Erik Sejer-Lassen. Sebastian is vertrokken en dat was wat ze wilde, maar hun ontmoeting had beter kunnen verlopen.

'Als je niet terugbelt, loop je het risico dat ik plotseling voor je deur sta,' had hij plagerig gezegd toen ze in haar appartement waren. Ze had het licht in de keuken aangedaan met het gevoel dat ze daar veel te lang geleden was geweest. De klamme kleren van de zoekactie in het bos in Klampenborg lagen nog steeds op een hoop in een hoek en op de keukentafel stond een schaaltje met uitgedroogde yoghurt van vanochtend.

'Hoe wist je dat ik thuis zou komen?'

'Ik besloot het erop te wagen en had geluk.'

De situatie op straat was ongemakkelijk geweest en ze was nog steeds geïrriteerd omdat ze Sebastians donkergrijze Mercedes pas tussen de geparkeerde auto's voor haar portiek had gezien toen hij op het raam had geklopt. Ze was uitgestapt en Hess had hetzelfde gedaan om op de bestuurdersplaats te gaan zitten, omdat ze hadden afgesproken dat hij de auto zou meenemen om naar huis te rijden. Sebastian en hij hadden heel even tegenover elkaar gestaan en hadden naar elkaar geknikt, Sebastian energiek en Hess afgemeten, terwijl Thulin naar de portiekdeur was gelopen. Het was een onbelangrijke situatie geweest, en toch had het haar geïrriteerd dat Hess Sebastian had ontmoet en een glimp van haar privéleven had opgevangen. Of was Sebastian degene die haar irriteerde? Het was alsof hij een wezen van een andere planeet was, terwijl ze dat normaal gesproken zo leuk aan hem vond.

'Ik moet helaas meteen aan het werk.'

'Was dat je nieuwe partner? Degene die door Europol naar huis gestuurd is?'

'Hoe weet jij dat hij van Europol is?'

'Ik heb vandaag met iemand van het Openbaar Ministerie geluncht. Hij vertelde dat er iemand in Den Haag voor problemen had gezorgd en naar de afdeling Moordzaken in Kopenhagen was gestuurd. Vervolgens telde ik een en een bij elkaar op, omdat je had verteld over de dwaas die op je afdeling was begonnen en aan wie je niets had. Hoe gaat het met het onderzoek?'

Thulin had spijt dat ze iets over Hess had gezegd tijdens de telefoongesprekken met Sebastian van de afgelopen week en het weekend. Vanwege het onderzoek hadden ze geen tijd gehad om met elkaar af te spreken en ze had hem verteld dat ze het drukker dan anders had omdat haar nieuwe partner niet bepaald een hulp was. Dat leek inmiddels echter geen rechtvaardig oordeel meer te zijn over Hess.

'Ik heb vanavond op het nieuws gezien dat er iets gebeurd is op de eerste plaats delict. Zag zijn gezicht er daarom uit alsof hij een auto-ongeluk heeft gehad?'

Sebastian had zijn armen om haar heen geslagen, maar ze had zich losgemaakt. 'Je moet helaas vertrekken. Ik moet nog een heleboel lezen.'

Sebastian had geprobeerd haar te liefkozen, maar ze had hem afgewezen. Hij had het opnieuw geprobeerd en had gezegd dat hij haar miste en haar wilde, en had haar er zelfs aan herinnerd dat haar dochter niet thuis was, zodat ze het konden doen waar ze maar wilden, op de keukentafel, bijvoorbeeld.

'Waarom niet? Hoe is het trouwens met Le?'

Thulin had ook geen zin gehad om over Le te praten en had in plaats daarvan herhaald dat ze geen tijd voor hem had.

'Zo is het dus? Jij besluit wanneer en hoe, en ik heb daar niets over te zeggen?'

'Zo is het altijd geweest. Als je daar niet mee kunt leven, stoppen we er nu mee.'

'Omdat je een ander hebt die leuker is?'

'Nee, dan zou ik dat tegen je zeggen. Maar bedankt voor de bloemen.'

Sebastian was in lachen uitgebarsten, maar toch was het moeilijk geweest om hem de deur uit te krijgen. Ze nam aan dat er zelden tegen hem werd gezegd dat hij moest vertrekken als hij met bloemen en wijn voor de deur stond. Misschien was het ook vreemd dat ze dat had gedaan, en ze belooft zichzelf dat ze hem de volgende dag zal bellen.

Thulin heeft de helft van een appel achter haar laptop opgegeten als haar mobiel gaat. Het is Hess. Na het gesprek in de auto hadden ze afgesproken dat hij de ongelukjes in de woning van de Sejer-Lassens zou controleren, dus is het niet vreemd dat hij belt. Het vreemde is dat hij beleefd vraagt of hij stoort.

'Nee, hoor. Wat is er?'

'Je had gelijk. Ik heb net met het traumacentrum van het Rigs-ziekenhuis gepraat. Behalve de kwestie met de neus en het gebroken sleutelbeen zijn beide meisjes ook na andere ongelukken thuis in behandeling geweest. Zowel in de woning aan de Islands Brygge als in Klampenborg. Niets wijst in de richting van seksueel misbruik, maar het is mogelijk dat de meisjes mishandeld worden. Al is dat op een andere manier dan bij Magnus Kjær.'

'Hoeveel ongelukken?'

'Daar heb ik nog geen overzicht van. Te veel, in elk geval.'

Thulin luistert naar zijn research. Als Hess klaar is met vertellen over de letseldossiers, is het alsof de misselijkheid van de onderaardse kamer terugkeert. Ze hoort nauwelijks dat hij voorstelt om de volgende dag te beginnen met een bezoek aan het gemeentehuis in Gentofte.

'Sejer-Lassens woning in Klampenborg valt onder de gemeente Gentofte. Als blijkt dat ze een anonieme aangifte tegen Anne Sejer-Lassen binnengekregen hebben, dan hebben we het bij het juiste eind.'

Hij besluit het gesprek met: 'Trouwens, voor het geval ik het nog niet gezegd heb, bedankt dat je naar het huis teruggekomen bent.'

Ze hoort zichzelf antwoorden 'Geen probleem, tot ziens', waarna ze de verbinding verbreekt.

Na het telefoontje heeft ze moeite om te ontspannen. Ze besluit om een blikje Red Bull uit de koelkast te halen zodat ze alert blijft, staat op en kijkt uit het raam.

Vanaf haar vierde verdieping kijkt Thulin normaal gesproken uit over de torens en de daken van de stad, bijna helemaal tot de Søerne, maar de steiger tegen het appartementencomplex aan de overkant ontneemt haar het grootste deel van het zicht sinds die vorige maand is geplaatst. Als het hard waait, zoals vanavond, klapperen de dekzeilen en knarsen en kraken de metalen koppelstukken van de steiger alsof hij elk moment kan instorten. Thulin kijkt vanaf haar appartement recht naar de loopbrug van de steiger. Heel even is het alsof ze een gedaante op de loopbrug ziet staan. Thulin moet plotseling denken aan de persoon die naar haar stond te kijken toen ze haar dochter een week geleden naar school bracht. De waakzaamheid stroomt door haar heen, omdat ze voelt dat het dezelfde persoon is. Maar als de wind het dekzeil nogmaals te pakken krijgt en dat als een enorm zeil uitspreidt, verdwijnt het silhouet. Als het dekzeil weer op zijn plek hangt, is de gedaante verdwenen. Thulin doet het licht uit en sluit haar laptop. Vervolgens staat ze minutenlang met ingehouden adem in de donkere kamer naar de steiger te staren.

Vrijdag 16 oktober, nu

63

Het is vroeg in de ochtend, maar Erik Sejer-Lassen weet niet hoe laat het is, omdat zijn TAG Heuer-horloge van 45.000 euro, zijn riem en zijn veters sinds gisteravond in een kluis op de tweede verdieping van het hoofdbureau van de politie achter slot en grendel liggen. Nu zit hij in een ondergrondse cel, en als de zware metalen deur opengaat, vertelt een agent hem dat hij opnieuw verhoord zal worden. Erik Sejer-Lassen loopt door de keldergang en over de trappen achter hem aan naar het daglicht en de beschaving, terwijl hij probeert zijn woede kwijt te raken.

De politie was gisteravond onaangekondigd bij zijn woning verschenen. Hij had met de huilende kinderen in hun bedje gepraat, toen de au pair hem naar de voordeur had geroepen, waar twee agenten stonden te wachten om hem mee te nemen voor een verhoor. Hij had geprotesteerd, omdat hij onmogelijk weg kon, maar de agenten lieten hem geen keus en het had hem overrompeld dat ze zijn schoonmoeder hadden meegenomen om voor de kinderen te zorgen. Erik had na Annes dood nog niet met zijn schoonmoeder gepraat. Hij wist dat ze bezorgd naar de kleinkinderen zou vragen en haar hulp zou aanbieden, wat Erik niet wilde. Nu stond ze echter onder aan de stenen trap achter de politieagenten, bijna als een medeplichtige, en keek met een angstige blik naar hem alsof hij degene was die haar dochter had vermoord. Terwijl Erik naar de wachtende politieauto was geleid, was ze zijn woning in gelopen. De meisjes waren naar haar toe gekomen en hadden zich aan haar benen vastgeklampt.

In het politiebureau was hij zonder verklaring verhoord over de ongelukjes en verwondingen van de meisjes. Hij had er niets van begrepen en had geroepen dat dit niet relevant was en dat hij met hun superieur wilde praten of anders meteen naar huis gebracht wilde worden. In plaats daarvan was hij in voorlopige hechtenis genomen voor 'het achterhouden van informatie met betrekking tot het oplossen van de moord op Anne Sejer-Lassen', en hij had moeten accepteren dat hij was opgesloten alsof hij een crimineel was.

Erik Sejer-Lassen had zijn vrouw tijdens de huwelijksnacht voor het eerst geslagen. Ze waren nog maar net in de suite van hotel d'Angleterre toen hij de armen van zijn bruid had vastgepakt en haar door de kamers had gesmeten, terwijl hij met op elkaar geklemde tanden had gesist dat hij haar haatte. De bruiloft was overdadig geweest. Omdat Annes familie geen rooie cent bezat, had Eriks familie alles betaald: het feest, de wereldberoemde Zweedse kok, de twaalf exotische gerechten, de zalen in Havreholm Slot en alles wat er verder nog bij kwam kijken. Anne had haar dankbaarheid getoond door te lang en te intiem met een van zijn vroegere vrienden van de Herlufsholm-kostschool te praten, wat Erik zo in verlegenheid had gebracht dat hij had gekookt van ingehouden woede, tot ze afscheid hadden genomen en samen naar d'Angleterre waren gereden. Anne had zich huilend verontschuldigd en gezegd dat ze alleen met zijn vriend had gepraat om vriendelijk te zijn, maar Erik had haar jurk driftig van haar lichaam gerukt, haar meerdere keren geslagen en haar vervolgens verkracht. De volgende dag had hij zijn excuses aangeboden voor zijn gedrag en had hij haar zijn innige liefde verklaard. Haar vuurrode wangen bij het ontbijt werden door de gasten beschouwd als het resultaat van de hartstochtelijke huwelijksnacht. Zijn haat voor haar was op dat moment waarschijnlijk begonnen, omdat ze de mishandeling had geaccepteerd en nog steeds heel verliefd naar hem keek terwijl ze met haar lange wimpers knipperde.

Hun jaren in Singapore waren de gelukkigste geweest. Hij

had pijlsnel carrière gemaakt met een aantal investeringen in biotechfirma's en Anne en hij werden al snel opgenomen in de jetset, die uit Engelse en Amerikaanse expats bestond. Hij sloeg haar maar een enkele keer, voornamelijk als ze zich niet aan zijn loyaliteitsregels hield, die onder andere inhielden dat ze hem alles wat ze deed moest vertellen. Aan de andere kant veraangenaamde hij hun leven met reisjes naar de Malediven en bergwandelingen in Nepal. Met de komst van de kinderen was hun leven veranderd. In eerste instantie was hij tegen Annes grote wens geweest, maar langzamerhand was hij de reproductie, waarover hij tijdens directievergaderingen in biotechbedrijven zo vaak had gepraat en had horen praten, als iets patriarchaal aantrekkelijks gaan beschouwen. Het had hem dwarsgezeten dat zijn zaad van zo'n slechte kwaliteit was dat ze een vruchtbaarheidskliniek moesten raadplegen. Nadat Anne dat had voorgesteld, had hij haar door het penthouse geslagen omdat ze erover was begonnen. Negen maanden later had hij geen blijdschap gevoeld bij de geboorte van zijn dochtertje in het Raffles-ziekenhuis, maar hij had gedacht dat dat nog zou komen. Dat was echter niet gebeurd. Ook niet toen kind nummer twee werd geboren, of liever gezegd helemáál niet toen kind nummer twee werd geboren. Tijdens de geboorte van Lina was Annes onderlichaam zo beschadigd geraakt dat ze de hoop op de zoon die Erik wilde moesten opgeven en hun seksleven ophield te bestaan.

De resterende jaren in Singapore had hij zich getroost met diverse affaires en het feit dat zijn zakeninstinct intact was, maar omdat Anne de kinderen naar een Deense school wilde sturen, waren ze uit Azië teruggekomen en hadden hun intrek genomen in het ruime, luxe appartement aan de Islands Brygge, waar ze een jaar hadden gewoond, tot het huis in Klampenborg klaar was. De claustrofobische hobbitwereld van Kopenhagen was bekrompen en uiteraard een grote verandering vergeleken met de internationale sfeer en vrijheid waaraan hij in Singapore gewend was geraakt. Hij ging al snel veelvuldig om met oude vrienden uit de Bredgade, die hij eigenlijk verachtte vanwege al hun statussymbolen en trofeevrouwen die maar doorkletsten over hun kinderen en woningen. Het was eveneens een teleurstelling dat zijn dochters steeds meer op Anne gingen lijken. Het waren grove, lompe klonen die het kleffe, romantische gedachtegoed van hun moeder naïef napraatten, maar het was nog erger dat ze hetzelfde gebrek aan ruggengraat toonden als de vrouw met wie hij was getrouwd.

Op een avond in het appartement aan de Islands Brygge hadden ze tijdens bedtijd hysterisch om iets onnozels gehuild, en omdat zowel Anne als de au pair niet thuis was, was het zijn taak geweest om het op te lossen. Uiteindelijk had hij een paar klappen uitgedeeld en was het huilen verstomd. Een paar weken daarna had zijn oudste dochter met haar eten geknoeid, zelfs na diverse aansporingen en pedagogische voorbeelden, waarna hij haar zo hard had geslagen dat ze van haar stoel was gevlogen. In het traumacentrum, waar ze was behandeld voor een hersenschudding, had hij Judith duidelijk gemaakt dat ze haar mond moest houden, tenzij ze met de eerstvolgende vlucht naar de rijstvelden teruggestuurd wilde worden. Anne was onmiddellijk teruggekomen van een bezoek aan haar moeder, en het had hem verbaasd hoe gemakkelijk het was geweest om een verhaal in elkaar te flansen over zijn onhandige dochter, die ondanks haar gebrekkige begaafdheid had begrepen dat ze de waarheid niet aan haar moeder moest vertellen.

Er hadden veel ongelukken aan de Islands Brygge plaatsgevonden, misschien té veel, maar ze hadden geholpen. Soms had Anne wantrouwend naar hem gekeken, maar ze had niets gevraagd, in elk geval niet voordat de casemanager van de gemeente Kopenhagen vlak voor de verhuizing was langsgekomen. De gemeente had een anonieme aangifte binnengekregen over de slechte behandeling van de meisjes en Erik had het gewroet van de casemanager in eerste instantie moeten accepteren. Met hulp van een advocaat had hij hem uiteindelijk de deur gewezen met de boodschap dat hij zich nooit meer moest laten zien, en Erik had zichzelf beloofd om in de toekomst meer zelfbeheersing te tonen, in elk geval tot hij had uitgezocht wie het had gewaagd om aangifte te doen.

Naderhand had Anne hem voor het eerst gevraagd of hij de ongelukjes op zijn geweten had. Hij had het natuurlijk ontkend, maar toen ze naar Klampenborg waren verhuisd, waar het incident op de trap in de hal had plaatsgevonden, geloofde ze hem niet meer. Ze had gehuild en zichzelf verwijten gemaakt en gezegd dat ze wilde scheiden. Daarop was hij natuurlijk voorbereid geweest. Als ze een dergelijk initiatief nam, zou hij zijn advocaten op haar afsturen en ervoor zorgen dat ze de kinderen nooit meer te zien kreeg. Ze waren op huwelijkse voorwaarden getrouwd, waardoor alles wat hij had ingebracht veilig was, en als ze niet tevreden was met de gouden kooi in Klampenborg mocht ze haar leven wat hem betreft met een bijstandsuitkering op de bank van haar moeder slijten.

De sfeer was nooit meer goed geworden, maar hij had gedacht dat Anne het had opgegeven, tot de politie hem onlangs had verteld dat ze niet onderweg naar haar moeder was geweest, maar van plan was geweest ervandoor te gaan. Ze had de intentie gehad om hem te schande te maken en achter te laten in het reservaat voor welgestelde personen, maar ineens was ze als bij toverslag van de landkaart verdwenen. Dat deel was nog steeds onbegrijpelijk, maar het gaf Erik een gevoel van rechtvaardigheid. De verhouding met de kinderen, die nu helemaal van hem waren, zou vermoedelijk ook minder problemen opleveren, omdat hij niet langer rekening met de mening van anderen hoefde te houden.

Erik Sejer-Lassen loopt vol zelfvertrouwen de kamer van de afdeling Ernstige Misdrijven tegen Personen in om verhoord te worden. De twee rechercheurs die hij al kent – de man met de verschillend gekleurde irissen en het kleine mokkel met de hertenogen, die hij in een andere situatie een beurt zou geven die ze nooit meer zou vergeten – zijn aanwezig. Ze zien er allebei ellendig en vermoeid uit, vooral de man, die gele en blauwe plekken op zijn gezicht heeft alsof hij pasgeleden een pak slaag heeft gekregen. Erik weet meteen dat hij over hen heen kan walsen en dat hij zo meteen wordt vrijgelaten. Ze hebben helemaal niets.

'Erik Sejer-Lassen, we hebben opnieuw met je au pair gepraat en deze keer heeft ze gedetailleerd verklaard dat ze minstens vier keer heeft gezien dat je je kinderen geslagen hebt.'

'Ik heb geen idee waarover jullie het hebben. Als Judith zegt dat ik mijn kinderen geslagen heb, is dat omdat ze altijd liegt.'

Na dat argument stelt Erik zich voor dat ze een beetje over en weer zullen discussiëren, maar de twee idioten reageren helemaal niet op wat hij zegt.

'We wéten dat ze de waarheid spreekt, onder meer omdat we telefonisch contact gehad hebben met de twee Filipijnse au pairs die in ploegendienst voor jullie werkten toen jullie in Singapore woonden. De drie meisjes vertellen onafhankelijk van elkaar hetzelfde verhaal. Het Openbaar Ministerie heeft daarom besloten om je in staat van beschuldiging te stellen vanwege geweld tegen je kinderen, aan de hand van de zeven ziekenhuisverslagen van jullie tijd in Denemarken.'

De man praat verder terwijl Sejer-Lassen de koude blik ziet in de hertenogen die naar hem staren.

'Je voorlopige hechtenis wordt met achtenveertig uur verlengd. Je hebt recht op een advocaat, en als je die niet kunt betalen, wijst de rechtbank je een advocaat toe. Tot de rechter uitspraak heeft gedaan, zal de Sociale Dienst de belangen van je kinderen behartigen. Dat doen ze in nauw overleg met de oma van de kinderen, die al heeft aangeboden om hun voogd te worden. Als je in staat van beschuldiging wordt gesteld en een straf moet uitzitten, zal bekeken worden of je de ouderlijke macht mag houden en of je toestemming krijgt om de kinderen onder toezicht te zien.'

De geluiden verdwijnen. Erik Sejer-Lassen staart leeg voor zich uit. Dan kijkt hij naar beneden. Op de tafel voor hem liggen de ziekenhuisdossiers met de beschrijvingen van de artsen, foto's en röntgenfoto's van de verwondingen van de meisjes, en hij vindt plotseling dat het er gewelddadig uitziet. Ver weg hoort hij het mokkel met de hertenogen vertellen dat Judith ook heeft verteld dat ze vlak voor de verhuizing van Islands Brygge bezoek hadden gekregen van een casemanager van de gemeente Kopenhagen omdat er een anonieme aangifte was binnengekomen. Dat is het enige waarover ze op dit moment met Sejer-Lassen willen praten voordat zijn zaak naar een andere afdeling gaat.

'Weet je wie die aangifte gedaan heeft?'

'Heb je enig idee wie dat geweest kan zijn?'

'Wie, behalve de au pair, kan geweten hebben dat je je kinderen sloeg?'

De rechercheur met de gele en de blauwe plekken benadrukt hoe belangrijk het voor hen is om antwoord te krijgen, maar Erik Sejer-Lassen kan geen woord uitbrengen. Hij kan alleen nog naar de foto's staren. Als hij naar zijn cel is gebracht en de deur achter hem dichtslaat, stort hij in en mist hij zijn dochters voor de eerste keer in zijn leven.

64

Hess heeft het gevoel dat zijn hoofd bijna explodeert en hij heeft er spijt van dat hij niet in de koude wind voor het gemeentehuis is blijven staan. De aanvankelijke gevoelloosheid in zijn schedel na het gevecht met Hans Henrik Hauge in de garage in Husum heeft in de loop van de week plaatsgemaakt voor een aanhoudende hoofdpijn. Dat Hauge nog steeds niet is gevonden, heeft het er niet beter op gemaakt. Vanmorgen was hij eerst aanwezig geweest bij het verhoor van Erik Sejer-Lassen in het hoofdbureau, waarna hij zich naar het gemeentehuis van Kopenhagen had gehaast om casemanager Henning Loeb en zijn chef te verhoren. Om die reden zitten ze nu in een veel te warm kantoor van de afdeling Kinder- en Jeugdzorg. Er zijn uiteraard geen kinderen of jongeren op de afdeling aanwezig, alleen het rigide kantoormilieu en de karakteristieke hoge mahoniehouten panelen van het gemeentehuis zijn waarneembaar.

De casemanager doet zijn uiterste best om zichzelf te verdedigen, waarschijnlijk vooral vanwege zijn chef, die naast hem zit en zenuwachtig op zijn stoel heen en weer schuift.

'Zoals ik al zei, crashte het systeem, en daarom kon ik de gevraagde informatie niet geven.'

'Dat heb je dinsdag, toen we met elkaar praatten, niet gezegd. Toen vertelde je dat er geen aangifte met betrekking tot Anne Sejer-Lassens kinderen was, maar dat was dus wel zo.'

'Misschien heb ik gezegd dat ik die informatie op dat moment niet in het systeem kon opzoeken.'

'Nee, dat is niet wat je gezegd hebt. Ik heb je de sofinummers van de meisjes gegeven, en jij zei...'

'Dat kan. Ik herinner me de woorden niet...'

'Waarom heb je verdomme de waarheid niet verteld?'

'Het was niet mijn bedoeling om iets achter te houden...' Henning Loeb worstelt door terwijl hij zenuwachtig naar zijn chef gluurt, en Hess verwijt het zichzelf dat hij dagen geleden niet bij de man is langsgegaan, zoals hij in eerste instantie van plan was geweest.

De verdenking tegen de persoon die een anonieme aangifte tegen Laura Kjær had ingediend, was na de vondst van de kelderkamer in de garage verdwenen omdat er blijkbaar geen soortgelijke aangifte tegen Anne Sejer-Lassen bestond. De casemanager had Hess verzekerd dat zo'n aangifte niet was binnengekomen bij de gemeente Kopenhagen in de periode waarin het gezin aan de Islands Brygge had gewoond en daarom hadden Thulin en hij geïnformeerd bij de gemeente Gentofte, waaronder de residentie in Klampenborg viel. Bij de gemeente Gentofte wist men echter niets over een aangifte tegen Anne Sejer-Lassen, en de theorie dat de gemeenschappelijke factor van de twee moorden kon zijn dat de kinderen van de slachtoffers aan huiselijk geweld hadden blootgestaan, was langzamerhand verdwenen. Niemand in de onmiddellijke omgeving van het gezin Sejer-Lassen vermoedde dat de verwondingen van de meisjes veroorzaakt konden zijn door iets anders dan ongelukjes. De au pair had het meest geaarzeld, en pas toen Hess en Thulin haar gistermiddag opnieuw hadden verzekerd dat ze haar zouden beschermen tegen Erik Sejer-Lassens eventuele woede, was ze huilend ingestort en had ze haar hart gelucht. Dat was ook het moment waarop ze had verteld dat een casemanager van de gemeente Kopenhagen een tijd geleden op bezoek was geweest op het oude adres aan de Islands Brygge om vragen te stellen, omdat een anonieme informant Anne ervan had beschuldigd dat ze niet goed voor haar kinderen zorgde. Hess had in zichzelf gevloekt en getierd, omdat hij had beseft dat ze kostbare tijd hadden verspild.

Hess' indruk van de casemanager was al niet best na het telefoongesprek van dinsdag en wordt er niet beter op tijdens het verhoor, dat hij in zijn eentje afneemt omdat Thulin samen met de IT-technici op de computers van de afdeling zoekt naar digitale sporen van de informant. De casemanager heeft zijn misleiding verdedigd met een 'technische fout', maar tijdens het doorlezen van de twee anonieme aangiften tegen respectievelijk Laura Kjær en Anne Sejer-Lassen heeft Hess een andere theorie bedacht waarom de casemanager aan de telefoon niets heeft gezegd.

De aangifte tegen Anne Sejer-Lassen is ongeveer twee weken na de aangifte tegen Laura Kjær via de klokkenluidersregeling ontvangen, vlak voordat het gezin Sejer-Lassen naar Klampenborg zou verhuizen. De tekst is bijzonder rijk aan woorden en beslaat bijna een hele A4-pagina. Het is een verzoek om de twee kinderen van Anne Sejer-Lassen, Lina en Sofia, uit huis te plaatsen omdat de meisjes mishandeld worden. De tekst bevat bijna geen komma's en is één lange, voortkabbelende monoloog, wat een scherp contrast vormt met de korte aangifte tegen Laura Kjær, die koel en nuchter is. Anne Sejer-Lassen wordt beschreven als een rijke, elitaire gans die alleen aan zichzelf denkt in plaats van aan haar dochters. Ze is gek op geld en luxe, en de noodzaak van uithuisplaatsing is duidelijk als iemand de moeite neemt om de dossiers van de diverse ziekenhuizen te controleren. Het lettertype en de lettergrootte van de twee aangiften zijn ook heel verschillend, maar als je ze vlak na elkaar leest, is het onmogelijk om niet te merken dat de afzender in beide gevallen uitdrukkingen zoals 'egoïstische hoer' en 'zou beter moeten weten' gebruikt. In de aangifte tegen Anne Sejer-Lassen zelfs meerdere keren. Daardoor ontstaat de indruk dat het verschil kunstmatig kan zijn en de afzender een en dezelfde persoon is. Hess gokt erop dat Henning Loeb daardoor ongerust is geworden en heeft ontkend dat er een aangifte tegen Anne Sejer-Lassen was ingediend.

Henning Loeb verdedigt zichzelf echter fanatiek, ook voor wat betreft de behandeling van de zaak. Alles is volgens het boekje gegaan en de ouders hebben in beide gevallen ontkend dat er sprake is van mishandeling van de kinderen. Dat benadrukt hij meerdere keren, alsof het logisch is dat ouders schuld bekennen zodra de gemeente voor de deur staat.

'Maar het onderzoek van de politie werpt een nieuw licht op de zaken en ik wil voorstellen om onmiddellijk een grondig intern onderzoek op te starten,' zegt het hoofd van de afdeling.

Na deze opmerking zwijgt de casemanager, terwijl het hoofd van de afdeling doorgaat met zijn verzekeringen.

Hess voelt de huid over zijn schedel weer verstrakken. Hij beseft dat hij zich dinsdagavond tijdens het bezoek aan het traumacentrum had moeten laten onderzoeken, maar in plaats daarvan was hij naar zijn zelfveroorzaakte bouwchaos in Odinparken teruggegaan. Hij was in slaap gevallen met de gedachte aan de man die met een bos bloemen en een fles wijn voor Thulins portiekdeur had staan wachten. Om de een of andere reden irriteerde het hem dat hij verrast was geweest, want natuurlijk stond er iemand klaar als ze thuiskwam van haar werk, hoewel hij zich daar niet voor zou moeten interesseren.

De volgende ochtend was hij met een enorme hoofdpijn wakker geworden omdat zijn mobiel koppig bleef overgaan. Het was François geweest, die niet begreep waarom Hess niet meer had gedaan om met Freimann in contact te komen na de mislukte telefonische bespreking. Wilde hij zijn baan niet terug hebben? Waar was hij in vredesnaam mee bezig? Hess had gezegd dat hij later zou terugbellen en had de verbinding verbroken. Het was alsof de bemoeizieke Pakistaan van 34C had gehoord dat hij wakker was, in elk geval stond hij vlak daarna in de deuropening naar de chaos te kijken, terwijl hij vertelde dat de makelaar de vorige dag onverrichter zake was vertrokken.

'Hoe zit het met de verfblikken en de schuurmachine op de galerij? Je moet ook aan de andere bewoners denken.'

Hess had hem beloofd alles op te ruimen, maar had dat niet waargemaakt, omdat Thulin en hij het druk hadden met het oppakken van Sejer-Lassen.

'Wat kun je vertellen over de informant? Heb je iets ontdekt toen je op bezoek was bij de gezinnen, zoals je beweert?' probeert Hess opnieuw.

'We zíjn er geweest om onderzoek te doen. Dat is niet iets wat ik alleen beweer, maar zoals ik al zei...'

'Stop daarmee. Een jongen is in een kelderkamer verkracht en twee meisjes zijn zo vaak mishandeld dat het tenhemelschreiend is, maar jij hebt blijkbaar een bijzonder goede reden waarom dat niet ontdekt is. Ik wil alleen horen of je iets over de informant weet.'

'Ik weet niets meer, maar je toon staat me niet aan. Zoals ik al zei...'

'Laat maar. We pauzeren.'

Nylander is gearriveerd. Hij staat in de deuropening en geeft Hess met een knikje te kennen dat hij met hem wil praten. Hess is blij dat hij uit de warme kamer kan ontsnappen en verdwijnt naar de gang met passerende ambtenaren en werknemers van vakbond DJØF, die nieuwsgierig naar hen kijken.

'Het is jouw taak niet om het werk van de gemeente te beoordelen.'

'Ik zal proberen dat niet te doen.'

'Waar is Thulin?'

'In de kamer hiernaast. Ze probeert samen met de IT-technici de afzender van twee aangiften op te sporen.'

'Denken we dat hij de dader is?'

Hess probeert de irritatie over het 'we' van het hoofd van de afdeling Moordzaken te negeren. Freimann praat ook zo, en Hess vraagt zich af of Nylander en hij dezelfde managementcursus hebben gevolgd.

'Daar gokken we op. Wanneer kunnen we Rosa Hartung verhoren?'

'Waarover wil je haar verhoren?'

'We willen haar verhoren over...'

'De minister ís verhoord. Ze kent Laura Kjær en Anne Sejer-Lassen allebei niet.'

'Maar het feit dat we hier staan, maakt dat ze opnieuw verhoord moet worden. Tegen beide slachtoffers is anoniem aangifte gedaan met het doel hun kinderen uit huis te laten plaatsen. Of misschien was dat het doel van de dader niet eens. Misschien was het alleen om een systeem dat niet werkt onder de aandacht te brengen, maar hoe dan ook, je moet een idioot zijn om niet te zien dat het iets met Rosa Hartung te maken kan hebben. Zij is de minister van Sociale Zaken, en hoe meer je erover nadenkt, des te opzienbarender is het dat de moord waarmee het allemaal is begonnen vrijwel gelijktijdig met haar comeback als minister heeft plaatsgevonden.'

'Hess, je doet het prima en ik wijs normaal gesproken niet met mijn vinger naar iemand alleen omdat hij zijn reputatie tegen heeft, maar het klonk daarnet alsof je me een idioot noemde.'

'Dat heb je natuurlijk verkeerd begrepen. Maar als je daarbij optelt dat de vingerafdrukken van de twee kastanjemannetjes die op de plaatsen delict gevonden zijn van Rosa's dochter...'

'Nu moet je goed luisteren. Je werkgever in Den Haag heeft me gevraagd om een evaluatie van je beroepsmatige geschiktheid, en ik wil je natuurlijk heel graag helpen om weer in het zadel te komen, maar dat vereist dat je je op de belangrijke zaken concentreert. Rosa Hartung wordt niet meer verhoord omdat het niet relevant is. Zijn we het eens?'

De informatie over zijn werkgever in Den Haag overvalt Hess. Heel even is hij te verrast om antwoord te kunnen geven. Nylander kijkt naar Thulin, die intussen het lokaal met de vaste computers van de afdeling uit gelopen is.

'Weet je al iets?'

'Beide aangiften zijn verstuurd via dezelfde server in Oekraine, maar de provider van de server staat niet bekend vanwege zijn bereidheid om met de overheid samen te werken. Integendeel. We kunnen misschien over een paar weken een antwoord over een IP-adres krijgen, maar meer zit er niet in.'

'Zou het helpen als ik informeer of de minister van Justitie contact met zijn collega in Oekraïne wil opnemen?'

'Ik betwijfel of dat iets helpt. Zelfs als hij dat wil doen, kost het tijd, die we niet hebben.'

'Tussen de eerste en de tweede moord zitten nauwelijks zeven dagen. Als de dader net zo ziek is als jullie denken, kunnen we niet toekijken.'

'Dat hoeven we misschien ook niet te doen. Beide aangiften tegen de slachtoffers zijn via de klokkenluidersregeling naar de gemeente gestuurd. De eerste drie maanden geleden, de tweede twee weken daarna. Als we ervan uitgaan dat beide aangiften van de dader afkomstig zijn, en als we ervan uitgaan dat de dader het opnieuw zal proberen...'

' ... dan heeft de dader al een anonieme aangifte over het volgende slachtoffer gestuurd.'

'Precies. Er is maar één probleem. Ik ben net te weten gekomen dat er alleen al voor de afdeling Kinder- en Jeugdzorg gemiddeld vijf anonieme meldingen per week binnenkomen. Op jaarbasis zijn dat 260 meldingen. Ze gaan niet allemaal over uithuisplaatsingen, maar er is geen systeem, dus weten we niet om hoeveel aangiften het in werkelijkheid gaat.'

Nylander knikt. 'Ik ga met het afdelingshoofd praten. Ze hebben goede redenen om te willen helpen. Wat hebben jullie nodig?'

'Hess?'

Zijn schedel bonkt en het nieuws over het bondgenootschap tussen Freimann en Nylander heeft het er niet beter op gemaakt. Hess probeert helder te denken, zodat hij Thulin antwoord kan geven. 'Anonieme aangiften betreffende verwaarlozing en misbruik van kinderen binnen het laatste halfjaar. Vooral gericht tegen moeders tussen de twintig en de vijftig waarin uithuisplaatsing geëist wordt. Zaken die behandeld zijn, maar waarbij geen reden is gevonden om in actie te komen.'

Het afdelingshoofd is naar de gang gekomen en staat afwachtend naar het groepje te kijken. Nylander maakt van de gelegenheid gebruik om hem te vertellen wat ze nodig hebben.

'Maar die zaken zijn niet op een centraal punt verzameld. Het zal tijd kosten om ze op te diepen,' antwoordt het afdelingshoofd.

Nylander kijkt vragend naar Hess, die op weg is naar de warme kamer.

'Dan moet je de hele afdeling maar aan het werk zetten. We hebben ze binnen een uur nodig.'

65

Het blijkt heel populair te zijn om anonieme aangiften tegen vrouwen met kinderen in te dienen bij de gemeente Kopenhagen, en naarmate de werknemers van de afdeling om beurten met rode dossiermappen binnenkomen en de stapel op de tafel steeds verder groeit, begint Hess zich zorgen te maken of de aanpak van Thulin en hem de juiste is. Na het gesprek met Nylander kunnen ze echter niet veel meer doen dan bij het begin beginnen. Terwijl Thulin er de voorkeur aan geeft om de aangiften op een Acer-laptop in de grote kantoortuin te lezen, zit Hess in de vergaderkamer en leest de pagina's die soms nog warm zijn van de printer die ze heeft uitgespuugd.

Zijn methode is eenvoudig. Hij opent het dossier en leest de anonieme aangifte. Als de aangifte niet relevant lijkt, belandt het dossier op de stapel links van hem. Als die wel relevant lijkt en nauwkeuriger bekeken moet worden, belandt het dossier op de stapel rechts van hem.

Hij beseft al snel dat het grove sorteren moeilijker is dan hij had verwacht. Uit alle aangiften blijkt dezelfde woede tegenover de moeders, die hij herkent uit de aangiften tegen Laura Kjær en Anne Sejer-Lassen. Ze zijn vaak onder emotionele spanning geschreven en sommige bevatten zulke duidelijke verwijzingen dat het relatief eenvoudig is om te gokken dat een ex-man, een tante of een oma aan vaderskant zich genoodzaakt heeft gevoeld om een anonieme aangifte in te dienen waarin alle gebreken van de moeder worden opgenoemd. Hess kan daar echter niet zeker van zijn en de rechterstapel groeit. Het lezen is verschrikkelijk, omdat de aangiften over het algemeen een uiting zijn van de burgeroorlog waarin de kinderen zijn beland en die misschien nog steeds een realiteit is, want Hess heeft gevraagd naar alle aangiften waarop geen actie is ondernomen. De afdeling is in alle gevallen verplicht om de omstandigheden te onderzoeken, en hoewel het Henning Loeb niet vrijpleit van zijn verantwoordelijkheid, heeft Hess plotseling meer begrip voor het cynisme van de casemanager, omdat er veel andere motieven dan het welzijn van de kinderen meespelen in de aangiften.

Als Hess de ongeveer veertig anonieme aangiften van de afgelopen zes maanden heeft doorgenomen, hangt het hem de keel uit. Het heeft veel meer tijd gekost dan hij had verwacht. Bijna twee uur, omdat hij soms in een dossier moet bladeren om zich een oordeel te kunnen vormen. Erger is echter dat de dader de meeste aangiften in principe zou hebben kunnen schrijven, maar dat in niet een ervan uitdrukkingen zoals 'egoïstische hoer' of 'zou beter moeten weten' worden gebruikt, zoals in de aangiften tegen Laura Kjær en Anne Sejer-Lassen.

Een werknemer vertelt hem dat er niet meer zaken zijn die voldoen aan de criteria die Hess heeft genoemd, en daarom neemt hij de dossiers opnieuw door. Als hij voor de tweede keer klaar is met lezen, is het donker achter de ramen van het gemeentehuis. Het is nog maar halfvijf, maar de straatlantaarns op de H.C. Andersens Boulevard branden al en de gekleurde lampjes verlichten de kale bomen van Tivoli. Hess heeft deze keer zeven aangiften geselecteerd, maar is er absoluut niet zeker van dat het om een van deze zaken gaat. Alle zeven dossiers bevatten de eis om een of meer kinderen van de betreffende vrouwen uit huis te plaatsen. De aangiften zijn heel verschillend. Sommige zijn kort, andere zijn lang. In één geval beseft hij dat een familielid de aangifte gestuurd moet hebben en in een ander geval vermoedt hij dat het een leidster van een kinderopvang is geweest, omdat er interne informatie van een bespreking bij de naschoolse opvang in voorkomt.

De laatste vijf kan hij niet duiden. Hij legt er opnieuw een opzij, omdat er ouderwetse woorden in worden gebruikt, alsof hij is geschreven door een grootouder, en nog een omdat die vol zit met spelfouten. Vervolgens zijn er drie over: een Gambiaanse vrouw die er door de informant van wordt beschuldigd dat ze haar kinderen laat uitbuiten door hen kinderarbeid te laten verrichten; een gehandicapte moeder die ervan wordt beschuldigd dat ze de kinderen verwaarloost omdat ze een drugsverslaafde is; en een moeder met een arbeidsongeschiktheidsuitkering die ervan wordt beschuldigd dat ze met haar eigen kind naar bed gaat.

In alle drie de aangiften staan verschrikkelijke beweringen, en Hess bedenkt dat ze waarschijnlijk op waarheid berusten als de aangiften van de dader afkomstig zijn. Zo was het in elk geval bij Laura Kjær en Anne Sejer-Lassen.

'Hoever ben je?' vraagt Thulin als ze met de Acer-laptop in haar armen binnenkomt.

'Niet ver.'

'Er zijn drie aangiften die in het oog springen. Die tegen de Gambiaanse moeder, de gehandicapte moeder en de moeder met de arbeidsongeschiktheidsuitkering.'

'Die heb ik ook geselecteerd.'

Het verbaast hem niet dat Thulin dezelfde aangiften als hij heeft gevonden. Hij begint zich zelfs af te vragen of ze de moorden niet beter zou kunnen oplossen als ze alleen was.

'Ik ben van mening dat we die moeten onderzoeken. Misschien alle drie.' Thulin kijkt hem ongeduldig aan.

Hess heeft hoofdpijn. Er is iets waar hij moeite mee heeft, maar hij heeft geen idee wat dat is. Als hij uit het raam kijkt, is het nog donkerder dan daarnet, en hij weet dat hij een beslissing moet nemen als ze vandaag al aan de slag willen. 'De dader gaat ervan uit dat we op een bepaald moment ontdekken dat er bij de gemeente aangifte gedaan is tegen de slachtoffers. Goed of fout?' vraagt Hess.

'Goed. Misschien is het zelfs de bedoeling dat we dat ontdekken. Maar de persoon in kwestie weet niet hoe snél we dat ontdekken.'

'Dus de dader weet ook dat we de twee aangiften tegen respectievelijk Laura Kjær en Anne Sejer-Lassen op een bepaald moment lezen. Goed of fout?'

'Waarom doen we een raadspelletje? Als we niet opschieten, kunnen we net zo goed de buren weer gaan verhoren.'

Hess gaat echter door terwijl hij probeert zijn gedachten vast te houden. 'Als jij de dader bent, en je hebt twee aangiften ingediend, en je weet dat we onszelf heel slim vinden als we dat ontdekken, hoe zou jij je derde aangifte dan opstellen?'

Hess ziet aan Thulin dat ze het begrijpt. Haar blik schiet heen en weer over het scherm van de laptop die ze heeft opengeklapt.

'Het niveau is over het algemeen niet hoog, maar als we uitgaan van het idee dat we in de war gebracht moeten worden, dan zijn er twee aangiften die zich onderscheiden. De aangifte met alle spelfouten en de aangifte die in ouderwets Deens geschreven is.'

'Welke is het meest waarschijnlijk?' vraagt Hess.

Thulins blik glijdt haastig over het scherm, terwijl Hess naar de twee dossiers op de tafel zoekt en ze openslaat. Deze keer voelt hij iets als hij de aangifte met alle spelfouten leest. Misschien is het verbeelding, misschien niet. Thulin draait het scherm naar Hess toe en hij knikt. Het is de aangifte die hij ook heeft uitgekozen. De aangifte tegen de vijfentwintigjarige Jessie Kvium die in Urbanplanen woont.

66

Jessie Kvium loopt snel weg met haar zesjarige dochter, maar de jonge Aziatische leraar met de vriendelijke ogen haalt haar in de gang in voordat ze de hoek heeft bereikt.

'Jessie, kan ik heel even met je praten?'

Ze begint te vertellen dat Olivia en zij helaas snel naar dansles moeten, maar kan aan de besluitvaardige uitdrukking op zijn gezicht zien dat hij haar niet zal laten ontsnappen. Ze probeert hem altijd te ontwijken, omdat hij haar een slecht geweten bezorgt, dus nu moet ze in plaats daarvan proberen om met haar charme van hem af te komen. Ze knippert koket met haar ogen en strijkt het haar met haar lange, gelakte nagels uit haar gezicht, zodat hij zal beseffen hoe goed ze er vandaag uitziet. Ze heeft twee uur bij de kapper gezeten, weliswaar de Noord-Afrikaanse kapper aan de Amager Boulevard, maar die is goedkoop en brengt make-up en nagellak aan als de wachttijd lang is, zoals vandaag. De nieuwe gele rok, die ze net voor maar 79 kronen in het centrum bij Hø & Møg heeft gekocht, zit strak rond haar heupen. Hij was deels zo goedkoop omdat het een dunne zomerrok is die naar het magazijn zou gaan, en deels omdat ze de verkoopster duidelijk heeft gemaakt dat hij heel slecht gemaakt is. Wat volledig onbelangrijk is voor het doel waarvoor ze hem wil gebruiken.

Maar haar glimlach en het knipperen hebben geen effect op de leerkracht. Eerst denkt ze dat ze nog een keer moet aanhoren dat ze haar kind eerder moet ophalen dan om vijf uur, als de naschoolse opvang sluit, maar daarvoor heeft ze het antwoord paraat dat ze op die manier in elk geval iets van haar belastinggeld terugziet. Vandaag wil Ali, zoals ze denkt dat de docent heet, benadrukken dat Olivia geen regenkleding en rubberlaarzen heeft.

'De schoenen die ze aanheeft zijn heel mooi, maar ze zegt dat ze het koud heeft als ze nat worden en ze zijn misschien niet zo praktisch in het najaar.'

De leraar kijkt discreet naar Olivia's rubberschoenen met gaten, en Jessie heeft zin om tegen hem te schreeuwen dat hij zijn bek moet houden. Ze heeft op dit moment geen 500 kronen voor regenkleding. Als ze geld zou hebben, zou ze haar dochter liever op een andere school plaatsen dan hier, waar de helft van de kinderen van de klas Arabisch praat en er tijdens ouderavonden drie verschillende tolken nodig zijn om alles wat er wordt gezegd te vertalen. Niet dat ze naar ouderavonden toe gaat, maar dat heeft ze gehoord.

Helaas staan er ook andere leerkrachten in de gang, dus kiest Jessie voor plan B. 'We hébben regenkleding en laarzen gekocht, maar die zijn we in onze vakantiewoning vergeten. De volgende keer zullen we eraan denken.'

Het zijn natuurlijk allemaal leugens. Er is geen regenkleding en al helemaal geen vakantiewoning, maar de halve fles witte wijn die ze in haar flat in Urbanplanen heeft gedronken voordat ze zich heeft omgekleed en hiernaartoe is gereden, helpt haar zoals altijd om de juiste woorden te vinden.

'Dat is mooi. Hoe vind je dat het thuis met Olivia gaat?'

Jessie voelt de blikken van de passerende leerkrachten terwijl ze vertelt hoe goed het gaat. Ali dempt zijn stem en zegt dat hij zich zorgen maakt omdat er geen echte verbetering zit in Olivia's contact met andere kinderen. Olivia lijkt uitermate geïsoleerd, dus is hij van mening dat het goed zou zijn om binnenkort nog eens te praten, en Jessie haast zich om hem te bedanken met een vriendelijkheid alsof hij hen heeft uitgenodigd voor een gratis dagje naar attractiepark Bakken.

Na het gesprek stappen ze in de kleine Toyota Aygo. Terwijl Olivia zich op de achterbank omkleedt in haar danskleding, rookt Jessie een sigaret uit het open raam. Het is inmiddels donker, en ze vertelt Olivia dat het klopt wat de leraar zegt en dat ze binnenkort regenkleding voor haar koopt.

'Maar het is ook belangrijk dat je je vermant en meer met de anderen speelt, oké?'

'Ik heb pijn in mijn voet.'

'Dat gaat over als je opgewarmd bent. Het is heel belangrijk om naar dansles te gaan, liefje.'

De dansschool bevindt zich op de bovenste etage van winkelcentrum Amager en als ze daar arriveren, hebben ze nog maar tien minuten voordat de les begint. Ze moeten de trappen vanaf de parkeergarage op lopen en de andere prinsesjes staan natuurlijk al in hun dure, modieuze danskleding op de gelakte houten vloer. Olivia draagt het paarse danspakje van Føtex dat ze het afgelopen jaar ook al droeg. Hoewel het een beetje strak op de schouders is, past het haar nog wel een tijdje. Jessie trekt haar dochters jas snel uit en stuurt haar de vloer op, waar de lerares haar met een vriendelijke glimlach opvangt. Langs één kant van de dansvloer zitten de moeders, allemaal bekakt en diep in gesprek over de najaarsvakantie op Gran Canaria, wellness en het schoolklimaat. Ze begroet hen met een vriendelijke glimlach, ook al heeft ze zin om hen allemaal op de brandstapel te zetten.

Terwijl de meisjes beginnen te dansen, kijkt ze ongeduldig om zich heen en trekt haar rok recht, maar hij is er nog niet, en als ze naast de andere moeders staat voelt ze heel even teleurstelling. Ze was ervan overtuigd dat hij zou komen, en dat hij er niet is, maakt haar onzeker over de relatie die ze met hem heeft. Ze voelt zich verlegen in het gezelschap van de andere moeders en hoewel ze heeft besloten om haar mond te houden, begint ze zenuwachtig te kwebbelen.

'Wat zien de prinsesjes er vandaag prachtig uit. Ik kan me niet voorstellen dat ze nog maar een jaar dansen.'

Terwijl ze praat, voelt ze dat de andere moeders met medelijdende blikken naar haar kijken. Dan gaat de deur eindelijk open en komt hij binnen. Hij is ook met zijn dochter, die snel naar de anderen toe loopt en mee begint te dansen. Hij kijkt naar de moeders, knikt vriendelijk en glimlacht onbezorgd, en ze voelt dat haar hart sneller begint te slaan. Hij beweegt zelfverzekerd en zwaait terloops met de autosleutels van de Audi die ze inmiddels zo goed kent. Als hij een paar woorden met de andere moeders heeft gewisseld en ze aan het lachen heeft gemaakt, beseft ze dat hij nog helemaal niet naar haar heeft gekeken. Hij negeert haar, ook al staat ze naast hem als een kwispelende hond, en daarom roept ze plotseling dat er iets is wat ze graag met hem wil bespreken. Iets belangrijks over het schoolklimaat, een woord dat ze net heeft opgevangen van een van de feeksen. Hij kijkt haar verrast aan, maar voordat hij antwoord kan geven, begint ze al naar de uitgang te lopen. Ze werpt een blik over haar schouder en constateert tevreden dat het heel vreemd zou zijn als hij haar uitnodiging zou afslaan om te praten over iets wat zo belangrijk is, dus moet hij zich tegenover de moeders verontschuldigen en haar achternagaan.

Als ze de trappen af gelopen is en de zware deur naar de parkeergarage openduwt, hoort ze zijn voetstappen achter zich. Ze blijft op hem wachten, maar zodra ze zijn gezicht ziet, weet ze dat hij woedend is.

'Jezus, wat is er met je aan de hand? Snap je niet dat het voorbij is? Je moet me verdomme met rust laten!'

Ze pakt hem vast, trekt de rits van zijn broek naar beneden, laat haar hand naar binnen glijden en vindt meteen wat ze zoekt. Hij probeert haar weg te duwen, maar ze houdt hem vast, en even later heeft ze zijn penis uit zijn broek gehaald en in haar mond gestopt, en zijn weerstand verandert in onderdrukt gekreun. Als hij bijna klaarkomt, draait ze zich om en leunt voorover tegen een afvalcontainer terwijl ze met de andere hand haar rok omhoog wil trekken. Hij is haar echter voor. Hij rukt haar nieuwe gele rok opzij en ze hoort de stof scheuren. Ze voelt dat hij bij haar naar binnen dringt en duwt haar billen naar achteren. Na een paar seconden komt hij buiten adem klaar. Ze draait zich om, kust zijn levenloze lippen en houdt zijn natte lid vast, maar hij doet een stap naar achteren alsof hij een elektrische schok heeft gekregen en geeft een keiharde klap op haar wang.

Jessie is te geschokt om iets te zeggen. Ze voelt hoe de warmte zich over haar gezicht verspreidt, terwijl hij zijn broek dichtritst.

'Dit was de laatste keer. Ik voel niets voor je, helemaal niets. En ik zal mijn gezin nooit in de steek laten. Heb je dat begrepen?'

Jessie hoort zijn voetstappen en de zware deur die achter hem dichtslaat. Ze blijft alleen achter terwijl de linkerkant van haar gezicht brandt van de pijn. Ze voelt hem nog steeds tussen haar benen, maar nu op een manier waarvoor ze zich schaamt. In een metalen plaat aan de muur ziet ze haar verwrongen spiegelbeeld, en ze trekt haar kleren recht, maar haar rok is gescheurd. De scheur loopt tot aan de voorkant en ze moet haar jas dichtknopen zodat die niet zichtbaar is. Ze veegt haar tranen weg, hoort de gedempte vrolijke muziek van de dansschool en vermant zich. Jessie wil terug via de weg die ze gekomen is, maar de deur naar de trap is op slot. Ze trekt er vergeefs aan en als ze probeert om hulp te roepen, hoort ze alleen het zwakke geluid van de muziek.

Jessie besluit de andere weg te nemen, door een lange gang met verwarmingsbuizen waar ze nog niet eerder is geweest. Na een tijdje splitst de gang zich, maar de richting die ze kiest loopt dood. Jessie probeert een andere deur, die eveneens op slot is. Ze loopt terug en passeert de gang met de verwarmingsbuizen, en als ze 20 meter verder is, hoort ze plotseling een geluid achter zich. 'Hallo? Is daar iemand?'

Heel even denkt ze dat hij teruggekomen is om zich te verontschuldigen, maar de stilte vertelt haar iets anders. Ze loopt onzeker verder en begint even later te rennen. De ene gang volgt op de andere. Jessie denkt dat ze voetstappen achter zich hoort, en deze keer roept ze niet. Ze rukt aan alle deuren die ze passeert, en als een van de deuren eindelijk opengaat, stormt ze het trappenhuis in en de trappen op. Ze denkt dat ze de deur onder zich hoort opengaan, en als ze op de volgende overloop komt, duwt ze de deur naar het winkelcentrum met zoveel kracht open dat die tegen de muur slaat.

Jessie Kvium stormt naar buiten op de bovenste verdieping, waar gezinnen begeleid door het geluid van de najaarsaanbiedingen met hun winkelwagen rondlopen. Als ze naar de ingang van de dansschool kijkt, ziet ze een vrouw en een lange man met schrammen in zijn gezicht. Ze stellen vragen aan een van de moeders, die haar plotseling in het oog krijgt en in haar richting wijst.

67

'Is ze het of is ze het niet?' vraagt Nylander.

'We weten het niet. Ze voelde zich achtervolgd in het winkelcentrum. Het probleem is dat ze niet bepaald enthousiast is om te helpen, of misschien weet ze gewoon niet meer,' antwoordt Thulin, terwijl Hess in de verhoorkamer door de eenrichtingsspiegel kijkt. Die is aan de andere kant geblindeerd, zodat hij naar Jessie Kvium kan kijken terwijl de vrouw hem vanaf haar kant niet kan zien. Hess weet het niet zeker, maar zijn intuïtie vertelt hem dat Jessie Kvium het soort geheimen met zich mee kan dragen waarin de dader geïnteresseerd is. Ze is echter volkomen anders dan de eerdere slachtoffers. Hess heeft de indruk dat Laura Kjær en Anne Sejer-Lassen burgerlijker waren en meer in uiterlijk vertoon opgingen, terwijl Jessie Kvium roekeloos en ongefundeerd lijkt. Aan de andere kant is dat juist waardoor ze in het oog springt. Als je Jessie Kvium tussen honderden vrouwen zou neerzetten, zou zij degene zijn die opvalt, en mannen voelen zich zowel tot haar aangetrokken als geïntimideerd. Op dit moment is de jonge vrouw woedend en in discussie met een arme politieagent die de wacht houdt bij de deur. Ze probeert zich vergeefs naar buiten te praten, en Hess prijst zich gelukkig omdat het volume van het gesprek, dat hem via de luidspreker bereikt, heel zacht staat. Buiten is de hemel zwart geworden, en Hess bedenkt dat het prettig zou zijn om het geluid van Nylander ook zachter te kunnen zetten.

'Als ze niet kan helpen, is dat dan omdat jullie je op de verkeerde concentreren?'

‘Of misschien is ze gewoon uit het veld geslagen en hebben we meer tijd nodig.’

‘Meer tijd?’ Nylander denkt na over Thulins antwoord.

Een lang leven met politiechefs zorgt ervoor dat Hess weet wat er gaat komen.

Thulin en Hess waren rechtstreeks vanaf het stadhuis naar Urbanplanen gereden en hadden aangebeld bij de flat waar Jessie Kvium woont. Er werd niet opengedaan en de vrouw had haar mobiel ook niet opgenomen. In de dossiermap van het stadhuis waren geen familieleden vermeld, alleen het nummer van de gemeentelijke coach die wekelijks contact met moeder en dochter onderhield, hoewel dat de vorm van een controle had. De coach had aan de telefoon verteld dat met de moeder was afgesproken dat de dochter elke vrijdag om kwart over vijf naar dansles zou gaan, op de bovenste verdieping van het winkelcentrum op Amager.

Zodra ze Jessie Kvium zagen, wisten ze dat er iets mis was. De jonge vrouw had verteld dat ze het gevoel had gehad dat ze door iemand was achtervolgd toen ze in de parkeergarage was om de parkeerkaart in haar auto te leggen. Ze hadden de trappen, de gangen en het keldergedeelte meteen doorzocht, maar hadden niets verdachts gevonden. Er hingen geen bewakingscamera’s in de gangen en de parkeergarage was vol mensen geweest die boodschappen voor het weekend deden.

Tijdens het verhoor op het hoofdbureau was Jessie Kvium steeds agressiever geworden. Ze rook naar wijn, en toen ze haar hadden gevraagd om haar jas uit te trekken, hadden ze gezien dat haar rok was gescheurd. De vrouw zei dat ze haar rok had opengehaald aan het autoportier, en verder wilde ze graag weten wat ze verdomme op het politiebureau deed. Ze hadden geprobeerd haar uit te leggen waar het om ging, maar Jessie Kvium wist blijkbaar niets. Ze had nooit het gevoel gehad dat ze werd achtervolgd, en voor haar was er geen twijfel aan wie ongeveer twee maanden geleden de anonieme eis om uithuisplaatsing naar de gemeente had gestuurd, waarin ze ervan was beschuldigd dat ze Olivia sloeg en verwaarloosde.

'Een van die trutten van school. Altijd zo verdomd veroordelend, omdat ze doodsbang zijn dat hun geile mannen denken dat het gras aan de overkant groener is. Maar ze kan niet eens spellen.'

'Jessie, we denken niet dat de melding van een van de moeders op school afkomstig is. Wie zou het verder kunnen zijn?'

Jessie Kvium was er vast van overtuigd geweest dat het wel zo was en tot haar tevredenheid had de gemeente haar versie uiteindelijk geloofd, ook al was het natuurlijk verschrikkelijk lastig geweest om ze zo lang achter zich aan te hebben.

'Jessie, het is ongelofelijk belangrijk dat je ons de waarheid vertelt. Voor je eigen bestwil. We zitten hier niet om je te beschuldigen, maar als de melding klopt, dan kan het zijn dat de persoon die de aangifte gedaan heeft je kwaad wil doen.'

'Waar denken jullie verdomme dat jullie mee bezig zijn?'

Jessie Kvium was woedend geworden. Niemand had het recht om haar een slechte moeder te noemen. Ze had het helemaal alleen met haar dochter gered, zonder enige hulp van de vader, die nog nooit een kroon had betaald, de laatste paar jaar met het excuus dat hij vanwege drugshandel in de gevangenis in Nyborg zat.

'Als er iets is waaraan jullie twijfelen, mogen jullie aan Olivia vragen of ze het niet goed heeft!'

Dat waren Hess en Thulin niet van plan geweest. Het zesjarige meisje zat, nog steeds in haar danskleding, met een flesje limonade en een paar stuks knäckebröd samen met een vrouwelijke agent in de kantine naar een tekenfilm te kijken en dacht dat de auto van haar moeder gecontroleerd moest worden. Haar kleren waren versleten en er zaten gaten in, ze was misschien zelfs een beetje mager en onverzorgd, maar het was onmogelijk te bepalen of het meisje werd mishandeld. Met het oog op de omgeving was het niet verrassend dat ze stil was en het leek niet terecht om haar te vragen hoe haar moeder haar behandelde.

Jessie Kvium vloekt in de verhoorkamer weer tegen haar bewaker en zegt dat ze weg wil, maar ze wordt overstemd door Nylander: 'We hebben niet meer tijd. Jullie zeiden dat dit de juiste zet was, dus nu moeten we hiermee verdergaan of we moeten het in een andere richting zoeken.'

'Misschien gaat het sneller als we de verhoren kunnen houden waarvan we vinden dat die nodig zijn,' zegt Hess.

'Zinspeel je nu weer op Rosa Hartung?'

'Ik zeg alleen dat we geen toestemming hebben gekregen om met haar te praten.'

'Hoe vaak moet ik je dat nog uitleggen?'

'Dat weet ik niet. Ik ben gestopt met tellen, maar het maakt blijkbaar geen indruk.'

'Luister! Er is een andere manier.'

Hess en Nylander houden op met bekvechten en kijken naar Thulin. 'Als we het erover eens zijn dat Jessie Kvium het volgende slachtoffer kan zijn, dan moeten we haar in principe gewoon door laten gaan met haar leven en haar bewaken, terwijl we wachten tot de dader opduikt.'

Nylander kijkt haar aan en schudt zijn hoofd. 'Dat is uitgesloten. Na twee moorden stuur ik Jessie Kvium niet de straat op terwijl we zitten te wachten op een psychopaat.'

'Ik heb het niet over Jessie Kvium. Ik heb het over mezelf.'

Hess kijkt verrast naar Thulin. Ze is niet langer dan 1,67 meter en lijkt een opdondertje dat omvergeblazen kan worden door de wind, maar als je haar in de ogen kijkt, begin je te beseffen hoeveel kracht ze heeft.

'Ik heb dezelfde lengte, dezelfde haarkleur en min of meer dezelfde lichaamsbouw als Jessie Kvium. Als we een pop kunnen regelen die voor haar dochter kan doorgaan, denk ik dat we ervoor kunnen zorgen dat de dader zich vergist in een situatie waarin we daar behoefte aan hebben.'

Nylander kijkt belangstellend naar haar. 'Wanneer moet dat gebeuren?'

'Zo snel mogelijk. De dader mag zich niet afvragen waar ze

is. Als Jessie Kvium het beoogde slachtoffer is, dan kent de persoon in kwestie haar routines. Hess, wat zeg jij ervan?'

Thulins voorstel is een eenvoudige oplossing. Hij is een voorstander van eenvoudige oplossingen, maar dit staat hem tegen. Er is te veel wat ze niet weten. De dader is hun tot nu toe een stap voor geweest, en toch denken ze plotseling dat ze de situatie naar hun hand kunnen zetten.

'Laten we Jessie Kvium nog een keer verhoren. Het kan zijn dat...'

De deur gaat open en Nylander kijkt geïrriteerd naar Tim Jansen, die binnenkomt. 'Nu niet, Jansen!'

'Het moet nu. Of misschien moet je het nieuws aanzetten.'

'Waarom?'

Jansen kijkt naar Hess. 'Omdat iemand zijn kop niet heeft gehouden over Kristine Hartungs vingerafdruk. Alle zenders brengen het nieuws dat de zaak-Hartung misschien toch niet opgelost is.'

68

Op het kleine gasfornuis in de flat in Vesterbro staan pannen te dampen en Thulin moet het geluid van de nieuwsuitzending harder zetten om de afzuigkap en de bel te overstemmen.

'Doe jij even open voor opa?'

'Dat kun je zelf toch doen?'

'Help me even. Ik ben eten aan het koken.'

Le slentert met de onmisbare iPad in haar hand onwillig naar de hal. Ze hebben net ruzie gehad, maar Thulin heeft de energie niet om daar nu aandacht aan te besteden. De media hebben de informatie over Kristine Hartungs vingerafdruk op de twee kastanjemannetjes die bij de lijken van Laura Kjær en Anne Sejer-Lassen zijn gevonden, inderdaad te pakken gekregen. Voor zover Thulin op internet heeft kunnen lezen, was het allereerste bulletin aan het eind van de middag afkomstig van een van de twee grote roddelbladen, maar de rivaliserende krant was zo snel gevolgd dat het moeilijk te bepalen was of het verhaal afkomstig was van een eigen bron of dat ze het artikel van de concurrent hadden overgeschreven. De kop SCHOKKEND: IS KRISTINE HARTUNG IN LEVEN? had zich als een lopend vuurtje verspreid naar bijna alle media, allemaal met een verwijzing naar de roddelbladen als bron en allemaal met dezelfde inhoud. Anonieme bronnen op het hoofdbureau van de politie hadden gemeld dat er mogelijk een verband was tussen de moorden op de twee vrouwen en de zaak-Kristine Hartung, omdat de mysterieuze vingerafdrukken op de twee kastanjemannetjes twijfel hadden gezaaid over Kristine Hartungs dood. Het was in principe een samenvatting van de waarheid, afgezien van het feit dat Nylander en het bestuur alle speculaties van de hand hadden gewezen. Het was zo'n sensationele wending dat het overal het belangrijkste nieuws was, en als Thulin was vergeten hoe verrast ze zelf was geweest toen ze voor het eerst over Kristine Hartungs vingerafdruk had gehoord, kwam dat nu weer boven. Er werd in alle denkbare richtingen geraden en gespeculeerd, één internetkrant was begonnen met het gebruiken van de bijnaam 'de Kastanjeman' voor de moordenaar en het was duidelijk dat dit nog maar het begin was van een enorme hoeveelheid reportages. Thulin begrijpt heel goed waarom Nylander meteen was verdwenen om zich op strategiebesprekingen en het hanteren van de pers te werpen.

Zelf was ze aan de slag gegaan met de voorbereidingen van de actie in Urbanplanen van vanavond. De poging om de dader in een hinderlaag te lokken was goedgekeurd door Nylander, ook al was Hess ertegen geweest. Jessie Kvium had de mededeling dat zij en haar dochter niet naar hun flat terug mochten met ongelovige frustratie geaccepteerd, nadat haar argumenten van tafel waren geveegd. Tandenborstels en andere benodigdheden zouden aangeschaft worden en ze moesten zich erop voorbereiden dat ze vannacht en de komende nachten onder bewaking zouden verblijven in een volkstuinhuisje in Valby, dat door de gemeente werd uitgeleend aan sociaal belaste gezinnen en dat Jessie Kvium en haar dochter al kenden, omdat ze afgelopen zomer een week vakantie in het huisje hadden gevierd.

Jessie Kvium had zich laten verhoren over haar routines, en naarmate de vragen gedetailleerder en dringender werden, was het haar steeds duidelijker geworden dat de bedreiging serieus was. Thulin had haar samen met Hess uitgevraagd en alle informatie in zich opgezogen, zodat ze precies wisten hoe Jessie Kvium zich gedroeg vanaf het moment dat ze in haar auto bij het flatgebouw arriveerde en ze dat voor de actie konden gebruiken.

Thulin was er klaar voor geweest om meteen naar Urbanplanen te vertrekken, maar het bleek dat Jessie Kvium een andere routine had. Elke vrijdagavond na de dansles van haar dochter ging ze meteen door naar de AA op het Christianshavns Torv, waar ze van de gemeente aanwezig moest zijn bij de bijeenkomst van zeven tot negen uur als ze naast haar bijstandsuitkering diverse gezinstoeslagen wilde blijven ontvangen. Haar dochter lag meestal op een stoel in de gang te slapen tot Jessie Kvium klaar was en haar meenam naar de auto. Omdat het daarvoor te laat was, werd besloten dat Thulin aan haar leven als Jessie Kvium zou beginnen als de alleenstaande moeder de AA net na negen uur zou verlaten.

Terwijl de coördinator en het arrestatieteam de wachttijd gebruikten om de plattegronden en de toegangs- en uitvalswegen in Urbanplanen te bestuderen, had Thulin Le opgehaald van haar speelafspraak bij Ramazan en was naar huis gegaan om pasta te koken voordat Le's opa naar hen toe zou komen om het over te nemen. Le had de mededeling gefrustreerd aangehoord, omdat het betekende dat Thulin haar vanavond ook niet zou kunnen helpen om over te gaan naar het volgende level van *League of Legends*, waaraan ze haar leven wijdde, en Thulin besefte opnieuw dat ze te vaak niet thuis was geweest.

Haar dochter komt met een triomfantelijke blik uit de hal terug. 'Het is opa niet. Het is iemand van je werk, met schrammen op zijn gezicht en twee verschillende ogen. Hij zegt dat hij me gráág wil laten zien hoe ik naar het volgende level kan komen.'

69

Thulin was niet van plan geweest om tijd aan eten te verspillen, maar het feit dat Hess onder de lamp in de kleine hal staat, verandert de situatie.

'Ik ben vroeger gekomen omdat ik de tekeningen van Urbanplanen en de flats heb gekregen. Je moet je erin verdiepen voordat we vertrekken.'

'Maar eerst moet je mij helpen,' zegt Le, voordat Thulin de tijd heeft om antwoord te geven. 'Hoe heet je?'

'Mark. Zoals ik al zei, heb ik op dit moment helaas geen tijd om met je te spelen, maar een andere keer doe ik dat graag.'

'Je moet eten, Le,' merkt Thulin snel op.

'Als Mark mee-eet, kan hij het me uitleggen. Ga mee, Mark. De vriend van mijn moeder mag niet mee-eten, maar jij bent de vriend van mijn moeder niet, dus mag jij dat wel.'

Le verdwijnt in de keuken. Thulin kijkt naar Hess. Het lijkt plotseling heel merkwaardig om haar kind tegen te spreken, dus doet ze aarzelend een stap opzij en gebaart dat hij door kan lopen.

Hij gaat aan de keukentafel naast Le zitten, die haar iPad heeft verwisseld voor de laptop, terwijl Thulin drie borden op tafel zet. Met een charme en vriendelijkheid van een prinses legt Le beslag op de aandacht van de gast. Eerst is de vriendelijkheid blijkbaar een demonstratie voor Thulin, maar naarmate Hess uitlegt wat hij om mysterieuze redenen weet, wordt het meisje steeds meer in beslag genomen door de raad die haar naar het veelbelovende land in level 6 kan brengen.

'Ken jij Park Su ook? Hij is wereldberoemd!'

'Park Su?' vraagt Hess.

Al snel ligt er zowel een poster als een plastic afgietsel van de Koreaanse tiener op de eettafel. Tijdens het eten breidt het gesprek over het spel zich uit naar andere spellen, waarvan Thulin geen idee had dat haar dochter ze kende, maar het blijkt al snel dat Hess alleen bekend is met *League of Legends* en nooit andere spellen heeft geprobeerd. Voor Le is het alsof ze een leerling op bezoek heeft. Ze vertelt hem met een snelle woordenstroom wat ze weet, en als het onderwerp uitgeput is, haalt ze de kooi met de parkiet, die binnenkort een speelkameraadje krijgt zodat er opnieuw een naam op de stamboom gezet kan worden.

'Ramazan heeft vijftien namen op zijn stamboom en ik heb er maar drie. Vijf als ik de parkiet en de hamster meetel. Mama vindt het niet goed dat ik haar vrienden erop zet, anders zou ik er heel veel hebben.'

Dat is het moment waarop Thulin zegt dat Le zich met level 6 moet bezighouden, en na nog een paar adviezen van Hess gaat ze eindelijk op de bank zitten om oorlog te voeren.

'Wat een bijdehante meid.'

Thulin knikt kort en bedenkt dat dit het startschot is voor de gebruikelijke vragen over de vader van het meisje, de familierelaties en andere verbanden waarover Thulin niet wil praten. Maar Hess draait zich in plaats daarvan naar zijn jack op de stoelrug en haalt er een stapel papieren uit, die hij over de tafel verspreidt. 'We moeten deze doornemen.'

Hess is grondig en Thulin luistert geconcentreerd, terwijl ze zijn vinger volgt, die naar de indeling, trapopgangen en gebieden buiten de gebouwen wijst.

'Het volledige complex zal bewaakt worden, maar natuurlijk vanaf een gepaste afstand, zodat het arrestatieteam de dader niet afschrikt. Als de dader tenminste verschijnt.'

Hij vertelt ook over de pop die in een deken gewikkeld is zodat Thulin kan doen alsof ze het slapende kind naar binnen draagt. Thulin heeft maar een paar opmerkingen over de plaatsing van de bewaking. Ze is bang dat die het wantrouwen van de dader zal wekken, maar Hess houdt vol dat het nodig is.

'We mogen geen risico's nemen. Als Jessie Kvium het beoogde volgende slachtoffer is, heeft de dader zich waarschijnlijk in Urbanplanen georiënteerd en moeten we aanwezig zijn zodat we snel kunnen ingrijpen. Als er gevaar ontstaat, moet je dat onmiddellijk laten weten. Net zoals je nu moet weigeren als je liever wilt dat iemand anders het overneemt.'

'Waarom zou ik weigeren?'

'Omdat het niet ongevaarlijk is.'

Thulin kijkt in het blauwe en het groene oog. Als ze niet beter wist, zou ze denken dat Hess zich zorgen om haar maakt. 'Het is goed. Ik heb er geen probleem mee.'

'Gaan jullie naar haar op zoek?' horen ze Le plotseling vragen. Ze is naar de keuken gekomen om een glas water te halen en kijkt naar Thulins iPad, die op het aanrecht tegen de muur staat en een nieuwsuitzending vertoont. Opnieuw met de zaak-Kristine Hartung als belangrijkste nieuws, terwijl een stem op de achtergrond uitweidt over het verleden en het heden van de zaak.

'Dat mag je niet zien. Dat is niet voor kinderen.'

Thulin is overeind gekomen, loopt snel naar de iPad en zet hem uit. Ze heeft Le uitgelegd dat ze nog moet werken, en toen haar dochter ontevreden vroeg waarom dat was, had Thulin verteld dat ze naar iemand moesten zoeken. Ze had niet verteld dat ze de dader gingen zoeken en daarom maakt Le nu de koppeling met Kristine Hartung.

'Wat is er met haar gebeurd?'

'Ga naar de kamer en ga verder met je spel.'

'Is dat meisje dood?'

De vraag wordt gesteld met een onbevangen onschuld, alsof ze heeft gevraagd of er nog steeds dinosaurussen op Bornholm leven. In Le's nieuwsgierigheid klinkt echter bezorgdheid door, waardoor Thulin zich voorneemt om het nieuws voortaan uit te zetten als Le in de buurt is.

'Dat weet ik niet, Le, maar...' Thulin weet niet wat ze moet zeggen. Overal zijn valkuilen, wat ze ook zegt.

Hess geeft in plaats van Thulin antwoord. 'Niemand weet dat precies. Misschien is ze alleen verdwaald. Soms kun je verdwalen en moeite hebben om de weg naar huis terug te vinden. Maar als ze verdwaald is, dan vinden we haar beslist.'

Het is een goed antwoord en de ogen van haar dochter beginnen weer te stralen. 'Ik ben nog nooit verdwaald. Zijn jouw kinderen wel eens verdwaald?'

'Ik heb geen kinderen.'

'Waarom niet?'

Thulin ziet dat Hess naar Le glimlacht, maar deze keer zegt hij niets. Als de deurbel gaat, is de wachttijd voorbij.

70

Urbanplanen is een woonwijk in het stadsdeel Vestamager, maar 3 kilometer bij de Rådhuspladsen in Kopenhagen vandaan. In de jaren zestig zijn de woonblokken gebouwd om tegemoet te komen aan het woningtekort, maar er is iets misgegaan en in het begin van het nieuwe millennium kwam het gebied een aantal jaren op de gettolijst van de regering voor. De gemeente heeft de problemen nog steeds niet opgelost, en net als in Odinparken zou de aanwezigheid van blanke Deense politieagenten veel opzien baren, ook al dragen ze nonchalante burgerkleding. Daarom zijn er op de meest in het oog vallende posities agenten met een niet-westers uiterlijk geplaatst, zoals in een aantal auto's die op het donkere parkeerterrein links van het woonblok staan, de plek waar Hess zich ook bevindt.

In de lege flat op de begane grond, die te koop staat en die de politie daarom bij de actie heeft betrokken, geeft de ovenklok 1.00 uur aan. Het licht is uit en Hess kan door het kleine keukenraam naar de nachtzwarte binnenplaats met de nagenoeg kale bomen, de speelplaats, de bankjes en de verlichte ingang van Jessie Kviums flatgebouw kijken. Hoewel de bewaking op de juiste plekken is gestationeerd, voelt Hess zich zenuwachtig. Het flatgebouw waar Jessie Kvium woont heeft vier ingangen, een in elke windstreek. Die worden allemaal geobserveerd door hem en de agenten die rondom het gebouw gepositioneerd zijn, zodat ze voortdurend in de gaten kunnen houden wie naar binnen en wie naar buiten gaat. Op de daken bevinden zich scherpschutters die in staat zijn om een munt van een kroon op een afstand van 200 meter te raken, en maar tien minuten verderop bevindt zich een bus met een arrestatieteam, dat klaarstaat om naar binnen te stormen als die opdracht via de walkietalkie wordt gegeven. Toch heeft Hess het gevoel dat het niet voldoende is.

Thulins aankomst is goed gegaan. Hess herkende de kleine Toyota Aygo meteen toen die met brandende koplampen van de weg afsloeg en het parkeerterrein op reed, waarna Thulin parkeerde op de afgesproken plek, waar vlak daarvoor een politieburgerauto was weggereden.

Thulin droeg de muts, jas en kleding van Jessie Kvium, alleen de rok was vervangen door een identiek geel exemplaar. Van een afstand was er niets wat verraadde dat ze niet degene was voor wie ze zich uitgaf. Thulin had de pop in de deken van de achterbank gehaald, had de auto moeizaam op slot gedaan terwijl ze met het kind in haar armen steun tegen het portier zocht en was daarna naar de ingang gelopen, terwijl ze het kind op dezelfde enigszins geïrriteerde manier droeg zoals Jessie Kvium gedaan zou hebben. Hess had haar in het trappenhuis zien verdwijnen, waar het licht aan sprong. Wat ze niet hadden voorzien, was dat de lift langere tijd in gebruik was, maar gelukkig was Thulin de trappen naar de derde verdieping op gelopen. Het lukte haar zelfs om te doen alsof het kind bij elke nieuwe overloop die ze bereikte zwaarder leek.

Enkele bewoners waren haar op weg naar beneden gepasseerd zonder dat ze aandacht aan haar hadden geschonken. Uiteindelijk was ze uit het zicht verdwenen, en Hess had zijn adem ingehouden tot het licht in de flat met het kleine balkon was gaan branden.

Inmiddels waren er drie uur verstreken en er was niets gebeurd. Eerder op de avond was het levendig op straat geweest, met mensen die laat van hun werk thuiskwamen of die de toestand in de wereld bespraken terwijl de dorre bladeren rond hun hoofd waaiden, en in de zaal voor gemeenschappelijk gebruik van het flatgebouw rechts vond een feest plaats. Het geluid van Indiase citermuziek had een paar uur tussen de flatgebouwen weergalmd, maar inmiddels was het feest afgelopen, en naarmate het later werd, waren er steeds meer lichten in de flats uitgegaan.

Het licht bij Jessie Kvium brandt nog steeds, maar Hess weet dat het zo meteen uitgaat, omdat het een deel van Jessie Kviums routine is om rond dit tijdstip naar bed te gaan, in elk geval als ze bij wijze van uitzondering op vrijdagavond thuis is.

'11-7 hier. Heb ik jullie al verteld over de non en de zeven kleine agenten van Europol?'

'Nee. Vertel, 11-7. We luisteren.'

Het is Tim Jansen, die zijn collega's via de walkietalkie vermaakt met een nauwelijks verholen verwijzing naar Hess. Hess kan hem niet zien vanaf zijn positie achter het keukenraam, maar hij weet dat hij samen met een van de jongere agenten in een auto in de buurt van de westelijke ingang zit. Hoewel het hem niet aanstaat dat het radiocontact wordt gebruikt voor grappen, geeft hij geen commentaar. Tijdens de groepsbijeenkomst op het hoofdbureau, voordat Hess naar Thulin was vertrokken, had Jansen al uiting gegeven aan zijn ongenoegen over de actie, omdat Hess geen zekerheid had kunnen geven dat Jessie Kvium in gevaar was. Het leed geen twijfel dat hij Hess ervan verdacht de persoon te zijn die zijn mond voorbijgepraat had tegenover de pers, wat werd veroorzaakt doordat Hess degene was die vraagtekens had gezet bij de oplossing van de zaak-Kristine Hartung. Zoiets deed je niet ongestraft. Hess had Jansens blik de afgelopen dagen in zijn nek gevoeld als hij op het hoofdbureau was, maar door de media-explosie van vanavond keken er nu meerdere collega's wantrouwend naar hem, wat volkomen belachelijk was. De verhalen in de pers over moorden leverden zelden iets goeds op en daarom had Hess het zich lang geleden al aangewend om journalisten op afstand te houden. Het lek had Hess alleen geïrriteerd, als het tenminste een lek was. De dader wist uiteraard over de vingerafdrukken, en de gedachte was even bij Hess opgekomen dat de bewuste persoon zich er kostelijk mee zou vermaken dat het onderzoek nu in de openbaarheid was gekomen. Hij herinnert zichzelf eraan dat ze de bronnen van de kranten moeten onderzoeken en pakt geïrriteerd de walkietalkie als Jansen aan een nieuwe grap begint.

'11-7, staak radiocontact tijdens de opdracht.'

'En anders, 7-3? Bel je dan naar *BT*?'

Er klinkt verspreid gelach, tot de coördinator zich ermee bemoeit en het bevel geeft om stil te zijn. Hess kijkt uit het raam. Het licht in Jessie Kviums flat is uit.

71

Thulin blijft uit de buurt van de grote ramen, maar loopt soms van de ene kamer naar de andere om de dader te laten weten dat ze – Jessie Kvium dus – aanwezig is. Als de dader tenminste in de buurt is en meekijkt.

Het toneelstukje op het parkeerterrein was succesvol geweest. De pop was natuurgetrouw en het zwarte kunsthaar werd grotendeels verborgen door de deken. Het was een streep door de rekening dat de lift in het trappenhuis bezet was, maar ze had geoordeeld dat Jessie Kvium zo'n ongeduldig karakter had dat ze liever de trappen nam dan te wachten. Op weg naar boven was ze een jong stel tegengekomen dat nauwelijks acht op haar had geslagen. Ze had de voordeur met Jessie Kviums sleutel geopend en had hem achter zich dichtgedaan zodra ze in de hal was.

Hoewel Thulin nog nooit in de flat was geweest, kende ze de plattegrond, en ze had de pop meteen naar de slaapkamer gedragen, waar ze hem op bed had gelegd. In de slaapkamer stonden de bedden van zowel moeder als dochter. Er hingen geen gordijnen voor de ramen, die uitkeken op het betonnen flatgebouw aan de overkant. Ze wist dat Hess achter een van de donkere ramen in een flat op de begane grond stond, maar ze wist niet wie er vanaf de overige etages kon meekijken, dus kleedde ze de pop uit en stopte hem in zoals ze dat bij Le ook deed. Ze had het als een paradox beschouwd dat ze ambtshalve een pop naar bed bracht in plaats van haar eigen dochter, maar het was niet het juiste moment voor dat soort gedachten. Vervolgens was ze naar de zitkamer gegaan en had de flatscreentelevisie aangezet, zoals Jessie zou doen, was met haar rug naar het raam in de leunstoel gaan zitten en had om zich heen gekeken.

Jessie Kvium was de laatste die in de flat was geweest en had duidelijk geen tijd besteed aan opruimen. Het was een chaos. Overal stonden lege wijnflessen, borden met etensresten, pizzadozen en afwas. Ze zag niet veel speelgoed. Thulin had zich plotseling bevoorrecht gevoeld. Hoewel ze niet zeker wisten of Jessie Kvium haar kind verwaarloosde, leek het geen aantrekkelijke plek om op te groeien. Het had Thulin herinnerd aan haar eigen jeugd, en omdat ze geen zin had om daarover na te denken, richtte ze haar aandacht op de flatscreen.

De zaak-Kristine Hartung domineert het nieuws nog steeds en alles wordt herhaald met het argument dat de zaak uiteindelijk misschien toch niet is opgelost. Het schijnt dat Rosa Hartung heeft geweigerd om uitspraken te doen en Thulin heeft medelijden met de minister, omdat zij en haar gezin opnieuw worden geconfronteerd met het verleden dat ze zo graag achter zich willen laten. Maar ineens bereikt de lawine een nieuw hoogtepunt: 'Mis het niet. Zo meteen schuift Steen Hartung – de vader van Kristine Hartung – aan bij *Het Nieuws*.'

Steen Hartung is te gast in het laatste nieuwsprogramma van de avond en vertelt tijdens een lang interview dat hij er niet aan twijfelt dat zijn dochter ergens nog in leven is. Hij smeekt het publiek om naar de politie te gaan als ze iets weten, waarna hij zich rechtstreeks richt tot 'de persoon die Kristine heeft meegenomen' en hem smeekt om zijn dochter ongedeerd terug te geven.

'We missen haar... Ze is nog maar een kind en heeft haar vader en moeder nodig.'

Thulin begrijpt Steen Hartung heel goed, maar weet niet zeker of zijn beroep het onderzoek goed zal doen. De minister van Justitie en Nylander blijken de handschoen vervolgens opgenomen te hebben en nemen in scherpe bewoordingen afstand van de speculaties. Vooral Nylander is vastberaden en woedend op de pers, maar heeft ook een bepaalde energie waardoor het lijkt alsof hij geniet van alle aandacht. Tijdens de uitzending krijgt Thulin een sms van Genz, die vraagt wat er in vredesnaam aan de hand is, omdat de journalisten hem ook beginnen te bellen. Ze antwoordt dat het belangrijk is dat hij geen uitspraken doet. Hij stuurt een bericht terug dat hij dat alleen kan beloven als ze morgenochtend vroeg 15 kilometer met hem gaat joggen, maar die sms beantwoordt ze niet. De mediaophef over de zaak-Kristine Hartung eindigt rond middernacht, waarna de saaie herhalingen van televisieseries beginnen. Het optimisme en de spanning die ze heeft gevoeld vanaf het moment dat ze hiernaartoe is gereden, beginnen langzamerhand plaats te maken voor twijfel. Hoe zeker kunnen ze ervan zijn dat Jessie Kvium het volgende slachtoffer is? Hoe zeker kunnen ze ervan zijn dat de dader haar iets wil aandoen? Als ze hoort dat Tim Jansen de tijd begint te doden met idiote opmerkingen over de walkietalkie, begrijpt ze hem ten dele. De man is natuurlijk een idioot, maar als ze het mis hebben, zijn ze oneindig ver achteropgeraakt met het onderzoek. Thulin kijkt op haar mobiel hoe laat het is, staat op en doet zoals afgesproken het licht in de zitkamer uit.

Voordat ze weer zit belt Hess haar op. 'Alles in orde?'

'Ja.' Ze merkt dat hij inmiddels kalmer is. Ze praten wat over de situatie, en hoewel hij het niet zegt, voelt ze dat hij nog steeds in de hoogste staat van paraatheid is. In elk geval meer dan zij. 'Je moet je niets van Jansen aantrekken,' hoort ze zichzelf plotseling zeggen.

'Bedankt. Dat doe ik ook niet.'

'Hij schept al over de zaak-Hartung op sinds ik op de afdeling ben komen werken. Als jij, en nu ook de pers, vraagtekens bij de oplossing ervan zet, is dat hetzelfde als hem met een afgezaagd geweer in zijn onderlichaam schieten.'

'Het klinkt alsof je daar zelf zin in zou hebben.'

Thulin glimlacht. Ze wil net antwoord geven, als Hess' stem van toon verandert. 'Er gebeurt iets. Wissel naar de walkietalkie.'

'Wat is er aan de hand?'

'Doe het. Nu.'

De verbinding wordt verbroken.

Als Thulin haar mobiel laat zakken en in de duisternis voor zich uit kijkt, wordt het haar plotseling duidelijk hoe alleen ze is.

72

Hess staat roerloos bij het raam. Hij weet dat hij van buitenaf niet zichtbaar is, maar toch beweegt hij niet. Ongeveer 100 meter verderop, bij de ingang aan het eind van het betonnen blok waar Kvium woont, heeft hij net een jong stel met een kinderwagen gezien dat de deur van de fietsenkelder heeft geopend en in het gebouw is verdwenen. De deur met het hydraulische mechanisme glijdt langzaam achter hen dicht, terwijl Hess bij het aangrenzende gebouw een beweging in de duisternis ziet. Heel even denkt hij dat de beweging veroorzaakt kan zijn door de wind in de bomen, maar dan ziet hij een gedaante rennen, die in het gebouw verdwijnt voordat de deur dicht is. Hess pakt de walkietalkie.

'De gast is mogelijk gearriveerd. De deur aan de oostkant.'

'We hebben het gezien.'

Hess weet wat zich daar bevindt, ook al is hij er zelf niet geweest. De ingang leidt naar de fietsenkelder en daarvandaan kun je onder het flatgebouw door lopen om bij de trap en de lift die naar de etalages leiden te komen.

Hess verlaat het appartement op de begane grond en doet de voordeur achter zich dicht. In plaats van de portiekdeur naar het plein te nemen loopt hij de trap naar de kelder af. Hij maakt geen licht, maar haalt zijn zaklamp tevoorschijn. Als hij de kelder heeft bereikt, weet hij door zijn voorbereidingen welke richting hij moet nemen. Terwijl hij zichzelf met de zaklamp bijlicht, rent hij door de onderaardse gang die onder het plein door naar Kviums woonblok leidt. Het is ongeveer 50 meter en als hij de zware metalen deur van Kviums flatgebouw bereikt, hoort hij over de walkietalkie dat de lift bezet is door het stel met de kinderwagen.

'De ongeïdentificeerde persoon moet zich op de trappen bevinden, maar er brandt geen licht, dus we weten het niet zeker.'

'We zoeken van beneden naar boven, en we beginnen nu,' antwoordt Hess.

'Maar we weten niet eens of...'

'We beginnen nu. Niet meer praten.'

Hess zet de walkietalkie uit. Er is iets vreemds. De gedaante lijkt lopend over het donkere grasveld te zijn gearriveerd, en dat is niet doordacht. Hess beseft dat het hem niet had verrast als de dader zichzelf van het dak heeft laten zakken of uit een putdeksel is gekomen. Alles behalve de hoofdingang te gebruiken. Hij ontgrendelt zijn wapen en als de metalen deur achter hem dichtglijdt, is hij al op de eerste overloop.

73

Thulin heeft de meldingen via de walkietalkie gehoord en kijkt uit het raam. Er zijn acht of negen minuten verstreken sinds de gast is aangekondigd. Ze kan het plein niet zien en het wordt haar duidelijk hoe stil het in het flatgebouw is. Het geluid van de muziek is gestopt, alleen de wind is te horen. Toen ze de details rond de actie bespraken, vond ze het geen probleem om in het appartement te blijven, maar nu lijkt het een stom idee. Ze is nooit goed in wachten geweest. Er is bovendien geen achteruitgang in de flat, geen plek om naartoe te vluchten als dat nodig mocht zijn. Als ze hoort dat er op de voordeur wordt geklopt, is ze opgelucht omdat ze denkt dat Hess of een van de anderen haar komt helpen.

Ze loopt naar de kleine hal en tuurt door het kijkgaatje. De gang is donker en verlaten en ze ziet niemand. Alleen de kast met de brandblusser in de nis tegenover de deur is zichtbaar. Heel even vraagt ze zich af of ze zich heeft vergist, maar daarna beseft ze dat ze zich het kloppen niet heeft verbeeld, en hoewel ze het heeft beschouwd als een teken dat het gevaar voorbij is, ontgrendelt ze haar wapen en maakt zich klaar. Ze schuift de grendel weg, draait de deurknop naar links en loopt de gang in terwijl ze het pistool in de aanslag houdt.

Een paar schakelaars lichten zwak op in de duisternis, maar ze maakt geen licht. De duisternis voelt beschermend. Alle voordeuren van de flats komen uit op de brede gang met de linoleumvloer en naarmate haar ogen aan de duisternis wennen, kan ze de achterwand links van haar zien. Thulin kijkt de andere kant op, naar de achterwand rechts met de trap en de lift, maar ook dat deel is verlaten. Er is niemand in de gang.

In de flat klinkt een schetterend geluid door de walkietalkie. Iemand roept ongeduldig haar naam en ze trekt zich terug naar de deur. Voordat ze haar rug naar de gang kan draaien, schiet er een gedaante vanaf de nis bij de brandkast naar haar toe. Hij heeft in elkaar gedoken op dat moment gewacht en ze voelt dat ze door het gewicht naar binnen en op de vloer wordt geduwd. Koude handen klemmen rond haar hals en ze hoort een stem die in haar oor fluistert. 'Vuile hoer. Geef me de foto's, anders vermoord ik je.'

Voordat de man meer kan zeggen, breekt zijn neus met twee snelle stoten van Thulins elleboog. Hij blijft heel even als versteend in de duisternis zitten. Voordat hij begrijpt waardoor hij is geraakt, slaat Thulin hem een derde keer, waarna hij op de vloer stort.

74

Als Hess Kviums flat bereikt staat de deur open, en nog voordat hij met twee agenten achter zich aan naar binnen gaat, hoort hij een man schreeuwen van de pijn. Hess doet het licht aan. De flat is één grote chaos. Op de vloer tussen wasgoed en pizzadozen ligt een man met een bloedneus en beide armen op zijn rug gedraaid. Thulin zit boven op hem en houdt zijn polsen met één hand tussen zijn schouderbladen, terwijl ze hem met de andere hand fouilleert.

'Wat doe je, verdomme? Laat me los!'

Als ze klaar is tillen de twee agenten de man overeind, nog steeds met zijn handen tussen zijn schouderbladen, waardoor hij nog harder schreeuwt.

Hij is een jaar of veertig, een gespierd verkoperstype met achterovergekamd haar en een trouwring. Hij draagt alleen een T-shirt en een sportbroek onder zijn jas, alsof hij net uit bed is gestapt. Zijn neus is scheef en gezwollen, en op zijn gezicht zitten bloedvegen omdat hij op de grond heeft gelegen.

'Nikolaj Møller. Mantuavej 76, Kopenhagen-Zuid,' leest Thulin van het zorgverzekeringspasje dat samen met creditcards en gezinsfoto's in de portefeuille zit die ze in zijn binnenzak heeft gevonden, evenals een mobiel en een autosleutel met Audi-logo.

'Wat gebeurt er? Ik heb niets gedaan!'

'Wat doe je hier? Wat doe je hier, vraag ik!' Thulin is naar de man toe gelopen en dwingt zijn bebloede gezicht naar boven, zodat ze in zijn ogen kan kijken. Hij is nog steeds geschokt en snapt er duidelijk niets van dat hij een vreemde vrouw die is verkleed als Jessie Kvium voor zich ziet staan.

'Ik wilde met Jessie praten. Ze heeft me een bericht gestuurd dat ik hiernaartoe moest komen!'

'Je liegt. Ik heb je gevraagd wat je hier doet.'

'Ik heb niets gedaan. Zij is degene die mij naait!'

'Laat me het bericht zien. Nu,' zegt Hess. Hij heeft de mobiel uit Thulins hand gepakt en geeft hem aan de man. De agenten laten hem los en hij begint met zijn bloederige vingers snikkend de code op zijn mobiel in te toetsen.

'Vooruit, schiet op!' Hess is ongeduldig. Hij weet intuïtief dat dit het antwoord op de bange vermoedens is, maar niet hoe of waarom. 'Laat het me zien!' Hess rukt de mobiel uit de hand van de man voordat hij hem terug kan geven en kijkt op het display. Er staat geen telefoonnummer bij de afzender, alleen 'anoniem', en de sms is kort en krachtig. *Kom nu naar me toe. Anders stuur ik de foto's naar je vrouw.*

Hess ziet dat er een foto bij het bericht is gevoegd en tikt erop om hem te vergroten. De foto is 4 of 5 meter vanaf het onderwerp genomen en Hess herkent de vuilniscontainer van de gang onder de dansschool in het winkelcentrum waar ze Jessie Kvium hebben aangetroffen. Twee personen staan dicht tegen elkaar aan en hun voornemen is duidelijk. De voorste is Jessie Kvium, gekleed in dezelfde kleren als Thulin nu aanheeft, en de achterste is Nikolaj Møller, met zijn broek op zijn enkels.

Duizend gedachten exploderen in Hess' hoofd. 'Wanneer heb je dat bericht gekregen?'

'Laat me gaan. Ik heb niets gedaan!'

'Wanneer, vraag ik!'

'Een halfuur geleden. Wat is hier verdomme aan de hand?'

Hesse staart een ogenblik naar de man, waarna hij hem loslaat en naar de deur loopt.

75

Volkstuinencomplex Hængekøjen H/F in Valby, dat uit iets meer dan honderd tuinen bestaat, is gesloten voor de winter. 's Zomers is het een van de levendige oasen van de stad, maar als de herfst invalt, worden de kleine houten huizen en tuinen afgesloten en aan zichzelf overgelaten tot het weer voorjaar is. Daarom brandt er midden in het donkere volkstuinencomplex in maar in één huisje licht, namelijk dat van de gemeente Kopenhagen.

Het is inmiddels nacht, maar Jessie Kvium is nog steeds wakker. Buiten rukt de wind aan de bomen en struiken, en een paar keer lijkt het alsof het dak van het houten tweekamerhuisje meegetrokken zal worden. Er hangt een andere geur in het huisje dan 's zomers, en vanaf het bed in de donkere kamer, waar ze met haar slapende dochtertje ligt, kan ze het licht van de woonkamer in de kier onder de deur zien. Ze heeft nog steeds moeite om te begrijpen dat er echt twee politieagenten aan de andere kant van de deur zitten om haar en Olivia te beschermen. Jessie liefkoost de wang van haar dochter. Dat doet ze zelden, en hoewel de tranen haar in de ogen springen als ze in een moment van helderheid beseft dat haar dochter het enige betekenisvolle in haar rotleven is, weet ze plotseling dat ze afstand van haar moet doen als ze wil dat de situatie ooit verbetert.

De dag is dramatisch geweest. Eerst het pijnlijke voorval met Nikolaj, die haar in het winkelcentrum heeft vernederd. Daarna haar vlucht door de gangen, het verhoor op het hoofdbureau van de politie en uiteindelijk de plaatsing in het verlaten volkstuinencomplex. Jessie was geschokt geweest over de beschuldigingen tijdens het verhoor, ook al had ze vastgehouden aan haar onschuld. Beschuldigingen dat ze haar dochter zou hebben verwaarloosd en geslagen, zoals in de anonieme melding aan de gemeente was beweerd. Hoewel het eigenlijk niet de beschuldigingen waren waarover ze geschokt was geweest, die had ze tenslotte eerder gehoord. Ze was geschokt geweest door de ernst waarmee ze gepaard gingen. De twee rechercheurs die haar ondervroegen, waren anders geweest dan de medewerkers van de gemeente. Het was alsof ze wisten wat er was gebeurd. Ze had opgewonden geroepen en geschreeuwd, zoals ze dacht dat een verongelijkte moeder zou doen, maar hoe overtuigend ze ook had geklonken, ze hadden haar niet geloofd. En hoewel ze niet begreep waarom ze samen met haar dochtertje in een koud en vochtig huisje in veiligheid gebracht moest worden, wist ze heel goed dat het haar eigen schuld was. Zoals zoveel andere dingen.

Toen ze alleen in de slaapkamer waren achtergebleven, had Jessie zich eerst voorgenomen om van het ene op het andere moment te veranderen. Stoppen met feesten en drinken, stoppen met zichzelf vernederen tijdens haar pogingen om iemand in de kroeg te versieren zodat ze zich geliefd kon voelen. Ze had Nikolajs naam al van haar mobiel gewist, zodat ze geen contact meer met hem zou opnemen. Maar zou ze het volhouden? Of zouden er gewoon anderen komen? Vóór hem waren er anderen geweest, mannen én vrouwen, en haar rotleven was allang ook dat van Olivia geworden, die alles had geaccepteerd. De lange dagen op school, de eenzaamheid op de speelplaatsen, de wilde avonden in de cafés, zelfs de ochtendfeesten met wildvreemden die Jessie mee naar huis had gesleept en overal toestemming voor had gegeven, als ze haar leven maar een klein beetje zouden veraangenamen. Ze had haar dochter gehaat en had haar geslagen. Soms was de kinderbijslag van de gemeente het enige wat haar ervan weerhield om afstand van Olivia te doen.

Maar hoeveel spijt ze ook heeft en hoe graag ze alles ook anders zou willen doen, Jessie weet dat ze niet in staat is om dat zelf te doen.

Ze glijdt voorzichtig onder het dekbed vandaan om Olivia niet wakker te maken. Ondanks de ijskoude vloer onder haar blote voeten neemt ze de tijd om het dekbed dichter om haar dochter heen te stoppen voordat ze naar de deur loopt.

76

De maag van rechercheur Martin Ricks knort luidruchtig, terwijl hij op zijn mobiel over de Pornhub-site met naakte vrouwen scrolt. Hij is al twaalf jaar inspecteur en verveelt zich altijd stierlijk als hij een opdracht heeft zoals vannacht, maar Pornhub, Bet365 en sushi zijn een paar van de dingen die de wachttijd kunnen veraangenamen. Hij bladert verder door de oneindige rij seksfoto's, maar ondanks de enorme hoeveelheid plastic tieten, hoge hakken en bondage verdwijnt zijn frustratie over die klootzak van een Hess en de media-explosie met betrekking tot de zaak-Hartung niet.

Martin Ricks is begonnen als stagiair bij rechercheur Tim Jansen toen hij zes jaar geleden van Bellahøj Station naar de afdeling Moordzaken was overgeplaatst. In het begin moest hij niet zoveel hebben van de lange, arrogante man met de doordringende, onderzoekende blik. Jansen had altijd lollige opmerkingen paraat, waardoor Ricks zich de mindere voelde, en Ricks, die niet zo goed was met woorden, had hem al snel over één kam geschoren met alle idioten die hem sinds zijn schooltijd in Ribe als dom hadden beschouwd. In elk geval tot hij de kans had gekregen om hen tegen de grond te slaan. Zo was het echter niet gegaan met Jansen, die mogelijkheden had gezien in zijn volharding en algemeen wantrouwen tegen de mensen en de wereld. De twee hadden tijdens Ricks eerste halfjaar samen in auto's, verhoorkamers, actiekamers, kleedruimten en kantines doorgebracht, en toen Ricks' tijd als stagiair achter de rug was, had de chef meegedeeld dat de samenwerking voortgezet zou worden. Na zes jaar kenden ze elkaar door en door, en het was waarschijnlijk niet overdreven om te zeggen dat ze, los van alle afdelingshoofden die via de draaideuren waren binnengekomen en weer waren vertrokken, een status hadden bereikt waaraan niemand durfde te tornen. In elk geval tot die klootzak een paar weken geleden op de afdeling was gekomen.

Hess was gebakken lucht. Misschien was hij toen hij lang geleden op de afdeling werkte goed geweest, maar nu was hij net zo elitair en arrogant als de rest van Europol. Ricks had hem in zijn herinnering als een stille, arrogante eenling en het was een opluchting geweest toen ze van hem af waren. Maar nu had Europol blijkbaar genoeg van hem en in plaats van zich nuttig te maken, was Hess vraagtekens gaan zetten bij de oplossing van de zaak die tot nu toe de grootste prestatie van Ricks en Jansen was geweest.

Ricks kon zich de dagen in oktober van het afgelopen jaar nog bijzonder gedetailleerd herinneren. De druk was extreem geweest. Jansen en hij hadden dag en nacht gezwoegd en zij waren ook degenen geweest die na de anonieme tip naar Linus Bekker waren gereden om hem op te halen, waarna ze hem hadden verhoord en aangehouden en de huiszoeking in gang hadden gezet. Toen ze Bekker een paar dagen later opnieuw hadden verhoord, had Ricks gevoeld dat het een bijzondere dag zou worden. Ze hadden goede kaarten in handen, aanwijzingen en bewijzen die naar Bekkers hoofd geslingerd konden worden, en natuurlijk had hij uiteindelijk moeten bekennen. De opluchting was enorm geweest en ze hadden de bekentenis gevierd door ladderzat te worden en tot de volgende ochtend bij Mc. Kluud in Vesterbro te biljarten. Het was jammer dat ze het lijk van het meisje nooit hadden gevonden, maar dat was niet meer dan een schoonheidsfoutje.

Toch zit Ricks nu in een koude volkstuin in Valby om kindermeisje te spelen voor een alcoholistische moeder, en dat allemaal vanwege Hess en die trut van een Thulin. Terwijl zij en de rest van de groep, met inbegrip van Jansen, in Urbanplanen rondhangen, waar het spannend kan worden, zit hij hier voor zich uit te staren en kan hij er in het beste geval op hopen dat hij om halfzeven wordt afgelost.

De deur van de slaapkamer gaat plotseling open en de vrouw die hij moet bewaken komt naar buiten. Ze draagt alleen een T-shirt en heeft blote benen, en Ricks legt zijn mobiel met het display naar beneden weg. Heel even kijkt ze verrast om zich heen. 'Waar is de andere agent?'

'Hij is geen agent, maar een inspecteur.'

'Waar is de andere inspecteur?'

Hoewel het haar eigenlijk niets aangaat, vertelt Ricks dat hij naar de Valby Langgade is gegaan om sushi te halen. 'Waarom vraag je dat?'

'Nergens om. Ik wil graag praten met de twee inspecteurs die me vandaag verhoord hebben.'

'Waarover? Je kunt met mij praten.'

Hoewel de alcoholistische moeder achter de bank staat, kan Ricks zien dat ze een lekkere kont heeft. Hij vraagt zich even af of hij een kans maakt en of ze voldoende tijd hebben voor een nummertje op de bank voordat zijn partner met de sushi terugkomt. Seks met een beschermde getuige tijdens de bewaking is een van Ricks vele fantasieën, die echter nooit in vervulling gaan.

'Ik wil ze de waarheid vertellen. En ik wil met iemand praten om mijn dochter in een goed gezin te laten plaatsen tot ik mijn leven onder controle heb.'

Het antwoord is een teleurstelling voor Martin Ricks. Hij antwoordt met de droge opmerking dat ze zal moeten wachten omdat de Sociale Dienst nog niet open is. Die 'waarheid' wil hij graag horen, maar voordat de vrouw haar mond kan opendoen, gaat zijn mobiel.

'Met Hess. Is alles oké bij jullie?'

'Waarom zou het niet oké zijn? Hoe is het bij jullie?'

Ricks hoort het antwoord niet, want op dat moment begint er een autoalarm in het volkstuinencomplex te loeien. Het geluid is oorverdovend. Ricks draait zich om en kijkt naar de politiewagen voor het huis, waarvan de lampen en de zwaailichten in de herfstduisternis oplichten als een draaimolen in Tivoli.

Martin Ricks begrijpt het niet. Voor zover hij kan zien is er niemand in de buurt van de auto. Hij heeft zijn mobiel nog steeds tegen zijn oor, en als hij na een aansporing van die idioot van een Hess heeft verteld dat het autoalarm in werking is gegaan, kan hij horen dat Hess' stem een alerte klank krijgt.

'Blijf in het huisje, we zijn onderweg.'

'Waarom zijn jullie onderweg? Wat is er aan de hand?'

'Blijf in het huisje en bescherm Jessie Kvium! Hoor je wat ik zeg?'

Martin Ricks aarzelt heel even. Daarna verbreekt hij de verbinding, zodat het autoalarm het enige is wat lawaai maakt. Als Hess denkt dat Ricks bevelen van hem aanneemt, dan heeft hij het mis.

'Wat gebeurt er?' De alcoholistische moeder kijkt hem angstig aan.

'Niets. Ga weer naar bed.'

Het antwoord overtuigt haar niet, maar voordat de vrouw kan protesteren klinkt er kindergehuil in de slaapkamer, en ze haast zich naar haar dochter toe.

Ricks stopt zijn mobiel in zijn zak en haalt zijn pistool uit de schouderholster. Hij is niet dom en heeft uit het telefoongesprek van daarnet begrepen dat de situatie is veranderd. Dit is misschien de enige kans om ervoor te zorgen dat iedereen zijn kop houdt. Hess en Thulin, en niet in het minst de Kastanjeman, zoals de media de dader vandaag zijn gaan noemen. Zo meteen zal het arrestatieteam naar binnen stormen, maar op dit moment is het podium leeg en klaar om ingenomen te worden.

Ricks haalt zijn autosleutels uit zijn jack, loopt naar de deur en opent hem. De wind rukt aan de bomen en struiken, en hij loopt met het pistool in zijn hand het tuinpad af alsof het een rode loper is.

77

Olivia is niet goed wakker, ook al zit ze rechtop in het bed bij de houten wand. 'Wat gebeurt er, mama?'

'Niets, liefje. Ga maar weer liggen.'

Jessie Kvium haast zich naar haar toe, gaat op het bed zitten en streelt het lange haar van haar dochter.

'Maar ik kan niet slapen door dat lawaai,' fluistert Olivia, waarna ze tegen Jessies schouder leunt op het moment dat het autoalarm zwijgt.

'Zo, het is gestopt. Nu kun je weer slapen, liefje.'

Vlak daarna slaapt Olivia weer, en terwijl Jessie naar haar kijkt, bedenkt ze dat het heeft geholpen om iets tegen de agent te zeggen. Het was natuurlijk niet genoeg en ze had eigenlijk langer met hem willen praten om haar hart te luchten, maar het autoalarm had de sfeer veranderd. Ze had nog nooit zo'n enorme angst gevoeld, maar nu de sirene zwijgt en ze het vertrouwde geluid van de mobiel van de agent weer hoort, voelt ze zich onnozel over haar reactie. Tot ze beseft dat de mobiel niet wordt opgenomen. Ze luistert tot de beltoon wegsterft. Even later gaat de mobiel opnieuw over, maar ook deze keer wordt er niet opgenomen.

Buiten krijgt de wind Jessies haar te pakken. Ze heeft schoenen aan, maar het is ijskoud en ze heeft er spijt van dat ze geen deken rond haar benen heeft geslagen voordat ze naar buiten ging. Ze hoort de mobiel ergens bij de politieauto, maar ziet de agent nog steeds nergens.

'Hallo? Waar ben je?'

Er komt geen antwoord. Aarzelend nadert Jessie de ligusterhaag en de auto die in het grind voor het hek staat geparkeerd. Als ze nog één stap naar voren doet, op het grind, zal ze de hele auto en waarschijnlijk ook de mobiel kunnen zien, die ergens vlakbij overgaat. Maar dan klinken de woorden van het verhoor op het politiebureau weer in haar hoofd. Het gevaar waarover ze het hadden, kruipt onder haar huid. Vanaf de kromme bomen en de kale struiken in de donkere tuin komt de dreiging aansluipen en strekt zich uit naar haar blote benen. Jessie draait zich om en rent terug naar het huisje, de houten trap op en naar binnen, waarna ze de deur achter zich dichtgooit.

Door het telefoongesprek van de agent van daarnet weet ze dat er hulp onderweg is, en ze zegt tegen zichzelf dat ze niet in paniek mag raken. Ze draait de sleutel in het slot om en trekt de ladekast ervoor. Vervolgens loopt ze naar de keuken en de kleine badkamer en verzekert zich ervan dat de deuren en ramen nog steeds op slot zijn. In de keukenlade vindt ze een lang mes, dat ze meeneemt. Ze kijkt door het raam naar de achtertuin, maar ziet niets, en plotseling beseft ze dat ze in het felle licht staat. Als er iemand buiten is, en daar twijfelt ze niet langer aan, ziet hij elke beweging die ze maakt. Ze haast zich terug naar de woonkamer, en na een paar koortsachtige pogingen lukt het haar om de juiste schakelaar te vinden zodat al het licht uitgaat.

Jessie staat roerloos in de duisternis te luisteren met haar blik op de voortuin gericht. Niets. Alleen de wind die probeert het huisje omver te trekken. Ze staat vlak bij de elektrische radiator en beseft dat die uitgegaan is toen ze naar de lichtschakelaar zocht. Jessie bukt zich en zet hem weer aan. De radiator begint te brommen, en in het zwakke roodachtige licht van het elektronische display van de radiator ziet ze plotseling het kleine poppetje op de stoel waar de agent heeft gezeten.

Heel even weet ze niet wat het is, maar dan beseft ze het. En ook al ziet de kleine kastanjeman er heel onschuldig uit en strekt hij zijn luciferarmen moedeloos naar de hemel, toch vervult die haar met angst, omdat ze weet dat hij niet op de stoel stond toen ze daarnet naar buiten ging om de agent te zoeken. Als ze weer opkijkt, is het alsof er iets in de duisternis voor haar is gaan leven, en ze zwaait het mes in haar hand met alle kracht die ze in zich heeft door de lucht.

78

De politieauto scheurt door de poort het terrein van de volkstuinvereniging op en rijdt over het grindpad. In de kleine oase met huisjes en tuinen is het pikdonker en alleen door de lange lichtbundels van de koplampen zien ze de reflectie van een kentekenplaat bij een tuin. Thulin rijdt helemaal tot de politieauto en Hess springt naar buiten.

Een paar sushidozen liggen in het grind en een agent zit over een gedaante gebogen. De agent ziet Hess en roept om hulp, terwijl hij met twee handen koortsachtig probeert het bloed te stelpen dat uit een diepe wond in Martin Ricks hals gutst. Martin Ricks' spieren trekken krampachtig samen. Hij heeft zijn blik star op de zwarte bomen boven hem gericht en Hess stormt verder naar het huisje. De deur is op slot. Hij trapt hem in en schuift de ladekast weg. Het is donker in de kamer, maar als hij met een gericht pistool om zich heen kijkt, ziet hij dat er stoelen en een tafel zijn omgevallen, alsof er gevochten is. In de slaapkamer zit Jessie Kviums dochter in bed te huilen terwijl ze zich aan het dekbed vastklampt. Jessie Kvium is er niet, en Thulin is degene die Hess erop wijst dat de keukendeur wijd openstaat.

De achtertuin loopt steil naar beneden, en in drie passen zijn ze op het grasveld aan het eind van de tuin. Hess en Thulin lopen langs de grote appelboom die midden op het gras staat, tot het houten hek dat de grens met het grondstuk van de buren markeert. Rijen donkere, winderige tuinen lopen door tot de flatgebouwen op de boulevard, en pas als ze zich weer naar het huisje omdraaien, ontdekken ze haar. De onderste takken van de appelboom zijn geen takken, maar Jessie Kviums blote benen. Haar lichaam is neergezet op de plek waar de stam zich in drieën splitst. Ze zit schrijlings op de dikste tak en de benen steken onnatuurlijk in beide richtingen uit. Haar hoofd hangt schuin en de levenloze armen worden ondersteund door takken, zodat ze naar de hemel wijzen.

'Mama?'

Ze kijken om en zien de contouren van het meisje, dat naar buiten is gelopen. Hess is niet in staat om zich te bewegen. Thulin rent de helling op en neemt het meisje mee naar binnen, terwijl Hess bij de boom blijft staan. Hoewel het donker is, ziet hij dat beide armen onnatuurlijk kort zijn. Hetzelfde geldt voor één been, en als hij vlak naast haar staat, ziet hij het kastanjemannetje met de gestrekte luciferarmen dat naar binnen is geperst zodat het rechtop in Jessie Kviums open mond staat.

Dinsdag 20 oktober, nu

79

Thulin loopt op een holletje door de regen tussen de huizenblokken door, terwijl ze op zoek naar bordjes om zich heen kijkt. Het water sijpelt in haar schoenen, en als ze eindelijk een bordje ziet dat naar 37C wijst, is dat een heel andere kant op.

Het is vroeg in de ochtend en ze heeft haar dochter daarnet voor school afgezet. Nog maar een paar dagen geleden stond ze tussen de flatgebouwen van Urbanplanen en wist ze niet dat Hess ook een flat in een sociaal woonproject heeft, maar om de een of andere reden verrast dat haar niet. Vriendelijke maar alerte blikken van vrouwen met nikab of hoofddoek vertellen haar dat ze opvalt, en terwijl ze om zich heen kijkt, irriteert het haar opnieuw dat Hess niet te bereiken is als de stad op zijn kop staat.

De media gaan zich al bijna vier dagen lang te buiten aan reportages en rechtstreekse verslagen van de plaatsen delict, Christiansborg, het hoofdbureau van de politie en het Forensisch Instituut. Er zijn artikelen verschenen over de drie vrouwelijke slachtoffers en over Martin Ricks, die zijn laatste adem op het grind in het volkstuinencomplex heeft uitgeblazen. Er zijn interviews met getuigen, buren en familieleden gepubliceerd, alsmede uitspraken van experts, critici van experts en politiemensen, niet in het minst van Nylander, die telkens weer voor de microfoons is gehaald, waarna zijn uitspraken regelmatig zijn afgelost door gecoördineerde uitspraken van de minister van Justitie. Daarbij komt het verhaal over Rosa Hartung, die haar dochter is verloren en nu het verdriet moet ondergaan dat de zaak misschien niet op de juiste manier is opgelost. Toen de nieuwsredacties begonnen te beseffen dat ze zichzelf herhaalden, was dat het startsein voor giswerk wanneer de volgende gruwelijke moord zou plaatsvinden.

Hess en Thulin hebben sinds vrijdag niet veel geslapen. De schok over de moorden in het volkstuinencomplex was gevolgd door routinewerk, zoals het eeuwige vragen stellen en rondbellen, het verzamelen van gegevens over Urbanplanen en het volkstuinencomplex, alsmede het onderzoek naar Jessie Kviums familie- en liefdesrelaties. De zesjarige dochter, die haar dode moeder gelukkig niet heeft gezien, was inmiddels onderzocht, en de artsen hadden diverse tekenen van verwaarlozing, ondervoeding en mishandeling aangetroffen. Een psycholoog had met haar gepraat zonder zich te focussen op andere onderwerpen dan het verdriet over haar moeders overlijden, en achteraf was hij oprecht onder de indruk geweest over het vermogen van het meisje om haar gemis onder woorden te brengen, wat ondanks alles veelbelovend was. Het meisje was opgehaald door haar grootouders uit Esbjerg, die dolgraag voor haar wilden zorgen, maar moesten afwachten of de behandeling van de zaak in hun voordeel zou uitvallen. Door tussenkomst van Thulin was het gelukt om het meisje en de grootouders uit de media te houden, die trouwens veel liever het laatste nieuws over de Kastanjeman wilden brengen.

Thulin haatte het als de media een dader mythologiseerden, niet in het minst omdat ze ervan overtuigd was dat deze dader geïnteresseerd was in het genereren van angst en zich misschien zelfs liet ophitsen door de enorme hoeveelheid informatie in de media. Maar het was moeilijk om de mythologisering in te dammen nu de technische onderzoeken en alle verhoren niet tot een doorbraak hadden geleid. Genz en zijn mensen waren dag en nacht aan het werk geweest, maar voorlopig zonder bruikbare resultaten. Ze waren ook niet in staat geweest om de herkomst van de sms naar Nikolaj Møllers mobiel op te sporen en er waren geen getuigenverklaringen over wie Jessie

Kvium in de gaten gehouden kon hebben, niet in Urbanplanen en niet in het winkelcentrum, ook al waren ze nog een keer teruggegaan om de bewakingsbeelden te bekijken. Alle sporen van de dader verdwenen in het niets, net als bij de moord op Laura Kjær en Anne Sejer-Lassen.

Volgens het Forensisch Instituut was het zeker dat Jessie Kvium rond 1.20 uur was overleden. De amputaties hadden plaatsgevonden met hetzelfde instrument dat bij de twee andere moorden was gebruikt en ze wisten eveneens dat ze in leven was geweest toen ze waren uitgevoerd. In elk geval tijdens de amputatie van de handen. Het was eveneens zeker dat de vingerafdruk op het kastanjemannetje dat deze keer in de mond van het slachtoffer was aangetroffen van Kristine Hartung was. Ook was het duidelijk dat de anonieme aangiften tegen de drie vermoorde vrouwen door een en dezelfde dader geschreven waren. De gemeente en diverse casemanagers waren hierbij echter geen hulp, en de drie mails van de labyrintachtige serververbindingen gaven geen aanwijzingen over de werkelijke afzender. Nylander had uiting gegeven aan de wanhopige situatie door de vrouwen, tegen wie anoniem aangifte bij de gemeente was gedaan en die op een shortlist waren geplaatst, te laten bewaken en zijn afdeling was in de hoogste staat van alarm gebracht.

De sfeer op het hoofdbureau van de politie werd beïnvloed door de situatie. Als rechercheur was Martin Ricks misschien geen groot licht geweest, maar gedurende de zes jaar die hij op het hoofdbureau had gewerkt, was hij maar een paar dagen afwezig geweest, en daardoor was hij net zo'n vast bestanddeel geworden als de morgenster die altijd bij de hoofdingang stond. Hij was trouwens verloofd geweest, wat voor de meesten een verrassing was. De vorige dag was er om twaalf uur een minuut stilte in het politiebureau gehouden, en die stilte was oorverdovend geweest. Collega's hadden gehuild, en het onderzoek had de verbetenheid gekregen die ontstaat als een politieagent tijdens het werk overlijdt.

Voor Hess en Thulin was de grootste onbeantwoorde vraag

hoe het de dader was gelukt om hun tijdens de moordnacht te slim af te zijn. Ze hadden in Urbanplanen in een hinderlaag gelegen, maar de dader had dat ontdekt. Hoe, dat wist Thulin niet, maar zo moest het gegaan zijn. De dader was vervolgens naar het volkstuinencomplex gegaan, wat alleen logisch was als de persoon in kwestie wist dat Jessie Kvium en haar dochter daar gedurende de zomer een week hadden doorgebracht en zich daar nu weer bevonden. Het was nog angstaanjagender dat de sms vóór de moord naar Nikolaj Møller was gestuurd, om precies te zijn om 0.37 uur, vanaf een mobiele telefoon met een niet-geregistreerde prepaidkaart vanaf een plek in het volkstuinencomplex. Met die sms had de dader de ontrouwe echtgenoot naar de politie in Urbanplanen gelokt, en daardoor wist Thulin dat het de bedoeling van de dader was dat ze zich belachelijk gemaakt voelden. Daarom had de dader na Laura Kjærs dood ook een sms naar haar mobiel gestuurd. Als je daarbij het gebrek aan resultaat van de enorme inzet optelde, was het niet vreemd dat de situatie de vorige avond in een confrontatie met Nylander was geëindigd.

'Waar ben je verdomme bang voor? Waarom mogen we Rosa Hartung niet verhoren?'

Hess had opnieuw benadrukt dat de moorden op de een of andere manier te maken moesten hebben met minister van Sociale Zaken Rosa Hartung en haar verdwenen dochter.

'Het heeft geen zin om het een zonder het ander te onderzoeken. Drie vingerafdrukken op drie kastanjemannetjes is zo duidelijk als maar zijn kan. En daarmee eindigt het niet: eerst ontbrak er een hand, daarna ontbraken er twee handen, daarna ontbraken er twee handen en een voet. Wat denk je dat de dader de volgende keer van plan is? Rosa Hartung is de sleutel, of is eveneens een beoogd slachtoffer!'

Nylander was kalm gebleven en had volgehouden dat ze de minister al hadden verhoord, die overigens ook andere dingen had om zich druk over te maken.

'Wat voor andere dingen? Die kunnen toch niet belangrijker zijn dan dit?'

'Hou je rustig, Hess.'
'Ik vraag het gewoon.'
'Volgens de PET is ze de laatste weken lastiggevallen en bedreigd door een onbekende.'
'Wat?'
'En je vond niet dat we dat moesten weten?' had Thulin eraan toegevoegd.
'Nee, want dat kan niets met de moordzaken te maken hebben! Het laatste dreigement is volgens de PET op maandag 12 oktober op de motorkap van haar ministersauto geschreven, in de tijd waarin de dader bezig moest zijn geweest met de overval op Anne Sejer-Lassen.'
De bespreking was in een woedende sfeer geëindigd. Hess en Nylander waren allebei weggelopen, en Thulin had geprobeerd het gevoel te verdringen dat deze uitkomst heel symptomatisch was voor de status van het onderzoek.

Thulin loopt over de overdekte galerij naar nummer 37C, dat helemaal aan het eind ligt. Aan beide zijden van de deur staan verfblikken, lak en vloerenreiniger. Te midden van dat alles staat een grote machine waarvan Thulin vermoedt dat het een vloerschuurmachine is. Ze klopt ongeduldig op de deur, maar er wordt niet opengedaan.
'Heeft hij jou gebeld voor de vloeren?' Thulin kijkt naar de kleine Pakistaan die over de galerij naar haar toe loopt, samen met een jochie met bruine ogen dat aan zijn been hangt. De Pakistaan draagt een feloranje poncho, alsof hij op weg is naar Guantánamo, maar de tuinhandschoenen en de vuilniszakken maken duidelijk dat hij waarschijnlijk alleen de rottende bladeren gaat opruimen.
'Dat is mooi, als je maar professioneel bent. De man heeft twee linkerhanden, maar hij denkt zelf dat hij Bob de Bouwer is. En dat is hij niet. Ken je Bob de Bouwer?'
'Ja...'
'Het is goed dat hij de flat wil verkopen. Dit is geen plek voor

hem. Maar om de flat kwijt te raken, moet die opgeknapt zijn. Ik vond het niet erg om de muren en de plafonds opnieuw te schilderen, omdat de man het verschil tussen een schep en een kwast niet kent, maar ik wil zijn vloer niet schuren. En het is beter als hij het niet zelf doet.'

'Maar ik ga het ook niet doen.' Thulin laat haar politielegitimatie zien om de man kwijt te raken. Hij blijft echter verrast staan en kijkt naar haar, terwijl ze weer op de deur klopt.

'Jij bent dus niet degene die de flat koopt? Dan zijn we nog net zover.'

'Nee, dat ben ik niet. Weet je of Bob de Bouwer thuis is?'

'Kijk zelf maar. Hij doet zijn deur nooit op slot.'

De Pakistaan schuift langs Thulin heen en duwt de klemmende deur open. 'Dat is ook een probleem. Wie haalt het in zijn hoofd om zijn deur in Odinparken niet op slot te doen? Ik heb het tegen hem gezegd, maar hij zegt dat hij niets heeft wat het stelen waard is, dus dat het geen zin heeft, maar... Allahoe Akbar!'

De kleine Pakistaan is sprakeloos, en Thulin begrijpt waarom. Er is niet veel te zien in de kamer, die naar verf ruikt. Een tafel, een paar stoelen, een pakje sigaretten, een mobiel, een afhaalmaaltijd en een paar verfblikken en kwasten die op de met kranten afgedekte vloer staan. Het is waarschijnlijk geen plek waar Hess langere tijd achter elkaar verblijft. Om de een of andere reden denkt Thulin dat zijn woning in Den Haag, of waar hij ook woont, niet veel meer is ingericht dan deze flat. Haar aandacht wordt echter niet door het interieur getrokken, maar door de muren.

Overal hangen kleine afgescheurde papiertjes en daartussen zijn woorden en letters rechtstreeks op de muren geschreven. Als een groot, doolhofachtig spinnenweb verspreidt het materiaal zich over twee net geverfde muren, en een nadrukkelijke rode viltstiftlijn verbindt de verschillende punten met kronkelige lijnen en tekeningen. Het is ogenschijnlijk in één hoek begonnen met de moord op Laura Kjær, heeft zich vervolgens uitgebreid naar de latere moorden, met inbegrip van de moord op Martin Ricks, en is onderweg voorzien van viltstiftlijnen, tekeningen van de kastanjemannetjes, diverse namen en foto's van plaatsen delict, waarboven met viltstift rechtstreeks op de muren is geschreven. Hij is begonnen met aantekeningen maken op verfrommelde bonnetjes en afgescheurde stukken van pizzadozen, maar dat materiaal is blijkbaar opgeraakt, waarna hij op de muren is verdergegaan. Helemaal onderaan hangt een uitgescheurde krantenfoto van minister Rosa Hartung, met daarbij de datum van haar comeback en een viltstiftlijn die naar de moord op Laura Kjær is getrokken. Vervolgens vormt een enorme hoeveelheid lijnen onoverzichtelijke verbindingen, die eindigen bij een afzonderlijke kolom waarboven staat: CHRISTIANSBORG: DREIGEMENTEN, PESTERIJEN, PET. Boven dat alles hangt een oude krantenfoto van de twaalfjarige Kristine Hartung en daarnaast een met viltstift getekend veld waarin met blokletters LINUS BEKKER staat, en ook hier zijn aantekeningen op de muur geschreven. De meeste zijn onleesbaar en Hess heeft blijkbaar moeite gehad om helemaal bovenaan te komen, zelfs met behulp van de kleine schilderstrap die nog steeds op de vloer staat.

Thulin kijkt met gemengde gevoelens naar het gigantische spinnenweb. Toen Hess gisteravond was vertrokken, was hij in zichzelf gekeerd en zwijgzaam geweest, en toen ze hem vanochtend niet te pakken kon krijgen, wist ze niet wat ze daarvan moest denken. De muren maken echter duidelijk dat hij het niet heeft opgegeven. Aan de andere kant ademt het een zweem van krankzinnigheid. Misschien is het de bedoeling geweest om een samenhangend overzicht te krijgen, maar dat is het niet geworden, en zelfs voor een getalenteerde coderingsexpert of een Nobelprijswinnaar in wiskunde zou het een uitdaging zijn om een andere mening te hebben dan dat de maker een obsessie of zelfs een psychische stoornis moet hebben.

De kleine man vloekt een hele tijd in het Pakistaans terwijl hij naar de muren kijkt, en het wordt niet beter als Hess plotseling in de deuropening staat. Hij is buiten adem en volledig doorweekt door de regen, draagt een zwart T-shirt, een korte broek en hardloopschoenen, en zijn lichaam en adem dampen in de koude lucht. Hij ziet er verrassend gespierd en pezig uit, maar is duidelijk niet goed in vorm.

'Hoe heb je dat in je hoofd kunnen halen? We hadden het net allemaal geschilderd!'

'Ik schilder het wel opnieuw. Je hebt gezegd dat het twee keer moet gebeuren.'

Thulin kijkt naar Hess, die met zijn linkerhand tegen de deurpost leunt, en ziet dat hij een opgerolde dossiermap in zijn rechterhand heeft.

'Het ís twee keer gedaan. Het is zelfs drie keer gedaan!'

Het jochie met de bruine ogen heeft er genoeg van om op zijn vader te wachten en trekt de Pakistaan tegen zijn zin de galerij op. Thulin kijkt nog even naar Hess en loopt daarna achter hen aan. 'Ik wacht in de auto. Nylander wil ons spreken. We gaan Rosa Hartung over een uur op het ministerie van Sociale Zaken verhoren.'

80

'Stoor ik?' Tim Jansen staat in de deuropening. Hij heeft donkere kringen onder zijn ogen en lijkt afwezig.

Nylander ruikt dat hij gedronken heeft. 'Nee, kom binnen.'

Achter Jansen gonst het bedrijvig op de afdeling. Nylander heeft hem gisteren na de herdenkingsplechtigheid al van het onderzoek gehaald, dus dat is niet de reden dat hij tijd voor hem vrijmaakt. Hess en Thulin hebben het kantoor net verlaten en Jansen heeft hun groet niet beantwoord. Hij staarde voor zich uit alsof hij hen niet heeft gehoord, en dat is een van de redenen dat het Nylander een goed idee lijkt om met hem te praten.

Nylander heeft niet veel tijd besteed aan zijn mededeling aan Thulin en Hess. Hij heeft vanochtend contact opgenomen met het ministerie van Sociale Zaken, waarna minister Rosa Hartung via haar adviseur Frederik Vogel meedeelde dat ze graag behulpzaam wilde zijn met alle informatie die ze kon geven.

'Maar de minister wordt niet verdacht en het is niet de bedoeling om haar in diskrediet te brengen, dus is het een voorwaarde dat het een gesprek en geen verhoor wordt genoemd.'

Nylander gokt erop dat de adviseur het geen prettige situatie vindt en zijn minister heeft aangeraden om van het 'gesprek' af te zien, dus had ze er blijkbaar persoonlijk op gestaan om te helpen. Ondanks die mededeling was Hess, aan wie Nylander een steeds grotere hekel krijgt, in het kantoor blijven staan.

'Betekent dat ook dat je de zaak over de verdwijning van Kristine Hartung heropent?'

Het was Nylander opgevallen dat Hess 'de verdwijning van

Kristine Hartung' in plaats van 'de moord op Kristine Hartung' had gezegd.

'Nee, dat staat niet ter discussie. Als je dat te moeilijk te begrijpen vindt, kun je naar Urbanplanen rijden om langs de deuren te gaan.'

Nylander had het verhoren van Rosa Hartung tot gisteravond laat voor zich uit geschoven, maar de druk van de afdeling was zo langzamerhand enorm. De aanblik in het volkstuinencomplex was een nachtmerrie geweest, en na de moord op rechercheur Martin Ricks was het onderzoek voor velen een persoonlijke aangelegenheid geworden. Een leven was een leven, en het mocht geen verschil maken of het om een politieagent of iemand anders ging, maar de koelbloedige overval op de negenendertigjarige rechercheur die volgens de forensisch arts van achteren was aangevallen en wiens halsslagader was doorgesneden, werd tot diep in het DNA van iedereen in het korps die de eed had afgelegd gevoeld.

Om zeven uur vanochtend was Nylander tijdens een bijzondere vergadering met de leiding gevraagd om de balans op te maken. Het was in principe eenvoudig geweest om te praten over de verhoogde staat van alarm, alsmede over de vele onderzoeksmatige schepen die te water waren gelaten en waarvan ze iets verwachtten. Maar hoewel hij Kristine Hartungs naam niet één keer had genoemd, hing haar schaduw over zijn hele onderzoek. Het was alsof de aanwezigen wachtten tot hij klaar was zodat ze konden beginnen aan het eigenlijke onderwerp van de vergadering: die verdomde vingerafdrukken op de kastanjemannetjes.

'Is er in het licht van wat er is gebeurd een bepaalde twijfel ontstaan over de afloop van de zaak-Kristine Hartung?' De formulering van de adjunct-hoofdcommissaris was diplomatiek maar toch minachtend geweest. Zo voelde Nylander het in elk geval. Het was een beslissend moment in de bespreking, en Nylander voelde de blikken van de anderen op zich rusten. Alle aanwezige chefs hadden zich gelukkig geprezen dat ze niet in zijn schoenen stonden, want de vraag zat net zo vol mijnen als een bevoorradingsroute in het Midden-Oosten. Nylander had echter antwoord gegeven. Er was niets in de zaak-Hartung wat erop wees dat die niet was opgelost. Het onderzoek was bijzonder grondig geweest en alle mogelijkheden waren onderzocht, waarna het bewijsmateriaal was voorgelegd aan de rechtbank en de schuldige was veroordeeld.

Aan de andere kant hadden ze inderdaad drie enigszins uitgewiste vingerafdrukken van Kristine Hartung op de drie kastanjepoppetjes die in verband met de moorden bij de drie vrouwen waren gevonden, maar dat kon van alles betekenen. Het kon een uiting van kritiek op de minister van Sociale Zaken en de maatschappelijke instanties zijn, en daarom moest de minister van Sociale Zaken uiteraard streng worden bewaakt. En de kastanjes kónden afkomstig zijn uit Kristine Hartungs kraampje in de periode voor haar dood, hoewel dat nog niet was bewezen, maar niets wees erop dat het meisje nog in leven zou zijn. Om de monden van de chefs te snoeren, had Nylander zelfs gezegd dat het misschien juist de bedoeling van de dader was om twijfel en onzekerheid te zaaien en dat ze zich daarom, als de vakmensen die ze waren, beter op feiten en realiteiten konden richten.

'Ik heb in de wandelgangen gehoord dat niet al je rechercheurs die mening delen.'

'Dan heb je dat verkeerd gehoord. Misschien is er een enkeling die te creatief denkt, maar dat is niet zo vreemd, omdat de betreffende rechercheur geen deel heeft uitgemaakt van het gedegen onderzoek dat we het afgelopen jaar hebben uitgevoerd.'

'Over wie hebben we het in vredesnaam?' had een politiecommissaris gevraagd.

Nylanders adjunct-chef had solidair verklaard dat het om Mark Hess ging, de verbindingsofficier die problemen in Den Haag had gekregen en onlangs naar huis was gestuurd om hier te werken tot zijn toekomst was bepaald. Nylander besefte door de uitingen van ongenoegen van de anderen dat ze een verbindingsofficier die de problematische relatie met Europol nog erger maakte niet hoog achtten. Hij had gedacht dat de discussie achter de rug was, maar vervolgens had de politiecommissaris gezegd dat hij zich Hess nog heel goed kon herinneren en dat de man geen idioot was. Hess had er misschien een zootje van gemaakt, maar hij was een van de beste rechercheurs geweest die de afdeling ooit had gehad.

'Maar ik hoor je zeggen dat Hess het mis heeft. Dat is geruststellend, niet in het minst omdat de minister van Justitie minder dan een uur geleden in het radionieuws nogmaals heeft ontkend dat er een reden is om de zaak-Kristine Hartung opnieuw te onderzoeken. Aan de andere kant hebben we vier moorden en een politiemoord op ons dak, dus is het belangrijk dat er nú iets gebeurt. We zouden ons eigen graf graven als er dingen zijn die niet worden gecontroleerd omdat iemand de noodzaak voelt om zijn eigen hachje te redden.'

Nylander had van de hand gewezen dat hij zijn eigen hachje wilde redden, maar het wantrouwen was boven de mahoniehouten tafel in de Parolezaal in de lucht blijven hangen. Alleen omdat hij snel kon denken, had hij er meteen aan toegevoegd dat hij daarom vandaag onder meer de opdracht zou geven om minister Rosa Hartung te ondervragen, om uit te sluiten dat zij en het ministerie van Sociale Zaken informatie hadden die ertoe kon leiden dat de dader werd gepakt.

Nylander had de Parolezaal vervolgens met opgeheven hoofd verlaten zonder te onthullen dat hij diep vanbinnen bezorgd begon te worden dat ze tijdens het oplossen van de zaak-Hartung inderdaad een fout hadden gemaakt.

Hij heeft het verloop ontelbare keren overdacht, maar weet nog steeds niet waar de fout kan zitten. Áls er een fout is gemaakt. Aan de andere kant weet hij dat hij zijn carrière op het hoofdbureau van de politie of alle andere plekken binnen de stadsgrenzen kan vergeten als er binnenkort geen doorbraak komt.

'Je moet me weer op de zaak zetten.'

'Jansen, dat hebben we besproken. Ik zet je niet op de zaak. Ga naar huis. Neem een week vrij.'

'Ik ga niet naar huis. Ik wil helpen.'

'Dat is uitgesloten. Ik weet hoeveel Ricks voor je betekende.'

Tim Jansen gaat niet op de stoel zitten die Nylander hem heeft aangeboden, maar gaat bij het raam staan en kijkt naar de zuilengang.

'Wat gebeurt er op dit moment?'

'Je collega's zijn hard aan het werk. Je hoort het zodra we iets weten.'

'Dus Hess en die trut zijn de dader nog steeds niet op het spoor?'

'Jansen, ga naar huis. Je denkt niet helder. Ga naar huis en ga slapen.'

'Het was de schuld van Hess, is dat je duidelijk?'

'Niemand heeft schuld aan Ricks' dood, behalve de dader. Ik ben degene die het groene licht voor de actie gegeven heeft, dus als je boos op iemand wilt zijn, ben ik dat.'

'Ricks zou niet naar buiten zijn gegaan als het niet om Hess was geweest. Hess heeft hem onder druk gezet om dat te doen.'

'Ik begrijp niet wat je bedoelt.'

Jansen geeft eerst geen antwoord. Hij blijft uit het raam kijken. 'We hebben bijna drie weken lang niet geslapen... We hebben alles gegeven wat we in ons hadden en uiteindelijk vonden we het bewijs en kregen we de bekentenis... Maar dan komt die klootzak uit Den Haag hier naar binnen walsen en verspreidt het gerucht dat er een fout is gemaakt...' Hij spreekt de woorden langzaam uit en zijn blik is afwezig.

'Maar dat hebben jullie niet. De zaak is opgelost. Dus jullie hebben geen fout gemaakt. Of wel soms?'

Jansen staart voor zich uit. Het is alsof hij op een andere plek is, maar dan gaat zijn mobiel, en hij loopt naar buiten om het telefoongesprek aan te nemen. Nylander kijkt hem na. Plotseling hoopt hij vurig dat het gesprek van Thulin en Hess met de minister iets oplevert.

81

De ambtenaren van het ministerie van Sociale Zaken dragen dozen naar binnen en zetten die op de witte, ovale vergadertafel die in het midden van de zaal met het hoge plafond staat.

'Dit moet alles zijn. Zeg het maar als jullie nog iets nodig hebben,' zegt de afdelingschef bereidwillig, waarna hij naar de deur loopt. 'Veel succes.'

Eén moment staan de dozen te baden in het zonlicht terwijl de stofdeeltjes erboven dansen, waarna de wolken achter de ramen weer samentrekken en de verlichting overlaten aan de Poul Henningsen-lampen. De inspecteurs werpen zich op de mappen in de dozen, maar voor Hess is het een verlammend déjà vu. Nog maar een paar dagen geleden bevond hij zich in een andere vergaderzaal met een andere stapel dossiers in het stadhuis van Kopenhagen, en het is alsof de dader hem nu in een soortgelijke kafkaiaanse nachtmerrie met nieuwe zaken die gecontroleerd moeten worden heeft geplaatst. Hoe meer mappen Hess in de dozen telt, des te duidelijker wordt het hem dat hij iets heel anders moet doen en de kaders en voorspelbaarheden moet overschrijden. Hij weet alleen niet hoe.

Het verhoor van Rosa Hartung was de hoop waaraan Hess zich had vastgeklampt. Na een onbelangrijk praatje met haar adviseur Vogel, die Thulin en Hess op het hart had gedrukt dat het geen verhoor mocht zijn maar een gesprek moest worden, waren ze alle drie naar het kantoor van de minister gegaan, waar Rosa Hartung op hen wachtte. Ze kende volgens eigen zeggen geen van de vermoorde vrouwen, ook al hadden ze slachtoffer na slachtoffer moeizaam besproken. Voor Hess was het duidelijk dat de minister echt haar best deed om zich te herinneren of ze vroeger een van de slachtoffers of hun gezin was tegengekomen, maar dat leek niet zo te zijn. Hij had zelfs een gevoel van medelijden moeten onderdrukken. Rosa Hartung, de mooie, getalenteerde minister die haar dochter was verloren, was in een geteisterde vrouw veranderd. Haar blik was verward en kwetsbaar als bij een opgejaagd wild dier, en toen ze met de foto's en de papieren voor zich zat, zag Hess dat haar tengere handen trilden, ook al vocht ze daartegen.

Hij had zijn toon toch aangescherpt, want hij twijfelde er niet aan dat Rosa Hartung de sleutel was. De vermoorde vrouwen hadden iets gemeen. In drie gevallen waren kinderen thuis ernstig mishandeld of misbruikt. In alle gevallen had de dader een anoniem verzoek om uithuisplaatsing ingediend, en in alle gevallen had het systeem de gezinnen vrijgesproken en was er niet ingegrepen. Omdat de slachtoffers waren voorzien van een kastanjemannetje met de vingerafdruk van Rosa Hartungs dochter, wees de pijl er misschien naar dat de dader Rosa Hartung ter verantwoording wilde roepen, dus de zaken móésten de minister iets zeggen.

'Dat is niet zo. Het spijt me, maar ik weet niets.'

'Hoe zit het met de bedreigingen van de laatste tijd? Ik heb begrepen dat u een onaangename mail hebt gekregen en dat iemand "moordenaar" op de ministersauto geschreven heeft. Hebt u enig idee wie dat gedaan kan hebben of waarom?'

'De PET heeft me hetzelfde gevraagd, maar ik zou niemand weten die...'

Hess hield de bedreigingen en de moorden bewust gescheiden van elkaar, want als het vandalisme aan de ministersauto volgens de PET op hetzelfde moment als de moord op Anne Sejer-Lassen had plaatsgevonden, dan moesten die twee zaken onafhankelijk van elkaar zijn gebeurd. Tenzij er sprake was van een samenwerking tussen twéé daders, maar voorlopig was er niets wat daarop wees.

Thulin begon haar geduld te verliezen. 'Maar u moet toch

beseffen waarom het gaat? De bedreigingen wijzen erop dat u niet overal populair bent. U moet toch weten of u iets gedaan hebt waardoor iemand wraak op u wilt nemen?'

De adviseur van de minister, Vogel, had geprotesteerd over de harde toon, maar Rosa Hartung had volgehouden dat ze probeerde te helpen. Ze wist alleen niet hoe. Het was bekend dat ze altijd aan de kant van de kinderen had gestaan en altijd van mening was geweest dat kinderen die onder de situatie leden uit huis geplaatst moesten worden, wat onder meer de reden was geweest dat ze de gemeenten had gevraagd om de klokkenluidersregeling in het leven te roepen, zoals bijvoorbeeld in Kopenhagen was gebeurd. De belangen van de kinderen waren haar speerpunt, en het eerste wat ze had gedaan toen ze tot minister was benoemd, was de gemeenten aansporen om zich actiever op te stellen. Na ongewoon grove verwaarlozingsgevallen in bepaalde Jutlandse gemeenten was de behoefte groot geweest, maar het was duidelijk dat ze tegenstanders kon hebben, niet in het minst onder de gemeenten en gezinnen die haar beleid hadden gevoeld.

'Kan er iemand zijn die van mening is dat u de kinderen juist in de steek gelaten hebt?' vroeg Thulin.

'Nee, dat kan ik me niet voorstellen.'

'Waarom niet? Als minister moet het gemakkelijk zijn om afgeleid te worden door...'

'Maar dat is niet zo. Ik wil u niet afvallen, maar ik ben zelf in een pleeggezin opgegroeid, dus ik weet waar het om gaat en laat de kinderen niet in de steek.'

Rosa Hartungs ogen hadden gevlamd van woede terwijl ze Thulin terechtwees, en hoewel Hess blij was dat ze het had gevraagd, begreep hij plotseling volledig waarom Rosa Hartung zo populair was. Na een paar harde jaren als minister bezat ze nog steeds de oprechtheid die alle politici tevoorschijn probeerden te toveren als de camera tijdens primetimezendtijd draaide, maar in Hartungs geval was die echt.

'Hoe zit het met de kastanjemannetjes? Kunt u een reden

bedenken waardoor iemand de behoefte zou hebben om u te confronteren met kastanjemannetjes of kastanjes in het algemeen?'

Hoewel het najaar was, was de signatuur van de dader ongewoon, en als Hess gelijk had dat Rosa Hartung de sleutel was, dan hoopte hij dat ze daar een idee over had.

'Nee, helaas niet. Alleen dat met Kristines kraampje in de herfst. Als Mathilde en zij bij de tafel zaten en... Maar dat heb ik al verteld.'

De minister had gevochten om niet te gaan huilen en Vogel had geprobeerd het verhoor af te breken, maar Thulin had gezegd dat ze nog niet klaar waren. Omdat de minister tot meer uithuisplaatsingen in de gemeenten had aangespoord, wilden Thulin en Hess inzicht hebben in alle zaken die waren behandeld in de periode waarin Rosa Hartung minister was. De dader kon een persoon zijn die wraak wilde nemen op de minister en het systeem dat ze vertegenwoordigde, en Rosa Hartung had Vogel met een knikje naar buiten gestuurd om met het hoofd van de afdeling te praten en te regelen wat nodig was. Hess en Thulin waren opgestaan en hadden Rosa Hartung bedankt voor haar moed, maar ineens waren zij degenen die werden verrast door de vraag van de minister.

'Voordat we afscheid van elkaar nemen, wil ik graag weten of er een kans is dat mijn dochter nog leeft.'

Ze hadden allebei niet geweten wat ze moesten zeggen. De vraag was te verwachten geweest, en toch waren ze er niet op voorbereid.

Ineens had Hess echter antwoord gegeven. 'De zaak van uw dochter is opgelost. Een man heeft bekend en hij is veroordeeld.'

'Maar de vingerafdrukken... Drie keer?'

'Als de dader een hekel aan u heeft en zijn redenen heeft, zou dat het meest kwaadaardige zijn wat hij u en uw gezin kan aandoen.'

'Maar jullie weten het niet. Jullie kunnen het niet weten.'

'Zoals ik al zei...'

'Ik wil alles doen wat jullie zeggen, maar jullie moeten haar vinden.'

'Dat kunnen we niet. Zoals ik al zei...'

Rosa Hartung had niets meer gezegd en had met glanzende ogen naar hen gekeken, tot ze zich had vermand en was opgehaald door Vogel. Hess en Thulin hadden vervolgens de beschikking over de vergaderzaal gekregen en Nylander had tien inspecteurs naar hen toe gestuurd om te helpen met het screenen van de dossiermappen.

Thulin komt binnen met een nieuwe doos, die ze op de vergadertafel neerzet. 'Dit is de laatste. Ik lees hiernaast op een laptop. Laten we aan de slag gaan.'

Het optimisme dat Hess voelde toen ze toestemming hadden gekregen om met de minister te praten is verdwenen. Ze moeten opnieuw dossiers doorlezen. Vol verhalen over traumatische kinderjaren, gekwetste gevoelens, ingrijpen van de gemeente en verraad, waarmee de dader de politie en de autoriteiten waarschijnlijk wil confronteren. Hess beseft dat hij te weinig heeft geslapen. Zijn gedachten gaan met hem op de loop en hij heeft moeite om geconcentreerd te blijven. Vinden ze de dader tussen de verongelijkte personen in de dossiermappen op de tafel? Dat lijkt logisch, maar is de dader logisch? De persoon in kwestie moet allang hebben voorzien dat ze zich juist op deze zaken zouden concentreren, en waarom zou de dader het risico lopen om naar zichzelf te wijzen? Waarom maakt hij kastanjemannetjes? Waarom zaagt hij handen en voeten af, waarom de moeders in plaats van de vaders, en waar is Kristine Hartung?

Hess verzekert zich ervan dat de plastic map nog steeds in zijn binnenzak zit en loopt naar de deur. 'Thulin, we gaan. Zeg tegen je mensen dat ze moeten bellen als ze iets vinden.'

'Waarom? Waar gaan we naartoe?'

'Terug naar het begin.'

Hess verdwijnt zonder te controleren of Thulin achter hem

aan komt. Op weg naar buiten vangt hij een glimp op van Frederik Vogel, die naar hem knikt en de deur van het ministerskantoor dichtdoet.

82

‘Waarom moeten we over de zaak-Hartung praten als Nylander zegt dat die niet relevant is?’

‘Ik heb geen idee. Als het om machetes en varkens in stukken snijden gaat, ben ik weg, maar je moet het hém vragen.’ Thulin staat tegenover Genz in het laboratorium en knikt geïrriteerd naar Hess, die de deur dichtdoet zodat niemand kan horen wat ze bespreken. Ze zijn rechtstreeks van het ministerie van Sociale Zaken naar Genz in het kubusvormige gebouw met de vele glazen vitrines en witte laboratoriumjassen gereden. Onderweg heeft Hess aan Thulin gevraagd om te informeren of Genz aanwezig is, terwijl hij zelf in gesprek was op zijn mobiel. Genz klonk blij toen Thulin belde, misschien extra blij omdat het geen aangekondigd telefoongesprek was, en misschien ook een beetje teleurgesteld toen ze vertelde dat Hess een paar dingen met hem wilde bespreken. Thulin had gehoopt dat Genz het te druk zou hebben, maar door een afgelaste bespreking had hij blijkbaar tijd voor hen, en Thulin heeft nu intense spijt dat ze is meegegaan. Ze staan bij de tafel waar ze de eerste afdruk van Kristine Hartungs duim op het scherm hebben gezien, maar dat lijkt heel lang geleden. Een lasapparaat en sporen van vlammen op de achtergrond vertellen Thulin dat Genz bezig is geweest met het verwarmen van plastic om de flexibiliteit ervan te testen. Nu kijkt hij met een vriendelijke maar alerte blik naar Hess, die naar de tafel loopt.

‘Omdat ik denk dat de zaak-Hartung relevant ís. Thulin en ik werkten allebei niet op de afdeling tijdens dat onderzoek, dus heb ik hulp nodig, en jij bent de enige die ik kan vertrouwen.

Als je je zorgen maakt dat je in de problemen komt, moet je dat nu zeggen, want dan gaan we weer.'

Genz kijkt even naar hem en glimlacht dan. 'Ik ben nieuwsgierig. Zolang je me geen varken wilt laten ontleden, is het geen probleem. Waar gaat het om?'

'Het bewijsmateriaal tegen Linus Bekker.'

'Ik wist het.' Thulin staat op van de stoel waarop ze net is gaan zitten, maar Hess pakt haar hand vast.

'Laat me uitpraten. Tot nu toe hebben we in grote lijnen gedaan wat de dader van ons verwacht. We moeten een manier vinden om hem voor te zijn. Als het tijdverspilling is om ons met die oude zaak bezig te houden, ontdekken we dat nu en dan hou ik verder mijn mond. Ook over Kristine Hartung.'

Hess laat haar hand los. Thulin blijft nog even staan, maar gaat dan weer zitten. Genz heeft gezien dat Hess haar hand vastpakte en op de een of andere manier maakt het haar verlegen dat ze hem niet gewoon heeft weggetrokken.

Hess slaat een dikke dossiermap open. 'Vorig jaar op 18 oktober verdween Kristine Hartung 's middags toen ze na handbal onderweg naar huis was. De vermissing werd al snel bij de politie gemeld en het onderzoek kwam serieus op gang toen haar fiets en tas een paar uur later in het bos gevonden werden. De drie weken daarna werd er vergeefs gezocht naar het meisje, dat van de aardbodem verdwenen leek te zijn. Vervolgens kwam er een anonieme tip binnen dat ze een huiszoeking moesten doen bij Linus Bekker, drieëntwintig jaar, woonachtig in een parterreflat in een wooncomplex in Bispebjerg. Is dat tot nu toe correct?'

'Ja. Ik ben bij de huiszoeking aanwezig geweest en het bleek een goede tip te zijn.'

Hess geeft Genz geen antwoord, maar blijft in de dossiermap bladeren. 'Daarna is Linus Bekker meegenomen om hem over Kristine Hartung te verhoren en vond er een huiszoeking plaats. De man leek verdacht. Geen baan, geen opleiding, geen sociaal netwerk. Hij woonde alleen en bracht zijn tijd achter de computer door met pokeren op internet. Nog belangrijker was dat hij drie jaar in de gevangenis had gezeten voor het verkrachten van een moeder en haar tienerdochter in een woning in Vanløse, waar hij op achttienjarige leeftijd had ingebroken. Bovendien was Bekker een paar keer veroordeeld voor onzedelijk gedrag en was hij voor zijn psychische problemen in behandeling bij de ambulante geestelijke gezondheidszorg. Bekker ontkende van het begin af aan echter elke betrokkenheid bij het misdrijf tegen Kristine Hartung.'

'Hij zei zelfs dat hij helemaal normaal was geworden. Maar toen lukte het ons, of liever gezegd onze IT-medewerkers, om zijn laptop te openen.'

'Precies. Voor zover ik begrepen heb, bleek Linus Bekker een heel goede hacker te zijn. Een autodidact, maar hardnekkig. Paradoxaal genoeg was zijn belangstelling voor IT gewekt door een IT-cursus in de gevangenis, en men ontdekte dat hij al minstens een halfjaar lang in staat was om in te breken in het digitale politiearchief met lijkfoto's van plaatsen delict.'

Thulin was van plan geweest om haar mond te houden om tijd te winnen, maar nu moet ze Hess corrigeren. 'Puur technisch gezien was het geen inbraak. Hij had een login-cookie van een van de computers gehaald die ingelogd waren op het systeem, en omdat het een oud en onveilig systeem was, kon hij erin komen door de cookie opnieuw te gebruiken. Het is een schande dat het systeem lang geleden al niet vernieuwd is.'

'Ook goed. Bekker had in elk geval toegang tot honderden foto's van plaatsen delict en het moet een schok geweest zijn toen dat ontdekt werd.'

'Niet alleen een schok. Het was een atoombom,' voegt Genz eraan toe. 'Het was de man gelukt om zich toegang te verschaffen tot iets waartoe niemand, behalve wij, toegang hebben. Bovendien bleek uit zijn gebruikersgegevens dat hij die toegang had gebruikt om te zwelgen in een paar van de ergste moorden die hij had kunnen vinden.'

'Zo heb ik dat ook begrepen. Vooral seksueel gemotiveerde

moorden op vrouwen. Ontklede, verminkte vrouwen waren blijkbaar favoriet, maar ook misdrijven tegen kinderen, vooral minderjarige meisjes. Bekker gaf vervolgens toe dat hij sadistische dwanggedachten had en seksueel gestimuleerd raakte door naar de foto's te kijken. Hij ontkende echter nog steeds dat hij Kristine Hartung had aangeraakt en er was in principe ook niets wat daarop duidde.'

'Dat klopt. Dat kwam pas nadat we een paar schoenen van hem hadden geanalyseerd.'

'Vertel eens over de schoenen.'

'Het is redelijk simpel. We controleerden alles in de flat, ook zijn oude witte sneakers die op een krant in een kast stonden. Na analyse van de aarderesten onder de schoenen bleken die voor honderd procent te matchen met de aardesoort in het gebied waar de fiets en tas van Kristine Hartung waren aangetroffen. Daar was geen enkele twijfel over. Daarna begon hij te liegen.'

'Met liegen bedoel je zijn verklaring voor zijn bezoek aan die plek in het bos?'

'Inderdaad. Voor zover ik begrepen heb, vertelde hij dat hij, op dezelfde manier als bij de foto's in het archief, zich aangetrokken voelde tot plaatsen delict. Toen hij op het nieuws over Kristine Hartungs verdwijning had gehoord, was hij naar de bewuste plek in het bos gegaan. Je moet het Tim Jansen of een van de anderen vragen, maar ik meen me te herinneren dat hij beweerde dat hij samen met de andere nieuwsgierigen achter de politieafzetting had gestaan en seksueel opgewonden was geworden door op die plek te zijn.'

'Daar kom ik later op terug. Feit is dus dat de man nog steeds volhield dat hij Kristine Hartung niet vermoord had. Hij had moeite om verslag te doen van zijn expedities en gaf de schuld van zijn black-outs aan zijn paranoïde schizofrenie, maar hij bleef ontkennen, zelfs toen jullie het wapen met Kristine Hartungs bloed, de machete dus, op een plank in de garage vlak bij zijn auto vonden.'

Hess kijkt in de dossiermap.

'Pas toen hij op een bepaald moment verhoord werd door Jansen en Ricks, en werd geconfronteerd met de foto's van het gevonden wapen, bekende hij eindelijk. Klopt dat?'

'Ik weet niet wat er tijdens de verhoren gebeurde, maar de rest lijkt te kloppen.'

'Mooi, kunnen we nu dan gaan?' Thulin kijkt met een scherpe blik naar Hess. 'Ik snap niet waarvoor we dit kunnen gebruiken. Is het niet verdomd onbelangrijk? De man is duidelijk niet goed bij zijn hoofd, dus heeft het geen zin om tijd aan hem te verspillen terwijl een andere dader ontsnapt.'

'Ik zeg dit niet omdat ik denk dat Linus Bekker gezond is. Het probleem is alleen dat ik denk dat hij de waarheid vertelde tot de dag waarop hij het misdrijf plotseling bekende.'

'Nu moet je ophouden.'

'Wat bedoel je?' vraagt Genz, die nieuwsgierig is geworden.

Hess wijst een plek in het dossier aan. 'Linus Bekker is in het jaar vóór de zaak-Kristine Hartung twee keer opgepakt voor onzedelijk gedrag. De eerste keer op de binnenplaats van een studentenhuis in Odense, waar een jonge vrouw een paar jaar eerder was verkracht en vermoord door haar minnaar. De tweede keer op Amager Fælled, waar een vrouw tien jaar eerder was vermoord door een taxichauffeur en in de struiken was achtergelaten. In beide gevallen werd Bekker masturberend op de oude plaatsen delict aangetroffen, waarna hij opgepakt werd en een kleine straf kreeg.'

'Dat zegt toch genoeg?'

'Nee. Dat vertelt ons dat er daadwerkelijk een mogelijkheid is dat Linus Bekker op het idee kon komen om, zodra hij daarover op het nieuws hoorde, naar de plek in het bos te gaan waar Kristine Hartung verdwenen was. Het is misschien onbegrijpelijk voor anderen, maar voor een man met zijn neiging zou het logisch zijn.'

'Misschien, maar het punt is dat hij dat niet uit zichzelf gezegd heeft toen hij aangehouden werd. Dat zou iemand die onschuldig is gedaan hebben. Hij kwam pas met die verklaring toen we de aarde onder de witte sneakers hadden geanalyseerd.'

'Dat hoeft niet zo vreemd te zijn. Misschien had hij in eerste instantie gehoopt dat jullie helemaal geen aarderesten zouden vinden. Er waren ondanks alles drie weken verstreken, en hoewel ik Linus Bekker niet persoonlijk ken, kan ik me voorstellen dat hij ervan uitging dat hij niets hoefde te vertellen over zijn drang om plaatsen delict op te zoeken. Nadat hij met de aardeanalyse was geconfronteerd, moest hij de waarheid echter wel vertellen.'

Thulin staat op. 'We draaien in kringetjes rond. Ik snap niet waarom we plotseling de verklaring van een veroordeelde psychopaat moeten geloven, dus ik ga nu terug naar het ministerie.'

'Dat moeten we omdat Linus Bekker inderdaad in het bos is geweest. Precies op het tijdstip dat hij genoemd heeft.'

Hess trekt een plastic map uit zijn binnenzak en haalt een stapel gekreukte prints tevoorschijn. Voordat hij ze naar Thulin schuift, beseft ze dat het de map is die ze vanochtend in Odinparken in zijn hand heeft gezien toen hij van zijn rondje hardlopen terugkwam.

'De Koninklijke Bibliotheek bewaart artikelen en foto's in het digitale archief, en tussen de foto's die 's avonds van de vermoedelijke verdwijnplek in het bos zijn genomen, vond ik deze. De bovenste print toont de foto die de dag nadat Kristine Hartung verdwenen is bij de reportage in de ochtendkrant afgedrukt is. De andere prints zijn close-ups.'

Thulin kijkt naar de foto's. De bovenste print is een foto die ze eerder heeft gezien. Die is bijna iconisch, omdat het een een-op-eenafdruk is van een van de eerste foto's die ze zich uit de berichtgeving van de media over de zaak-Kristine Hartung kan herinneren. Op de foto staat een deel van het bos, dat wordt verlicht door schijnwerpers, met politieagenten en hondenpatrouilles die zo te zien bezig zijn om hun zoektocht te coördineren. Ze zien er somber uit, waaruit duidelijk wordt hoe ernstig de situatie is. Op de achtergrond staan journalisten, fotografen en andere nieuwsgierigen achter een politieafzetting, en Thulin doet haar mond open om opnieuw te protesteren tegen de tijdverspilling. Op de volgende print ziet ze hem echter. De print is grofkorrelig en toont een close-up van een aantal gezichten. Thulin begrijpt meteen dat het de nieuwsgierigen achter de politieafzetting zijn. Helemaal achteraan en bijna verborgen achter de schouders van anderen, in de derde of de vierde rij, ziet ze Linus Bekker staan. Vanwege de vergroting zijn de ogen zwarte, vlekkerige gaten, maar de gezichtsvorm en het spaarzame blonde haar laten geen twijfel bestaan.

'De vraag is natuurlijk hoe hij daar kan staan als hij later in zijn bekentenis vertelt dat hij op dat tijdstip met Kristine Hartungs lijk in noordelijke richting rijdt om te zoeken naar een plek waar hij haar kan begraven.'

'Verdomme...' Genz heeft de stapel prints van Thulin gepakt, die nog steeds niet goed weet wat ze moet zeggen.

'Waarom heb je dat niet eerder gezegd?' vraagt ze uiteindelijk. 'Waarom heb je niets tegen Nylander gezegd?'

'Ik moest het tijdstip waarop de foto genomen is, controleren bij de fotograaf die hem gemaakt heeft. Ik moest bevestigd krijgen dat hij inderdaad die avond is genomen, en die bevestiging heb ik in de auto op weg hiernaartoe gekregen. En wat betreft Nylander vond ik het beter als wij dit eerst samen zouden bespreken.'

'Maar dat pleit Bekker nog steeds niet vrij. Hij kan Kristine Hartung in principe vermoord hebben, het lijk in de auto gestopt hebben en teruggereden zijn naar het bos om naar de activiteiten van de politie te kijken voordat hij naar het noorden gereden is.'

'Ja. Dat soort gedrag is eerder vertoond. Maar het is ook merkwaardig dat er helemaal geen bottenstof op de machete zat als hij haar echt in stukken gesneden heeft. En dat brengt ons bij het raadsel dat...'

'Maar waarom zou Linus Bekker iets bekennen wat hij niet gedaan heeft? Dat is toch niet logisch?'

'Daar kunnen veel redenen voor zijn, maar ik ben van mening dat we hem dat zelf moeten vragen. Ik geloof namelijk dat de dader in de zaak-Kristine Hartung dezelfde is als de dader naar wie wíj op zoek zijn. En als we geluk hebben, kan Linus Bekker ons helpen.'

83

De rit naar Slagelse is ongeveer 100 kilometer en de gps heeft berekend dat ze daar bijna vijf kwartier over doen. Maar als Thulin afslaat naar het oude circusterrein bij Grønningen, waar het psychiatrisch ziekenhuis en de extra beveiligde inrichting zich tegenwoordig bevinden, is er nauwelijks een uur verstreken.

Het was prettig geweest om de stadsgrenzen te passeren en de akkers en bossen met hun rode, gele en bruine kleuren voorbij te zien schieten. Nog even en dan verdwijnen de kleuren uit het najaarslandschap. Het deel van de herfst dat uitsluitend grijs is begint binnenkort, dus Thulin heeft geprobeerd om van het uitzicht te genieten, ook al was ze in gedachten nog in het laboratorium van het Forensisch Instituut.

Hess had zijn theorie uitgediept terwijl ze nog bij Genz waren. Als Linus Bekker niet schuldig was aan een misdrijf tegen Kristine Hartung, moest er iemand zijn geweest die er belang bij had om de verdenking op hem te laten vallen. Linus Bekker was op veel manieren een vanzelfsprekende zondebok, met een strafblad en een psychische stoornis die de aandacht van de politie zou trekken als hij eenmaal in de belangstelling stond. De dader – en daarmee bedoelde Hess niet Linus Bekker – had in dat geval alles lang van tevoren al gepland en had waarschijnlijk de bedoeling gehad om het erop te laten lijken dat Kristine Hartung dood en begraven was. De anonieme tip over Linus Bekker, die had geleid tot de oplossing van de zaak-Kristine Hartung, leek nu verdacht.

In eerste instantie had Hess Genz daarom gevraagd naar het

onderzoek van het telefoontje dat de politie in de richting van Bekker had geleid. Genz was meteen naar de computer gelopen om de details in het verslag van de IT-onderzoekers te controleren. De anonieme tip was op een vroege maandagochtend op een vaste telefoon binnengekomen, maar helaas niet via de alarmlijn 112, waar alle telefoontjes automatisch werden opgenomen. Het opvallende was dat het telefoontje was binnengekomen op een rechtstreekse lijn naar het secretariaat van Nylander, het hoofd van de afdeling Moordzaken. Dat hoefde op zich niet verdacht te zijn, omdat Nylander in die periode zo vaak in de media was verschenen dat het voor iedereen die de zaak volgde logisch was om te proberen juist hem te pakken te krijgen als ze een tip wilde geven. Het telefoontje was bovendien afkomstig van een mobiel met een niet-geregistreerde prepaidkaart, en daarom was het niet mogelijk geweest om de informant te traceren. Daarmee liep het spoor dood. De secretaresse die het telefoontje had aangenomen, had volgens het rapport geen andere beschrijving kunnen geven dan 'een Deens sprekende man' die in korte bewoordingen had verteld dat ze Linus Bekker in verband met de zaak-Hartung moesten natrekken en zijn flat moesten doorzoeken. Linus Bekkers naam was herhaald, en daarna was de verbinding verbroken.

Hess had Genz vervolgens gevraagd om de technische sporen van de zaak-Hartung zo snel mogelijk nogmaals door te nemen. Op het moment dat het onderzoek zich op Bekker had geconcentreerd, was het mogelijk dat andere, ogenschijnlijk onbelangrijke sporen in de vuilnisbak waren verdwenen, en dat waren de sporen waarvoor Hess nu belangstelling had. Het zou tijd kosten, maar Genz was bereid geweest om het te proberen. Hij had gevraagd wat hij moest antwoorden als iemand merkte dat hij in de zaak-Hartung op zoek was naar technische sporen.

'Vertel dat ik je dat gevraagd heb, zodat je niet in de problemen komt.'

Thulin had heel even aan zichzelf gedacht en overwogen wat

zíj moest zeggen. Ze twijfelde er niet aan dat de huidige ontwikkeling onder het gebied viel waar Nylander een hekel aan had, en als het werd ontdekt, zou de ongehoorzaamheid haar kans om bij NC3 binnen te komen kunnen ruïneren. Ze had zichzelf er echter niet toe kunnen brengen om Nylander te bellen. In plaats daarvan had ze gebeld naar een van de inspecteurs die op het ministerie van Sociale Zaken dossiers lazen om potentiele vijanden van Rosa Hartung te vinden. Er was geen nieuws geweest, behalve het feit dat veel van de zaken sterke gevoelens en antipathie tegenover openbare instanties bevatten, en daarom had ze ingestemd met Hess' voorstel om te proberen in gesprek te komen met Linus Bekker, waarna Hess had gebeld naar de extra beveiligde inrichting waar Bekker zat. De psychiatrische chef de clinique zat in vergadering, maar Hess had zijn plaatsvervanger in grote lijnen verteld waarover het ging en had gezegd dat ze onderweg waren en verwachtten dat ze binnen een uur zouden arriveren.

'Vind je het geen probleem om erbij te zijn? Je hoeft niet mee naar binnen te gaan als je bang bent dat je daardoor gecompromitteerd wordt.'

'Ik vind het geen probleem.' Thulin had nog steeds moeite te geloven dat het bezoek zin zou hebben. Het was voor haar vanzelfsprekend dat Linus Bekker de waarheid had verteld toen hij de misdaad bekende. Dat sloot niet uit dat hij in het bos achter de politieafzetting had gestaan. Voor zover ze Tim Jansen kende – en Martin Ricks had gekend – waren ze absoluut in staat tot grofheden, mogelijk ook wanneer een verdachte overgehaald moest worden om te bekennen, maar hoewel ze Linus Bekker misschien verschrikkelijk onder druk hadden gezet, had de man vervolgens heel veel kansen gehad om zijn bekentenis in te trekken. Dus waarom zou die vals zijn? Ondanks zijn beweerde black-outs had Bekker zich voldoende herinnerd om het hele verloop te kunnen reconstrueren. Hij had ingestemd met een reconstructie waarbij zijn gedrag van die middag in kaart was gebracht, vanaf het moment dat hij had rondgereden in zijn auto en het meisje met de sporttas toevallig had gezien, tot hij zich die nacht met het lijk in een bos ergens in het noorden had bevonden. Hij had over het seksuele geweld en de wurging verteld, en dat hij met het lijk had rondgereden en niet had geweten wat hij moest doen. Hij had in de rechtbank zelfs zijn verontschuldigingen aangeboden aan de ouders van het meisje.

Het móét gewoon waar zijn, al het andere is onrealistisch, is het laatste wat Thulin denkt als ze het terrein op rijden en voor de sluis van de extra beveiligde inrichting parkeren.

84

Het nieuwe zwaarbewaakte complex staat op zijn eigen vierkante perceel naast het psychiatrisch ziekenhuis en is aan alle kanten omgeven door 6 meter hoge dubbele muren met een zogenoemd krokodillengraf ertussen. De enige ingang ligt aan de zuidkant, met een sluizensysteem dat naar het parkeerterrein is gericht. Hess en Thulin gaan voor de bewakingskoepel met het luidsprekersysteem naast de grote, zware poort staan.

In tegenstelling tot Hess is Thulin nog nooit in een extra beveiligde inrichting geweest, maar ze heeft er uiteraard over gehoord. Dit is de grootste gerechtspsychiatrische instelling voor de gevaarlijkste criminelen. De ongeveer dertig gevangenen zijn veroordeeld op basis van het zogenoemde gevaarlijkheidsdecreet, waarvan gerechtelijke instanties in zeldzame gevallen gebruik kunnen maken als er vermoedens zijn dat de dader een voortdurend gevaar voor andere mensen vormt. Als het gevaar wordt veroorzaakt door psychische stoornissen, wordt de dader in het zwaarbewaakte complex geplaatst, dat een combinatie is van een psychiatrische afdeling en een zwaarbewaakte gevangenis. Daarnaast is er altijd sprake van een gevangenisstraf van onbepaalde duur. Onder de gevangenen, die patiënten worden genoemd, bevinden zich moordenaars, pedofielen, serieverkrachters en pyromanen, en sommige zullen nooit meer in de maatschappij losgelaten kunnen worden, omdat hun ontoerekeningsvatbaarheid niet zal veranderen.

De elektronische poort gaat open en Thulin loopt achter Hess aan naar een garageachtige lege ruimte, waar ze worden opgewacht door een bewaker achter kogelwerend glas. Achter hem zit een andere bewaker, die alle monitoren van de bewakingscamera's in de gaten houdt, en dat zijn er veel. Thulin geeft op verzoek haar mobiel, riem, veters en andere spullen die als wapen of voor zelfmoord gebruikt kunnen worden af. Thulin en Hess moeten hun wapens eveneens inleveren, maar de mobiel doet het meeste pijn, omdat Thulin daardoor geen mogelijkheid meer heeft om in contact te komen met haar collega's op het ministerie, waarop ze niet heeft gerekend. Een bodyscanner vrijwaart haar voor verder onderzoek, en Hess en zij wachten in de ruimte tot er een nieuwe poort opengaat. Ze lopen de sluis in, en pas als de eerste poort helemaal dicht is, gaat de volgende poort open. Een zware metalen deur aan het eind van de ruimte wordt elektronisch geopend door een brede verpleegkundige met een naambordje waarop HANSEN staat.

'Welkom. Ik loop met jullie mee.'

Met de lichte gangen en het uitzicht op de tuin lijkt de inrichting op het eerste gezicht vooral op een modern cursuscentrum. Dat verandert echter als je ziet dat het interieur als bij een schip met bouten aan de vloer en de muren is bevestigd. Het geluid van rammelende sleutels klinkt voortdurend, en naarmate ze verder in het sluizensysteem doordringen, verandert de inrichting steeds meer in een gewone gevangenis. Sommige patiënten zitten op bankstellen of staan bij tafeltennistafels. Sommigen hebben een baard, een paar van hen zijn duidelijk onder invloed van medicijnen, en de meesten sloffen op badslippers rond. Thulin vindt dat de patiënten bedroefde gezichtsuitdrukkingen hebben. Ze lijken nog het meest op bewoners van een verzorgingstehuis, maar Thulin herkent een paar patiënten van foto's in de media, en hoewel hun gezichten oud en levenloos zijn geworden, weet ze dat ze mensenlevens op hun geweten hebben.

'Dit is heel storend. Ik begrijp niet waarom ik niet eerder op de hoogte gesteld ben.' Psychiatrisch chef de clinique Weiland is niet enthousiast over hun komst. Hoewel Hess aan de telefoon heeft uitgelegd waarom ze hier zijn, begint hij van voren af aan.

'Het spijt me heel erg, maar we moeten met hem praten.'

'Linus Bekker gaat vooruit. Hij mag niet geconfronteerd worden met nieuws over dood en geweld, want dat kan een nadelige invloed op zijn ontwikkeling hebben. Hij valt onder de patiënten die geen medicatie krijgen, afgezien van een natuurlijk programma van een uur per dag.'

'We willen Linus Bekker alleen vragen stellen over dingen waarover hij eerder heeft gepraat. Het is doorslaggevend dat we met hem praten. Als u ons geen toegang wilt geven, moet ik een gerechtelijk bevel aanvragen, maar dat is een vertraging die mensenlevens kan kosten.'

Thulin ziet dat de chef de clinique niet voorbereid is op dat antwoord. Hij aarzelt heel even en het is duidelijk dat hij gevoelig is voor statusverlies.

'Wacht hier. Als hij toestemt is het in orde, maar ik ga hem nergens toe dwingen.'

Vlak daarna komt de chef de clinique terug en laat Hansen door middel van een knikje weten dat Linus Bekker ja heeft gezegd, waarna hij verdwijnt.

Hansen kijkt hem even na en begint vervolgens de veiligheidsmaatregelen uit te leggen. 'Er mag geen fysiek contact plaatsvinden. Als er spanning bij Bekker ontstaat, moeten jullie aan het alarmkoord in de bezoekerskamer trekken. We staan vlak achter de deur voor het geval de situatie uit de hand loopt, maar dat hebben we liever niet. Begrepen?'

85

De bezoekerskamer is ongeveer 3 bij 5 meter. De dikke, gepantserde ramen maken tralies overbodig en je kunt vrij naar de groene tuin en de 6 meter hoge muur daarachter kijken. Vier harde plastic stoelen staan heel precies rond een kleine vierkante tafel, doordat ze met bouten aan de vloer zijn bevestigd. Linus Bekker zit al op een van de stoelen als Hess en Thulin naar binnen worden gebracht.

De kalende jongeman met het kinderlijke gezicht is verrassend klein, zo'n 1,65 meter, maar is stevig gebouwd. Hij lijkt nog het meest op een gymnast in zijn grijze joggingbroek en witte T-shirt.

'Mag ik bij het raam zitten? Ik zit het liefst bij het raam.' Linus Bekker is overeind gekomen en staat als een zenuwachtige schooljongen naar hen te kijken.

'Prima. Dat mag je zelf beslissen.'

Hess stelt hen voor en Thulin merkt dat hij zijn uiterste best doet om vriendelijk te zijn en vertrouwen uit te stralen. Hij bedankt Linus zelfs omdat hij tijd voor hen vrijmaakt.

'Tijd heb ik meer dan voldoende,' zegt Linus Bekker zonder ironie of glimlach. Het is niet meer dan een constatering, terwijl hij onzeker met zijn ogen knippert. Als Thulin op een van de vastgeschroefde stoelen tegenover de jonge man is gaan zitten, begint Hess uit te leggen dat ze hier zijn omdat ze zijn hulp nodig hebben.

'Ik weet niet waar het lijk is. Het spijt me verschrikkelijk, maar ik kan me echt niet meer herinneren dan ik al verteld heb.'

'Daar hoef je niet over na te denken, want daar gaat het niet om.'

'Werkten jullie destijds aan de zaak? Ik kan me jullie niet herinneren.'

Linus Bekker kijkt met een trouwhartige blik naar hen, terwijl zijn ogen angstig knipperen. Hij zit met een rechte rug op de stoel, terwijl hij zenuwachtig aan zijn gerafelde rode nagelriemen plukt.

'Nee, wij werkten niet aan de zaak.'

Hess vertelt de leugen waarover ze het eens zijn geworden. Hij laat zijn Europol-legitimatie zien en vertelt dat hij in Den Haag elke dag met daderprofielen werkt. Door het karakter en het gedrag van daders zoals bijvoorbeeld Linus Bekker in kaart te brengen, kan het profiel meehelpen om soortgelijke misdrijven op te lossen. Nu is Hess in Denemarken om zijn Deense collega's te helpen, onder wie Thulin, met het opzetten van een soortgelijke afdeling. Ze voeren gesprekken met geselecteerde gevangenen om te vragen naar hun reactiepatronen in de periode voor het misdrijf en ze hopen dat Linus Bekker daaraan wil deelnemen.

'Maar ik heb niet gehoord dat jullie zouden komen.'

'Nee, er is iets misgegaan. Je had veel eerder bericht moeten krijgen, zodat je voorbereid was, maar er is helaas een misverstand geweest. Nu is het helemaal aan jou of je wilt helpen. Als je daar geen zin in hebt, vertrekken we weer.'

Linus Bekker kijkt uit het raam terwijl hij weer aan zijn nagelriemen frunnikt, en heel even is Thulin ervan overtuigd dat hij zal weigeren.

'Dat wil ik wel doen. Het is belangrijk om anderen te helpen, nietwaar?'

'Jazeker. Bedankt, dat is mooi van je.'

De minuten daarna gebruikt Hess om verscheidene gegevens van Linus Bekker te checken. Leeftijd. Woonplaats. Familierelaties. Schooltijd. Rechtshandigheid. Vroegere gevangenisstraffen. Allemaal onschuldige en onbelangrijke vragen waarop ze het antwoord al weten, maar die Linus Bekker een veilig en vertrouwd gevoel moeten geven. Thulin moet toegeven dat Hess het goed doet en ze schaamt zich over haar scepsis voor wat betreft hun dekmantel. Het toneelspel kost echter tijd en ze heeft het gevoel dat ze zich in het oog van de tornado bevinden en over onbelangrijke dingen kletsen, terwijl buiten de storm raast.

Hess is eindelijk bij de dag voor de moord beland. 'Je hebt gezegd dat die dag diffuus was. Je herinnert je alleen flarden.'

'Ja, ik had black-outs. De ziekte maakte me duizelig en ik had al een paar dagen niet geslapen. Ik had veel tijd aan de foto's in het archief besteed.'

'Vertel eens hoe het met dat archief is begonnen.'

'Dat was een beetje een jongensdroom, als ik het zo mag zeggen. Ik had die behoefte ten slotte, waardoor...' Bekker stopt en Thulin vermoedt dat een deel van de psychologische behandeling erop gericht is om niet langer toe te geven aan zijn opwinding over sadisme en de dood.

'... en door documentaires over misdrijven op televisie wist ik dat er foto's op een plaats delict werden genomen, maar ik wist niet waar die bewaard werden. Tot ik op de server van het Forensisch Instituut kwam, en daarna was de rest heel gemakkelijk.'

Dat kan Thulin beamen. De ontbrekende beveiliging kon alleen worden verdedigd met het feit dat het ondenkbaar was geweest dat iemand zou willen inbreken in het digitale archief om foto's van vermoorde mensen en plaatsen delict te bekijken. Tot het moment dat Linus Bekker die grens was gepasseerd en het had gedaan.

'Heb je iemand verteld dat je toegang tot dat archief had?'

'Nee. Ik wist dat ik het niet moest doen. Maar... zoals ik al zei...'

'Wat deden de foto's met je?'

'Ik dacht eigenlijk dat de foto's... Dat ze goed voor me waren. Omdat ik mijn begeerte op die manier kon sturen. Nu besef ik dat het niet zo was. Ze wonden me op, waardoor ik nog maar aan één ding kon denken. Ik kan me herinneren dat ik het gevoel had dat ik frisse lucht nodig had, dus ging ik een eindje rijden. Maar ik heb moeite me te herinneren wat er daarna gebeurde.'

Linus Bekker kijkt met zijn onschuldige blik naar Thulin, en hoewel hij er kinderlijk en trouwhartig uitziet, bezorgen zijn ogen haar koude rillingen.

'Was er iemand in je omgeving die wist dat je black-outs had? Of heb je dat aan iemand verteld?'

'Nee. Ik zag in die periode niemand. Ik was voornamelijk thuis. Als ik ergens naartoe ging, was dat om de plaatsen te zien.'

'Wat voor plaatsen?'

'De plaatsen delict. Nieuwe of oude. Bijvoorbeeld in Odense en op Amager Fælled, waar ik opgepakt ben. Maar ook andere plaatsen.'

'Kreeg je tijdens die gelegenheden ook black-outs?'

'Misschien wel. Dat kan ik me niet herinneren. Zo is dat nu eenmaal met black-outs.'

'Hoeveel kun je je van de rest van de moord herinneren?'

'Niet zoveel. Het is moeilijk te zeggen, omdat ik mijn herinneringen en de dingen die ik later gehoord heb door elkaar haal.'

'Kun je je bijvoorbeeld herinneren dat je Kristine Hartung in het bos achtervolgde?'

'Nee, dat niet, maar ik kan me het bos wel herinneren.'

'Maar als je je haar niet kunt herinneren, hoe kun je dan weten dat jij degene bent die haar overvallen en vermoord heeft?'

Linus Bekker ziet er heel even verrast uit. Het lijkt een onverwachte vraag te zijn voor de man die zijn schuld allang heeft geaccepteerd. 'Dat zeiden ze. En ze hebben me geholpen om me andere dingen te herinneren.'

'Wie?'

'De agenten die me verhoorden. Ze hadden dingen gevonden. Aarde onder mijn schoenen. Bloed op de machete die ik had gebruikt om...'

'Maar toen zei je nog steeds dat je het niet gedaan had. Kon je je de machete herinneren?'

'Nee, eerst niet. Maar toen begonnen de dingen in die richting te wijzen.'

'Toen de machete werd gevonden, heb je in eerste instantie gezegd dat je hem nog nooit had gezien. Dat hij van iemand moest zijn die hem op de plank naast de auto in de garage neergelegd had. Je hebt tijdens een later verhoor pas bekend dat die van jou was.'

'Ja, dat klopt, maar de artsen hebben uitgelegd dat mijn ziekte zo werkt. Als je paranoïde schizofrenie hebt, verander je de werkelijkheid.'

'Dus je kunt niemand bedenken die hem daar neergelegd kan hebben, áls hij neergelegd is?'

'Hij is niet neergelegd... Ik heb het gedaan. Ik ben niet zo goed in dit soort vragen...'

Linus Bekker kijkt onzeker naar de deur, alsof hij wil verdwijnen, maar Hess buigt zich naar hem toe en probeert zijn blik te vangen. 'Linus, je doet het fantastisch. Ik moet weten of er in die periode iemand was die vlak bij je stond. Iemand die wist hoe het met je ging. Iemand die je in vertrouwen had genomen, iemand die je plotseling ontmoette of met wie je contact op internet had of...'

'Die was er niet. Ik begrijp niet wat jullie willen. Ik denk dat ik naar mijn kamer terug wil.'

'Linus, je hoeft niet zenuwachtig te zijn. Als je me een beetje op weg helpt, denk ik dat we kunnen ontdekken wat er die dag gebeurd is. En wat er precies met Kristine Hartung gebeurd is.'

Linus Bekker, die aanstalten had gemaakt om op te staan, kijkt onzeker naar Hess. 'Denk je?'

'Ja, dat denk ik. Absoluut. Je hoeft me alleen te vertellen met wie je contact had.'

Hess kijkt vertrouwenwekkend naar Linus Bekker en houdt

zijn blik vast. Heel even lijkt het alsof Linus Bekker, met zijn angstige kindergezicht, zich laat overtuigen door Hess, maar ineens proest hij het uit. Thulin en Hess kijken ongelovig naar de kleine man, die vergeefs probeert zijn lachen in te houden. Als hij weer begint te praten, is het alsof hij een masker heeft afgezet, en er is geen spoor van onzekerheid of nervositeit meer te bekennen. 'Waarom slaan jullie al die onzin niet over? Kom gewoon ter zake en vraag wat jullie willen weten.'

'Wat bedoel je?'

'Wat bedoel je?' Linus Bekker imiteert Hess' stem, terwijl hij zijn ogen openspert en plagerig glimlacht. 'Je snakt ernaar om te weten waarom ik een misdaad bekend heb als ik die niet gepleegd heb.'

Thulin kijkt naar Linus Bekker. De verandering is schokkend. De man is gek. Knettergek. Ze heeft heel even zin om de chef de clinique te roepen, zodat hij de vooruitgang bij Linus Bekker waarover hij het eerder had zelf kan zien.

Hess probeert kalm te blijven. 'Oké, waarom heb je bekend?'

'Sodemieter op. Je verdient je salaris om daarachter te komen. Hebben ze je echt bij Europol vandaan gehaald om dingen uit me te trekken, of heb je me daarstraks alleen een kartonnen legitimatie laten zien?'

'Linus, ik begrijp het niet. Als je niets met Kristine Hartung te maken hebt, is het niet te laat om dat te zeggen. Dan kunnen we je waarschijnlijk helpen om je zaak weer voor de rechtbank te krijgen.'

'Maar ik heb geen hulp nodig. Als we nog steeds in een rechtsstaat leven, ben ik op zijn laatst met Kerstmis thuis. Of zo snel als de Kastanjeman klaar is met oogsten.'

De woorden raken Thulin als een hamer. Net als Hess, die erbij zit als een zoutpilaar. Bekker weet het. Hij glimlacht, en terwijl Thulin probeert te doen alsof er niets aan de hand is, is het alsof de duisternis plotseling in de kamer neerdaalt. 'De Kastanjeman?'

'Ja, de Kastanjeman. De reden dat jullie hier zijn. Die lieve kleine Hansen, die vierkante vent, vergeet dat er nog steeds teletekst op de flatscreen in de gezamenlijke ruimte is. Maar achtendertig tekens per regel, maar daardoor kom je toch iets te weten. Waarom komen jullie nu pas? Was dat omdat jullie chef niet wil hebben dat jullie zijn prachtige opgeloste zaak overhoophalen?'

'Wat weet je over de Kastanjeman?'

'Kastanjeman, kom maar binnen. Kastanjeman...' Linus Bekker neuriet de melodie plagerig verder.

Hess wordt ongeduldig. 'Ik vraag je wat je weet.'

'Het is te laat. Hij is jullie ver voor. Daarom komen jullie hier bedelen. Omdat hij jullie een oor aannaait. Omdat jullie geen idee hebben wat jullie moeten doen.'

'Weet je wie hij is?'

'Ik weet wát hij is. Hij is de meester. En ik ben een onderdeel van zijn plan. Anders zou ik niet bekend hebben.'

'Vertel ons wie hij is, Linus.'

'Vertel ons wie hij is, Linus.' Linus Bekker imiteert Hess weer.

'Hoe zit het met het meisje?'

'Hoe zit het met het meisje?'

'Wat weet je? Waar is ze? Wat is er met haar gebeurd?'

'Dat is toch niet belangrijk? Misschien heeft ze het heel leuk gehad...' Linus Bekker kijkt naar hen met een onschuldige blik, terwijl er een obscene glimlach op zijn gezicht verschijnt. Thulin heeft geen tijd om te reageren als Hess opstaat en naar hem toe stormt. Bekker is echter voorbereid en trekt op hetzelfde moment aan het koord. Het alarm in de gang begint oorverdovend te loeien. Op het moment dat de zware metalen deur wordt opengegooid en de breedgeschouderde mannen naar binnen stormen, verandert Linus Bekker weer in de onzekere schooljongen met de angstige blik.

86

De poort gaat langzaam open, maar Hess kan niet wachten. Terwijl Thulin haar eigendommen van de bewaker achter de gepantserde ruit terugkrijgt, ziet ze dat hij zich naar buiten wringt voordat de poort helemaal open is en naar het parkeerterrein loopt. Als ze hem achternagaat, voelt de koude, regenachtige wind als een bevrijding, en ze ademt de lucht diep in haar longen om Linus Bekker kwijt te raken.

Ze zijn halsoverkop uit de zwaarbewaakte instelling gezet. Chef de clinique Weiland, die was gewaarschuwd, had een verklaring voor de situatie in de bezoekerskamer geëist. Linus Bekker was overtuigend geweest. Hij had zich angstig teruggetrokken van Hess en Thulin, alsof hij psychische of fysieke schade had geleden. Tegen de chef de clinique klaagde hij dat Hess hem had vastgepakt en vreemde vragen over dood en moord had gesteld, en de chef de clinique had zijn partij gekozen. Hess en Thulin hadden het allebei niet nodig gevonden om het gesprek met Linus Bekker op te nemen, maar hadden dat ook niet gekund, omdat hun mobieltjes bij de bewaker lagen, dus was het zinloos geweest om tegen Bekkers bewering in te gaan. Het was een ramp geweest om hier helemaal naartoe te rijden, en toen Thulin op weg naar het parkeerterrein haar voicemail afluisterde, werd haar humeur er niet beter op. Terwijl ze in de extra beveiligde inrichting waren geweest, was ze zeven keer gebeld, en nadat ze het eerste bericht had afgeluisterd, begon ze door de regen naar de auto te rennen.

'We moeten naar het ministerie terug. Ze hebben dingen gevonden die we moeten controleren.'

Thulin opent het portier met de afstandsbediening, maar Hess blijft in de regen staan. 'Het ministerie is niet belangrijk. De dader komt niet in een van die zaken voor, omdat hij ons daar zelf naartoe geleid heeft. Heb je niet gehoord wat Bekker zei?'

'Ik heb een psychopaat gehoord die onzin vertelde, waarna jij je verstand verloor. Verder niets.'

Thulin opent het portier, stapt in en gooit Hess' pistool en eigendommen op de stoel naast haar. Ze kijkt naar het klokje op het dashboard en rekent uit dat ze pas in de stad kan zijn als het donker is, zodat Le's opa weer op haar zal moeten passen. Hess heeft nog maar één voet op de vloer voor de passagiersstoel gezet als ze de motor start en de weg op rijdt.

'Bekker wist dat we zouden komen. Daar heeft hij op gewacht sinds hij veroordeeld is. Hij weet naar wie we op zoek zijn,' zegt Hess, terwijl hij het portier dichtgooit.

'Nee, hij weet helemaal niets. Linus Bekker is een perverse seksuele delinquent die een beetje teletekst gelezen heeft. Hij wil ons graag provoceren en voor de gek houden, en daar ben jij in getuind. Hoe kon je zo stom zijn?'

'Hij weet wie haar meegenomen heeft.'

'Natuurlijk weet hij dat niet. Linus Bekker heeft haar zelf meegenomen. De hele wereld weet dat het meisje dood en begraven is. Jij bent de enige die dat nog niet doorheeft. Waarom zou hij in vredesnaam een moord bekennen die hij niet gepleegd heeft?'

'Omdat hij plotseling besefte wie het wel gedaan heeft. Iemand voor wie hij graag de schuld op zich wil nemen, omdat hij gestoord genoeg is om te denken dat het een onderdeel van een groter plan was. Iemand die hij bewonderde en tegen wie hij opkeek. En tegen wie zou Linus Bekker opkijken?'

'Tegen niemand! De man is krankzinnig. Het enige waarvoor hij belangstelling heeft, is dood en verderf.'

'Precies. Dus iemand die in staat is geweest om iets te leveren waar Linus Bekker prijs op stelde. Dat wil zeggen, iets wat

Linus Bekker gezien kan hebben in het archief met foto's van plaatsen delict dat hij gehackt heeft.'

De woorden dringen langzaam tot haar door. Thulin trapt op de rem en stopt langs de kant van de weg. Een lange rij auto's zoeft langs en Thulin voelt dat Hess naar haar kijkt.

'Het spijt me dat ik mijn zelfbeheersing verloren ben. Dat was verkeerd. Maar als Linus Bekker liegt, dan is er nog steeds niemand die weet wat er met Kristine Hartung gebeurd is. En ook niet of ze dood is.'

Thulin geeft geen antwoord. Ze geeft gas en maakt snelheid, terwijl ze een nummer op haar mobiel intoetst. Het is heel irritant, maar Hess heeft een punt. Het duurt even voordat Genz opneemt. De verbinding is slecht en het klinkt alsof hij ook in een auto zit.

'Hallo, waarom kan niemand je te pakken krijgen? Hoe ging het met Bekker?'

'Dat is de reden waarom ik bel. Heb jij toegang tot alle foto's van het archief met de plaatsen delict die hij bekeken heeft? De foto's die hij gehackt heeft?'

Genz klinkt verrast. 'Ik zal het controleren, maar daar ga ik wel van uit. Waarom?'

'Dat leg ik later uit. We moeten weten voor welke foto's Bekker de meeste belangstelling had. Het moet mogelijk zijn om zijn favorieten op te sporen. Maak een lijst met de foto's waarop hij het meest geklikt heeft. Eventueel de foto's die hij gedownload heeft, als hij dat gedaan heeft. We denken dat ze een belangrijk spoor kunnen bevatten, dus hebben we ze zo snel mogelijk nodig. Maar op een manier waardoor Nylander er niet achter komt. Oké?'

'Ja, oké. Ik kan het de IT-mensen vragen als ik terug ben. Maar is het niet beter om daarmee te wachten tot we weten of Jansen gelijk heeft?'

'Jansen?'

'Heeft hij niet gebeld?'

Thulin voelt de ongerustheid opkomen. Ze heeft helemaal

niet meer aan Jansen gedacht sinds de korte ontmoeting vanochtend toen ze Nylanders kantoor verlieten. Jansen was doodsbleek, in zichzelf gekeerd en zwijgzaam geweest, en het had haar gerustgesteld toen ze zag dat Nylander hem in zijn kantoor liet komen om met hem te praten, wat er hopelijk toe had geleid dat Jansen naar huis was gestuurd. Iets vertelt haar nu dat het zo niet was gegaan.

'Waar moest Jansen over bellen?'

'Over het adres in Sydhavnen. Ik hoorde daarnet over de politieradio dat hij om assistentie vroeg, omdat hij vermoedt dat de verdachten ter plaatse kunnen zijn.'

'De verdachten? Welke verdachten? Jansen zit helemaal niet meer op de zaak.'

'Tja, dat weet hij dan blijkbaar niet. Hij is bezig met een razzia op een adres waar de daders van de moorden zich volgens hem ophouden.'

87

Tim Jansen zit achter het stuur van de politieauto, controleert het magazijn met patronen en duwt het met een klik in zijn Heckler & Koch terug. Het duurt minstens tien minuten voordat er assistentie komt, maar dat kan hem niet schelen, omdat hij helemaal niet van plan is om daarop te wachten. Ricks' moordenaar kan zich in het gebouw bevinden en Jansen geeft er de voorkeur aan om de eerste confrontatie of het eerste verhoor alleen te doen. Maar nu weten ze tenminste waar hij is als hij in de problemen komt, en als hij op een later tijdstip moet uitleggen waarom hij naar binnen is gegaan, kan hij beweren dat hij wel moest omdat de situatie zich ontwikkelde voordat er assistentie arriveerde.

Jansen voelt de koude wind in zijn gezicht als hij uitstapt. Het oude industriegebied in Sydhavnen is een combinatie van hoge pakhuizen, nieuwe selfstoragegebouwen, afvalbedrijven en woningen die tussen de industrieën ingeklemd staan. De wind blaast afval en zand rond en er zijn geen voertuigen op de weg als hij doelgericht naar het gebouw loopt. De voorkant bestaat uit twee verdiepingen en is gemakkelijk te verwarren met een normale woning, maar als hij dichterbij komt, ziet hij de verwaarloosde gevel met het restant van een bord waarop staat dat op het gebouw een industriële slachterij gevestigd is geweest. Een etalageruit met toegangsdeur is aan de binnenkant geblindeerd met een zwarte lap stof en Jansen besluit om over de oprit naar de achterkant te lopen. Het grote, langwerpige gebouw dat enigszins verscholen achter het voorhuis ligt, moet het voormalige slachthuis zijn, want langs het gebouw bevinden zich grote poorten met bordessen die voor laden en lossen werden gebruikt. Daarachter wordt het slachthuis omringd door een tuin met een omgevallen schutting en vier fruitbomen die eruitzien alsof ze elk moment door de wind uit de grond gerukt kunnen worden. Jansen draait zich weer naar het voorhuis om en ontdekt een achterdeur zonder naambordje, maar met een deurmat en een pot met een verdorde dennenboom. Hij heft zijn hand en klopt op de deur, terwijl hij met zijn andere hand de Heckler & Koch ontgrendelt die hij in zijn jaszak heeft.

Voor Jansen waren de dagen na de dood van Martin Ricks onwerkelijk geweest. Die onwerkelijkheid was begonnen met de aanblik van het levenloze lichaam van zijn partner in het licht van de zwaailichten van de ambulances en het geluid van de politiehonden die blaften, terwijl ze in de donkere hoeken van het volkstuinencomplex werden rondgeleid. Toen hij van Urbanplanen naar het adres was gereden, had hij niets geweten over het lot van zijn vriend, maar plotseling had hij naar het onbegrijpelijke tafereel staan staren. Eerst had hij gedacht dat het lijkbleke wezen zijn collega niet kon zijn. Dat de dood Ricks niet kon hebben gereduceerd tot de levenloze huls die bij zijn voeten lag. Maar het was zoals het was, en hoewel Jansen in de uren daarna min of meer had verwacht dat Ricks zou opduiken en iemand zou uitschelden omdat hij zo lang op het grind had moeten liggen, was dat niet gebeurd.

Ze waren min of meer toevallig kameraden geworden, maar Jansen herinnert zich dat ze vanaf de eerste dag op dezelfde golflengte hadden gezeten. Ricks had precies de kwaliteiten bezeten die ervoor zorgden dat Jansen zijn partner kon verdragen. Hij was niet bijzonder slim of goed van de tongriem gesneden, hij praatte zelden lange tijd achter elkaar, maar hij was onvoorstelbaar volhardend en loyaal als je zijn sympathie eenmaal had gewonnen. Bovendien bezat Ricks een gezond wantrouwen jegens bijna alles en iedereen, wat waarschijnlijk was veroorzaakt doordat hij het grootste deel van zijn jeugd was gepest, en Jansen had meteen beseft hoe hij Ricks' potentieel kon gebruiken. Als hij het hoofd was, dan was Ricks het lichaam, en ze deelden een volkomen natuurlijke aversie tegen chefs, advocaten en vakbondsleden, die met elkaar gemeen hadden dat ze niets over het politiewerk wisten. Samen hadden ze zoveel bendeleden, criminelen, vrouwenmishandelaars, verkrachters en moordenaars opgesloten dat ze Medailles van Verdienste en enorme loonsverhogingen hadden moeten krijgen. Zo ging het echter niet in de maatschappij. De rijkdommen van de wereld zijn ongelijk verdeeld. Daar hadden ze vaak over gepraat als ze hun successen vierden in cafés en nachtclubs, tot ze zo dronken waren dat ze niet meer op hun benen konden staan of naar het kleine bordeel in Ydre Østerbro waren gegaan.

Dat was nu allemaal voorbij. De enige dank die Ricks zou krijgen, was dat zijn naam naast alle andere namen in de herdenkingsmuur voor gevallen agenten op het hoofdbureau van de politie gegraveerd zou worden. Jansen was niet sentimenteel aangelegd, maar het had hem vanochtend moeite gekost om met die wetenschap door de zuilengang te lopen nadat hij twee dagen was thuisgebleven. Tijdens de nacht van de moord was hij te geschokt geweest om iets anders te doen dan naar Ricks' verloofde te gaan en te vertellen wat er was gebeurd, en later die nacht was zijn vrouw wakker geworden en had hem apathisch in de donkere serre in Vanløse gevonden. De dag erna was het gezin naar een verjaardag gegaan, terwijl hij was begonnen met het in elkaar zetten van de IKEA-kast die al een tijdlang in een doos in de slaapkamer van de jongens lag te wachten. Maar de tekening was onbegrijpelijk en rond halfelf had hij een glas witte wijn ingeschonken. Toen zijn vrouw aan het eind van de middag met de kinderen thuiskwam, was hij naar de schuur in de achtertuin gewankeld, waar hij verder was gegaan met wodka en Red Bull, en toen hij later wakker werd op de vloer, had hij meteen geweten dat hij zo snel mogelijk weer aan het werk moest.

Dat was echter maandag pas gebeurd. Het hoofdbureau had gegonsd van activiteit en doelgerichtheid, en mensen hadden meelevend naar hem geknikt. Nylander had uiteraard geweigerd om hem weer op de zaak te zetten, dus had hij in plaats daarvan een handvol collega's naar de kleedruimte geroepen om hun te vertellen dat hij het wilde horen zodra er iets beslissends gebeurde in de jacht op de dader. Sommigen hadden afwijzend gekeken, maar anderen dachten er hetzelfde over als hij: dat Ricks dood was omdat Hess en Thulin het niet aankonden. Een van die twee, waarschijnlijk Hess, had zijn mond voorbijgepraat tegen de media, en de ophoping van vraagtekens in de zaak-Kristine Hartung was een nog grotere afgang nu Ricks was vermoord.

Helaas had er geen schot in de zaak gezeten voordat zijn collega's 's ochtends naar het ministerie van Sociale Zaken waren geroepen. Jansens taken waren onbelangrijk geweest en hij was in zijn dienstwagen naar Greve gereden, had onderweg in een kiosk een sixpack gekocht en daar een paar blikjes van gedronken voordat hij op de deur had geklopt van het kleine appartement op de begane grond bij het S-station, waar Ricks had gewoond. Zijn verloofde was in tranen geweest. Hij was binnengevraagd en had al een kop thee geaccepteerd, toen een van de inspecteurs vanaf het ministerie van Sociale Zaken belde. Er waren in de zoekopdrachten personen opgedoken die een goede reden hadden om de staat, het systeem, de minister van Sociale Zaken en het grootste deel van de wereld te haten. Jansen luisterde naar de informatie en was van mening dat een van de zaken sterkere motieven bevatte dan de andere. Nadat hij zich ervan had verzekerd dat Hess en Thulin nog niet waren geïnformeerd, verbrak hij de verbinding, verontschuldigde zich bij Ricks' vrouw en reed naar het adres in Sydhavnen waar de betrokkenen woonden.

'Wie is daar?' hoort hij achter de deur.

'Politie! Doe open!'

Jansen klopt ongeduldig en houdt zich gereed met zijn hand rond het pistool in zijn zak. De deur gaat open en een gegroefd gezicht kijkt angstig naar buiten. Jansen onderdrukt zijn verrassing. Het is een oude vrouw, en de stank van sigaretten en bedorven voedsel stroomt naar buiten.

'Ik wil met Benedikte Skans en Asger Neergaard praten.'

Jansen heeft de namen van zijn collega's op het ministerie gekregen, maar de oude vrouw schudt haar hoofd. 'Die wonen hier niet meer. Ze zijn een halfjaar geleden verhuisd.'

'Verhuisd? Waarnaartoe?'

'Geen idee. Dat hebben ze me niet verteld. Waar gaat het over?'

'Woon je hier alleen?'

'Ja. Maar ik kan me niet herinneren dat we hebben afgesproken om elkaar te tutoyeren.'

Jansen aarzelt even. Dit was niet wat hij had verwacht. De oude vrouw trekt haar vest met gaten dichter om zich heen tegen de kou.

'Kan ik u ergens mee helpen?'

'Laat maar. Sorry voor de overlast. Tot ziens.'

'Tot ziens.'

Jansen loopt weg bij de deur en de oude vrouw doet hem dicht. Heel even weet hij niet wat hij moet doen. Het antwoord van de vrouw heeft hem verrast. Hij wil net terugsjokken naar de warme auto om zijn collega's bij het ministerie te bellen, als hij naar een van de ramen op de eerste verdieping kijkt en een mobile met vogeltjes aan het plafond ziet, zo een die normaal gesproken boven een babybedje hangt. Jansen weet meteen dat die daar niet zou moeten hangen als het klopt dat Benedikte Skans en Asger Neergard een halfjaar geleden zijn verhuisd.

Jansen klopt opnieuw en harder. Als de oude vrouw de deur eindelijk opent, loopt hij met getrokken pistool langs haar heen. De vrouw protesteert. Hij loopt doelgericht door de smalle gang en de keuken naar de zitkamer, waar vroeger de winkel is geweest. Als hij heeft geconstateerd dat de zitkamer leeg is, loopt hij terug naar de trap die naar de eerste verdieping leidt, waar de oude heks voor is gaan staan.

'Aan de kant!'

'Daar is niets! U hebt geen toestemming om...'

'Hou je kop en ga aan de kant!'

Hij duwt haar opzij en rent de trap op, terwijl hij het oude wijf achter zich hoort jammeren. Met geheven pistool en zijn vinger gespannen rond de trekker duwt hij de deuren op de eerste verdieping open. De eerste twee kamers zijn slaapkamers en de laatste is een kinderkamer.

De mobile hangt vredig boven het babybedje, dat leeg is. Heel even denkt Jansen dat hij het misschien toch mis heeft, maar dan ziet hij de muur achter de deur en weet meteen dat hij de zaak heeft opgelost die Martin Ricks het leven heeft gekost.

88

Het begint donker te worden. Op dit tijdstip verlaten de laatste voertuigen over het algemeen het industriegebied van Sydhavnen en liggen de wegen er verlaten bij, maar vandaag gebeurt dat niet. Voor de verwaarloosde gebouwen waarin ooit een van de grootste slachterijen van Kopenhagen was gevestigd, wemelt het van de politieagenten en technisch rechercheurs, die massaal met hun flightcases naar binnen en naar buiten lopen.

De auto's staan in een rij geparkeerd en uit alle ramen van het voorhuis stroomt het scherpe licht van de schijnwerpers van de technisch rechercheurs. Hess bevindt zich in een kamer op de eerste verdieping. Hij hoort de oude vrouw, die in de zitkamer op de begane grond wordt verhoord, huilen. Het geluid vermengt zich met haastige instructies, voetstappen, schetterend radioverkeer en vooral de ruzie tussen Thulin en Jansen bij de deur.

'Wie heeft je de tip gegeven om hiernaartoe te gaan?'

'Wie zegt dat ik een tip gekregen heb? Misschien was ik gewoon een eindje aan het rijden.'

'Waarom heb je niet gebeld?'

'Naar Hess en jou? Wat zou ik daar verdomme mee opgeschoten zijn?'

De foto in de mooie zwarte lijst met het stoffige glas, die een jaar of twee oud moet zijn, ligt in het witte babybedje naast een speen en een dunne blonde haarlok. De jonge moeder op de foto staat glimlachend naast een couveuse, en met een baby, die in een doek is gewikkeld, in haar armen. Het is een gekwelde glimlach die getuigt van enorme uitputting. Omdat de jonge vrouw een gekreukt ziekenhuishemd draagt, denkt Hess dat de foto vlak na de geboorte genomen is. De ogen van de vrouw glimlachen niet. Er ligt een kwetsbare, wereldvreemde blik in, alsof ze het kind net in haar armen heeft gekregen en een rol probeert te spelen waarop ze niet is voorbereid.

Er is geen twijfel aan dat Benedikte Skans, de vrouw op de foto, de mooie, ernstige verpleegkundige is die Thulin en hij op de kinderafdeling van het Rigs-ziekenhuis hebben gezien, toen ze Hussein Majid over Magnus Kjær en Sofia Sejer-Lassen verhoorden. Inmiddels is haar haar langer, haar gezicht ouder en de glimlach helemaal verdwenen. Maar ze ís het, en Hess heeft moeite om het verband te begrijpen.

Toen hij samen met Thulin bij de extra beveiligde inrichting wegreed, had het gesprek met Linus Bekker als een kwaadaardig gezwel in hem gezeten. Al zijn energie en aandacht waren gericht op de mogelijkheid om een spoor van de dader te vinden in het archief dat Bekker had gehackt, maar langzamerhand begon het nieuws binnen te sijpelen. Eerst van Genz, daarna van een van de inspecteurs die ze hadden achtergelaten op het ministerie en die na Jansens oproep naar Sydhavnen was gegaan. Het vereiste geen fantasie om te bedenken dat Jansen was getipt door een van de collega's die de dossiers op het ministerie hadden doorgenomen, maar op dit moment leek dat een onbelangrijk detail vergeleken met de doorbraak die de informatie over Benedikte Skans en haar minnaar had veroorzaakt.

'Hoever zijn jullie?'

Nylander is net gearriveerd en Jansen lijkt opgelucht dat de discussie met Thulin wordt onderbroken.

'Het huurcontract staat op naam van Benedikte Skans, achtentwintig jaar, verpleegkundige in het Rigs-ziekenhuis. Het kind van haar en haar vriend is anderhalf jaar geleden uit huis geplaatst door de gemeente Kopenhagen. Het kind is naar een pleeggezin gestuurd, waarna Benedikte Skans een proces aanspande, naar de pers ging en de minister van Sociale Zaken aanviel omdat ze tot meer uithuisplaatsingen had opgeroepen.'

'Rosa Hartung?'

'Ja. De media smulden ervan, tot ze beseften dat de gemeente het kind met gegronde redenen uit huis had gehaald, en daarna raakte de zaak in het vergeetboek. Dat gold echter niet voor Benedikte Skans en haar vriend, want vlak daarna overleed het kind. Skans werd opgenomen in een gesloten inrichting, waar ze afgelopen voorjaar pas uit gekomen is. Ze kreeg haar oude baan terug en verhuisde met haar vriend hiernaartoe, maar zoals je op de muur kunt zien, zijn ze niet vergeten wat er gebeurd is.'

Hess bekijkt de muur en luistert niet. Hij kent het grootste deel van de informatie uit het dossier van de gemeente Kopenhagen, dat een inspecteur vanaf het ministerie van Sociale Zaken heeft meegenomen. Benedikte Skans' jeugd in Tingbjerg verstreek met wiet roken, het nachtleven en een niet-afgemaakte stage in een kledingwinkel, waarna ze op haar eenentwintigste werd aangenomen op de opleiding verpleegkunde in Kopenhagen. Die had ze met goede cijfers afgemaakt, en in die periode was ze Asger Neergaard tegengekomen, die op de basisschool in Tingbjerg een paar klassen hoger dan zij had gezeten. Asger Neergaard was als soldaat bij het garderegiment in Slagelse uitgezonden geweest naar Afghanistan, en ze waren gaan samenwonen in het voorhuis van de voormalige industriele slachterij. Benedikte Skans had een baan als verpleegkundige op de kinderafdeling van het Rigs-ziekenhuis gekregen en daarnaast probeerden zij en haar vriend een baby te krijgen. Toen Benedikte eenmaal zwanger was, zo bleek uit de aantekeningen van de casemanager, begon ze zenuwachtig gedrag te vertonen en kreeg ze problemen met haar gevoel voor eigenwaarde. Nadat ze op haar zesentwintigste twee maanden te vroeg was bevallen van een jongetje kreeg ze een postnatale depressie, en het leek er niet op dat de vader een grote hulp was geweest. De casemanager had de destijds achtentwintigjarige soldaat onvolwassen, gesloten en soms zelfs agressief gevonden. De gemeente bood hulp aan, maar na een halfjaar waren Benedikte Skans' psychische problemen toegenomen en werd er een bipolaire stoornis bij haar vastgesteld. Omdat het wekenlang onmogelijk was geweest om contact met het gezinnetje te krijgen, schakelde de gemeente de politie in, die een kijkje in de woning nam. Het bleek een juiste beslissing te zijn. Het zeven maanden oude jongetje had onder het braaksel en de ontlasting bewusteloos in zijn bedje gelegen en er waren onmiskenbare tekenen van ondervoeding geweest. In het ziekenhuis bleek dat het jochie chronische astma en een voedselallergie had, waardoor het levensgevaarlijk voor hem was om de stukken chocoladereep met noten te eten die hij het laatst had gekregen.

Hoewel het ingrijpen van de gemeente het leven van het kind waarschijnlijk had gered, was Benedikte Skans daar woedend over geweest. Met hulp van een advocaat had ze een zaak tegen de overheidsinstanties aangespannen en de media ingeschakeld. Benedikte Skans was meerdere keren geïnterviewd en had uiting gegeven aan haar woede over de behandeling waaraan het gezinnetje was blootgesteld: ALS IK EEN SLECHTE MOEDER BEN, DAN ZIJN ER HEEL VEEL SLECHTE MOEDERS, luidde een van de koppen die in het dossier waren vermeld. Omdat de gemeente de informatie over de verwaarlozing niet openbaar maakte, had het in eerste instantie geleken alsof Benedikte Skans een goede zaak had. Dat veranderde toen minister van Sociale Zaken Rosa Hartung zich uitsprak en de media eraan herinnerde dat het in het belang van de kinderen was dat paragraaf 42 van het Verdrag inzake de Rechten van het Kind over uithuisplaatsing zo streng mogelijk werd nagevolgd. De media hadden beseft dat er inderdaad redenen waren geweest om het kind uit huis te plaatsen en de kritiek was verstomd. Vervolgens had er een tragedie plaatsgevonden. Het jongetje was in een pleeggezin in Noord-Jutland geplaatst, maar overleed twee maanden later aan een acute longziekte. Benedikte Skans was gewelddadig opgetreden tegen de casemanager die haar dit vertelde, en haar behandeling in de dagpsychiatrie werd vervangen door een lang verblijf in psychiatrisch ziekenhuis Sankt Hans in Roskilde. Daar was ze afgelopen voorjaar ontslagen, waarna ze op proef was heringetreden in haar baan op de kinderafdeling van het Rigs-ziekenhuis.

Hess huivert bij het idee, want de muur achter de deur getuigt ervan dat de jonge vrouw allesbehalve gezond is.

'Ik gok erop dat haar vriend en zij het samen gedaan hebben,' zegt Jansen tegen Nylander. 'Ze waren duidelijk van mening dat ze onrechtvaardig behandeld waren, en om de minister van Sociale Zaken een hak te zetten, hebben ze in hun zieke hersenen het plan opgevat om het systeem aan de kaak te stellen en vrouwen die niet goed voor hun kinderen zorgen te straffen. Zoals je kunt zien, is er geen enkele twijfel aan wie de kroon op het werk moet zijn.'

Jansen heeft gelijk met het laatste deel van zijn betoog. Terwijl de ene kant van de kamer dient als een mausoleum voor het overleden kind, is de andere kant een uiting van een ziekelijke obsessie voor Rosa Hartung. Van links naar rechts hangen er knipsels van koppen en krantenfoto's over de verdwijning van haar dochter, met inbegrip van paparazzifoto's van de door verdriet getroffen minister. Krantenkoppen van ochtendbladen, zoals IN STUKKEN GESNEDEN EN BEGRAVEN en VERKRACHT VOORDAT ZE IN STUKKEN WERD GESNEDEN, zijn opgehangen naast een foto van een in het zwart geklede Rosa Hartung die tijdens een herdenkingsplechtigheid is ingestort. Er hangen meer van dat soort knipsels: ROSA HARTUNG GEBROKEN en ZIEK VAN VERDRIET. Aan de rechterkant van de muur hangen recentere krantenfoto's, van drie tot vier maanden oud, met koppen als HARTUNG KEERT TERUG. In een artikel dat met punaises is opgehangen, is een cirkel getrokken rond een foto van de opening van het parlement op de eerste dinsdag in oktober. Daarnaast hangt een vel A4-papier met diverse selfies van haar dochter en de woorden: WELKOM TERUG. JE GAAT ERAAN, HOER.

Het is echter veel verontrustender dat de knipsels hierna

worden gevolgd door een andere serie foto's. Geen kranten-foto's, maar ontwikkelde foto's, zo te zien van eind september, want het invallen van de herfst is duidelijk op de beelden te zien: foto's vanuit verschillende hoeken van het huis van de minister, haar man, haar zoon, een sporthal, haar ministersauto, het ministerie en Christiansborg, alsmede een heleboel prints van Google Maps met routes in het hoofdstedelijke gebied.

Het materiaal is overweldigend en verplettert de fragiele constructie van gedachten die Hess begon te vormen nadat ze de extra beveiligde inrichting hadden verlaten. Was de rit naar Linus Bekker onnodig geweest? Hoewel hij het probeert, lukt het hem niet om naar zijn gedachteconstructie terug te keren, maar dat is niet het enige wat hem dwarszit. Er is duidelijk een andere dreiging. Iets wat dichterbij is en de aandacht opeist nu ze denken dat ze de zaak onder controle hebben. Hess blijft daarom naar de muur met de enorme hoeveelheid foto's kijken, terwijl Nylander vragen aan Jansen stelt.

'Waar is het stel nu?'

'De vrouw is niet meer in het Rigs-ziekenhuis geweest sinds ze zich een paar dagen geleden ziek gemeld heeft, en we weten niet waar haar vriend zich bevindt. Over hem weten we niet zoveel. De woning staat op naam van Benedikte Skans. We zijn bezig met het opvragen van zijn papieren bij het leger. Is de PET geïnformeerd over onze vondst?'

'Ja. De minister van Sociale Zaken is in veiligheid gebracht. Wie is de vrouw op de begane grond?'

'Asger Neergaards moeder, die hier blijkbaar ook woont. Ze zegt dat ze niet weet waar ze zijn, maar we zijn nog niet klaar met haar.'

'We denken dus dat Benedikte Skans en Asger Neergaard de moorden op hun geweten hebben?' hoort Hess Nylander vragen.

Plotseling wordt zijn aandacht getrokken door vier punaises in de muur, waaraan stukjes papier vastzitten, alsof er een foto vanaf is gescheurd.

'Dat weten we nog niet,' zegt Thulin. 'Voordat we die conclusie trekken moeten we...'

'Wat weten we niet? We hebben verdomme toch ogen in ons hoofd?' zegt Jansen.

'Precies! Er is een heleboel materiaal over Rosa Hartung, maar niets over de vermoorde vrouwen. Als het stel de vrouwen vermoord heeft, zou er iets moeten zijn wat daarop wijst, maar dat is niet zo!'

'De vrouw werkt als verpleegkundige op een afdeling waar ze minstens twee van de slachtoffers ontmoet kan hebben, omdat ze daar met hun kinderen zijn geweest, of is dat niet belangrijk?'

'Nee, dat is niet belangrijk. Het stel wordt natuurlijk gearresteerd en verhoord, maar het is er niet bepaald gemakkelijker op geworden nu je het arrestatieteam hebt opgeroepen en de hele wereld erop hebt geattenteerd dat we op ze staan te wachten!'

Hess zoekt naar de foto die aan de punaises heeft gehangen, terwijl hij Nylander op de achtergrond hoort. 'Zoals ik het zie, had Jansen het volste recht om iets te doen, Thulin. Volgens chef de clinique Weiland, die daarnet zo vriendelijk is geweest om me te bellen, zijn Hess en jij naar de extra beveiligde inrichting gegaan om Linus Bekker lastig te vallen, hoewel ik heel duidelijk gemaakt heb dat ik dat niet wil. Heb je daar een verklaring voor?'

Hess weet dat hij Thulin moet verdedigen, maar in plaats daarvan richt hij zich tot Jansen. 'Jansen, kan de vrouw iets weggehaald hebben voordat je binnenkwam?'

'Wat deden jullie bij Linus Bekker?'

De discussie gaat achter Hess verder, terwijl hij probeert te bedenken waar hij iets zou verstoppen als de politie voor de deur zou staan. Als hij een ladekast van de muur schuift, valt er een gekreukte foto op de vloer, en hij haast zich om hem op te pakken en glad te strijken.

De jonge man van wie Hess aanneemt dat het Asger Neergaard moet zijn, is lang en slank en staat met een sleutelbos in zijn hand naast een auto. Hij draagt een mooi donker kostuum en de zwarte auto glanst in het zwakke zonlicht alsof hij net gewassen en gepoetst is. Zowel het kostuum als de dure Duitse auto staat in scherp contrast met de verwaarloosde slachterij op de achtergrond. Eerst snapt Hess niet waarom Asger Neergaards moeder de foto heeft weggehaald, maar dan kijkt hij weer naar de auto, en als hij naar de muur terugloopt en de foto van Rosa Hartungs ministersauto bestudeert, twijfelt hij niet langer. De ministersauto is dezelfde als die waarnaast Asger Neergaard met de sleutels staat. Voordat Hess echter iets kan zeggen, steekt Genz, gekleed in zijn karakteristieke witte pak, zijn hoofd om de deur.

'Sorry dat ik stoor. We zijn de oude slachterij aan het onderzoeken en er is iets wat jullie moeten zien. Het ziet eruit alsof een van de kamers voorbereid is om iemand langere tijd gevangen te houden.'

89

Het is het eind van de middag en het is druk op de E20 ten zuidwesten van Kopenhagen. Asger toetert om ruimte op de inhaalstrook te krijgen, maar de idioten voor hem blijven voorzichtig rijden vanwege de regen en hij haalt ongeduldig rechts in. De ministersauto is een Audi A8 3.0 en het is de eerste keer dat hij de motor flink laat werken. Hij trekt zich er niets van aan dat hij de aandacht trekt, want hij moet ontsnappen. Het is allemaal voorbij en Asger weet dat het een kwestie van tijd is voordat de politie beseft dat Benedikte en hij degenen zijn naar wie ze op zoek zijn, als ze dat nog niet weten.

Tot vijfendertig minuten geleden was alles gegaan zoals het moest. Hij had zijn alibi gecreëerd door samen met de etter de tennishal in te gaan en de oude halmanager, die altijd voor de trainingen rondscharrelde en de netten controleerde, te begroeten. Daarna had hij afscheid genomen en was naar de achterkant van de hal gereden, waar hij de auto tussen de dennenbomen had geparkeerd en naar binnen was gegaan via de zijdeur, die hij op een kier had gezet toen hij met de jongen mee naar binnen was gegaan. De hal was nagenoeg verlaten op dit tijdstip, dus het was eenvoudig geweest om ongezien de kleedruimte in te sluipen. De jongen was zich aan het omkleden en had niets gehoord, maar op het moment dat Asger met een bivakmuts op en handschoenen aan had klaargestaan met chloroform, had hij voetstappen gehoord. De halmanager was binnengekomen, en hoewel het Asger was gelukt om zijn vermomming op tijd uit te trekken, was er een ongemakkelijke situatie ontstaan toen Gustav ontdekte dat Asger in de kleedruimte stond.

De halmanager was daarentegen opgelucht geweest. 'Aha, daar ben je. Ik heb de PET aan de telefoon. Ze hebben me gevraagd om Gustav te zoeken, omdat ze jou niet te pakken konden krijgen, maar nu kun je zelf met ze praten.'

De halmanager gaf zijn mobiel aan Asger. Een van Hartungs arrogante lijfwachten had hem de opdracht gegeven Gustav naar zijn moeder op het ministerie te brengen, omdat er een noodsituatie was ontstaan: de politie had de verblijfplaats van de vermoedelijke daders in een voormalige slachterij in Sydhavnen gevonden. Asger had gevoeld hoe zijn keel dichtsnoerde, maar had beseft dat de politie nog niet wist dat ze naar hem op zoek waren. Hij had een uitbrander gekregen omdat hij zijn mobiel niet had opgenomen en vervolgens was hij samen met de etter uit de tennishal vertrokken. De halmanager keek hen na, dus moest hij Gustav wel meenemen naar de auto, ook al was dat volledig onbelangrijk, omdat het ministerie de laatste plek was waar Asger naartoe zou gaan.

'Waar gaan we naartoe? Dit is niet de weg naar mijn...'

'Hou je fucking kop en geef me je mobiel.'

De jongen op de achterbank is te verrast om te reageren.

'Geef me je mobiel. Ben je doof?'

Gustav doet wat hem wordt gezegd, en als Asger de mobiel heeft aangepakt, gooit hij hem uit het open raam. Asger beseft dat de jongen bang is, maar dat kan hem niet schelen. Het enige waarover hij zich druk maakt, is waar Benedikte en hij naartoe moeten, want ze hebben nog helemaal niet nagedacht over een concrete vluchtroute. Asger had gedacht dat ze in geen velden of wegen te bekennen zouden zijn als de politie onraad rook, maar zo is het niet gelopen. Zijn hoofd is een bijenkorf van alarmerende gedachten, maar hij weet dat Benedikte hem zal vergeven, want het is zijn schuld niet dat hun plan in het water is gevallen. Ze zal het begrijpen, en zolang ze bij elkaar zijn, komt alles goed.

Zo had Asger zich gevoeld vanaf de eerste keer dat hij in haar donkere ogen keek. Ze hadden elkaar leren kennen in de oude verwaarloosde basisschool met de ouderwetse gordijnen in Tingbjerg. Hij had een paar klassen boven haar gezeten en was vanaf het eerste moment weg van haar geweest. Ze hadden gespijbeld, gedronken, gerookt en fuck tegen de hele wereld gezegd, terwijl ze op hun rug in het gras bij de vangrail van de ringweg lagen. Benedikte was het eerste meisje geweest met wie hij seks had gehad, maar nadat hij vanwege alle gevechten van school was gestuurd en in een jeugdinstelling in Zuid-Jutland terecht was gekomen, was de relatie doodgebloed. Ruim tien jaar later had hij haar echter teruggezien in Christiana, waar ze met een van haar verpleegkundevriendinnen van het Rigs-ziekenhuis was geweest, en de volgende dag hadden ze al over samenwonen gepraat.

Asger vond het heerlijk als ze tegen hem aan kroop en zich beschermd voelde, maar diep vanbinnen wist hij dat ze veel sterker was dan hij. Hij had een prettige tijd in het leger gehad, maar na twee uitzendingen naar Afghanistan als chauffeur van patrouillewagens en bevoorradingsvoertuigen had hij ontslag genomen omdat hij aan angstaanvallen leed, 's nachts vaak badend in het zweet wakker werd en zich breekbaar voelde. Als Benedikte zijn hand vastpakte, kalmeerde hij weer, in elk geval tot de volgende keer. Als ze thuiskwam van haar werk, vertelde ze hem altijd over de kinderen met wie ze op de afdeling te maken had, en op een dag had ze tegen hem gezegd dat ze zelf ook graag een gezin wilde. Asger had aan haar gezicht gezien wat dat voor haar zou betekenen. Ze vonden al snel een goedkope, ruime woning in een voormalige slachterij waar niemand anders wilde wonen, en toen Benedikte zwanger werd, schreef Asger zich in bij een kameraad uit het leger, zodat Benedikte de subsidies zou krijgen die de gemeente aan alleenstaande moeders verstrekte.

Asger had niet begrepen wat er met haar aan de hand was toen de baby was geboren, en hij was gaan denken dat het de schuld van het kind moest zijn. De uithuisplaatsing was natuurlijk een schok, maar aan de andere kant was hij niet gehecht aan het kind. Na de bevalling was hij als steigerbouwer gaan werken om geld te verdienen en in zijn ogen was Benedikte een goede moeder. Ze was in elk geval veel beter dan de moeder die hijzelf had gehad en die nog steeds bij hen kwam als ze geen plek had om te slapen of geld voor drank nodig had. Benedikte had contact opgenomen met advocaten, kranten en nieuwsprogramma's en was woedend uitgevaren tegen die ministerstrut Rosa Hartung, maar dat was op niets uitgelopen en ze had hem huilend verteld dat de journalisten hen niet meer wilden helpen. Vlak daarna was hun zoontje na een longziekte overleden bij het pleeggezin, en dat had alles veranderd. Benedikte moest zich laten opnemen na een botsing met een van de klootzakken van de sociale dienst, en Asger was elke dag na het werk op de steigers naar het psychiatrisch ziekenhuis in Roskilde gereden om bij haar op bezoek te gaan. In het begin kreeg ze zoveel medicijnen dat ze zelfs niet in staat was om haar gezichtsspieren te gebruiken, en hij had lange, onbegrijpelijke verklaringen gekregen van een vrouwelijke arts die hij het liefst hard tegen de muur had willen duwen. Hoewel Asger nauwelijks kon lezen, las hij Benedikte voor uit tijdschriften en kranten, en hij had zich alleen en machteloos gevoeld als hij 's avonds naar huis terugging en zich opsloot in de slachterij. Hij had zich vaak voor de flatscreen in slaap gedronken, maar toen de dochter van de ministerstrut vorige herfst verdween, begon de situatie te verbeteren.

Het was een grote troost voor Benedikte dat de minister van Sociale Zaken zelf een kind was verloren, en op een middag toen hij na het werk bij haar op bezoek was gekomen, had ze de krant voor hem klaargelegd op de stoel zodat hij haar kon voorlezen. Dat was de dag waarop het onderzoek naar de verdwijning was gesloten. Langzamerhand verminderden de artikelen, maar Benedikte glimlachte weer, en toen het begon te sneeuwen en er ijs op het meer achter het ziekenhuis lag, begonnen ze lange wandelingen te maken. In het begin van het voorjaar, toen Asger had gedacht dat ze alles achter zich hadden gelaten, hadden de kranten echter geschreven dat Hartung na de zomervakantie zou terugkeren als minister en dat ze daar blij om was. Benedikte had Asgers hand gepakt en had die een hele tijd vastgehouden, en Asger had geweten dat hij alles voor haar zou doen zolang haar hand in de zijne lag.

Ze waren begonnen met plannen maken zodra Benedikte was ontslagen. Eerst hadden ze Rosa Hartung willen bedreigen met anonieme mails en sms'jes; ze overwogen in te breken in haar huis en alles te vernielen, haar misschien zelfs aan te rijden en aan de kant van de weg achter te laten. Toen Benedikte op haar website keek om een mailadres te zoeken, was er een pop-up verschenen dat het ministerie een nieuwe privéchauffeur zocht, en daarna was het plan om Rosa Hartung te treiteren concreter geworden.

Benedikte had Asgers sollicitatiebrief geschreven. Daar had ze genoeg tijd voor, omdat ze na haar bevalling en langdurige ziekte net parttime in haar oude baan op de kinderafdeling was begonnen. Vlak daarna had hij een oproep gekregen voor een sollicitatiegesprek op het ministerie, wat tegelijkertijd het bewijs was geweest dat die idioten niets wisten over zijn relatie met Benedikte en haar vete in de media met de minister, waarschijnlijk omdat hij nog steeds op een ander adres was ingeschreven. Tijdens het gesprek bleek dat ze veel waarde hechtten aan Asgers mooie papieren van het leger, dat hij flexibel was en geen familieverplichtingen had, en vervolgens had hij een ontspannen gesprek gehad met een PET-agent die de verschillende kandidaten moest screenen. Toen ze later hoorden dat hij de baan had gekregen, hadden ze dat gevierd met het opstellen van de haatmail met Facebook-foto's van het meisje Hartung, waarmee ze de minister op haar eerste werkdag hadden verwelkomd.

Dat was eveneens de dag waarop Asger aan zijn nieuwe baan was begonnen en hij Rosa Hartung had ontmoet. Hij had haar bij de grote, luxe villa in Østerbro opgehaald en was de hele dag gecommandeerd door haar adviseur Vogel, een arrogante klootzak die Asger dolgraag een lesje wilde leren. Vlak daarna hadden ze met bloed van een paar ratten uit het voormalige slachthuis op de ministersauto geschreven, en ze hadden nog diverse andere kwaadaardigheden in petto, maar plotseling waren ze ingehaald door bizarre moorden en kastanjemannetjes met mysterieuze vingerafdrukken. Dat was in principe geen probleem, ook niet voor Benedikte, maar toen was de bom ontploft: Rosa Hartungs dochter, van wie de hele wereld dacht dat ze dood was, was misschien toch niet dood.

De speculaties hadden hen gemotiveerd om hun wraakacties weer op te pakken, maar Rosa Hartung werd inmiddels beschermd door de PET. Zelfs voor Asger was het onmogelijk om ongezien bij haar in de buurt te komen, dus had Benedikte hem in plaats daarvan naar de etter gevraagd. Hij had zijn focus veranderd en had geaccepteerd dat het lonender zou zijn om de jongen te ontvoeren. Asger had zelfs gedacht dat de politie misschien zou denken dat de dader van de moorden Gustav had gekidnapt, en als hij de richtingaanwijzer uitzet en van de snelweg afslaat, is het een ironisch gevoel dat Benedikte en hij op de vlucht zijn en verdacht worden van een aantal misdrijven waarvan ze helemaal niets weten.

De regen roffelt tegen de voorruit en het laatste daglicht is verdwenen als hij de parkeerplaats op rijdt. Aan het eind ziet hij de bestelwagen staan die ze vanochtend bij Hertz hebben gehuurd, maar hij parkeert de ministersauto met opzet zo'n 20 meter verder weg en zet de motor uit. Asger pakt zijn spullen uit het dashboardkastje en draait zich om naar de jongen. 'Jij blijft zitten tot er iemand komt en je vindt. Je blijft zitten. Begrepen?'

De jongen knikt angstig. Asger stapt uit, smijt de deur dicht en rent naar Benedikte toe, die uit de bestelwagen is gestapt en in de regen op hem staat te wachten, alleen gekleed in haar dunne gewatteerde vest en rode capuchontrui.

Ze kijkt niet vrolijk. Ze ziet natuurlijk aan hem dat het niet is gegaan zoals dat had gemoeten, en Asger legt buiten adem uit wat er is gebeurd.

'Er zijn maar twee mogelijkheden, lieverd. Of we verdwijnen, of we rijden rechtstreeks naar een politiebureau en leggen de situatie uit voordat het erger wordt. Wat vind jij?'

Benedikte geeft geen antwoord, ook niet als hij het portier van de gehuurde bestelwagen ongeduldig opent om in te stappen en zijn hand uitsteekt naar de autosleutels. Ze blijft in de regen staan en staart met de stille, ernstige blik die haar lach veel te lang geleden heeft laten verstommen naar een punt achter hem. Als Asger over zijn schouder kijkt, ziet hij dat ze naar het angstige gezicht van de etter achter het getinte raam van de ministersauto kijkt. Asger beseft dat ze niet van gedachten zal veranderen. Integendeel.

90

Terwijl Rosa achter de PET-agent de trap van het ministerie van Algemene Zaken af loopt, probeert ze vergeefs om Steen op zijn mobiel te pakken te krijgen. Ze kan bijna niet wachten om met hem te praten, omdat ze weet dat hij het gevoel deelt dat haar op dit moment vervult. Daarnet heeft de PET-agent toestemming gekregen om de vergadering op het ministerie van Algemene Zaken te onderbreken om haar te vertellen dat de politie een woning heeft doorzocht en waarschijnlijk de verblijfplaats van de daders achter de moorden op de drie vrouwen en de politie-inspecteur heeft gelokaliseerd. Rosa probeert al heel lang haar gevoelens te onderdrukken, maar sinds Steen haar heeft laten inzien dat de vondst van Kristines vingerafdrukken op de kastanjes iets moet betekenen, geeft ze toe aan haar verlangen. De ontdekking van de politie kan de doorbraak zijn waarop ze hebben gewacht, en toch is er iets wat haar angstig en onzeker maakt.

Als Rosa de deur naar de Prins Jørgens Gård heeft bereikt, waar normaal gesproken alleen de premier gebruik van maakt, wachten er meerdere PET-agenten op haar. Ze beschermen haar terwijl ze haar naar een donkere auto begeleiden, en als de auto even later de 100 meter over de kruising naar het ministerie van Sociale Zaken heeft afgelegd, herhalen ze de procedure als ze uitstapt en naar de hoofdingang loopt.

Rosa negeert de vragen van de journalisten die bij de deuren wachten en als ze binnen is en de bewakers is gepasseerd, staat Liu bij de lift op haar te wachten om met haar mee te gaan naar de tweede verdieping. Sinds de media artikelen plaatsen over de sensationele speculaties met betrekking tot Kristine, heeft Rosa een enorme hoeveelheid aanvragen gekregen waarop ze niet wilde ingaan. Eerst was ze gefrustreerd geweest en woedend op Steen toen hij was gaan bazelen over Kristines kraampje, haar vriendin Mathilde, kastanjemannetjes en kastanjedieren. Ze wist dat hij dronk en dat hij elke dag zijn best deed om te tonen hoe sterk hij was, maar in werkelijkheid was hij er misschien slechter aan toe dan zij. Ze hadden ruzie gehad over de betekenis van de vingerafdrukken op de kastanjes die op de eerste twee plaatsen delict waren aangetroffen – of ze belangrijk waren, of Mathilde en Kristine het laatste jaar kastanjemannetjes hadden gemaakt – maar ze had beseft dat het niet uitmaakte wat ze zei, omdat Steen zich niet wilde laten afremmen. Misschien was er niemand, met inbegrip van de politie, die zijn mening deelde, en toch had hij haar uiteindelijk overtuigd. Niet omdat ze zijn argumenten geloofde, maar omdat ze in hém geloofde en hem wílde geloven. Steen was niet langer de schaduw van zichzelf die hij zo lang was geweest, en toen ze hem met trillende stem had gevraagd of hij echt geloofde dat hun meisje nog steeds in leven kon zijn, had hij geknikt en haar handen vastgepakt, waarna ze in huilen was uitgebarsten. Ze hadden voor het eerst in meer dan een halfjaar seks met elkaar gehad en Steen had haar verteld over zijn plan. Ze had hem gesteund zonder te weten of ze dat kon waarmaken. Op vrijdagavond was hij vervolgens te gast geweest bij een nieuwsprogramma, waarin hij had verteld dat hij geloofde dat Kristine nog in leven was. Hij had de kijkers net als een jaar geleden opgeroepen om contact op te nemen en had de dader aangespoord om Kristine te laten gaan. Rosa had geprobeerd om samen met Gustav, die ze zo goed mogelijk had voorbereid, naar de uitzending te kijken. Gustav was echter boos geweest en had er geen begrip voor kunnen opbrengen. Rosa begreep zijn verwarring en tegenzin, en had bijna spijt van hun beslissing gehad. Later die avond hadden Rosa en Steen echter gehoord dat er opnieuw een kastanje met vingerafdruk, de derde inmiddels, op een plaats delict was gevonden, en dat had hun hoop versterkt, hoewel het hoofd van de afdeling Moordzaken en de twee rechercheurs die haar eerder die dag hadden verhoord, hadden volgehouden dat daar geen reden voor was.

De vele goedbedoelde aanwijzingen van de kijkers die Steen in het nieuwsprogramma hadden gezien, waren echter nutteloos gebleken, en het onderzoek dat Steen zelf was begonnen naar Kristines doen en laten op de dag waarop ze was verdwenen, had ook geen resultaten opgeleverd. In het weekend was hij begonnen met de reconstructie van de verschillende routes die Kristine vanaf de sporthal had kunnen nemen, in de hoop nieuwe mogelijkheden of getuigen te vinden die aan de oplossing konden bijdragen. Als architect had hij toegang tot tekeningen van het rioleringsstelsel, tunnels en transformatorhuisjes, die gebruikt hadden kunnen worden om Kristine snel uit het zicht te krijgen. Het was als het zoeken naar een naald in een hooiberg, maar Rosa vond het ontroerend om te zien hoe gedreven hij te werk ging. Ze verheugt zich er daarom op om hem het nieuws te vertellen dat daarnet een eind had gemaakt aan de onaangename vergadering die ermee was begonnen dat de premier haar bij de deur had opgewacht.

'Kom binnen, Rosa. Hoe gaat het met je?' Hij had haar omhelsd.

'Niet zo goed. Ik heb meerdere keren geprobeerd om een nieuwe bespreking met Gert Bukke te plannen, maar ik hoor niets van hem, dus ben ik van mening dat we zo snel mogelijk met de andere partij moeten onderhandelen.'

'Ik had het eigenlijk niet over Bukke, want het ligt voor de hand dat hij op dit moment niet met ons om de tafel wil zitten. Ik heb het over jou en Steen.'

Rosa had gedacht dat ze verslag moest uitbrengen over de gestrande onderhandelingen met betrekking tot de begroting, maar de minister van Justitie was aanwezig en er bleek een andere agenda te zijn.

'Je mag dit niet verkeerd opvatten. We hebben in principe alle begrip voor je, maar zoals je weet, heeft de regering het afgelopen jaar al een paar dreunen gehad, en de huidige situatie helpt daar absoluut niet bij. Steens boodschap in de media bevat kritiek op het werk van de minister van Justitie, die meerdere malen verklaard heeft dat het tragische misdrijf waarvan Kristine het slachtoffer is geworden grondig is onderzocht – dat er alles aan is gedaan om jullie te helpen, waarvoor je zelf je dankbaarheid getoond hebt – maar nu wordt er ernstige twijfel gezaaid over zijn geloofwaardigheid.'

'Ik wil daaraan toevoegen dat het om de geloofwaardigheid van de vollédige regering gaat,' zei de minister van Justitie. 'Mijn ministerie wordt dag en nacht gebeld. Journalisten willen inzicht in alle dossiers, de oppositie wil dat de zaak tot op de bodem wordt uitgezocht en er gaan stemmen op om ruggespraak met me te houden. Dat vind ik prima, maar vanochtend is de premier zelfs gevraagd om commentaar op de kwestie te geven.'

'Wat ik natuurlijk niet van plan ben, maar de druk is onmiskenbaar.'

'Wat willen jullie dat ik doe?'

'Ik wil je vragen om één lijn te trekken met de officiële reactie van het ministerie van Justitie. Dat wil zeggen dat je afstand neemt van Steens uitspraken. Ik besef dat het moeilijk voor je is, maar je moet het vertrouwen dat ik in je heb gesteld door je terug te laten keren als minister waarmaken.'

Rosa was woedend geworden. Ze had benadrukt dat er wel degelijk onzekerheden in de zaak waren. De premier had geprobeerd een compromis te vinden, terwijl de minister van Justitie steeds gefrustreerder was geraakt, maar plotseling waren ze onderbroken. Het kan Rosa niets schelen. Ze mogen wat haar betreft allebei naar de pomp lopen en ze laat een haastig bericht op Steens mobiel achter, terwijl Liu en zij het ministerskantoor betreden.

'Hoe is het bij de premier gegaan?' vraagt Vogel.

'Dat is niet belangrijk. Wat weten jullie?'

Vogel, twee PET-agenten, secretaris-generaal Engells en een paar werknemers zitten al aan tafel als ze plaatsneemt, waarna ze de situatie samenvatten. De PET heeft zich tien minuten geleden bij het ministerie gemeld met de naam van de huurder van het pand in Sydhavnen en secretaris-generaal Engells heeft het dossier over Benedikte Skans meteen daarna opgediept. Ze vertellen haar over het verloop van de zaak, hoewel Rosa zich die nu herinnert, en Engells en Vogel overtreffen elkaar in speculaties over hoe alles verband met elkaar kan houden. De mobiel van een van de PET-agenten gaat over en hij loopt de kamer uit om het gesprek aan te nemen. De andere agent vraagt Rosa of ze zich kan herinneren of ze onlangs contact met Benedikte Skans of met haar vriend heeft gehad. Ze hebben nog geen foto's van de vriend, maar hebben er heel veel van Benedikte Skans uit de periode waarin ze in de media verscheen.

'Dit is Benedikte Skans.'

Rosa herkent de jonge vrouw met de woedende donkere ogen. Het is de vrouw met het gewatteerde jack en de rode capuchontrui die iets meer dan een week geleden in de openbare ruimte hard tegen haar aan was gebotst. Dat was gebeurd op de dag dat er met bloed op de ministersauto was geschreven.

'Dat kan ik bevestigen. Ik heb haar ook gezien.'

De PET-agent noteert wat Vogel zegt en Engells begint weer voor te lezen uit de dossiermap, waaruit blijkt dat het zoontje van Benedikte Skans uit huis is geplaatst, waarna hij op tragische wijze bij het pleeggezin is overleden.

Plotseling beseft Rosa waarom ze zich ongerust voelt. 'Waarom is Gustav hier niet?'

Vogel pakt haar hand vast. 'De chauffeur is met hem onderweg. Alles is in orde, Rosa.'

'Wat kunt u zich nog meer herinneren over Benedikte Skans? Was ze die dag in Christiansborg in gezelschap van iemand?' gaat de PET-agent verder.

De ongerustheid heeft zich echter vastgebeten. Om de een of

andere reden herinnert Rosa zich dat de chauffeur haar gisteren heeft gevraagd of hij Gustav naar zijn tennisles moest brengen of dat Steen dat zou doen.

Engells leest verder: 'We hebben niet zoveel over de vriend en tevens de vader van het kind, behalve dat hij als chauffeur uitgezonden is naar Afghanistan en Asger Neergaard heet...'

Rosa Hartung en Vogel verstijven tegelijkertijd en wisselen een blik. 'Asger Neergaard?'

'Ja...'

Rosa controleert onmiddellijk de app op haar mobiel, terwijl Vogel zo snel van zijn stoel opstaat dat die omvalt. Het is een veiligheidsapp, Find My Child, die Steen en zij afgelopen jaar hebben geïnstalleerd om te registreren waar Gustavs mobiel zich bevindt. De gps-kaart is echter leeg. Gustavs mobiel zendt geen signaal uit. Voordat Rosa dat hardop heeft gezegd, komt de PET-agent binnen terwijl hij zijn mobiel van zijn oor haalt. Als ze zijn blik ziet, voelt ze de grond onder haar voeten wegzakken, precies zoals dat gebeurde op de dag waarop Kristine verdween.

91

Hess beseft dat hij al minutenlang niet luistert. Hij zit links van Thulin aan de langwerpige tafel in de actiekamer en kijkt apathisch door het raam dat uitkijkt op de zuilengang, die al geruime tijd in duisternis is gehuld. Om hem heen klinken drukke, gestreste stemmen die iedereen herinneren aan de ernst van de situatie. Hij heeft het eerder meegemaakt. Ongeacht waar je je in de wereld bevindt, als er een ontvoering wordt gemeld, is het scenario overal hetzelfde. Het enige verschil is dat de intensiteit aanzienlijk toeneemt als het om het kind van een prominente politicus gaat.

Hartungs ministersauto is bijna vijf uur geleden op een parkeerplaats naast de snelweg ten zuidwesten van Kopenhagen aangetroffen. Ze hebben geen spoor van de jongen, Benedikte Skans of Asger Neergaard gevonden en hebben geen eis van de ontvoerders ontvangen. Sinds de vondst van de lege auto is een van de grootste onderzoeken in de geschiedenis van Denemarken op gang gekomen. Grenzen, luchthavens, treinstations, bruggen, veersteigers en kuststroken worden bewaakt, en Hess heeft het gevoel dat het volledige wagenpark van de politie de straat op is gestuurd om uit te kijken naar de jongen. De actie wordt gecoördineerd door een samenwerkingsverband tussen de PET en de Kopenhaagse politie, en zelfs de burgerbescherming is bij de avondmaaltijd vandaan gehaald en de herfstduisternis in gestuurd. Collega's in Noorwegen, Zweden en Duitsland zijn op de hoogte gesteld, en ook Interpol en Europol zijn geïnformeerd, maar Hess hoopt niet dat die contacten gebruikt zullen worden. Als de internationale politie-instanties reageren, is dat omdat er tekenen gevonden zijn dat de ontvoerders meerdere grenzen zijn gepasseerd, en dan daalt de kans om Gustav Hartung te vinden drastisch, in het bijzonder om de jongen levend te vinden. De vuistregel in ontvoeringszaken is dat de kansen de eerste vierentwintig uur het beste zijn, als de sporen nog warm zijn. Na elk etmaal vermindert de kans, en Hess weet uit de statistieken in Den Haag dat die schatting is gebaseerd op werkelijke zaken over verdwenen kinderen. Hij probeert aan iets anders te denken dan de ontvoeringszaak waarbij hij een paar jaar geleden betrokken is geraakt omdat die een samenwerking tussen de Duitse en de Franse politie vereiste. Een tweejarig jongetje uit Karlsruhe verdween en de Franssprekende ontvoerder liet zijn vader, een Duitse bankdirecteur, weten dat hij 2 miljoen euro moest betalen om zijn zoontje terug te krijgen. Hess was bij de uitwisseling aanwezig geweest, maar het geld was nooit opgehaald op de afgesproken plek en een maand later vonden ze het lijk van het jochie in het riool, maar 500 meter bij de woning van de bankdirecteur vandaan. Het onderzoek wees uit dat de schedel van het jochie was verbrijzeld, waarschijnlijk omdat de ontvoerder hem tijdens de vlucht op de dag van de ontvoering vlak bij de rioolput op het asfalt had laten vallen. De dader was nooit gevonden.

De omstandigheden van Gustav Hartungs verdwijning zijn gelukkig anders en er is nog steeds reden voor optimisme. Inspecteurs zijn op dit moment bezig met het verhoren van Asger Neergaards collega's en de mensen met wie hij contact had bij het ministerie en Christiansborg, en datzelfde geldt voor Benedikte Skans' werkplek op de kinderafdeling van het Rigsziekenhuis. Tot dusver heeft niemand kunnen bijdragen met kennis over de manier waarop en de plek waarnaartoe het stel met de jongen op de vlucht kan zijn, maar het is te vroeg om mogelijkheden uit te sluiten. Nieuwsprogramma's tonen bovendien foto's van Gustav Hartung, waardoor het lastiger voor de ontvoerders zal zijn om samen met hem op openbare plekken te verschijnen. Dat is zowel goed als slecht. Goed omdat de meeste burgers binnen korte tijd in staat zullen zijn om Gustav Hartung te herkennen en de instanties te informeren als ze hem ergens zien. Slecht omdat die omstandigheid de ontvoerders onder extreme druk zal plaatsen, wat erin kan resulteren dat ze onder emotionele spanning een fatale beslissing nemen. Die problematiek was intensief besproken door de leiding en de PET, maar was uiteindelijk onbelangrijk gebleken, omdat de Hartungs een opsporingsbericht voor de jongen eisten, waarna alle verdere speculatie was verstomd. Hess had volledig begrip voor die beslissing. Een jaar geleden had het gezin een nachtmerrie meegemaakt, waaruit ze nauwelijks waren ontwaakt voordat er een nieuwe was begonnen. Geen kans mocht onbenut blijven, maar Hess kon niet voorspellen of dit middel goed of slecht was. Naast zich hoort hij Thulin ongeduldig een vraag aan Genz stellen, die vanuit het Forensisch Instituut een voorlopig verslag opleest via de luidspreker van Nylanders mobiel, die in het midden van de tafel ligt.

'Is er nieuws over de opsporing van hun mobieltjes?'

'Nee. Benedikte Skans en Asger Neergaard hebben hun mobiele telefoon sinds 16.17 uur vanmiddag niet meer aan gehad, wat waarschijnlijk het tijdstip van de ontvoering markeert. Het is mogelijk dat ze andere niet-geregistreerde mobieltjes hebben, maar die kan ik niet...'

'Hoe zit het met iPads en laptops uit hun woning? Het gaat in elk geval om een iPad en een Lenovo-laptop, waarop digitale betalingsbewijzen van vliegtuigen, veerboten of treinen kunnen staan. En hoe zit het met opnamen van creditcards?'

'We hebben nog niets gevonden wat gebruikt kan worden. Het kost extra tijd om de gewiste bestanden van de Lenovo-laptop op te halen omdat die beschadigd zijn en...'

'Jullie hebben dus helemaal niets. Genz, we hebben hier geen tijd voor! Als er gewiste bestanden op de Lenovo staan, dan moeten die met behulp van een recoveryprogramma hersteld worden, en je moet verdomme...'

'Thulin, Genz weet wat hij moet doen. Genz, laat het me weten zodra jullie iets vinden.'

'Natuurlijk. We zijn ermee bezig.'

Nylander verbreekt de verbinding en stopt de mobiel in zijn zak terug. Thulin lijkt op een bokser die net heeft gehoord dat ze toch de ring niet in mag.

'Nog iets anders? We moeten verder,' zegt Nylander.

Jansen schuift zijn notitieblok op de tafel naar voren. 'Ik heb met het psychiatrisch ziekenhuis in Roskilde gepraat. Ze hebben niets verteld wat we op dit moment kunnen gebruiken, maar het lijdt geen twijfel dat er na de dood van het kind een steekje loszat bij Benedikte Skans. De chef de clinique houdt vol dat de vrouw tijdens haar verblijf daar herstelde, maar sluit niet uit dat ze gewelddadig gedrag kan vertonen. Wat een enorme geruststelling is als je bedenkt dat Benedikte Skans op een kinderafdeling werkt.'

'Ze hebben dus geen idee waar ze kan zijn. Hoe zit het met Asger Neergaard?'

'Ex-soldaat, dertig jaar, twee keer als chauffeur naar Afghanistan uitgezonden in respectievelijk groep 7 en groep 11. Mooie papieren, maar als je zijn voormalige soldatenkameraden in de kazerne vragen begint te stellen, is een aantal van hen van mening dat hij een andere reden had om uit het leger te gaan dan dat hij er genoeg van had.'

'Ga door.'

'Sommigen beweren dat zijn handen trilden en dat hij contact met anderen ontweek. Hij werd opvliegend en agressief en had meer neigingen die op posttraumatische stress kunnen wijzen, maar hij is daar niet voor behandeld. Het is een raadsel hoe hij door de screening van de PET heeft kunnen komen, en daar zullen waarschijnlijk een paar koppen gaan rollen.'

'Maar niemand van de mensen met wie je gepraat hebt, weet waar hij kan zijn?'

'Nee. Ook de moeder niet. Ze zegt in elk geval niets.'

'Dan beëindigen we de vergadering en gaan door. We hebben

niets, en dat is niet goed. Er is in elk geval geen twijfel over het motief in relatie met Hartung. Met het oog op het onderzoek naar het plegen van de vier moorden door het stel wachten we met het inzetten van middelen tot de jongen ongedeerd teruggevonden is.'

'Áls het stel de moorden gepleegd heeft.' Het is de eerste keer dat Hess iets zegt tijdens de vergadering, en Nylander kijkt naar hem alsof hij een vreemde is die in de deuropening staat en naar binnen wil. Hess gaat verder voordat de deur wordt dichtgesmeten. 'Tot dusver is er niets concreets op het perceel van het stel aangetroffen dat erop wijst dat ze de moorden gepleegd hebben. Ze hebben Rosa Hartung getreiterd met doodsbedreigingen en hebben de ontvoering van haar zoon voorbereid en uitgevoerd, maar er is niets over de drie vrouwelijke slachtoffers aangetroffen, en Asger Neergaard heeft voor minstens een van de moordtijdstippen een alibi, namelijk toen Anne Sejer-Lassen vermoord werd en hij volgens de PET met Rosa Hartung en haar secretaresse bij de ministersauto op een binnenplaats van het ministerie stond.'

'Maar dat geldt niet voor Benedikte Skans.'

'Dat klopt, maar dat hoeft niet te betekenen dat ze Anne Sejer-Lassen vermoord heeft. Wat zou het motief van het stel trouwens moeten zijn?'

'Je moet geen wartaal uitslaan om jullie bezoek aan Linus Bekker te verdedigen. Benedikte Skans en Asger Neergaard zijn de hoofdverdachten, en over jullie bezoek aan de extra beveiligde inrichting praten we later.'

'Ik probeer niets te verdedigen...'

'Hess, als Thulin en jij jullie tijd verstandig hadden besteed aan het doorlezen van de dossiermappen op het ministerie van Sociale Zaken, waren jullie misschien eerder op het spoor van Benedikte Skans en Asger Neergaard gekomen en was Gustav Hartung nooit ontvoerd! Begrijp je wat ik zeg?'

Hess zwijgt. Hij heeft hetzelfde gedacht en heel even voelt hij zich schuldig, ook al weet hij dat het niet terecht is. Nylander verdwijnt uit de kamer en Jansen en de rest van de groep volgen, terwijl Thulin haar jas van de stoelleuning pakt.

'Op dit moment is de jongen vinden het belangrijkst. Als ze de moorden niet gepleegd hebben, dan komen we daar later achter.' Thulin wacht niet op antwoord en Hess ziet haar in de gang verdwijnen. Hij kijkt door de ramen naar de inspecteurs die om elkaar heen rennen met de energie en doelgerichtheid die ontstaan als een zaak op het punt staat om opgelost te worden. Hess voelt dat zelf echter niet. Het is alsof de draden van de marionetten nog steeds aan het plafond hangen, en als hij opstaat is dat om het gebouw te verlaten en frisse lucht in te ademen.

92

Asger heeft normaal gesproken geen probleem met de duisternis. Zijn ogen wennen er snel aan en hij voelt zich veilig en heeft alles onder controle, ook al rijdt hij zoals nu met hoge snelheid in de stromende regen.

In Afghanistan gaf hij er de voorkeur aan om in het donker te rijden. Als ze troepen of materieel van het ene kamp naar het andere moesten brengen, gebeurde dat soms na zonsondergang, en hoewel meerdere collega-chauffeurs van Asger dat bijzonder gevaarlijk vonden, had hij daar anders over gedacht. Hij had het altijd heerlijk gevonden om achter het stuur te zitten. Het was alsof zijn hoofd tot rust kwam als hij vooruitbewoog en zijn uitzicht voortdurend veranderde, waardoor hij afleiding had. In Afghanistan had hij echter ontdekt dat hij er de voorkeur aan gaf om 's nachts te rijden, ook al zag hij dan minder. De duisternis had gezorgd voor een gevoel van bescherming, voor de rust en het evenwicht die anders ontbraken, maar zo voelt dat nu niet. De onverlichte provinciale weg is aan beide kanten omgeven door dicht bos, en hoewel hij slecht ziet, heeft hij het gevoel dat er elk moment iets uit de duisternis kan komen aanstormen om hem op te slokken. Hij voelt zijn huid prikken en de druk in zijn oren toenemen, en als hij het gaspedaal nog verder intrapt, is het alsof hij probeert om voor zijn eigen schaduw te vluchten.

De politie heeft overal wegblokkades opgericht en hij is voortdurend van richting veranderd. Eerst waren ze naar Gedser gereden en vervolgens naar Helsingør om de veerboot naar Zweden te nemen, maar op beide plekken waren ze ingehaald door politiewagens met zwaailichten, en het was niet moeilijk geweest om te raden waar ze naartoe gingen. Asger heeft daarom koers gezet naar Sjællands Odde. De brug over de Storebælt lijkt te vanzelfsprekend en is daarom uitgesloten, maar Asger hoopt dat een van de veerboten naar Jutland niet bewaakt wordt, ook al weet hij dat het onwaarschijnlijk is. Hij worstelt met de gedachte wat ze moeten doen als die weg ook versperd is, maar hij heeft geen alternatief en Benedikte zit zwijgend en somber op de passagiersstoel naast hem.

Asger was er niet voor geweest om de etter mee te nemen, maar dat had niet ter discussie gestaan, en hij heeft begrip voor haar. Als ze het gewoon opgeven, is het allemaal voor niets geweest en dan beseft die ministerstrut nooit wat ze op haar geweten heeft. Het is niet meer dan redelijk dat ze zelf door een hel gaat, en Asger heeft geen morele scrupules over het ontvoeren van de jongen. De etter mag zijn moeder ervoor bedanken dat hij nu achter in de bestelwagen ligt.

Asger trapt op de rem. Heel even voelt hij de bestelwagen wegglijden op het natte asfalt, waarna hij de rem loslaat en de banden weer grip krijgen. In de verte ziet hij het schijnsel van blauwe zwaailichten tussen de natte bomen, en hoewel hij geen politiewagens ziet, beseft hij dat de weg achter de volgende bocht wordt versperd. Hij rijdt meteen naar de kant van de weg, terwijl hij net zo lang vaart mindert tot hij stilstaat. 'Wat moeten we nu verdomme doen?'

Benedikte geeft geen antwoord. Asger keert resoluut om en begint terug te scheuren over de provinciale weg, terwijl hij hardop vertelt wat hun mogelijkheden zijn. Als Benedikte eindelijk iets zegt, is het niet wat hij heeft verwacht.

'Sla af naar het bos. De volgende weg.'

'Waarom? Wat moeten we daar?'

'Sla af naar het bos, zeg ik.'

Als ze de volgende afrit naderen slaat Asger af, en even later rijden ze met hoge snelheid over een kleine grindweg vol hobbels. Ineens weet hij wat ze van plan is. Benedikte beseft natuurlijk dat ze omringd zijn en nu doet ze het enige juiste, namelijk in het bos wachten tot de storm is gaan liggen. Asger is soldaat geweest en had daaraan moeten denken, maar zoals altijd is Benedikte degene die een uitweg weet. Als ze drie tot vier minuten hebben gereden, vraagt ze hem plotseling om te stoppen, hoewel het bos niet zo dicht meer is en Asger het daarom niet verantwoord vindt.

'Nee, nu niet. We moeten verder het bos in. Ze kunnen ons zien als ze...'

'Stop de auto! Stop de auto nu!'

Asger trapt op de rem en stopt abrupt. Hij zet de motor uit maar laat de koplampen branden. Benedikte blijft even zitten. Hij kan haar gezicht niet zien, hoort alleen haar ademhaling en de regen op het dak. In de duisternis opent ze het dashboardkastje, pakt er iets uit en opent het portier om uit te stappen.

'Wat ga je doen? We hebben geen tijd om hier te blijven staan.'

Benediktes portier slaat dicht en Asger blijft heel even met de echo van zijn eigen stem in de cabine zitten. In het schijnsel van de koplampen ziet hij haar voor de bestelwagen langs lopen, en als ze aan zijn kant is, opent hij instinctief het portier en stapt uit.

'Wat ga je doen?'

Benedikte schuift langs hem en steekt haar hand resoluut uit naar de schuifdeur van de bestelwagen. Asger ziet een glimp van een scherp voorwerp in haar rechterhand en herinnert zich dat hij zijn legermes in het dashboardkastje heeft gelegd toen ze het busje vanochtend bij Hertz hadden opgehaald. Hij beseft wat Benedikte van plan is en pakt haar vast. Hij voelt hoe sterk ze is en hoe graag ze dit wil.

'Laat me los! Laat me los, zeg ik!'

Ze worstelen in de duisternis en Asger voelt het mes in zijn lies snijden omdat ze probeert zich los te rukken.

'Het is maar een kind! Hij heeft ons niets gedaan!'

Het lukt hem eindelijk om haar naar zich toe te trekken. Haar armen verslappen en ze begint te huilen, terwijl Asger haar troost. Hij weet niet hoe lang ze zo in de duisternis in het bos staan, maar het voelt als een eeuwigheid en het is het beste moment in lange tijd. Hij weet dat Benedikte net als hij beseft dat de overmacht te groot is, maar dat ze elkaar hebben. Hij kan haar gezicht niet zien, maar als ze gestopt is met huilen, trekt hij het mes uit haar hand en gooit het op de bosgrond.

'We laten de jongen gaan. Het is gemakkelijker als we met zijn tweeën zijn, en zodra hij is gevonden, ontspannen de smerissen. Oké?'

Asger twijfelt er helemaal niet aan dat het hun gaat lukken nu hij haar lichaam zo vlak bij het zijne voelt. Hij liefkoost haar gezicht, kust haar tranen weg en voelt dat ze knikt en haar neus ophaalt. Ze houdt zijn hand nog steeds vast, en met zijn andere pakt hij het handvat van de schuifdeur om die opzij te trekken. Als de jongen weet in welke richting hij moet lopen, kan hij binnen een paar uur een wegblokkade bereiken, en dat geeft Asger en Benedikte de tijd die ze nodig hebben.

Als Asger iets hoort, stopt hij de beweging en kijkt waakzaam in de duisternis om zich heen. Hij hoort het afgelegen geluid van een motor die nadert en kijkt met Benediktes hand nog steeds in de zijne achter zich naar de weg. Op een afstand van zo'n 50 meter reflecteren een stel koplampen in de regenplassen op de grindweg en even later staan Benedikte en hij badend in het licht, terwijl ze hun ogen tot spleetjes knijpen. De auto stopt, en als de chauffeur even naar hen heeft gekeken, doet hij eerst de motor en daarna de koplampen uit.

Het is nu donker op de grindweg. Duizend gedachten exploderen in Asgers hoofd. Eerst denkt hij dat het een burgerauto van de politie is, maar politieagenten gedragen zich niet zo kalm in een situatie zoals deze, en heel even denkt hij dat het misschien een boer of een houtvester is. Dan beseft hij dat iemand zich op dit tijdstip alleen op deze grindweg kan bevinden om hén te zoeken. Niemand kan echter gezien hebben dat ze het bos in gereden zijn en hij heeft zich ervan verzekerd dat hun mobiele telefoons niet opgespoord kunnen worden.

Asger voelt Benediktes hand rond de zijne, en als hij een autoportier hoort opengaan, vraagt hij in de duisternis wie het is zonder antwoord te krijgen.

'Wie ben je?' herhaalt Asger. Door de voetstappen die naderen, begrijpt hij dat hij zo meteen zekerheid zal hebben, en op hetzelfde moment bukt hij zich naar het mes op de bosgrond.

93

Thulin stort het afval op twee reclameblaadjes op de keukenvloer, haalt een vork uit een lade en begint ertussen te zoeken. Ze draagt plastic handschoenen, en de stank van bedorven etensresten, sigarettenpeuken en conservenblikjes dringt in haar neusgaten terwijl ze vieze kassabonnetjes gladstrijkt in de hoop dat die haar vertellen waar het stel naartoe gevlucht kan zijn. Genz en de technisch rechercheurs hebben het hele huis eerder vandaag al doorzocht, maar Thulin geeft er de voorkeur aan om haar eigen steekproeven te houden. Er is echter niets. Alleen de dagelijkse boodschappen in de supermarkt en stomerijbonnetjes, waarschijnlijk van de kleding die Asger droeg als hij Rosa Hartung rondreed. Thulin laat het afval op de reclameblaadjes liggen. Ze staat in de oude slachterij, en afgezien van een paar surveillancewagens die op de weg staan om de gebouwen te bewaken is de plek verlaten. Tot dusver heeft ze alleen kunnen constateren dat Genz en zijn mensen hun werk uitstekend hebben gedaan. Er is niets wat erop wijst dat het jonge stel andere verblijfplaatsen heeft gehad dan die waar ze zich nu bevindt en er zijn geen tekenen dat ze hebben nagedacht over vluchtroutes of alternatieve verstopplekken. Eerder vandaag is geconstateerd dat de koelcel in de oude slachterij was ingericht met een matras op de vloer, een gewatteerde deken, een chemisch toilet en een paar Donald Duck-blaadjes, wat erop wijst dat dit de plek is waar Gustav Hartung gevangengehouden moest worden.

Thulin huivert bij de gedachte, maar aan de andere kant hebben de observaties die ze in het voorhuis heeft gedaan er niet op gewezen dat zich hier een paar koelbloedige moordenaars hebben opgehouden. In elk geval niet zoals ze zich die voorstelt. Het is duidelijk dat Asger Neergaard hier woont en niet in de kamer die hij volgens het bevolkingsregister bij een vroegere legerkameraad huurt, en hij heeft blijkbaar een voorliefde voor Japanse mangastrips met ontklede vrouwen. Maar dat is dan ook het radicaalste wat ze heeft aangetroffen tussen de spullen waarvan ze denkt dat die van hem zijn. Het lijkt kenmerkend voor hem dat hij, hoewel hij nog maar dertig is, prijs stelt op de televisieserie *Huset på Christianshavn* uit de jaren zeventig en Deense blijspelen met Dirch Passer en Ove Sprogøe, die als gemeenschappelijke factor hebben dat ze zich allemaal afspelen in een zonnige tijd met groene weiden en een wapperende Deense vlag. Hij heeft ze afgespeeld op een stoffige dvd-speler en heeft er liggend op de versleten bank op een oude flatscreen naar gekeken, maar voor Thulin wijst dat niet noodzakelijkerwijs op psychopathie en ontoerekeningsvatbaarheid.

De vondst die iets over Benediktes persoonlijkheid vertelt, is radicaler: vakboeken over gemeentelijke uithuisplaatsing, prints van paragrafen van sociale wetten die waren doorgelezen en geïnterpreteerd, juridische tijdschriften over de belangen van kinderen en meer in die richting. Tussen haar eigendommen in een paar laden in de zitkamer zitten ook mappen en ringbanden die uitsluitend gaan over de uithuisplaatsing van het zoontje van het stel en de correspondentie die ze met de instanties en de toegevoegde advocaat heeft gevoerd. Op bijna elke pagina zijn met de hand geschreven aantekeningen toegevoegd, sommige onleesbaar, maar voortdurend met vraag- en uitroeptekens, en Thulin kan de woede en frustratie erachter voelen. Maar ze heeft ook poëzieboeken uit Benediktes schooltijd gevonden, zelfs eentje met een foto waarop ze met Asger Neergaard in het gras bij een lelijke vangrail zit, alsmede diploma's van de opleiding verpleegkunde en diverse revalidatieprogramma's in het verlengde van de zwangerschap en de geboorte.

Hoe meer Thulin heeft gezien, des te moeilijker vindt ze het om te accepteren dat Benedikte en Asger de moorden hebben gepleegd waarnaar Hess en zij onderzoek hebben gedaan, en het is minstens zo moeilijk om zich voor te stellen dat het stel het vermogen heeft om het enorme moordonderzoek wekenlang te slim af te zijn. Daarom is ze tot de conclusie gekomen dat Hess gelijk heeft met de scepsis die hij tegenover Nylander heeft geventileerd.

Toen ze de muren in zijn flat in Nørrebro vanochtend had gezien, was ze gaan denken dat er een steekje bij hem loszat en dat het bijzonder verontrustend was dat hij niet gewoon accepteerde dat het meisje Hartung dood was. Het was er niet beter op geworden toen hij later het initiatief had genomen tot het onconventionele bezoek aan Genz en de extra beveiligde inrichting. Ze had beseft dat ze niets over Hess of zijn verleden wist, maar achteraf gezien was ze gaan twijfelen na het gesprek in de extra beveiligde inrichting, en nu ziet ze zichzelf al samen met Hess teruggaan om met Linus Bekker te praten om erachter te komen wat hij over de moorden en over Kristine Hartung weet.

Op dit moment gaat het echter om Gustav Hartung, en als Thulin klaar is met het bekijken van de laatste commodes en laden in de kamers op de verdieping, loopt ze naar de deur om naar Genz te rijden en hem te helpen met de Lenovo-laptop waarmee hij volgens eigen zeggen problemen heeft. Onder aan de trap slaat ze de hoek om, en als ze door de gang loopt, hoort ze een zwak geluid en blijft staan. Ergens gaat een alarm af, maar blijkbaar niet in het voorhuis, waar ze zich nu bevindt. Het geluid heeft een langzamer ritme dan een autoalarm, maar is net zo doordringend. Thulin loopt door de keuken naar de gang die naar de slachterij leidt. Als ze de deur opent wordt het geluid duidelijker. De grote, langwerpige hal ligt in het donker en ze blijft staan omdat ze niet weet waar de lichtschakelaars zich bevinden. Plotseling beseft ze dat als Benedikte en Asger de daders niet zijn, de echte moordenaar zich ergens in de duisternis kan bevinden. Ze probeert de gedachte van zich af te schudden, want ze heeft geen reden om te geloven dat de dader hier is, maar toch haalt ze haar pistool tevoorschijn en ontgrendelt het.

Thulin licht zichzelf bij met haar mobiele telefoon, terwijl ze door de slachthal in de richting van het geluid loopt en de ene na de andere koelcel passeert, ook de cel die voor Gustav Hartung was bedoeld. Enkele koelcellen zijn helemaal leeg, afgezien van vleeshaken die aan het plafond hangen, maar de meeste staan vol dozen en oude troep.

Bij de deur van een van de laatste koelcellen blijft ze staan. Dit is de plek waar het geluid vandaan komt, en als ze twee stappen de ruimte in gedaan heeft, beseft ze dat Asger Neergaard hier traint. In het licht van haar mobiel ziet ze oude kettlebells, een halter, een versleten racefiets en een boksbal, die om de spaarzame ruimte op de vloer vechten met modderige legerlaarzen en een vies camouflage-uniform. Het meest opmerkelijke is echter de stank. Hoewel ze in een gesloten slachterij staat, ruikt het in geen van de ruimten naar bedorven vlees zoals hier, maar ze heeft die gedachte nog niet eens afgemaakt als ze een beweging in de hoek ziet. Ze richt de lichtbundel erop, maar de dieren reageren niet, hoewel ze in het felle licht baden. Vier ratten bijten wild in het onderste deel van de deur van een aftandse minikoelkast, die samen met tuingereedschap en een opgeklapte strijkplank in een hoek staat. Het display van de koelkast knippert en veroorzaakt een piepend geluid omdat de ratten het onderste deel van de rubberen strips kapotgeknaagd hebben, waardoor de deur op een kier staat. Thulin loopt naar de koelkast toe, maar pas als ze de ratten met haar voet heeft weggeduwd, verdwijnen ze tussen haar benen door. Ze blijven op een afstandje staan, schieten heen en weer en piepen hysterisch. Als Thulin de deur voorzichtig opent en naar binnen kijkt, moet ze haar hand voor haar mond houden om niet te braken.

94

'Weet je het absoluut zeker? Had Benedikte Skans in de nacht van vrijdag 16 op zaterdag 17 oktober dienst?'

'Ja, dat weet ik heel zeker. Ik heb het net bevestigd gekregen van de hoofdverpleegkundige van de afdeling, die zelf ook werkte.'

Hess bedankt de inspecteur en verbreekt de verbinding, terwijl hij de etage van het ministerie van Sociale Zaken, waar Rosa Hartungs kantoor zich bevindt, op loopt. Het is bijna elf uur 's avonds en het kantoor gonst van gecontroleerde nervositeit en rinkelende mobiele telefoons. Een paar inspecteurs praten met personeelsleden, twee werkneemsters staan met rode ogen zachtjes en geëmotioneerd met elkaar te praten, en op de tafels staan plastic tassen met afhaalsushi, waarvan nog niemand heeft gegeten.

'Is de minister aanwezig?'

De gehaaste secretaresse met het Chinese uiterlijk knikt naar Hess, en hij loopt naar de mahoniehouten deuren, terwijl hij de toegangscode van de iPad die hij daarnet in de chauffeurskamer van Christiansborg heeft geleend in zijn hoofd herhaalt.

Thulin had gelijk toen ze zei dat de jongen Hartung op dit moment het belangrijkst is. Hess is daarom vanaf het hoofdbureau naar het ministerie van Sociale Zaken gereden om bij te dragen aan het zoeken naar informatie over het doen en laten van het paar en hun mogelijke verblijfplaats door het verhoren van mensen die elke dag contact met Asger Neergaard hadden. Het was hem echter al heel snel duidelijk geworden dat niemand iets wist. De inspecteurs hadden hun werk al gedaan en dat Hess zelf met de mensen praatte, veranderde niets aan het resultaat. Asger Neergaard was met niemand omgegaan en had nooit gepraat over zijn privéleven, zijn vrijetijdsactiviteiten of andere dingen die interessant konden zijn. In plaats daarvan had Hess moeten luisteren naar beschrijvingen over zijn karakter. Sommigen hadden de chauffeur vanaf het begin vreemd gevonden – merkwaardig, stil, misschien ook een beetje gevaarlijk – maar voor Hess was dat soort beschrijvingen ontstaan in het heldere licht van kennis achteraf. De afgelopen uren hadden de televisiezenders de kijkers gebombardeerd met de ontvoering van Gustav Hartung en beschrijvingen van de vermoedelijke daders, van wie de ene – heel sensationeel – Rosa Hartungs eigen chauffeur bleek te zijn. Als je twijfelde aan de verkoopbaarheid van het verhaal, hoefde je alleen maar te kijken naar het leger zendwagens en journalisten dat zich op het kleine plein voor het ministerie had verzameld, maar de verspreiding betekende tegelijkertijd dat de karaktergetuigenissen allang waren gekleurd door de media. In het deel van de getuigenverklaringen waarop Hess vertrouwde, werd Asger Neergaard introvert en nogal onnozel genoemd. Zijn pauzes gebruikte hij om buiten te roken en te bellen, terwijl zijn collega's de voorkeur gaven aan de warme chauffeurskantine in Christiansborg.

Daar was Hess ook geweest. Een oudere collega had verteld dat hij Asger herhaaldelijk had geholpen met de sloten van de garage waar de ministersauto's 's nachts werden geparkeerd. Alleen al om die reden leek het niet bijzonder waarschijnlijk dat de man samen met zijn vriendin in staat was geweest om de zorgvuldig geplande moorden op Laura Kjær, Anne Sejer-Lassen en Jessie Kvium te plegen.

Het was nog onwaarschijnlijker geworden toen een andere collega van Asger Neergaard, blijkbaar de chauffeur van de minister van Economische Zaken en Klimaat, Hess de digitale chauffeursagenda had laten zien. Daarop werden de activiteiten van de diverse chauffeurs zorgvuldig bijgehouden, en het was de plicht van alle chauffeurs om op het scherm van het digitale logboek in de auto's te noteren wanneer men zich waar bevond en voor welke opdracht dat was. Hess' aandacht was getrokken door een bepaalde datum, waarna hij was teruggegaan naar het ministerie van Sociale Zaken. Onderweg had hij gebeld met een van de inspecteurs die naar Benedikte Skans' werkplek waren gestuurd, en dat is wat hij nu met Rosa Hartung wil bespreken.

Als Hess het kantoor van de minister betreedt, is het duidelijk dat ze ziek is van bezorgdheid om haar zoon. Haar handen trillen, haar ogen hebben een angstige blik en zijn rood, en haar mascara is uitgelopen, ook al heeft ze geprobeerd het weg te vegen. Haar man is er ook. Hij is aan het bellen en maakt aanstalten om de verbinding te verbreken als hij Hess ziet, maar Hess schudt zijn hoofd en gebaart dat hij geen nieuws heeft. Rosa Hartung en haar man hebben ervoor gekozen om op het ministerie te blijven, deels omdat ze verhoord moeten worden over Asger Neergaard, deels omdat ze op het ministerie voortdurend op de hoogte worden gehouden. Hess vermoedt dat ze ook helemaal geen zin hebben om alleen te zijn. Thuis staan ze oog in oog met elkaar en hun bezorgdheid, terwijl ze zich hier actief kunnen voelen door de inspecteurs vragen te stellen over de resultaten.

Terwijl Steen Hartung verdergaat met zijn telefoongesprek, kijkt Hess naar Rosa Hartung en wijst naar de grote vergadertafel. 'Kunnen we even gaan zitten? Ik heb een paar vragen die je hopelijk kunt beantwoorden. Dat zou enorm helpen.'

'Hoever zijn jullie? Wat gebeurt er op dit moment?'

'Er is helaas geen nieuws, maar al het personeel is ingezet, alle wagens zijn op straat en alle grenzen worden bewaakt.'

Hij ziet de angst in haar ogen en weet dat het haar duidelijk is dat haar zoon in levensgevaar verkeert, maar hij moet met haar praten over zijn ontdekking, en als ze zich er even later in heeft geschikt dat hij geen nieuws heeft, legt hij de iPad op tafel tussen hen in. 'Op vrijdag 16 oktober om 23.57 uur heeft uw chauffeur Asger Neergaard in zijn digitale logboek genoteerd dat hij in de ministersauto bij Den Sorte Diamant is gearriveerd om u op te halen na een evenement. Hij schrijft in het logboek dat hij stand-by is en in de foyer wacht tot het 0.43 uur is, waarna hij schrijft: *Vrij. Rij nu naar huis*. Klopt het dat hij in de foyer wachtte en dat jullie pas op dat tijdstip naar huis reden?'

'Ik begrijp niet waarom dat belangrijk is. Wat heeft dat met Gustav te maken?'

Hess wil haar niet nog ongeruster maken door haar eraan te herinneren dat het betreffende tijdstip de nacht van de derde en de vierde moord is. Als de informatie in het logboek correct is, dan kan Asger Neergaard onmogelijk naar het volkstuinencomplex gereden zijn om Jessie Kvium en Martin Ricks te vermoorden en twee handen en een voet te amputeren voordat Hess en Thulin daar arriveerden. En omdat Hess net zekerheid heeft gekregen dat Benedikte Skans diezelfde nacht dienst had op de kinderafdeling, is dat een cruciaal punt.

'Het is belangrijk om redenen waarover ik op dit moment niets kan zeggen. U zou een enorme hulp zijn als u kunt proberen het zich te herinneren. Klopt het dat hij op u wachtte en dat u pas op dat tijdstip naar huis bent gebracht?'

'Ik weet niet waarom dat in zijn logboek staat, want ik heb het evenement afgezegd. Ik ben daar helemaal niet geweest.'

'Bent u daar niet geweest?' Hess probeert zijn teleurstelling te verbergen.

'Nee. Frederik – Frederik Vogel, mijn adviseur – heeft het voor me afgezegd.'

'Weet u zeker dat u daar niet geweest bent? Asger Neergaard schrijft dat...'

'Ik weet het zeker. De afspraak was dat Frederik en ik daar zelf naartoe zouden gaan omdat het niet zo ver van het ministerie af ligt. Een paar uur daarvoor hebben we het besproken. Het was de avond waarop mijn man op televisie zou verschijnen en Frederik was van mening dat het geen probleem was om het af te zeggen. Daar was ik blij om, omdat ik liever samen met Gustav...'

'Maar als Vogel u heeft afgemeld, waarom staat er dan in het logboek dat de chauffeur...'

'Dat weet ik niet. U zult het Frederik moeten vragen.'

'Waar ís Frederik?'

'Hij moest iets regelen, maar ik denk dat hij zo meteen terug is. En nu wil ik graag horen wat er op dit moment wordt gedaan om Gustav te vinden.'

Het grote kantoor van Frederik Vogel is leeg en donker. Als Hess naar binnen is gegaan, doet hij de deur achter zich dicht. Het is een prettige kamer, loungeachtig en gezellig, in tegenstelling tot de kille en onpersoonlijke kantoorsfeer van het ministerie. Hij betrapt zich erop dat hij bedenkt dat het een kamer is die vrouwen sexy zouden vinden vanwege de ontspannen sfeer die is ontstaan door de Verner Panton-lampen, de hoogpolige geknoopte tapijten en de lage Italiaanse banken met veel zachte kussens. Er ontbreekt alleen zachte sfeermuziek van Marvin Gaye. Hess vraagt zich heel even af of hij jaloers is omdat hij zelf de energie niet heeft om voor zo'n inrichting te zorgen.

Het is vanavond niet de eerste keer dat Hess zich afvraagt waar de adviseur van de minister is. Hij weet dat de inspecteurs de zevenendertigjarige Frederik Vogel om zeven uur over Asger Neergaard hebben verhoord en dat Vogel niets anders heeft kunnen bijdragen dan verrassing over het feit dat Asger Neergaard degene was die hij was. Maar toen Hess een paar uur geleden op het ministerie arriveerde, was de adviseur verdwenen, volgens de secretaresse van de minister omdat hij een afspraak in de stad had. Wat Hess tot nadenken had gestemd, omdat Vogels minister zich in een diepe crisis bevond en werd belaagd door de pers.

Hess weet niet veel over Vogel. Rosa Hartung heeft een tijdje geleden verteld dat hij altijd een grote steun voor haar is geweest. Ze hadden een paar jaar samen politicologie gestudeerd in Kopenhagen, waarna hun wegen zich scheidden omdat Vogel was aangenomen op de Hogeschool voor Journalistiek. Ze hadden contact gehouden en langzamerhand was

Vogel een vriend van het gezin geworden. Toen Rosa later tot minister werd benoemd, was het vanzelfsprekend geweest dat hij haar adviseur werd. Hij was een enorme steun voor haar en het gezin geweest tijdens het moeilijke jaar nadat Kristine was verdwenen en hij had haar gesterkt in haar beslissing om haar comeback te maken.

'Wat heeft hij gezegd over het feit dat u en uw man de hoop koesteren dat jullie dochter nog in leven is?' had Hess gevraagd.

'Frederik is bijzonder beschermend, dus in het begin was hij waarschijnlijk heel bezorgd, in elk geval voor mijn positie als minister, maar nu staat hij volledig achter ons.'

Hess snuffelt een beetje rond om een indruk te krijgen van de man, wiens bureau bezaaid ligt met papieren over de zaak-Benedikte Skans en met de hand geschreven aantekeningen over de persstrategie. Verder ziet Hess niets interessants, tot hij de muis van de MacBook die op het bureau staat per ongeluk aanraakt. De screensaver toont foto's van Vogel in diverse carrièresituaties: Vogel voor het EU-hoofdkwartier in Brussel, Vogel die de Duitse bondskanselier in de openbare ruimte van Christiansborg een hand geeft, Vogel voor het World Trade Center Memorial in New York, en Vogel en Rosa Hartung op bezoek in een humanitair kinderkamp van de VN. Tussen de officiële foto's verschijnen plotseling ook privéfoto's van Frederik Vogel en het gezin Hartung: tijdens kinderverjaardagen, handbalevenementen en tripjes naar Tivoli. Traditionele gezinsfoto's waarvan Vogel deel uitmaakt.

Hess probeert zichzelf eerst wijs te maken dat er niets aan de hand is en dat zijn vooroordeel dat de man een harteloze, sluwe ringslang is hiermee niet wordt bevestigd, maar dan begrijpt hij ineens waarom de foto's zo bizar zijn. Steen Hartung ontbreekt. Hij staat op geen enkele foto. In plaats daarvan zijn het selfies van Vogel samen met Rosa en de kinderen of alleen met Rosa, alsof ze een stel zijn.

'De secretaresse van de minister zegt dat je met me wilt praten.'

De deur is opengegaan en de blik in Vogels ogen wordt alert als hij ziet dat Hess op het scherm van de MacBook kijkt. Zijn jas is nat van de regen en het bruine haar hangt in pieken. Hij heft zijn hand en strijkt het naar achteren.

'Hoever zijn jullie? Hebben jullie de chauffeur gevonden?'

'Nog niet. We konden jou ook niet vinden.'

'Ik had een bespreking in de stad. Ik heb geprobeerd te voorkomen dat die klootzakken van een redacteuren misbruik van Gustavs netwerk maken. Hoe zit het met de vriendin van de chauffeur? Jullie moeten jullie tijd verdorie toch ergens aan besteed hebben?'

'We werken eraan. Op dit moment heb ik je hulp voor iets anders nodig.'

'Ik heb geen tijd voor iets anders. Je zult snel moeten zijn.'

Hess ziet dat Vogel de laptop met discrete ongedwongenheid dichtklapt nadat hij zijn jas op de stoel heeft laten vallen en zijn mobiel heeft gepakt.

'Vrijdag 16 oktober heb je namens de minister een avondevenement in Den Sorte Diamant afgezegd. Jullie hadden een paar uur eerder samen gepraat en ze vertelde je dat haar man op televisie zou verschijnen. Daarop heb jij gezegd dat het geen probleem was om het evenement af te zeggen.'

'Dat klopt waarschijnlijk. Afgezien van het feit dat de minister mijn toestemming niet nodig heeft om iets af te zeggen. Dat bepaalt ze namelijk zelf.'

'Maar de minister doet waarschijnlijk vaak wat jij haar adviseert?'

'Ik weet niet wat ik daarop moet antwoorden. Waarom vraag je dat?'

'Het is niet belangrijk. Dus jij bent degene die het evenement afgezegd heeft?'

'Ik heb inderdaad namens de minister naar de organisator gebeld om het evenement af te zeggen.'

'Heb je Asger Neergaard ook ingelicht dat de minister het evenement had afgezegd en daarna niet naar huis gebracht hoefde te worden?'

'Ja, dat heb ik ook gedaan.'

'In zijn digitale logboek staat dat hij die avond vanaf middernacht tot bijna kwart voor een stand-by was in de foyer van Den Sorte Diamant, omdat hij wachtte tot het evenement afgelopen was en hij de minister naar huis kon brengen.'

'Wie vertrouwt er in vredesnaam op wat die vent opgeschreven heeft? Misschien had hij het nodig als alibi voor iets wat hij van plan was. Ik weet vrij zeker dat ik het hem verteld heb, maar het is toch belachelijk om daar tijd aan te besteden als Gustav Hartung ontvoerd is?'

'Helemaal niet. Heb je Asger Neergaard die avond ingelicht of heb je dat niet gedaan?'

'Zoals ik al zei, heb ik het hem vrij zeker verteld, of ik heb het iemand anders laten doen.'

'Door wie heb je het laten doen?'

'Waarom is dat belangrijk?'

'Is het mogelijk dat je het níét tegen hem gezegd hebt, zodat hij inderdáád in de foyer zat te wachten?'

'Als ons gesprek daarover gaat, heb ik geen tijd.'

'Wat heb je die avond zelf gedaan?'

Vogel, die inmiddels op weg is naar de deur, blijft staan en kijkt naar Hess.

'Het was tenslotte de bedoeling dat je samen met de minister naar Den Sorte Diamant zou gaan. Toen dat niet doorging, had je waarschijnlijk tijd voor andere dingen.'

Er verschijnt een zweem van een spottende glimlach op Vogels gezicht. 'Je zegt niet wat ik denk dat je zegt.'

'Wat denk je dat ik zeg?'

'Je vist naar wat ik op het tijdstip van een bepaalde moord deed in plaats van je op de ontvoering van de zoon van de minister te concentreren, maar ik hoop dat ik het mis heb.'

Hess kijkt hem zwijgend aan.

'Als je het zo graag wilt weten, kan ik je vertellen dat ik naar mijn appartement gegaan ben om Steen Hartung op televisie te zien en me voor te bereiden op de impact die dat zou hebben. Ik was alleen, zonder getuigen, en had alle tijd om de hele nacht moorden te plegen en met kastanjes te priegelen. Is dat wat je wilt horen?'

'Hoe zit het met de nacht van 6 oktober? Of 12 oktober rond zes uur?'

'Dat zal ik je tijdens een officieel verhoor in aanwezigheid van mijn advocaat vertellen. Tot dat moment wil ik mijn werk doen, net zoals ik van mening ben dat jij het jouwe moet doen.'

Vogel knikt bij wijze van afscheid. Hess heeft geen zin om de man te laten vertrekken, maar op dat moment gaat zijn mobiel, en Vogel loopt naar buiten. Hij ziet op het display dat het Nylander is en besluit om hem te vertellen over zijn ontdekking en zijn argwaan betreffende Vogel, maar Nylander is hem voor.

'Met Nylander. Vertel de mensen dat het onderzoek bij het ministerie van Sociale Zaken en in Christiansborg gestaakt kan worden.'

'Waarom dat?'

'Omdat Genz Skans en Neergaard opgespoord heeft. Ik ben met een arrestatieteam onderweg.'

'Onderweg waarnaartoe?'

'Ten westen van Holbæk, ergens in een bos. Genz is erin geslaagd de Lenovo-laptop te openen, heeft een factuur voor een Herz-busje in de mailbox gevonden en heeft contact opgenomen met het bedrijf. Het stel heeft het vanochtend vroeg bij Vesterport gehuurd en Genz kon hem laten opsporen omdat het bedrijf volgapparatuur in alle auto's heeft voor het geval ze gestolen worden. Geef het aan de mensen door, ga naar het hoofdkantoor terug en schrijf je verslag.'

'Maar hoe zit het met...'

Nylander heeft de verbinding echter al verbroken. Hess haalt gefrustreerd zijn mobiel van zijn oor en haast zich naar de deur. Als hij een inspecteur heeft geïnformeerd over Nylanders opdracht, loopt hij verder door de gang. Op weg naar buiten ziet hij door de openstaande deur van Rosa Hartungs kantoor dat Vogel zijn armen troostend om haar heen slaat.

95

Ondanks de regen kost de rit naar Noordwest-Jutland met blauw zwaailicht op het dak nauwelijks veertig minuten, maar het voelt als een eeuwigheid. Als Hess de donkere weg die door het bos loopt heeft bereikt, kan hij duidelijk zien waar hij moet afslaan. Naast de grindweg staan de lege personenbusjes van het arrestatieteam en een handvol surveillancewagens geparkeerd. Hess laat zijn legitimatie door het raam aan twee doornatte agenten zien en krijgt toestemming om door te rijden, wat moet betekenen dat de actie achter de rug is. Het resultaat is echter onbekend en hij wil geen tijd verspillen door het aan de agenten te vragen, die onmogelijk volledig geïnformeerd kunnen zijn als ze op de provinciale weg staan om de wacht te houden.

Hess heeft hard gereden en hij moet zijn best doen om gas te minderen op de hobbelige grindweg. Hij heeft Nylanders opdracht om naar het hoofdbureau te gaan genegeerd en onderweg hiernaartoe heeft hij besloten om meer informatie over Frederik Vogel in te winnen. Iets wat hij misschien lang geleden al had moeten doen.

Hij heeft een voorgevoel dat Asger Neergaard zal bevestigen dat hij 16 oktober tot 's avonds laat heeft gewerkt. Hess heeft daarnet via zijn mobiel met Hartungs secretaresse gebeld, die kon vertellen dat Neergaard haar net na halfeen wakker had gebeld om te vragen waar de minister bleef, omdat hij in de foyer van Den Sorte Diamant op haar wachtte. Ze had zich verontschuldigd omdat hij niet was geïnformeerd over de afzegging, en als Neergaard in de foyer is geweest, kan dat waarschijnlijk door andere getuigen worden bevestigd. Als Benedikte Skans tegelijkertijd nachtdienst in het Rigs-ziekenhuis had gehad, kon het paar Jessie Kvium en Martin Ricks onmogelijk vermoord hebben, en dan wordt Vogel misschien interessant. De adviseur blijkt geen alibi te hebben voor het tijdstip van de moorden in het volkstuinencomplex en Hess wil Asger Neergaard vragen stellen over Vogel met betrekking tot de tijdstippen van de andere twee moorden. Misschien weet hij ook iets over de relatie tussen Vogel en Rosa Hartung. Misschien is er zelfs een motief waar Hess en Thulin zich nog niet van bewust zijn. Hess wil Thulin graag spreken en heeft tijdens de rit vanaf Kopenhagen al twee keer geprobeerd haar te pakken te krijgen.

De koplampen van een tegenligger naderen op de smalle grindweg en hij moet uitwijken om een ambulance te laten passeren. De ambulance voert geen groot alarm, maar Hess weet niet of dat goed of slecht is. Erachter rijdt een politiewagen en in een korte glimp ziet hij dat Nylander in het donker op de achterbank zit te bellen. Hij rijdt verder en passeert kleine groepjes arrestatieteamleden die op de terugweg naar de provinciale weg zijn. Hess ziet de aanwezigheid van de dood op hun ernstige gezichten. Als hij de wegversperring bereikt, beseft hij dat de situatie anders is dan hij had gehoopt.

In de verte staat een aantal politieagenten en een gebied van ongeveer 10 bij 10 meter wordt door felle schijnwerpers verlicht. In het midden van het gebied staat de bestelwagen met het Hertz-logo op de achterklep. Een van de portieren staat open, en datzelfde geldt voor de schuifdeur naar de lege laadruimte van de bestelwagen. Vlak bij het linkervoorwiel ligt iemand met een witte doek over zich heen. Ongeveer 10 meter verderop ligt nog iemand.

Hess stapt uit de auto zonder acht te slaan op de regen en de wind. Het enige gezicht dat hij herkent is dat van Jansen, en hoewel hij hem niet mag, loopt hij naar hem toe. 'Waar is de jongen?'

'Wat doe jij hier?'

'Waar is hij?'

'Met de jongen is alles goed. Hij lijkt ongedeerd, maar is daarnet meegenomen voor onderzoek.'

Hess voelt zich opgelucht, maar weet nu ook wie er onder de twee witte doeken op de grond liggen.

'Het arrestatieteam heeft hem gevonden en uit de bestelwagen gehaald. Alles is goed gegaan, dus we hebben je hier niet nodig, Hess.'

'Wat is er gebeurd?'

'Helemaal niets. We hebben ze zo gevonden.'

Jansen tilt de witte doek bij de voorkant van de bestelbus op. Asger Neergaards open ogen staren dood voor zich uit en zijn borstkas is een speldenkussen vol steekwonden.

'Voorlopig wijst alles erop dat de vrouw buiten zinnen geraakt is. We zijn zo'n 6 kilometer bij een van onze wegblokkades vandaan, dus zijn ze waarschijnlijk het bos in gereden om niet gezien te worden. Ze moeten beseft hebben dat het afgelopen was. Eerst heeft ze het legermes tegen haar geliefde gebruikt en daarna heeft ze haar eigen halsslagader doorgesneden. De lichamen waren nog warm toen we arriveerden, dus moet het binnen de afgelopen paar uur gebeurd zijn. En nee, daar juich ik niet over, want ik had veel liever gezien dat ze dertig jaar in de gevangenis weggerot waren voor wat ze Ricks aangedaan hebben.'

Hess voelt de regen over zijn gezicht stromen. Jansen laat de doek los, zodat alleen Asger Neergaards levenloze hand zichtbaar is. Heel even heeft Hess het gevoel alsof hij hem uitsteekt naar Benedikte Skans' toegedekte lichaam, dat een stukje verderop in de modder ligt.

96

'Maar wat zeggen ze? Ze moeten nu toch iets weten?'

Rosa weet dat Frederik Vogel geen antwoorden heeft, maar de vragen ontglippen haar toch.

'Ze zijn bezig met controleren en onderzoeken, maar het hoofd van de afdeling Moordzaken wil contact met ons opnemen zodra...'

'Dat is niet goed genoeg. Vraag het ze nog een keer, Frederik.'

'Rosa...'

'We hebben het recht om te weten wat er gebeurt!'

Vogel kiest ervoor om haar te gehoorzamen, ook al kan ze aan hem zien dat hij van mening is dat het geen nut heeft om opnieuw naar het hoofdbureau te bellen. Diep vanbinnen is ze dankbaar voor zijn hulp, omdat ze weet dat hij zal doen wat hij kan, ook al is hij het niet eens met de werkwijze. Zo is hij altijd geweest, en Rosa kan met geen mogelijkheid langer wachten. Het is 1.37 uur en een kwartier geleden zijn Steen, Vogel, Gustav en zij thuisgekomen uit het Rigs-ziekenhuis. Ze heeft de twee politieagenten, die de wacht houden zodat de media op afstand blijven, al ondervraagd, maar de agenten weten niets. Alleen het hoofd van de afdeling Moordzaken kan antwoord geven op de brandende vragen die ze over Kristine wil stellen.

Rosa was gaan huilen zodra Steen en zij de trauma-afdeling van het Rigs-ziekenhuis op waren gelopen, waar Gustav verfomfaaid was binnengebracht voor onderzoek. Ze hadden het ergste gevreesd, maar hij was ongedeerd en ze had toestemming gekregen om hem stevig te omhelzen. Hij had er ogenschijnlijk niets aan overgehouden, en nu hij op zijn gebruikelijke plekje in de hoek van de keuken zit en de volkorenbroodjes met leverpastei eet die Steen voor hem heeft gesmeerd, kan ze zich bijna niet voorstellen dat hij in levensgevaar is geweest. Rosa loopt naar hem toe en streelt zijn haar.

'Wil je meer eten? Ik kan pasta voor je maken of...'

'Nee, dank je. Ik ga liever FIFA spelen.'

Rosa glimlacht, want het antwoord is een teken van gezondheid, maar er is zoveel wat ze nog steeds niet weet. 'Gustav, wat is er precies gebeurd? Wat hebben ze nog meer gezegd?'

'Dat heb ik verteld.'

'Vertel het nog een keer.'

'Ze hebben me meegenomen en in de auto opgesloten. Daarna hebben ze een hele tijd gereden, en toen ze stopten begonnen ze ruzie te maken, maar het regende heel hard, dus ik kon niet verstaan wat ze zeiden. En daarna was het een hele tijd stil, en toen kwamen de politieagenten en openden het portier, en meer weet ik niet.'

'Waar hadden ze ruzie over? Zeiden ze iets over je zus? Waar wilden ze naartoe rijden?'

'Mama...'

'Gustav, het is belangrijk!'

'Schat, ga even mee.' Steen trekt Rosa de zitkamer in zodat Gustav hen niet kan horen, maar Rosa wil niet gekalmeerd worden.

'Waarom heeft de politie nog geen spoor van haar gevonden op het adres waar de daders verbleven? Waarom hebben ze niet verteld waar ze is? Waarom krijgen we verdomme niets te horen?'

'Daar kunnen veel redenen voor zijn. Het belangrijkste is dat ze de daders te pakken hebben, en nu vinden ze haar ook. Daar twijfel ik absoluut niet aan.'

Rosa wil zo graag dat Steen gelijk heeft, en ze blijft tegen hem aan staan tot ze voelt dat er iemand naar hen kijkt. Ze draait zich om naar Vogel, die in de deuropening staat. Voordat ze iets kan vragen, vertelt hij dat het geen zin heeft om het politiebureau te bellen, omdat het hoofd van de afdeling Moordzaken net is gearriveerd.

97

Nylander kijkt om zich heen in de hal. Hoewel hij weet dat hij hier zo'n driekwart jaar geleden heeft gestaan om het gezin Hartung mee te delen dat het onderzoek naar hun dochter definitief als opgehelderd en afgesloten werd beschouwd, kan hij zich de ruimte niet herinneren. Hij heeft het gevoel dat de situatie een herhaling is, en heel even denkt hij dat de hel zo moet zijn. Om dezelfde vreselijke scène telkens opnieuw te moeten spelen. Nylander weet echter ook dat het nodig is en dat hij zich veel beter zal voelen als hij zo meteen weer naar buiten loopt. In gedachten is hij al bezig met de persconferentie die hij zal geven zodra hij op het hoofdbureau terug is en de leiding heeft geïnformeerd. In tegenstelling tot de andere keren gedurende de afgelopen twee weken zal dat met een zweem van triomf zijn.

Daar had het beslist niet op geleken toen hij eerder vanavond samen met het arrestatieteam in het bos arriveerde en ze hadden geconstateerd dat Benedikte Skans en Asger Neergaard levenloos op de bosgrond lagen. Ze waren natuurlijk opgelucht geweest dat de zoon van de minister ongedeerd in de bestelwagen was aangetroffen, maar met twee zwijgende daders wist hij dat hij niet in het bezit zou komen van de verklaringen en bekentenissen die nodig waren om de zaak met overtuiging af te sluiten. Maar op het moment dat hij op de achterbank van een auto zat, met uitzicht op de ambulance waarin de zoon van de minister lag, en erover piekerde hoe hij de twijfelaars in vredesnaam de mond moest snoeren, had Thulin hem gebeld. Het was paradoxaal dat juist zij hem het nieuws over de vondst in de minikoelkast in de voormalige industriële slachterij had verteld, omdat ze helemaal onder invloed van Hess stond en nog irritanter was geworden dan ze toch al was. Het nieuws was een nagenoeg perfect besluit van de dag geweest. Hij had haar meteen gevraagd om Genz te waarschuwen, zodat de vondst veiliggesteld kon worden, en nadat hij vervolgens de verbinding had verbroken, had hij geen twijfels meer gehad over de persconferentie of de bespreking met het bestuur.

'Is alles goed met Gustav?' vraagt Nylander als Steen en Rosa Hartung naar de hal zijn gekomen.

Steen Hartung knikt. 'Ja. Het lijkt erop dat het goed met hem gaat. Hij zit net te eten.'

'Ik ben blij om dat te horen. Dan zal ik jullie niet lang storen. Ik ben alleen hiernaartoe gekomen om jullie mee te delen dat we de moorden als opgehelderd beschouwen en dat we...'

'Wat hebben jullie over Kristine ontdekt?' vraagt Rosa Hartung, waarmee ze Nylanders toespraak verstoort. Nylander is echter voorbereid, dus gaat hij rechtstreeks naar het deel waarin hij hun kalm en beheerst vertelt dat er helaas geen nieuws over hun dochter is.

'De omstandigheden rond de dood van jullie dochter zijn vorig jaar onderzocht en de actuele zaak verandert daar niets aan. Zoals ik jullie de hele tijd geprobeerd heb te vertellen, is er sprake van twee uiterst verschillende zaken. Jullie krijgen natuurlijk een definitief verslag over de actuele zaak als de onderzoeken afgesloten zijn.'

Nylander ziet dat de frustratie vat krijgt op de ouders, terwijl ze door elkaar vragen over de details beginnen te stellen.

'Hoe zit het met de vingerafdrukken?'

'Die moeten toch iets te betekenen hebben?'

'Wat zeggen de daders? Hebben jullie ze nog niet verhoord?'

'Ik begrijp jullie frustratie, maar jullie moeten vertrouwen in ons onderzoek hebben. Mijn mensen hebben het voertuig waarin Gustav is gevonden onderzocht, net als de woning en werkplekken van de daders, maar ze hebben niets gevonden wat erop wijst dat Kristine in leven is en ook niets wat erop wijst dat de daders iets met haar te maken gehad hebben. Helaas hadden de twee daders zelfmoord gepleegd toen we ze vonden, waarschijnlijk omdat ze niet opgepakt en gestraft wilden worden, en daarom kunnen ze geen antwoord geven op onze vragen. Maar zoals ik al zei, wijst niets erop dat een verhoor van hen nieuws over jullie dochter opgeleverd zou hebben.'

Nylander kan zien dat ze de strohalm waaraan ze zich vastklampen niet willen loslaten, en Rosa Hartungs uitbarsting is hevig en aangrijpend. 'Maar jullie kunnen het mis hebben! Jullie weten niets met zekerheid! Haar vingerafdrukken zaten op de kastanjemannetjes, en als jullie niets over Kristine gevonden hebben, kan dat zijn omdat jullie niet de juiste daders hebben!'

'We weten met honderd procent zekerheid dat zij de daders zijn.'

Nylander vertelt hun over de onweerlegbare bewijzen die ze vanavond in de voormalige industriële slachterij hebben gevonden. Hij heeft met een kriebelend geluksgevoel in zijn maag aan die bewijzen gedacht, maar als hij klaar is met praten, ziet hij dat de laatste hoop in Rosa Hartungs ogen is gedoofd. Ze kijkt naar hem zonder hem te zien en hij heeft moeite om zich voor te stellen dat ze dit ooit te boven zal komen. Dat maakt hem onzeker en verlegen. Hij voelt plotseling de behoefte om haar handen vast te pakken en haar te vertellen dat het allemaal goed zal komen. Ze hebben hun zoon nog. Ze hebben elkaar nog. Ze hebben nog zoveel om voor te leven. In plaats daarvan hoort Nylander zichzelf mompelen dat hij helaas niet precies kan uitleggen hoe de kastanjemannetjes met Kristines vingerafdrukken in handen van de daders zijn gekomen, maar dat het niets verandert aan het resultaat.

De minister luistert niet. Nylander neemt afscheid en loopt achteruit door de hal tot hij voelt dat hij zich kan omdraaien. Als hij buiten staat en de deur achter zich dichtdoet, heeft hij nog twintig minuten de tijd voordat hij de leiding moet informeren, maar hij haalt diep adem en haast zich naar zijn auto.

98

Hess loopt op een holletje over de natte tegels van de verlaten zuilengang. In de wachtpost bij de ingang van het hoofdbureau wordt de nachtelijke live-uitzending vanaf Rosa Hartungs woning in Ydra Østebro uitgezonden, maar daar slaat hij geen acht op. Als hij de trap vanaf de binnenplaats op gelopen is en door de gang van de afdeling loopt, ziet hij een glimp van de bierblikjes die zijn geopend om de afloop van de zaak te vieren. Een lange dag loopt ten einde, maar voor Hess is het niet afgelopen.

'Waar is Nylander?'

'Nylander zit in een vergadering.'

'Ik moet met hem praten. Het is belangrijk. Nu!'

De secretaresse verdwijnt in de vergaderzaal terwijl Hess wacht. Zijn schoenen zitten onder de modder en zijn kleren zijn doornat van de regen. Zijn handen trillen en hij weet niet of dat van opwinding is of vanwege de kou in het bos, waar hij de afgelopen paar uur de behoefte van de gerechtsarts aan rust om te kunnen werken voortdurend heeft genegeerd.

'Ik heb nu geen tijd. De persconferentie begint zo meteen.' Nylander is naar buiten gekomen en heeft afscheid genomen van een paar hoge pieten uit het bestuur. Hess weet uit ervaring dat dit het moment is waarnaar iedere politiechef uitkijkt: om het grote publiek te kunnen melden dat de zaak is opgelost zodat de druk verdwijnt. Hij moet echter met Nylander praten voordat die de media inlicht, dus volgt hij hem door de gang terwijl hij hem uitlegt dat de zaak niet is opgelost.

'Hess, het overvalt me niet dat je er zo over denkt.'

'Ten eerste wijst niets erop dat Benedikte Skans en Asger Neergaard de vermoorde vrouwen gekend hebben. Er is niets op hun perceel dat erop wijst dat ze ook maar in de buurt van die vrouwen geweest zijn.'

'Daar ben ik het niet helemaal mee eens.'

'Ten tweede had het stel geen motief om ze te vermoorden, en al helemaal niet om hun handen en voeten te amputeren. Hun woede was gericht op Rosa Hartung, niet op deze vrouwen of moeders in het algemeen. Benedikte Skans kan in theorie via het ziekenhuis toegang tot de dossiers van de kinderen van de slachtoffers gehad hebben, maar als Asger Neergaard en zij inderdaad achter de aangiften bij de gemeente zaten, waarom hebben we daar dan niets van teruggevonden?'

'Omdat de onderzoeken nog niet afgerond zijn, Hess.'

'Ten derde heeft Benedikte Skans, en Asger Neergaard waarschijnlijk ook, een alibi voor de moorden op Jessie Kvium en Martin Ricks in de nacht van 16 op 17 oktober. Als blijkt dat Neergaard zich in de foyer van Den Sorte Diamant bevond, kan geen van hen de moorden die nacht gepleegd hebben, en dan is het niet waarschijnlijk dat ze de ándere moorden wel gepleegd hebben.'

'Ik heb geen idee wat je allemaal bazelt, maar zodra je dat kunt bewijzen, wil ik het graag horen.'

Nylander heeft de actiekamer bereikt om zijn papieren voor de ontmoeting met de pers op te halen, maar Hess gaat voor hem staan.

'Verder heb ik net met de gerechtsarts gepraat. Benedikte Skans heeft ogenschijnlijk haar eigen halsslagader doorgesneden, maar als je de beweging reconstrueert, is het onnatuurlijk en kán het beschouwd worden als een teken dat iemand heeft geprobeerd het op zelfmoord te laten lijken.'

'Ik heb ook met hem gepraat, en hij benadrukte dat het net zo goed mogelijk is dat ze het wél gedaan heeft.'

'De steekwonden op Asger Neergaards lichaam zitten bovendien een beetje te hoog in relatie tot de lengte van Benedikte

Skans, en als ze het idee heeft gehad dat zij en haar geliefde elkaar in de dood moesten volgen, waarom liggen ze dan in vredesnaam 10 meter bij elkaar vandaan, zodat het eruitziet alsof ze probeerde te vluchten?'

Nylander wil iets zeggen, maar Hess geeft hem geen kans.

'Als ze in staat waren om de moorden uit te voeren, zouden ze nooit zo dom zijn geweest om de jongen te ontvoeren in een gehuurde auto die zo gemakkelijk op te sporen is.'

'Wat vind je dat er gedaan moet worden als jij zou mogen beslissen?'

Nylanders vraag overvalt Hess en hij voelt dat de woorden met hem op de loop gaan. Hij hoort zichzelf verder ratelen over Linus Bekker en het archief met de foto's van de plaatsen delict dat zo snel mogelijk gecontroleerd moet worden. Hess heeft een van de IT-onderzoekers gevraagd om haast te maken met het materiaal waarnaar hij Genz eerder vandaag ook al heeft gevraagd.

'En Hartungs adviseur, Frederik Vogel, moeten we eveneens controleren, vooral met het oog op zijn alibi voor de tijdstippen waarop de moorden plaatsgevonden hebben!'

'Hess, je hebt niet naar mijn boodschap op je voicemail geluisterd.'

'Wat voor boodschap?'

'Thulin, leg hem de situatie uit. Ik heb geen tijd.'

Nylander zet koers naar de deur, maar Hess houdt hem tegen door aan zijn schouder te trekken. 'Hoe zit het met de vingerafdrukken op de kastanjemannetjes? Je kunt toch niet naar binnen gaan en beweren dat de zaak opgelost is voordat dat gedeelte onderzocht is? Drie vermoorde vrouwen kunnen er nog steeds vier worden als je nu een fout maakt!'

'Ik maak geen fout! Jij bent de enige die het niet snapt.'

Nylander rukt zich los en knikt naar Thulin, terwijl hij zijn kleren rechttrekt. Hess kijkt vragend naar haar en ze geeft hem aarzelend een stapel foto's. Even later staart hij naar de bovenste foto, waarop vier afgezaagde mensenhanden kriskras door elkaar op een rooster in een koelkast liggen.

'Ik heb ze in de woning van Benedikte Skans en Asger Neergaard gevonden. In een minikoelkast in een van de koelcellen in de oude slachterij.'

Hess bladert ongelovig door de foto's van de afgezaagde vrouwenhanden. Hij stopt bij een van de foto's. Deze keer van een blauwige vrouwenvoet die bij de enkel is afgezaagd en in de groentelade van de koelkast ligt alsof het een kunstwerk van Damien Hirst is.

Hess begrijpt er niets van en heeft moeite om de juiste woorden te vinden. 'Maar... waarom zijn ze niet eerder op de dag door de technisch rechercheurs gevonden? Was de woning verzegeld? Kan iemand ze daar neergelegd hebben?'

'Hess, ga in vredesnaam naar huis.'

Als hij opkijkt ziet hij dat Nylander naar hem kijkt.

'Maar de vingerafdrukken... Het meisje Hartung... Als we stoppen met zoeken en het meisje niet dood is...'

Nylander verdwijnt naar buiten en Hess blijft verward achter. Als hij meteen daarna naar Thulin kijkt om bijval te krijgen, beseft hij dat ze medelijdend naar hem kijkt. Ze heeft een ernstige en meelevende blik in haar ogen, maar dat is niet vanwege Kristine Hartung, niet vanwege een meisje dat is verdwenen en nooit is gevonden, niet vanwege de mysterieuze vingerafdrukken op de kastanjemannetjes, maar vanwege hem. Hij ziet aan haar blik dat ze denkt dat hij zijn gezonde verstand en zijn beoordelingsvermogen kwijt is, en dat vervult hem plotseling met angst, omdat hij niet weet of ze gelijk heeft.

Hess tuimelt achteruit naar de deur en strompelt de gang in, terwijl hij hoort dat ze zijn naam roept. Even later heeft hij de zuilengang verlaten en loopt hij door de regen naar de uitgang, terwijl hij haar blik achter het raam op zich voelt rusten. Het laatste stuk begint hij te rennen.

Vrijdag 30 oktober, nu

99

Het is de vroegste sneeuw die Hess zich kan herinneren. Het is de op een na laatste dag in oktober en toch ligt er al 2 tot 3 centimeter, terwijl het nog steeds sneeuwt achter de grote ramen van de terminal voor buitenlandse vluchten. Hess rookt een Camel zodat hij in staat is om de vlucht naar Boekarest zonder ontwenningsverschijnselen te doorstaan.

Hij had pas gemerkt dat het sneeuwde toen hij drie kwartier geleden de deur van zijn flat voor de laatste keer dichtsmeet en in de vriesheldere lucht de trappen af liep naar de wachtende taxi. Het daglicht had hem verblind en hij was opgelucht toen hij zijn gehavende zonnebril in zijn binnenzak vond, want hij was er niet zeker van geweest dat hij hem bij zich had. Hij was over het geheel genomen van niet veel dingen zeker geweest, omdat hij wakker was geworden met een flinke kater, zodat het feit dat de zonnebril zich bevond waar hij zich moest bevinden hem het gevoel gaf dat het een goede dag zou worden. In de taxi had hij ervan genoten dat de herfst op de dag dat hij vertrok nadrukkelijk werd begraven, en de goede vibes gingen verder toen hij de veiligheidscontroles passeerde en de internationale sfeer van de luchthaven betrad. Hess is omringd door toeristen en andere vreemden, die allemaal in hun eigen taal praten, en hij voelt nu al dat hij Kopenhagen achter zich heeft gelaten. Tevreden controleert hij de vertrektijd van zijn vliegtuig op de schermen en constateert dat het tijd is om te boarden. De sneeuw bezorgt het vliegverkeer nog geen overlast, wat opnieuw een teken is dat hij het geluk aan zijn kant heeft. Hij pakt de tas met de paar bezittingen die hij heeft meegenomen en loopt naar de gate. Als hij een glimp van zichzelf opvangt in de etalage van een van de winkels van de luchthaven, beseft hij dat zijn kleding in Boekarest nog minder geschikt is voor het klimaat dan die in Kopenhagen was. Was het warm in Boekarest, of sneeuwde en vroor het er? Het was waarschijnlijk het beste om in het voorbijgaan een parka en een paar Timberland-laarzen te kopen, maar de kater en de zin om het land te verlaten overweldigen hem en hij neemt genoegen met een croissant en een coffee-to-go van Starbucks.

Het groene licht was de vorige avond gekomen in de vorm van een telefoontje van Freimanns secretaresse en een enkele reis naar Roemenië. Paradoxaal genoeg op een tijdstip waarop Hess in een veel ergere staat was dan toen hij iets meer dan drie weken geleden in ongenade was gevallen en naar Kopenhagen was gestuurd. De afgelopen tien dagen had hij doorgebracht met drinken in de cafés en bodega's waarvan Kopenhagen er zoveel had, en hij had nauwelijks normaal kunnen praten toen het telefoontje kwam. Even later was hij met Freimann zelf doorverbonden, en zijn chef had hem in beknopte bewoordingen verteld dat de evaluatie van de zaak in zijn voordeel was uitgevallen.

'Als je maar beseft dat vanaf nu na elk verzuim, elke ongehoorzaamheid of elke zweem van een verdwijntruc het doek onmiddellijk valt. Je superieur in Kopenhagen heeft zich positief over je uitgelaten en staat garant voor je motivatie, dus moet het niet moeilijk voor je zijn om dat vol te houden.'

Hess had afgezien van lange zinnen en had alleen bevestigend geantwoord. Er was geen reden geweest om uit te leggen dat Nylander zich waarschijnlijk positief over hem had uitgelaten om van hem af te zijn, en toen het bericht tot hem was doorgedrongen, had Hess François gebeld om hem te bedanken voor zijn hulp. Hij had een enorme opluchting gevoeld bij het vooruitzicht onder de vleugels van Europol terug te komen. Natuurlijk pas na een omweg via Boekarest, met opnieuw een nietszeggende hotelkamer en opnieuw een Europese zaak, maar het was ondanks alles beter dan hier.

Het was bovendien gelukt met de flat. De koopovereenkomst was weliswaar nog niet getekend, maar het was de makelaar gelukt om een koper te vinden. Waarschijnlijk vooral omdat Hess op een van de dagen waarop hij stomdronken was geweest, had ingestemd met een prijsdaling van 200.000 kronen. Gisteravond laat had hij daarom zijn sleutels afgegeven aan de huismeester, die blijkbaar net zo opgelucht was geweest om van hem af te zijn als Nylander en de afdeling Moordzaken waren geweest. De Pakistaan had er eerder in de week een punt van gemaakt dat hij er graag voor wilde zorgen dat de vloeren werden geschuurd, zodat de flat klaar was als dat betekende dat Hess hem dan kon verkopen. Hess had hem bedankt, maar de waarheid was dat de vloeren en de prijsverlaging hem volledig koud lieten, als hij het krot maar kwijtraakte en er nooit meer terug hoefde te komen.

De enige afgebroken partij die Hess achterliet, was de ongemakkelijke situatie met Naia Thulin, en die was zo onbelangrijk dat ze nauwelijks een afgebroken partij genoemd kon worden. De nacht waarop ze uit elkaar waren gegaan, had hij plotseling het gevoel gekregen dat ze dacht dat zijn theorieën over het meisje Hartung voortkwamen uit het feit dat hij onevenwichtig was. Dat ze redeneerde dat hij niet in staat was om de dingen op een juiste manier te beoordelen, alleen omdat hij een privéprobleem had waarmee hij worstelde. Waarschijnlijk had iemand haar allang verteld over zijn verleden en de redenen waarom hij zo dacht, en misschien had ze gelijk gehad. Hij had sinds die nacht in elk geval geen tijd meer besteed aan het nadenken over kastanjes en vingerafdrukken. De zaak was opgelost, vooral de vondst van de afgezaagde lichaamsdelen in de oude industriële slachterij was beslissend geweest, en nu hij met zijn boardingpass op zijn mobiel in de rij voor de gate wacht, is het een vreemd gevoel om eraan terug te denken hoe oneens hij het met de anderen was geweest. Het enige wat hem daarom van zijn verblijf in Kopenhagen zal achtervolgen, zijn Thulins heldere ogen en het feit dat hij haar niet heeft gebeld om afscheid te nemen. Maar ook dat is niet belangrijk, en met die gedachte verdwijnt hij in het lijnvliegtuig en loopt naar stoel 12B.

De afkeurende blik van de zakenman naast hem vertelt hem dat hij naar alcohol stinkt. Hess laat zich diep in zijn stoel zakken en wil zo meteen proberen een paar uur te slapen. Hij heeft zichzelf net een whisky-soda beloofd, zodat zijn schoonheidsslaapje diep genoeg zal zijn, als er een sms in het Engels van François binnenkomt.

I'll pick you up at the airport. We go straight to headquarter. Make sure you read the case before arrival!

Dat laatste heeft Hess nagelaten, maar de schade is niet groot, want hij kan zich nog steeds inlezen in de zaak als hij zijn schoonheidsslaapje uitstelt en meteen begint. Met tegenzin toetst hij voor het eerst in ruim een week op het mailicoontje op zijn mobiel, en dan ontdekt hij dat hij het materiaal helemaal niet heeft ontvangen. Een nieuwe sms-uitwisseling met François maakt duidelijk dat de fout bij hemzelf moet liggen.

Check again. Emailed you the case at 10.37 you lazy Danish sod.

Hess ontdekt de reden waarom hij de mail van François niet heeft ontvangen. Een groot bestand dat bij een andere mail is gevoegd blokkeert zijn mailbox, waardoor er geen ruimte meer is. De mail is van een IT-onderzoeker van het Forensisch Instituut en het bestand blijkt het materiaal te zijn waar Thulin Genz om had gevraagd na het bezoek aan Linus Bekker, een verzoek dat Hess later die nacht aan een IT-medewerker had herhaald. Met andere woorden: de lijst met foto's uit het archief met plaatsen delict voordat Linus Bekker was gearresteerd en de moord op Kristine Hartung had bekend.

Omdat de mail allang niet meer relevant is, markeert Hess hem om hem vervolgens te kunnen wissen, maar hij kan zijn nieuwsgierigheid niet bedwingen. Het gesprek met Linus Bekker was niet aangenaam geweest, maar vanuit een beroepsmatig standpunt is zijn psychologie interessant en Hess heeft de tijd, omdat de passagiers nog steeds op zoek naar hun stoelen door het gangpad schuiven. Hij dubbelklikt op het bestand. Het duurt even voordat hij volledig zicht heeft op de foto's waarmee Linus Bekker zich het meest heeft vermaakt. Weliswaar alleen op het kleine scherm van zijn mobiel, maar dat is meer dan genoeg.

Linus Bekkers lijst bestaat op het eerste gezicht uitsluitend uit foto's van plaatsen delict van moorden op vrouwen. Het zijn primair vrouwen tussen de vijfentwintig en vijfenveertig jaar, veel van hen zijn waarschijnlijk moeder, in elk geval te oordelen naar de spullen waarmee de vrouwen omringd zijn of die op de achtergrond zichtbaar zijn, zoals plastic tractors, boxen, fietsen met kinderstoeltjes en dergelijke. Een paar foto's zijn zwart-wit, maar de meeste zijn in kleur, en globaal gezien vertegenwoordigen ze vrouwenmoorden vanaf de jaren vijftig tot aan het moment van Linus Bekkers arrestatie. Naakte vrouwen, aangeklede vrouwen, donkerharige, blonde, kleine en grote vrouwen. Neergeschoten, doodgestoken, gewurgd, verdronken of doodgeslagen. Sommigen duidelijk pas nadat ze waren verkracht. Het is een groteske, sadistische potpourri en Hess heeft oneindig veel moeite om zich te verzoenen met het idee dat Linus Bekker heeft gezegd dat hij seksueel opgewonden wordt door hiernaar te kijken. Hij voelt de croissant van Starbucks omhoogkomen, maar als hij uit gewoonte haastig naar boven scrolt om uit het bestand te komen, kan het toestel de datahoeveelheid niet aan en bevriest het scherm op een foto die Hess daarnet niet is opgevallen.

Het is een bijna dertig jaar oude foto van een badkamer en onder de foto staat: *Møn, 31 oktober 1989*. Een naakt vrouwenlichaam vol zwart, opgedroogd bloed ligt verwrongen en verminkt op een terrazzovloer. Ze is misschien een jaar of veertig, maar het is moeilijk om dat met zekerheid te zeggen, omdat het gezicht onherkenbaar verminkt is. Hess' aandacht wordt getrokken doordat een arm en een been van het lichaam zijn afgehakt en ernaast liggen. Zo te zien zijn daar veel pogingen voor nodig geweest, alsof de bijl zwaar en lastig te hanteren was maar de eigenaar langzamerhand was gaan gehoorzamen. De woestheid getuigt van een rood waas, en hoewel Hess zo'n scenario nog nooit heeft gezien, is hij geobsedeerd door de foto.

'All passengers seated.'

Het cabinepersoneel bergt de laatste handbagage op en de steward hangt de telefoon aan de wand bij de cockpit terug.

Het blijkt dat de foto van de naakte vrouw in de badkamer de eerste is van een serie foto's van moorden die blijkbaar in dezelfde woning en op dezelfde datum zijn gepleegd, namelijk op 31 oktober 1989 op Møn. Een tienerjongen en een tienermeisje liggen vermoord in de keuken. De jongen zit half tegen een oven, het meisje ligt op de tafel met haar hoofd in een schaal havermout, en beiden hebben grote schotwonden. Hess scrolt verder en constateert tot zijn verrassing dat het volgende slachtoffer in de serie een politieagent op leeftijd is die vermoord op een keldervloer ligt. Vanwege de manier waarop het gezicht van de politieagent is toegetakeld, vermoedt Hess dat hij eveneens met de bijl is vermoord. De foto van de vermoorde politieagent is de laatste van de serie en Hess wil net terugkeren naar de verminkte vrouw op de badkamervloer, als de haakjes met het cijfer naast de foto van de politieagent hem plotseling opvallen: *(37)*. Hess beseft dat het getal een notitie van de IT-onderzoeker is van het aantal keer dat Linus Bekker op die foto heeft geklikt.

'Wilt u de elektronische apparatuur nu uitschakelen?'

Hess knikt bij wijze van bevestiging dat hij de steward heeft gehoord, die vervolgens met dezelfde boodschap naar de volgende rij loopt. Het slaat nergens op dat Linus Bekker zevenendertig keer naar een foto van een vermoorde politieagent heeft gekeken. Niet als zijn belangstelling zo duidelijk bij vrouwen ligt. Hess bekijkt de andere foto's haastig, terwijl zijn aandacht nu gericht is op de cijfers tussen haakjes die naast de foto's staan. Geen van de andere foto's heeft echter zo'n hoog cijfer als de foto van de vermoorde politieagent. Zelfs de vrouw in de badkamer niet, waarnaast *(16)* staat.

Hess voelt zijn maag samentrekken. Hij probeert de mogelijkheid dat de IT-onderzoeker een verkeerd getal heeft opgeschreven te negeren. Er moet iets belangrijks op de foto van de politieagent op de keldervloer te zien zijn. Vanuit zijn ooghoeken ziet hij dat de steward terugkomt. Hij vervloekt het kleine scherm van zijn mobiel en het feit dat hij op zoek naar details met zijn door alcohol trillende vingers moet inzoomen. Het is een onmogelijke opgave. Zijn blik schiet over de grofkorrelige blokjes, die op geen enkele manier antwoord geven op de vraag waarom Linus Bekker juist aan deze foto zoveel tijd heeft besteed.

'Het is tijd om de elektronische apparatuur uit te zetten!'

De steward blijft staan. Hess wil net gehoorzamen, als zijn vingers het beeld omhoogschuiven, waardoor een paar planken boven de politieagent in beeld komen. Hess verstijft. Eerst begrijpen zijn hersenen niet waarnaar hij kijkt, maar dan zoomt hij uit en lijkt de tijd plotseling stil te staan.

Aan de keldermuur boven de politieagent hangen drie ongelijke houten planken die vol staan met kleine, kinderlijke poppetjes: kastanjemannen, kastanjevrouwen, kastanjedieren. Grote en kleine, een paar onafgemaakt en geamputeerd, andere stoffig en vies. Ze staan zwijgend met lege blikken naast elkaar, als kleine soldaten die samen een indrukwekkend leger van uitgestotenen vormen.

De schok verlamt Hess. Hij weet meteen dat Linus Bekker daarom zevenendertig keer naar de foto heeft gekeken. Hij voelt dat het vliegtuig in beweging komt, en voordat de steward hem kan tegenhouden is hij op weg naar de cockpit.

100

De businesslounge van de luchthaven van Kopenhagen is nagenoeg verlaten en ruikt naar parfum, versgezette koffie en pasgebakken brood, maar Hess moet ruim vijf minuten met de gastvrouw bij de ingang discussiëren voordat hij toestemming krijgt om naar binnen te gaan. Haar jonge gezicht is perfect opgemaakt en hoewel ze glimlacht en vriendelijk knikt, heeft ze duidelijk moeite om zijn uiterlijk en gedrag te combineren met de Europese politielegitimatie waarmee hij zijn belangrijke reden meerdere keren probeert te verklaren. Pas als er een jonge securityguard met een Somalisch uiterlijk bij wordt geroepen, die de geloofwaardigheid bevestigt, strijkt ze met haar hand over haar hart en laat ze Hess in het heiligdom binnen.

Hess loopt naar de drie computerschermen met bijbehorende toetsenborden die in het achterste deel van de lounge ter beschikking van de gasten staan. De weinige gasten die aanwezig zijn, hebben voldoende aan hun smartphone en de vetarme brunch die ze aan de ronde tafels verorberen, en het is twijfelachtig of de hoge stoelen die bij de schermen staan ooit door iemand anders zijn gebruikt dan de kinderen die af en toe op zakenreis worden meegenomen. Hess neemt plaats achter een toetsenbord en vloekt en tiert inwendig, terwijl hij inlogt en door het veiligheidssysteem van Europol wordt geleid voordat hij zijn mailaccount bereikt. Hij weet dat er in de loop van de dag meerdere vliegtuigen naar Boekarest vertrekken, zo nodig met een tussenlanding in een saaie stad in Duitsland, maar als Freimann over de vertraging hoort, zal dat zijn irritatie wekken. Toch heeft Hess het gevoel dat hij geen keus heeft, en zodra hij het bestand met Linus Bekkers lijst weer heeft geopend en naar de kastanjepoppetjes kijkt, vergeet hij alles over zijn chef.

Op het grote scherm van de computer lijken de zwijgende poppetjes op de bijna dertig jaar oude foto's nog huiveringwekkender, maar Hess twijfelt nog steeds over de betekenis van zijn ontdekking. Linus Bekker heeft de foto bekeken en heeft daar ongewoon veel waarde aan gehecht. Zoveel kan hij concluderen uit de zevenendertig hits en het feit dat het slachtoffer op de foto niet behoort tot de gebruikelijke vrouwelijke slachtoffers aan wie Linus Bekker de voorkeur geeft. Maar waaróm was deze foto zo belangrijk voor hem? Toen Linus Bekker de foto onder ogen kreeg, dat wil zeggen zo'n anderhalf jaar geleden nadat hij het archief had gehackt, werd er in de media of op andere plekken nog niet geschreven over een mysterieuze dader die vrouwen vermoordde en kastanjepoppetjes achterliet. Die dader bestond destijds nog helemaal niet, dus is het heel onlogisch dat Bekker belangstelling had voor een leger zelfgemaakte kastanjepoppetjes. Toch twijfelt Hess er niet aan dat juist dat Linus Bekkers interesse heeft gewekt.

Heel even denkt Hess dat Linus Bekkers fascinatie kan zijn ontstaan doordat hij iets in de dossiers over de misdrijven op Møn in 1989 heeft gelezen waardoor zijn belangstelling is gewekt. Een politierapport over de moordzaak zou een verklaring kunnen zijn, bijvoorbeeld als Bekker had beseft dat hij de slachtoffers of de plaats delict kende, of was gestuit op iets anders waarom hij de foto van de vermoorde politieagent met de kastanjepoppetjes op de achtergrond zo vaak had bekeken. Er zijn echter geen zaakdossiers verbonden aan het beeldmateriaal dat Linus Bekker heeft gehackt. Het archief bevat uitsluitend foto's van plaatsen delict en verder niets. De dossiers over de misdrijven worden niet in hetzelfde digitale archief bewaard, en voor zover Hess zich van Linus Bekkers dossier kan herinneren, heeft hij geen andere plekken gehackt dan juist dat archief waarop hij zijn seksuele verlangens kon projecteren.

De constatering maakt Hess niet veel wijzer. De kater komt terug en hij begint er spijt van te krijgen dat hij als een wildeman op de deur van de cockpit heeft gebonkt en de Duitstalige piloot heeft gedwongen om hem uit het vliegtuig te laten stappen, dat toch nog precies op tijd is vertrokken. Zijn blik glijdt over de schermen met het overzicht van de vertrek- en aankomsttijden, maar in plaats daarvan ziet hij Linus Bekkers gezicht voor zich en hoort hij zijn lach. Hess besluit om nog een keer langs de foto's te scrollen. De ene foto lost de andere af. Ze overtreffen elkaar in scène na scène vol afschuw en lijden, zonder een verklaring te geven voor wat Bekker zo aantrekkelijk vond. Hess heeft het gevoel dat het iets zieks moet zijn, iets wat alleen een pervers iemand zoals Linus Bekker opmerkt, en plotseling beseft hij wat het kan zijn. Hij begrijpt het voordat hij het ziet, omdat dat het vreselijkste is wat hij zich kan voorstellen en tegelijkertijd zo onvoorstelbaar dat het Linus Bekker bijzonder opgewonden gemaakt kan hebben.

Hij gaat terug naar het begin en bekijkt de foto's die hij al kent, maar deze keer is hij naar iets anders op zoek. Hij kijkt niet langer naar het onderwerp van de foto's, maar naar alle andere details: op de voorgrond, op de achtergrond, de eigendommen, alles wat ogenschijnlijk geen betekenis heeft. Op de negende foto vindt hij wat hij zoekt. Het is opnieuw een foto van een plaats delict, met de titel *Risskov, 22 september 2001*. In eerste instantie onderscheidt deze foto zich niet van de andere. Een blonde vrouw van een jaar of vijfendertig ligt vermoord op een vloer in iets wat op een zitkamer van een villa of een appartement lijkt. Ze draagt een donkerbruine rok, een gescheurd wit hemdje en schoenen met hoge hakken, waarvan er een gebroken is. Op de achtergrond ziet Hess speelgoed en een box, links op de foto is de tafel mooi gedekt voor twee personen, maar het etentje heeft nooit plaatsgevonden. De moord heeft in ongecontroleerde woede plaatsgevonden, waarschijnlijk aan de rechterkant van de foto, waar alles is omgevallen en bloedvlekken zichtbaar zijn. Maar het is de box waar Hess' blik op blijft hangen. Naast een rammelaar hangt een kleine kastanjeman.

Hess voelt zijn oren suizen. Hij zoekt met een blik die naar binnen is gericht naar kastanjemannetjes, al het andere is onbelangrijk, en bij de drieëntwintigste foto stopt hij opnieuw.

Nyborg, 2 oktober 2015. Deze keer is het een jonge vrouw in een kleine zwarte auto. Door de voorruit is te zien dat ze achter het stuur zit met haar bovenlichaam op een kinderstoeltje dat op de passagiersstoel naast haar staat. Ze is mooi aangekleed, alsof ze onderweg is naar een evenement of een afspraakje. Haar ene oog is dichtgeslagen, maar er is bijna geen bloed op de foto te zien, en de moord heeft andere elementen dan op de foto van Risskov, maar aan de achteruitkijkspiegel hangt een kleine kastanjeman. Het poppetje is niet meer dan een silhouet, maar het is er.

Hess moet nog bijna veertig foto's bekijken, maar hij logt uit en komt overeind. Op de roltrap naar de begane grond van de luchthaven bedenkt hij dat de moorden, die gedurende bijna dertig jaar hebben plaatsgevonden, niet door dezelfde dader gepleegd kunnen zijn. Dat is onmogelijk. Iemand zou het ontdekt hebben. Iemand zou iets gedaan hebben. En kastanjemannetjes zijn niet zeldzaam, vooral niet in de herfst, dus misschien ziet hij alleen datgene wat hij graag wíl zien?

Toch kan hij het niet laten om aan Linus Bekkers gezichtsuitdrukking te denken, terwijl hij de papieren bij de balie van Car Rental invult en op de autosleutels wacht. Linus Bekker had het verband ontdekt. Een kastanjepoppetje als signatuur van een dader die telkens weer had gemoord. Als hij de sleutels eindelijk heeft gekregen en over het parkeerterrein loopt, is het harder gaan sneeuwen.

101

Thulin ontwijkt oogcontact met de twee inspecteurs die opkijken van hun scherm als ze haar kast heeft leeggehaald en de stalen deur iets te hard dichtgooit. Ze heeft met opzet niemand verteld dat het haar laatste dag op de afdeling is en is niet van plan daar nu verandering in te brengen. Niet dat het verschil zou maken. Ze zal niemand missen en waarschijnlijk is er ook niemand die haar zal missen. Zo had ze het vanaf de eerste dag willen hebben, en nu het haar laatste is, komt het haar prima uit om onzichtbaar te zijn tot ze het gebouw uit is. Nylander is ze daarnet toevallig tegengekomen omdat hij haar met zijn gevolg van assistenten in de gang passeerde. Hij was op weg naar de laatste van de vele persconferenties die zijn gehouden. Vandaag met het excuus dat het verslag van de laatste onderzoeken van de gerechtsartsen en DNA-onderzoekers klaar is en een bevestiging is van wat ze al weten. Thulin vraagt zich af of de werkelijke reden niet gewoon is dat Nylander ervan geniet om in de schijnwerpers te staan. Zo had het er in elk geval uitgezien toen hij naast de minister van Justitie in een iets te glanzend kostuum poseerde, of toen hij in een poging om een genereus gebaar te maken had benadrukt dat de huiszoeking van zijn inspecteurs in Sydhavnen het beslissende keerpunt in het onderzoek was geweest.

Nylander was blijven staan en had haar veel succes gewenst. ‘Tot ziens, Thulin. Doe de groeten aan Wenger.’

Het laatste deel van zijn groet was bedoeld voor Isak Wenger, Thulins nieuwe superieur bij NC3. Door die opmerking had ze begrepen dat Nylander de machtsverhoudingen tussen de afdelingen nu als veranderd beschouwde, waardoor ze spijt van haar keuze zou krijgen. Ze was de carrièresprong die ze zelf in gang had gezet al bijna vergeten toen de chef van NC3 haar op een maandag persoonlijk had gebeld om haar geluk te wensen met het oplossen van de moordzaak.

'Maar daarvoor bel ik je niet. Ik hoop dat je nog steeds belangstelling voor een baan bij ons hebt.'

Wenger had haar de positie aangeboden, ook al had ze er niet naar gesolliciteerd en geen referentie van Nylander gekregen. Als ze de baan aannam, zou Wenger ervoor zorgen dat het praktische deel werd geregeld met Nylander, zodat ze bij NC3 kon beginnen na een late najaarsvakantie, en dát is wat Thulin nu in het vooruitzicht heeft. Een week met een heleboel tijd voor Le en zichzelf. Hoewel alles is gegaan zoals het moest, is Thulin de afgelopen dagen voornamelijk bezig geweest zichzelf ervan te verzekeren dat het onderzoek de juiste afloop had gekregen.

De vondst van de afgezaagde handen van Anne Sejer-Lassen en Jessie Kvium, alsmede de voet van Jessie Kvium, in de minikoelkast in de voormalige slachterij was zo onweerlegbaar geweest dat Thulin niets anders had gekund dan zich aansluiten bij Nylanders verklaring. Hess had weliswaar een aantal onbeantwoorde vragen opgeworpen, maar het was ondanks alles het meest waarschijnlijk dat hij zich daarop had blindgestaard, misschien omdat hij met zijn eigen problemen worstelde.

Dat laatste was in elk geval Nylanders nuchtere conclusie geweest. Hij had Thulin verteld dat Hess de afdeling Moordzaken en Kopenhagen vanwege een persoonlijke tragedie de rug had toegekeerd. Niet dat hij er veel over wist, want destijds had Nylander zelf niet op de afdeling gewerkt, maar iets meer dan vijf jaar geleden was Hess' negenentwintigjarige vrouw om het leven gekomen door een brand die in hun appartement in Valby had gewoed.

Die informatie had indruk gemaakt op Thulin. In het politierapport dat ze vervolgens in de database had opgezocht, las ze dat de brand waarschijnlijk rond drie uur 's nachts was ontstaan en zich met een enorme snelheid had verspreid. De bewoners van het complex waren geëvacueerd, maar door de hevigheid van de brand was het voor de brandweer niet mogelijk geweest om tot het appartement op de dakverdieping door te dringen. Toen de brand was geblust, werd het verkoolde lijk van de jonge vrouw in de slaapkamer gevonden. De echtgenoot, een rechercheur van de afdeling Ernstige Misdrijven tegen Personen, Mark M. Hess, was telefonisch op de hoogte gesteld omdat hij zich in verband met een onderzoek in Stockholm bevond. De oorzaak van de brand bleef onbekend. Een fout in de elektrische installaties, brandende olielampen en brandstichting werden onderzocht, maar zonder eenduidig resultaat. De vrouw was zeven maanden zwanger geweest en het stel was een maand eerder getrouwd.

Thulin voelde zich misselijk toen ze het rapport had gelezen. Er viel veel op zijn plek voor zover het Hess' houding betrof, maar aan de andere kant was het onmogelijk om zich in hem te verplaatsen. Het had sowieso geen zin meer om na te denken over de vragen die Hess had opgeworpen, en misschien was het daarom een opluchting geweest toen ze de adjunct-hoofdcommissaris tegen Nylander had horen zeggen dat Hess er genadig vanaf was gekomen in Den Haag en voor een opdracht naar Boekarest zou vertrekken. Hess zou het land dus verlaten, en dat was beslist het beste. Ze had hem in de loop van de week een paar keer vergeefs gebeld, maar hij had niet teruggebeld, en ze was overrompeld geweest toen Le had gevraagd wanneer 'de man met de ogen' weer langs zou komen om te zien hoever ze met *League of Legends* was gekomen. Datzelfde was gebeurd toen ze had gebeld om te informeren naar Magnus Kjær, die een plek in een jeugdinrichting had gekregen terwijl de mogelijkheid om pleegouders voor hem te vinden werd onderzocht. Het afdelingshoofd had haar verteld over de vooruitgang van de jongen, maar ook dat hij een paar keer naar 'de politieagent' had gevraagd, waarop Thulin niet veel kon antwoorden. Ze had besloten dat Hess geen deel meer zou uitmaken van haar gedachten en het ging haar over het algemeen gemakkelijk af om mensen op die manier buiten te sluiten. De laatste keer dat ze dat had gedaan, was met Sebastian geweest, en hoewel hij voortdurend berichtjes op haar voicemail achterliet, voelde ze geen behoefte om weer contact met hem op te nemen.

'Naia Thulin?'

Een fietskoerier kijkt haar vragend aan als ze terugloopt naar haar lege bureau, en in weerwil van wat ze zichzelf heeft beloofd, is Hess de eerste aan wie ze denkt als ze het boeket met gele, oranje en rode herfstbloemen ziet, waarvan ze de namen niet kent omdat bloemen haar nooit iets hebben gezegd. Ze tekent voor ontvangst met de elektronische pen die de koerier haar overhandigt, waarna hij haastig weer naar buiten waggelt op zijn fietsschoenen. Thulin opent het kaartje en prijst zich gelukkig dat de collega's op dit moment zijn samengedromd rond de flatscreen in de kantine waarop Nylanders persconferentie live wordt uitgezonden.

Bedankt voor het hardlooprondje. Veel succes bij NC3. Het is tijd om je bureau achter te laten. 😊

Thulin glimlacht even en gooit het kaartje van Genz vervolgens in de prullenmand. Als ze even later door de gang loopt en de trap naar de vrijheid en het halloweenfeest van Le's klas neemt, heeft ze het boeket op de balie van het secretariaat achtergelaten, omdat ze weet dat het daar wordt gewaardeerd.

Buiten het hoofdbureau sneeuwt het nog steeds. Thulin ergert zich eraan dat ze geen dienstauto tot haar beschikking heeft omdat ze bij NC3 begint. Haar sneakers zijn al snel doornat en ze haast zich door de besneeuwde Bernstorffsgade naar het Centraal Station om de S-trein naar Dybbølsbro Station te nemen.

Het sneeuwde nog niet toen ze vanochtend met Genz had

afgesproken. Ze had ervoor gekozen om haar laatste dag op de afdeling Moordzaken te markeren door zijn uitnodiging voor een hardlooprondje eindelijk aan te nemen. Nu ze geen collega's meer waren, leek het een mooie afsluiting van hun relatie te zijn, en ze had bovendien haar eigen agenda gehad. Ze hadden afgesproken om langs de Strandvejen te joggen en om halfzeven had ze Genz opgehaald, die voor zijn trappenhuis in een van de nieuwe, aantrekkelijke appartementencomplexen in Nordhavn op haar stond te wachten. Het had haar verrast dat Genz geld had om op zo'n plek te wonen, maar aan de andere kant lag het in het verlengde van zijn karakter dat hij zijn financiën ook op orde had.

Het eerste deel van het hardlooprondje was een fijne ervaring geweest, vooral omdat de zon boven de Øresund was opgekomen en ze de tijd hadden gebruikt om het onderzoek af te ronden. Dat het wraakmotief van Benedikte Skans en Asger Neergaard in het licht van hun eigen tragedie gezocht moest worden; dat de verpleegkundige informatie verzameld moest hebben over de mishandelde kinderen en de moeders die als slachtoffers waren geselecteerd; dat het stel een internetcafé met een browser naar een Oekraïense mailserver in plaats van hun eigen computer gebruikt moest hebben; en hoe het mogelijk was dat de inhoud van de minikoelkast tijdens het eerste onderzoek van de technisch rechercheurs over het hoofd was gezien. Het slagwapen en het zaaginstrument waarmee de slachtoffers waren vermoord en hun ledematen waren geamputeerd, waren nog niet gevonden, maar door haar positie als verpleegkundige had Benedikte Skans de beschikking gehad over diverse instrumenten uit de operatiekamers, die inmiddels werden onderzocht en getest.

Genz was van mening geweest dat er geen reden was om aan de conclusie van het onderzoek te twijfelen, hoewel Thulin hem ervan verdacht dat hij meer opging in het hardlooprondje dan in hun gesprek. Ze had er spijt van dat ze hem over haar voorliefde voor lange rondjes had verteld, want het werd onderweg steeds duidelijker dat hij het rustig aan moest doen om haar tempo aan te houden. Na 8 kilometer waren ze omgedraaid en was ze achter hem gaan lopen als een jogger die op sleeptouw werd genomen door een Keniaan, en pas toen hij ontdekte dat ze een paar meter achter hem rende, had hij zijn tempo vertraagd zodat ze hun gesprek konden voortzetten. Als ze had gedacht dat Genz' uitnodiging een excuus was om haar te versieren, had ze het volledig mis gehad. Hij was net zo gepassioneerd over zijn hardlopen als over zijn werk in het laboratorium.

Thulin had de rest van het rondje te weinig lucht gehad om te praten, maar toen ze moesten stoppen voor een rood verkeerslicht bij Charlottenlund Fort had ze haar frustratie geuit over het feit dat ze nog steeds geen antwoord hadden op de vraag waarom de kastanjemannetjes met de vingerafdrukken van het meisje Hartung op de plaatsen delict waren achtergelaten. Niets op het perceel van het jonge paar had in de richting van de kastanjemannetjes met de vingerafdrukken gewezen en het was een raadsel hoe Asger Neergaard en Benedikte Skans die te pakken hadden gekregen.

'Tenzij Nylander gelijk had dat ze de kastanjemannetjes gekocht hebben bij het kraampje dat Kristine Hartung samen met haar vriendinnetje had voordat ze verdween,' had Genz geopperd.

'Hoe waarschijnlijk is dat? Steen Hartung zegt dat de meisjes dat jaar helemaal geen kastanjemannetjes gemaakt hebben.'

'Misschien vergist hij zich daarin? Benedikte Skans was in die periode in Roskilde opgenomen, maar Asger Neergaard kan natuurlijk in de wijk rondgereden hebben en destijds al iets voorbereid hebben.'

'Wil je daarmee zeggen dat hij toevallig werd ingehaald door Linus Bekker? En toevallig op bijna hetzelfde tijdstip?'

Genz had zijn schouders opgehaald en had naar haar geglimlacht. 'Ik ben niet degene die met die theorie gekomen is. Ik ben slechts de technicus.'

Een definitief antwoord zouden ze waarschijnlijk nooit krijgen, maar er was iets aan de kastanjes wat Thulin bleef irriteren. Bijna alsof ze was vergeten om iets te onderzoeken. Toen Genz en zij eindelijk bij Svanemøllen Station waren, was het gaan sneeuwen. Thulin was naar het perron gestrompeld, terwijl Genz zijn hardlooprondje met een kleine omweg rond Fælledparken had voortgezet.

'Ik ben op zoek naar 3A.'

'Probeer het klaslokaal. Volg het lawaai gewoon.'

Thulin schudt de sneeuw van zich af en passeert twee leerkrachten in de gemeenschappelijke ruimte, die is versierd voor Halloween. Ze is precies op tijd gearriveerd bij de school, die in een zijstraat niet ver van Dybbølsbro Station staat, en ze belooft zichzelf dat het voortaan altijd zo zal gaan. Ze is veel te vaak te laat gekomen of had helemaal verstek laten gaan als de school iets had georganiseerd, en ze ziet een glimp van verrassing in de blikken van sommige ouders als ze het klaslokaal in loopt. De pompoenen staan in een rij langs de muren en de kinderen lopen rond en doen gek in hun halloweenkostuums. Het is morgen pas Halloween, maar omdat het in het weekend valt, heeft de school besloten om het feest vandaag te vieren. De meisjes zijn verkleed als heksen en de jongens als monsters met macabere maskers. De een is nog bloederiger dan de ander, waardoor sommige ouders 'Help!' roepen en doen alsof ze geschokt en bang zijn als de kinderen langsrennen. De juf, een vrouw van Thulins leeftijd, is ook verkleed als heks, met een diep uitgesneden zwarte jurk, zwarte netkousen, zwarte pumps en een zwarte puntmuts. Haar schmink is spierwit en ze heeft rode lippen. Ze lijkt op een personage uit een Tim Burton-film en het is niet moeilijk te raden waarom juist de vaders zo enthousiast zijn op deze vrijdagmiddag.

Thulin ziet Le en haar opa niet tussen de ouders en de bloeddorstige monsters, maar ineens ontdekt ze het rubberen zombiemasker met de gevlekte schedel en de gele hersenmassa die over het voorhoofd stroomt. Het rubberen masker is van een spel dat *Plants versus Zombies* heet en was de enige vermomming die Le had willen hebben toen ze Thulin de vorige dag bij Faraos Cigarer in de Skindergade mee naar binnen had getrokken. Nu staat ze bij haar opa, die de schedel rechttrekt zodat de hersenmassa niet in haar nek valt.

'Hallo, mama. Zie je dat ik het ben?'

'Nee, waar ben je?' Ze kijkt om zich heen en als ze zich weer omdraait, heeft Le het rubbermasker opgetild om haar bezwete, triomfantelijke gezicht te tonen.

'Ik mag vooraan lopen naar het feest met de pompoenen.'

'Cool. Ik vind het fijn dat ik dat kan zien.'

'Blijf je om ernaar te kijken?'

'Natuurlijk.'

'Zal ik je hersenen een tijdje vasthouden zodat je niet bezwijkt door de warmte?' vraagt Aksel, terwijl hij Le's voorhoofd afveegt.

'Dat hoeft niet, opa.'

Met het zombiehoofd in haar nek hangend stormt Le naar Ramazan toe, die verkleed is als skelet.

'Is alles in orde?' Aksel kijkt haar aan, en ze weet dat hij zinspeelt op haar laatste dag op het hoofdbureau.

'Ja, prima. Geen probleem.'

Aksel wil iets zeggen, maar op dat moment klapt de juf in haar handen om de kinderen te verzamelen. 'Goed, laten we gaan! Kinderen, kom naar me toe,' zegt ze opgewekt, waarna ze zich tot de ouders richt. 'We vieren het feest in de gemeenschappelijke ruimte om de themaweek over de herfst af te sluiten. De kinderen hebben drie onderdelen voorbereid en we verheugen ons erop om die aan jullie te kunnen laten zien.'

Thulin ziet dat het klaslokaal nog steeds voor de herfst versierd is en dat de stambomen er ook nog hangen. Ze is maar één keer aanwezig geweest bij een optreden van de kinderen. Dat was een circusvoorstelling waarbij de kinderen onder meer verkleed drie keer door een hoepel moesten kruipen.

Thulin had zich kapot geërgerd aan de hysterische bijval van de andere ouders.

Deze keer is het niet veel anders. De eerste kinderen presenteren illustraties met takken en roodgele bladeren, terwijl de ouders een glimlach op hun gezicht hebben en alles via de camera van hun mobieltjes bekijken. Het wordt Thulin duidelijk dat ze rode en gele bladeren nog een hele tijd zal associëren met de gruwelijke aanblikken van Laura Kjær, Anne Sejer-Lassen en Jessie Kvium. Het wordt er niet beter op als de volgende groep naar voren komt om de verzameling kastanjepoppetjes die de klas heeft gemaakt te presenteren.

Eindelijk is het Le's beurt. Ramazan en zij en een paar anderen worden naar voren geduwd en mogen vertellen dat kastanjes ook gegeten kunnen worden. 'Maar eerst moeten ze ingesneden worden, anders exploderen ze in de oven. Daarna moeten ze op precies 225 graden geroosterd worden en kun je ze met boter en zout eten.'

Le's stem is helder en duidelijk, en Thulin valt bijna om van verbazing, want het kleine, strijdlustige wezen heeft nog nooit belangstelling getoond voor wat er in de keuken gebeurt. Een paar schalen met geroosterde kastanjes worden tussen de ouders doorgegeven terwijl de juf naar Ramazan kijkt, die zijn tekst blijkbaar vergeten is.

'Ramazan, waar moet je aan denken als je kastanjes wilt roosteren en eten?'

'Je moet de soort kiezen die eetbaar is.'

'Inderdaad. Er zijn veel verschillende soorten kastanjes, maar er is maar één eetbare soort, en dat is de tamme kastanje.'

Ramazan knikt, pakt een kastanje en begint hem luidruchtig te eten, terwijl zijn trotse ouders glimlachen en de complimentjes van de andere ouders in ontvangst nemen. De juf vertelt dat de kinderen de kastanjes die de ouders eten zelf hebben geroosterd, maar Thulin luistert niet. Er is iets wat haar stoort, en ze beseft pas wat het is als de ouders beginnen te lachen om iets wat de juf net heeft gezegd.

'Wat bedoel je ermee dat er veel verschillende kastanjes zijn?'

De vraag is te laat en daardoor misplaatst. De juf kijkt verrast naar Thulin, net als sommige andere ouders die klaar zijn met lachen om het verhaal.

'Er zijn toch twee soorten kastanjes? Tamme kastanjes en kastanjes waarmee je kastanjepoppetjes maakt?'

'Nee, er zijn meerdere soorten. Maar nu gaat Ramazan...'

'Hoe zeker weet je dat?'

'Dat weet ik vrij zeker. Maar nu gaan we...'

'Hoeveel?'

'Hoeveel wat?'

'Hoeveel soorten kastanjes zijn er?'

Het gelach in de zaal verstomt. De ouders kijken van de juf naar Thulin en weer terug, en zelfs de kinderen worden stil. Thulins laatste vraag was scherp en streng en miste de beleefdheid waarmee de eerste vraag was gesteld. De juf aarzelt en glimlacht onzeker, omdat ze geen idee heeft waarom ze plotseling wordt ondervraagd.

'Ik ken ze niet allemaal, maar tamme kastanjes zoals de Europese kastanje en de Japanse kastanje zijn eetbaar, terwijl andere kastanjes, zoals bijvoorbeeld de paardenkastanje...'

'Van welke soort worden kastanjepoppetjes gemaakt?'

'Van alle soorten. Maar in Denemarken komt de paardenkastanje het meest voor.'

Niemand zegt iets. De ouders kijken naar Thulin, die met een lege blik naar de juf staart. Vanuit haar ooghoeken ziet ze aan haar dochters gezicht dat dit het pijnlijkste moment uit haar leven is. Thulin staat op en loopt naar de deur. Als ze door de gang naar de uitgang rent, is het halloweenfeest begonnen.

102

'Als je me wilt uitdagen voor een nieuwe hardloopronde moet ik die tot volgende week tegoed houden,' zegt Genz met een glimlach tegen haar. Hij staat naast een langwerpige flightcase en een kleine reistas en is bezig om een oliejas aan te trekken als Thulin het grote laboratorium in loopt. Ze heeft van de receptioniste al gehoord dat hij net terug is van een plaats delict en nu op het punt staat om te vertrekken naar een vakcongres dat dit weekend in het Messecenter in Herning wordt gehouden. Toch heeft ze zich naar binnen gepraat. Ze heeft in de taxi al geprobeerd hem te pakken te krijgen, maar dat was niet gelukt, en ze was opgelucht toen ze hoorde dat hij in zijn kantoor was, ook al was het tijdstip blijkbaar ongelukkig.

'Dat is het niet. Ik heb je hulp nodig.'

'Kunnen we er op weg naar de auto over praten?'

'Van welke soort waren de kastanjepoppetjes met de vingerafdrukken van Kristine Hartung die bij de slachtoffers zijn achtergelaten gemaakt?'

'Welke soort?' Genz doet de halogeenlampen uit, maar stopt daarmee en kijkt haar aan. 'Wat bedoel je?'

Thulin is de trappen op gerend en is nog steeds buiten adem. 'Een kastanje is niet gewoon een kastanje. Er zijn verschillende soorten, dus welke soort was dit?'

'Dat kan ik me niet direct...'

'Waren het paardenkastanjes?'

'Waarom vraag je dat? Wat is er gebeurd?'

'Misschien is het niets. Als je het je niet kunt herinneren, moet het toch in een van jullie laboratoriumverslagen staan?'

'Dat zal absoluut zo zijn, maar ik sta op het punt...'

'Genz, ik zou het niet vragen als het niet belangrijk is. Kun je het meteen controleren?'

Genz kijkt haar niet-begrijpend aan en gaat vervolgens met een zucht op de stoel voor het grote scherm zitten. Een paar seconden later is hij ingelogd in het systeem en kan Thulin meekijken op het scherm dat boven hem aan de muur hangt. Genz opent een map en bladert doelgericht in verschillende genummerde verslagen, haalt er een uit en dubbelklikt erop. De hoeveelheid analytische cijfers is enorm, maar Genz scrolt door het rapport en stopt pas bij het gedeelte waarboven *Soort en oorsprong* staat.

'In het eerste geval, Laura Kjærs dus, stond de vingerafdruk op een tamme kastanje. Om precies te zijn een zogenoemde *castanea sativa x crenata*. Tevreden?'

'Hoe zit het met de rest?'

Genz kijkt heel even naar haar alsof hij haar wil vertellen dat hij het niet grappig vindt.

'Vooruit, het is belangrijk!'

Genz bladert verder, dubbelklikt nogmaals op een rapport, herhaalt de procedure bij een derde rapport, en als hij klaar is, weet Thulin het antwoord voordat hij het hardop zegt.

'In de andere twee gevallen is het resultaat hetzelfde. *Castanea sativa x crenata*. Oké?'

'Weet je het zeker? Is er geen enkele twijfel?'

'Thulin, dit deel van de analyse is gedaan door mijn assistenten terwijl ik me op de vingerafdrukken concentreerde, zodat ik je natuurlijk niet kan garanderen...'

'Maar het is denk ik niet waarschijnlijk dat je assistenten in drie gevallen een verkeerde conclusie hebben getrokken.'

'Nee, dat klopt. Ze zijn echter geen van allen expert op het gebied van kastanjes, dus hebben ze beslist een expert ingeschakeld die de soorten vastgesteld heeft. Wil je me niet vertellen waar het om gaat?'

Thulin zwijgt. In de taxi onderweg hiernaartoe heeft ze eerst naar Genz en vervolgens naar Steen Hartung gebeld. Steen Hartung had opgenomen met een doodse stem. Ze had zich met een slecht geweten verontschuldigd voor het storen en had uitgelegd dat ze bezig was de laatste hand aan het verslag te leggen, maar dat ze nog moest weten wat voor soort kastanjeboom het gezin in de tuin had staan en of hun dochter Kristine die had gebruikt om de kastanjepoppetjes mee te maken. Steen Hartung had niet voldoende energie gehad om zich te verbazen over de vraag, en nadat ze eraan had toegevoegd dat het alleen een formaliteit was, had hij zonder verder commentaar antwoord gegeven. De grote kastanjeboom in de tuin van het gezin was een paardenkastanjeboom.

'Dat betekent dat we een probleem hebben. We moeten meteen contact opnemen met de expert.'

103

Het grindpad tussen de rode poort en Peter Lieps Hus in Dyrehaven is bedekt met pasgevallen sneeuw en voelt spekglad als Rosa Hartung eroverheen rent. Als ze het eind van het pad heeft bereikt en de spookachtige attracties van pretpark Bakken ziet, slaat ze rechts af naar een van de paden die worden beschermd door boomkruinen, waardoor er bijna geen sneeuw ligt. Haar benen willen niet meer, maar de lucht is helder en koud en ze dwingt zichzelf vooruit in de hoop dat het hardlopen haar uit haar moedeloze bui zal halen.

De afgelopen tien dagen heeft ze haar woning in Ydre Østerbro vrijwel niet verlaten. Alle kracht die ze had gemobiliseerd om weer op het ministerie te beginnen, was als sneeuw voor de zon verdwenen toen ze besefte dat haar hoop om Kristine terug te zien geen verankering in de werkelijkheid bezat. Alles was grijs en onbelangrijk geworden, net zoals dat het grootste deel van de winter en het voorjaar was geweest, en hoewel Vogel, Liu en Engells hun bezorgdheid hadden geuit en erop hadden aangedrongen dat ze naar het ministerie zou terugkomen, had dat geen effect gehad en was ze thuisgebleven. Rosa wist, in weerwil van wat ze hadden gezegd, dat haar dagen als minister geteld waren. Zowel de premier als de minister van Justitie verscheen in het openbaar met zorgvuldige uitspraken, maar achter de coulissen was er geen enkele twijfel dat Rosa's dagen in de partij geteld waren. Als er iets meer tijd was verstreken, zou ze vanwege haar ongehoorzaamheid tegenover de premier of haar instabiliteit onder aan de lijst worden geplaatst. Het kon Rosa niets schelen.

Het verdriet kon ze echter niet negeren en vanochtend had ze een gesprek met haar psychiater gehad, die haar had geadviseerd om weer met antidepressiva te beginnen. Ze heeft zichzelf daarom gedwongen om hardloopkleding aan te trekken toen ze thuiskwam – ze was het gewend om na de lunch te joggen als ze thuis werkte – maar vandaag was het primair omdat ze hoopte dat haar humeur door de endorfinen zou verbeteren, zodat ze de kracht zou hebben om van de pillen af te blijven.

Een andere reden voor het hardlopen was dat de transporteur zou komen om Kristines spullen op te halen. Rosa was na het consult met de psychiater moedeloos genoeg geweest om zijn advies op te volgen en afscheid te nemen van Kristines spullen om het verleden beter los te kunnen laten. Een symbolische daad die haar verder moest helpen, had hij gezegd. Rosa had een transporteur gebeld en de spullen in Kristines kamer die mee moesten aangewezen aan de au pair: vier grote dozen met kleding en schoenen, het bureau en het bed waarop Rosa zo vaak had gezeten. De au pair had Blå Kors in de Nordre Frihavnsgade gebeld zodat ze ervan op de hoogte waren dat de transporteur met de spullen zou komen en daarna was Rosa de deur uit gegaan en naar Dyrehaven gereden.

Onderweg had ze bedacht dat ze Steen moest bellen om hem over haar beslissing te vertellen, maar ze had er de energie niet voor gehad. Ze praatten bijna niet meer met elkaar. De mededeling van het hoofd van de afdeling Moordzaken was helder en duidelijk geweest, maar Steen was zich blijven vastklampen aan zijn hoop en dat was meer dan Rosa kon verdragen. Hij had geweigerd om het verzoek tot doodverklaring te tekenen, hoewel hij de advocaat zelf had gevraagd om die op te sturen, en ze wist dat hij overal aanbelde in de wijken waar Kristine op de dag dat ze verdween mogelijk was geweest. Zijn partner Bjarke had Rosa gebeld om dat te vertellen. Hij had bezorgd gezegd dat Steens kantoor nog steeds een chaos was vol tekeningen van rioleringstelsels, villawijken en wegennetten en dat hij elke ochtend vertrok zonder te vertellen waar hij naartoe ging. Gisterochtend was Bjarke daarom achter hem aan gereden en had hem rusteloos dwalend in een villawijk vlak bij de sporthal gevonden. Bjarke had waarschijnlijk spijt gekregen dat hij had gebeld, want Rosa reageerde met berusting. Steens zoektocht was zinloos, maar dat waren zoveel andere dingen ook. Ze moesten elkaar steunen en aan Gustav denken, maar op dit moment waren ze daar allebei niet toe in staat.

Als Rosa eindelijk terug is bij de rode poort, is ze helemaal kapot. Het zweet voelt koud en onaangenaam op haar lichaam, haar ademhaling komt als wolkjes uit haar mond en ze moet steun zoeken bij het houten hek voordat ze op het parkeerterrein in haar auto gaat zitten. Als ze op weg naar huis langs het standbeeld van Knud Rasmussen en even later langs Arne Jacobsens tankstation rijdt, ziet ze een kleine spleet in het wolkendek. Het sneeuwt niet meer en zodra de zonnestralen heel even tevoorschijn komen, licht de sneeuw op als een gigantisch tapijt van glinsterende kristallen en moet ze haar ogen tot spleetjes knijpen om niet te worden verblind. Als ze afslaat naar de oprit bij haar huis, beseft ze dat haar ademhaling nu anders is dan toen ze van huis vertrok. Ze voelt zich kalmer, alsof de lucht helemaal naar haar middenrif stroomt en niet, als een verstopte afvoer, tussen haar borstkas en haar keel blijft steken. Ze stapt uit de auto, ziet de brede bandensporen van de vrachtwagen in de sneeuw en voelt een beetje opluchting omdat het achter de rug is. Uit gewoonte loopt ze naar de deur van de bijkeuken aan de achterkant van het huis, die ze altijd gebruikt als ze heeft hardgelopen, zodat ze geen modder naar binnen loopt. Het lukt haar niet om te stretchen, ze kan er alleen nog aan denken om naar binnen te gaan en zich op de bank te laten vallen, omdat de gedachte dat de spullen voor Kristine voor altijd verdwenen zijn haar overvalt. De ongerepte sneeuw knerpt onder haar voeten, maar als ze de hoek omslaat naar het tochtportaal en de bijkeukendeur, blijft ze abrupt staan.

Op de mat voor de deur ziet ze iets waarvan ze eerst niet begrijpt wat het is. Als ze een paar stappen dichterbij doet, ziet ze dat het een krans is. Ze moet meteen aan Kerstmis en advent denken, misschien vanwege de sneeuw die gevallen is. Pas als ze zich bukt om de decoratie op te pakken, beseft ze dat de krans bestaat uit kastanjemannetjes die elkaars handen vasthouden, waardoor ze een cirkel vormen.

Rosa schrikt en kijkt gealarmeerd om zich heen, maar ziet niemand. Alles in de tuin, ook de oude kastanjeboom, is bedekt met ongerepte sneeuw en de enige voetafdrukken zijn die van haarzelf. Ze kijkt weer naar de decoratie, pakt hem angstig op en loopt naar binnen. Ze heeft heel veel vragen over de kastanjemannetjes en hun mogelijke betekenis gekregen en heeft ze met niets anders geassocieerd dan de poppetjes die Kristine en Mathilde elk jaar moeizaam bij de eettafel maakten. Als ze de trap naar de eerste verdieping op loopt en de au pair roept, nog steeds met haar natte hardloopschoenen aan, is dat met een onbehaaglijk gevoel dat ze niet goed kan plaatsen.

Rosa vindt de au pair in Kristines lege kamer. Ze stofzuigt het vloerkleed op de plekken waar de dozen en de meubels hebben gestaan. Het meisje kijkt geschrokken op als Rosa de stofzuiger uitzet en haar de decoratie die ze in haar handen heeft laat zien.

'Alice, who brought it? How did it get here?'

De au pair weet het niet. Ze heeft de decoratie niet gezien en weet niet hoe die bij de bijkeukendeur terechtgekomen is of wie hem daar neergelegd kan hebben.

'Alice, it's important!'

Rosa herhaalt haar vraag en houdt vol dat het verwarde meisje iets gezien moet hebben, maar afgezien van de transporteur die de spullen heeft opgehaald, heeft ze niemand gezien sinds Rosa vertrokken is. Pas als de au pair tranen in haar ogen krijgt, beseft Rosa dat ze tegen haar schreeuwt om het antwoord te krijgen dat het meisje niet heeft.

'Alice, I'm sorry. I'm so sorry...'

'I can call the police. Do you want me to call the police?'

Rosa kijkt naar de decoratie, die ze op de vloer heeft gezet om de au pair te omhelzen, die nog steeds snikt. De kleine cirkel bestaat uit in totaal vijf kastanjepoppetjes die door middel van ijzerdraad met elkaar verbonden zijn. Ze lijken op de poppetjes waarmee de politie haar heeft geconfronteerd, maar ineens ziet Rosa dat twee van de poppetjes langer zijn dan de andere drie. Alsof de twee lange poppetjes de ouders zijn. Kastanjeouders die de handen van hun drie kleine kastanjekinderen vasthouden en samen een gezin vormen dat in een kring danst.

Ineens weet Rosa het. Ze herkent de decoratie en beseft waarom die juist voor haar deur is neergelegd zodat juist zij die zou vinden. Ze herinnert zich wanneer ze hem voor het eerst zag, van wie ze hem kreeg en waarom dat was. Alles is helder en duidelijk, maar haar verstand probeert haar nog steeds te vertellen dat het dát niet kan zijn. Het kan onmogelijk daarom zijn. Het is te lang geleden.

'I'll call the police now, Rosa. It's better to call the police.'

'No! No, police. I'm okay.'

Rosa laat Alice los. Als ze even later naar haar auto rent en wegrijdt, is dat met het gevoel dat iemand haar in de gaten houdt en dat al heel lang doet.

104

De rit naar het centrum lijkt lang en is vol hindernissen. Ze wisselt van rijbaan zodra dat gaat en bij Trianglen en Kongens Have steekt ze de kruising over, hoewel het verkeerslicht op rood staat. De herinneringen schieten door haar hoofd. Sommige kan ze zich met zekerheid herinneren, andere zijn onzeker en poreus, alsof ze achteraf met behulp van haar geheugen in elkaar zijn geflanst om er een logisch geheel van te maken. Als ze bij het ministerie is gearriveerd, bedenkt ze dat ze de auto ergens moet parkeren waar die geen opzien baart, en als het haar is gelukt om een plek te vinden rent ze naar de achteringang. Ze beseft dat ze haar pasje is vergeten, maar de bewaker herkent haar en laat haar binnen.

'Liu, ik heb je hulp nodig.'

Haar secretaresse zit midden in een bespreking met twee jonge vakbondsleden, die Rosa als nieuwkomers herkent. De verbazing op Liu's gezicht is enorm als ze Rosa ziet staan, en het gesprek aan de tafel stokt.

'Ja, natuurlijk. We stellen dit uit tot later.'

Liu neemt afscheid van de twee jonge vrouwen, die op weg naar buiten nieuwsgierig naar Rosa kijken. Ze beseft dat ze haar hardloopkleding nog steeds draagt en dat haar schoenen onder de modder zitten.

'Wat is er gebeurd? Is alles goed met je?'

Het is prettig om Liu's bezorgdheid te voelen, maar ze heeft geen tijd om er aandacht aan te besteden.

'Waar zijn Vogel en Engells?'

'Vogel is vandaag niet aanwezig en Engells heeft ergens in het gebouw een bespreking. Moet ik ze hiernaartoe laten komen?'

'Nee, laat maar. Ik denk dat we het zelf wel kunnen vinden. Klopt het dat het ministerie toegang heeft tot de registers van de gemeenten met betrekking tot uithuisplaatsingen en plaatsingen in pleeggezinnen?'

'Ja... Waarom?'

'Ik heb informatie nodig over kinderen die in een pleeggezin zijn geplaatst. De zaak waarnaar ik zoek is van de gemeente Odsherred. Ergens rond 1986, maar dat weet ik niet zeker.'

'1986? Maar dan is het niet zeker dat die gedigitaliseerd...'

'Probeer het gewoon! Oké?'

Liu kijkt haar verrast aan, en Rosa heeft spijt van haar uitval. 'Liu, je mag niet vragen waarom. Help me gewoon.'

'Oké...'

Liu gaat achter haar laptop aan de tafel zitten en Rosa kijkt met een dankbare blik naar haar. Ze toetst haar toegangscode in het gemeenteregister van Odsherred in, terwijl Rosa een stoel pakt om mee te kunnen kijken op het scherm.

'Het pleeggezin heet Petersen,' zegt ze tegen Liu. 'Ze woonden aan de Kirkevej 35 in Odsherred. De vader heet Poul en was onderwijzer, de moeder heet Kirsten en was keramist.'

Liu's vingers glijden over de toetsen terwijl ze Rosa's informatie intoetst.

'Ik krijg niemand. Heb je hun sofinummers?'

'Nee, die kan ik me niet herinneren, maar ze hadden vroeger een pleegdochter. Rosa Petersen.'

Lisa begint het sofinummer dat Rosa haar geeft in te toetsen, maar stopt halverwege en kijkt naar Rosa. 'Dat ben jij, toch...?'

'Ja. Zoek gewoon. Ik kan je niet vertellen waarover het gaat. Je moet me vertrouwen.'

Liu knikt onzeker, zoekt verder en vindt na een tijdje waarnaar ze op zoek zijn.

'Het meisje heet Rosa, de moeder is Juul Andersen. Ze is geadopteerd door pleegouders Poul en Kirsten Petersen...'

'Gebruik hun sofinummers en zoek naar een zaak in 1986.'

Liu doet wat Rosa zegt, maar na een paar minuten schudt ze haar hoofd. 'Er is niets in 1986. Zoals ik al zei, is het digitaliseren nog niet klaar, dus misschien...'

'Probeer 1987 of 1985. Er kwam een jongen in ons gezin en hij had zijn zusje bij zich.'

'Heb je de naam van de jongen of...'

'Nee, ik heb niets. Ze zijn er maar korte tijd geweest. Een paar weken of maanden...'

'Hier is iets, denk ik. 1987. Toke Bering... en zijn tweelingzusje Astrid.'

Rosa ziet dat Liu op een pagina met dossiernummers en een heleboel tekst is beland. De tekst is ouderwets en maakt duidelijk dat het dossier oorspronkelijk op een typemachine is geschreven. De namen zeggen haar niets, net zomin als de informatie dat het een tweeling is, maar ze weet dat ze het moeten zijn.

'Het lijkt erop dat ze twee maanden bij jullie geweest zijn voordat ze verder gestuurd werden.'

'Waar zijn ze naartoe gestuurd? Ik moet weten wat er met ze gebeurd is.'

Liu laat Rosa meekijken zodat ze zelf de pagina's uit het oude dossier op het scherm kan zien. Als Rosa klaar is met het lezen van de drie met een typemachine door een maatschappelijk werker geschreven pagina's trilt ze over haar hele lichaam. De tranen stromen over haar wangen en ze heeft het gevoel dat ze moet braken.

'Rosa, wat is er aan de hand? Ik kan dit niet verdragen. Zal ik Steen bellen, of...'

Rosa schudt haar hoofd en dwingt zichzelf ademloos om de tekst nog een keer te lezen. Deze keer omdat ze denkt dat het een boodschap voor haar moet zijn. Iets waarvan de eigenaar van de kastanjedecoraties wil dat ze het weet. Of is het te laat? Is de verschrikkelijke boodschap alleen dat het allemaal daarom is geweest? Bestaat de straf eruit dat ze de rest van haar leven met die wetenschap moet leven?

Deze keer stopt Rosa bij alle details, terwijl ze koortsachtig nadenkt over de mogelijkheden die ze haar geven om te handelen, en plotseling begrijpt ze het. Haar blik valt op de naam van de plek waar de tweeling is geplaatst en ineens is het volkomen vanzelfsprekend dat ze daarnaartoe moet. Het móét daar zijn.

Rosa staat op en prent het adres dat in het dossier staat in haar geheugen.

'Rosa, wil je me niet vertellen waarover het gaat?'

Ze geeft Liu geen antwoord, pakt haar mobiel van de tafel en ziet dat ze een anonieme sms heeft ontvangen. Het is een emoji met een sussende vinger op de mond en Rosa beseft dat ze moet zwijgen als ze te weten wil komen wat er met Kristine is gebeurd.

105

De sneeuw valt dicht en zwaar, en het deel van het landschap dat Hess door de voorruit kan zien, is wit en contourloos. Op de snelweg waren de condities redelijk geweest omdat de sneeuwruimers af en aan waren gereden, maar nu hij afgeslagen is van de E47 en via de provinciale weg naar Vordingborg rijdt, kruipt hij zo nu en dan met een snelheid van 20 kilometer per uur om niet tegen de auto voor hem te glijden.

Nadat hij Kopenhagen achter zich had gelaten en over Seeland reed, had hij de politiebureaus van respectievelijk Risskov en Nyborg gebeld, maar zoals hij al vreesde, had hij niet veel hulp van ze gekregen. De informatie over de moord van 2001 in Risskov was het meest beperkt geweest. Omdat het misdrijf zeventien jaar eerder had plaatsgevonden, was er weinig begrip voor zijn verzoek bij de politie van Aarhus geweest, en hij was met drie verschillende mensen doorverbonden voordat een hoofdagente zich over hem ontfermde, het dossier erbij pakte en hem vertelde dat het onderzoek lang geleden onopgelost terzijde was geschoven. Ze kende de zaak persoonlijk niet, maar was bereid om een aantal brokstukken en de samenvatting hardop aan Hess voor te lezen. Helaas was de informatie niet bruikbaar. Het slachtoffer was laborante en een alleenstaande moeder geweest, en op de najaarsavond waarop het misdrijf had plaatsgevonden, had ze een oppas voor haar eenjarige dochtertje geregeld omdat een vriend van haar 's avonds bij haar zou komen eten. Toen de vriend arriveerde, vond hij haar doodgestoken op de zitkamervloer en belde hij de politie. Vierentwintig maanden later had de moord een lagere prioriteit gekregen en was het onderzoek in principe gesloten, omdat er geen verdachten meer waren en geen sporen om te volgen.

Dat gold niet voor het onderzoek naar de moord in Nyborg van 2015. Het slachtoffer was de moeder van een driejarig jongetje en het onderzoek was nog steeds actief, omdat de vader van het kind, de ex-vriend, de hoofdverdachte was en gezocht werd, maar zich waarschijnlijk schuilhield in Pattaya. Het motief zou een combinatie van jaloezie en geld zijn. De ex-vriend had banden met een motorclub en de theorie van de plaatselijke inspecteur was dat de ex-vriend het slachtoffer in de auto was gevolgd naar haar ontmoeting met een getrouwde professionele voetballer met wie de vrouw een relatie had. Onderweg naar huis had hij haar waarschijnlijk naar de vluchtstrook gedwongen, waar ze was geslagen of gestoken met een onbekend wapen, dat haar hersenen via het linkeroog had geraakt. Omdat Hess niet geloofde dat de ex-vriend van het slachtoffer, die zich blijkbaar in Thailand schuilhield, de dader was van de moord waarnaar hij in de hoofdstad zelf onderzoek had gedaan, vroeg hij de inspecteur of er destijds andere verdachten in de zaak waren geweest. Personen die een connectie met de vrouw hadden gehad zonder een goede vriend, ex-geliefde of familielid te zijn. Volgens de inspecteur was dat niet zo geweest, en Hess voelde dat de man de vraag als indirecte kritiek op zijn onderzoek beschouwde. Hess ging er daarom niet verder op in. Tot slot had hij in plaats daarvan een vraag gesteld over de aanwezigheid van het poppetje dat op de foto aan de achteruitkijkspiegel van de auto hing.

'Was er iemand die in verband met de verhoren is geconfronteerd met de foto's van de plaats delict en daarop dingen zag waar hij of zij zich over verbaasde of die er niet thuishoorden?'

De inspecteur was duidelijk verrast door de vraag. 'Hoe kun jij dat weten? Waarom vraag je dat?'

'Mag ik het horen?'

'De moeder van het slachtoffer verbaasde zich erover dat er een kastanjemannetje aan de achteruitkijkspiegel van de auto hing. Ze zei dat het slachtoffer vanaf haar vroege jeugd een notenallergie had gehad, dus vond ze dat merkwaardig.'

De inspecteur, die niet van losse eindjes hield, had al zijn energie in het oplossen van het mysterie gestoken. Een vraag op de kleuterschool van het kind leverde de informatie op dat de kinderen van de rode groep een week eerder kastanjemannetjes hadden gemaakt en dat de moeder haar allergie had getrotseerd en het kunstwerk van haar kind in de auto had gehangen. Hess huiverde door die informatie. Hoewel de theorie van de inspecteur plausibel klonk, geloofde hij geen moment dat het waar was. Maar wie zou zich lang verbazen over de aanwezigheid van een kastanjemannetje in september of oktober? Waarschijnlijk niemand. Heel even had Hess gevoeld dat zijn vraag over het kastanjemannetje een deur opende voor nieuwe twijfel en zelfonderzoek bij de inspecteur, zodat hij zich haastte om hem weer te sluiten. Er was geen reden om slapende honden wakker te maken zolang hij niet meer dan alleen zijn theorie had.

Zonder de mogelijkheid om op dat moment dieper in de twee zaken te graven was Hess daarna in zuidelijke richting afgeslagen, in de hoop dat hij iemand kon spreken over de moorden die op 31 oktober 1989 op Møn waren gepleegd. Møn valt gelukkig onder het politiedistrict Vordingborg, dus hoeft hij de sneeuw in die uithoek niet te trotseren.

Langzamerhand begint hij echter spijt te krijgen van zijn ingeving. Om dezelfde reden heeft hij nog steeds geen contact opgenomen met Thulin of Nylander, en als hij de gladde, met sneeuw bedekte trappen van het politiebureau in Vordingborg op loopt, vermoedt hij dat dat vandaag ook niet noodzakelijk zal zijn. Sinds het heldere moment op de luchthaven heeft hij inmiddels begrepen hoe zwaar de opdracht is die hij zichzelf heeft gesteld. Ook als blijkt dat vrouwen jarenlang door een en dezelfde dader zijn geterroriseerd en vermoord, kan het net zoveel jaar kosten om dat te bewijzen. Áls het inderdaad zo is.

Hess liegt geroutineerd in de drukke receptie van het politiebureau in Vordingborg dat hij verbonden is aan de afdeling Ernstige Misdrijven tegen Personen in Kopenhagen en dat hij de plaatselijke politiechef wil spreken. Het personeel heeft het druk. De verklaring is dat het buiten glad is en dat de mensen aan één stuk door tegen elkaar aan rijden, maar een vriendelijke man neemt de tijd om Hess een gang te wijzen en hem te vertellen dat hij naar Brink moet vragen.

Hess komt in een rommelige, open kantoortuin, waar een pokdalige, roodharige man van een jaar of zestig en een gewicht van ruim honderd kilo bezig is om zijn jas aan te trekken, terwijl hij in een mobiel praat.

'Laat dat ding staan als hij niet wil starten. Ik kom er nu aan!'

De man verbreekt de verbinding en loopt naar de uitgang zonder aanstalten te maken opzij te gaan voor Hess.

'Ik wil met Brink praten.'

'Ik ben onderweg naar buiten, dus je zult tot maandag moeten wachten.'

Hess haalt zijn politielegitimatie tevoorschijn, maar de man loopt al naar de gang, terwijl hij zijn parka dichtritst.

'Het is belangrijk. Ik heb een paar vragen over een zaak en...'

'Dat kan wel zo zijn, maar ik heb weekend. Vraag het bij de receptie. Ik weet zeker dat ze je daar kunnen helpen. Tot ziens.'

'Ik kan het niet bij de receptie vragen. Het gaat om een moordzaak op Møn uit 1989.'

Brink stopt abrupt en blijft heel even met zijn rug naar hem toe in de gang staan. Als hij zich even later naar Hess omdraait, is het alsof hij een geestverschijning heeft gezien.

106

Hoofdinspecteur Brink zal de 31e oktober 1989 nooit vergeten. Alles wat hij in zijn tijd als politieagent heeft meegemaakt, verbleekt bij de herinneringen die hij aan die dag heeft. Zelfs nu hij al die jaren later tegenover Hess in de halfdonkere kantoortuin zit terwijl de sneeuw buiten valt, raakt de forse man opnieuw geëmotioneerd.

Toen inspecteur Brink de dag voor zijn negenentwintigste verjaardag 's middags op de boerderij van Ørum arriveerde, gebeurde dat na een verzoek om assistentie van het toenmalige hoofd van het politiebureau Marius Larsen. Marius Larsen, die destijds 'de sheriff' werd genoemd, was naar Ørum gereden omdat een of meer buren hadden geklaagd dat Ørums dieren op hun grond rondzwierven. Dat was eerder gebeurd. Ørum, die pas als veertiger vader was geworden, bezat een klein landbouwbedrijf, maar werkte ook parttime op de veersteiger. Hij had geen opleiding als boer gehad, had geen ervaring en was niet enthousiast over het beroep. De mensen zeiden over hem dat hij alleen probeerde wat extra geld te verdienen door dieren te houden. De boerderij had hij voor een habbekrats tijdens een executieverkoop gekocht en omdat de dieren, stallen en weilanden inbegrepen waren bij de koop, had hij geprobeerd er munt uit te slaan. Dat was helaas niet zo goed gegaan. In het algemeen waren 'geld' en vooral 'geldgebrek' de woorden die het vaakst werden gebruikt als het gesprek op Ørum kwam. Sommigen waren van mening dat het gezin zich ook vanwege geldgebrek had aangemeld als pleeggezin. Telkens als er een kind of jongere op de boerderij van het gezin Ørum werd geplaatst, ging dat vergezeld van een cheque, en gedurende de jaren waren er veel kinderen geweest. In de kleine samenleving op Møn had men het gevoel gehad dat het gezin niet in het zachte, sociaalpedagogische segment thuishoorde, maar aan de andere kant heerste ook de opvatting dat de kinderen en jongeren die onder de vleugels van het gezin Ørum kwamen goed gedijden in het milieu dat hun geboden werd. Frisse lucht, ruimte en dieren waren er volop, en daarnaast konden de kinderen op de boerderij helpen en leren werken voor de kost. De kinderen Ørum, zowel de pleegkinderen als Ørums biologische kinderen, waren over het algemeen gemakkelijk te herkennen in de plaatselijke gemeenschap, omdat ze armoediger gekleed waren dan hun kameraden en vaak in kleren liepen die niet bij het jaargetijde pasten. Misschien hield het gezin zich wat afzijdig, maar het schichtige gedrag van vooral de pleegkinderen werd toegeschreven aan de afschuwelijke omstandigheden waarin ze waren opgegroeid. Hoewel het gezin Ørum niet bijzonder geliefd was, genoten ze toch een zeker aanzien omdat ze – geld of niet – iets goeds deden voor kinderen die het zwaar in het leven hadden gehad. Dat Ørum veel bier dronk als hij op de veersteiger aan het werk was of als hij in zijn oude, versleten Opel in de haven zat, was hem gegund.

Met die beperkte kennis waren Brink en een collega dertig jaar geleden op het erf aangekomen, tegelijkertijd met de ambulance waarom 'de sheriff' had gevraagd. Het dode varken achter de tractor was een voorbode geweest van het bloedbad in de boerderij. Ørums twee eigen tienerkinderen lagen doodgeschoten in de keuken, de moeder was in de badkamer in stukken gehakt en in de kelder hadden ze het nog warme lijk van Marius Larsen gevonden, die was vermoord door meerdere klappen in zijn gezicht met de bijl die ook tegen de moeder was gebruikt.

Ørum zelf was niet aanwezig. Zijn oude Opel stond weliswaar in de schuur, maar de man was verdwenen. Omdat Marius Larsen binnen het afgelopen uur vermoord moest zijn, wisten ze dat Ørum niet ver gekomen kon zijn, maar de massale zoekactie bleef zonder resultaat. Pas drie jaar later werd Ørums lijk bij toeval door een nieuwe eigenaar in de modder in de mergelgroeve vlak achter de boerderij gevonden. Ørum had ogenschijnlijk zelfmoord gepleegd met een jachtgeweer. Vermoedelijk vlak voordat Brink en zijn collega op het erf waren gearriveerd. Volgens de technisch rechercheurs was het jachtgeweer in de mergelgroeve hetzelfde waarmee de tienerkinderen in de keuken en het varken op het erf waren doodgeschoten, en met die constatering was het plaatje compleet en was de zaak opgelost.

'Wat was er gebeurd? Waarom had Ørum het gedaan?' Hess heeft intussen wat notities op een post-itblokje geschreven en kijkt nu naar de forse politieagent aan de andere kant van de tafel.

'Dat kunnen we niet met zekerheid zeggen. Misschien schuldgevoelens. We gingen ervan uit dat het was veroorzaakt door wat hij de pleegkinderen had aangedaan.'

'Wat voor pleegkinderen?'

'Een tweeling. Degenen die we in de kelder vonden.'

In eerste instantie had Brink alleen haastig geconstateerd dat de tweeling – een meisje en een jongen – die ze in de kelder hadden gevonden in leven was. Het ambulancepersoneel had zich over hen ontfermd, terwijl Brink en zijn collega zich hadden geconcentreerd op het opstarten van de zoekactie naar Ørum nadat de rest van de manschappen was gearriveerd. Toen Brink echter opnieuw naar de kelder was gegaan, had hij beseft waar de ruimte voor gebruikt werd.

'Het leek een gevangenenkelder. De ruimte was ingericht met hangsloten, tralies voor de ramen, wat kleren, een paar schoolboeken en een matras, waarvan niemand zin had om te raden waarom die daar lag. In een oude kast lagen een heleboel vhs-cassettes, die aantoonden wat er had plaatsgevonden.'

'Wat had er plaatsgevonden?'

'Waarom is dat belangrijk?'

‘Dat is het nu eenmaal.’

Brink kijkt naar Hess en haalt vervolgens diep adem. ‘Het meisje was mishandeld en verkracht. Dat was begonnen op de dag waarop ze waren gearriveerd en was doorgegaan zolang ze daar waren geweest. Het ging om verschillende vormen van seks. Met Ørum en met de tienerkinderen, die door Ørum en zijn vrouw waren gedwongen om mee te doen. Op een van de opnamen trokken ze het meisje mee naar de varkensstal...’

Brink zwijgt, pakt zijn oor vast en knippert met zijn ogen. Hess ziet dat ze glanzen.

‘Ik ben een flinke vent en kan bijna alles verdragen, maar soms kan ik de jongen nog steeds tegen de moeder horen schreeuwen dat ze iets moet doen...’

‘Wat deed de moeder?’

‘Niets. Zij was degene die filmde.’

Brink zwijgt even.

‘Op een andere opname was te zien dat ze de jongen in de kelder opsloot en zei dat hij zijn kastanjemannetjes kon maken tot het achter de rug was. En dat deed hij dus. Altijd. De hele kelder stond vol met die verdomde poppetjes...’

Hess ziet het beeld voor zich. Als in een perverse editie van Emil van Lønneberg was de jongen door zijn pleegmoeder opgesloten in een kamer in de kelder, terwijl zijn zusje aan de andere kant van de muur werd misbruikt. Hess probeert zich heel even voor te stellen wat dat met een kind doet.

‘Ik wil de dossiermappen van destijds graag zien.’

‘Waarom?’

‘Ik kan je de details niet vertellen, maar ik moet weten waar de jongen en het meisje tegenwoordig zijn. En het heeft haast.’

Hess is opgestaan om zijn haast te onderstrepen, maar Brink is blijven zitten.

‘Omdat je bezig bent met een profiel van een bewoner van de extra beveiligde inrichting?’ Brink kijkt naar hem terwijl hij de huid onder één oog naar beneden trekt alsof hij wil vragen of Hess denkt dat hij niet goed bij zijn hoofd is. Dat was de verklaring die Hess hem had gegeven toen hij hier arriveerde. Hij had geoordeeld dat het eenvoudiger was om een leugen uit te breiden dan een nieuwe te bedenken, en daarom had hij gezegd dat hij de Deense politie helpt met een profielonderzoek naar een bewoner van de extra beveiligde inrichting, Linus Bekker, die gebiologeerd was door een bepaalde foto van de zaak-Møn uit 1989. Hoe minder hij zei over zijn werkelijke voornemen, des te beter was het.

'Ik denk dat we moeten stoppen met dit gesprek. Geef me de naam van je superieur bij de afdeling Moordzaken.'

'Brink, het is belangrijk.'

'Waarom zou ik je ergens mee helpen? Ik heb al een halfuur verspild dat ik had moeten gebruiken om mijn zus, die vastzit in de sneeuw, te helpen.'

'Omdat ik niet zeker weet of Ørum degene is die je collega Marius Larsen vermoord heeft. Of een van de anderen.'

De forse politieagent kijkt hem aan. Heel even denkt Hess dat er een ongelovige glimlach op zijn gezicht zal verschijnen, maar als Brink antwoord geeft, is dat zonder verrassing en voornamelijk alsof hij zichzelf probeert te overtuigen. 'Het kán de jongen niet geweest zijn. We hebben het destijds besproken, maar het was onmogelijk. Hij was nog maar tien of elf jaar.'

Hess geeft geen antwoord.

107

De dossiers over het bloedbad op Møn in 1989 zijn omvangrijk. Het digitalisatieproces in het archief onder het politiebureau in Vordingborg is echter zo ver gevorderd dat Hess op een scherm over het onderzoek moet lezen in plaats van pagina's om te slaan in de stoffige dossiers die hem omringen en waar hij anders de voorkeur aan geeft. Terwijl hij ongeduldig luistert naar de automatische wachttoon op zijn mobiel, zwerft zijn blik over de planken, en hij beseft hoe onvoorstelbaar veel menselijk lijden er in de loop der tijden in opdracht van de staat is gedocumenteerd en nu vergeten in diverse archieven, registers en servers is opgeslagen.

'Er zijn nog zes wachtenden voor u.'

Brink was met hem meegegaan naar de kelder en had het archief, een primitieve, stoffige kamer met een lange rij boekenrekken met dozen en mappen, voor hem geopend. Er waren geen ramen, alleen langwerpige ouderwetse tl-buizen die Hess voor het laatst had gezien toen hij in de schoolbanken zat. De ruimte herinnert hem eraan hoe erg hij kelders en ondergrondse kamers haat.

Brink heeft verteld dat de omvang van de dossiers zo enorm was dat het onderzoek een van de eerste was die werden gedigitaliseerd om ruimte te sparen toen dat proces een paar jaar geleden van start ging. Vanwege die beslissing moet Hess nu op de oude, zoemende computer die in de hoek staat over het onderzoek lezen. Brink had zijn hulp aangeboden en stond er min of meer op om te blijven, maar Hess gaf er de voorkeur aan om het materiaal ongestoord te bekijken.

Zijn mobiel is inmiddels een paar keer overgegaan, vooral door telefoontjes van François, dus hij vermoedt dat de Fransman heeft geconstateerd dat hij niet in het vliegtuig naar Boekarest had gezeten.

Hess weet waarnaar hij op zoek is in het materiaal, maar laat zich afleiden door de details. De beschrijving van de eerste ontmoeting van de politieagenten met de tweeling is afschuwelijk om te lezen. Toen ze waren gevonden, zaten ze verstrengeld in een hoek van de kelder, de jongen met zijn armen rond zijn zusje, dat apathisch had geleken, alsof ze zich in een toestand van shock bevond. De jongen had zich verzet tegen de scheiding toen ze naar de ambulance werden gebracht en zijn gedrag was beschreven als 'dat van een wild dier'. Het artsenonderzoek van de kinderen had het misbruik en de mishandelingen waarvan de kelder al getuigde bevestigd, en er waren pogingen gedaan om de tweeling te verhoren, wat onmogelijk was gebleken. De jongen had gezwegen en had niets gezegd, het zusje had willekeurige antwoorden gegeven, ogenschijnlijk zonder de vragen te begrijpen. Een psycholoog die bij het verhoor aanwezig was, had geconstateerd dat het meisje de gebeurtenissen waarschijnlijk probeerde te verdringen en daarom in een soort parallelle wereld leefde. Een rechter bepaalde dat de kinderen niet bij de rechtszaak aanwezig hoefden te zijn en op dat tijdstip waren ze al naar pleeggezinnen in andere delen van het land gestuurd. Hess las dat de instanties hadden besloten om de tweeling uit elkaar te halen, zodat ze beter in staat zouden zijn om afstand van hun verleden te nemen en opnieuw te beginnen, wat niet per se een verstandige beslissing leek.

Het eerste wat Hess op het post-itblokje naast de computer had genoteerd, waren de namen van de tweeling, Toke en Astrid Bering, en hun sofinummers. Er stond niet veel andere informatie over hun achtergrond in het politieverslag. Uit een bijlage van een casemanager bleek dat ze in 1979, toen ze nog maar een paar weken oud waren, op de trap van de geboortekliniek in Aarhus te vondeling waren gelegd. Ze hadden hun namen van de vroedvrouwen gekregen. Zonder in details te treden was vermeld dat broer en zus bij andere pleeggezinnen hadden gewoond voordat ze twee jaar voor het bloedbad naar de Kastanjegården waren gekomen. Dat was de naam van de boerderij van het gezin Ørum, en bij elke regel die Hess daarna had gelezen, had hij gevoeld dat hij dichter bij een oplossing kwam. Dat gevoel was gebleven tot hij de sofinummers van de tweeling in het RX-register van de politie intoetste om uit te zoeken waar ze zich nu bevonden.

'Er zijn nog twee wachtenden voor u.'

In het RX-register, dat een samenvoeging is van diverse registers die relevant kunnen zijn voor onderzoeken van de politie, staat onder meer waar een bepaalde persoon woont en sinds wanneer dat is. Van iedere persoon is een chronologische lijst met adressen opgenomen, alsmede de eventuele tijdstippen van verhuizingen. Daarnaast wordt vermeld of een persoon getrouwd, gescheiden, aangeklaagd, veroordeeld of uitgewezen is, of zich op een andere manier heeft onderscheiden met activiteiten die relevant kunnen zijn voor de politie.

Datgene wat een formaliteit had moeten zijn, was echter een nieuw raadsel geworden.

Na een verblijf in een overheidsinstelling voor sociaal belaste kinderen bleek uit het register dat Toke Bering als twaalfjarige jongen bij een pleeggezin in Langeland was geplaatst, waarna een pleeggezin op Als en vervolgens nog drie pleeggezinnen waren gevolgd. Vlak nadat hij zeventien was geworden, eindigde het spoor. Er stonden geen adressen of gebeurtenissen meer vermeld bij het betreffende sofinummer.

Als Toke Bering dood was, zou dat vermeld moeten staan, maar in het geval van de jongen hield de registratie gewoon helemaal op, en Hess had naar het register met sofinummers gebeld om een verklaring te krijgen. De medewerker constateerde hetzelfde als Hess en vermoedde dat Toke Bering het land had verlaten.

Hess vroeg meteen naar de zus, maar ook over haar kreeg hij

geen andere informatie dan wat hij zelf al had gevonden. Astrid Bering was na het verblijf op de Kastanjegården ook in pleeggezinnen geplaatst, maar de maatschappelijk werkers en kinderpsychologen waren blijkbaar van strategie veranderd, want de pleeggezinnen waren vervangen door inrichtingen voor kinderen met psychische stoornissen. Vanaf haar achttiende tot haar zevenentwintigste was er geen adres van haar vermeld in het bevolkingsregister, wat kon wijzen op een verblijf in het buitenland, maar daarna was de ene na de andere opname in psychiatrische inrichtingen gevolgd. Dat was doorgegaan tot iets minder dan een jaar geleden, toen ze op haar achtendertigste spoorloos was verdwenen. Hess had vervolgens contact opgenomen met haar laatste woonplek, maar daar hadden ze geen idee waar Astrid Bering naartoe was gegaan toen ze zich het afgelopen jaar had laten uitschrijven.

'Er is nog één wachtende voor u.'

Hess heeft daarom besloten de 'roggebroodmethode' toe te passen, die bestaat uit het bellen naar alle pleeggezinnen van de tweeling om te vragen of ze gedurende de jaren iets van de jongen of het meisje hebben gehoord en weten waar ze zich tegenwoordig bevinden. Hij was in chronologische volgorde begonnen, dat wil zeggen met de pleeggezinnen van vóór het verblijf op de Kastanjegården, maar na twee telefoontjes was hij nog net zover. De pleegouders leken welwillend, maar hadden geen contact meer met de tweeling gehad, en Hess is nu bij het derde pleeggezin beland.

'Gemeente Odsherred, afdeling Familiezaken, wat kan ik voor u doen?'

Het vaste telefoonnummer van het pleeggezin Petersen uit Odsherred is afgesloten, en daarom belt Hess de gemeente. Hij legt uit wie hij is en vertelt dat hij op zoek is naar Poul en Kirsten Petersen die aan de Kirkevej 35 in Odsherred wonen omdat ze hem eventueel informatie kunnen geven over een tweeling die ze in 1987 in hun gezin hadden opgenomen.

'Dat kan alleen als u een rechtstreekse verbinding met Onze-

Lieve-Heer hebt. Volgens de informatie die ik op mijn scherm krijg, is zowel Poul als Kirsten Petersen dood. De man is zeven jaar geleden overleden, de vrouw twee jaar later.'

'Waaraan zijn ze overleden?' Hess vraagt uit gewoonte naar de doodsoorzaak, maar dat kan de vermoeide stem aan de andere kant van de lijn niet op het scherm zien. Omdat de man en de vrouw respectievelijk vierenzeventig en negenenzeventig waren toen ze een paar jaar na elkaar stierven, lijkt dat ook niet interessant.

'En kinderen? Hadden ze destijds kinderen?' vraagt Hess, omdat broers en zussen en pleegbroers en pleegzussen natuurlijk contact met elkaar kunnen hebben, ook als de ouders niet meer leven.

'Nee, voor zover ik kan zien niet.'

'Oké. Bedankt voor de moeite.' Hess wil de verbinding net verbreken, als hij de vrouw nog iets hoort zeggen.

'Wacht even. Ze hebben eerder een pleegkind gehad dat ze geadopteerd hebben. Rosa Petersen.'

Het kan toeval zijn en zijn gevoel vertelt hem dat er duizenden mensen met die voornaam zijn, maar toch vraagt hij verder. 'Hebt u een sofinummer van Rosa Petersen?'

Hess krijgt het sofinummer en vraagt de vrouw om even geduld te hebben, terwijl hij het nummer op zijn computer opzoekt. Als hij even later in het RX-register ziet dat Rosa Petersen vijftien jaar geleden is getrouwd en de achternaam van haar man heeft aangenomen, twijfelt hij niet langer: Rosa Petersen is Rosa Hartung. Hij voelt de onrust opkomen en heeft plotseling moeite om stil te zitten.

'Wat staat er precies over het verblijf van de tweeling bij het gezin Petersen in 1987?'

'Niets. Ik kan alleen zien dat ze daar ongeveer drie maanden geweest zijn.'

'Waarom niet langer?'

'Dat wordt niet vermeld. En nu ga ik weekend vieren.'

Als de vrouw heeft opgehangen, blijft Hess met zijn mobiel

aan zijn oor zitten. De tweeling is maar drie maanden bij Poul en Kirsten Petersen en hun geadopteerde dochter Rosa in Odsherred geweest. Daarna zijn ze naar het gezin Ørum op Møn gestuurd. Hess weet niet meer, maar dát is de connectie: het verblijf bij het gezin Petersen, de jongen in de kelder op de Kastanjegården, de kastanjemannetjes die bij de slachtoffers worden achtergelaten, de dader die zijn eigen kastanjepoppen van mensenlichamen maakt.

Hess' vingers trillen terwijl de beelden door zijn hoofd flitsen en proberen op hun plek te vallen. Het is vanaf het begin om Rosa Hartung gegaan. De vingerafdrukken hebben keer op keer in haar richting gewezen zonder dat hij begreep waarom dat was, maar dit is waarnaar hij op zoek is geweest. Hij staat op, en plotseling beseft hij dat hij nog iets moet doen.

Hij belt Rosa Hartung meteen, maar ze neemt niet op. Hij wordt doorgeschakeld naar haar voicemail en verbreekt de verbinding. Als hij het opnieuw wil proberen, wordt hij door een anoniem nummer op zijn mobiel gebeld.

'Met Brink. Het spijt me als ik stoor. Ik heb op een paar plekken navraag gedaan, maar niemand weet precies wat er met de tweeling gebeurd is.'

'Dat is goed, Brink, ik heb geen tijd.'

Brink had aangeboden om Hess te helpen door rond te bellen in de dorpsgemeenschap, en Hess heeft zijn hulp alleen aangenomen om hem uit het gebouw te krijgen, dus is het irritant dat hij belt om verslag te doen.

'Er staat ook niets in het systeem, vooral niet over de jongen. Ik heb daarnet wat vragen gesteld aan de jongste dochter van mijn zus, die destijds bij de tweeling in de klas zat, maar zij kon ze ook niet te pakken krijgen toen de klas een paar jaar geleden een schoolreünie wilde organiseren.'

'Brink, ik heb haast!'

Hess verbreekt de verbinding en belt opnieuw naar Rosa Hartung, terwijl hij ongeduldig bij de computer staat. Ze neemt nog steeds niet op en hij spreekt een bericht in. Vervolgens besluit hij om haar man te bellen, maar hij krijgt een sms binnen. Eerst denkt hij dat Rosa Hartung teruggebeld heeft, maar de sms is van Brink.

Klassenfoto van 5A uit 1989. Ik weet niet of je er iets aan hebt. Mijn nicht zegt dat het meisje ziek was op de dag dat de foto werd genomen, maar de jongen zit links helemaal aan het eind.

Hess tikt op de foto die is bijgevoegd en kijkt ernaar. Er staan nog geen twintig leerlingen op de verbleekte klassenfoto, misschien omdat hij op een dorpsschool is genomen. Eén rij leerlingen staat, de andere rij zit ervoor op stoelen. Ze dragen pastelkleuren, sommige meisjes hebben wafeltjeshaar en schoudervullingen, terwijl de jongens Reebok-schoenen en een Kappa- of Lacoste-trui dragen. Op de eerste rij zit een solariumbruin meisje met grote oorbellen en een bordje waarop 5A staat. De meeste leerlingen lachen naar de camera alsof iemand, misschien de fotograaf, iets heel grappigs heeft gezegd.

De jongen aan de linkerkant is degene die de aandacht trekt. Hij is niet lang voor zijn leeftijd, duidelijk minder ver in zijn ontwikkeling dan de andere jongens, en zijn kleren zijn groezelig en armoedig. De blik in zijn ogen is echter krachtig. Hij kijkt recht in de camera zonder een spier te vertrekken en het is alsof hij de enige is die de grap niet heeft gehoord.

Hess staart naar hem. Naar het haar, de jukbeenderen, de neus, de kin, de lippen. Alle trekken die zo radicaal veranderen gedurende de jaren die volgen op de leeftijd die de jongen op de foto heeft. Hess herkent hem en toch ook niet, en pas als hij inzoomt zodat alleen de ogen zichtbaar zijn, ziet hij wie het is. Hij ziet het, maar het is net zo onmogelijk als het vanzelfsprekend is. Als de zekerheid hem overvalt, denkt hij eerst dat het te laat is om iets te doen.

108

Haar enkels zijn mooi en tenger en passen perfect bij de schoenen met hoge hakken waarnaar hij graag kijkt wanneer hij haar zoals nu voor laat gaan. Ze loopt de perskamer uit, draait zich in de gang om en zegt iets tegen hem. Nylander knikt goedkeurend, terwijl hij bedenkt hoe hij een affaire met haar moet beginnen. Het startschot zou uitstekend later vandaag kunnen plaatsvinden. Misschien door haar een kop koffie in een van de naburige hotelbarretjes bij het Centraal Station aan te bieden, zodat ze de toekomst kunnen bespreken. Hij wil haar bedanken voor haar inzet en met haar praten over haar mogelijkheden als communicatiemedewerkster binnen de politiestaf, en als hij de temperatuur goed heeft gemeten, zal het niet veel voorspel kosten om haar voor een paar uur mee te krijgen naar een van de hotelkamers, waarna hij naar huis gaat om welkomstdrankjes te maken voor een van de gebruikelijke vrijdagavonden die zijn vrouw heeft georganiseerd. Nylander heeft allang besloten dat hij nog steeds van zijn vrouw houdt, in elk geval van het gezinsleven, maar dat zijn vrouw genoeg heeft aan de kinderen, het schoolbestuur en het ophouden van de façade, en dat er niets verkeerds aan is om stiekem van zijn vrijheid te genieten. En juist vandaag spookt het al de hele dag door zijn hoofd dat hij na de afgelopen week een beloning verdient.

De allerlaatste persconferentie is achter de rug en na deze finale kan het onderzoek eindelijk uit de openbaarheid verdwijnen. Met het resultaat dat Nylander had gewild. Maar weinig mensen begrijpen hoe subtiel de evenwichtsoefening is geweest om met ernst en geloofwaardigheid in de media te verschijnen. Nylander beseft uitstekend hoe goed bepaalde uitspraken in het openbaar gebruikt kunnen worden om de weg te banen voor andere plekken dan het hoofdbureau van de politie, zoals het Openbaar Ministerie of het ministerie van Justitie. Nylander heeft gemerkt dat zijn status op die plekken is gegroeid naarmate hij vaker in diverse programma's en op platforms is verschenen. De critici zijn op hun nummer gezet en het kan hem niets schelen als de mensen om hem heen van mening zijn dat hij zichzelf te veel heeft geprofileerd. Hij vindt zelf dat hij gul is geweest met complimenten aan zijn mensen, vooral aan Tim Jansen, terwijl het niet nodig was geweest om iets over Hess of Thulin te zeggen. Thulin had de afgezaagde handen en voet weliswaar gevonden, maar aan de andere kant was ze tegen hem in gegaan door bij Linus Bekker op bezoek te gaan, en vanochtend had hij nog gedacht dat het prettig zou zijn om van haar af te zijn, ook al was dat naar NC3. Zijn afdeling zou nieuwe middelen krijgen en over niet al te lange tijd zou hij de vloer kunnen aanvegen met types zoals zij, hoewel de gedachte bij hem was opgekomen dat de merkwaardige kleine vrouw iets bijzonders had.

Over Hess heeft hij niets positiefs te zeggen. Hij heeft hem weliswaar de hemel in geprezen tijdens een telefoongesprek met zijn chef van Europol, maar dat was alleen om van hem af te komen. Hess was na het oplossen van de zaak niet één keer naar het hoofdbureau gekomen en Nylander had Thulin en de anderen rapporten moeten laten schrijven over gebeurtenissen die eigenlijk onder Hess hadden plaatsgevonden, dus was het goed nieuws geweest dat de man naar het buitenland was vertrokken. Daarom is Nylander verrast als hij ziet dat Hess hem op zijn mobiel belt.

Zijn eerste gedachte is om het telefoontje van de man te negeren, maar ineens beseft hij waarom hij belt, en dat verandert de zaak. Nylander heeft daarnet van een van zijn werknemers gehoord dat een Fransman van Europol had gebeld om te vragen of zij wisten waarom Hess niet zoals afgesproken in Boekarest was verschenen, maar Nylander had nauwelijks geluisterd, omdat het hem niet interesseerde. Nu stelt hij zich echter voor hoe Hess zal uitleggen dat hij het vliegtuig naar Boekarest heeft gemist en of Nylander naar Den Haag wil bellen om hem met het een of andere vage verhaal te redden. Hess verdient het echter om eruit geschopt te worden, en terwijl Nylander bedenkt hoe hij in dat geval moet voorkomen dat hij hem weer op zijn dak krijgt, brengt hij zijn mobiel naar zijn oor.

Drie minuten en achtendertig seconden later is het gesprek afgelopen. De exacte duur verschijnt bovenaan op het display waar Nylander apathisch naar staart. Onder hem gaapt een afgrond. Zijn hersenen protesteren nog steeds tegen de dingen die Hess heeft gezegd voordat hij de verbinding verbrak, maar diep vanbinnen weet hij dat het waar kan zijn. Hij beseft dat de communicatiemedewerkster met de smachtende mond tegen hem praat, maar negeert haar en rent naar de afdeling, waar hij de dichtstbijzijnde inspecteur aanklampt. 'Roep het arrestatieteam op! Zorg dat je Rosa Hartung te pakken krijgt. Nu!'

109

Steen Hartung is doornat van de sneeuw die inmiddels weer valt in de villawijk waar hij rondloopt. De alcohol in de flesjes is het enige wat hem verwarmt, maar daar is hij bijna doorheen, en hij bedenkt dat hij langs het tankstation in de Bernstorffsvej moet gaan. Hij loopt opnieuw over een besneeuwd tuinpad met opnieuw een aantal besneeuwde halloweenpompoenen en belt opnieuw aan. Terwijl hij wacht, kijkt hij achter zich naar zijn voetsporen in de sneeuw en de grote witte vlokken die ronddwarrelen alsof de wijk zich in een sneeuwbol bevindt. Sommige deuren gaan open, andere blijven dicht, en vanwege de wachttijd oordeelt Steen dat deze voordeur gesloten blijft. Op het moment dat hij zich heeft omgedraaid en de traptreden af begint te lopen, hoort hij dat de deur toch wordt geopend. De ogen die hem aankijken lijken vertrouwd. De man is een vreemde en toch is het alsof Steen hem herkent. Steen is moe, hij heeft urenlang zonder resultaat rondgelopen en de uitputting zorgt ervoor dat hij aan zichzelf twijfelt. Ergens binnen in hem is de zekerheid ontstaan dat zijn zoektocht alleen is bedoeld om de pijn die hij voelt te verzachten. Hij bestudeert kaarten en tekeningen en belt aan bij deuren, maar diep vanbinnen groeit het besef dat het allemaal vergeefs is.

Hij begint stamelend aan zijn verzoek om informatie. Eerst het uitleggen van de situatie, vervolgens het uiten van zijn hoop dat degene die heeft opengedaan zich iets kan herinneren, wat dan ook, van vorig jaar 18 oktober 's middags, toen zijn dochter misschien door deze straat in deze wijk fietste. Steen illustreert zijn verhaal met een foto van zijn dochter, wier gezicht vochtig is geworden van de sneeuwvlokken, waardoor de kleuren vervagen als uitgelopen mascara. Nog voordat Steen klaar is met zijn verhaal schudt de man in de deuropening zijn hoofd. Steen aarzelt even en probeert het vervolgens nog een keer uit te leggen, maar de man schudt zijn hoofd opnieuw en maakt aanstalten om de deur te sluiten.

Plotseling kan Steen zich niet meer beheersen. 'Ik kan me herinneren dat ik je eerder gezien heb. Wie ben je? Ik weet dat ik je ergens gezien heb!'

Er klinkt wantrouwen in Steens stem, bijna alsof hij een verdachte heeft herkend, en hij zet zijn voet in de deuropening zodat de man de deur niet dicht kan doen.

'Ik kan me jou ook herinneren, en dat is verdomme niet zo vreemd. Je hebt maandag ook aangebeld en precies dezelfde vragen gesteld.'

Er verstrijkt een moment voordat Steen beseft dat de man gelijk heeft. Vol schaamte hoort hij zichzelf zijn verontschuldigingen aanbieden, terwijl hij verward de traptreden af loopt en achterwaarts naar de weg wankelt. Achter zich hoort hij de man vragen of alles goed met hem is, maar Steen geeft geen antwoord. Hij rent door de witte wervelstorm van sneeuwvlokken en blijft pas staan als hij zijn auto heeft bereikt, die aan het eind van de straat staat. Hij glijdt weg en moet steun zoeken bij de motorkap om niet te vallen. In het volle besef dat hij een arme stumper is die niet in staat is om het verleden los te laten, gaat hij achter het stuur in de met sneeuw bedekte auto zitten en begint te huilen als een klein kind. Plotseling voelt hij dat zijn mobiel in zijn binnenzak vibreert, maar het kan hem niet schelen. Pas als hij aan Gustav denkt, dwingt hij zichzelf om zijn mobiel te pakken. Op het display ziet hij dat hij al heel vaak is gebeld, en de angst stroomt door hem heen. Hij neemt op, hoort dat het de au pair is en heeft zin om de verbinding zonder iets te zeggen te verbreken. Alice vertelt echter dat hij Rosa moet zoeken, omdat er iets vreemds aan de hand is. Het is niet duidelijk wat ze bedoelt, maar de woorden *chestnut men* en *police d*wingen hem uit zijn nachtmerrie in de villawijk en storten hem in een nieuwe.

110

De drie personenbusjes scheuren met jankende sirenes door de zwarte, modderige Aaboulevard. Nylander zit in een van de volgauto's, en tijdens de rit kan hij alleen bedenken dat er een ander verband moet zijn dan wat Hess tijdens het telefoongesprek heeft beweerd. Hij kijkt herhaaldelijk naar de foto van de schoolklas die Hess hem heeft ge-sms't en hoewel hij het gezicht van het kind uiterst links herkent, kan hij zich niet voorstellen dat het zo is.

Vlak voor aankomst gaan de sirenes uit om de verdachte niet te waarschuwen en als de personenbusjes voor de ingang van het Forensisch Instituut zijn gestopt, verdelen de arrestatieteamleden zich zoals afgesproken. Binnen vijfenveertig seconden is het gebouw omsingeld, en terwijl de eerste nieuwsgierigen uit de ramen van het kubusvormige gebouw kijken, loopt Nylander door de sneeuw naar de hoofdingang. Bij de receptie klinkt zacht muziek en werknemers vertellen elkaar hun plannen voor het weekend bij de fruitmand op de balie. Als de receptioniste met de citroengeur om zich heen bereidwillig vertelt dat Genz in een spontane vergadering in zijn laboratorium zit, begint Nylander inwendig te vloeken en te tieren omdat hij naar Hess heeft geluisterd en alarm heeft geslagen.

Nylander weigert de blauwe plastic schoenhoezen die vanwege de sneeuw voor de bezoekers zijn klaargelegd, en terwijl in witte jassen geklede technisch rechercheurs nieuwsgierig opkijken van hun werkplek in de glazen vitrines, loopt Nylander samen met drie inspecteurs naar het grote laboratorium, waar hij zo vaak op bezoek is geweest wanneer hij met eigen ogen wilde zien dat het bewijsmateriaal overeenkwam met de informatie in rapporten of telefoongesprekken.

Het laboratorium is leeg, en dat geldt eveneens voor Genz' kantoor, dat aan het laboratorium grenst. De normaliteit in beide kamers is echter geruststellend. Alles is netjes opgeruimd, een plastic beker met een restje koffie staat vredig op de tafel bij het grote scherm.

De receptioniste, die met hen is meegelopen, constateert zonder verbazing dat de chef niet op zijn plek zit en deelt mee dat ze hem zal zoeken. Als ze is verdwenen, begint Nylander te bedenken hoe hij het leven en de carrière van Hess kan ruineren om wraak te nemen voor deze blamage. Als Genz binnenkomt zal hij het uitleggen, misschien zelfs hardop lachen en vertellen dat hij de jongen op de foto niet is. Dat hij de naam Toke Bering nog nooit heeft gehoord, dat hij geen jaren van zijn leven heeft besteed aan het voorbereiden van zijn wraak, en dat hij uiteraard niet de psychopathische dader is die Hess van hem heeft gemaakt.

Ineens ziet hij het. Terwijl hij midden in het laboratorium staat, kan hij in Genz' kantoor kijken. Op het bureau liggen een aantal voorwerpen die hem niet zijn opgevallen toen hij de eerste keer naar binnen keek. Genz' ID-kaart, sleutels, werkmobiel en toegangspasje liggen netjes naast elkaar, bijna alsof ze zijn achtergelaten om nooit meer gebruikt te worden. Wat hem echter koude rillingen bezorgt, is de kleine, onschuldige kastanjeman die ernaast op een lucifersdoosje troont.

111

Hess krijgt Nylander te pakken op het moment dat hij invoegt op het laatste stuk snelweg naar Kopenhagen. Hij heeft meerdere keren geprobeerd hem te bellen, maar die idioot neemt nu pas op en lijkt niet veel zin te hebben om te praten.

'Wat wil je? Ik heb het druk!'

'Hebben jullie hem gevonden?'

Het laboratorium was leeg en er was geen spoor van Genz, afgezien van de signatuur die hij bij wijze van groet voor zijn achtervolgers had achtergelaten. Zijn werknemers dachten eerst dat hij naar het vakcongres in Jutland was vertrokken, maar het bleek dat Genz zich helemaal niet had ingeschreven voor het evenement.

'Hoe zit het met zijn privéadres?'

'Daar zijn we op dit moment. Het is een groot penthouse in een nieuw wooncomplex in Nordhavn dat leeg is, en dan bedoel ik volkomen leeg: geen meubels, geen achtergelaten eigendommen, misschien zelfs geen vingerafdrukken.'

Hess kan niet verder dan 20 meter voor zich uit kijken, en toch verhoogt hij zijn snelheid.

'Jullie hebben Rosa Hartung toch te pakken gekregen? Het gaat allemaal om Hartung, en als Genz...'

'We hebben helemaal niets. Niemand weet waar ze is en haar mobiel staat uit, zodat we haar niet kunnen opsporen. Haar man weet ook niets, maar de au pair heeft haar in haar auto zien wegrijden nadat ze een of andere decoratie van kastanjemannetjes voor haar deur had gevonden.'

'Wat voor decoratie?'

'Ik heb hem niet gezien.'

'Kan Genz niet opgespoord worden? Via zijn mobiel of zijn auto...'

'Nee, hij heeft zijn mobiel in zijn kantoor achtergelaten en de auto's van het Forensisch Instituut bevatten geen opsporingsapparatuur. Heb je nog meer goede voorstellen?'

'Hoe zit het met de computer in zijn laboratorium? Laat Thulin de code kraken zodat we kunnen bekijken wat erop staat.'

'We hebben al een team dat probeert de computer te kraken.'

'Haal Thulin erbij! Thulin doet dat binnen...'

'Thulin is weg.'

Er is iets onheilspellends aan Nylanders woorden. Hess hoort dat Nylander en de anderen zich in een galmend trappenhuis naar beneden haasten en vermoedt dat de huiszoeking van Genz' lege penthouse achter de rug is.

'Wat bedoel je?'

'Ze is eerder vandaag blijkbaar naar het Forensisch Instituut gegaan om iets met Genz te bespreken. Een technisch rechercheur heeft ze een paar uur geleden in de parkeergarage van de trap zien komen, waarna ze samen in Genz' auto zijn weggereden. Meer weet ik niet.'

'Een paar uur geleden? Hebben jullie haar niet gebeld?'

'Jazeker, maar dat heeft niets opgeleverd. Ik heb net gehoord dat haar mobiel in een vuilnisbak voor het Forensisch Instituut is gevonden.'

Nylanders woorden zijn overdonderend. Hess remt en slingert op de besneeuwde snelweg naar de vluchtstrook. Meerdere auto's toeteren, en hij ontwijkt op het nippertje een vrachtwagen op de rechterrijbaan voordat hij zijn auto heeft stilgezet.

'Genz heeft haar niet nodig. Misschien heeft hij haar alleen afgezet. Misschien is ze thuis of samen met haar...'

'Hess, dat hebben we gecontroleerd. Thulin is verdwenen. Heb je iets wat ik kan gebruiken? Heb je een idee waar ze op dit moment kan zijn?'

Hess hoort de vraag terwijl het verkeer langsdendert. Hij

probeert zichzelf uit zijn verlamming te dwingen, maar het enige wat beweegt, zijn de ruitenwissers die nog steeds heen en weer schuiven.

'Hess!?'

'Nee. Ik weet het niet.'

Hess hoort een portier dichtslaan en de verbinding wordt verbroken. Het duurt even voordat hij zijn mobiel van zijn oor haalt. De auto's ploegen langs hem heen door de sneeuw en de ruitenwissers schuiven verder.

Hij had haar moeten bellen. Hij had haar vanaf het vliegveld moeten bellen op het moment dat hij besefte dat er iets mis was. Als hij had gebeld, zou ze op dit moment bezig zijn met de foto's van de plaatsen delict waarnaar Linus Bekker had gekeken en zou het niet bij haar zijn opgekomen om bij Genz langs te gaan. Maar dat heeft hij niet gedaan en de gevoelens die zijn keel dichtsnoeren, vertellen hem dat daar meer redenen voor zijn dan hij wil toegeven.

Hess probeert rationeel te blijven denken. Het kan nog niet te laat zijn. Hij heeft geen idee waarom Thulin naar Genz toe gegaan is, maar als ze vrijwillig in zijn auto is gestapt, kan ze niet weten wie hij is. Genz heeft dus geen reden om haar iets aan te doen, laat staan om tijd aan haar te verspillen. Tenzij Thulin iets heeft ontdekt en naar Genz is gegaan om daarover te praten.

Die gedachte is beangstigend, maar Thulin is hoogstens een hobbel in de weg voor Genz en hij zal zijn plan vanwege haar niet veranderen. Het gaat om Rosa Hartung – het is altijd om Rosa Hartung gegaan – Rosa Hartung en het verleden.

Plotseling weet Hess wat hij moet doen. Het is een schot in het duister, misschien eerder een gevoel dan een rationele gedachte, maar de andere mogelijkheden zijn te onwaarschijnlijk of zijn al afgestreept door Nylander en het onderzoek in Kopenhagen. Hij kijkt over zijn schouder naar de mistlampen van de rijen auto's die langs hem heen suizen en de zwarte sneeuw die naar alle kanten opspat. Als er een opening van een paar seconden ontstaat die groot genoeg is om de volgende serie auto's te ontwijken, trapt hij het gaspedaal tot de bodem in en slingert dwars over de snelweg naar de plek waar vanwege wegwerkzaamheden een opening in de vangrail is gemaakt. De banden spinnen en heel even denkt hij dat de auto zal draaien en slippen, maar dan krijgen de banden grip, en hij rijdt via de middenberm de tegengestelde rijbaan op. Hess toetert, schuift tussen twee bestelwagens in en krijgt zijn auto pas op de vluchtstrook weer onder controle.

Hess rijdt terug in de richting waar hij vandaan gekomen is. Even later wijst de snelheidsmeter 140 kilometer per uur aan en heeft hij de inhaalstrook helemaal voor zichzelf.

112

'Het is een mooie dag voor een boswandeling, maar voor zover ik kan zien, is hier alleen beukenbos.'

Thulin kijkt koppig door de voorruit en de zijramen. Het lijkt erop dat Genz gelijk heeft. Zelfs zonder sneeuw zou het waarschijnlijk moeilijk zijn om de kastanjebomen te vinden, en nu het landschap op Møn bedekt is met een witte poederlaag lijkt dat steeds onmogelijker te worden.

Ze rijden over een smalle, kronkelende provinciale weg en Genz, die achter het stuur zit, kijkt op zijn horloge. 'Het was een poging waard. Ik rij terug naar de brug en geef je een lift naar het station in Vordingborg, waarna ik verderrij naar Jutland. Oké?'

'Dat moet dan maar.' Thulin beseft dat de rit vergeefs was en laat zich op haar stoel achteroverzakken. 'Het spijt me dat ik je tijd verspild heb.'

'Dat hindert niet. Zoals je zelf al zei, moest ik toch deze kant op.'

Thulin probeert Genz' glimlach te beantwoorden, ook al heeft ze het koud en is ze moe.

Het had niet veel tijd gekost om contact op te nemen met de expert die het Forensisch Instituut had geholpen met het bepalen op welke soort kastanjes Kristine Hartungs vingerafdrukken stonden. Professor in de plantkunde Ingrid Kalke van de natuur- en biowetenschappelijke faculteit aan de universiteit van Kopenhagen is heel jong om een professor te zijn, hoogstens vijfendertig, maar de tengere vrouw had zich bijzonder gedecideerd uitgesproken. Via Skype had ze vanuit haar kantoor bevestigd dat de kastanjes die ze had onderzocht van een andere soort waren dan de paardenkastanjes die het meest in Denemarken voorkwamen.

'De kastanjesoort waarvan de kastanjemannetjes zijn gemaakt, is een tamme kastanje. Eigenlijk is het klimaat in Denemarken te koud voor tamme kastanjes, maar op sommige plekken zijn die toch te vinden, zoals bij de Limfjord. Deze tamme kastanje is een kruising tussen de Europese en de Japanse kastanje, dat wil zeggen een *castanea sativa x crenata.* Die hoort op het eerste gezicht bij de Marigoule-soort, die op zich niet zeldzaam is. Het zeldzame is dat deze lijkt te zijn gekruist met de Bouche de Bétizac-soort. De meeste experts zijn van mening dat deze combinatie uitgestorven is in Denemarken, en de laatste keer dat ik erover gehoord heb, was een paar jaar geleden toen de laatste bomen vanwege een bepaalde schimmel zijn gestorven. Maar dat heb ik jullie toch al verteld?'

Het opmerkelijke verhaal over de kastanjes had de jonge professor al besproken met Genz' assistent, die contact met haar had opgenomen, en Thulin merkte dat Genz heel stil werd toen de professor hem daaraan herinnerde, waarschijnlijk omdat hij het compromitterend voor zijn afdeling vond dat die informatie nog niet bij de politie terechtgekomen was.

Het onderzoek had daar kunnen eindigen als Thulin de laatste vraag niet had gesteld. 'Waar is de Marigoule-Betizac-soort voor het laatst voorgekomen in Denemarken?'

Professor Ingrid Kalke had het voor alle zekerheid nagevraagd bij een werknemer. Het bleek dat de laatste geregistreerde kastanjebomen van die soort op bepaalde plekken op Møn hadden gestaan, maar ze had herhaald dat de soort inmiddels was uitgestorven. Thulin had de details met betrekking tot de plekken op het eiland genoteerd en had afscheid van de professor genomen, waarna ze Genz had moeten bijpraten omdat hij de betekenis van de ontdekking niet leek te begrijpen.

Thulin had uitgelegd dat als de kastanjes met Kristine Hartungs vingerafdrukken geen paardenkastanjes waren, ze onmogelijk afkomstig konden zijn van het kraampje dat ze samen met Mathilde had gehad, waardoor hun herkomst nog mysterieuzer was dan ze eerst hadden aangenomen. Het leek niet langer logisch dat Benedikte Skans en Asger Neergaard ze in hun bezit hadden gehad, laat staan met Kristine Hartungs vingerafdrukken, en dat zette vraagtekens bij Nylanders verklaring. Omgekeerd vond Thulin het positief dat de laatst geregistreerde kastanjes met Kristine Hartungs vingerafdrukken op maar weinig plekken in Denemarken voorkwamen, om precies te zijn op sommige plekken op Møn. Als de soort zo zeldzaam was als de expert had verteld, dan konden deze plekken belangrijk zijn voor het onderzoek. In het beste geval leverde het nieuwe informatie over de dader of Kristine Hartung op.

Dat was het moment waarop Genz had beseft dat Thulin bedoelde dat er een risico bestond dat de moordzaken niet waren opgehelderd. Dat Hess gelijk kon hebben. Dat het iemand misschien was gelukt om het te laten lijken alsof het jonge stel achter de misdrijven had gezeten.

'Dat meen je niet. Je maakt toch een grapje?'

Genz had eerst gelachen en geweigerd met haar naar Møn te rijden om naar de kastanjebomen te zoeken, hoewel ze had geprobeerd hem over te halen, omdat hij toch die kant op moest als hij naar Jutland ging. In elk geval bijna. Hij had zijn hoofd geschud tot hij besefte dat ze toch zou gaan. Daarna had hij toegegeven, en daar was ze hem dankbaar voor, deels omdat ze vandaag zelf geen dienstauto had, deels omdat ze zijn hulp goed kon gebruiken bij het herkennen en verifiëren van de soort, als ze die tenminste vonden.

Helaas was het niet gegaan zoals ze had gehoopt. Genz had vlot gereden en ondanks de sneeuw had de rit niet meer dan anderhalf uur geduurd, maar toen ze op de plekken op Møn waren gearriveerd die de expert had genoemd, waren er alleen oude met sneeuw bedekte stronken over of waren de bomen ten behoeve van nieuwbouw gekapt. Thulin had Genz gevraagd om van de hoofdweg af te slaan en over de besneeuwde provinciale weg met bos aan de ene kant en akkers aan de andere kant naar de brug naar Seeland terug te keren. Het was echter steeds moeilijker geworden om door de sneeuw te rijden, en hoewel Genz in een goed humeur bleef, was het langzamerhand vanzelfsprekend geworden dat ze hun zoektocht moesten staken.

Thulin denkt aan haar dochter. Het feest op school is allang afgelopen, en ze besluit om te bellen om zeker te weten dat ze samen met haar opa onderweg naar huis is. Ze zoekt in haar jaszakken, maar vindt haar mobiel niet, hoe diep ze ook graaft. 'Heb jij mijn mobiel gezien?' vraagt ze uiteindelijk aan Genz.

'Nee. Maar ik heb wel een theorie over hoe de kastanjes van de zeldzame bomen op Møn bij de Hartungs terechtgekomen kunnen zijn. Ze kunnen een uitstapje naar Møn gemaakt hebben om de krijtrotsen te zien en kastanjes verzameld hebben die ze mee naar huis genomen hebben.'

'Misschien wel.'

De laatste keer dat Thulin haar mobiel had gezien, was op de tafel in het laboratorium bij Genz, en het verbaast haar dat ze hem vergeten is, want dat gebeurt haar anders nooit. Ze wil net nog een keer in haar zakken zoeken, als haar blik toevallig op iets aan de kant van de weg valt. Heel even twijfelt ze, maar het beeld blijft hangen, en ineens beseft ze waardoor haar gedachten in een andere richting zijn gegaan. 'Stop! Stop hier! Stop!'

'Waarom?'

'Stop, zeg ik! Stop!'

Genz remt eindelijk en de auto slingert een beetje voordat hij stilstaat. Thulin gooit het portier open en stapt uit. Het is halverwege de middag en de zon is aan het ondergaan. Rechts van haar liggen de met sneeuw bedekte akkers, links bevindt zich het donkere bos, dat zwaar van de sneeuw is, en achter haar staat een enorme boom naast de weg. Hij is hoger dan de andere bomen, de stam is dik en heeft een lengte van 20 tot 25 meter, en het enorme, zware takkenskelet is bedekt met sneeuw. De boom lijkt niet op een kastanje. Afgezien van de sneeuw is hij kaal en uitgeteerd, maar toch weet Thulin het zeker. Ze loopt naar de boom toe terwijl de sneeuw onder haar voeten knerpt en als ze onder de takken staat, waar de sneeuw niet zo dik is, voelt ze de kleine bolletjes onder haar voetzolen. Ze heeft geen handschoenen bij zich, dus steekt ze haar blote handen in de sneeuw en graaft de gevallen kastanjes op.

'Genz!'

Het irriteert haar dat Genz bij de auto is blijven staan en niet dezelfde betrokkenheid als zij toont. Ze veegt de sneeuw van de kastanjes en ziet dat de koude donkerbruine bolletjes in haar linkerhand lijken op de kastanjes waarop Kristine Hartungs vingerafdrukken staan. Thulin probeert zich te herinneren wat volgens de expert de kenmerken zijn waarop ze moet letten.

'Kom eens kijken. Dit kunnen ze heel goed zijn.'

'Thulin, zelfs als het dezelfde kastanjes zijn, bewijst het niets. De Hartungs kunnen hier zijn geweest om de krijtrotsen te bekijken, waarna ze op de terugweg over deze weg gereden zijn en de dochter wat kastanjes meegenomen heeft.'

Thulin geeft geen antwoord. Toen ze daarnet langs de boom reden, was het haar niet opgevallen, maar nu ze bij de kastanjeboom staat, ziet ze dat het bos hier helemaal niet zo dicht is als ze had gedacht. Naast de boom loopt een slingerende weg met ongerepte sneeuw het bos in.

'We nemen deze weg en kijken wat we tegenkomen.'

'Waarom? Daar is niets.'

'Dat weet je niet. Het ergste wat er kan gebeuren, is dat we vast komen te zitten.'

Thulin rent energiek door de sneeuw naar de auto terug. Genz staat nog steeds bij het chauffeursportier en kijkt naar haar, maar als ze hem passeert en naar de andere kant loopt om in te stappen, blijft zijn blik hangen op een onzichtbaar punt op de smalle weg die het bos in leidt.

'Goed dan. Als je dat echt graag wilt.'

113

Najaar 1987

De handen van de jongen zijn vies en hij heeft aarde onder zijn nagels. Hij probeert onhandig om gaten in de kastanje te maken met de priem, maar Rosa moet hem laten zien hoe hij het moet doen. Niet steken, maar boren. De priem ronddraaien tot die houvast heeft en in de kastanje dringt. Eerst in beide kastanjes een gat maken voor de nek, vervolgens een halve lucifer vastschroeven in de ene kastanje en daarna de andere kastanje erbovenop zetten. Dan opnieuw met de priem boren en gaten voor de armen en de benen maken, het liefst zo diep dat de lucifers goed vast blijven zitten.

Het meisje heeft als eerste door hoe het moet. Het is alsof de vingers van de jongen te grof en te ongevoelig zijn, en de kastanjes vallen keer op keer uit zijn handen op het natte grasveld, waarna Rosa ze voor hem moet oppakken zodat hij het opnieuw kan proberen. Het meisje en Rosa lachen erom, maar niet om hem uit te lachen, en de jongen vat het ook niet zo op. Hoewel, misschien deed hij dat in het begin wel, de eerste keer nadat ze samen met papa en mama in het struikgewas onder de grote kastanjeboom waren geweest om de kastanjes te verzamelen. Daarna hadden ze net zoals nu in de achtertuin gezeten, tussen de gele en rode bladeren op de traptreden van het oude speelhuisje, en toen Rosa had gelachen om zijn onhandigheid met de kastanjes had hij geschrokken naar haar gekeken. Dat had zijn zusje ook gedaan, maar vervolgens had Rosa hen allebei geholpen en hadden ze begrepen dat het lachen niet gemeen bedoeld was.

'Kastanjeman, kom maar binnen. Kastanjeman, kom maar binnen...' begint Rosa te zingen, terwijl ze de jongen laat zien wat hij moet doen om zijn kastanjemannetje af te maken zodat ze hem bij de andere die ze hebben gemaakt op de trede kunnen zetten. Ze heeft de tweeling verteld dat hoe meer kastanjemannetjes ze maken, hoe meer geld ze kunnen verdienen als ze ze in hun kraampje langs de weg gaan verkopen. Rosa heeft nog nooit broertjes en zusjes gehad, en hoewel ze weet dat de tweeling niet voor altijd blijft, niet eens tot Kerstmis, wil ze daar niet aan denken. Het is heerlijk dat ze hier zijn als ze wakker wordt. Op zaterdag en zondag, als ze niet naar school hoeft, kan ze 's ochtends vroeg de logeerkamer, die aan de andere kant van de slaapkamer van papa en mama ligt, binnengaan, en zelfs als ze de tweeling wakker maakt, worden ze niet boos. Ze wrijven de slaap uit hun ogen en wachten tot ze hun vertelt wat ze gaan doen. Nieuwsgierig luisteren ze naar Rosa's ideeën voor verschillende spelletjes, en het maakt haar niets uit dat de tweeling niet veel praat en zelf niet met voorstellen komt. Ze vertelt altijd vrolijk wat ze heeft bedacht en het is alsof haar fantasie toeneemt en ze veel meer grappige ideeën en invallen krijgt nu ze een ander publiek heeft dan papa en mama, die alleen 'o' en 'aha' en 'nu hebben we het gezien' zeggen.

'Rosa, kun je even komen?'

'Niet nu, mama, we spelen!'

'Jawel. Kom even hier. Het duurt niet lang.'

Rosa rent over het gras langs de moestuin, waar papa's schep tussen de aardappelplanten en kruisbessenstruiken staat.

'Wat is er?'

Ze blijft ongeduldig bij de bijkeukendeur van het kleine, vrijstaande huis staan, maar mama zegt dat ze haar rubberlaarzen moet uittrekken en binnen moet komen. Het verrast Rosa dat papa en mama allebei in de bijkeuken op haar staan te wachten. Ze hebben een wonderlijke glimlach op hun gezicht en ze beseft dat ze misschien al een tijdlang naar hun spel in de tuin hebben gekeken.

'Vind je het fijn om met Toke en Astrid te spelen?'

'Ja. Wat is er? We zijn druk bezig.'

Het is irritant om met haar regenkleding aan in de bijkeuken te staan terwijl de tweeling bij het speelhuisje op haar wacht. Als ze zo meteen klaar zijn met de kastanjes, kunnen ze de fruitkisten uit de garage halen en nog voor de lunch een kraampje langs de weg maken, zodat ze geen tijd verspillen.

'We hebben besloten om Toke en Astrid te houden, zodat ze hier voor altijd kunnen blijven. Wat vind je daarvan?'

De wasmachine die achter papa staat begint te brommen en de twee volwassenen staan naar haar te kijken.

'Ze hebben het moeilijk gehad en hebben een fijn gezin nodig. Papa en ik zijn van mening dat ze dat bij ons kunnen krijgen. Tenminste, als jij dat ook vindt. Vind je dat?'

De vraag overvalt Rosa. Ze weet niet wat ze vindt. Ze had gedacht dat ze haar zouden vragen of ze roggebrood in het speelhuisje wilden hebben. Of limonade of een paar mariakoekjes. Maar dat is het niet. Dus antwoordt ze wat de glimlachende gezichten graag van haar willen horen. 'Ja. Dat is prima.'

Meteen daarna rennen papa en mama de natte tuin in, mama op rubberlaarzen en papa met blote voeten in teenslippers. Ze kan merken dat ze blij zijn. Ze dragen geen jas, niet eens een warme trui, maar toch stormen ze naar het speelhuisje, waar de tweeling nog steeds druk bezig is met de kastanjes. Rosa blijft in de deuropening van de bijkeuken staan, zoals ze tegen haar hebben gezegd. Ze kan niet horen wat er wordt gezegd, maar papa en mama gaan bij ze zitten en nemen de tijd. Plotseling springt het meisje tegen papa op en slaat haar armen om hem heen. Even later begint de jongen te huilen. Mama slaat haar arm om hem heen en troost hem, en mama en papa kijken elkaar aan en glimlachen op een manier waarvan Rosa zich niet kan herinneren dat ze die ooit heeft gezien. Het begint keihard te regenen, en terwijl Rosa in de deuropening van de bijkeuken staat, kruipen de anderen onder het kleine uitstekende dak bij elkaar en lachen.

'We hebben volledig begrip voor jullie beslissing. Waar zijn ze?'

'In de logeerkamer. Ik zal ze halen.'

'Hoe is het met jullie dochter?'

'Naar omstandigheden goed.'

Rosa zit aan tafel in de keuken, maar ze kan de stemmen in de gang duidelijk horen. Mama passeert de kier in de deur en loopt naar de logeerkamer, terwijl papa in de gang blijft met de man en de vrouw die Rosa net uit de witte auto heeft zien stappen. De stemmen in de gang worden zachter en veranderen in gefluister dat Rosa niet kan verstaan. Er is de afgelopen week veel gefluisterd. Rosa is blij als dat binnenkort voorbij is. Vlak nadat ze haar verhaal had verteld, is het begonnen. Ze wist niet waar ze het verhaal vandaan had, misschien van die keer op de kleuterschool. Ze kon zich de reactie van de volwassenen nog steeds herinneren nadat een meisje, dat Berit heette, had verteld wat er in de kussenkamer was gebeurd. Ze had bij de jongens gelegen, tot er een jongen was die haar plasgaatje wilde zien. Hij had haar er zelfs 50 øre voor aangeboden. Berit had hem haar plasgaatje laten zien en daarna had ze gevraagd of de andere jongens het ook wilden zien. Er waren meer jongens die dat wilden en Berit had er veel geld mee verdiend. Ze kon ook dingen in haar plasgaatje stoppen en dat had 25 øre extra gekost.

De volwassenen waren bang geworden, dat was duidelijk geweest. Er was heel veel gefluisterd na die dag in de kussenkamer, ook tussen de ouders bij de jassen, en vlak daarna waren er heel veel nieuwe regels gekomen die helemaal niet leuk waren. Rosa was dat bijna vergeten, maar op een avond, toen mama en papa de hele dag bezig waren geweest met twee nieuwe bedden kopen en de logeerkamer schilderen, had ze daar ineens weer aan moeten denken, zonder dat ze er moeite voor hoefde te doen.

Door de kier ziet ze de jongen en het meisje met gebogen hoofd passeren. Ze hoort hun voetstappen op de trap naar de voordeur, waar papa hun tassen al heeft neergezet. In de gang hoort ze dat mama aan de vrouw vraagt waar de kinderen nu naartoe worden gestuurd.

'We hebben nog geen nieuwe plek gevonden, maar dat gebeurt hopelijk binnenkort.'

De volwassenen nemen afscheid van elkaar en Rosa gaat naar haar slaapkamer. Ze heeft geen zin om de tweeling te zien, want ze heeft pijn in haar buik. Het is alsof er een knoop in zit. Ze kan het verhaal niet meer veranderen, want ze heeft het nu eenmaal gezegd en over zoiets mag je niet liegen. Ze moet het voor zichzelf houden en mag het nooit aan iemand anders vertellen. Toch heeft ze het gevoel dat ze vanbinnen bijna explodeert als ze het cadeautje op haar bed ziet. De vijf kastanjepoppetjes staan in een cirkel alsof ze elkaars handen vasthouden. Ze zijn bij elkaar gebonden met ijzerdraad en twee van de poppetjes zijn groter dan de andere, alsof ze een vader en moeder zijn die met hun drie kinderen in een cirkel staan.

'Zo, Rosa, ze zijn weg...'

Rosa rent langs haar vader en moeder heen en hoort hen verbaasd roepen als ze de deur uit rent. De witte auto is net bij de stoep vandaan gereden en maakt op weg naar de bocht snelheid. Rosa rent zo hard als ze kan, op haar sokken, tot de auto verdwenen is. Het laatste wat ze ziet, zijn de donkere ogen van de jongen die door de achterruit naar haar staren.

114

Als ze afslaat naar de weg door het bos en gas geeft, is het daglicht bijna verdwenen. Het is weer gaan sneeuwen, waardoor het zwakke bandenspoor dat Rosa in het licht van de koplampen voor zich ziet bijna helemaal bedekt is.

Ze was eerst te ver gereden en had naar een huis moeten lopen om de weg te vragen. Rosa is nog nooit op Møn geweest, en ook als dat wel zo was geweest, zou het geen verschil gemaakt hebben. Als ze de aanwijzingen van de vrouw in de woning heeft opgevolgd en is teruggereden via de weg die ze gekomen is, beseft ze dat ze de grote kastanjeboom en de grindweg die het bos in loopt helemaal over het hoofd heeft gezien. Omringd door oude, kale bomen en hoge dennenbomen kronkelt de weg met een heleboel scherpe bochten door het bos, maar vanwege de bandensporen die ze kan volgen, lukt het haar om snelheid te houden en op de weg te blijven. Als de bandensporen langzamerhand zwakker worden en uiteindelijk zijn uitgewist door de stuifsneeuw wordt ze overvallen door paniek. Ze ziet geen boerderij, geen mensen, helemaal niets. Alleen weg en bos, en als ze weer verkeerd is gereden, kan het te laat zijn.

Op het moment dat Rosa de wanhoop door zich heen voelt stromen, opent het bos zich en gaat de weg over in een groot, besneeuwd erf dat is omringd door enorme bomen. Het is anders dan ze zich had voorgesteld. Door de beschrijving in het dossier dat ze op het computerscherm in het ministerie heeft gelezen, dacht ze dat de boerderij vervallen zou zijn, verwaarloosd en lelijk, maar zo is het niet. Het is een idyllische plek. Rosa remt, zet de motor uit en vergeet helemaal om het portier te sluiten als ze haastig uit de auto in de sneeuw stapt en om zich heen kijkt.

Het is een boerderij in een L-vorm, met twee verdiepingen en een rieten dak, die op het eerste gezicht lijkt op een mooi gerenoveerd landhuis uit een verhaal van Morten Korch. De witgepleisterde gevel wordt verlicht door moderne buitenlampen, waarvan het licht helemaal reikt tot de plek op het erf waar zij staat, en in de hoeken onder het rieten dak hangen kleine glazen koepels waarvan Rosa weet dat het bewakingscamera's zijn. Door de met wit hout gescheiden ramen ziet ze een flakkerend warm schijnsel op de begane grond, en pas als ze de inscriptie in sierlijke zwarte letters boven de voordeur ziet – KASTANJEGÅRDEN – weet ze zeker dat ze op de juiste plek is. Rosa kan niet langer wachten. Ze roept zo hard als ze kan, en als ze stopt om adem te halen weergalmt de naam over het erf en tussen de bomen.

'Kristine...!'

Een zwerm kraaien vliegt op van de bomen achter de boerderij. Ze duiken door de sneeuwvlokken naar beneden en vliegen over de gebouwen, en pas als de laatste kraai verdwenen is, ontdekt ze de gedaante in de deuropening van de schuur.

Hij is lang, ongeveer 1,85 meter, draagt een open oliejas en heeft een blauwe emmer met houtblokken in één hand en een bijl in de andere. Zijn gezicht is mild en jeugdig en eerst herkent ze hem niet.

'Je hebt het gevonden... Welkom.'

Zijn stem is constaterend, bijna vriendelijk, en na een korte blik loopt hij over het erf naar de voordeur terwijl de sneeuw onder zijn schoenen knerpt.

'Waar is ze?'

'Ze is hier niet. Je mag het controleren als je me niet gelooft.'

Rosa's hart bonkt. De situatie is volkomen surrealistisch en ze hapt naar adem. De man staat naast de voordeur, die hij wijd open heeft gezet, en stampt de sneeuw van zijn laarzen.

'Kom, Rosa. Laten we ervoor zorgen dat we het achter de rug hebben.'

115

In het huis is het donker en koud. Rosa roept haar naam in de gangen en kijkt in de kamers. Ze rent van de begane grond de trap op naar de eerste verdieping en doorzoekt alle kamers, die schuine muren hebben, maar met hetzelfde resultaat. Er is niets. Geen meubels, geen eigendommen, alleen de geur van lak en nieuw hout die overal hangt. Het is een leeg, pas gerenoveerd huis en het is alsof het nooit ingericht is geweest. Als ze de trap naar de begane grond af loopt, hoort ze hem. Hij neuriet iets, een oud kinderliedje, en als ze beseft welk liedje het is, bevriest het bloed in haar aderen tot ijs. Als ze van de hal naar de zitkamer loopt, zit hij op zijn hurken met zijn rug naar haar toe en port met de pook in het smeulende hout in de kachel. In de blauwe emmer naast hem ligt de bijl, die ze met een snelle beweging naar zich toe grist. Hij reageert helemaal niet en blijft op zijn hurken zitten, terwijl hij naar haar opkijkt. Haar handen beginnen te trillen als ze probeert om ze zo rond de steel te leggen dat ze er klaar voor is om hem te gebruiken.

'Vertel me wat je gedaan hebt...'

Hij duwt het deurtje van de houtkachel dicht en doet de haak er zorgvuldig op.

'Ze is nu op een fijne plek. Zo zeg je dat toch?'

'Ik vraag je wat je gedaan hebt!'

'Dat was in elk geval wat ze tegen mij zeiden als ik naar mijn zusje vroeg. Een beetje paradoxaal. Eerst hebben ze de tweeling een kelder in gestuurd en lieten ze de vader met ze doen wat hij wilde, terwijl de moeder het een fantastisch idee vond om alles te filmen. Daarna hebben ze de tweeling jarenlang zonder enig contact uit elkaar gehouden omdat ze van mening waren dat dat het beste voor hen was...'

Rosa weet niet wat ze moet zeggen, maar als hij overeind komt, pakt ze de bijl steviger vast.

'Maar een fijne plek voelt niet als een grote troost. Volgens mij is de onzekerheid het ergst. Vind je ook niet?'

De man is krankzinnig. Alle ideeën die Rosa tijdens de rit hiernaartoe heeft gehad, zijn onbruikbaar. Er is geen idee, strategie of plan dat gebruikt kan worden tegen de blik die kalm naar haar staart, dus in plaats daarvan doet ze een stap in zijn richting. 'Ik weet niet wat je wilt en dat kan me ook niet schelen. Je moet me vertellen wat je gedaan hebt en waar Kristine is. Hoor je!?'

'Of anders? Gebruik je die anders tegen me?'

Hij wijst terloops naar de bijl en het is alsof die daardoor tussen haar handen verpulvert. Ze voelt de tranen in haar ogen schieten. Hij heeft gelijk. Ze zal de bijl niet gebruiken, want dan krijgt ze nooit zekerheid. Hoewel ze ertegen vecht, beginnen de tranen over haar wangen te stromen, en ze ziet het begin van een glimlach op zijn gezicht verschijnen.

'Laten we dat deel overslaan. We weten allebei wat je graag wilt weten en ik wil het je vertellen. De vraag is alleen hoe graag je het wilt weten.'

'Ik wil alles doen... Als je het maar vertelt. Waarom vertel je het niet...'

Zijn beweging is snel en het lukt haar niet om te reageren voordat hij vlak bij haar staat en iets zachts en nats tegen haar gezicht duwt. De scherpe lucht dringt in haar neusgaten. Ze probeert los te komen uit zijn greep, maar hij is te sterk en zijn stem fluistert veel te dicht bij haar oor. 'Goed zo... Adem in. Het is bijna voorbij.'

116

Het licht is scherp en verblindt haar. Ze knippert met haar oogleden en vecht om haar ogen open te krijgen. Het eerste wat ze registreert, is het witte plafond en de witte muren. Links van haar, een stuk verder op de vloer, ziet ze een lage stalen tafel die glanst in het licht, en door de flakkerende monitoren die aan de tegenoverliggende muur hangen, denkt ze dat ze in een ziekenhuis is. Ze ligt in een ziekenhuisbed en het is allemaal een droom geweest, maar als ze wil gaan zitten, beseft ze dat ze dat niet kan. Ze ligt niet op een bed. Het is een operatietafel, ook van staal, en haar naakte armen en benen zijn gespreid en stevig vastgebonden met leren riemen die aan de tafel vastzitten. Als ze dat voelt, begint ze te schreeuwen, maar de leren riem die haar hoofd op de tafel houdt, is dwars over haar open mond gespannen en het geschreeuw is gedempt en onverstaanbaar.

'Hallo. Is alles goed met je?'

Rosa voelt zich verdoofd en kan hem niet zien.

'Het effect van de verdoving stopt na tien, twaalf minuten. Er zijn niet zoveel mensen die dat weten, maar de gewone paardenkastanje bevat de gifstof aesculine, die net zo effectief is als chloroform als je de juiste dosering gebruikt.'

Rosa draait met haar ogen, maar kan nog steeds alleen zijn stem horen.

'We moeten veel afhandelen, dus moet je proberen om vanaf nu wakker te blijven. Afgesproken?'

Ineens passeert hij haar gezichtsveld in een wit plastic pak. Hij heeft een langwerpige flightcase in één hand en zet die op de lage stalen tafel, en terwijl hij zich bukt om het slot open te maken, hoort ze hem vertellen dat het verhaal over Kristine is begonnen op de dag dat hij Rosa na een jarenlange zoektocht plotseling in een nieuwsuitzending herkende.

'Ik was langzamerhand gaan denken dat ik je nooit zou vinden, tot je vanaf de achterste rijen van het parlement plotseling tot minister van Sociale Zaken werd bevorderd. Stel je voor hoe ironisch het was dat ik je juist vanwege die benoeming vond...'

Rosa beseft dat het witte pak identiek is aan de pakken die de technisch rechercheurs van de politie dragen. Hij heeft een wit masker voor zijn mond en een blauwe muts op zijn hoofd, en opent het deksel van de flightcase met plastic handschoenen aan zijn handen. Als Rosa haar hoofd zo ver mogelijk naar links duwt, kan ze net zien dat er twee kuilen zitten in het schuimrubber waarmee de koffer is bekleed. Hij staat voor de inhoud van de voorste kuil, maar in de achterste ziet ze een glanzende metalen staaf. Het ene eind van de staaf is voorzien van een metalen kogel met de omvang van een vuist, waaraan kleine scherpe punten zitten. Aan het andere eind zit een handvat, maar op de plek waar het handvat eindigt en de staaf zou moeten stoppen, loopt het metaal door in een priem van 5 tot 6 centimeter. Als ze dat ziet, begint ze aan de leren riemen te rukken, terwijl ze hem hoort vertellen dat hij pas nadat hij een oud dossier van de gemeente Odsherred had gelezen, had beseft waarom hij en zijn zusje naar de Kastanjegården waren gestuurd.

'Je was natuurlijk een klein onschuldig meisje dat er moeite mee had dat je niet meer alle aandacht kreeg, maar jouw verhaal maakte een heleboel kapot, en telkens als je over die arme kinderen praatte, kon ik aan je zelfingenomen gezicht zien dat je helemaal vergeten was wat je zelf had gedaan.'

Rosa schreeuwt. Ze wil hem vertellen dat het niet klopt, maar de geluiden die ze uitstoot, lijken op die van een wild dier. Vanuit haar ooghoeken ziet ze dat hij de metalen staaf laat liggen en in plaats daarvan de inhoud van de voorste kuil uit de koffer haalt.

'Aan de andere kant leek het te gemakkelijk als je gewoon zou overlijden. Ik wilde je het leed laten voelen dat je had veroorzaakt, maar wist niet hoe. Tot ik ontdekte dat je een dochter had, die zelfs dezelfde leeftijd had als mijn zusje destijds, wat me op een idee bracht. Ik begon jullie leven en gewoonten te bestuderen, in het bijzonder natuurlijk die van Kristine, en omdat ze niet bijzonder bijdehand of origineel was, in principe leefde ze gewoon haar verwende elitaire leventje, was het eenvoudig om haar gangen na te gaan en een plan te maken. Daarna hoefde ik alleen te wachten tot het herfst werd. Heb jij haar trouwens geleerd om kastanjemannetjes te maken?'

Rosa probeert zich te oriënteren. Er zijn geen ramen, trappen of deuren in haar gezichtsveld, en toch begint ze te schreeuwen. Hoewel het meeste geluid wordt gedempt door de leren riem voor haar mond, vult het de kamer toch en geeft het haar de kracht die nodig is om haar lichaam van de ene kant naar de andere te wringen om los te komen. Als ze niet meer kan, is de stem plotseling veel dichterbij en ziet ze dat hij naast haar met iets bezig is.

'Dat was bijzonder prettig om te zien. Ik wist op dat moment niet waarvoor het gebruikt kon worden, maar het had een heel eigen poëzie dat ze met haar vriendin bij de weg zat om ze te verkopen. Daardoor heb ik zelfs een paar dagen gewacht voordat ik haar vanaf de sporthal volgde, zoals ik al zo vaak had gedaan. Een paar straten voor jullie woning hield ik haar tegen om de weg naar de Rådhuspladsen te vragen zodat ik haar in de bestelwagen kon duwen. Ik verdoofde haar en bracht haar fiets en sporttas naar het bos, zodat de politie iets te doen had, en daarna vertrokken we. Het siert je dat ze goed opgevoed is. Ze was onbevangen en vriendelijk, en geloof me, dat word je alleen als je de juiste ouders hebt...'

Rosa huilt. Haar borstkas rijst en daalt in het tempo van de snikken die zich door haar keel omhoogworstelen in een poging naar buiten te komen. Ze wordt overmand door het gevoel dat ze het verdient om hier te liggen. Het is haar schuld en ze heeft haar straf verdiend. Wat er ook gebeurd is, ze heeft niet goed genoeg op haar kleine meisje gepast.

'Zo... Er zijn grappig genoeg vier hoofdstukken in het verhaal en dit was het eerste. Nu pauzeren we even en dan vertel ik daarna verder. Ben je het daarmee eens?'

Rosa hoort een snijdend geluid en probeert haar hoofd naar hem toe te draaien. Hij heeft een instrument van staal of aluminium met de omvang van een strijkijzer in zijn hand. Het heeft een dubbele greep voor de handen, een metalen scherm en een geleiderail met grove, zelfgemaakte lassen. Het duurt even voordat Rosa beseft dat het geluid afkomstig is van het roterende zaagblad dat voor op het instrument zit. Ze begrijpt plotseling waarom haar armen en benen zo zijn vastgebonden dat haar handen en voeten uit de operatietafel steken, en als hij de zaag op een van haar handwortelbeentjes zet, begint ze achter de leren riem te schreeuwen.

'Is alles in orde? Kun je me horen?' hoort ze de stem zeggen. Het scherpe witte licht flikkert weer voor haar ogen. Ze probeert zich te oriënteren en haalt zich de situatie voor de geest voordat ze bewusteloos raakte. Heel even voelt ze opluchting omdat er niet meer is gebeurd, maar dan voelt ze de verlamming aan haar linkerkant. Als ze in die richting kijkt, raakt ze in paniek. Een grote laboratoriumklem van zwart plastic voorkomt dat het bloed uit de open wond stroomt waar haar linkerhand heeft gezeten en in de blauwe emmer, die op de vloer staat, ziet ze een paar vingertoppen.

'Het tweede hoofdstuk gaat verder in deze kelder. Toen jullie langzamerhand begonnen te begrijpen dat er iets mis was, waren Kristine en ik hier al gearriveerd.'

Ze luistert naar zijn stem terwijl hij, samen met het instrument en de blauwe emmer, naar de andere kant loopt. Het witte plastic pak zit vol bloedspetters, háár bloed, helemaal tot zijn schouders en op het masker dat hij voor zijn mond heeft, en ze kronkelt haar lichaam van de ene naar de andere kant.

'Ik wist dat haar verdwijning het land op zijn kop zou zetten, dus had ik me goed voorbereid. De kelder zag er in die tijd anders uit en ik had het zo geregeld dat zelfs als iemand het huis zou ontdekken, hij de kelder niet zou vinden. Kristine was natuurlijk heel verrast toen ze hier beneden wakker werd. Bang is misschien een beter woord. Ik probeerde haar uit te leggen dat ik een snee in haar mooie hand moest maken, omdat ik haar DNA nodig had zodat de politie belangstelling voor een andere dader zou krijgen, en dat accepteerde ze heel dapper. Een groot deel van de tijd was ze helaas alleen, omdat ik mijn werk in Kopenhagen natuurlijk moest doen. Je vraagt je beslist af hoe het met haar was, of ze verdrietig en bang was, en daarop moet ik eerlijk antwoorden dat ze dat inderdaad was. Ze smeekte me om haar naar jullie terug te laten gaan. Dat was heel ontroerend, maar niets duurt eeuwig, en toen de storm na een maand was gaan liggen, was het tijd geworden om afscheid te nemen.'

De woorden die de stem uitspreekt, doen meer pijn dan haar arm. Rosa huilt weer, en het is alsof haar borstkas uit elkaar scheurt.

'Dat was het tweede hoofdstuk. Nu lassen we weer een pauze in. Probeer dit keer niet zo lang bewusteloos te blijven, ik heb niet de hele dag de tijd.'

Hij zet de blauwe emmer onder haar rechterhand en Rosa smeekt hem om het niet te doen, maar er komen alleen onverstaanbare geluiden uit haar mond. Het instrument begint te zoemen, het zaagblad begint te draaien en ze schreeuwt opnieuw van de pijn als de tanden in haar pols verdwijnen. Haar lichaam spant zich in een boog naar het plafond als ze voelt hoe het zaagblad langs een bot en in een verdieping glijdt, waar het houvast krijgt en verder door het bot snijdt. De pijn is onvoorstelbaar en blijft, ook als het instrument plotseling uitgaat. Rosa's verstomde kreten worden overstemd door een piepend alarm, dat ervoor heeft gezorgd dat de man is gestopt met de amputatie. Hij heeft zich naar de monitoren aan de tegenoverliggende muur gedraaid, nog steeds met het instrument in zijn hand, en Rosa probeert in die richting te kijken. Op een van de schermen ziet ze een beweging, en ze beseft dat ze naar de monitoren van de bewakingscamera's kijkt. In de verte verschijnt iets in beeld, misschien een auto. Dat is het laatste wat ze denkt voordat alles weer zwart wordt.

117

Door de inspanningen loopt het bloed van de wond in Thulins hoofdhuid over haar gezicht en ze probeert zo diep mogelijk adem te halen om niet flauw te vallen. De gaffertape is op zo'n manier rond haar hoofd gewikkeld dat ze maar door één neusgat kan ademhalen en haar handen zijn vastgebonden zodat ze de tape niet kan lostrekken. Ze ligt op haar zij in de donkere kofferbak en zodra ze voldoende zuurstof heeft ingeademd, zet ze haar knieën tegen de plek waar ze voelt dat het slot zit. Ze spant al haar spieren, duwt haar nek en de rest van haar rug tegen de achterwand en stoot telkens weer tegen het slot, terwijl het snot en het bloed uit haar neusgat lopen. Het slot geeft zich echter niet gewonnen. In plaats daarvan voelt ze hoe een schroef zich steeds dieper in de vleeswond onder haar ene knieschijf boort, en als het zuurstofgebrek haar uitput, geeft ze het op en zakt in elkaar terwijl ze koortsachtig via haar neus inademt.

Thulin weet niet hoe lang ze in de kofferbak heeft gelegen. De laatste minuten hebben een eeuwigheid geleken, omdat ze in de verte het schelle geluid van een machine vermengd met het geschreeuw van een vrouw heeft gehoord. Hoewel het geschreeuw gedempt is, alsof de vrouw iets voor haar mond heeft en alsof het geluid afkomstig is uit een ventilatiekanaal, heeft Thulin nog nooit zo'n hartverscheurend geluid gehoord. Als ze dat had gekund, zou ze haar handen voor haar oren hebben gehouden, vooral omdat ze zich heel goed kan voorstellen waardoor het geschreeuw wordt veroorzaakt. Haar handen en voeten zijn echter vastgebonden, haar handen zelfs zo strak dat ze gevoelloos zijn.

Toen ze bij bewustzijn kwam, had ze eerst niet geweten waar

ze was omdat de zwarte duisternis haar omringde, maar door langs de zijwanden en het koude metalen oppervlak boven haar te tasten had ze begrepen dat het de kofferbak van een auto moest zijn, waarschijnlijk die waarin ze samen met Genz was gearriveerd. Al haar aandacht was op de L-vormige boerderij gericht geweest nadat het bos plotseling was geëindigd en ze het erf op waren gereden. Ze was uitgestapt in de ongerepte sneeuw, had de grote oude kastanjebomen die het erf omringden gezien, en toen ze de inscriptie boven de voordeur zag, had ze haar pistool getrokken. De rietgedekte boerderij had er donker en ongastvrij uitgezien, maar toen ze dichterbij kwam, hadden de lichtsensoren van de buitenlampen ervoor gezorgd dat ze begonnen te branden en waren de bewakingscamera's zichtbaar geworden. De voordeur was op slot geweest en er was niemand in het huis, maar ze had er niet aan getwijfeld dat ze zich op de juiste plek bevonden.

Thulin was om de boerderij heen gelopen om een andere ingang te zoeken en op het moment dat ze had besloten om een raam op de begane grond in te slaan en naar binnen te klimmen, was Genz achter haar komen staan. Hij had gezegd dat hij een sleutel onder de mat bij de voordeur had gevonden, wat haar niet eens had verbaasd. Ze verweet het zichzelf dat ze zelf niet aan die mogelijkheid had gedacht en ze was voor Genz uit naar binnen gelopen. In de hal rook het naar lak en nieuw hout, alsof het een volledig nieuw huis was dat nooit in gebruik was geweest. Maar zodra ze bij de houtkachel in de hoek van de zitkamer waren, die niet zichtbaar was vanaf het erf, was het duidelijk dat de boerderij bewoond werd. Op een witte werktafel stonden twee laptops, elektronische apparatuur, mobieltjes, kastanjes in schalen, plattegronden, glazen kolven en laboratoriumapparatuur. Op de vloer naast de werktafel stonden een paar jerrycans en aan de muur boven de tafel hingen foto's van Laura Kjær, Anne Sejer-Lassen en Jessie Kvium. De foto van Rosa Hartung hing helemaal bovenaan, en er hingen ook paparazziachtige foto's van Hess en haar.

Die aanblik had ervoor gezorgd dat de koude rillingen over Thulins rug liepen. Ze had haar pistool ontgrendeld en had zich klaargemaakt om de rest van het huis te doorzoeken. Omdat ze haar mobiel niet had, had ze Genz gevraagd om Nylander over hun vondst in te lichten.

'Dat kan ik helaas niet doen, Thulin.'

'Wat bedoel je?'

'Ik verwacht een gast en dat zou het werk verstoren.'

De zin was zo vreemd dat ze zich had omgedraaid en nietbegrijpend naar hem had gekeken. Genz had in de deuropening van de zitkamer gestaan. De lampen van het erf achter hem brandden nog steeds en ze kon zijn gezicht niet zien, alleen zijn silhouet. Heel even had ze aan het silhouet achter het dekzeil op de steiger tegenover haar appartement gedacht.

'Waar heb je het in vredesnaam over? Bel Nylander!'

Thulin had plotseling beseft dat Genz een bijl in zijn hand had, die hij langs zijn lichaam liet hangen alsof het een verlenging van zijn arm was.

'Het was riskant om de kastanjes van deze boerderij te gebruiken. Later zul je misschien begrijpen waarom het nodig was om juist deze te gebruiken.'

Ze had heel even naar hem gestaard, maar toen ze besefte wat hij had gezegd, wist ze hoe catastrofaal het was geweest om zijn hulp te vragen. Ze had haar arm geheven om het pistool op hem te richten, maar op hetzelfde moment zwaaide hij de bijl met de stompe kant naar voren. Ze had haar hoofd weggetrokken, maar niet ver genoeg, en ze was met een bonkende hoofdpijn wakker geworden in de kofferbak. Het geluid van de stemmen had haar gewekt, die van Genz en een opgewonden vrouwenstem die klonk als Rosa Hartung. Ze waren van het erf gekomen en nadat ze even later weer verdwenen waren, was de vrouw gaan schreeuwen.

Thulin houdt haar adem in en luistert. De machine is gestopt, en dat geldt ook voor het geschreeuw. Ze weet niet of de stilte betekent dat het zo meteen haar beurt is om aan dezelfde marteling blootgesteld te worden. Ze denkt aan Le en haar opa, en het schiet door haar hoofd dat ze haar kleine meisje misschien nooit meer zal zien.

Ineens hoort ze het geluid van een naderende motor. Eerst gelooft ze haar oren niet, maar dan klinkt het alsof er een auto het erf op rijdt, en als die stopt en de motor uitgaat, weet ze het zeker.

'Thulin!'

Ze herkent zijn stem. Haar eerste gedachte is dat hij het onmogelijk kan zijn. Hess is op weg naar een heel andere plek, maar omdat hij misschien toch hier is, stroomt de hoop door haar heen. Thulin roept zo hard als ze kan terug. Het geluid dat ze voortbrengt is minimaal. Hij kan haar niet horen, in elk geval niet vanaf het erf, dus begint ze in plaats daarvan wanhopig te schoppen. Ze ramt tegen de zijkanten, hoort een bonk van een holle ruimte en blijft telkens weer tegen dezelfde plek schoppen.

'Thulin!'

Hij roept nog een keer. Pas als zijn stem verdwijnt, begrijpt ze dat hij het gebouw binnengegaan is. Naar Genz, die inmiddels weet dat hij is gearriveerd, anders was de machine niet gestopt. Met die zekerheid schopt ze verder in de duisternis.

118

De voordeur is niet op slot en het duurt niet lang voordat Hess constateert dat de eerste verdieping verlaten is. Nog steeds met een getrokken pistool haast hij zich de trap weer af en loopt door de donkere benedenverdieping. Er is nergens een teken van leven, afgezien van zijn eigen natte voetsporen op de brede plankenvloer. Als hij de zitkamer met de werktafel en de houtkachel bereikt en de foto's van de drie vrouwelijke slachtoffers, Rosa Hartung, Thulin en hemzelf aan de muur ziet hangen, blijft hij staan luisteren. Niets. Geen enkel geluid behalve zijn eigen ademhaling, maar de houtkachel is warm en hij voelt dat Genz ergens in de woning is.

Het uiterlijk van de boerderij heeft hem verrast. Het was niet de verwaarloosde en vervallen ruïne waarover hij in de oude politiedossiers heeft gelezen, en die verrassing heeft hem onzeker gemaakt. Hess heeft Rosa Hartungs auto op het erf zien staan, bijna volledig bedekt met sneeuw, en hij schat dat de auto hier al minstens een uur staat. Hij heeft de auto waarin Genz en Thulin rijden niet gezien, dus die was verstopt of stond op een heel andere plek. Hess had op de eerste mogelijkheid gehoopt. Bij zijn aankomst had hij de bewakingscamera's gezien die op verschillende plekken boven aan de gevel hingen, dus als Genz hier was, wist hij dat Hess was gearriveerd. Daarom had hij niet geaarzeld om eerst Thulin en daarna Rosa Hartung te roepen. Als ze in de buurt waren – en als ze in leven waren – dan was er een kans dat ze hem zouden horen. Er was echter geen antwoord gekomen in de onheilspellende stilte waarnaar hij nog steeds buiten adem staat te luisteren.

Hoewel hij al in de keuken is geweest, loopt hij haastig terug terwijl hij probeert zich de oude foto's uit het archief met plaatsen delict voor de geest te halen. Eén tiener had vermoord aan de tafel gezeten, de ander had bij het fornuis gelegen, maar dat is niet waar zijn belangstelling naar uitgaat. Dat is de deur die hij zich van de foto herinnert. Hij had gedacht dat het de deur naar de kelder moest zijn, waar Marius Larsen en de tweeling waren gevonden, maar nu hij in de gerenoveerde keuken staat, die in al zijn ongereptheid op een voorbeelduitstalling in IKEA lijkt, herkent hij de ruimte niet. De muren zijn verplaatst, de hoeken zijn anders. In het midden staat een groot, ongebruikt kookeiland met zes gaspitten en een chromen afzuigkap, dat is omringd door een Amerikaanse koelkast, twee witte dubbele kasten, een porseleinen wasbak, een afwasmachine en een grote oven met folie op de klep. Er is geen deur, al helemaal niet naar de kelder, alleen een gang naar een bijkeuken.

Hess loopt koortsachtig naar de hal terug, kijkt langs de trap omhoog en eronder in de hoop dat hij een kelderdeur of een luik in de vloer vindt. Dat is echter niet het geval. Heel even denkt hij dat er misschien helemaal geen kelder meer is. Dat Genz, of hoe hij in werkelijkheid ook heet, hem lang geleden heeft laten opvullen met beton zodat die hem nooit meer kan herinneren aan wat er is gebeurd toen hij en zijn tweelingzusje hier woonden.

Hij verstijft als hij een ver verwijderd bonkend geluid hoort dat hij niet kan thuisbrengen. Hij hoort ook niet waar het vandaan komt en nergens is beweging te zien, behalve de sneeuwvlokken die in het licht van de lampen naar het erf dwarrelen. Hij loopt haastig naar de keuken terug, deze keer met het idee om naar de bijkeuken te gaan en via de achterdeur naar de andere kant van het huis te lopen om te controleren of daar ramen of schachten zijn waarmee de vraag over de kelder beantwoord kan worden. Als hij het keukeneiland passeert, blijft hij abrupt staan omdat hij iets bedenkt. Hij loopt naar de eerste witte dubbele kast, ongeveer op de plek waar hij de trap naar de kelder op de oude foto's heeft gezien. Hij opent beide deuren, maar ziet alleen lege planken. Als hij de kast ernaast opent, ziet hij de witte deurkruk meteen. De planken en achterwand van de kast zijn verwijderd en in plaats daarvan ziet hij een dikke stalen deur in de keukenmuur. Hij loopt de lege kast in en duwt de kruk naar beneden. Als de zware deur opengaat, wordt er een trap zichtbaar.

Een scherp, wit licht verspreidt zich over de vloer aan het eind van de betonnen trap, ongeveer 3 meter onder hem. Ineens beseft hij weer hoe erg hij kelders haat. De kelder onder Odinparken, Laura Kjærs garage, Urbanplanen, het politiebureau in Vordingborg en nu deze. Hij ontgrendelt zijn pistool en loopt de treden een voor een af, terwijl hij zijn aandacht op de vloer aan het eind richt. Er ligt iets op de volgende trede, iets van verfrommeld plastic, en als hij er met zijn pistool in prikt, ziet hij dat het een paar blauwe plastic hoezen zijn zoals hij en zijn collega's altijd over hun schoenen dragen als ze op een plaats delict zijn. Deze hoezen zijn gebruikt en er zitten bloedspetters op. Als hij verder naar beneden kijkt, ziet hij bloederige voetafdrukken op de trap die naar boven leiden, maar niet verder dan de trede waar het plastic is achtergelaten. Hij beseft wat dat betekent, draait zich meteen om en kijkt naar de witte deur, maar de gedaante staat al in de deuropening. Als een pendule suist de bijl naar hem toe, en Hess kan alleen nog denken aan de vermoorde politieagent Marius Larsen voordat de bijl zijn voorhoofd raakt.

119

De kelder onder de woning van zijn oma was beschimmeld en muf. De stenen vloer was ongelijk en de muren waren ruw en werden alleen spaarzaam verlicht door een paar gloeilampen die in de oude zwarte porseleinen fittingen met onbetrouwbare bedrading aan het plafond hingen. Een labyrintachtige, chaotische wereld vol rommel en griezelige kamers en gangen, een heel andere wereld dan die welke zich in de vorm van verschillende verdiepingen aan de andere kant van de deur bevond.

Op de begane grond was alles gelig. Zware meubels, gebloemd behang, stucwerk aan het plafond, gordijnen en de stank van oma's cigarillo's. De as lag als een indrukwekkende piramide in de Krenit-schaal naast de gestoffeerde tuinstoel waarop ze in de zitkamer zat tot de dag waarop ze naar buiten was gedragen en naar een verzorgingstehuis was gebracht. Hess had het gehaat om daar te zijn, maar in de kelder was het nog erger geweest. Geen ramen, geen lucht, geen uitweg behalve via de gammele trap, die hij altijd op rende met de duisternis op zijn hielen als hij nog een fles voor de kleine bijzettafel naast oma's tuinstoel had gehaald.

Hess wordt in de kelder van de Kastanjegården wakker met hetzelfde gevoel van misselijkheid en paniek als destijds in zijn jeugd. Iemand slaat hard in zijn gezicht en hij voelt het bloed over een van zijn ogen stromen.

'Wie weet dat je hier bent? Geef antwoord!'

Hess ligt half tegen de muur geleund op de vloer. Genz slaat hem met de vlakke hand. Hij draagt een witte plastic overall en alleen zijn ogen zijn zichtbaar in de kier tussen het masker vol bloedspetters dat hij voor zijn mond heeft en de blauwe muts op zijn hoofd. Hess wil zich verweren, maar dat is onmogelijk, omdat zijn handen op zijn rug zijn vastgebonden met iets wat als kabelbinders voelt.

'Niemand...'

'Kom hier met je vinger of ik snij hem eraf. Kom hier!'

Genz duwt hem omver en buigt zich over hem heen. Met zijn wang tegen de vloer kijkt Hess om zich heen, op zoek naar zijn pistool, maar dat ligt een paar meter verderop. Hij voelt dat Genz zijn duim op de vingerafdrukscanner van een mobiel duwt, en als hij opstaat en op het display staart, beseft Hess dat het zijn eigen mobiel is. Hij probeert zich klaar te maken voor de woede waarvan hij weet dat die zal komen, maar krijgt zo'n harde trap tegen zijn slaap dat hij bijna weer bewusteloos raakt.

'Je hebt Nylander negen minuten geleden gebeld, waarschijnlijk op het moment dat je op het erf uit de auto stapte.'

'O ja, dat was ik vergeten.'

Hess krijgt nog een schop aan dezelfde kant van zijn gezicht en deze keer moet hij het bloed uitspugen om niet te stikken. Hij belooft zichzelf dat het afgelopen is met grappig zijn, maar de informatie kan hij gebruiken. Als hij negen minuten geleden het erf op reed, Rosa Hartungs auto herkende en Nylander belde, kan het niet lang duren voordat Brink met versterking uit Vordingborg arriveert. Als er tenminste niet zoveel sneeuw zou liggen.

Hess spuugt weer en beseft dat de bloedplas bij zijn voeten niet van hemzelf afkomstig kan zijn. Hij volgt het bloedspoor met zijn ogen en kijkt plotseling in een open wond aan het eind van een arm. Rosa Hartung ligt levenloos op een stalen tafel, alsof ze zich in een operatiekamer bevinden. Op haar pols, op de plek waar haar linkerhand heeft gezeten, zit een plastic klem om het bloed tegen te houden. Er lijkt ook in haar rechterhand gezaagd te zijn, maar die is niet helemaal geamputeerd, en op de vloer onder de hand staat een blauwe emmer klaar. Hess kijkt naar de inhoud van de emmer en zijn misselijkheid neemt toe.

'Wat heb je met Thulin gedaan?'

Genz is echter niet langer in zicht. Hij heeft de mobiel naar Hess toe gegooid en is naar het uiteinde van de kamer gelopen, waar Hess hem kan horen stommelen terwijl hijzelf vergeefs probeert overeind te komen.

'Genz, geef het op. Ze weten wie je bent en ze vinden je. Waar is ze?'

'Ze vinden niets. Ben je vergeten wie Genz is?'

De petroleumgeur is onmiskenbaar, en Genz verschijnt met een metalen jerrycan. Hij begint de vloeistof tegen de muren te sprenkelen en als hij bij de tafel komt waarop Rosa Hartung ligt, giet hij de vloeistof over haar levenloze lichaam voordat hij verdergaat met de kamer.

'Genz heeft ervaring met forensisch werk. Er zal niets van hem over zijn als ze hier arriveren. Genz is verzonnen met een reden, en als ze dat ooit ontdekken, is de kans allang verkeken.'

'Genz, luister naar wat ik zeg...'

'Nee, laten we dat deel overslaan. Ik kan zo ook wel bedenken dat je op een bepaald moment hebt ontdekt wat hier heeft plaatsgevonden, maar vertel me niet dat je met me meeleeft en dat ik een mildere straf kan krijgen als ik mezelf aangeef en al die onzin.'

'Ik leef niet met je mee. Je bent waarschijnlijk vanaf je geboorte een psychopaat geweest. Het is alleen jammer dat je destijds uit die kelder ontsnapt bent.'

Genz kijkt naar hem en glimlacht enigszins verrast. Hess heeft geen tijd om zich voor te bereiden op de derde trap die zijn gezicht raakt.

'Ik had je lang geleden al moeten vermoorden. Op zijn laatst toen je in het volkstuinencomplex met je rug naar me toe naar die Kvium-hoer in de boom stond te staren.'

Hess spuugt meer bloed uit, proeft ijzer en voelt met zijn tong dat een paar tanden in zijn bovenkaak loszitten. De dader was in de duisternis in het volkstuinencomplex bij Jessie Kvium geweest, en Hess had daar niet eens aan gedacht.

'Ik dacht eigenlijk dat je te onbelangrijk was. Het gerucht ging dat je een failliete, egoïstische klootzak was die was verkommerd bij Europol, maar toen dook je plotseling op om een varken te ontleden en over Linus Bekker te praten, waarna ik besefte dat ik niet alleen een oogje op Thulin moest houden. Ik zag jullie trouwens vader-en-moedertje met Thulins kind spelen voordat jullie naar Urbanplanen zouden gaan. Je bent toch niet voor die kleine hoer gevallen, of wel soms?'

'Waar is ze?'

'In dat geval ben je niet de eerste. Ik heb flink wat bezoekers in haar appartement gezien, en jij bent helaas haar type niet. Maar ik zal haar de groeten van je doen voordat ik haar keel doorsnij.'

Hess voelt de vloeistof over zich heen stromen als Genz de jerrycan met petroleum leeggiet. Het brandt in zijn ogen en in de oude en nieuwe wonden op zijn hoofdhuid, en hij houdt zijn adem in tot de vloeistof niet meer stroomt. Hij schudt zijn hoofd om de druppels weg te krijgen en als hij zijn ogen weer opent, heeft Genz zijn overall uitgetrokken en samen met het masker en de muts van zich af gegooid. Hij staat voor een witte stalen deur aan het eind van de ruimte, waarschijnlijk de deur die naar de betonnen trap leidt die in de keuken uitkomt. Genz heeft een kastanjemannetje in zijn hand en terwijl hij Hess in de ogen kijkt, strijkt hij met de zwavel van het luciferbeen langs het luciferdoosje. De zwavel vonkt. Als de vlam groot genoeg is, gooit hij het poppetje in de vloeistof op de vloer en doet de deur achter zich dicht.

120

De rugleuning van een van de achterstoelen schiet met luid gekraak naar voren zodat er een opening naar de cabine van de auto verschijnt. Thulin kan eindelijk licht zien. Ze blijft nog even bezweet en uitgeput met haar lichaam in de kofferbak en haar hoofd in de kier liggen. Dan draait ze haar hoofd naar rechts en naar boven zodat ze uit het zijraam van de achterbank kan kijken. De smalle loodrechte streep licht van de lampen op het erf vertelt haar dat de auto waarin ze ligt achter de openslaande deuren in de schuur staat geparkeerd.

Het slot van de kofferbak was onmogelijk open te krijgen, maar ze heeft gemerkt dat de achterwand begon mee te geven toen ze haar knieën ertegen afzette, en ze had het bovenste deel van haar rug als een stormram gebruikt. Thulin zet opnieuw af, deze keer om haar lichaam verder op de achterbank te duwen. Als ze iets kan vinden om de gaffertape rond haar handen en voeten mee door te snijden, is het nog niet te laat. De stilte in het huis is ondraaglijk, maar als ze naar binnen kan komen en misschien zelfs haar pistool vindt, is het twee tegen een. Hess is bovendien niet dom. Als hij haar op deze boerderij heeft gevonden, is dat omdat hij heeft ontdekt dat Genz de dader is, en dan weet hij dat hij moet oppassen. Meteen nadat ze dat heeft bedacht, hoort ze het geluid van oplaaiende vlammen en een knal alsof een plotselinge windstoot een zeil tot het breekpunt laat wapperen. Het gebeurt niet ver bij Thulin vandaan, waarschijnlijk ergens in het huis en misschien op dezelfde plek waar het geschreeuw, dat inmiddels is verstomd, vandaan is gekomen.

Thulin houdt haar adem in en luistert. Ze hoort inderdaad bulderende vlammen en ruikt rook. Terwijl ze kronkelt om haar hele lichaam op de achterbank te krijgen, probeert ze te bedenken wat het vuur kan betekenen. Ze herinnert zich plotseling de twee metalen jerrycans die in de zitkamer bij de tafel stonden. In een fractie van een seconde waren ze haar opgevallen, maar vervolgens was haar aandacht getrokken door de foto's aan de muur en door Genz. Als het vuur echter deel uitmaakt van het scenario dat Genz heeft bedacht, kan het een rampzalig voorteken voor Hess zijn. Ze duwt zichzelf verder op de achterbank, waardoor haar onderlichaam nu ook uit de kofferbak is, en valt op haar zij. Door haar ellebogen te gebruiken lukt het haar om te gaan zitten, en ze rekt zich met haar vastgebonden handen naar de deurkruk uit. In gedachten heeft ze al een stuk gereedschap in de schuur gevonden om zichzelf mee te bevrijden zodat ze het huis in kan rennen, maar ineens ziet ze hem tussen de schuurdeuren.

Hij komt de boerderij uit met een van de metalen jerrycans in zijn hand en pas als hij de besneeuwde trap af gelopen is, stopt hij met het sprenkelen van de vloeistof. Hij gooit de jerrycan door de deuropening naar binnen en meteen nadat hij een lucifer heeft aangestoken en die van zich af heeft gegooid, draait hij zich om en komt naar de schuur toe. Achter hem bereiken de vlammen de woning. Als hij bij de kier tussen de schuurdeuren is, hebben de vlammen achter de ramen het plafond al bereikt en is alleen zijn silhouet zichtbaar.

Op het moment dat de schuurdeuren opengerukt worden, laat Thulin zich op de achterbank vallen. Het woeste, flakkerende schijnsel stroomt naar binnen en ze maakt zich zo klein mogelijk. Het voorportier gaat open en ze voelt zijn gewicht door de rugleuning als hij achter het stuur gaat zitten. De sleutel wordt in het slot gestoken en de motor start. Als de auto in beweging komt en het besneeuwde erf op rijdt, hoort Thulin het eerste raam exploderen door de hitte.

121

Hess heeft heel lang onverschillig tegenover de dood gestaan. Niet omdat hij het leven haatte, maar omdat het pijn deed om te bestaan. Hij had geen hulp gezocht, had de paar vrienden die hij had niet ingeschakeld en had niet geluisterd naar de adviezen die hij had gekregen. In plaats daarvan was hij gevlucht. Hij had zo hard als hij kon gerend, met de duisternis op zijn hielen, en soms was dat een succes geweest. Kleine oasen in verre Europese streken waar hij zich overgaf aan nieuwe indrukken en uitdagingen. De duisternis was echter altijd teruggekomen, samen met de herinneringen en de dode gezichten die hij langzamerhand had verzameld. Hij hád niemand, hij wás niemand, en de levenden gingen niet gebukt onder de schulden die hij had gemaakt, dus als hij doodging, kon hem dat niets schelen. Zo was het voor hem geweest, maar dat is niet het gevoel waarmee hij nu in de kelder staat.

Nadat de deur achter Genz was dichtgeslagen en het vuur zich begon te verspreiden, was hij meteen naar het bloederige instrument gekropen dat hij op de vloer achter Rosa Hartung had zien liggen. Het was niet moeilijk te raden waarvoor het was gebruikt en het had hem met de tanden van de diamantzaag maar heel even gekost om de strips waarmee zijn handen op zijn rug waren vastgebonden los te snijden. Hij gebruikte het zaagblad ook voor de strips bij zijn voeten, en toen de vlammen halverwege de kamer waren en zich in de richting van de tafel waarop Rosa Hartung lag bewogen, had hij zijn mobiel en zijn pistool naar zich toe gegraaid en was overeind gekomen. Onder het plafond golfden zwarte rookwolken, en terwijl de vlammen naderden, maakte hij de leren riemen een voor een zo snel mogelijk los. Op het moment dat het vuur van de vloer naar het stalen blad lekte, lukte het hem om Rosa Hartungs bewusteloze lichaam op te tillen en naar de hoek te dragen waar Genz niet met de jerrycan met petroleum was geweest.

Dat is echter uitstel van executie. Het vuur krijgt vat op de houtvezelplaten aan de muren en vlak daarna ook op het plafond, en zowel Rosa Hartung als hij is doordrenkt met petroleum. Het is een kwestie van seconden voordat het vuur zich heeft verspreid naar de hoek waar zij zich bevinden of voordat de temperatuur in de kamer zo hoog wordt dat ze allebei spontaan in brand vliegen. De enige uitgang is de deur waardoor Genz is verdwenen, maar die kan hij niet open krijgen omdat de deurkruk al zo warm is dat zijn jack, dat hij heeft uitgetrokken, in brand vliegt als hij hem daarmee probeert te openen. Het zwarte rookgordijn onder het plafond wordt steeds dikker, maar ineens ontdekt hij de kleine, kronkelende rookpluim die naar een houtvezelplaat aan de muur tegenover hem wordt gezogen. Hij grist het zaaginstrument van de vloer, zet de diamantzaag in de houtvezelplaat en gebruikt het instrument alsof het een koevoet is. Bij de eerste poging breekt er een hoek van de plaat af zodat hij zijn vingers ertussen kan duwen, waarna hij net zo lang aan de plaat rukt tot die afbreekt.

Hess ziet een kelderraam met twee ijzeren tralies aan de binnenkant. Achter het raam glijden de achterlichten van een auto over het erf. Hij rukt en trekt vergeefs aan de tralies, en als de auto in de duisternis verdwijnt, bedenkt Hess dat dit het moment is waarop hij doodgaat. Hij draait zich om naar de vlammen en Rosa Hartung, die bij zijn voeten ligt, en als hij de stomp aan het eind van haar arm ziet, krijgt hij een idee. Hij draait zich met het instrument in zijn handen opnieuw naar het raam en stelt vast dat de tralies er gelukkig niet dikker uitzien dan de botten waarvoor het instrument is gebruikt. Het blad snijdt door de eerste tralie alsof het boter is, en na nog drie sneden zijn de tralies weg. Hess haalt de haken van het raam en duwt het open.

Terwijl de huid van zijn rug brandt, tilt hij Rosa Hartung naar het raamkozijn, trekt zichzelf omhoog en kruipt langs haar heen. Als hij achteruit door het raam rolt en haar met zich meetrekt, voelt hij het vuur in zijn nek, maar meteen daarna landt hij op zijn rug in de sneeuw voor het raam.

Hoestend komt hij overeind en begint Rosa Hartung over het erf te slepen. Hij heeft het gevoel dat zijn lichaam in brand staat en wil zich in de sneeuw laten vallen om af te koelen, terwijl hij de resten van zijn longen ophoest. Als hij zo'n 20 meter bij de brandende boerderij vandaan is, zet hij Rosa Hartung tegen een stenen omheining en begint vervolgens te rennen.

122

Alles in Thulin schreeuwt dat ze iets moet doen. Ze zit in elkaar gekropen in de duisternis achter de chauffeursstoel en voelt de snelheid en de kleinste bewegingen van de auto, terwijl ze probeert zich de weg door het bos voor de geest te halen en te berekenen wanneer Genz het minst alert zal zijn. Ze heeft de sneeuw en de duisternis in elk geval aan haar kant staan. Genz moet zich concentreren op de weg, terwijl het pikdonker is en er minstens 5 tot 10 centimeter sneeuw is gevallen. In gedachten probeert ze te plannen waar ze de grootste kans zal hebben om hem met haar vastgebonden handen en voeten te overmeesteren, maar elk moment dat ze niets doet, lijkt verspilling van tijd. Ze moet zo snel mogelijk naar de boerderij terug. Hoewel ze haar hoofd nauwelijks durfde te heffen om uit het raam te kijken toen de auto uit de schuur en over het erf reed, had ze de kracht van het vuur zowel gehoord als gevoeld.

Thulin voelt plotseling dat Genz vaart mindert. Het is alsof de auto een bocht gaat nemen, en ze spant alle spieren in haar lichaam. Ze beseft dat ze ongeveer halverwege de weg zijn, in de buurt van de grote bocht, en gaat abrupt zitten. In dezelfde beweging heft ze resoluut haar vastgebonden handen en slingert die als een strop rond de chauffeursplaats. Genz kijkt even naar haar via de achteruitkijkspiegel, die zwak wordt verlicht door het dashboard. Het is alsof hij is voorbereid, en zijn hand pareert haar aanval met een harde klap waardoor haar armen naar achteren worden geduwd. Als ze het opnieuw probeert, laat hij de pedalen en het stuur los en draait zich naar haar om. Ze voelt een regen van vuistslagen tegen haar hoofd. Uiteindelijk staat de auto stil en draait de motor stationair, terwijl ze onbeweeglijk op de achterbank ligt en door haar ene neusgat naar adem snakt.

'Het siert je dat je de enige op de afdeling Moordzaken bent van wie ik het gevoel had dat ik je in de gaten moest houden. Dat betekent daarentegen dat ik alles over je weet. Zelfs je geur als je je inspant en zweet als een otter. Is alles goed met je?'

Zijn vraag slaat nergens op. Hij heeft de hele tijd geweten dat ze er was, en als hij een mes in de gaffertape op haar mond steekt, denkt ze heel even dat hij hem in haar lichaam zal steken. In plaats daarvan maakt hij een snee in de tape zodat ze die met haar vastgebonden handen kan losmaken en eindelijk normaal adem kan halen.

'Waar zijn ze? Wat heb je met ze gedaan?'

'Dat weet je heel goed.'

Thulin blijft op de achterbank liggen, terwijl ze naar adem snakt en de brandende boerderij voor haar geestesoog ziet.

'Hess was daarstraks niet zo enthousiast om adem te halen. Hij vroeg me trouwens om je de groeten te doen voordat ik je keel doorsnij. Misschien is dat een troost voor je.'

Thulin doet haar ogen dicht. De overmacht is te groot en ze voelt dat de tranen over haar wangen beginnen te stromen. Ze huilt om Hess en om Rosa Hartung, maar vooral om Le, die thuis is en niets heeft misdaan.

'Het meisje Hartung. Was jij dat ook...?'

'Ja. Dat was nodig.'

'Maar waarom...?'

Haar stem is ijl en breekbaar, en dat haat ze. Het is heel even stil. Ze hoort hem zwaar ademhalen en als ze naar zijn silhouet kijkt, is het alsof hij in de duisternis staart om na te denken over zijn antwoord. Even later vermant hij zich en draait zijn gezicht naar haar toe. 'Dat is een lang verhaal en ik heb haast. Bovendien moet jij slapen.'

De hand met het mes komt in beweging en ze houdt haar handen voor zich.

‘Geeeeeeeeeeeeenz...!’

De roep scheurt door de stilte, maar ze herkent de hese stem niet. Die komt van een afstand, uit de diepte van het bos of een plek ver daaronder. Genz verstijft en draait zich pijlsnel om naar de duisternis buiten de auto. Ze kan zijn gezicht niet zien, maar het is alsof hij ongelovig naar iets staart. Thulin vecht om rechtop te gaan zitten zodat ze door de voorruit kan kijken, helemaal naar het eind van de met sneeuw bedekte weg, die wordt verlicht door lichtbundels. Het volgende moment is het haar duidelijk waar Genz naar staart.

123

Zijn borstkas explodeert bijna en zijn hart slaat als een hamer tegen zijn pijnlijke ribben. Zijn ademhaling golft in witte, aritmische wolken uit zijn mond en zijn armen trillen van de kou, terwijl hij probeert het pistool op de auto voor hem gericht te houden. Het is een afstand van ruim 75 meter en Hess staat midden op de weg in de sneeuw aan de rand van het licht van de koplampen, precies op de plek waar hij daarnet als een levende dode uit de pikzwarte duisternis van het bos is gestormd.

Het eerste stuk door het bos werd verlicht door de brandende boerderij achter hem. De vlammen hadden hun wilde gloed op hem geworpen en hij was in dezelfde richting gerend als de lange schaduwen van de bomen. Hij herinnerde zich dat de weg vanaf de boerderij niet recht liep, maar dat er een enorme bocht in de vorm van een C in zat voordat die de kruising bij de provinciale weg bereikte, en hij had gehoopt om een stuk af te snijden en de bewuste plek eerder dan de auto te bereiken. Zodra hij verder in het bos was gekomen, was het licht van de vlammen echter zwakker geworden. De weerkaatsende sneeuw had een beetje geholpen, maar naarmate het bos zich dichter rond hem sloot, rende hij steeds blinder verder. Het was overal donker, maar de contouren van de bomen hadden een zwartere nuance en hij besloot ongeacht de hindernissen die hij zou tegenkomen vast te houden aan zijn richting. Hij was meerdere keren gevallen en was op een bepaald moment elk gevoel voor richting kwijt. Op dat moment had hij links van hem een zwak licht gezien dat zich voortdurend verplaatste. Ineens was de snelheid verminderd, en toen hij de weg eindelijk had bereikt, stond de auto met een stationair draaiende motor en brandende koplampen op de weg.

Hess weet niet waarom de auto stilstaat, en dat kan hem ook niet schelen. Genz bevindt zich achter de voorruit in de donkere auto en Hess is niet van plan opzij te gaan. Hij blijft met het pistool recht voor zich uit gericht geduldig midden op de weg staan, terwijl de wind zachtjes door de bomen ruist. Ineens hoort hij het onwerkelijke geluid van een mobiel die overgaat, en hij beseft dat het de zijne is. Hij kijkt naar de auto en ziet het zwakke licht van een display op de bestuurdersplaats. Aarzelend haalt hij zijn mobiel uit zijn zak, terwijl hij zijn blik op de auto gericht houdt.

De stem is koud en toonloos. 'Waar is Hartung?'

In de duisternis achter de voorruit ziet Hess de contouren van de bestuurder achter het stuur. De vraag herinnert hem eraan dat Genz alleen belangstelling heeft voor het kwellen van Rosa Hartung, en hij probeert zijn ademhaling onder controle te krijgen om zo kalm mogelijk te klinken.

'Alles is goed met haar. Ze zit op het erf te wachten tot jij vertelt wat er met haar dochter gebeurd is.'

'Je liegt. Je hebt haar er niet uit gekregen.'

'Je zelfgemaakte zaag kan andere dingen dan alleen botten doorzagen. Een goede technisch rechercheur zou daaraan gedacht hebben voordat hij hem achterliet, denk je niet?'

Het blijft even stil. Hess weet dat Genz op dit moment terugdenkt aan de gebeurtenissen in de kelder om de juistheid van zijn woorden te toetsen en door de stilte is hij even bang dat Genz naar de boerderij terug zal rijden, ook al is de politie onderweg.

'Vertel Rosa dat ik een andere keer voor haar terugkom. Ga aan de kant, ik heb Thulin.'

'Dat kan me geen donder schelen. Stap uit de auto en ga met je armen gestrekt op de grond liggen.'

Stilte.

'Genz, stap uit de auto!'

Hess richt op de auto en het verlichte display achter de voorruit. Dat verdwijnt echter, en de verbinding wordt verbroken. Eerst weet Hess niet wat het te betekenen heeft, maar ineens geeft Genz gas. De motor accelereert hevig, alsof het gaspedaal tot de bodem wordt ingetrapt. De wielen spinnen in de sneeuw en de uitlaatgassen kolken omhoog in het rode schijnsel van de achterlichten, maar dan krijgen de banden grip en schiet de auto met een enorme snelheid naar voren.

Hess gooit zijn mobiel van zich af en richt. De auto rijdt recht op hem af en de snelheid neemt met elke meter toe. Hij vuurt het eerste schot af en vervolgens het tweede en het derde. De eerste vijf schoten richt hij op de radiateur van de auto, maar er gebeurt niets en zijn trillende handen vertellen hem waarom dat is. Hij pakt de kolf met twee handen vast en vuurt telkens opnieuw, terwijl zijn zelfvertrouwen razendsnel afneemt. Het is alsof de auto wordt beschermd door een onzichtbaar schild, en als hij nog zo'n 30 meter bij hem vandaan is, beseft Hess dat hij het risico loopt om Thulin te raken als ze zich in de auto bevindt. Zijn vinger verstijft rond de trekker. Hij hoort het gebrul van de motor, terwijl hij met een geheven pistool op de weg blijft staan, maar de vinger op de trekker beweegt nog steeds niet. Hij beseft dat hij geraakt zal worden, dat hij niet meer opzij kan springen. Op het laatste moment ziet hij een beweging achter de voorruit waardoor de auto afzwaait. Hij voelt de warmte van de motorkap als de auto langs zijn rechterheup schiet, en als hij zich omdraait, ziet hij hem over de weg schieten. De geluiden exploderen. Metaal deukt in, glas versplintert, de accelererende motor jankt en het autoalarm loeit. Twee samengeklitte gedaanten worden door de voorruit naar buiten gelanceerd en wervelen als willoze poppen naar de boomkruinen. Het is alsof ze elkaar vasthouden terwijl ze door de lucht draaien, waarna ze uit elkaars greep glijden en de een de draaiing afmaakt, terwijl de ander met een klap een boom raakt en een wordt met de duisternis.

Hess rent ernaartoe. De motorkap is rond een boomstronk

gevouwen, maar de koplampen branden nog steeds en de gedaante in de boom is de eerste die hij ziet. Een dikke, kromme tak steekt uit zijn borstkas. Zijn benen schokken in de leegte onder hem, en als hij Hess ziet, blijft zijn blik op hem hangen.

'Help... me...'

'Waar is Kristine Hartung?'

De ogen staren krampachtig naar Hess, bijna alsof hij verrast is.

'Genz, geef antwoord.'

Langzaam vloeit het leven uit hem weg. Hij hangt dicht tegen de stam aan, verenigd met de boom, met gebogen hoofd en zijn armen opzij als een van zijn eigen kastanjepoppetjes. Terwijl Hess verwilderd om zich heen kijkt en Thulins naam roept, hoort hij de kastanjes onder zijn voeten kraken.

Dinsdag 3 november, nu

124

De kleine stoet die bestaat uit drie auto's rijdt de oprit af en verlaat de veersteiger terwijl de zon opkomt. Rostock is koud en winderig en de auto's zetten koers naar een bestemming die een paar uur verderop ligt. Hess zit achter het stuur van de achterste auto en hoewel hij nog niet kan voorspellen wat de rit zal opleveren, vindt hij het prettig om weg te zijn. Op de betreffende afdelingen van het hoofdbureau van de politie heeft de afgelopen dagen ontsteltenis geheerst en is het druk bij de koffieautomaat, maar op de Duitse snelweg schijnt de novemberzon en kan hij de autoradio rustig aanzetten zonder te worden lastiggevallen door het heimelijke moddergooien en de jacht op zondebokken.

De ontmaskering van Genz als de Kastanjeman was voor iedereen een schok geweest. Als hoofd van het Forensisch Instituut was hij een lichtend voorbeeld voor zijn werknemers geweest, en er waren nog steeds discipelen in de kubus die moeite hadden om te geloven dat hij zijn functie zo had misbruikt en meerdere levens op zijn geweten had. In het tegenovergestelde kamp wezen de critici erop dat Genz veel te veel macht had gehad en dat er lang geleden al naar hun bezwaren geluisterd had moeten worden. Het hield echter niet op met de kritiek en de eis om zelfonderzoek, en dat gold in het bijzonder voor de media. De afdeling Ernstige Misdrijven tegen Personen die gebruik had gemaakt van de talenten van Genz zonder hem te verdenken lag zwaar onder vuur. Datzelfde gold voor de politieleiding, die destijds verantwoordelijk was geweest voor zijn aanstelling als hoofd van het instituut. Voorlopig had de zwaarbeproefde minister van Justitie de consequenties van de fouten opgeschort, in elk geval tot het onderzoek naar het doen en laten van Simon Genz was voltooid.

Terwijl de kritiek in de media keihard was, hadden Hess en de overige rechercheurs zich geconcentreerd op de losse eindjes van de zaak. Hess had beseft hoe groot Genz' invloed op het onderzoek van de moorden was geweest: hij had Thulin en Hess na de eerste moord op het spoor van het kastanjemannetje met de vingerafdruk gezet, zodat minister van Sociale Zaken Rosa Hartung bij het onderzoek was betrokken; hij had Thulin en Hess het pakje met Laura Kjærs mobiel naar Erik Sejer-Lassen laten volgen terwijl hij Sejer-Lassens vrouw in haar woning in Klampenborg verraste; hij had ervoor gezorgd dat hij geïnformeerd bleef over de val die ze in Urbanplanen voor de dader hadden opgezet; hij had de afgezaagde handen en voet in de koelkast in de oude slachterij gestopt nadat hij onder druk was komen te staan door het bezoek van Thulin en Hess aan Linus Bekker; en hij had Skans en Neergaard via het opsporingssysteem in de huurauto van Herz in het bos gevonden, waarna hij de twee verdachten had vermoord voordat hij Nylander had gebeld om te vertellen waar het jonge stel zich bevond. Het was echter begonnen met zijn inbraak in de database van de kinderafdeling van het Rigs-ziekenhuis en het vinden van redenen om anonieme aangiften wegens kindermishandeling bij de gemeente in te dienen tegen Laura Kjærs, Anne Sejer-Lassen en Jessie Kvium – het was gebleken dat Oli via Kvium na een ongeluk thuis eveneens opgenomen was geweest – zodat de politie en de overheid werden geconfronteerd met de ongeschiktheid van het systeem. Het waren allemaal akelige ontdekkingen en wellicht waren er meer te verwachten, vooral omdat ze nog niet klaar waren met de rol die Genz had gespeeld in verband met de verdwijning van Kristine Hartung vorig jaar.

Voor wat betreft Genz' persoonlijke geschiedenis was de informatie die Hess in het RX-register had gevonden ook onderzocht. De ouderloze tweeling was uit elkaar gehaald na het verblijf bij het gezin Ørum, en toen de instanties geen pleeggezin voor Toke Bering konden vinden, was hij als zeventienjarige jongen op een kostschool op West-Seeland gekomen. Hier had het geluk hem blijkbaar toegelachen. Een oude kinderloze zakenman die vroeger een fonds ten behoeve van sociaal belaste jongeren van de school had beheerd, besloot de jongen te adopteren. De man, die de achternaam Genz had, had hem vervolgens de kans gegeven om onder de adoptienaam Simon Genz een volledig nieuwe start op een elitegymnasium in Sorø te maken, en de jongen had zich met verbazingwekkende snelheid aangepast. Het leek er echter op dat het sociale experiment van de oude man alleen aan de oppervlakte een succes was geworden, want nadat Genz op eenentwintigjarige leeftijd was begonnen aan een bedrijfseconomische IT-studie aan de universiteit van Aarhus, was hij blijkbaar in contact gekomen met het slachtoffer in Risskov in 2001. Uit het dossier van de politie van Aarhus bleek dat student Simon Genz, die in het studentenhuis tegenover de woning van het slachtoffer woonde, was verhoord omdat hij de ex-vriend van het slachtoffer op de dag van de moord mogelijk had gezien. Genz was met andere woorden de overbuurman van het slachtoffer geweest en had zijn hulp aangeboden bij het oplossen van de moord die hij met grote waarschijnlijkheid zelf had gepleegd.

Toen zijn mecenas vlak daarna aan een hartaanval overleed, erfde Genz een aanzienlijke som geld. Hij had de vrijheid die hem dat bood gebruikt om naar de hoofdstad te verhuizen en een studie aan de politieacademie te volgen, met het bescheiden doel om technisch rechercheur te worden. Zijn bekwaamheid en toewijding vielen al snel op, maar een van de eerste dingen die hij blijkbaar had geleerd, was hoe hij binnen kon dringen in het RX-register om zijn gegevens te veranderen zodat hij niet langer geassocieerd kon worden met Toke Bering. Zijn stijging op de carrièreladder was indrukwekkend leesvoer, maar tegelijkertijd ook gruwelijk met het oog op de onderzoeken naar moorden op vrouwen in de periode van 2007 tot 2011, die heropend zouden worden omdat er kastanjemannetjes op de foto's van de plaatsen delict waren aangetroffen.

Vanaf 2014 was hij als gerenommeerd expert verbonden geweest aan zowel de Bundespolizei als Scotland Yard, maar hij verliet beide posities toen hij ongeveer twee jaar geleden hoofd van het Forensisch Instituut in Kopenhagen was geworden. De werkelijke reden dat hij op de baan had gesolliciteerd, was vermoedelijk omdat het goed van pas kwam in zijn plannen voor Rosa Hartung, die vlak daarvoor bekend was geworden toen ze was benoemd tot minister van Sociale Zaken. Meteen daarna had Genz de Kastanjegården gekocht, die hij liet renoveren van het geld dat hij overhad van de erfenis, en toen de bladeren de afgelopen herfst van de bomen begonnen te vallen, was hij er klaar voor geweest om aan het eerste deel van zijn wraak op Rosa Hartung te beginnen. Als hoofd van het Forensisch Instituut kon hij de verschillende sporen in het onderzoek probleemloos manipuleren: in eerste instantie de sporen die de ontvoering van Kristine op de verkeerde plek plaatsten, maar al snel ook de sporen waardoor Linus Bekker was veroordeeld. Na onderzoek van Genz' computer in het laboratorium had Thulin in de loop van het weekend ontdekt dat Genz veel eerder dan de politie wist dat Linus Bekker het archief met plaatsen delict had gehackt. Die kennis had hij met niemand gedeeld. Genz had beseft dat Linus Bekker de zondebok was die hij nodig had en het was waarschijnlijk een peulenschil voor hem geweest om de machete met het bloed van Kristine Hartung in de garage van Bekkers wooncomplex neer te leggen en de politie daarna een anonieme tip te geven. Dat Bekker vervolgens had besloten om het misdrijf te bekennen, was waarschijnlijk een amusante bonus voor Genz geweest, hoewel hij dat niet nodig had gehad omdat de hoeveelheid bewijs voldoende was geweest.

Voor Hess was het grote probleem geweest dat ze nergens in Genz' minimale nalatenschap een spoor hadden gevonden over wat er met Kristine Hartung was gebeurd. Alles was waarschijnlijk gewist, vernietigd of verbrand. Hij had zijn hoop daarom gevestigd op de informatie op de twee mobieltjes die in de verongelukte auto in het bos waren gevonden, maar beide bleken splinternieuw te zijn en waren pas in gebruik genomen op de dag dat ze waren gevonden. De gps-geschiedenis van de auto onthulde echter een serie bezoeken aan een specifiek gebied ten zuidoosten van Rostock in Noord-Duitsland. In eerste instantie was dat niet opzienbarend, met het oog op Genz' vroegere werkzaamheden voor de Duitse Bundespolizei, maar toen Hess gistermiddag onderzoek had gedaan naar de veersteiger waar vanaf Falster en Lolland naartoe werd gevaren, was het Rostock-spoor interessant geworden. Op de veersteiger in Rostock stond sinds vrijdag, toen Genz hangend in een kastanjeboom was overleden, een niet-opgehaalde, donkergroene huurauto. Nadat Hess informatie had ingewonnen bij het Duitse autoverhuurbedrijf, hoorde hij dat de auto door een vrouw was gehuurd.

'*Die Name der Mieterin ist Astrid Bering*,' was hem verteld.

Daarna was het onderzoek hard gegaan. Hess had gebruikgemaakt van zijn contacten bij de Duitse politie en na een paar omwegen was gebleken dat Genz' tweelingzus in het Duitse bevolkingsregister stond ingeschreven en in de buurt van het dorp Bugewitz woonde, dat ongeveer twee uur rijden van Rostock en niet ver van de Poolse grens lag. Hess herinnerde zich van het RX-register dat het spoor van de tweelingzus iets minder dan een jaar geleden na haar ontslag uit een psychiatrische instelling was opgehouden, maar als Genz en zij in de tussenliggende periode contact met elkaar hadden gehad, waar de gpsgeschiedenis in Genz' auto op wees, dan kon de zus heel goed de enige zijn die iets over het lot van Kristine Hartung wist.

'Thulin, wakker worden.'

In de bult op de stoel naast hem gaat een mobiel over en Thulin steekt haar slaperige hoofd uit het donzen jack dat ze over zich heen heeft getrokken.

'Dat kunnen de Duitsers zijn. Omdat ik rij, heb ik ze gevraagd om jou te bellen als er iets is. Geef hem maar aan mij.'

'Ik ben niet gehandicapt en spreek uitstekend Duits.'

Hess glimlacht in zichzelf terwijl Thulin, die duidelijk een ochtendhumeur heeft, haar mobiel met moeite uit haar jaszak haalt. Haar linkerarm zit in een mitella, omdat die op twee plaatsen gebroken is, en in combinatie met haar gehavende gezicht lijkt ze op een slachtoffer van een verkeersongeval. Hess ziet er niet veel beter uit, en een halfuur geleden bij het ontbijtbuffet op de veerboot waren ze een mooi stel geweest. Toen ze weer in de auto zaten, had Thulin gevraagd of het goed was dat ze een dutje deed, en daar had Hess niets op tegen gehad. Sinds zaterdagmiddag hadden ze hun uiterste best gedaan om nieuws over Kristine Hartung te vinden. Ze hadden allebei een paar dagen vrij gekregen van hun respectievelijke werkgevers om het onderzoek af te sluiten en bij te komen, maar Hess vermoedde dat Thulin niet veel slaap had gekregen. Bovendien was hij haar nog steeds heel dankbaar, want als zij Genz in de auto geen schop had gegeven, was Hess waarschijnlijk doodgereden. Hij had Thulin een eind achter de boom waarin Genz hing gevonden, maar had niet geweten of haar verwondingen ernstig waren. Toen het geluid van de sirenes naderde, had hij haar opgetild en naar de weg gedragen, waar hij haar met de eerste ambulance die arriveerde naar het ziekenhuis had gestuurd.

'*Yes... Gut... I understand... Danke.*'

Thulin verbreekt de verbinding en Hess ziet een sprankeling in haar ogen.

'Wat zeiden ze?'

'Het arrestatieteam wacht op een parkeerterrein 5 kilometer bij het adres vandaan. Een van de plaatselijke bewoners zegt dat er inderdaad een vrouw in het huis woont, en zijn beschrijving van haar past precies bij Astrid Bering.'

'Maar?'

Hess ziet aan Thulins gezicht dat er meer is, maar kan niet bepalen of het goed of slecht is.

'De vrouw is erg op zichzelf, maar ze is een paar keer in het bos gezien, waar ze met een kind van twaalf tot dertien jaar wandelde. De dorpelingen namen aan dat het haar zoon was...'

125

De zon schijnt achter het matglas. De tassen staan op het kokoskleed bij haar voeten en Astrid wacht ongeduldig in de hal tot het fietsende gezinnetje iets verder bij het huis uit de buurt is, zodat ze haar niet zien als ze de voordeur opent en naar buiten loopt. Het is maar zo'n vijftien stappen naar de garage met de kleine gedeukte Seat, maar ze trappelt van ongeduld, omdat ze bij het huis terug wil zijn om Mulle te halen voordat er een nieuwe fietser of auto langskomt.

Astrid heeft niet veel geslapen. Ze heeft het grootste deel van de nacht wakker gelegen, terwijl de gedachten over wat er gebeurd kon zijn door haar hoofd tolden, en vanochtend om kwart over zes had ze besloten om het bevel van haar broer te negeren en te vertrekken. Ze heeft de kleine voorraadkamer van het slot gedaan, Mulle wakker gemaakt en gezegd dat ze zich aan moest kleden terwijl zij het ontbijt maakte. Vandaag bestaat dat uit een paar stuks knäckebröd met jam en een appel voor Mulle, omdat ze het sinds die keer vorige week niet had aangedurfd om boodschappen te doen. Hun reistassen staan sinds vrijdagavond gepakt, nadat haar broer had gewaarschuwd dat ze klaar moesten staan voor vertrek als hij arriveerde. Hij was echter niet gekomen. Astrid had gewacht en gewacht. Ze had achter het keukenraam naar de provinciale weg gestaard en met ingehouden adem naar de koplampen gekeken die af en toe in de duisternis opdoken. Ze waren het kleine, eenzame huis tussen de akkers en het bos echter allemaal gepasseerd. Astrid had zowel angst als opluchting gevoeld, maar ze had niets anders gedurfd dan nog een dag wachten. En nog een dag en nog een. Normaal gesproken belde hij 's ochtends en 's avonds altijd stipt op tijd om zich ervan te verzekeren dat de situatie was zoals die moest zijn, maar dat was sinds vrijdagochtend niet meer gebeurd, en ze had hem niet kunnen bellen omdat ze zijn nummer niet wist. Dat zou te gevaarlijk zijn, had hij lang geleden tegen haar gezegd. Dat had ze geaccepteerd, net zoals ze bijna alles accepteerde wat hij voorstelde, omdat hij de sterkste was en wist wat het beste voor haar was.

Zonder haar broer zou Astrid allang ten onder zijn gegaan aan drugs, alcohol en zelfhaat. Hij had onvermoeibaar op deuren van behandelings- en opvangcentra geklopt, zodat er nieuwe pogingen gedaan konden worden en nieuwe medische strategieën bepaald konden worden. Keer op keer had hij geluisterd naar de verhalen van de behandelaars over de schade aan haar geest, en ze had helemaal niet beseft dat haar lijden ook zijn lijden was. Ze had natuurlijk geweten waartoe hij in staat was, want dat had ze die dag op Ørums boerderij met eigen ogen gezien, maar omdat ze zoveel jaar was opgeslokt door haar eigen pijn was die van hem haar pas opgevallen toen het te laat was.

Ongeveer een jaar geleden, toen ze opnieuw in een instelling verbleef, had hij haar op een dag opgehaald en meegenomen naar een auto. Ze waren naar de veerboot gereden en vervolgens naar een perceel ten zuiden van Rostock, waarop een vakantiewoning stond die hij had gekocht en op haar naam had gezet. Ze had er niets van begrepen, maar de plek en de najaarskleuren waren juist die dag betoverend. Zijn liefde voor haar had haar overweldigd en dankbaar gemaakt, tot het moment waarop hij haar had verteld waarom hij het huis had gekocht en waarvoor het gebruikt zou worden.

Dat was 's avonds geweest, toen hij met het verdoofde meisje in de kofferbak was teruggekomen. Astrid was verbijsterd geweest. Ze had het gezicht van het meisje herkend van de opsporingsberichten die de maand ervoor op het tv-scherm in de gemeenschappelijke ruimte waren vertoond en hij had haar met een triomfantelijke trek op zijn gezicht verteld wie de moeder van het meisje was. Toen Astrid zich tegen het plan had verzet, was zijn woede opgelaaid en had hij gezegd dat hij het meisje meteen zou vermoorden als Astrid niet voor haar wilde zorgen. Daarna had hij haar in de spaarzaam ingerichte voorraadkamer geïnstalleerd en had Astrid achtergelaten met de boodschap dat de woning voorzien was van zoveel camera's dat hij hun doen en laten voortdurend kon volgen. Ze was bang voor hem geweest, veel banger dan de keer dat hij met de bijl in zijn hand naast het lijk van de politieagent had gestaan.

In het begin had ze elk contact met het meisje vermeden. Ze was twee keer per dag in haar buurt gekomen als ze de deur naar de voorraadkamer opende om het eten binnen te zetten, maar haar gehuil was ondraaglijk geweest en het lot van het meisje liet haar terugdenken aan de jaren die ze zelf opgesloten was geweest. Astrid had haar al snel toestemming gegeven om uit de voorraadkamer te komen en samen met haar aan de keukentafel te eten en in de zitkamer naar jeugdseries op de Duitse zenders te kijken. Astrid had het gevoel dat ze beiden gevangenen onder hetzelfde dak waren en de tijd verstreek minder langzaam als ze samen waren, maar als het meisje probeerde naar de deur te rennen, moest Astrid haar de weg versperren en haar weer in de voorraadkamer opsluiten. Ze had geen buren, dus het lawaai maakte niet uit, maar toch was het een onaangenaam gevoel, en Astrid had beseft dat ze medelijden met het meisje had. Vlak na Kerstmis en Oud en Nieuw, die ze niet hadden gevierd omdat Astrid er geen energie voor had gehad, had ze daarom besloten om vaste routines in te voeren zodat de tijd op een zinvolle manier werd gebruikt.

De dag begon met een ontbijt en daarna schoolwerk. In een van de grotere dorpen op het platteland had Astrid een roze etui en lesmateriaal voor wiskunde en Engels gekocht, en ze had het meisje zo goed en zo kwaad als het ging aan de keukentafel lesgegeven. De Deense les vond plaats met behulp van een website die Astrid op internet had gevonden, en het meisje had Astrids initiatief dankbaar geaccepteerd. De ochtend was verdeeld in drie lessen, daarna volgde een gezamenlijke lunch die ze samen klaarmaakten, en vervolgens was het tijd voor de laatste les, die bestond uit gymnastiekoefeningen in de zitkamer. Tijdens een van deze lessen hadden ze voor het eerst samen gelachen, omdat het er zo maf uitgezien had toen ze probeerden op de plaats te rennen en hoge knieheffingen te maken. Dat was aan het eind van maart geweest, en Astrid had zich in jaren niet zo gelukkig gevoeld. Ze was begonnen het meisje Mulle te noemen, omdat ze dat de mooiste naam vond die ze kon bedenken.

Als haar broer op bezoek kwam, wat hij minstens een keer per week deed, veranderde de sfeer. Astrid en Mulle waren beiden neerslachtig en zwijgzaam, alsof er een beul was binnengekomen. Haar broer kon de band die tussen hen was ontstaan voelen en hij had Astrid meerdere keren terechtgewezen, ook aan de telefoon, als hij op de camera's had gezien hoeveel vrijheid ze het meisje toestond. Als ze met zijn drieën aten, wat over het algemeen zwijgend gebeurde, zat hij vaak met een duistere trek op zijn gezicht naar Mulle te kijken als ze na het eten afruimde. Astrid was op haar hoede geweest, maar er was nooit iets gebeurd. Alleen na Mulles vluchtpoging van afgelopen zomer had hij het meisje geslagen, en dat was alleen met zijn vlakke hand geweest.

Het was ondraaglijk geweest om binnen te zitten, omdat het zo warm was. De lessen hadden daarom op het terras achter het huis plaatsgevonden, en datzelfde gold voor de gymnastiekles. Op een dag had Mulle gevraagd of ze een wandeling in het bos konden maken. Astrid had daar geen gevaar in gezien. Bovendien waren ze een heel eind bij Denemarken vandaan, en Mulle zag er anders uit dan toen ze bij haar was gearriveerd, met het korte haar en de kleren waardoor ze een jongen leek. Tijdens een van de wandelingen, waarvoor Astrid toestemming had gekregen van haar broer, was Mulle ervandoor gegaan. Astrid had andere wandelaars in het bos gezien en was daarom, zoals ze altijd deden, omgedraaid om naar huis terug te gaan, maar Mulle had zich losgetrokken en had geprobeerd een ouder echtpaar in te halen. Astrid had het hysterische meisje helemaal naar huis moeten slepen, en op de camera's was duidelijk te zien dat er iets was gebeurd. Een paar uur later was haar broer gearriveerd, en hij had het meisje gestraft met een maand eenzame opsluiting. Mulle mocht dertig dagen lang alleen uit de voorraadkamer komen als ze in de badkamer moest zijn. Toen de straf voorbij was, had Astrid haar meegenomen naar het terras en haar de grootste ijsco gegeven die ze had kunnen vinden. Ze had uitgelegd dat Mulle haar heel erg teleurgesteld had, het meisje had gezegd dat het haar speet en Astrid had het tengere lichaam omhelsd. Sindsdien was het goed gegaan, met vaste routines, schoolwerk en gymnastiek, en Astrid had gewild dat het zo zou blijven. Maar toen was het najaar gekomen, en datzelfde gold voor haar broer met zijn kastanjes.

'Blijf hier, Mulle. Ik ben zo terug.'

Het fietsende gezin is weg en Astrid opent de voordeur om met een tas in elke hand de heldere koude lucht in te lopen. Ze haast zich naar de garage, terwijl ze uitrekent hoe ver ze vandaag kunnen komen als ze doorrijden. Ze heeft geen plan bedacht, want haar broer is degene die dat altijd doet, en nu staat ze er plotseling alleen voor. Maar als Mulle bij haar is, is alles goed. Ze heeft ingezien dat ze bij elkaar horen en ze is lang geleden gestopt met bedenken dat het meisje een ander thuis dan bij haar heeft gehad. Misschien is het zelfs een voordeel dat haar broer er niet is, want diep vanbinnen is Astrid bang geweest dat hij het meisje iets zou aandoen als alles achter de rug was.

Dat is het laatste wat ze bedenkt voordat ze de garage in loopt en iemand een gehandschoende hand op haar mond legt. Ze wordt hard tegen de garagemuur geduwd door in het zwart geklede mannen die helmen en geweren dragen en op soldaten lijken.

'Wie viele gibt es im Haus?'
'Das Mädchen, wo ist sie?'
'Antworte!'

De tassen worden uit haar handen gerukt, maar Astrid is te geschokt om antwoord te kunnen geven. Pas als een lange, gewonde man met twee verschillende kleuren ogen in het Deens tegen haar begint te praten, stamelt ze dat ze haar meisje niet mogen meenemen. Ze krijgt een brok in haar keel en de tranen beginnen over haar wangen te stromen, omdat ze niet naar haar luisteren.

'Waar is ze?' blijft hij vragen. Pas als ze beseft dat ze het huis willen bestormen met hun geweren en griezelige helmen, vertelt ze hun wat ze graag willen horen, en daarna stort ze in op de tegels.

126

De keuken is leeg op een manier die haar vertelt dat ze hier nooit meer terug zullen komen. Ze zit met haar jas aan op het krukje bij de vochtige linoleumtafel en wacht tot mama binnenkomt om haar te halen, want ze mag niet alleen naar buiten gaan.

De vrouw is niet haar echte moeder, maar ze heeft gezegd dat ze haar mama moet noemen in plaats van Astrid, vooral als ze buiten zijn. Ze kan zich haar echte moeder en vader en broertje nog steeds herinneren, en droomt er elke dag van om hen terug te zien. Maar die dromen doen pijn, en ze heeft geleerd om te gehoorzamen tot ze op een dag kan vluchten. Ze heeft het al vaak geprobeerd, zowel in het echt als in haar fantasie, maar het is haar niet gelukt. Toch is er nu een merkwaardige hoop in haar gewekt, terwijl ze waakzaam uit het raam naar de garage kijkt.

Het is een paar dagen geleden begonnen toen de man niet kwam opdagen. Mama had hun spullen ingepakt en ze had de opdracht gekregen om klaar te zitten op de kruk waar ze nu ook zit, maar hij was niet gekomen. De volgende dag kwam hij ook niet, en de dag daarna evenmin. Hij had ook niet gebeld. Mama had zenuwachtig en onzekerder dan anders geleken, en toen ze haar vanochtend had gewekt, had ze meteen aan haar stem gehoord dat ze een beslissing had genomen.

Het kán goed zijn om hier weg te gaan. Weg van het huis dat ze haat en van de man en de camera's van de man, die haar altijd volgen. Maar waarheen en naar wat? Misschien naar iets wat nog erger is? Ze durft de gedachte niet af te maken. Haar hoop is gebaseerd op de streep daglicht die door de open voordeur naar binnen schijnt en het feit dat mama nog steeds niet terug is.

Ze zet haar voeten voorzichtig op de vloer en komt overeind, terwijl haar blik op de lege ruimte voor de garage blijft hangen. Misschien is dit haar laatste kans. In de hoek aan het plafond knippert het rode licht van de cameralens als ze aarzelend haar ene been voor het andere zet.

127

Nylander háát het feit dat hij met een Duits arrestatieteam in Noord-Duitsland bij een bosrand staat en zo meteen zekerheid zal hebben of Kristine Hartung zich in het kleine houten huisje bevindt. Hij lijkt langzamerhand alle controle kwijt te raken, en dat is al zo sinds vrijdag, toen hij dacht dat hij door de grond zou zinken. Die vernedering heeft zelfs voor de draaiende camera's plaatsgevonden. Aangespoord door de communicatiemedewerkster die hij onlangs nog in een hotelkamer had willen verleiden, had de leiding erop aangedrongen dat hij volmondig zou toegeven dat hij de kwestie volkomen verkeerd had beoordeeld, waarna hij Hess en Thulin moest prijzen voor het oplossen van de zaak.

In Nylanders ogen had de leiding net zo goed zijn ballen kunnen afknippen om ze daarna aan de gevel van het hoofdbureau van de politie vast te spijkeren. Maar hij had gedaan wat hem was opgedragen en had vervolgens moeten toekijken hoe zijn werknemers zich op de weinige eigendommen van Genz hadden gestort in de hoop een spoor van het meisje Hartung te vinden, nadat Nylander het onderzoek naar haar verdwijning een paar dagen eerder definitief had begraven voor de draaiende camera's.

Nylander weet dat hij een ernstig probleem heeft, maar toch is hij hiernaartoe gekomen als onderdeel van de stoet van drie auto's die vanochtend in alle vroegte bij het hoofdbureau in Kopenhagen is vertrokken. Zo meteen is de spanning voorbij en weet hij of hem de doodsteek zal worden toegebracht. Als Kristine Hartung zich niet in de woning bevindt, is de schade te overzien en zal haar verdwijning waarschijnlijk een raadsel blijven dat hij in de media recht kan praten. Als Kristine Hartung wel in de woning is, breekt de hel los. Tenzij het hem natuurlijk lukt om de zwartepiet aan iemand anders te geven, met het argument dat zijn misvatting volledig begrijpelijk was en uitsluitend was veroorzaakt doordat iemand, een ander dan hij dus, de beslissende blunder had begaan door een psychopaat zoals Genz op zo'n belangrijke positie te plaatsen.

Het Duitse arrestatieteam heeft het huis omcirkeld en de mannen beginnen de woning in teams van twee te naderen. Ineens blijven ze abrupt staan. De voordeur gaat open en een tengere gestalte rent de woning uit naar het bedauwde grasveld in de overwoekerde tuin, blijft daar verbijsterd staan en staart naar hen.

Iedereen verstart. Haar gelaatstrekken zijn anders, ze is gegroeid en de blik in haar ogen is wild en donker, maar Nylander heeft haar foto honderden keren gezien en herkent haar onmiddellijk.

128

Het duurt te lang en Rosa voelt dat dat een slecht teken is. Ze kunnen het vakantiehuis vanaf de provinciale weg niet zien, maar ze hebben te horen gekregen dat het maar 500 meter hiervandaan ligt, aan de andere kant van de akker en de wilde haag met de hoge bomen en struiken. De zon schijnt, maar de wind is bijtend koud, ook al staan ze in de luwte van de twee grote Duitse arrestatieteamwagens.

Rosa heeft er samen met Steen op gestaan om mee te gaan toen ze gisteravond hadden gehoord dat de politie een spoor in Duitsland wilde onderzoeken. De zus van de dader woont blijkbaar in een vakantiehuis dicht bij de Poolse grens en er waren aanwijzingen dat Genz naar haar onderweg was toen hij op de bosweg niet ver van de Kastanjegården om het leven kwam. De mogelijkheid dat de zus medeschuldig is en iets over Kristine kan weten, is blijkbaar reëel, en omdat er geen andere sporen waren om hun hoop op te vestigen, waren ze heel stellig geweest in hun eis om mee te gaan. Vooral nu de dader zelf niets meer kon zeggen.

Dát was Rosa's eerste vraag geweest toen ze na de operaties in het ziekenhuis was bijgekomen. Ze had naar Steens betraande gezicht gekeken en toen ze begreep waar ze was, in een echt ziekenhuis en niet in de nachtmerrie met de witte kelder, had ze hem gevraagd of de man iets had gezegd. Steen had zijn hoofd geschud en ze had aan hem gezien dat het op dat moment niet belangrijk was. Voor hem was het een opluchting dat Rosa leefde, en ze had dezelfde opluchting in Gustavs ogen gezien. Ze hadden het er natuurlijk ook moeilijk mee dat ze was gemarteld en verminkt. De laboratoriumklem aan het eind van haar linkerarm had ervoor gezorgd dat ze niet was doodgebloed, maar de afgezaagde hand was verteerd door het vuur. De artsen hadden gezegd dat de pijn zou verdwijnen. In de toekomst kon ze een prothese krijgen die op haar was afgestemd. Daar zou ze aan wennen, zodat ze niet verbaasd bleef staan als ze de pijn heel even was vergeten en een spiegelbeeld van zichzelf met het stompe verband aan het eind van haar arm zag.

Vreemd genoeg kon het Rosa niet schelen. Het had haar niet gebroken, in plaats daarvan was ze van mening dat het offer niet belangrijk was. Ze had alles willen geven. Ook haar rechterhand, die was gehecht, haar twee voeten en zelfs haar leven als ze de tijd daardoor terug had kunnen draaien en Kristine had kunnen redden. Ze had in het ziekenhuis geworsteld met haar schuldgevoelens en had zichzelf huilend verweten dat ze als klein meisje zoiets verschrikkelijks had gedaan. Het wás tenslotte haar schuld geweest, en hoewel ze het grootste deel van haar volwassen leven had geprobeerd om die fout te herstellen, had het niet geholpen. Het was zelfs overgeslagen op Kristine, die niets had gedaan, behalve haar dochter zijn. Die wetenschap was verschrikkelijk. Steen probeerde haar te laten inzien dat ze zichzelf niet mocht kwellen, maar Kristine was weg, en dat was de man die had gezegd dat hij haar had meegenomen ook. Er ging geen moment voorbij waarop Rosa niet wenste dat de man háár in plaats van Kristine had meegenomen.

Midden in het verdriet en de zelfverwijten hadden ze de vorige avond het bericht over het eventuele spoor gekregen, en ze hadden mee gemogen in de stoet auto's die voor zonsopgang naar Duitsland was vertrokken. Een paar uur later, na aankomst op het parkeerterrein waar de Duitse arrestatieteamwagens hadden gestaan, begreep Steen door de uitwisseling van informatie tussen Deense en Duitse agenten dat de vrouw die in het huis woonde afgelopen zomer met een kind in het bos was gezien. Het kon zijn dat het kind Kristines leeftijd had. De

Deense agent wilde niets bevestigen en Rosa en Steen waren samen met twee Duitse agenten bij de auto's achtergebleven toen de actie begon.

Plotseling beseft Rosa dat ze niet durft te geloven dat Kristine nog in leven is. Ze heeft opnieuw hoop, koestert een droom waaruit ze zo meteen wakker zal worden. Afgelopen nacht, toen ze was opgestaan om zich aan te kleden voor de reis, had ze kleding gekozen waarvan ze wist dat Kristine die zou herkennen: de donkerblauwe spijkerbroek, de groene gebreide trui, het oude najaarsjack en de korte gevoerde laarzen die Kristine altijd haar 'berenlaarzen' had genoemd. Ze had het voor zichzelf goedgepraat met het idee dat ze toch íéts moest dragen, maar ze had de kleding om maar één reden gekozen, omdat ze opnieuw hoopte dat ze vandaag naar haar toe zou rennen en haar zou omhelzen en haar zou overstelpen met al haar liefde.

'Steen, ik wil naar huis. Ik vind dat we nu moeten gaan.'

'Wat?'

'Doe de auto open. Ze is er niet.'

'Ze zijn nog niet terug...'

'We mogen niet te lang wegblijven. Ik wil naar Gustav terug.'

'Rosa, we blijven hier.'

'Doe de auto open! Hoor je wat ik zeg? Doe de auto open!'

Ze rukt aan het handvat van het portier, maar Steen haalt de sleutel niet uit zijn zak. Hij kijkt naar iets achter haar, en Rosa draait zich om en kijkt in dezelfde richting.

Twee gestalten lopen vanaf de wilde haag met de bomen en de struiken over de akker naar de provinciale weg met de politiewagens, terwijl ze hun voeten hoog optillen omdat de modder van de akker aan hun schoenen blijft kleven. De een is de politieagente die Thulin wordt genoemd. De ander, die Thulins hand vasthoudt, is op het eerste gezicht een jongen van een jaar of twaalf. Hij heeft kort haar en ziet er verfomfaaid uit. Zijn kleren hangen om zijn lichaam alsof hij een vogelverschrikker is en hij houdt zijn ogen op de akker gericht, omdat het lastig is om door de modder te lopen. Als de jongen opkijkt naar de auto's, waar Rosa en Steen naast staan, weet ze het. Ze voelt een intense zuigkracht in haar maag en als ze naar Steen kijkt omdat ze wil weten of hij hetzelfde ziet als zij, stromen de tranen over zijn wangen. Rosa rent de akker op. Als Kristine de hand van de politieagente loslaat en ook begint te rennen, weet Rosa dat het waar is.

Woensdag 4 november, nu

129

De sigaret smaakt hem niet en Hess heeft geen haast om de internationale sfeer waar hij anders zo van houdt binnen te gaan. Hij staat voor de ingang van terminal 3 en hoewel het pijpenstelen regent, blijft hij staan om te zien of Thulin verschijnt.

Het gevoel van gisteren zit nog steeds in zijn lichaam en als hij het heel even vergeet, wordt hij eraan herinnerd zodra hij een internetkrant op een mobiel of iPad ziet. De hereniging van het gezin Hartung met hun dochter heeft de achtergrondartikelen over Simon Genz verdrongen. Het is het grote nieuws van vandaag en de enige concurrentie wordt gevormd door de kans op een nieuwe oorlog in het Midden-Oosten. Zelfs Hess had moeite gehad om zijn tranen te bedwingen toen hij zag hoe de ouders en het meisje elkaar in de snijdende wind op de akker omhelsden, en nadat hij zich gisteravond laat op zijn bed in Odinparken had laten vallen, had hij voor het eerst in jaren tien uur achter elkaar geslapen.

Hij was met een ongekend behaaglijk gevoel opgestaan en was met Thulin en haar dochter, die een verlate herfstvakantie had, naar de instelling gereden waar Magnus Kjær verbleef. Magnus Kjærs voormalige stiefvader, Hans Henrik Hauge, was afgelopen weekend door verkeersagenten op een parkeerplaats in Jutland aangetroffen en was gearresteerd, maar dat was niet de reden dat Hess bij Magnus op bezoek wil. De twee kinderen, Le en Magnus, hadden elkaar al snel gevonden door hun belangstelling voor *League of Legends*, en het hoofd van de afdeling had Hess en Thulin verteld dat ze een goed pleeggezin voor de jongen hadden gevonden. Het gezin woonde in Gilleleje, had tien jaar ervaring en had al een pleegzoon die iets jonger was dan Magnus en die dolgraag een broer of zus wilde. De ontmoeting tussen Magnus en het gezin was blijkbaar goed gegaan, hoewel Magnus achteraf had gezegd dat als hij zelf mocht kiezen, hij het liefst bij de politieagent met de ogen wilde wonen. Dat was natuurlijk onmogelijk, maar terwijl Thulin een eindje met Le ging lopen, hadden Hess en Magnus een uur lang gespeeld. De opbrengst was de verovering van een *tower* en de uitroeiing van een groot aantal *minions* en één *champion*, waarna Hess Magnus een papiertje met zijn mobiele nummer had gegeven en afscheid had genomen. Hij had nogmaals bij het hoofd van de afdeling geïnformeerd of het echt een goed pleeggezin was en daarna was hij eindelijk vertrokken.

Thulin, Hess en Le waren vervolgens naar Eksperimentariet gegaan, waar ze het visgerecht van de dag hadden gegeten. Le had haast gehad om naar het lichtlabyrint terug te gaan, en Thulin en Hess waren tussen alle gezinnen met schreeuwende kinderen in het restaurant blijven zitten. Ze wisten allebei dat hij naar Boekarest zou vertrekken, en de intimiteit en ongedwongenheid die er de laatste paar dagen tussen hen was geweest, had plotseling plaatsgemaakt voor onhandige opmerkingen. Hess was verdwaald geraakt in haar intense ogen en had geprobeerd iets te zeggen, maar op dat moment was Le teruggekomen om hen mee te nemen naar het 'leeuwengat', waar je de kracht van je gebrul kon laten meten door je hoofd in een gat in een doos te steken en zo hard mogelijk te roepen. Daarna was het tijd voor Thulin geweest om te vertrekken, maar ze had beloofd dat ze naar het vliegveld zou komen om afscheid te nemen. Daar had hij zich op verheugd, en hij had zich naar Odinparken terug gehaast, waar hij een afspraak met de huismeester en de makelaar had.

De makelaar was een verslagen man geweest. De koper van het appartement was teruggekrabbeld en had iets in Ørebro gevonden wat 'veiliger' was, waarover de Pakistaanse huismeester duidelijk veel geïrriteerder was dan Hess. Hess had de huismeester de sleutels gegeven en had hem bedankt. In de taxi op weg naar het vliegveld had hij zich zo energiek gevoeld dat hij de chauffeur had gevraagd om bij Vestre Kirkegård te stoppen.

Het was de eerste keer dat Hess het graf bezocht. Hij wist niet precies waar het lag, maar in het kantoor hadden ze hem de weg naar een klein bos gewezen. Het graf, met een groen uitgeslagen steen, wat groenblijvende planten en grind, zag er net zo triest uit als hij had gevreesd, waardoor hij zich schuldig voelde. Hess had een bloem uit het bos op het grind gelegd en had zijn trouwring afgedaan en onder de steen begraven. Zijn vrouw zou gewild hebben dat hij dat lang geleden al had gedaan, maar zelfs nu was het moeilijk voor hem. Terwijl hij bij het graf stond, had hij zichzelf voor het eerst in lange tijd toegestaan om de herinneringen vrij te laten stromen en op weg naar de uitgang had hij zich lichter gevoeld dan toen hij naar binnen was gegaan.

Een taxi rijdt water opspattend langs terminal 3. Hess dooft zijn sigaret en draait de regen de rug toe. Thulin komt niet, en misschien is dat ook beter. Hij leeft als een dakloze die nergens controle over heeft. Hess stopt zijn hand in zijn zak om zijn mobiel te pakken, waar zijn boardingpass op staat. Op weg naar de roltrap en de veiligheidscontrole ziet hij dat hij een sms heeft gekregen.

Goede reis, leest hij. Hess kijkt van wie de sms is en klikt op de bijgevoegde foto.

In eerste instantie ziet hij niet wat het is. Het lijkt een kindertekening van een dikke boom met takken en opgeplakte foto's van hemzelf, een parkiet en een hamster. Ineens begint hij hartelijk te lachen. Als hij bij de veiligheidscontrole arriveert, heeft hij de foto al een paar keer bekeken en moet hij er nog steeds om lachen.

'Heb je hem gestuurd? Heb je hem gestuurd?' Le kijkt naar Thulin, die haar mobiel neerlegt en bedenkt in welke keukenlade ze de poster zal opbergen.

'Ja, ik heb hem verstuurd. Ga opendoen voor opa.'

'Wanneer komt hij terug?'

'Ik heb geen idee. Ga opendoen!'

Le sloft naar de hal. Dat Thulin de foto had gestuurd, was het hoogtepunt van een merkwaardige dag. Het was emotioneel geweest om samen met Hess en Le bij Magnus Kjær op bezoek te gaan, en het was er niet beter op geworden toen Le hen had overgehaald om naar de gezinshel in Eksperimentariet te gaan. In het restaurant, tussen schreeuwende kinderen en lunchpakketten, had ze plotseling het gevaar gevoeld om zelf ook in zo'n gezinsleven terecht te komen. Ze wist heel goed dat Hess niet zo was, maar toen hij haar in de ogen keek en aanstalten maakte om iets te zeggen, had ze toch moeten denken aan vrijstaande woningen, pensioensparen en de grote leugen over het kerngezin. Vlak daarna had ze tegen hem gezegd dat ze naar het vliegveld zou komen om afscheid van hem te nemen, maar dat was alleen om naar de veiligheid van haar appartement te kunnen vluchten.

Thuis had Le erop gestaan om een van de foto's die ze bij het leeuwengat met haar mobiel van Hess had gemaakt te printen. Het bleek dat ze Hess op de poster met de stamboom wilde plakken.

Thulin had met tegenzin toegegeven, maar toen de foto eenmaal was opgeplakt, zag Hess er bijna net zo natuurlijk uit als de dieren waardoor hij werd geflankeerd, en Le had de foto van de stamboom per se naar hem toe willen sturen.

Thulin aarzelt bij de keukenlade en begint te glimlachen. Terwijl Le haar opa binnenlaat, besluit ze dat de poster met een speld aan de keukenmuur mag hangen. Niet op een prominente plaats, maar naast de afzuigkap, en op zijn minst een dag of twee.

130

Linus Bekker ademt de frisse lucht in, maar boven hem hangen zware, donkere wolken. Het perron van het station in Slagelse is leeg en de kleine rugzak met bezittingen die hij uit de extra beveiligde inrichting heeft meegenomen, staat bij zijn voeten. Hij is vrijgelaten en zou opgelucht moeten zijn, maar dat is hij niet. Hij is vrij... maar waarvoor?

Linus Bekker denkt na over het voorstel van zijn advocaat om smartengeld te eisen. Hij heeft al veel te lang in de gevangenis gezeten voor de enige misdaad die hij heeft gepleegd, namelijk het hacken van het archief met foto's van plaatsen delict. Het geld is prettig, maar hij weet ook dat het niets aan zijn teleurstelling zal veranderen. De jacht op de Kastanjeman heeft een ander einde gekregen dan waarop hij had gehoopt. Hij was blij geweest toen hij vorig jaar tijdens een verhoor had beseft dat hij een belangrijke pion in het plan van de Kastanjeman was. In eerste instantie had hij niet begrepen wie de machete in de garage had neergelegd, maar toen de rechercheurs hem voor de zoveelste keer probeerden te laten bekennen door hem met de foto van het scherpe wapen op de plank te confronteren, had hij het kleine kastanjepoppetje ontdekt dat op de achtergrond van de foto stond. Linus had een en een bij elkaar opgeteld, en had bekend. Vervolgens had hij elke dag in de hel van de extra bewaakte inrichting uitgekeken naar het najaar, als de Kastanjeman zijn volgende stap zou openbaren. Het was het wachten waard geweest toen het nieuws over de moorden binnen begon te sijpelen, maar daarna was alles ineens afgelopen en was gebleken dat de Kastanjeman een zielige amateur was die hij niet had moeten vertrouwen.

De trein arriveert en Linus Bekker pakt zijn rugzak en stapt in. Als hij bij het raam zit, is hij nog steeds mistroostig over zijn saaie leven. Dat verdwijnt echter als hij de alleenstaande moeder ontdekt die met haar dochtertje schuin tegenover hem zit. De moeder knikt en glimlacht beleefd. Linus Bekker glimlacht terug.

De trein komt in beweging. De donkere wolken verdwijnen en Linus Bekker bedenkt dat hij ondanks alles waarschijnlijk een manier zal vinden om de tijd te laten verstrijken.

Een woord van dank aan...

Lars Grarup, die me is blijven aansporen om een misdaadroman te schrijven. Hij is daar vijf tot zes jaar geleden mee begonnen, toen hij digitaal hoofdredacteur bij *Politiken* werd en niet langer als mediamanager voor Danmarks Radio werkte, waar ik hem heb leren kennen.

Lene Juul, de uitgever van Politikens Forlag, die me samen met Lars Grarup heeft overgehaald. Toen ik de uitdaging eindelijk had aangenomen, kreeg ik halverwege een lekke band, maar Lene bleef in me geloven en gaf me de tijd en de rust die ik nodig had.

Emilie Lebech Kaae, producer en literatuurliefhebber, voor haar fantastische steun en optimisme toen mijn behoefte daaraan het grootst was.

Mijn vrienden Roland Jarlgaard en Ole Sas Thrane, omdat ze de eerste versie hebben gelezen en me moed bleven inspreken om door te gaan. Een bijzonder woord van dank aan Ole, omdat hij eveneens heeft bijdragen met zijn ongelofelijke IT-kennis.

Scriptschrijver Michael W. Horsten omdat hij in het prille begin naar me heeft geluisterd. Nina Quist en Esther Nissen omdat ze me met de research hebben geholpen. Meta Louise Foldager en Adam Price voor hun geduld met mij in mijn dagelijkse leven in onze gezamenlijke ruimten.

Mijn zus Trine voor haar fantastische steun en vertrouwen.

Mijn agent Lars Ringhof voor zijn enorme ervaring, scherpzinnigheid en alle goede adviezen.

Mijn redacteur bij Politikens Forlag, Anne Christine Andersen, die scherp, nauwgezet en helemaal fantastisch is.

Suzanne Ortmann Reith voor haar coaching en aanstekelijke humor.

En de allergrootste dank aan mijn vrouw Kristina. Voor haar liefde en omdat ze het geloof in *Oktober* nooit is kwijtgeraakt.